Jakob Ejersbo
Nordkraft

Jakob Ejersbo

Nordkraft
Roman DuMont

Aus dem Dänischen von Sigrid Engeler

Die Originalausgabe erschien 2002 unter dem Titel *Nordkraft* bei
Gyldendal, Kopenhagen

© 2002 Jakob Ejersbo und Gyldendal

Erste Auflage 2004
© 2004 für die deutsche Ausgabe:
DuMont Literatur und Kunst Verlag, Köln
Alle Rechte vorbehalten
Ausstattung und Umschlag:
Groothuis, Lohfert, Consorten (Hamburg)
Gesetzt aus der StempelGaramond
Gedruckt auf säurefreiem und chlorfrei gebleichtem Papier
Satz: Greiner & Reichel, Köln
Druck und Verarbeitung: Clausen & Bosse, Leck
Printed in Germany
ISBN 3-8321-7844-9

Dank an
Anders ›Sigurt‹ Elman Hansen
Kenneth Wosylus
Reza & Ea Ejersbo
Mads Mulvad Poulsen
Morten Alsinger
Marie Louise Høj Muff
… und alle anderen, die mit Großem
und Kleinem beigetragen haben

Besonderer Dank an Christian Kirk Muff,
den ersten Leser, für Perlen und Peitsche

Dank der Übersetzerin an
Karl, Connie, Mike und die anderen

*Für
Teri ›Hot‹ Shott
(1967–1985)*

SONG

I think of you, I think of you.
I had this friend who told me that
coincidence cannot articulate the best
events. She said she'd rather think of
everything as accident, after all, it's
all heaven-sent. She said I don't think
good but I know how to wait as if when
you wait it is not hours but some forgotten
sense of time. It's very kind of all those
powers to feature love without design.
Letters arrive, spelling out the wish so
clear, making a language of desire and fear.
You said it's not that way … God is not the
name of God … you'll send a drawing of the heart
I don't draw well but I know how to wait as if …
I think of you listening to your fathers voice …
those endless speeches on ›The Gift of Choice‹.
Love's not a story I could ever read or write …
I guess you'd say I'm not so bright.
Show me how you wait … as if …
I am so fond of you, so fond of you.
These difficult questions tell me a joke.

TOM VERLAINE: *Flash Light*

Junkiehunde

1990

Coldsweat: I close the door, shouldn't burn yet,
the wires get hotter palms are glowing
this is hot meat metallic blood this is open sweat.
Show you with my fingers draw with the eye
with your own breath I tear your lungs
out this side of the blackest meadows
I make my winter dwelling and crush my bones.
I'll sail out the window I'll walk down the hedge
I will not finish 'till I'm fully satisfied.

THE SUGARCUBES: Life's too good

Hündin

Der Hund knurrt, seine Eckzähne glänzen vom Geifer, seine Kiefer schnappen zu. Ich kann im Schritt den Luftzug spüren. 300 Gramm Hasch sind mit Tesafilm an meinem Bauch zwischen Brust und Schamhaaren festgeklebt. Der Geruch macht den Schäferhund total verrückt, sein Rachen ist nur eine Handbreit von meinem Schritt entfernt. Das Tier steht auf den Hinterbeinen, er zerrt an der Leine. Der Bulle hält sie straff gespannt, das Halsband gräbt sich dem Hund ins Fell. Stoßweise dringt aus seinem aufgerissenen Maul warmer Atem in die frostkalte Abendluft.

Mein Rücken schrappt an der Mauer entlang, wenige Meter vom Haupteingang nach Christiania entfernt, der schmutzige Schnee knirscht unter meinen Stiefeln. Zwanzig kampfbereite Polizisten mit Hunden kamen aus dem Nichts angestürzt. Ich versuche, mich an der Mauer entlangzudrücken. An meinem Rücken knistert das vertrocknete Papier der Konzertplakate. Komme nicht weg; links von mir stehen zwei Haschwracks und starren stumpf den Hund an, der uns alle drei in Schach hält.

»Mann, jetzt bleib mal locker«, nuschelt der eine.

»Bleib stehen«, faucht der Mund hinter dem Visier. Zu mir. Ich sehe seine gebleckten Vorderzähne, die stechenden Augen.

»Ich hab nichts gemacht«, stoße ich hervor, dann breche ich in Tränen aus. Der Schäferhund zerrt weiter an seiner Leine. Ein Mann ist auf dem Bürgersteig hingefallen, um seinen Knöchel schnappen die Kiefer eines zweiten Hundes. Etwa fünfzehn Polizisten haben sich ein Stück von uns entfernt auf dem Bürgersteig und der Straße aufgestellt, sie reden unruhig miteinander, ihre Walkie-talkies krächzen.

»Bist du drinnen gewesen, um was zu kaufen, Junkiebraut?« sagt der Bulle; nach seinem Akzent könnte er aus Århus sein. »Gib den Klumpen her, oder soll ich ihn selbst suchen?« Er grinst verschlagen. Sein Körper dünstet Adrenalin aus.

Ich wühle in der Tasche, werfe einen Raucherklumpen auf den Bürgersteig, vier Gramm. »Kann ich jetzt gehen?« frage ich trotzig. »Nein.« Den Hund interessiert der Klumpen überhaupt nicht.

Eine Bullenschaukel ist vorgefahren. »Nielsen«, ruft der Hundeführer in Richtung des Wagens.

Und Asger hatte mir versprochen, daß es im Moment rings um Christiania keinerlei Polizeiaktivitäten gebe; das habe er gecheckt, hat er behauptet.

Nielsen steuert vom Mannschaftswagen auf uns zu, das ist eine Polizistin. Nimmt man weibliche Bullen, um weibliche Verdächtige zu untersuchen? Sie wird gleich ihre Hände auf meinem Körper auf- und abwandern lassen, und die 300 Gramm nehmen viel zu viel Platz ein, als daß sie die verpassen könnte. Und weil ich gerade meine Tage bekommen habe, fühle ich mich sowieso schon verdammt elend. Zittere. Friere, so direkt unter der Haut.

Der Hundeführer macht einen Schritt vorwärts, der Schäferhund richtet sich auf; schwer landen seine Pfoten auf meinen Schultern, die Kiefer schnappen nach meinem Hals. Jemand schreit. Das bin ich. Er zieht den Hund weg. Überlegen wie er sich fühlt, glänzen seine Augen, total krank. Nielsen kommt näher. Hysterisch schreiend zerre ich den Reißverschluß meiner Jeans auf. Sehe ihre aufgerissenen Augen, als meine Hand in den Slip fährt. Ich packe zu, ziehe die blutige Binde heraus und werfe sie dem Hund an den Kopf. Der fängt sie in der Luft auf und beginnt, darauf rumzukauen.

Dann knickt Nielsen in den Knien weg, zwei Schritte von mir

entfernt. Ein großer Stein landet auf dem Asphalt, ehe sie selbst schwerfällig zu Boden geht und dabei ein Bein gegen den Oberkörper preßt. An der Mauer über meinem Kopf zerbricht eine Flasche. Durch die herabregnenden Glasscherben sehe ich, wie der Bulle nach dem Hund tritt, dem meine Binde links und rechts aus dem Maul ragt, und ich denke, der kann kein Drogenhund sein, weil er ein Schäferhund ist. Als ich nach links hinüberschaue, sehe ich junge Männer am Eingang von Christiania auftauchen, die Steine und Flaschen werfen; zehn Polizisten in Kampfkleidung inklusive Schilden und Tränengaspistolen stürmen mit erhobenen Knüppeln auf sie zu. Nielsen humpelt zum Bulli zurück.

»Ich hab überhaupt nichts gemacht«, schreie ich und schlinge zitternd die Arme um mich. Ich höre das gedämpfte Knallen der Tränengaspistolen, und aus dem Augenwinkel kann ich sehen, wie das Gas auf den Eingang von Christiania zuwogt. Dann beginnt der Schäferhund an der Leine zu zerren, er will zum Kampf.

»Bleib da«, blafft der Bulle, während er mit gezogenem Knüppel dem Hund folgt. Ich laufe auf wackeligen Beinen zur Prinsessegade hinüber, biege links in die Bådmandsstræde ein. Renne und heule und presse die Haschplatten an mich; die Kanten scheuern an meiner Brust, und der Klebestreifen zieht eklig an meiner Haut.

Muß stehen bleiben, weil meine Hose – immer noch offen – am Runterrutschen ist. Als ich nach unten schaue, tropft der Rotz von meiner Nase. Martinshörner, kreischende Reifen – ein weißer Minibus mit noch mehr Polizisten in Kampfkleidung nähert sich. Fummle am Reißverschluß herum, meine Finger sind steifgefroren. Sie donnern an mir vorbei – es kommt mir vor, als sähe ich, wie ein Polizist hinter dem Visier mit dem Mund ein Wort formt: *Hündin*. Deine Mutter, du selbst, deine vielen Väter, denke ich.

Ziehe eine Zigarette heraus, schwanke dabei immer weiter. Zünde sie hektisch an, ziehe kräftig – bräuchte einen Joint. Der Rotz läuft von der Nase, davon wird die Zigarette naß. Werfe sie weg. Taxi zum Hauptbahnhof. Auf die Toilette. Ich habe die Haschplatten so fest gedrückt, daß zwei von ihnen gebrochen sind. In meinem Slip ist ein bißchen Blut, aber in der Innentasche habe ich eine Extrabinde. Ich muß daran denken, wie ich damals mit meinen Eltern in Marokko war. Wir fingen uns alle galoppierenden Mäusetyphus ein, und auf dem Heimweg im Flieger trug jeder eine von Mutters Binden, weil keiner von uns seine Darmfunktion kontrollieren konnte. Es sickerte einfach aus uns heraus. Muß lachen; das klingt schrill. Schleppe mich schließlich zu einem Zug nach Aalborg. Bin so erschöpft, daß ich auf der Stelle einschlafe.

Die Heldin

»Du bist meine kleine Heldin«, sagt Asger und nimmt mich fest in den Arm, küßt mich auf die Stirn, aufs Haar, auf die nassen Augen, denn ich heule schon wieder, weil ich so erleichtert bin, und ich schlage ihm gegen die Brust, weil ... ich tue es halt. Asgers Rottweiler, Tjalfe und Tripper, stehen uns zwischen den Füßen herum – bestimmt haben die noch nie einen flennen gesehen, und sie nerven mich total.

»Na na«, meint er, und am liebsten möchte ich ihm sagen, daß es echt nicht nett von ihm war, mich dorthin zu schicken, wenn da Polizei ist. Aber das konnte er ja nicht wissen, und ich schluchze und finde mich theatralisch. Faktisch hab ich schließlich gesagt, ich wollte gern – weil ich nämlich den Großdealer in Christiania kenne, und weil ich außerdem auch etwas zu unserer Gemeinschaft beitragen möchte. Ich bin doch schließlich nicht nur Nippes. Und immerhin hat Asger das Haus gemietet, in dem wir wohnen, und er hat mich einziehen lassen, so daß ich nicht nach Hause zu meiner Mutter zu kriechen brauche. Er steuert auch das meiste Geld bei.

Gleich bekomme ich keine Luft mehr.

»Kannst du nicht die Hunde nach draußen in den Auslauf bringen? Ich kann einfach nicht ...« sage ich.
»Na klar, Schatz.«
Ich setze mich ins Wohnzimmer und baue einen Joint. Es ist drei Uhr nachts, und ich habe das Bedürfnis, die Glasglocke über mich zu senken – alles auszuschließen. Ich hätte ins Gefängnis kommen können. Woran denke ich bloß?
Rauche den Joint an. Das ist gut.
Langsam werde ich innen leer. Die Gefühle ziehen sich zurück. Hinaus. Dann wird es kühl, mein Atem ist so kalt, daß die Rückseite meiner Zähne weh tut, knackt – sie sind kurz davor, gesprengt zu werden.
Ich habe noch nie etwas Richtiges gemacht.
Niemals.
Nichts.
Fühle mich unendlich elend. Habe das nie vorher erlebt. War total breit, angenehm – aber Angst hatte ich nie. Sitze am Eßtisch. Der Joint verstärkt die Sachen – das weiß ich ja, aber es geht mir irre schlecht. Bekomme ich eine Haschpsychose? Daß es einem von einem Joint so beschissen gehen kann, habe ich noch nie gehört. Wenn was danebengeht, dann eher bei Pilzen oder LSD.
»Es geht mir nicht so gut«, sage ich zu Asger.
»Du mußt dich nur ein bißchen hinlegen«, sagt er.
»Ja.« Ich wanke nach nebenan und lege mich ins Bett. Lasse das Licht an und die Tür angelehnt, damit ich Asger im Wohnzimmer hören kann. Spüre, daß ich im Schritt feuchtkalt bin. Sehe Blut auf meinem Slip. Durchgeblutet. Habe keine Kraft, das Bett zu verlassen. Hebe meinen Hintern an, um den Slip auszuziehen. Werde plötzlich blind. Falle in einen Hohlraum. Unendlich. Eine Stimme dröhnt durch meine leeren Gliedmaßen: *Du sollst dort nach Antworten suchen, wo es sie gibt. Am Grund eines grundlosen Lochs.* Ich hab das schon mal gehört. Erinnere mich nicht, wo. Sause und taumele abwärts – die Luft zischt.

Ein Ruck. Ein Ruck in meinem Körper, und ich halte an, hänge sieben Zentimeter über der Matratze – kann wieder sehen. Schaue auf die Uhr. Acht Minuten nach vier. Schaue immer weiter dahin. Der Sekundenzeiger bewegt sich nicht, aber ich kann den Ton hören: klong ... klong ... klong. Habe keine Ahnung, wie lange so was dauert; ob fünf Minuten oder zwölf Stunden oder ... ewig? Oberhalb der Nasenwurzel fühlt es sich an wie grüner Sumpf. Wenn ich an meinem Schädel vorbei hinausgehe, ist der Sumpf überall. Versuche daran festzuhalten, daß ich ich bin, habe aber keine Ahnung, was das bedeuten soll; weiß nur, daß ich noch nie etwas Richtiges getan habe.

Die Zeit steht still – und sie ist laut. Ich schicke Expeditionen tief in den Sumpf hinein – Nachforschungen. Die Stückchen von mir, die ich finde ... kämpfe mich mit ihnen zurück, ziehe sie durch den schwammigen Morast nach Hause und versenke sie im Sumpf – verstecke sie direkt hinter dem Zäpfchen, habe die ganze Zeit Angst, daß ich schlucken muß und sie hinunterschlucke. Rumpelnde Geräusche dringen zu mir. Drehe den Kopf und sehe Asger neben mir. Schnarchend. Schiebe mich von ihm weg. 08.12 zeigt die Uhr. Er muß nicht wissen, wie es mir geht. Es ist so peinlich. Schwach.

Ich wünschte, meine Mutter wäre hier. Ich vermisse sie. Aber wir reden nicht miteinander. Sie weiß nicht mal, wo ich wohne.

Wahnsinnsschock

»Wir haben die Absprache. Du zeigst mir die Leute. Einführung.« Die Stimme kommt aus dem Wohnzimmer, ist durch die geschlossene Schlafzimmertür gedämpft. Ein Perser-Akzent. Türken? Was ist da los? In mir ist es leer. Die Decke fühlt sich schwer an und klamm. Habe keinen Slip an, nur das Unterhemd.

»Ja aber ...« Asger wird unterbrochen:

»Dann kann ich dir auch helfen ... immer. Wir werden Freunde sein. Aber du willst mir nicht helfen; du wirst auf die harte Tour bezahlen – auf der Stelle.« Zwinge mich, die Decke zur Seite zu schlagen. Alles fühlt sich an wie ohne jede Verbindung zu meinem Kopf, so als hätte jemand das Leitungsnetz entfernt und alle Einzelteile wären lahmgelegt, hingen wirkungslos herum.

»Okay, okay. Ich sehe zu, was ich tun kann, Mann. Aber das ist nicht umsonst.« Asger klingt unsicher. Als ich aufstehe, falle ich beinahe um; der Fußboden ist eisig kalt. Ich wanke zum Schrank.

»Habe ich gesagt, das wäre umsonst? Ich bezahle das schon. Auf der Stelle. Die ganze Zeit. Das kostet dich nichts.« Die Stimme ist drohend.

Ziehe den Slip an, öffne die Tür zum Flur, gehe hinüber und lehne mich an den Rahmen der Wohnzimmertür.

Mitten im Zimmer steht ein großer dunkler Mann, er hat auf der Oberlippe eine riesige schwarze Bürste; deshalb sieht er aus wie Saddam Hussein. Ein frischer Duft nach Rasierwasser hängt im Raum, aber im unteren Teil des Gesichts hat der Mann bereits wieder einen dunklen Bartschatten. Asger hockt zusammengesunken am Eßtisch, macht einen nervösen und resignierten Eindruck.

»Wer ist das?« sage ich, und erst da entdeckt Asger mich. Er erhebt sich halb vom Stuhl.

»Maria«, sagt er zögernd, »kannst du nicht einfach rübergehen? Ich komme gleich.« Ich spüre, daß der Mann mich anschaut.

»Aber was will er hier?« sage ich. Die Augen auf Asger gerichtet, stehe ich bei der Tür und reibe die Füße aneinander. Höre damit auf – ich will nicht nervös wirken.

»Das sind nur ... Geschäfte«, sagt Asger, »ich bin bald fertig.«

Ich wende mich an den dunklen Mann: »Warum drohst du uns?«

Er macht zwei Schritte auf mich zu, streckt mir die Hand am langen Arm auf eine Weise entgegen, daß er mir nicht zu nahe kommen kann.

»Salem aleikum«, sagt er, »ich bin Hossein.«

Meine Hände lasse ich, wo sie sind – an den Türrahmen geklammert. Hossein. Einmal hat er einen Typ geschlagen, der Bertrand heißt, ohne jeden Grund – er brach ihm die Nase; das habe ich in der Stadt gehört. Und daß er Soldat war bei den Spezialeinheiten des Irak ... oder des Iran – ich weiß nie genau, wer welcher ist.
»Was haben wir dir getan?«
»Maria, also ...« sagt Asger.
»Was ist Problem?« sagt dieser Hossein und wirft Asger schnell einen Blick zu.
»Du drohst uns«, sage ich.
»Hossein droht nie«, sagt er – mit beleidigter Miene. »Was getan werden muß – Hossein tut es.« Meine Beine sind wie erfroren. Ich will am liebsten ins Schlafzimmer gehen, aber ich kann es einfach nicht leiden, daß er in dieser Weise in meinem Zuhause steht.

Asger hat sich erhoben und kommt auf mich zu.

Dann drängt sich ein Schluchzer durch meinen Hals – darauf bin ich überhaupt nicht gefaßt. »Es geht mir halt echt schlecht«, sage ich, weil ich finde, Asger könnte gut ... also irgendwie für mich da sein, statt hier zu sitzen und mit ... ihm da zu reden.

»Deine Frau ist krank?« fragt Hossein.

»Schatz, ich muß erst noch mit Hossein reden, dann komme ich zu dir rüber.«

Der Rotz läuft mir aus der Nase. »Aber das Ganze ist ... kalt«, sage ich – die Tränen stecken mir im Hals und machen sich immer mehr breit.

»Diese Frau hat ein Wahnsinnsschock«, sagt Hossein, er wirkt besorgt. Asger legt eine Hand auf meine Hüfte und dreht mich um, schiebt mich sanft in Richtung Schlafzimmertür.

»Ich rufe Ulla an«, flüstert er, »soll ich?«

»Aber ich kenne sie doch fast gar nicht.«

»Komm jetzt«, sagt er und drückt mich sanft aufs Bett, hebt meine Beine hoch und steckt die Decke um mich fest.

»Kannst du nicht ein bißchen bleiben?« frage ich.

»Das mit Hossein ist wichtig. Ich rufe Ulla an.«
»Aber was *will* er?« frage ich. Irgendwie … irgendwie außerhalb von mir selbst denke ich, daß mir mein kläglicher Tonfall nicht mal peinlich ist, und daß das komisch ist.
»Ich schulde ihm einen Gefallen«, sagt Asger, als er von der Bettkante aufsteht.
»Ja aber, warum?«
»Weil er mir bei etwas geholfen hat.«
»Aber *womit*?«
»Jetzt solltest du nicht mehr so viele Fragen stellen.« Asger ist dabei, wütend zu werden. »Ich rufe Ulla an.« Er macht die Tür zum Flur hinter sich zu. Er schließt auch die Tür zum Wohnzimmer, so daß ich ihre Stimmen nur wie ein fernes Murmeln höre.

Warum kann er es mir nicht einfach erzählen? Wir sind doch zusammen. Ich habe gerade meine … meine *Freiheit* riskiert, um Dope zu schmuggeln, damit er dealen kann, und dann will er mir nicht mal … einfach nicht erzählen, was abgeht. Und Ulla … ich kenne sie fast nicht; habe sie nur getroffen, weil sie die Freundin von Slagter-Niels ist, einem Freund von Asgar. Sie ist ein paar Jahre älter als ich – vielleicht 23. Die Freundinnen, die ich auf der Oberstufe hatte, die kenne ich nicht mehr – die glauben doch alle, daß ich drauf bin.

Trost

Ich kann hören, daß Hossein geht, gleichzeitig kommen allerdings Kunden. Es vergeht viel Zeit, wo ich einfach auf der Seite liege und meine Knie gegen den Brustkorb presse. Endlich öffnet Asger die Tür einen Spalt und steckt den Kopf herein. »Ulla ist da«, sagt er sanft, aber dann wird die Tür weit aufgestoßen von Ulla, die Asger eine Hand auf die Schulter legt und ihn von der Tür wegschiebt, während sie selbst ins Schlafzimmer tritt.

»So, nun verzieh dich«, sagt sie und macht Asger die Tür vor der Nase zu. Dann dreht sie sich um, legt den Kopf auf die Seite, sieht mich an, schleudert beide Stiefel weg und schüttelt sich die Jacke von den Schultern, so daß sie hinter ihrem Rücken auf den Fußboden fällt. Ohne ein Wort zu sagen, legt sie sich aufs Bett – unter die Decke – und nimmt mich in den Arm. »Soso«, flüstert sie und schaut mir lange in die Augen. Ich fange wieder an zu weinen, fast sofort. Erzähle ihr alles von dem grünen Sumpf, und daß ich nie etwas Richtiges gemacht habe. Ich kann gar nicht aufhören.

»Das kann bei Hasch passieren, wenn man Pech hat. Das geht vorbei – ganz ruhig.«

Im Wohnzimmer klingelt das Telefon. Ich höre, wie Asger sagt: »Nein, sie hat die CDs mit nach Hause gebracht.« Dann ist Pause, ehe Asger fortfährt: »Ja, ich habe gehört, daß viele ihre verloren haben.« CD ist am Telefon das Codewort für Hasch. Oder Leute rufen an und sagen: *Wie – äh, ist es okay, wenn ich heute mal vorbeikomme?*, und wenn man nichts hat, antwortet man nur: *Nein, morgen paßt besser.*

»Denkt er an nichts sonst?« sagt Ulla trocken ins Blaue hinein.

»Meistens ist er richtig nett«, sage ich zu ihr. Aber stimmt das auch? Er erzählt mir nie, was los ist – zum Beispiel mit diesem Hossein.

Ulla geht in die Küche und kocht Tee und schmiert Brote, und wir sitzen zusammen unter der Decke, haben die Arme umeinander gelegt und sehen uns irgendeine Unterhaltungssendung im Fernsehen an, dabei verflechten wir unsere Zehen; es ist total gemütlich.

Etwas später kommt Asger und hängt in der offenen Tür herum. »Hej, was machst du mit meiner Freundin?« fragt er jovial.

Ulla dreht den Kopf zu ihm um. »Sie ist traurig, Asger. Und du willst sie offenbar nicht trösten – verdammt, deshalb hast du mich doch angerufen.«

»Es ist Samstag nachmittag«, sagt Asger glatt, »was soll ich deiner Meinung nach denn tun? Die Kunden rauschen an.«
»Verdammt, du brauchst doch wohl nicht auf zu haben, wenn es Maria so geht?«
»Die Staatskasse ist bald leer – ich bin gezwungen, ein bißchen Kohle zu machen.«
»Na ja, aber sie hat schließlich dafür gesorgt, daß du überhaupt was zum Verkaufen hast«, sagt Ulla zu ihm.
»Nur ... ihr wißt schon, behaltet die Höschen an.« Asger macht die Schlafzimmertür hinter sich zu.
»Das ist einfach unfair von ihm«, murmelt Ulla. Sie ist toll.

Das Muttertier

Erst am Dienstag fühle ich mich so langsam wieder wie ein Mensch. Ich entschließe mich, in die Stadt zu gehen – und mir vielleicht etwas Neues zum Anziehen zu kaufen. Auf den Bürgersteigen liegt am Rand immer noch schmutziger Schnee, aber zwischen den Wolken, die wie Fetzen von weißem Satin über den Himmel ziehen, scheint die Sonne.

Es passiert, als ich die Fußgängerstraße entlang auf Salling zuschlendere.

»Hallo Maria.« Meine Mutter tritt mit einem viel zu breiten Lächeln auf dem Gesicht in mein Blickfeld – der pastellfarbene Keramikschmuck baumelt ihr an den Ohren und um den Hals.

»Hallo Mutter«, sage ich zögernd. Sie umarmt mich, so daß ich ihren schwulstigen Mutter-Erde-Körper spüre, der sich an mich preßt.

»Ich bin ja so froh, daß du bei Gorm ausgezogen bist«, sagt sie.

»Äh, woher weißt du das?« frage ich desorientiert. Gorm ist mein Ex-Freund – er war auch Dealer. Aber ich hatte nicht gedacht, daß sie das weiß. Und sie kann nicht wissen, daß ich mit Asger zusammenlebe, denn zuerst bin ich in ein Hinterhaus in Vestbyen gezogen, und meine Postanschrift habe ich noch nicht wieder geändert.

»Ich hatte Sachen von dir gefunden, und damit war ich draußen bei Gorm«, sagt sie. Miese Entschuldigung. »Und eine von meinen Freundinnen erzählte, sie hätte dich oben im Café Rendezvous servieren sehen; wie schön, daß du Arbeit gefunden hast«, ergänzt sie, viel zu überschwenglich.

»Den Job, den hab ich nicht mehr«, sage ich. Sie legt mir eine Hand auf den Arm.

»Nanu, was ist passiert?«

»Ich hab Probleme mit meinem Nacken«, antworte ich ausweichend, »ich bin krankgeschrieben.« Gleich werde ich einen Kloß im Hals haben, das spüre ich. Ich wünschte, sie würde die Hand wegnehmen.

»Du siehst auch nicht ganz gesund aus?«

Ein dreiviertel Jahr lang haben wir nicht miteinander geredet, und jetzt versucht sie das einfach mit Lächeln und Schwatzen zu übergehen. Das finde ich ein bißchen heftig. Es gibt doch einen Grund, warum wir nicht miteinander geredet haben. Andererseits habe ich eigentlich keine Lust, darüber zu sprechen – nicht heute, so wie ich mich fühle. Sie schaut mich prüfend an.

»Na ja, ich bin halt einfach ein bißchen müde«, sage ich.

»Bist du sicher, daß du genug zu essen bekommst?« sagt sie und schaut mich von oben nach unten an. Ich stecke die Hand in die Tasche und ziehe mein Päckchen Zigaretten heraus – auch, damit sie ihre Hand von meinem Arm nimmt. Sie schaut stirnrunzelnd auf die Kippen, aber ertappt sich selbst dabei. Ich bin froh, daß ich nicht so viel esse wie sie.

»Ja«, sage ich, »ich bekomme reichlich zu essen.«

»Sollen wir uns nicht irgendwo hinsetzen und eine Tasse Tee trinken?« fragt sie.

»Ich hab gleich eine Verabredung«, sage ich.

»Oder rasch eine Tasse Kakao«, sie deutet lächelnd auf das Underground.

»Ja ... okay«, sage ich und falle voll drauf rein. Wir gehen hin, und Mutter bestellt.

»Aber ist es da ordentlich, wo du jetzt wohnst?« fragt sie und setzt sich mir gegenüber.

»Es ist ein bißchen kalt«, sage ich. Das Hinterhaus, in dem ich wohnte, ehe ich mit Asger zusammenzog, war in der Tat eisig kalt, und ich hab überhaupt keine Lust, ihr zu erzählen, daß ich mit Asger zusammenwohne. Das geht sie nichts an. Sie wirft weiterhin suchende Blicke Richtung Fußgängerzone.

»Aber es könnte ja sein, daß du wieder nach Hause ziehst«, sagt sie und ihr Blick flackert ein bißchen, ehe sie mit der Forderung rausrückt: »Also falls du dir die Zeit nehmen willst, um deine Abiturnoten zu verbessern – dann könntest du gut und gern oben bei uns wohnen, dann wird es für dich etwas leichter.« Wenn sie »uns« sagt, meint sie sich und Hans-Jørgen, der – wie ich finde – zum Zuscheißen ist.

»*Falls* ich mein Leben nutzen will, um mein Abitur zu verbessern?« Meine Stirn ist feucht, und der kalte Schweiß bricht mir überall aus. Ich kann diesen Druck, mit ihr zu sprechen, einfach nicht aushalten.

»Ich will dir doch nur so gern helfen, Maria«, sagt sie besorgt.

»Dann begreif doch, daß ich keine Lust hab, noch mehr Zeit auf das verdammte Scheißabitur zu verschwenden«, sage ich und weiß schon, was kommt:

»Ja aber, was willst du dann?«

»Das weiß ich nicht«, sage ich verbissen und bemühe mich krampfhaft, meine Stimmlage auf normalem Niveau zu halten.

»Aber Maria ... was stimmt denn nicht? Ich habe doch versucht alles zu tun, damit du ...« Meine Mutter läßt ihren Märtyrer-Kommentar in der Luft hängen und hat dabei weiter ein Auge auf die Fußgängerzone. Ich frage sie, wonach sie Ausschau hält.

»Ich sollte mich hier mit Hans-Jørgen treffen.« Sie lächelt mich nervös an. »Und da hatte ich ja richtig Glück, daß ich dich getroffen habe.« In dem Moment kommt die Bedienung und stellt Tee, Kakao und Brombeertorte vor uns hin. Hans-Jørgen. Ich seufze tief, starre auf die Tischplatte, fühle mich mit einemmal müder als je zuvor. Ihn verkrafte ich heute wirklich nicht. Meine Mutter hebt ihre Hand und legt sie an meine Wange. Ich weiß genau, es ist ein Fehler, aber ich lasse es zu. »Schatz, du siehst ganz ... krank aus.«
Alle diese jämmerlichen Manöver mir gegenüber, als ob ich ein dummes Baby wäre, das geschoben, gelockt, gedrückt, manipuliert werden soll, damit es tut, was sie will. Das ist ein verdammt blödes Gefühl.

»Mir ging es nur ein bißchen schlecht, nachdem ich vorgestern einen Stick geraucht habe«, sage ich und schaue ihr in die Augen.

»Einen ... was?« kann sie gerade noch sagen, dann begreift sie, das sehe ich.

»Ein Stick, Mutter. Wie Hasch, Dope, Chillum, Stick, Joint, Shit. Klingelt's bei dir?« frage ich, denn sie ist ein alter Hippie, das alles ist ihr also nicht fremd. Nicht die Spur fremd. Auf Rindfleisch und Wein steht sie erst seit den letzten vier Jahren.

Sie bricht den Augenkontakt ab – starrt leer in die Luft. An ihrem Jochbein pulsiert so ein kleiner Knorpel.

»Willst du genau wie dein Vater werden?« fragt sie mit belegter Stimme.

»Ja, wenn das heißt, daß ich nicht so selbstgefällig und heuchlerisch zu werden brauche wie du.« Die Haut in ihrem Gesicht wird stramm. Ich schiebe meinen Stuhl zurück, stehe auf, drehe mich um, gehe auf die Tür zu, dabei kann ich spüren, daß die anderen Gäste mich anstarren.

»Maria ...?« höre ich meine Mutter hinter mir, und dann bin ich durch die Tür und draußen auf der Straße, ohne mich noch einmal umzudrehen. In der Ferne sehe ich gerade eben noch diesen Dummkopf Hans-Jørgen näherkommen, bevor ich in die Nygade abbiege, wo ich meinen Jackenärmel nehme und mir die Stirn abwische und meine Augenwinkel, denn dort sitzt irgendwas. Eigentlich war ich auf dem Weg zur Drogerie, weil Ulla erzählt hat, daß sie dort arbeitet, aber jetzt habe ich keine Lust mehr. Statt dessen setze ich mich in die Bibliothek und lese Comics, aber ich kann mich nicht konzentrieren, deshalb gehe ich nach Hause und lege mich ins Bett. Asger sagt nichts.

Kommerzieller Holismus

»Das harmonisiert das Gleichgewicht der Leute«, sagte meine Mutter allen Ernstes, als sie mir die Philosophie hinter dem Keramikschmuck erklären wollte, den sie in irgendeinem kryptischen System von Farben kreiert. Sie verkauft ihn an delphinbegeisterte bürgerliche Damen, die als Dreiundvierzigjährige mitten in ihrer siebzehnten Persönlichkeitstransformation stecken.

Damit konnte ich leben, und ich konnte auch damit leben, daß wir zu Hans-Jørgen umzogen. Aber irgendwann kam es – sie fing an mich zu belehren:

»Maria, am liebsten wäre es mir, wenn du ... wenn du nicht über deinen Vater sprichst, wenn Hans-Jørgen da ist.«

»Das hast du verdammt noch mal nicht zu entscheiden, du pseudo-holistische Kuh«, sagte ich wütend und zog zu Gorm.

Es stimmt, daß mein Vater total ausgebrannt ist, aber er ist immer noch mein Vater.

Meine Hippieeltern wohnten zusammen, bis ich zwölf war, auf einem kleinen Hof draußen bei Halkær Bredning. Mein Vater war für alle möglichen mittelgroßen Orchester als Roadie in Europa unterwegs, er arbeitete allerdings nur bei korrektem Stand der Gestirne.

»Aber wir brauchen das Geld wirklich«, sagte meine Mutter

draußen im Küchengarten zu ihm, nachts um zwei, mitten zwischen Reihen von roter Bete und Zuckererbsen. Mein Vater lag auf den Knien und zupfte Unkraut.

»Ich kann jetzt nicht weg. Der Mond steht genau richtig«, sagte er; im Nutzgarten wurde konsequent in Übereinstimmung mit Steiners Theorien der Mondphasen gejätet. Und wir hatten einen Hund, Herr Rosenørn, der sich weigerte, Fleisch zu fressen – er war knallharter Vegetarier. Wenn er statt braunem Naturreis weißen Reis bekam, schmollte er.

Hans-Jørgen ist natürlich Chefbühnenbildner am Theater von Aalborg. Er trinkt nur die teuersten Rotweine und geht ganz auf in der feineren französischen Kochkunst. Und meine Mutter heuchelt Vollzeit.

Bauerndeppen

Am Donnerstag abend kommt Ulla vorbei und fragt, ob ich mit auf ein Bier komme. Und ob ich das will. Es hat wieder angefangen zu schneien. Wir gehen hinunter zum Fjord und laufen bis in die Stadt am Wasser lang. Ulla tritt zu einem geparkten Auto und schiebt auf der Motorhaube den frischgefallenen Schnee zusammen.

»Nein, nein«, rufe ich, aber sie wirft den Schneeball trotzdem, und dann rasten wir zwei total aus, stehen drei Meter voneinander entfernt und bombardieren drauflos. Als ich mich vorbeuge, um auf der Straße Schnee zusammenzuschieben, kommt Ulla angelaufen und packt meinen Oberkörper von hinten und wäscht mein Gesicht mit Schnee. Etwas kommt mir ins Auge. »Aua aua«, jammere ich und halte mir das Auge zu.

»Entschuldigung. Laß mich mal sehen.« Ulla nimmt vorsichtig meine Hand vom Auge. »So so«, sagt sie und wischt mir den Schnee aus dem Gesicht. Sie beginnt, mein Auge zu küssen. Ich bekomme

Herzklopfen. Sie leckt mit der Zunge daran. Was macht sie da? Legt eine Hand auf meine Hüfte. Schaut mir lange in die Augen – ihre Nasenspitze stößt mit meiner zusammen. Ein Gefühl, als wenn mein Puls aus der Schläfe springen wollte. Dann küßt sie mich vorsichtig. Ich öffne meine Lippen und lasse sie herein. Beide Zungen sind warm in meinem Mund. Es ist unheimlich schön. Dann nimmt sie ihren Mund weg. Ich lächle vorsichtig, aber traue mich nicht, ihr in die Augen zu schauen.

»Ruhig, Maria«, sagt sie und lächelt süß, als sie meinem Po einen Klaps gibt, »das ist doch nur zum Spaß.«

»Ja, okay«, sage ich verlegen.

»Ich kann dich einfach richtig gut leiden«, sagt Ulla und nimmt meine Hand und wir gehen los, »aber ich wohne doch zusammen mit Nils, selbst wenn er ein Idiot ist.« Wir fangen an zu kichern; ich denke aber gleichzeitig an zwei lesbische Mädchen, die ins Café 1000Fryd kommen. Und ich glaube, fast alle anderen Mädchen sind irgendwann mal in den Klauen von Lesben gewesen und haben das probiert ... »reiben« nennt Asger das.

Wir setzen uns ins Tempo. Ich habe seit dem grünen Sumpf nicht mehr geraucht, und selbst beim Bier fühle ich, daß der große Hohlraum in mir auf der Lauer liegt. Nach mehreren Anläufen frage ich Ulla, ob sie weiß, wovon Hossein eigentlich lebt. Sie hat nur Gerüchte gehört: »Manche sagen, er würde allen Persern in Nordjütland Opium verkaufen.«

Das Corner an der Ecke zur Jomfru Ane Gade ist der nächste Stop, und auf dem Weg begegnen wir Loser – Asgers konkurrenzlos ärmstem Kunden. Ich frage ihn, ob er mit will. Er wirkt resigniert.

»Ich geb ein Bier aus«, sage ich.

»Nein, das ist mehr ... wegen dieser Straße, also – Steso und ich haben letzte Woche da beinahe von so ein paar Bauerndeppen Prügel bezogen.« Steso-Thomas ist ein total provozierender kleiner Junkie mit stechendem Blick, der durch die Stadt zieht. Steso hat mir mal erzählt, sein erster Lieblingsstoff sei Stesolid gewesen – daher der Name. *Aber jetzt bin ich weitaus vielseitiger*, fügte er hinzu.

»Und, was ist passiert?« fragt Ulla, als wir Loser zwischen uns genommen haben und auf die Kneipe zugehen.

»Wir sind im Rock-Café gewesen, und dann gehen wir bis zur Bispengade rauf, und auf einmal sind wir von so riesigen Bauerndeppen umringt, die anfangen, uns zu schubsen und Junkies zu nennen und Wracks und allen möglichen anderen Scheiß. Und Steso-Thomas, er ... der zieht sie natürlich in den Dreck, so daß sie wirklich anfangen, drauflos zu schlagen.«

»Und was dann – kam die Polizei?« frage ich, denn die haben an sich dort in der Nähe immer einen Streifenwagen stehen.

»Nein, nein, verdammt. Da braucht man die Schweine einmal und dann ... Aber dann kam Hossein – ihr kennt Hossein?«

»Ja?« sage ich, während Ulla die Tür zum Corner aufstößt.

»Warte mal – ich hole gleich Bier«, sagt sie.

»Was ist dann passiert?« sage ich, als ich Loser zu einem Tisch folge.

»Jetzt warten wir noch auf Ulla, oder?«, sagt er mit selbstbewußter Miene.

»Na, okay.« Ich sehe, daß Ulla sich an der Bar angestellt hat. Dann frage ich Loser, ob es stimmt, daß Hossein diesem Typ, der Betrand heißt, die Nase gebrochen hat.

»Ja«, sagt Loser und sieht fast froh aus.

»Ganz ohne Grund?«

»Nein ... nein, verdammt.«

»Aber was hatte er gemacht ... Bertrand?«

»Na, der hatte Tilde belästigt, Stesos Freundin.«

»Wie?« frage ich. Tilde ist ein bißchen verrückt, sie läuft immer in gelben Sachen rum und hat ein Alkoholproblem, aber so richtig kenne ich Stesos Klüngel nicht.

»Das weiß ich nicht. Bertrand ist ein ... Loser«, sagt Loser grinsend, »er hat es ganz bestimmt verdient. Hast du 'ne Kippe?« Ich gebe ihm eine, und Ulla kommt mit dem Bier.

»Und …?« sagt sie.

Loser greift die Geschichte wieder auf: »Dann steht Hossein fünf Meter weit weg mit einer Bierflasche in jeder Hand und ruft ihnen zu: *Ihr seid paar dumme Bauern. Warum versucht ihr nicht, euch mit ein Mann zu prügeln?*« sagt Loser und gibt Hosseins Akzent perfekt wieder.

»Und?« sagen wir wie aus einem Munde. Loser lächelt uns zu, trinkt einen Schluck Bier.

»Dann schlägt er den Flaschen den Boden weg … also, so unten, gegen die Gehwegplatten, und nennt sie Schwule und wirft ihnen alles mögliche andere an den Kopf. Und dann schauen sie sich so an.« Loser bewegt den Kopf von einer Seite zur anderen, als ob er gerade mit den anderen Deppen konferiert. »Und dann läuft die ganze Gruppe auf Hossein zu«, sagt Loser und zieht langsam an seiner Zigarette.

»Und wie ging's weiter?« frage ich.

»Er ist vor ihnen weggelaufen.«

»Wie meinst du das?« sagt Ulla.

»Als sie ihn fast erreicht hatten, drehte er sich um und rannte los, dabei rief er: *Ihr Arschlöcher, Hossein könnt ihr nicht fangen.*«

»Und sind die dann wieder zu euch zurückgekommen?« frage ich.

»Nein, verdammt – die sind hinter ihm hergerannt. Er lief direkt vor ihnen her und provozierte sie. Die Bispengade runter, die Gravensgade rauf, rechts in die Algade rein und dann in die Vesterbro.« Loser trinkt einen großen Schluck von seinem Bier.

»Wie viele waren es?« fragt Ulla.

»Fünf«, sagt Loser.

»Okay, das waren vielleicht bißchen zu viele«, sage ich.

»Na ja, also ich glaub schon, daß er fünf Bauern verprügeln kann«, sagt Loser, »aber er schleifte sie durch die ganze Innenstadt, so lange, bis sie sich müde gelaufen hatten – der Mann ist total in Form.«

»Das ist ja komisch, warum hat er sich nicht wenigstens einen von ihnen vorgenommen?« sage ich.

»Ja, das dachte ich auch. Aber dann trafen wir ihn später im Limfjordskro, und Steso hörte gar nicht wieder auf, ihm zu erzählen, er hätte sie fertigmachen sollen.« Loser trinkt sein Bier, nimmt die Flasche vom Mund und tut so, als sei er überrascht, weil sie leer ist.

»Ja ja, ich hole anschließend ein Bier«, sage ich.

»Was? Wovon redest du?« Jetzt tut er so, als sei er gekränkt. Ich schiebe ihm meine Zigarettenpackung rüber.

»Erzähl einfach weiter«, sagt Ulla. Loser lächelt, schiebt sich eine frische Zigarette zwischen die Lippen.

»Ja, okay. Also da lehnt sich Hossein zu Steso vor und sagt: *Was glaubst du, wie das in Aalborger Zeitung aussieht? Ein Iraner stekken Flasche in fünf dänische Idioten – Flasche stecken in Hals, große Pulsader pumpt Blut auf Straße. Dieser verrückte Perser, Kriegsveteran. Iranische Botschaft erklärt: Er gesucht wegen Desertieren, Mord, alles. Das sieht für Iraner in Dänemark schlecht aus.*«

Omos

»Hm«, sage ich, als ich aufstehe, um Bier zu holen. Jetzt weiß ich nicht so richtig, was ich von Hossein halten soll. Es gibt ja noch andere Iraner in der Stadt. Da war eine Gruppe, vier, die saßen stundenlang im 1000Fryd und tranken Kaffee. Als sich zeigte, daß sie dealten, bekamen sie natürlich Quarantäne, was sie nur schwer akzeptieren konnten; *Du fucking dänischer Rassist*, riefen sie dem Geschäftsführer nach, als er ihnen das Urteil überbrachte.

Und dann noch dieser andere Typ – Bilal heißt er, glaube ich. Er war als Langzeitarbeitsloser im 1000Fryd. Cooler Typ, aber bißchen merkwürdig, weil zwei Projektile in seinem Schädel feststeckten; er rannte mit einem Röntgenbild in der Tasche herum, das er denen zeigte, die ihm nicht glauben wollten. Der Geschäftsführer bat ihn eines Tages, die Toilette draußen bei der Treppe zum Büro zu streichen. Als er rauskam, um zu sehen, wie die Arbeit voranging, stand Bilal breit lächelnd da. Die Toilette war gestrichen; Decke, Wände, Fußboden, Waschbecken, Wasserhähne und Toilettenschüssel bis zum Wasserspiegel – alles war mit weißer Plastikfarbe angemalt.

Nach dem Corner geht Loser mit Ulla und mir auf ein Gutenachtbier zum 1000Fryd, ehe die Bar um zwei Uhr schließt. Ich muß bald nach Hause, ich will keinesfalls riskieren, daß der grüne Sumpf übernimmt.

Als wir zum Kattesund kommen, sehen wir Hossein, der vor dem Eingang des 1000Fryd rastlos auf und ab geht.

»Hossein. Was ist los?« sagt Loser und beeilt sich, zu ihm zu kommen. Ich kann riechen, daß Hossein einen Joint durchzieht. Ulla und ich bleiben am Eingang stehen.

»Ich verstehe das nicht«, sagt Hossein.

»Was ist denn passiert?« fragt Loser.

»Zwei Omos – die fickten.«

»Was?« sagt Loser.

»Ich komme aus dem Kebab House durch die Gasse«, sagt Hossein kopfschüttelnd und zeigt zum Parkplatz auf der entgegengesetzten Seite, von wo eine Gasse zur Vesterbro führt. »Ich sage dir, da waren zwei Omos und die haben einfach gefickt – gleich dort drüben.«

»Geht es dir nicht gut?« fragt Loser nervös.

»Ja – das ist Schweinerei.«

»Zwei wer?« fragt Loser. Hossein wirkt total genervt – vielleicht halluziniert er? Loser ist besorgt. »Hossein, da stimmt was nicht.«

»Doch«, sagt Hossein, »haben gefragt, ob ich mitmachen will.«
»Ohhh«, sagt Loser, »zwei Homos, Hossein.«
»Ja. Das sage ich doch. Zwei Omos.« Hossein schüttelt den Kopf, spuckt auf den Asphalt. »Ich brauch jetzt ein Wodka.«

Pfeifenträume

Nach ein paar Tagen kommt ein Brief von meiner Mutter. Er ist an das Hinterhaus adressiert, wo ich wohnte, als ich bei Gorm ausgezogen war, und die Post hat ihn an meine jetzige c/o-Adresse bei Asger weitergeschickt. Ich fange den Postboten auf dem Gartenweg ab und frage ihn, was man mit einem Brief macht, den man nicht annehmen will.

»Du gibst ihn auf der Post ab«, sagt er über die Schulter, »dann kleben die ein Etikett drauf, *Annahme verweigert*, und schicken ihn an den Absender zurück.«

»Kann ich das nicht einfach selbst auf den Umschlag schreiben?« frage ich, als er sein Fahrrad zurück zum Bürgersteig schiebt. Er bleibt stehen und schaut mich müde an.

»Du kannst tun, was du willst«, sagt er.

Okay.

Ich überklebe meine eigene Adresse mit einem Stück Malerklebeband und schreibe: *Annahme verweigert. Zurück an Absender*. Dann werfe ich den Kram in den Briefkasten. Sie soll nur ja weit weg bleiben.

Am gleichen Tag tauchen erste Anzeichen auf, daß alles zum Teufel gehen wird. Und zwar eigentlich sehr unschuldig und gar nicht blutig: Der Verkauf geht schleppend, und Frank – Asgers bester Freund – kommt vorbei, um ein paar Gramm zu kaufen.

»Ich bin es wirklich leid, hier zu sitzen und zu verkaufen«, seufzt Asger.

»Na es gibt schließlich so viel anderes, was du tun könntest«, sagt Frank. »Was ist mit den Hunden? Passiert da was?«

»Nein, verdammt, ich weiß nicht, was mit denen verkehrt ist«, sagt Asger. Tjalfe und Tripper – zwei Rottweiler-Welpen mit unendlichen Stammbäumen – hatte er gekauft, als ich ihn gerade kennengelernt hatte. Er wollte sie zur Zucht benutzen und die Nachkommen für 3 500 Kronen das Stück verkaufen. Aber obwohl die Hunde längst geschlechtsreif sind, paaren sie sich nicht, und falls sie es doch tun, kommt jedenfalls nichts dabei heraus.

»Du könntest doch selbst aus Amsterdam schmuggeln«, sagt Frank.

»Nein, das ist nicht mein Ding«, sagt Asger. Wie wahr. Asger ist zu paranoid, um nach Kopenhagen zu fahren und selbst seine Platten draußen in Christiania zu holen; ich tue das, denn ich kenne den Großdealer Axel. Ehe ich ins Bild kam, verkaufte Asger nur Standard-Hasch, den er den lokalen Rockern abkaufte.

»Das ist doch einfach«, sagt Frank, »in einem Zug, der über die Grenze fährt, nimmst du die Dope-Pakete mit auf die Toilette und klebst sie unter der Kloschüssel oder dem Abfallbehälter mit Gaffatape fest.« Gaffatape ist so ein silberfarbenes Superklebeband, das die Musiker benutzen, um ihre Verstärker zu flicken und Kabel auf der Bühne zu befestigen, und die Punker nehmen es, um ihre Militärstiefel zu flicken, ihre Jacken, Hosen, alles. »Du riskiert nichts weiter, als die Ladung zu verlieren«, fügt Frank hinzu, »oder wir könnten das tun, worüber wir gesprochen haben; ein paar gutsituierte Kunden auftreiben und die zu Hause beliefern, du und ich.« Davon labern sie seit Monaten, und Asger hat auch angefangen, für eine Gruppe siebzehn- bis neunzehnjähriger Hip-Hopper und Skater, die inzwischen bei uns kaufen, Joints fertig zu bauen. Aber meistens macht er ja doch nichts oder ich quarze die, die er gerollt hat.

»Nein, das ist irgendwie zu ... ich will gern was Ordentliches tun«, sagt Asger, »statt hier rumzusitzen und auf Kunden zu warten, die dauernd klauen oder gegen irgendwelchen lauwarmen Scheiß tauschen wollen.«

Wie wahr. Es ist total krank. Wir bekommen mindestens ein Autoradio pro Woche angeboten, und wir haben nicht mal ein Auto.

Und während er auf Kunden wartet, sitzt Asger die meiste Zeit rum und zeichnet kleine Figuren auf einen Block und trinkt Kaffee. Und wenn die Kunden dann da sind, dann raucht er mit ihnen zusammen, denn das gehört zur Kundenpflege. Deren Gesellschaft macht ihn verdammt nicht schlauer. Ich rauche inzwischen auch ein bißchen zu viel.

»Du könntest doch auch Tätowierer werden«, sagt Frank.

Ich liege drüben auf dem Sofa und lese Zeitung, aber als er das sagt, richte ich mich auf. Asger schaut von dem Block hoch, auf den er kritzelt; er ist viel zu lange stumm.

»Verdammt, ja«, sagt er langsam, überrascht. Frank begeistert sich an seinem Vorschlag, entwickelt ihn weiter:

»Du sitzt doch eh immer rum und zeichnest, und du kennst doch auch ein paar von den Typen da draußen aus Klarup – die werden es schon okay finden.«

Asger und Frank sind in Klarup aufgewachsen, und die »Typen da draußen aus Klarup« sind Rocker. Zusammen mit denen von Vejgaard versuchen sie im Aalborger Drogenhandel die Kontrolle zu übernehmen, weil Bullshit den Zugriff verloren hat und sie mehr und mehr total aufgesplittet werden, seit Makrelle – ihr Präsident – von den H. A. erschossen wurde. Zur Zeit ist da eine Art Vakuum, unabhängige Leute könnten sich in der Drogenszene der Stadt etablieren, wenn sie ein paar Kontakte haben und gefährlich genug sind, um leidlich respektiert zu werden.

Früher waren alle Dealer Marionetten – gezwungen, ihren Großeinkauf bei den Rockern zu tätigen; es war unmöglich, anderes als langweiliges trockenes Standard-Hasch zu bekommen, den die Kunden für 50 Kronen das Gramm kauften. Und Freelance-Dealern gegenüber gab es grobe Repressalien; Schlägertrupps und als äußerste Konsequenz Verstümmelung. Aber die Situation hat sich jetzt gebessert – und ebenso das Hasch; bessere Qualitäten kommen in die Stadt, allerdings nicht regelmäßig. Und außerdem kostet es. 70 Kronen für was Anständiges. 120 Kronen für ein Gramm von einer Qualität, die unter dem Spitznamen *Abschied von Verwandten und Freunden* läuft. Außerdem sind die Rocker dabei, ihre Macht zurückzuerobern – und sie sind auch dabei, sich in der Tätowierbranche durchzusetzen. Ohne ihre Billigung kann keiner eine Konkurrenz eröffnen.

»Verdammt, ja«, sagt Asger noch mal und steht langsam auf, um rauszugehen und zu pissen. Er muß immer pissen, wenn er denkt; er pißt nicht allzuoft.

»Na Maria, könnte das nicht super werden?« sagt Frank zu mir.

»Die Frage ist doch, ob es auch realistisch ist«, sage ich.

»Aber wir reden doch bloß«, sagt Frank. Ich nicke zur Toilette hin und schaue ihn an:

»Ja, aber du setzt ihm einen Floh ins Ohr, und ich muß damit leben.«

»Na bleib mal locker, Maria.«

»Verdammt, du mußt mir gerade erzählen, daß ich locker bleiben soll.«

Ausgekratztes

Ich bin zum zweiten Mal die Freundin eines Dealers. Der erste hieß Gorm. Er investierte 20 000 Kronen in einen riesigen Haufen frisch geernteten Pot, aber dann konnte er sich nicht dazu aufraffen, das Zeug zu trocknen, und es schimmelte. Wenn man das raucht, entstehen giftige chemische Verbindungen. Ich war über die Katastrophe froh – Potrauch stinkt wie brennender Gartenabfall. Wir hatten schon den Punkt erreicht, daß ich ihn anschrie: *Es ist doch wohl nicht nötig, bei ALLEN Kunden mitzurauchen.*

»Ich rauche zur Selbstverteidigung«, sagte Gorm – grenzanorektisch und stoned. Sein Frühstück bestand aus Kaffee, den er statt mit Wasser mit Kakaotrunk kochte.

Eines Tages holten Gorms Gläubiger seine Stereoanlage, die ihn 43 000 Kronen gekostet hatte. Er war pleite. Sie nahmen auch seinen Haschischvorrat mit. Er ließ die Jalousien herunter, machte überall das Licht aus und den Fernseher an – ein Zeichen für die Kunden, der geheiligte Privatfrieden dürfe nicht gestört werden. Er rauchte Ausgekratztes. Alles wurde genutzt: Jointkippen, Schmodder von der Innenseite seines Chillums und seiner Pfeifen, Pfeifenwichse aus den Pfeifenröhren. Er nahm ein bißchen Tabak zwischen die Finger und trocknete die Wasserpfeife auf der Innenseite, wo immer ein Ölrand vom Haschisch hängt und Tabakkrümel.

Ich ging in die Küche, um mir eine Tasse Kaffee zu machen, aber er hatte das Wasserpfeifenwasser durch den Kaffeefilter gegossen. Man preßt den Filter anschließend gründlich aus, kratzt den Kaffeesatz ab und wärmt das alles mit einem Feuerzeug, um die letzte Feuchtigkeit zu entfernen.

Okay, ich habe auch Ausgekratztes geraucht, und man kann im übrigen durchaus einen ziemlich heftigen *rush* vom Resterauchen bekommen, aber das ist der absolute Gegensatz zum Highwerden. Man wird total breit.

»Warum willst du das da rauchen?« fragte ich ihn, »du wirst doch nur total stoned.«

»Das ist okay«, sagte Gorm, »es geht nur um eine Wirkung.« Dann saß er, vollständig lahm, und starrte auf eine Fernsehsendung über Orchideenzucht in Gewächshäusern.

In den nächsten drei Tagen aß er Pilze und schärfte einen großen Dolch an einem Schleifstein, auf den er die ganze Zeit spuckte. Die Kunden mußte ich wegschicken. Dieser Idi saß da und kontrollierte die Messerschneide, indem er Kaffeefilter in dünne Streifen schnitt. Ich mochte einfach nicht fragen. Alle Leute, die ich kenne, suchten für mich eine Wohnung.

Dann kam einer von Gorms Freunden, der noch nicht wußte, daß die Party um war. Dieser Typ fragte Gorm, was er da mache.

»Ich will einen Lendenbraten aus einer Kuh schneiden.«

»Was für eine Kuh?«

»Draußen bei der Kläranlage laufen Kühe rum«, antwortete Gorm. Da packte ich meine Tasche und rief ein Taxi.

Eis am Stiel

Ich war mit meiner Mutter verkracht – damals auch – und wollte nicht zu meinem Vater rausfahren, denn er lebt weit draußen bei Halkær Bredning in der Nähe von Store Ajstrup.

Erst wohnte ich in der Jugendherberge auf der anderen Seite der Trabrennbahn, aber nach vierzehn Tagen bekam ich eine Wohnung im ersten Stock eines eiskalten Hinterhauses in der Valdemarsgade. Die Toilette war auf Höhe des Erdgeschosses unter der Treppe, und das Wrack, von dem ich das Mietverhältnis übernahm, hatte das Waschbecken in der Küche als Pissoir benutzt. Das Ganze war einfach unglaublich unappetitlich, und ich weiß noch, daß ich mit Gummihandschuhen und Putzmitteln dastand und die höheren Mächte bat, mir einen Joint herunterzuwerfen.

Da klopfte es an der Tür, und Asger stand draußen und reichte mir durch die geöffnete Tür so ein buntes Eis am Stiel.

»Das ist für dich«, sagte er. Ich hatte in der Stadt oft mit ihm geflirtet.

»Nee, danke«, sagte ich, »muß ich daran lecken, bis es ganz klebrig wird?«

»Och«, sagte er, »du kannst es auch auf die Fensterbank legen und zusehen, wie es schmilzt.«

»Ich glaube, das will ich nicht«, sagte ich, »das wäre schade.«
»Das finde ich auch«, sagte er, und dann lud ich ihn ein reinzukommen und lutschte das Eis. Er rollte einen großen Joint, und ich bewunderte währenddessen seine muskulösen, tätowierten Unterarme, auf denen es Drachen, Totenköpfe mit überkreuzten Knochen, Messer, Flammen, Herzen und Rosen gab. Und dann rauchten wir den Joint; Wahnsinn, war der stark. Und ich war ja total im Arsch, und da erzählte ich ihm, daß ich einen Job bräuchte. Und was zu rauchen bräuchte ich auch. Na ja, ich war neunzehn, und von Gorm war ich gut versorgt worden, so daß ich nicht wußte, wo ich was kaufen konnte – ich wußte gar nichts, aber das erzählte ich ja nicht Asger. Er stand auf, um die Toilette zu benutzen.

»Möglich, daß ich dir einen Job verschaffen kann«, sagte er anschließend. Und das tat er – als Barfrau im Café Rendezvous in der Jomfru Ane Gade. Das war eine absurde Geschichte. Der Besitzer des Cafés war ein guter Freund eines Mannes, der bei einigen Rokkern 40 000 Kronen Drogenschulden hatte. Die Rocker verlangten eine besänftigende Geste, einerseits um die Frist des Mannes zu verlängern, andererseits, damit sie ihm nicht die Prügel verpaßten, die er verdient hatte. Asger war offenbar in die Situation verwickelt und hatte bei den Rocker einen Gefallen gut. Es wurde verabredet, daß der Cafébesitzer ein Mädchen nach Wahl der Rocker anstellte – und das war ich, auch wenn ich keinen von denen kannte.

Also ging ich dorthin und servierte, und eigentlich war das total krank, denn die anderen Angestellten haßten mich. Die glaubten, übrigens genau wie der Besitzer, der Plan der Rocker sei es, ich sollte den Gästen Koka verkaufen. Gleichzeitig beschissen sämtliche Barkeeper beim Einschenken jedesmal mit den Centilitern, so daß sie Bier und Drinks an der Kasse vorbei verkaufen und das Geld in die eigene Tasche stecken konnten. Der Besitzer hatte beim Abzählen keine Chance, das zu merken.

Außerdem konnten die anderen Kellnerinnen meine Klamotten

nicht leiden. Also ehe wir ins Café gingen, mußten wir uns umziehen, so eine total peinliche Hemdbluse. Aber ich kam ja in meinen eigenen Sachen an, und dann stierten sie. Außerdem habe ich so eine fünfzehn, zwanzig Zentimeter lange Silberschlange, die sich um meinen rechten Unterarm windet; meine Mutter hat sie von einem Goldschmied für mich anfertigen lassen, ehe wir uns verkracht haben. Dieses Armband hat sie total geschafft – besonders weil viele Typen das interessant finden und mich interessant finden. Ich war drei Monate dort.

Metzgerhund

Danach sah ich Asger immer öfter. Er kam und holte mich nach der Arbeit ab. Die kurzen Ärmel seines T-Shirts schlossen sich eng um seine wohlgeformten Oberarme, und unter den linken Arm hatte er immer ein Päckchen King's geschoben, so daß ich den Tabak riechen konnte, wenn er mich in den Arm nahm. Das mochte ich.

Er gab seinen Job als Türsteher auf und begann als Dealer. Aber die Nachbarn im Haus beklagten sich, daß auf der Treppe bis in die Nacht hinein so viel Verkehr herrschte. Und er hatte außerdem Tjalfe und Tripper bekommen, deshalb mietete er ein kleines Haus in der Schleppegrellsgade und ließ von einem Zimmermann, den er kannte, im Hinterhof einen Auslauf bauen. Und ich zog ein.

Jeden Tag gingen wir mit den Hunden los, die waren damals zehn Monate alt. Asger hatte sie einem Kumpel billig abgekauft, als sich herausstellte, daß dessen Freundin allergisch darauf reagierte. Der Freund war mit ihnen zum Hundetraining gegangen, sie verstanden deshalb die allgemeinen Kommandos wie nein, komm, leg dich und Platz. Sie hatten auch gelernt, nicht die Sachen anzuknabbern, nicht an Leuten hochzuspringen und ordentlich zu gehen, das ging also.

»Und falls sie richtig gut aussehen, dann kann ich sie zu Ausstellungen mitnehmen«, sagte Asger und laberte drauflos von PH-Training, *Polizeihundprogramm*, und davon, die Hunde via Dansk Kennel Klub als zur Zucht geeignet anerkennen zu lassen.

»Weißt du, wie viele Welpen so eine Hündin bekommt?« sagte er und antwortete gleich selbst: »Im Durchschnitt um die zehn, die überleben. Ich kann sie für 3500 Kronen das Stück verkaufen. Das sind 35000 Kronen!«

Ich las einige der Papiere, die Asger über Rottweiler herumliegen hatte. Irgendwas, daß sie von dem »stockhaarigen Treiberhund« abstammen, in den römischen Heeren wurden sie als Hütehunde benutzt, die das Vieh bewachten, das die Legionen als Proviant durch Europa mitführten. Für Kaiser Nero, der sie zu seinem Schutz in seinem Palast hielt, waren sie Kriegshunde. Und dann traten die Metzger und Viehhändler in Rottweil, einer deutschen Stadt, auf den Plan. Die entwickelten die Rasse weiter und benutzten die Hunde, um Rinder und Schweine zu bewachen und zu treiben. Rottweiler wurden auch als Zughunde verwendet. *Rottweiler Metzgerhund* ist ihr voller Name.

Die Spezifikationen sprechen von einem kraftstrotzenden Hund, schwarz mit klar abgegrenzten rotbraunen Abzeichen; *einem Hund, der trotz wuchtiger Gesamterscheinung den Adel nicht vermissen läßt und sich als Begleithund, Diensthund und Gebrauchshund in besonderem Maße eignet.*

Das klingt alles wie die Beschreibung eines Freundes, wie ich ihn mir wünsche.

Von Natur aus ist er freundlich und friedlich, kinderlieb, er ist sehr anhänglich, gehorsam, führig und arbeitsfreudig. Seine Erscheinung ist geprägt von Urkraft; sein Temperament ist selbstsicher, nervenfest und unerschrocken. Er reagiert mit hoher Aufmerksamkeit gegenüber seiner Umwelt.

Die Viehhändler banden, wenn sie unterwegs waren, ihre Wertsachen am Halsband des Hundes fest, um sie sicher zu wissen.

Die Stammtafeln der beiden Hunde klingen total hochtrabend: Tjalfe stammt von *Ulan von Filstalstrand* ab, Tripper hingegen von *Cita von Rütliweg*, die eine Tochter *Arcos von Arbon* und *Olas von Limmatblick* war, laut Asger ist das »*feinstes Blut*«.

Das Reisebüro

An einem der ersten Tage standen wir draußen im Vorgarten, weil wir gerade die Hunde draußen gehabt hatten und beim Kebab House gewesen waren, um Lammkoteletts, Humus und gebratene Kartoffeln zu holen. Loser und Steso-Thomas sind vom Bürgersteig in unseren Vorgartenweg eingebogen. Loser, dünn und grau und mit verschwommen Zügen, schaudert in der herbstlichen Kälte. Steso hüpft herum, fast schon hektisch, die durchdringenden Augen leuchten in seinem hohlwangigen, knochigen Gesicht. Und wie immer hat er hinten in der Hosentasche ein zerknittertes, zusammengefaltetes Taschenbuch stecken; Steso verschlingt Bücher und Pillen mit etwa gleich großem Vergnügen.

Da schaut der Nachbar über den Zaun.

»Was sind das alles für Leute, die euch besuchen kommen?« fragt er. Asger sagt zu Steso und Loser, sie sollen einfach reingehen, wir kommen dann auch gleich.

»Ich habe ein Reisebüro«, sagt Asger, »Klettertouren in Algerien.«

»Die sehen nicht aus wie Menschen, die verreisen«, sagt der Nachbar, während ich ins Haus verschwinde, denn Steso ist in der Lage, in weniger als drei Minuten alles zu finden, was stehlenswert ist.

»Aber die sehen doch aus, als bräuchten sie es«, sagt Asger, »die sind doch viel zu blaß.«

Loser steht mitten im Wohnzimmer, hält seinen fettigen Fünfziger in der Hand und will nur ein einzelnes Gramm Standard haben. Steso läuft hektisch herum, die Hände tief in den Taschen vergraben, und betrachtet die Einrichtung. Wir haben nicht so viel, das sich zu stehlen lohnt.

»Zum Teufel, Loser, ein Gramm!« meckert Asger, als er sich an den Eßtisch gesetzt hat und ein kleines Piece von einer Platte Hasch abbricht, um ein Gramm auf der Dealerwaage abzuwiegen. Steso tritt an den Tisch und nimmt die Haschplatte.

»Hej«, warnt Asger. Am Hasch des Dealers herumzufingern gilt nicht als guter Ton. Steso ist das egal. Er reibt mit zwei Fingern an der Platte herum, um den Ölgehalt zu prüfen und hält sich die Platte an die Nase, um die Qualität zu erschnuppern. Dann legt er sie wieder auf den Tisch.

»Hast du nichts anderes als PAPPE?« fragt er mit angeekelter Stimme. Das ist Standard. Wenn man das raucht, wird man stoned – die Qualität ist zu schlecht, um davon auch nur annähernd high zu werden.

»Zur Zeit gibt es in der Stadt nichts anderes«, sagt Asger und reicht Loser seinen Einkauf; Asger gibt ihm satt.

»Lars hat besseren Shit als dies Zeug hier«, sagt Steso. Lars ist besser als Pusher-Lars bekannt. Er ist einer von Asgers Konkurrenten in Vestbyen, aber ich glaube, Lars' Klientel ist eher punkig und ausgeflippt, während die meisten Kunden von Asger tough sind – jedenfalls glauben sie das.

»Ja ja«, sagt Asger, »ich hab mir sagen lassen, dein Kredit bei Lars sei abgelaufen – und so doll ist das mit der Gastfreundschaft wohl nicht.«

»Aha, das hast du gehört«, sagt Steso gleichgültig. Das Gerücht geht, Steso hätte Lars ein paar hundert Pilze gestohlen.

Loser sitzt in einem Sessel und rollt sich von etwa einem Drittel des Gramms einen kleinen Joint. Tjalfe und Tripper kommen aus der Küche angezottelt, wo sie aus ihrem Wassernapf getrunken haben. Loser zündet sich seinen Joint an, macht den ersten Zug und beginnt die Welpen zu streicheln, die zu ihm gegangen sind. Ich glaubte, das seien brutale Hunde, aber sie sind nicht sonderlich aggressiv. Sowohl Tjalfe wie Tripper rollen sich auf den Rücken und strecken die Beine in die Luft, während Loser ihnen den Bauch krault und seinen Joint raucht. Ich bin mir nicht sicher, ob es für die Hunde gut ist, wenn sie den Haschrauch direkt in den Schädel geblasen bekommen – sie sind doch immerhin nur große Welpen.

Steso gibt Asger einen zerknüllten 100-Kronen-Schein. Er dreht sich um und schaut die Hunde an.

»Was hast du gesagt, wie heißen sie?« fragt Steso unschuldig. Da muß man sich in acht nehmen – gleich wird er perfide.

»Tjalfe und Tripper«, sagt Asger, »Tripper ist die Hündin.«

»Nach Dope und Acidtrip?« fragt Steso.

»Ja, genau.«

»Sehr ... EINFALLSREICH«, sagt Steso.

»Ach halt doch die Klappe«, sagt Asger.

Steso schaut immer noch die Hunde an und redet mit gleicher Stimmlage weiter.

»Es ist auffällig, daß immer so Typen wie du gefährliche Hunde haben«, sagt er.

»Verdammt, was meinst du damit?« sagt Asger.

»Kein Mensch liebt dich; also schaffst du dir zwei Welpen an, die völlig abhängig von dir sind und dir unbedingte Liebe schenken. Und sie respektieren dich, weil du sie schlagen kannst. Und gleichzeitig haben andere Leute Angst vor dir, wenn du mit deinen Bestien auf der Straße herumspazierst.«

»Die sind zur Zucht«, Asger ist gekränkt, »die haben Stammbäume.«

Sonnenbrille

Der Alltag mit Asger war genau wie der mit Gorm. Mit Asger zusammen sein war nur viel angenehmer. Er war witziger, er mochte mich mehr, und er war besser im Bett. Aber das ist vorbei – jetzt ist es genau so wie früher. Wir sind zu Hause, Leute kommen, um was zu kaufen, und ich bin für Einkaufen und Essenkochen zuständig. Die Hunde kommen lediglich in den Auslauf, und ich muß Asger die ganze Zeit daran erinnern, ihnen Fressen und frisches Wasser zu geben. Asger geht fast nie raus. Aber wenn ich dann meine Tage habe, muß er einkaufen gehen, denn manches Mal tut es so weh, daß ich mich kaum bewegen kann. Ich liege auf dem Sofa unter der Decke und sehe fern.

»Verdammt, ich kann mich gut an alles erinnern«, sagt er verärgert, weil ich ihm einen Einkaufszettel schreiben will. Ich schreibe trotzdem einen. Wir brauchen lediglich fünf verschiedene Sachen aus dem Supermarkt, aber sein Kurzzeitgedächtnis ist vollständig im Eimer. Asger hat seine Jacke an und trägt die Sonnenbrille auf der Stirn, obwohl es bewölkt ist. Er schiebt Papierstapel und alte Zeitungen auf dem Tisch hin und her.

»Wo zum Teufel ist sie bloß?« murmelt er.

»Was fehlt?« frage ich.

»Meine Sonnenbrille«, sagt er, »hast du meine verdammte Sonnenbrille gesehen?«

»Auf dem Fensterbrett liegt eine«, sage ich. Er geht hin und findet sie, setzt sie auf.

»Okay«, sagt er zufrieden, »jetzt bin ich fertig zum Ausgehen.« Er sieht total bescheuert aus mit der Sonnenbrille vor den Augen und ihrem Pendant oben auf der Stirn, und ich muß die Zähne zusammenbeißen, um nicht zu lachen, aber das ist dann doch nicht so schwer, denn wenn ich lache, ist es, als würden lange Messer in meinem Unterleib umgedreht.

Asger ist total sauer, als er zurückkommt – mit nur einer Son-

nenbrille. Steso kam auf der Straße zu ihm und erzählte ihm, wie irre cool es sei, zwei Sonnenbrillen zu tragen. »Sonnenbrillen sind cool, Asger. Aber zwei Sonnenbrillen, hej Mann, das ist DOPPELT cool.«
»Ich konnte es dir einfach nicht sagen, Schatz. Ich fand es so total witzig.«
»Ich kann keinen lachen hören«, sagt er bitter, und mir geht auf, daß ich ihn »Schatz« genannt habe – als wenn er eine ökonomische Instanz in meinem Leben wäre. Das ist so daneben. Und er raucht so viel, das hat seinen Sinn für Humor zerstört. Und er kann auch nicht mehr richtig vögeln. Es ist unglaublich, wie verschieden Männer sind – manche können den Schwanz nur oben halten, wenn sie richtig voll und high sind, andere gar nicht. Also Asger verträgt es auf jeden Fall nicht, soviel zu rauchen.

Wenn er keinen Sex haben will, dann sagt er immer, das liege daran, weil er mit Kondom nicht könne – das würde die Lust töten. »Es ißt doch auch keiner Sahnebonbons mit Papier«, sagt er. Hirnloser Kommentar – verdammt, ich esse doch nicht sein Sahnebonbon mit dem Regenmantel. Und er will, daß ich die Pille nehme, aber das will ich nicht, denn das habe ich getan, als ich mit Gorm zusammenzog. Damals dachte ich: Okay, ich habe einen Freund – also muß ich mir besser die Pille zulegen. Innerhalb von fünf Wochen wurden meine Titten doppelt so groß und mein Arsch – Donnerwetter. Und mein Gesicht – ich bekam Schweinsäuglein. An der Chemie muß irgendwas nicht stimmen, wenn eine so kleine Pille soviel Unheil anrichten kann. Also ließ ich das mit der Pille und verlor das Ganze in Nullkommanichts wieder. Ich weigere mich, den Scheiß zu nehmen – es ist falsch. Aber ich will verdammt auch nicht seinen Samen in mir haben. Meine Eier sind reif, und er soll nicht der Vater meiner Nachkommen werden – dafür ist er einfach nicht gut genug.

Schweinebraten

Ich höre wohl, daß es gegen elf Uhr an der Tür klopft, aber wir stehen nie vor zwölf auf. Da liegen zwei Zettel. Einer von meiner Mutter und einer von der Post wegen eines Pakets für Asger. Den von meiner Mutter stecke ich in meine Unterhose, ehe ich zu Asger reingehe und ihm den Zettel vom Postamt gebe. Er liegt noch im Bett. Dann gehe ich ins Bad und falte den Zettel von meiner Mutter auseinander.

Liebe Maria. Es tut mir sehr leid, daß ich das über deinen Vater gesagt habe. Entschuldigung, Entschuldigung, Entschuldigung. Schatz. Willst du mich nicht anrufen? Dann können wir vielleicht mal zusammen essen? Ich kann es nicht aushalten, mit dir verkracht zu sein. Viele liebe Grüße. Deine Mutter

Mit dir ... verkracht zu sein; verdammt, das sind wir schon lange. Die Alte redet häßlich über meinen Vater, und dann glaubt sie, das könne sie mit drei Mal Entschuldigung und einem Kilo aufgewärmte Lebensmitteln in Ordnung bringen? So einfach wird das nicht. Ich möchte wissen, wie sie an Asgers Adresse gekommen ist.

Ich zerreiße ihren Zettel in winzige Stücke und spüle sie in der Toilette weg, ehe ich die Tür öffne, damit ich Asger im Auge behalten kann.

»Was ist das für ein Paket?« frage ich, während ich im Badezimmer meine Beine rasiere.

»Irgendwas«, sagt er, spaziert herum und lächelt.

»Ja aber was denn?«

»Wart's ab.« Dann versucht er mich zu überreden, es zu holen.

»Es kann sein, daß jemand kommt, um was zu kaufen, Schatz.«

»Dann bekommen sie einfach eine Tasse Kaffee, während sie warten«, antworte ich. »Nimm die Hunde mit.«

»Kannst du sie nicht einfach in den Auslauf sperren?« sagt er.

»Also hin und wieder müssen sie mal ein bißchen Bewegung haben – das sind große Hunde«, sage ich, »wenn du dort runter gehst, kannst du genausogut gleich einkaufen.«

»Nee. Kannst du das nicht machen?«

»Ich muß in die Schule«, sage ich aus irgendeinem Impuls heraus.

»Das mußt du doch sonst nicht.«

»Na, aber heute muß ich halt«, sage ich und erzähle ihm, was er kaufen soll. Ich mache eine Weiterbildung für Arbeitslose, bin aber krankgeschrieben – also nicht, daß mir was fehlen würde, ich hab einfach keine Lust, deshalb hab ich mir Probleme mit dem Nacken bescheinigen lassen. Als er zurückkommt, hat er natürlich »vergessen« einzukaufen – er hat auch vergessen, daß ich eigentlich auf dem Weg in die Schule war.

»Die Hunde haben sich völlig merkwürdig verhalten«, sagt er verwundert, als er mit sehr wichtiger Miene sein Paket auf dem Eßtisch öffnet. Verdammt, das ist doch klar, wenn sie nie draußen sind. Anfangs hat er mit ihnen trainiert, aber jetzt haben sie vergessen, was sie konnten. Das Paket ist voll mit Ausrüstung zum Tätowieren, für 4000 Kronen. Asger hat das bei einer amerikanischen Postorder-Firma bestellt, via Annonce in einem Bikerblatt. Wenn ich Frank das nächste Mal treffe, schneide ich ihm die Eier ab.

»Ja ja ja«, sagt Asger, während er Ausrüstung und Zubehör zwischen den Händen dreht und wendet. Es gibt eine Stromversorgung mit Fußpedal, Tinte, Klebeband, Nadeln, Sprayflasche, Tätowiermaschine, Seife, Gebrauchsanweisung, Gummibänder, Gummihandschuhe, Pauspapier, Kopierstifte, Uhrmacherlupe, Nadelröhren. Aber keine Ausrüstung zum Sterilisieren. Haben die Menschen denn nie von Aids gehört?

»Maria, gehst du nicht zum Einkaufen?« sagt er, »wir müssen einen Schweinebraten haben.«

»Ich muß in die Schule«, sage ich wieder, obwohl es viertel vor zwei ist. Er fängt an rumzutelefonieren, um Loser zu erwischen. Asger findet ihn im Café 1000Fryd. »Du mußt zum Supermarkt gehen und den allergrößten Schweinebraten kaufen, den sie haben«, sagt er. Ich nehme meine Jacke und verziehe mich. Verdammt, was ist das lästig. Er wird doch nie ein Scheißtätowierer – er kann sich ja höchstens zwanzig Minuten am Stück konzentrieren. Ich bin zwanzig Jahre alt, und er ist fünf Jahre älter als ich. Ich weiß nicht ... eine gewisse Gehirnaktivität hatte ich trotz allem erwartet.

Ich gehe selbst los, um einzukaufen. Unterwegs komme ich an einer Telefonzelle vorbei. Also gut. Ich trete ein und rufe meine Mutter in ihrer Töpferwerkstatt an.

»Woher hast du meine Adresse?« frage ich.

»Maria ... können wir nicht einfach ...« beginnt sie.

»Nein. Woher?«

Sie erzählt mir, sie sei zum Einwohnermeldeamt gegangen und habe ihnen meine alte Adresse bei Gorm angegeben und dann die jetzige bekommen.

Für 50 Kronen. Zum Teufel, was für ein Land ist das, wo jeder Idiot hingehen und die Adresse von einem bekommen kann? Man darf aber auch nichts selbst entscheiden.

»Willst du nicht am Donnerstag zum Essen kommen?« fragt meine Mutter.

»Ja, okay«, sage ich. Nicht weil ... also, verdammt, so ohne weiteres wird ihr nicht verziehen, nur ... ich muß doch auch wissen, was für Möglichkeiten ich habe.

Auf dem Heimweg denke ich an Ulla. Vielleicht sollte ich versuchen ... also, wenn ich daran denke, wird mir innerlich ganz warm, und es ist ja nicht, weil das Zusammensein mit Asger so wahnsinnig erregend wäre, es kann doch gut sein, daß ich ...? Also ... man weiß es doch nicht.

Als ich gerade durch die Tür trete, kommt Loser mit einem Schweinebraten, der 1,824 Kilogramm wiegt.

»*ACH, VERDAMMT!*« schreit Asger, denn natürlich hat der Metzger die Schwarte bereits zerteilt. »Die kann ich doch nicht tätowieren, die ist ja total in Stücke geschnitten!« Loser steht traurig da, er sieht ängstlich aus. Er denkt an das Geld, das er ausgelegt hat, und an die paar Gramm Papp-Hasch, die ihm bestimmt für das Einkaufengehen versprochen wurden. Dann schaut Asger Loser grübelnd an. Loser hält abwehrend die Hände hoch und schiebt sich langsam rückwärts auf die Tür zu.

»Nur so eine kleine Tätowierung?« fragt Asger, »für vier Gramm Schwarzen?« Loser läßt die Hände sinken, er wirkt verwirrt, wirft mir einen raschen Blick zu und schaut auf die Tätowierausrüstung.

»Schwarzer« ist das beste Hasch, das Asger führt – zur Zeit kostet ein Gramm 75 Kronen, und nur die guten Kunden dürfen ihn kaufen.

»Asger«, sage ich scharf.

»Verdammt, man kann auch an Bananen üben«, sagt Loser unterwürfig, »sie dürfen nur nicht zu reif sein.«

Asger höhnt: »Bananen«, und dreht sich zum Fenster um, seufzt und murmelt: »Verdammter Loser.«

Ich werfe Loser einen liebevollen Blick zu und nicke zum Werkzeug auf dem Tisch, ehe ich mich setze, um einen Joint für ein Bambusrohr zu rollen, das ich selbst in dem Herbst, als ich draußen bei meinem Vater war, zugeschnitten und geschliffen habe.

»Äh … können wir nicht … äh Bong rauchen?« Loser flüstert mit mir, um Asger nicht zu stören.

»Nein«, sage ich. Wir haben einen Bong, aber mir wird davon unglaublich schwindlig, ich werde halb krank. Also, ein Bong ist im Prinzip eine Wasserpfeife, nur ohne Sieb. Statt dessen fungiert das Loch zum Bongkopf gleichzeitig auch als Flutschloch; man zieht, bis der Shit verbrannt ist, und dann zieht man den Kopf aus dem Bong und inhaliert alles in einem tiefen Lungenzug. Asgers Bong ist aus Leder – das ist ziemlich ungewöhnlich und außergewöhnlich unappetitlich.

Ich rauche mit Loser den Joint und gebe ihm das Geld für den Schweinebraten – schließlich kann er nichts dafür, daß Asger nicht in der Lage ist, klare Anweisungen zu geben. Sobald das erledigt ist, macht sich Loser schleunigst aus dem Staub. Eigentlich liebe ich es, am Nachmittag einen durchzuziehen und dann einfach nur abzuhängen und mir Videofilme reinzuziehen oder mit Leuten zu schwatzen, die vorbeischauen. Aber jetzt kommt es mir vor, als liege die Leere auf der Lauer. Mich fröstelt.

Kurze Zeit später verdirbt Asger fünf Bananen, die ich gerade eingekauft habe. »Aber du kannst sie doch anschließend einfach essen«, sagt er, »ich glaub nicht, daß die Tinte durch die Schale dringt.« *Ich liebe Maria*, schreibt er auf die eine – aber ich will sie nicht essen; ich glaube nicht, daß er mich liebt.

Er versucht mich zu überreden, den Schweinebraten im Backofen zuzubereiten, denn er soll nicht verschwendet werden, aber ich will kein totes Schwein in meinem Ofen haben. Da schneidet er ihn statt dessen in Streifen und wirft sie zu Tjalfe und Tripper in den Hundezwinger, trotz meiner Warnungen. Und natürlich haben sie zwei Tage lang Dünnschiß – sie sind kein rohes Fleisch gewöhnt, und ein Schweinebraten aus so einem Scheißsupermarkt ist doch total mit Bakterien vollgestopft. In den nächsten zwei Wochen ruht die Tätowiermaschine, und ich freue mich, daß dieses Projekt trotz allem so schnell gestorben ist, aber ich freue mich zu früh; viel zu früh.

Fleisch und Blut

Ich sage Asger, ich müßte ins Kino, und gehe zu der riesigen Wohnung am Boulevard, wo meine Mutter und Hans-Jørgen leben. Was soll das eigentlich?, frage ich mich selbst. Ich will nicht mit ihr und Hans-Jørgen zusammenwohnen. Warum sollte ich? Letztes Mal war es total krank. Und ich habe auch nicht die Absicht, meine Abiturnoten zu verbessern, was das einzige ist, woran meine Mutter denkt. *Ausbildung ist wichtig, Maria*; so lautet ihr Mantra, dabei hat sie selbst auch keine.

Als Vorspeise gibt es Lachs, und dann hat Hans-Jørgen eine Gemüsetorte und grünen Salat und Knoblauchbrot zubereitet. Das ist wirklich ein Fortschritt. Sie pflegten vor ihrem bluttriefenden Fleisch zu sitzen und mir wurde gnädig gestattet, Salat und Kartoffeln zu essen.

»Mmm«, sagt meine Mutter, als sie den ersten Bissen Lachs gekaut hat. »Neeiiin, ist das lecker. Findest du das nicht auch lecker, Maria?«

»Es ist okay«, antworte ich. Ich habe es schon immer gehaßt, wenn sie beim Essen dauernd vom Essen reden. Mit dem vergleichen, was sie 1987 in einem Restaurant in der Provence aßen. »Und die Aussicht da war *phantastisch*. Kannst du dich daran erinnern, Maria?« Doch, ja – Bäume, Felder, Gebäude, Himmel; bleib doch locker, Lady.

»Was macht ... Asger?« fragt meine Mutter.

»Äh, er ist Rausschmeißer«, sage ich – denn das war er damals, als ich ihn kennenlernte, »und manchmal ist er Barkeeper.« Das ist auch gelogen.

»Ah ja, wo denn?« sagt meine Mutter – schon etwas besorgt.

»Verschieden«, antworte ich ausweichend. Kommt überhaupt nicht in Frage, ihr zu erzählen, daß Asger Dealer ist. Also, mir ist schon klar, daß meine Mutter viel zu schlucken hätte, wenn sie es wüßte; alle Forderungen aufgeben, mich wieder nach Hause zu bekommen. Aber ...

Sie vermeidet es bis auf weiteres, von meinem Abitur zu reden, aber Hans-Jørgen ist eifrig bemüht, das alte Theater von vorn zu beginnen.

»Und du bist dabei, dich auf die Prüfung vorzubereiten?« fragt er – er sagt das auf eine diskrete und freundschaftliche Weise, aber ich sehe gleichzeitig, wie er glaubt, meine Mutter zu entlasten, indem er die Frage stellt. Meine Mutter wirkt angespannt. Ich schaue ihn an, bin kurz davor zu sagen: *Was zum Teufel mischst du dich ein? Du bist nicht mein Vater. Mein Vater wohnt draußen in Store Ajstrup. Kannst du dich an ihn erinnern, Mutter? Den du verlassen hast und den du mich nicht sehen lassen wolltest – meinen eigenen VATER.*« Die Worte haben sich hinter meinen Zähnen in einer Reihe aufgestellt. Und dann wird mir klar, worauf Hans-Jørgen aus ist. Er wurde vor sieben, acht Jahren von seiner Frau geschieden, und vor vier Jahren traf er meine Mutter. Und er liebt ihre füllige Weiblichkeit und ihre Zärtlichkeiten und ihre Hingabe. Er liebt es, mit ihr zu vögeln und Wein zu trinken und in Symphoniekonzerte zu gehen und Großstadturlaub in Barcelona zu machen und die ganze Scheiße. Der einzige Haken bei meiner Mutter bin ich – eine verdammte Göre, die keine Lust hat, ein nettes Mädchen zu sein. Nichts würde ihn mehr freuen, als wenn ich ganz weit weg bliebe, damit er meine Mutter für sich allein haben kann. Und sie gehört zu den Frauen, die schlichtweg nicht ohne Mann leben können – sie ist dann total verwirrt, stockt. In den Jahren, als sie meinen Vater verlassen und ehe sie Hans-Jørgen getroffen hatte, war sie ... hoffnungslos. Ja, natürlich soll sie mit ihm zusammensein. Ich verstehe gut, daß sie ihn mag, aber dann mach auch die Augen auf, Lady; verdammt, du sitzt deinem eigen Fleisch und Blut gegenüber, und dann läßt du dich von dem Scheißnarren herumschieben.

Bereite ich mich auf die Prüfung vor?

»Ja«, sage ich. Damit ist alles in schönster Ordnung, Lächeln auf der ganzen Linie – wenn Hans-Jørgens Freude auch weit davon entfernt ist, überzeugend zu sein. Das steht auf seinem Gesicht geschrieben; die Angst, mich wieder in der Wohnung zu haben. Kurz darauf muß er zum Glück zur Arbeit, und ich entschuldige mich damit, daß ich mich gegen neun mit Asger vorm Kino treffen will.

Explodierende Sonne

Ich blättere in der Gebrauchsanweisung für die Tätowiermaschine. Asger ist mit Frank unterwegs, um irgendwelche alten Schulden einzutreiben, und die Hunde sind im Auslauf, weil Tripper auf einem meiner Tennisschuhe rumgekaut hat. Ich hole eine Banane aus der Küche und tätowiere kleine Muster darauf. Man taucht die Nadel in die Tinte und tätowiert die Tinte ein. Die Maschine verursacht in der Hand so ein witziges Zittern, und die Tinte riecht angenehm. Ich suche eine LP von den Einstürzenden Neubauten raus; *Halber Mensch*, irgendwelche elende Musik, die mir Gorm geschenkt hat. Auf dem Umschlag ist eine kleine geschlechtslose Menschengestalt zu sehen, so gezeichnet, als wäre es Höhlenmalerei – ziemlich cool. Die kopiere ich, gebe ihr aber einen Kopf wie eine explodierende Sonne – das sieht mit der blauschwarzen Tinte auf der gelben Banane richtig gut aus. Ich tätowiere echt besser als Asger. Dann zeichne ich Spunk-Figuren – die gleiche Form wie bei diesen kleinen Lakritzgummis, die man kaufen kann; sie sehen so ähnlich aus wie das Muster, das ich als Kind auf meiner Unterwäsche hatte – Paisleymuster, ich glaube, so heißt es. Die kleinen Figuren waren umringt von Punkten, also mache ich auf der Banane auch noch welche, aber dafür ist etwas zu wenig Platz da.

Ich will mir gern so einen kleinen Spunk auf den Knöchel tätowieren. Nachdem ich ein bißchen in der Gebrauchsanweisung gelesen habe, wechsle ich die Nadel aus und ziehe ein paar gewöhnliche Haushaltsgummis um die Tätowiermaschine, so daß sie an der Oberseite auf die Nadel Druck ausüben. Gemeinsam mit der Stromstärke, die von der Stromversorgung reguliert wird, justieren die Gummis die Vibrationen der Nadel – das ist einfach.

Ehe ich anfange, rasiere ich meinen Knöchel und wische die Haut mit Spiritus ab. Ich weiß zwar nicht, ob das sein muß, aber es kommt mir logisch vor.

Die Tätowierung zeichne ich mit einem dünnen Filzstift direkt auf die Haut – es soll ja ein Unikat werden. Schließlich schmiere ich die Umgebung mit Vaseline ein. Der Gebrauchsanweisung zufolge läßt sich die überschüssige Farbe leicht mit einer Papierserviette wegtupfen. Ohne Vaseline würde sich die Farbe auf der Haut festsetzen, und dann kann man nicht sehen, wo man schon war.

Ich fürchte mich ein bißchen davor, wie weh es wohl tut. Als ich mit der Nadel die Haut berühre, bekomme ich einen kleinen Schock. Das *tut* weh, aber nicht sehr. Ich folge den Strichen und wische Blut und Tinte mit einem sauberen Tuch weg. Der Schmerz hält sich jetzt konstant – es brennt; aber trotzdem bin ich erleichtert. Die Angst vor dem Schmerz war größer als der Schmerz selbst. Das Brennen geht in ein Gefühl über, das einem Krampf ähnelt, ist aber ganz und gar auf die Umgebung begrenzt, die ich tätowiere. Der Schmerz ist sehr gleichmäßig. Das ist sogar irgendwie gut. Meine Brustwarzen werden noch fester.

Nach einer guten Stunde bin ich fertig. Die Haut ist leicht geschwollen, und der Schmerz hält sich auf dem gleichen Niveau, aber der vergeht wohl bald. Und der Spunk ist richtig nett geworden. Kein Wunder, daß so viele Rockertypen Tätowierer werden – das ist total easy.

Ich weiß nicht, wie man eine frische Tätowierung behandelt, deshalb rufe ich Ulla an, weil sie eine Rose auf der Schulter hat. Um zu verhindern, daß Schmutz hineinkommt, sagt sie, soll ich ein Stück Klarsichtfolie darum ziehen. Nur so lange, bis ich zum ersten Mal ins Bad gehe.

Sie fragt mich, ob wir uns bald mal sehen.

Da rutscht mir einfach so heraus: »Ja, von mir aus gern.« Was doch nicht heißt, erzähle ich mir anschließend selbst, daß wir … Also, sie hat ja selbst gesagt, das war nur zum Spaß, und sie wohnt zusammen mit Slagter-Niels.

Dann ziehe ich das Hosenbein über die Tätowierung. Ich will

Asger nichts davon sagen – er wird bestimmt nur sauer. Er ist so verdammt oft sauer zur Zeit.

Die eingesperrte Tür

Asger erzählt mir, Hossein solle sein Kurier sein und für uns drüben in Christiania Hasch von Axel holen. Asger will, daß ich beim ersten Mal mit Hossein fahren und ihn Axel vorstellen soll. Als er das sagt, sehe ich skeptisch aus, aber eigentlich will ich es gern tun, auch wenn ich mich ein bißchen vor Hossein fürchte. Und natürlich ist es immer super, nach Kopenhagen zu kommen und shoppen zu gehen.

Axel ist ein alter Aalborger. Ich kenne ihn noch aus der Zeit, als ich mit fünfzehn anfing, in die Stadt zu gehen. Er war verrückt. Immer auf Pilzen. Ein guter Typ, Michael heißt er, hatte mir von Axel erzählt. Im übrigen war es Michael, der mir eines Nachts unten am Fjord meine Jungfräulichkeit nahm, obwohl ich eigentlich genau wußte, daß er eine Freundin und daß sie die galoppierende Anorexie hatte – so etwas begreife ich echt nicht. Aber Michael war einer der wenigen Typen im 1000Fryd, dessen Mutter ihm die grundlegenden Anforderungen in Hygiene beigebracht hatte; er konnte auf die Idee verfallen, sich die Haare zu waschen und ein Deo zu benutzen, und außerdem war er eigentlich ein wirklich klasse Typ, wenn auch ein bißchen langweilig.

Michael sagte, im Pilzesammeln sei Axel genial. Sie hatten da einen ganzen Kreis, aber Axel war derjenige, der loszog.»Die meisten sind ja zu faul und zu paranoid der Natur gegenüber, um selbst rauszugehen und sie zu holen«, erklärte Michael. Ich wußte damals nichts von diesen Sachen. Laut Michael war Pilzenehmen *ein sehr heftiges Erlebnis.* »Alles ändert sich«, sagte er. Alles werde sehr schön bunt, sehr besonders und sehr abgefahren.»Türen der Erkenntnis«, sagte er, »du hast ein Haus, das du selbst bist und das dein Selbst ist. Und was du tust, wenn du auf dem Trip bist, das ist einfach eine Tür nach der anderen zu öffnen, zu der du normalerweise keinen Zutritt hast, und die Türen offen zu hinterlassen, so daß Durchzug herrscht.«

Ich mußte an meinen Vater denken. Totaler Durchzug. Ich würde nichts probieren. Aber ich hing eine Zeitlang mit Michael rum, und wir waren oben in Axels Wohnung, wo sie Pilze nahmen – jeder dreißig. Und das war total seltsam, denn sie sprachen nicht richtig miteinander. Sie saßen nur da und schickten sich telepathische Signale und nickten sich in völligem Einverständnis zu, und ich saß einfach mit einem kleinen schwulen Joint dabei und fand es irre spannend.

Dann begann Axel davon zu reden, die Tür sei lebendig und es sei schade für sie, eingesperrt zu sein. Ich schaute zur Tür in den Flur hinüber. Es ist eine gewöhnliche Tür mit Türfüllung, weiß gestrichen. »Was meinst du mit eingesperrt?« frage ich.

»Der Baum ist nicht frei. Die Farbe hemmt die Existenz der Tür«, sagt Axel, wobei er sie tief besorgt anschaut.

»Er hat Sachen an«, sagt Michael, »die Baumadern bewegen sich – kannst du sie schreien hören?«

»Wir müssen unsere Solidarität zeigen«, sagt Axel und fängt an, sich auszuziehen – alles. Michael tut das gleiche. Axel steht bei der Tür, als er die Hosen wegwirft, so daß ich die Schamhaare sehen kann und seinen großen schlaffen Schwanz. »Das hilft ihm. Kannst du es hören?«

»Ja«, sagt Michael, und dann drehen sich beide um und schauen mich in einer Form sorgenvoller Verwunderung an. Was soll's, denke ich. Ich bin total breit, und dort steht ein großer Tisch mit Teakholzfurnier, ich glaube langsam auch, daß er lebendig ist, daß sich die Adern in einem tanzenden Strom bewegen, und ziehe alles aus. Axel steht an der Tür und streichelt sie, tröstet sie, während Michael alles vom Teakholztisch abräumt und seine Hände ausgestreckt über die Tischplatte gleiten läßt. Ich bin völlig nackt und meine Brustwarzen sind fest, denn es ist ein bißchen kalt im Zimmer, aber in dem allen ist überhaupt nichts Sexuelles – nur im Verhältnis zu dem Baum, der durch unser Streicheln getröstet werden soll, dann lege ich mich mit dem Bauch auf den Tisch und umfasse ihn, und ich kann den Saft in ihm spüren, kann spüren, wie die Säfte durch die Holzadern fließen und meine Schenkel, die Haut an meinem Bauch, meine Brüste streicheln, meine Wangen kitzeln.

Nicht sehr lange danach wurde Axel in die geschlossene Abteilung des Krankenhauses Süd eingewiesen. Er aß immer Pilze, wenn er zum Sammeln draußen war, weil sie dann mit ihm sprachen, sagte er. Dann war er am Abend nach Hause gekommen, und als er durch die Bispengade spazierte – bestimmt leuchtete ihm der Wahnsinn aus den Augen –, wurde er von der Polizei angehalten. Die konfiszierte seine 700 Pilze, und eine Viertelstunde später griff er ihren Streifenwagen mit einem Beil an.

Nach drei Tagen war er aus der geschlossenen Abteilung des Krankenhauses Süd geflüchtet, und anderthalb Jahre später tauchte er mit einem Großhandel in Christiania auf. Keiner weiß, was er in der Zwischenzeit gemacht hat, und bestimmt wird er immer noch gesucht.

Der moslemische Fluch

»Komm schon, Maria. Du sollst ihn nur zu Axel begleiten, Hossein bringt dann die Platten aus Christiania raus, ihr trefft euch am Hauptbahnhof und nehmt den Zug nach Hause«, sagt Asger.

»Okay«, sage ich, »laß mich diesen Hossein treffen.«

»Du weißt doch genau, wer das ist«, sagt Asger.

»Ja, aber ich habe ihn noch nicht kennengelernt. Ich will gern sicher sein, daß der Typ okay ist, ehe ich zusammen mit ihm und unseren ganzen Ersparnissen nach Kopenhagen fahre.«

Asger zuckt die Achseln: »Okay, ich kümmere mich drum, daß er vorbeikommt.«

Ein paar Tage später ist Hossein da. Mit diesen rabenschwarzen Augen steht er mitten im Wohnzimmer und deutet auf den Couchtisch:

»Was macht diese Scheiße da?« fragt er mit angeekelter Stimme und seinem schweren iranischen Akzent. Asger schaut ihn verständnislos an. Hossein hat sich des Raumes in einem Maße bemächtigt, daß es Asger anscheinend schwerfällt, Luft zum Gehirn zu bekommen.

»Was für eine ... Scheiße?« fragt Asger.

»Das beschissene Palästinenser-Kopftuch«, sagt Hossein. Wir benutzen mein altes Palästinensertuch als Tischdecke. Das ist eigentlich wohl auch etwas daneben.

»Das ist doch dein Brudervolk«, sagt Asger.

»Das ist nicht mein verdammte Brudervolk. Diese Palästinenser sind nur Schmarotzertypen, stockdumme Araber. Machen hoffnungslose Versuche, sich mit Israel anzulegen.«

»Ist Israel nicht dein Feind?« frage ich.

»Nein, wir in Iran sind froh, daß es gibt etwas, das Israel heißt. An die können die Araber Zeit und Kraft vergeuden.« Ich schaue Hossein verwundert an. Er erzählt mir, ehe Khomeini an die Macht kam, seien Israel und der Iran gute Freunde gewesen.

»Bist du denn kein Araber? Oder Moslem?« frage ich. Ich habe keine Ahnung – ich habe geglaubt, da unten wären alle Araber und Moslems.

Hossein schaut mich wütend an, sagt verbissen: »Ich bin kein Scheiß Araber, verdammter Moslem. Ich bin Perser. Mein Land, Iran, wir sind Persien. Iran umgeben von den Scheiß Nachbarn. Werden von Fluch getroffen. Moslems haben uns besetzt. Das ist das gleiche Problem, wir haben viele tausend Jahre.« Anscheinend ist der Iran von Arabern, Türken und Mongolen besetzt gewesen. »Und Araber bleiben nicht sitzen, aber gelingt ihnen, daß alle Machthaber Glauben wechseln. Rest haben sie umgebracht«, sagt er.

Asger unterbricht ihn: »Ja ja. Ist ja in Ordnung, Hossein.« Aber Hossein ist aufgebracht – ich bin ihm offenbar auf die Zehen getreten.

»Diese Araber sind wilde Menschen ohne jeden Grund – sie stehen nur im Weg«, sagt er und behauptet, es sei gut gewesen, daß Mohammed den Islam unter den Arabern verbreitete, weil die so primitiv waren, daß selbst Mohammed ein großer Fortschritt war. »Aber seitdem sind nicht weitergekommen. Die Araber sollen sich um verdammte Wüste kümmern und aufhören, sich in anderen Teilen von Welt einzumischen.«

»Ich habe geglaubt, der Iran hält es mit den Arabern gegen Israel?« frage ich, denn das sagen sie in den Fernsehnachrichten immer – gleichzeitig biete ich Hossein einen Becher Kaffee an. Er erklärt mir, das sei ebenfalls Khomeinis Schuld, und wird etwas lockerer.

»Er versucht, Bild zu drehen – Israel soll dummes Schwein sein und Palästina befreit werden. Nur weil Israel in gleichen Bett liegen wie USA, genau wie Schah.« Hossein schüttet sich Sahne und Zukker in den Becher, setzt sich in einen Sessel und erzählt mir, der gewöhnliche Iraner hege keine Sympathie für die Palästinenser. Er sagt, viele Iraner seien es leid, daß ihre Kinder in den Libanon gelockt würden, um gegen Israel zu kämpfen.

»Viele junge Iraner sind getötet worden. Wurde versprochen, sie sollten Palästina befreien, und sind sie in Libanon Kanonenfutter geworden.«

Hossein macht überhaupt nicht den Eindruck eines Mannes, der als Kurier nach Christiania fahren muß, um zurechtzukommen. Es muß einen anderen Grund geben, warum er das tut, denke ich – aber ich weiß nicht, was der Grund sein könnte.

»Warum bist du eigentlich aus dem Iran geflohen?« frage ich, so lässig ich kann. Er schaut mir scharf in die Augen – alle Lässigkeit meiner Frage ist von diesem Blick wie weggeblasen.
»Ich bin ein Soldat. Ich gerate unter Verdacht, meinen Offizier bei ein Kampf erschossen zu haben.«
»Und hast du?« Ganz trocken frage ich das. Ich fürchte mich doch nicht vor seinen Augen. Dann lächelt er; wow, was für ein Gebiß, gut proportionierte starke und weiße Reihen.
»Ja, natürlich. Er war dummes Schwein«, antwortet Hossein.
»Hast du ihn von hinten erschossen?« frage ich. Ich kann ihn gut leiden, aber ich will ihn gern ein bißchen aus der Fassung bringen.
»Nein, ich drehe mich um und schieße ihn von vorn in den Kopf.«
»Worüber warst du sauer?« frage ich.
»Das dumme Schwein versuchen sich vor Krieg zu verstecken; sich verstecken hinter mir.«

Barbarenbrot

Wir verabreden, uns in zwei Tagen morgens am Bahnhof von Aalborg zu treffen. An dem Tag klingelt der Wecker, nachdem ich nur vier Stunden geschlafen habe, und ich komme beinahe zu spät, weil ich noch meine Beine rasieren will. Wohl wahr, ich habe Hippie-Eltern, aber deshalb muß ich ja nicht so aussehen, und ich setze mich keinesfalls mit Stoppeln auf den Haxen in Gesellschaft eines coolen fremden Mannes in ein Zugabteil.

Und ich muß noch daran denken, die Tätowierung mit Aloe Vera-Lotion einzucremen, damit die Wunde weich und geschmeidig bleibt. Der Schorf darf nämlich möglichst nicht rissig werden und zu früh abfallen, denn sonst riskiere ich, daß etwas von der Farbe verschwindet und der Spunk weiße Flecken bekommt.

Gleichzeitig lindert die Lotion auch, so daß ich nicht die ganze Zeit an der Wunde kratzen und pulen muß – davon kann es nämlich auch weiße Flecken geben. »ASGEEER«, rufe ich, weil er natürlich nicht aufgestanden ist und weil sein falscher Dealer-Machismo ihm diktiert hat, daß er mir die achttausend Kronen gestern noch nicht geben konnte, deshalb muß ich ihn jetzt aus dem Bett werfen und ein Taxi anrufen. Währenddessen schlurft er zur Fensterbank und schaut dabei mißtrauisch über die Schulter. Er will nicht, daß ich sehe, wo er den Schlüssel für sein Geldkästchen versteckt. Ich gehe in die Küche – also, der Schlüssel liegt im Untersetzer für die Topfpflanze auf der Fensterbank – was ist daran schwer? Das Taxi hupt, ich bekomme das Geld in die Hand gedrückt und paranoide Ermahnungen mit auf den Weg, und dann los.

Hossein steht ganz ruhig mitten in der Bahnhofshalle, und wir erreichen ohne Probleme den Zug. Er findet unsere Plätze und deutet auf einen: »Du mußt in Fahrtrichtung sitzen.«

»Warum denn, Hossein?« frage ich, etwas desorientiert.

»Für schöne Frau ist am besten, nicht mit Rücken zur Zukunft zu sitzen«, sagt er, anscheinend ernst. Er sagt, er will die Zugstewardeß suchen und uns zwei Tassen Kaffee holen. »Ich hätte gern Tee«, sage ich und setze mich zurecht. Anderthalb Stunden später flimmert das Sonnenlicht auf meinen geschlossenen Augenlidern und ein fremder Duft steigt mir in die Nase. Ich blinzele. Ich sitze unter Hosseins großer Lederjacke in einem Zug, und er sitzt mir gegenüber und schaut mich an.

»Oh«, sage ich, »bitte entschuldige.« Auf der anderen Seite des Mittelgangs sitzt eine Dame Anfang Fünfzig. Sie hat so einen leicht gekränkten Ausdruck im Gesicht und blickt verstohlen zu uns hinüber.

»Schlafen ist gut, wenn du müde bist«, sagt Hossein.

»Ja, aber das ist nicht sonderlich höflich«, sage ich. Mein Mund fühlt sich an wie mit getrockneter Spucke verklebt – bestimmt, weil ich in der Sonne gesessen habe. Ich wüßte gern, wie mein Gesicht aussieht.

»Völlig egal ob höflich«, sagt Hossein. Ich greife nach dem Becher mit Tee, der auf dem Tisch zwischen uns steht.

»Nein, den nicht trinken – kalter Tee«, sagt Hossein und taucht ab in seine Schultertasche, die unter dem Tisch steht, woraus er – von allen denkbaren Sachen – eine Fanta hervorzieht.

»Danke«, sage ich und trinke gierig. Die Limonade löst den Schleim in meinem Mund, und ich spüre, wie ich mich gleichzeitig schlaff und etwas angespannt fühle, weil ich heute noch nichts zu essen bekommen habe.

»Du hast Hunger?« Die Feststellung wird wie eine Frage ausgesprochen.

»Ja – sogar mächtigen«, sage ich und strecke mich. Ich habe auch Lust auf eine Zigarette, aber ich glaube, mir wird schlecht, wenn ich jetzt rauche, ohne etwas im Magen. Hossein ist wieder in die Schultertasche abgetaucht und kommt mit zwei quadratischen, in Alufolie eingewickelten Päckchen nach oben.

»Du bekommst Butterbrotpaket – Hossein hat es gemacht«, sagt er, reicht mir eins der Päckchen und holt für sich selbst eine Halbliter-Fanta hervor.

»Hossein«, sage ich und lächele, »hast du an alles gedacht?«

»Ich hoffe es«, sagt er, »alter Soldat denkt immer an ... Proviant«, fügt er hinzu, als ihm das Wort eingefallen ist. Ich packe aus. Das ist ein flaches Stück Weißbrot, so groß wie eine Viertel Bratpfanne. Die Oberfläche ist uneben, sie ist mit irgend etwas eingepinselt und mit Sesamsamen bestreut. Ich hebe den obersten Teil ab. Das Brot ist mit Mayonnaisedressing geschmiert, und ich kann Knoblauch riechen. Zwischen den Brotscheiben liegen Tomate, Gurke und Fetakäse; außerdem Zwiebeln und richtige schwarze Oliven, von Hand entkernt. Ich möchte wissen, ob er weiß, daß ich Vegetarierin bin. Mir fällt auf, daß die Dame uns immer noch anschaut. Was für ein verdammtes Problem hat sie? Hat sie noch nie vorher zwei Menschen gesehen, die mitgebrachte Brote essen? Irgendwie merke ich, daß es Hossein etwas ausmacht.

»Hast du die gemacht, Hossein?« frage ich. Er nickt.

»Bitte sehr«, sagt er. Ich beiße hinein. Es schmeckt richtig gut.

»Wo hast du das Brot gekauft?« frage ich. Er hebt die Augenbrauen und deutet auf seinen Brustkorb.

»Ich habe das Brot gebacken.«

»Stimmt das?« rutscht es mir heraus.

»Ja, das stimmt. Du glaubst nicht, iranischer Mann kann die Zauberkunst in der Küche?«

»Äh«, sage ich, »wie heißt das ... Brot?«

»Das heißt *nune barbari* – das bedeutet Barbarenbrot.« Er glaubt, der Name stamme daher, daß diese Art Brot mit den mongolischen Horden in den Iran kam. Ich drehe den Kopf zu der Dame und reiche das große Sandwich zu ihr hinüber, so daß sie meinem Blick nicht ausweichen kann.

»Möchten Sie abbeißen?« frage ich.

»Nein danke«, sagt sie.

»Ah ja. Sie starren nur so, daß ich dachte, Sie wären vielleicht hungrig.«

»Ich ... schaue nicht«, sagt sie und dreht den Kopf, so daß sie geradeaus auf den leeren Sitz gegenüber blickt.

»Na ja, starren Sie ruhig. Ich finde auch, daß er ein toller Typ ist«, sage ich und blinzele Hossein zu.

»Du mußt nett sein, Maria«, sagt er.

»Ja, okay.«

Dann wendet sich die Dame mit einem Mal an Hossein: »Ähh ... ich finde nur, daß Sie gut Dänisch sprechen«, sagt sie.

»Danke ebenso«, sagt Hossein, und ich muß so lachen, daß Stückchen von Brot und Gurke und Fetakäse aus meinem Mund sprühen. Die Dame gibt einen kleinen prustenden Ton durch die Nase von sich, als sie sehr rasch eine Frauenzeitschrift aus ihrer Tasche zieht und sich geradezu dahinter versteckt.

No problem

»Hossein«, sage ich, als ich die Fassung wiedergewonnen habe, »wie geht es dir damit, daß die Leute dich so anstarren?« Er überlegt zwei Sekunden. »Ich bin Fremder. Ich kann nicht rumlaufen und Däne spielen so wie ihr. Ich will es lieber nicht tun. Und wenn du in Iran kommst, wirst du auch immer Fremde sein.« Er spricht das Wort mit rollendem r aus und mit Nachdruck auf dem d – es klingt beinahe wie eine Parodie.

»Aber wie geht es dir mit solchem ... Kleinrassismus«, sage ich und mache eine Handbewegung zu der Dame hin.

»Bei meisten Menschen, mit denen ich Probleme hatte, war nicht, weil sie Rassisten sind, sondern weil es ihnen nicht gut ging mit sich selbst. Sie versuchen ein Sündenbock zu finden – weg mit ihre Aggression. Ich will nicht Sündenbock sein.«

»Aber was, wenn sie dich belästigen?«

»Das ist nicht mein Problem. Sie schaffen sich das Problem, also laß sie. Einer sagt zu mir: *Ich hasse Ausländer*; ich sage zu ihm: *Ebenso. Wir sind gleich, Mann*. Nachdem du mit ihnen geredet hast, sagen manche von denen, einziger Ausländer, den sie leiden können, bist du. Ich sage nur zu ihm: *Spielt keine große Rolle, ob du mich leiden kannst.*«

»Aber fandest du nicht, daß es schwer war ... also, als Flüchtling hierher zu kommen?«

»Ja ... mir half einzig, mit meinem Leben weiterzumachen, weil ich meiner selbst sicher bin. Ich finde, ich bin der netteste Mensch von der Welt. Zuerst ich, dann ich und dann wieder ich. Das ist *no problem*«, sagt er und lacht entwaffnend über sich.

Wir kommen um vierzehn Uhr im Kopenhagener Hauptbahnhof an, und das ist gerade rechtzeitig, wenn wir sicher sein wollen, daß Axel aufgestanden ist. Ich finde, in Aalborg ist der Tagesrhythmus der Dealer weniger verdreht, außerdem ist Axel total extrem. Ich habe jedesmal, wenn ich in den letzten zwei Jahren in Kopenhagen war, bei ihm abgehangen, und er hat ganz einfach einen Tagesrhythmus wie ein Vampir. In der Regel steht er nachmittags zwischen zwei und drei Uhr auf. Und dann trinkt er seinen Morgenkaffee mit jeder Menge Sahne – das macht er immer so. Und in die ersten Tassen des Tages tut er auch noch einen Haufen Zucker, um in Schwung zu kommen – er ißt ja nicht so viel. Nach dem Kaffee hat er das Gefühl, gefrühstückt zu haben – schnelle Energie. Dann macht er seine Morgenmische, so daß er rauchen kann. Axel hat nichts dagegen, in seiner Morgenstunde Besuch zu bekommen, nur soll man einfach nicht zu viel reden, das ist leicht zu merken. Man muß irgendwie die Stimmung sondieren, er markiert dann schon von allein, wenn er Lust hat zu kommunizieren. Aber ich glaube, vor dem späteren Nachmittag sollte man nicht mit ihm handeln. Es gibt auch ein paar Boutiquen, in die ich gern will, deshalb nehme ich Hosseins Arm und wir spazieren über den Rathausplatz, den Strøget hinunter und die Pisserende hinauf.

Mein Geld ist schnell weg, und immer noch haben wir Zeit.

»Bist du je in der Istedgade gewesen?« frage ich.

»Nein.«

Bürste

Ein Stück die Istedgade hinunter bleibt Hossein stehen.

»Was ist dieses Ding?« fragt er und zeigt auf ein weißes aufblasbares Schaf, das im Schaufenster eines Sexshops steht.

»Das ist so ein ... Man kann es vögeln, wenn man keine Freundin hat«, sage ich zögernd. Hossein schüttelt den Kopf und geht weiter, so daß ich rennen muß, um ihn einzuholen.

»Dieser Ort ist ein Krankheit«, sagt er.

»Hossein«, sage ich und bringe ihn mit einer Hand auf seinem Arm zum Stehenbleiben, »schau mal da – ein türkischer Frisör.«

Hossein schaut mich an:

»Mußt du dir Haare schneiden lassen?« fragt er.

»Nein, aber du mußt dir die Bürste abmachen lassen«, sage ich und zeige auf seinen Schnauzbart. »Mit dem siehst du aus wie Saddam Hussein.«

»Du paß ein bißchen auf, was du sagst.« Hossein zeigt skeptisch auf den Frisörladen. »Das ist türkischer Frisör – ich kann türkische Dorfidiot nicht leiden. Er soll mein Kopf nicht anfassen.«

»Aber dieser Schnauzbart ist so *häßlich*«, sage ich.

»Ein Mann hat Schnauzbart. Wann kein Schnauzbart, dann kein Mann«, sagt er, »ganze Familie lacht dich aus.«

»Kannst du dann nicht einen Vollbart haben?«

»Niemals. Dieser Vollbart nur für Religiöse. Wenn ich auf der Straße einen Araber mit Vollbart sehe, will ich nur gern mein Feuerzeug in Bart halten.«

»Wie wäre es mit einem Backenbart?«

»Kein Backenbart. Der ist für iranische Omos.«

»*Homos*«, sage ich, »kannst du nicht sehen, daß du mit dem Schnauzbart wie ein Türke aussiehst?«

»Ein *Türke*?« Hossein schaut mich ungläubig an. »Du nennst mich ein Türke?«

»Nein, aber du siehst wie einer aus – wenn du einen Schnauzbart hast. Und wie Saddam Hussein.«

»Ich sehe mein Vater ähnlich – und der sieht gut aus.«

»In Dänemark haben nur leicht faschistische Polizisten so einen Schnauzbart.«

Hossein dreht sich um und geht los. »Ich muß nicht mehr von diese totale Quatsch anhören.«

Ich bin nicht ganz sicher, ob er wütend ist oder ob er mich nur verarscht. Wir gehen schweigend zum Hauptbahnhof zurück. Hossein schaut auf seine Uhr.

»Wir müssen das Ding jetzt holen«, sagt er und steigt in ein Taxi, das uns zum Haupteingang von Christiania bringt.

»Bist du hier schon mal gewesen?« frage ich, sozusagen um das Eis zu brechen.

»Ja, oft«, sagt Hossein.

Ah ja.

Schmuggler

Wir spazieren am Marktplatz vorbei, durch die Pusherstreet und hinaus nach Dyssen, wo Axel in einem Bauwagen wohnt, aber als ich anklopfe, erscheint ein dreckiger, langbärtiger kleiner Mann. Ich frage nach Axel.

Der kleine Scheißer wirft einen Blick auf Hossein und sagt: »Davon weiß ich nichts.« Ich frage noch mal. Er weigert sich, etwas von Axel zu wissen.

»Was zum Teufel bildest du kleiner Scheißer dir ein?« sage ich verbissen, »wann ist er zurück?«

»Ich weiß nichts davon, aber man kann es immer in einer halben Stunde versuchen«, sagt er, total stoned und sich ängstlich an seine Psychopathenfassade klammernd, seine Stellvertretermacht. Bestimmt paßt er für ein paar lumpige Gramm auf die Bude auf, während Axel unterwegs ist, um irgendein Take-away zu holen und die Tageszeitung zu kaufen oder so etwas.

»*Ich weiß von keinem Axel ...*«, äffe ich ihn mit einer Grimasse nach, werfe die Tür zum Bauwagen zu und gehe zurück. »Verdammtes Haschwrack.«

Hossein lacht. »Ruhig, Maria«, sagt er.

Während Hossein mit einem Typ in einer Döner-Bude redet, schaue ich mir auf dem Marktplatz Schmuck an.

Um 16.30 Uhr sind wir wieder bei Axels Bauwagen. Das drekkige kleine Stück menschlichen Abfalls öffnet die Tür. Ich schaue ihn scharf an – noch mehr Mist zu hören, ertrage ich nicht.

»Äh, kommt rein«, sagt er und wir schieben uns in den Bauwagen. In der hintersten Ecke befindet sich auf einer Balkenkonstruktion so eine Matratze mit Gestell, darunter ist Platz für Kästen und Gerümpel. Vor dieser Matratze steht auf der rechten Seite des Wagens ein Eßtisch an der Wand, darauf liegen Raucherutensilien, Kaffeebecher – das Übliche halt. Ringsum fünf Stühle. Auf der linken Seite, neben dem Eßtisch, ist das Fenster, die Gardine ist zugezogen, und dem Fenster gegenüber steht auf einem Regal ein Fernseher. Direkt bei der Tür ist hinter einer Trennwand eine kleine Teeküche. Außerdem ist der Bauwagen mit einem großen Gasofen ausgestattet, in der Nähe des Bettes. Und auf jeder sichtbaren Fläche liegt der Dreck von Jahren.

»Maria«, sagt Axel und legt die Zeitung beiseite. Ich gehe zu ihm und umarme ihn, so wie er da auf seinem Stuhl sitzt. Er lächelt, also freut er sich, mich zu sehen, aber man soll nicht erwarten, daß der Dealer einfach aufsteht – er sitzt auf seinem Thron, während die Untergebenen zur Audienz zu ihm kommen.

»Das hier ist Hossein«, sage ich, und Axel streckt die Hand aus.

»Guten Tag«, sagt Hossein sehr förmlich. Axel ist noch abgemagerter als beim letzten Mal; seine blonden Haare hängen wie eine dicke tote Kruste auf dem Schädel, und die Haut ist grau in grau.

Axel wirft einen Blick hinüber zu dem Idiot, der uns reingelassen hat. Der kleine Mann sagt danke und geht. Axel bietet uns Kaffee an. Wir können uns selbst Becher in der Teeküche nehmen; natürlich müssen sie zuerst abgewaschen werden. Wir spielen das übliche Manöver durch: Wie geht's in Aalborg, wie geht's Asger und so weiter, aber die Formalitäten sind schnell überstanden, denn wen interessiert das eigentlich?

Dann wird gehandelt. Ich erkläre Axel, daß ich achttausend Kronen habe; für die meisten soll ich Standard bringen, aber ich soll auch etwas Schwarzen holen. Der Preis für ein Kilo Standard liegt zwischen 22 000 und 25 000 Kronen. Ein Kilo Schwarzen kann man irgendwo zwischen 45 und 55 Kronen pro Gramm bekommen, abhängig von der Qualität, ob man ein guter Kunde ist und ob man Leute kennt. Wenn du also 100 Gramm Schwarzen kaufst, kostet das Gramm vielleicht sechzig Kronen.

Wir einigen uns auf 200 Gramm Standard, das Gramm à 24 Kronen. Dann bleiben noch 3 200 Kronen, und dafür bekomme ich 67 Gramm Schwarzen – das ist ein sehr freundlicher Preis. Bei einem Verkaufspreis von 50 Kronen für ein Gramm Standard in Aalborg und 75 Kronen für ein Gramm Schwarzen würden die 8 000 zu 15 025 Kronen anwachsen. Davon muß man selbstverständlich die Reisekosten abziehen, Hosseins Honorar und Asgers und meinen persönlichen Verbrauch, also alles in allem ist es keine wirkliche Goldgrube.

»Und noch ein Raucherpiece, das kannst du in die Tasche stekken«, sagt Axel und deutet auf Hossein. Ohne gefragt zu haben, weiß Axel, daß Hossein mitgekommen ist, um das Dope aus Christiania herauszubringen, damit ich nicht riskiere, eingebuchtet zu werden.

»Das klingt gut«, sagt Hossein.

Wenn man unterwegs ist, um so eine kleinere Partie zu holen, dann steckt man ein Raucherpiece von vier bis fünf Gramm in die Tasche; das ist eine Menge, von der man sich vorstellen kann, daß dafür jemand rausfährt, um sie für den eigenen Verbrauch zu kaufen.

Bleibt noch die Unterbringung der Haschplatten. Eine Platte von 100 Gramm mißt ungefähr 25 mal 10 Zentimeter und ist anderthalb bis zwei Zentimeter dick; das kommt ein bißchen auf das spezifische Gewicht an – manches Hasch ist kompakter als anderes. Man steckt die Platten vorn in die Hose, direkt über den Schwanz, wo ein Mann ja am liebsten ein bißchen flach sein sollte. Auf die Weise ist überhaupt nichts zu sehen, und bei einer raschen Visitation kann man auch nichts fühlen.

Und dann muß man kaltblütig sein. Manchmal macht die Polizei bei Leuten, die aus Christiania herauskommen, Stichproben. Dann muß man seine Taschen ausleeren, und da ist es eher wahrscheinlich, daß sie zufrieden sind, wenn man ein gutes Raucherpiece aus der Tasche zieht. Dann haben sie was gefangen. So arme Arschlöcher, die nach Christiania rausfahren, um ein oder zwei Gramm zu kaufen, stecken die oft in den Mund, wenn sie wieder rausgehen, dann können sie das Zeug schlucken und haben trotzdem ihren Spaß, selbst wenn die Polizei sie anhält. Ich würde nur ungern breit rumlaufen von zwei Gramm durch den Magen aufgenommenes Hasch. Das wäre extrem unangenehm.

Hossein manövriert das Hasch an seinen Platz und steckt das Raucherpiece in die Tasche.

»Wollt ihr rauchen?« fragt Axel und macht eine Handbewegung zu seinem Bong. Auf dem Tisch steht eine Schale mit einer Bongmische, die ganz bestimmt A-Klasse ist.

»Danke – leider nein«, sagt Hossein, »ich muß alten Soldatenkamerad treffen.« Okay – das wußte ich nicht, aber vielleicht sagt er das nur, damit wir gehen können. Wir verabschieden uns und gehen von Dyssen zurück. Wie sich zeigt, soll Hossein tatsächlich einen Freund treffen. Ich frage, ob ich mitkommen kann? Das kann ich nicht. Der Kamerad ist im Krieg verletzt worden und hat vor Fremden Angst. Hossein bleibt vor dem Månefiskeren stehen:

»Geh du nur. Ich treffe dich auf Hauptbahnhof um neunzehn Uhr unter der Uhr.«

»Nein«, sage ich, »wir sollen zusammen rausgehen.«

»Warum, glaubst du, bezahlt Asger mich für die Fahrt? Nicht damit du eingebuchtet wirst.«

»Ich werde nicht eingebuchtet, nur weil ich neben dir gehe«, sage ich und lege meinen Arm um Hossein. Ich weiß genau, daß Asger der Schlag treffen würde, aber ich glaube, es ist für Hossein sicherer, wenn wir wie ein Liebespaar aussehen, das einen Spaziergang durch Christiania gemacht hat.»Komm schon, leg mir den Arm um die Schulter«, sage ich, während ich seine Hüfte drücke.

»Bist du sicher?«

»Ganz sicher.« So gehen wir zum Ausgang, außen um die Pusherstreet herum – hin und wieder sind Bullen mit Ferngläsern in Wohnungen direkt gegenüber dem Eingang zu Christiania postiert; die registrieren, wer gehandelt hat, und geben über ihre Walkie-talkies den Polizisten draußen auf der Straße Bescheid. Außerdem mag ich es, daß Hossein mich an sich drückt, und damit es irgendwie authentischer aussieht, lehne ich meinen Kopf an seine Schulter. Auf dem Weg nach draußen werden wir nicht angetastet.

Homophobische Arschwichser

Als ich um drei Uhr morgens in der Schleppegrellsgade durch die Tür trete, muß Asger sofort beides ausprobieren, Schwarzen wie Standard. Ich rauche bei dem Schwarzen mit, aber ich habe keine Ruhe, deshalb nehme ich die Hundeleinen, um mit Tjalfe und Tripper eine Runde zu gehen.

»Deine Mutter war übrigens hier«, sagt Asger, als ich die Türklinke schon in der Hand habe und die Hunde mir um die Füße springen.

»Wann?«

»Am Nachmittag.«

»Was wollte sie?«

»Dich besuchen.«

»Und wie ... war's?«

»Na ja, du warst nicht da, also ging sie wieder.«

»Ja. Aber war sie drin?« frage ich, denn wenn ja, dann weiß sie, daß Asger Dealer ist. Sie ist ja nicht blöd.

»Nein nein – nur im Flur.«

»Und wurde hier geraucht?«
»Nein, das glaube ich nicht.«
»Wurde hier geraucht oder nicht?«
»Na ja, Niels und Leif waren hier zum Kaufen.«
»Na super«, sage ich und öffne die Tür. Tjalfe und Tripper werfen mich fast um. Na ja. Dann weiß meine Mutter, daß Asger dealt, denn Niels und Leif rauchen immer ein bißchen von ihrem Einkauf, ehe sie gehen. So ein Mist.

Die Hunde springen herum und verheddern die Leinen, und auch wenn sie schlecht in Form sind, ziehen sie mit mir ab. Und scheißen dünn mitten auf den Bürgersteig – das ist ziemlich unappetitlich. Die Hunde sind total merkwürdig. Zu Hause bekomme ich heraus, daß Asger vergessen hat sie zu füttern – kein Wunder, die haben ganz einfach Hunger.

Am nächsten Tag erwische ich Ulla, und wir gehen abends ins Scala und sehen *GoodFellas*, was stark ist, und wir sitzen und halten uns während des ganzen Films an der Hand und streicheln gegenseitig unsere Schenkel, und das ist echt schön, aber ich weiß nicht so richtig ... Und es wird auch nicht mehr, denn das Kino ist fast proppenvoll.

Anschließend gehen wir ins V.B. – Vesterbro Bodega. Svend kommt an unseren Tisch und ist total süß. Ich habe von einem unserer Kunden gehört, daß ein Mädchen von Svend schwanger ist, aber ich will nicht danach fragen.

Er erzählt, Steso sei unten ins Huset in der Hasserisgade gekommen, wo Svend als Langzeitarbeitsloser ist. Steso mußte scheißen, und das passiert offenbar nicht so oft, wenn man Drogen nimmt. Aber das Zeug, wovon er drauf war, ließ ihn glauben, die ganze Toilette sei voller Spinnen, weshalb Svend einen Eimer Seifenwasser herrichten und Wände, Decke und Fußboden abwaschen mußte, ehe Steso sich traute, reinzugehen. Ich höre jetzt fast gar nicht, was Svend erzählt; ich sehe nur seine Hände an und sein Kinn. Er macht mich einfach tropfnaß im Slip.

Svend muß weiter, weil er eine Verabredung hat, und Ulla muß morgen früh hoch und arbeiten und hat den gleichen Weg wie Svend, deshalb geht sie mit ihm, und ich gehe nach Hause.

»Verdammt, warum senden die so einen Scheiß?« sagt Asger, als ich gerade durch die Tür komme. Er hängt zusammen mit Frank und Slagter-Niels vorm Fernseher ab, der fragt, wo Ulla hin sei.

»Sie ist nach Hause gegangen«, antworte ich und gehe in die Küche. Die Pizzaschachteln türmen sich, und ich muß erst einen Stapel nach draußen zum Mülleimer bringen, ehe ich weiterkommen kann. Wir essen zur Zeit fast nur Junkfood. Asger mag das Essen nicht, das ich koche. Ich mache mir einen Becher Kräutertee, dann gehe ich ins Wohnzimmer und setze mich neben Asger aufs Sofa.

Im Fernsehen läuft eine amerikanische Talkshow; ein sehr schwul wirkender Typ ist dran und spricht über sein sexuelles Verhältnis zu seinem Vater, der sicher Senator ist.

»Verdammte Arschwichser«, sagt Frank.

»Ja, die sind so verdammt krank«, sagt Niels.

»Man sollte ihm eine glühende Eisenstange ins Arschloch stecken,« sagt Asger.

»Du bist wohl der einzige heute abend hier, den ein Typ mit Plastikhandschuhen mit dem Finger in den Arsch gefickt hat«, sage ich. Blitzschnell verpaßt Asger mir einen Nackenschlag, daß mein Kinn den Becher in meiner Hand trifft, und ich verschütte den glühend heißen Tee auf meinen Angorapulli, und ich habe nichts drunter.

»*Du bist so verdammt krank!*« schreie ich und springe auf und schnappe mir eine Zeitung vom Tisch und werfe sie Asger an den Kopf.

»Hej«, sagt der Idiot und sieht gekränkt aus, aber ich bin schon auf dem Weg ins Schlafzimmer, weil ich nicht will, daß er sieht, wie mir Tränen in die Augen schießen. Dann glaubt er nur, ich weine, aber das tue ich nicht – das ist ausschließlich Wut.

»Bleib mal locker, Asger«, sagt Niels. Imponierende Ansage, wenn man gerade gesehen hat, wie ein Mann seine Freundin schlägt – verdammte Arschlöcher. Und dabei ist es wahr. Vor vier Monaten hatte Asger die Finger eines anderen Mannes im Arsch. Wir mußten zur Hochzeit seiner Cousine bei Stockholm – sie ist so eine Art Naturfreak und hat einen schwedischen Kletterlehrer geheiratet, der einem geschmeidigen Tier gleicht. Als wir auf dem Flughafen Arlanda landeten, wurden wir von einem Polizisten mit einem Haschhund angehalten, der total aufgeregt war. Wir wurden jeder in einen Raum abgeführt. Unser gesamtes Gepäck wurde untersucht, und Asger wurde bis auf die Haut ausgezogen und bekam den Finger in den Arsch. Der Grund, weshalb der Hund so ausflippte, war das ganze Hasch an Asgers Fingern von dem Joint, den er auf dem Parkplatz gemischt und geraucht hatte, unmittelbar ehe wir in Tirstrup eincheckten. Das Hasch, das wir zur Hochzeit mithatten, das lag in der Tasche seiner Tante, ohne daß sie es wußte, und sie ging selbstverständlich ohne weiteres durch den Zoll.

Ich wurde auch untersucht und ausgezogen, aber ich sagte, daß ich sowieso auf die Toilette müßte, und deshalb durfte ich in einen Eimer scheißen.

Ich bin es einfach so leid, mir ihre herablassenden Kommentare zu Schwulen anzuhören. Was geht es sie an? Es kann ihnen doch egal sein. Und keiner von denen ist über Arschfickerei mit einem Mädchen erhaben, wenn sie die Gelegenheit bekommen. Ich meine, wenn Asger mich vögelt – oder eher damals, als er das tat, da steckte er mir immer einen Finger rein, wenn er mich von hinten nahm. Und wenn er meine Möse leckte, dann konnte es ihm durchaus einfach einfallen, meinen Hintern anzuheben und die Zunge um mein Poloch gleiten zu lassen, und zweimal hat er auch ... mein Arschloch mit der Zunge gefickt, und das fühlte sich total wild an. Und einmal, als er rittlings auf mir saß und ich ihn leckte, steckte ich ihm auch einen Finger in seinen Arsch und ich konnte spüren, daß er es mochte, auch wenn er meine Hand wegnahm.

Seit ich aufgehört habe, so viel zu rauchen, komme ich mit dieser ganzen Idiotie einfach nicht mehr klar. Als ich auf der Bettkante sitze und meine Tränen abwische, starren Tjalfe und Tripper mich verwundert an. Asger findet, es ist zu kalt, um sie draußen in der Hundehütte übernachten zu lassen. Höchstens, wenn er Stroh besorgt, aber dazu hat er sich natürlich nicht aufraffen können. Es stinkt nach Hund. Die müssen dringend gebadet werden. Und ihre Klauen sind zu lang geworden, weil sie nie rauskommen.

Einmal habe ich tatsächlich versucht, die Hunde mit dem Rad mitzunehmen: Erstens schafften sie es nicht, schön nebeneinander her zu laufen, obwohl sie es gelernt hatten, als sie klein waren. Und zum anderen war ihre Kondi so mies, daß sie nach drei Kilometern kurz vorm Herzanfall waren.

Tjalfe kratzt an der Schlafzimmertür, also lasse ich die Hunde in die Küche, und um den Gestank loszuwerden, muß ich schließlich doch ein Teelicht raussuchen und in eine Duftlampe aus Keramik stellen, die meine Mutter für mich gemacht hat. Die Duftlampe besteht aus einem Keramikgestell, das Teelicht setzt man unten ein. Oben drüber stellt man eine kleine Keramikschale, die man mit Wasser füllt, in das man ein paar Tropfen ätherisches Öl gibt. Ich benutze Lavendel, das wirkt entspannend. Aber an sich bin ich kein großer Freund von diesem ganzen Hippie-Kram.

Ich denke an meine Mutter. Es könnte sein, daß ich … also vielleicht sollte ich überlegen, ob ich … nach Hause ziehe. Es kommt mir nur so … losermäßig vor. Aber ich kann auch nicht bei Asger wohnen bleiben – das trägt einfach nicht. Ich kann nur nicht klar denken, weil … ich viel zu häufig breit bin.

Mädchennoten

Als ich zwölf Jahre war, passierte irgend etwas mit meinem Vater. Das ist der Grund, warum meine Eltern nicht zusammenleben.

Er war mit Tangerine Dream auf Tournee gewesen und hatte einmal zu viel Acid genommen. Als er nach Hause kam, redete er umständlichen Kram mit meiner Mutter: *»Die Dekadenz hat sich tief in dieser Wildnis verwurzelt, die wir unsere Seele nennen. Güte ist nicht allein ein moralischer Gestus, sie ist auch eine geistige Tat, die in jedem einzelnen Menschen enormen Widerhall findet – in dem, was der eigentliche Kern unserer Menschlichkeit ist. Möglicherweise ist diese Zivilisation dabei, in Trümmer zu sinken, aber wir müssen für das Gute kämpfen – wir, die wir ein Teil davon sind. Aber wir müssen auch begreifen, wie umfassend das Böse herrscht.«*

Von da an wurde er immer wunderlicher. Spazierte nackt auf den Feldern herum. Legte Steine in symmetrischen Mustern rund um das Wohnhaus, um den »Engel zu beschützen«; erst sehr viel später wurde mir klar, daß ich der Engel war. Es endete damit, daß er meiner Mutter einen Stromstoß versetzte, um »das Dunkle aus ihr auszutreiben«. Er rief: *»Die Nacht hat ihr Revier ausgedehnt – sie gibt dem Tag ihre Dunkelheit. Du trägst die Dunkelheit des Tages.«* Er verpaßte ihr 220 Volt; daß sie nicht starb, war ein Wunder. Da zogen wir Hals über Kopf weg, während mein Vater auf dem kleinen Bauernhof blieb, den er selbst aus einem Ruinenhaufen wieder aufgebaut hatte. Meine Mutter zeigte ihn nicht bei der Polizei an, so daß nichts weiter passierte, als daß er halt allein blieb – er wurde nicht mal eingewiesen.

Jetzt hat mein Vater das Haus an ein nettes junges Paar vermietet; an einen stinklangweiligen Zimmerlehrling und an eine breitärschige Pflegeheimassistentin, die nach Parfum stinkt – Anaïs Anaïs. Mein Vater ist in die große Werkstatt gezogen, die am Ende des Obstgartens liegt. Er hat eigenhändig Zentralheizung verlegt, die über einen großen Kamin-Ofen funktioniert; es gibt Elektrizität, fließendes Wasser, Gasdurchlauferhitzer und Wasserklosett, wie er es nennt – er hat nach hinten raus eine altmodische Sickergrube angelegt.

Anderthalb Jahre vergingen nach dem Umzug von meiner Mutter und mir, ehe ich ihn wiedersah. Meine Mutter wollte mich nicht zu ihm lassen, aber dann nahm ich den Bus nach Sebbersund, mein Fahrrad war im Gepäckraum, und das letzte Stück nach Store Ajstrup fuhr ich selbst.

Er weinte, als er mich sah. Er roch stark nach Bier, aber er war nicht voll – nur auf eine sehr beherrschte Weise beduselt. Ich habe ihn nie voll erlebt.

»Ich glaubte, ich würde dich nie wiedersehen«, sagte er, und da fing ich auch an zu weinen.

»Jetzt mache ich dir eine Tasse Tee«, sagte er, weil er nervös war, glaube ich. Und dann fragte ich ihn, ob er nicht ein bißchen für mich auf seinem alten Klavier spielen wollte.

»Dann muß ich irgendwelche Noten haben«, sagte er.

»Spielst du inzwischen nach Noten?« fragte ich.

»Ja«, antwortete er und ging zu einem Regal und holte eine Reklamebroschüre für Damenunterwäsche von Triumph, die er auf den Notenständer stellte.

»Sind das deine Noten?« fragte ich.

»Mädchennoten«, sagte er, und ich konnte spüren, daß er nicht verrückt war – daß es in gewisser Weise genau so war wie damals, als er zu meinen Kinderbüchern Klavier spielte und witzige Lieder über die Figuren auf den Bildern sang.

»Aber die haben ja Unterwäsche an, Vater. Hast du keine Pornohefte?«

»Das ist nicht die Musik, die ich spiele.«

»Dürfen sie nicht nackt sein?«

»Sie dürfen höchstens Busen zeigen«, sagte er und blätterte bis zu einem blonden Mädchen in manierlicher Spitzenunterwäsche.

»Du mußt umblättern«, sagte er.
»Aber woher weiß ich, wann ich umblättern muß?«
»Wenn ich unten bei den Knien angekommen bin«, sagte er, »du mußt einfach nur gut hinhören.« Dann spielte er so eine traurige, aber trotzdem muntere kleine Melodie, und ich konzentrierte mich wirklich, und als ich die Knie hören konnte, blätterte ich um.
»Ja, ganz genau, mein Engel.«

Echolot

Ich wohnte zusammen mit meiner Mutter in Aalborg, und es gelang ihr, mich zu überzeugen, daß es »gesund« für mich sei, mein Abitur zu machen. Also ging ich auf die Domschule. Unterdessen war meine Mutter voll und ganz damit beschäftigt, ihre holistische Keramik zu einem kommerziellen Erfolg zu machen.

Ich fange an zu kiffen und mit allen möglichen komischen Typen unten im Café 1000Fryd abzuhängen, das lag in so einem selbstverwalteten Aktivitätshaus mit Übungsräumen und so; irgendwie ein bißchen punkig und undergroundmäßig. Dann werde ich schwanger, und ich weiß wirklich nicht, wer für die Ladung stand, die ins Ziel traf. Also, ich bin siebzehn Jahre alt, und ich habe Sex – so what? Aber ich bin dumm genug, es meiner Mutter zu erzählen, und sie flippt total aus – verbietet mir ... alles; ohne Ausnahme. Bis auf einen Abort.

Da fing ich an mit Gorm zu gehen. Das Rauchen eskaliert. Ich gehe immer noch in die Schule, aber ich bin nicht anwesend. Ich kann mich erinnern, daß Steso-Thomas eine Weile dorthin ging, aber weil er dealte, flog er raus. Und dann hörte ich später von Pusher-Lars, daß Steso sich für das HF-Examen am Gymnasium Hasseris als Externer einschrieb – also als einer, der das ganze Pensum durchgeht, ohne am Unterricht teilzunehmen. Eines Tages erschien er zum Examen und machte Geschichte mit Auszeichnung und Dänisch gut. Die gelbe Tilde hat mir mal erzählt, Steso habe in der vierten Klasse eine Besprechung zu Hitlers *Mein Kampf* geschrieben. Von seinen Eltern hat er das nicht, die sollen ganz normal sein.

Ich war also in der letzten Klasse vorm Abitur, die abschließende Prüfung war mündlich in Biologie. Ich sollte als eine der letzten drankommen. Trotzdem stand ich verhältnismäßig früh auf und rauchte einen Morgenjoint, ehe ich nach oben spazierte, um zu hören, wie es den anderen erging. Aber eine aus meiner Klasse hatte sich krank gemeldet, und die Lehrerin sah mich auf dem Gang und sagte, ich könne statt dessen reinkommen. Und ich war entweder zu breit oder zu dumm, um nein danke zu sagen, also fingen wir an.

»Wie nimmt man Fruchtwasserproben?« fragte die Lehrerin.

Ich überlegte kurz, ehe ich antwortete: »Mit Echolot.«

»Wir machen gleich mal eine Pause«, sagte der Prüfungsvorsitzende.

Also, nach der Abtreibung wurden wir ja wieder Freunde – meine Mutter und ich. Sie schenkte mir die Silberschlange, die sich um meinen Unterarm windet, und ich dachte: Na ja, verdammt, was soll's – dann vergib ihr halt. Und das tat ich, bis sie verlangte, daß ich nicht über meinen Vater sprechen dürfe, wenn dieser frankophile Chefbühnenbildner in der Nähe war. Und seit ich zu Gorm gezogen bin, sind wir also verkracht.

Nachtgolf

Inzwischen ist mein Vater ein stabiler Alkoholiker. Er lebt von einem großen Waldstück, das er besitzt und zur Jagd verpachtet hat, auch wenn er ein Gegner des Jagens ist – aber er muß halt leben. Der Kaufmann bringt ihm jeden Montag fünf Kästen Bier. Mein

Vater plaziert das Bier in den breiten Schlitzen zwischen den Rippen des großen alten Heizkörpers, der in dem Raum steht, den er sein Wohnzimmer nennt. Der Heizkörper sieht auf diese Weise aus wie ein langes Weinregal mit einer Lage Flaschen. Sein Magen verträgt kein kaltes Bier mehr. Das Bier wird in Leserichtung getrunken – von links nach rechts. Wenn er die Bierflasche ganz links genommen hat, die neben dem Thermostat, der immer auf drei steht, dann verschiebt er alle Bierflaschen, eine nach der anderen, um eine nach links, und am Ende nimmt er noch eine Flasche aus dem Kasten, die er in dem Schlitz rechts plaziert, der nun frei geworden ist. Irgendwann mal fragte ich, ob ich das machen dürfte. »Nein, mit so etwas sollst du dich nicht beschäftigen«, sagte er.

Ich habe meinem Vater einen Brief geschrieben, daß ich mit Kiffen aufhören will, und außerdem, an welchem Tag ich zu ihm raus komme, um auf Entzug zu gehen. Wenn ich zu Hause bin, habe ich dazu keine Gelegenheit. Ich meine, es gibt ja einen Grund, warum ich mit Asger zusammen bin, und ich bin an der Grenze zum Pur-Raucher, ich hab die Giraffe geschossen.

Mein Vater ist verhältnismäßig nüchtern, als ich ankomme, er hat jede Menge Essen und Rotwein eingekauft.

Ich koche, und wir essen – genauer gesagt ich esse, er stochert im Essen herum. Dann hören wir Otis Reddings *The Soul Album*, und ich werde langsam betüddelt. Schließlich erhebt er sich mit geheimnisvoller Miene.

»Was hast du vor, Vater?« frage ich.

»Ich habe Aktivitäten zur Unterhaltung arrangiert«, sagt er, geht in eine Ecke der Werkstatt und wirft sich eine Golftasche über die Schulter. »Nimm die Rotweinflasche mit«, sagt er.

»Ähhh«, sage ich.

»Wir gehen jetzt raus und spielen Golf, mein Engel.«

»Wie das?« frage ich perplex, während ich aufstehe – also, verdammt, wenn er das um meinetwillen arrangiert hat, dann will ich kein Spielverderber sein, aber draußen ist es pechschwarz.

»Wir spielen nach besonderen Regeln – Nachtgolfregeln«, sagt er und steckt seine Zigaretten in die Hosentasche, stopft Bier in die Taschen seines großen Parkas und nimmt eine Plastiktüte auf, die dicht bei der Tür steht. »Wir haben jede Menge Bälle«, sagt er und hebt die Tüte hoch.

»Vater, verdammt – was ist denn Nachtgolf?« frage ich, während ich meine Jacke anziehe und eine Extraflasche Wein und einen Korkenzieher einstecke.

»Das mußt du jetzt abwarten«, sagt er auf so eine etwas bestimmte, vatermäßige Art, die ihm gar nicht liegt. Wir gehen aus der Tür und bewegen uns auf den Waldweg zu, der hinter der Werkstatt verläuft. Ich frage, ob wir weit müssen? Nein, müssen wir nicht. Dann frage ich ihn, woher er die Golftasche und die Schläger hat.

»Die habe ich in einem schicken Trödelladen in Nibe entdeckt. Aber die Dame, dem er gehört, wollte für das Set 500 Kronen haben. Da bin ich an einem Tag hingegangen, als dort eine andere Verkäuferin stand – ein junges Mädchen. Ich kam mit 150 Kronen in der Hand zur Tür herein und fragte, wo die Dame hin sei – sie, die doch sonst immer da war. *Warum?* fragte das Mädchen. Weil mir die Dame dieses Golfset für 150 Kronen versprochen hat, und jetzt bin ich den ganzen Weg von Skørping hierher gefahren. Da habe ich es bekommen.«

»*Vater.*«

»Na ja, ich bin doch nicht vermögend.«

»Nein, aber das ist wirklich stark.«

»So, findest du?« sagt er mit Stolz in der Stimme.

»Was ist mit den Bällen?« frage ich. Wir sind aus dem Wald gekommen und gehen auf einem Feldweg an einer Hecke entlang. Er erzählt mir, daß er in der Bibliothek ein Buch ausgeliehen hatte, um herauszufinden, wie man schießt, aber nicht schlau daraus wurde, dann fuhr er zum Golfplatz bei Sjørup Sø, um dahinterzukommen, und da bekam er eine Übungsstunde umsonst auf so einer Übungsbahn, wo man einfach nur steht und schlägt.

»Und da liegen Massen von gelben Golfbällen herum, da habe ich ein paar davon gestohlen.« Im Dunkeln beginnen wir einen Wiesenhügel hinaufzustapfen. Ich habe ein wahnsinniges Verlangen nach einem Joint und bleibe stehen, um einen Schluck aus der Weinflasche zu nehmen.

»Bist du okay?« fragt er.

»Entzugsparanoia«, sage ich.

»Und wenn man noch so paranoid ist, für die imperialistische Welt ist man nie paranoid genug; das ist eine gewaltige Kraft«, sagt er und bleibt stehen, als er oben auf dem Hügel angekommen ist. Er deutet ins Dunkel. »Kannst du da vorn den großen dunklen Schatten sehen?«

»Ja?« sage ich, auch wenn ich so gut wie nichts sehen kann, denn es ist nicht nur pechschwarz, sondern auch bewölkt. Das muß eine Art Scheune sein.

»Das ist ein Gewächshaus«, sagt mein Vater. Und dann stehen wir da und hauen gelbe Golfbälle durch die Dunkelheit, und ich werde immer betrunkener. Es fällt mir schwer, den richtigen Schwung zu finden, während mein Vater beinahe graziös wirkt.

»Du hast heimlich trainiert«, sage ich.

»Klar«, sagt er, »ich hab das schon früher geübt«, und dann erzählt er von einmal in den Siebzigern, als er bei einer Tournee mit Sweet, einem britischen Glamrock-Orchester, Roadie war: In der Nacht, wenn die Lastwagen nach einem Konzert gepackt waren, fuhren sie die Sachen zur nächsten Stadt. Alle Chauffeure hatten abgesprochen, anzuhalten, wenn sie an einem Industrie-Gewächshaus vorbeikommen würden, ehe es zu hell war. Dann spielten sie Nachtgolf um die Rechnung für die Bar an ihrem nächsten freien Abend.

Da landet er einen Volltreffer. Das Geräusch von zerbrochenem Glas klingt in der Dunkelheit wahnsinnig laut. »Stark, Vater«, sage ich. Meine Paranoia bläht sich auf, aber ich will nichts sagen.

»Bleib nur ruhig«, sagt er, »es ist weit bis zum Haus des Besitzers, und falls jemand kommt, können wir in den Wald laufen.« Dann gibt er mir eine weitere Lektion, wie ich die Hand zu halten habe, und schließlich treffe ich das Gewächshaus. WAHNSINN, wie gut sich das anfühlt.

In den nächsten vier Tagen haben wir es absolut super zusammen. Es gelingt mir, etwas festes Essen in ihn hineinzumanövrieren, und ihm, mir etwas Flüssiges einzugießen, und bei einem Nachbarn leihen wir eine alte Klapperkiste. Mein Vater arbeitet schwarz als Elektriker – besonders auf den Höfen –, er kann mit allem, was mit Elektrizität zu tun hat, gut umgehen, und bei den Einheimischen ist er beliebt. Wir fahren durch die Gegend, essen in einem Gasthaus zu Mittag, und ich bin die ganze Zeit paranoid, aber mein Vater ist sehr ruhig und … er hilft mir. Das ist so schön. Der Sieg ist außerdem riesig. Meine Gedanken sind der reinste Schlammrutsch, aber ich bin stolz auf mich, weil ich nicht rauche.

Fluidum

»Wo zum Teufel hast du gesteckt?« sagt Asger, als ich nach Hause komme.

»Ich war draußen bei meinem Vater.«

»Du kannst doch nicht einfach wochenlang verschwinden, und ich muß mich hier um alles kümmern.«

»Fünf Tage, Asger – länger war es nicht«, sage ich, und ich werde von einer ekelerregenden Müdigkeit überschwemmt. Alles fließt. Das Wohnzimmer sieht aus wie zu Hause in meiner Kindheit, damals, als es am schlimmsten war. Die Palästinensertuch-Tischdecke auf dem wackeligen kleinen Couchtisch, der erstickende süßliche Geruch der Räucherstäbchen. Überall schmutzige Kaffeebecher, Weinflaschen, Nußmischungen, unvorstellbare Mengen an Tabak, Zigarettenpapier, Jointröhren, Chillums, Pfeifen, ein Bong, ein Tju-

Bong, eine Wasserpfeife, dazu überquellende Aschenbecher. Auf dem Fußboden Staubflusen.

Ich drehe mich um, will in die Küche gehen.

»Deine Mutter hat angerufen«, sagt Asger hinter mir.

»Was wollte sie?«

»Das weiß ich doch nicht«, sagt er, »aber sie sagte, daß du zurückrufen sollst. Das hat sie ungefähr siebenundzwanzig Mal gesagt, als ob ich taub wäre.«

In der Küche steht ein Topf mit einem Reisgericht, grün von Schimmel. Ich trage ihn ins Wohnzimmer und halte ihn Asger vor die Nase.

»Na, kümmer dich drum«, sagt er. Im Wassernapf der Hunde schwimmen Haarbüschel auf einer ölglänzenden Oberfläche. Ich bekomme Magenschmerzen – wir sind so ein paar totale Fuck-ups.

Aufgeräumt werden müßte, und ich beschließe, am nächsten Morgen loszulegen, sowie ich aufwache.

Abends will Asger mit mir schlafen.

»Schatz, es tut mir leid, daß ich wütend geworden bin. Ich habe dich einfach so sehr vermißt«, sagt er. Wir haben mehrere Wochen nicht gevögelt, und er gibt auch keine besonders gute Figur ab. In etwa so spannend wie früher, wenn im Radio die Fischereibörsenkurse vorgelesen wurden. Am Ende muß ich es mir selbst besorgen, um zu kommen, und nicht er ist es, an den ich denke, als ich soweit bin. Ein Joint hätte geholfen. Er schläft sofort ein und schnarcht. Was für ein Scheiß ist das hier? Ich brauche unbedingt eine Zigarette ... und ein Bier, merkwürdigerweise. Na ja, das ist sicher ganz typisch, wenn man aufgehört hat zu kiffen. Man raucht viel mehr Zigaretten und trinkt jede Menge Alkohol, um eine Art Rausch zu erleben und sich daheim zu fühlen. Den Deckel drauf zu behalten. Was da aus dem Topf kommt, wenn man den Deckel abnimmt, sind ja nicht unbedingt die schönsten Sachen. Die Welt wirkt leicht erschreckend – unüberschaubar. Also darum geht es ja. Das eigene Gefühlsleben wird beim Rauchen abgedämpft, aber sowie man aufhört, plopp, im selben Moment ist es wieder zur Stelle. Breit zu sein wird zu etwas Normalem – es ist oft bedeutend abgedrehter, ein paar Tage lang nicht zu rauchen als einen Riesenjoint zu quarzen.

Als ich die Beine über die Bettkante schwinge, landet ein Fuß in etwas, das sich bewegt. Lauwarmes Plastik; ein Kondom. Ich hebe es auf, nehme es eher zimperlich mit zwei Fingern – er hat es nicht mal verknotet. In der Küche zünde ich mir eine Zigarette an. Ich habe kein Licht angemacht, aber als ich das Kondom in Richtung Fenster halte, kann ich das gefüllte Samenreservoir sehen – Asgers Flüssigkeit. Die Farbe ist gelblich blaßgrau; krank sieht sie aus, und ich bin froh, daß sie nicht in mir ist. Als ich den Kram in den Mülleimer geworfen habe, nehme ich einen leeren Saftkarton und drücke von oben nach. Ich wasche mir die Hände und gehe ins Schlafzimmer, nehme meine Decke und mein Kopfkissen und lege mich im Wohnzimmer aufs Sofa.

Klar bekomme ich am nächsten Tag hammerstark meine Menstruation.

»Ja verdammt, kannst du denn nicht einfach welche von denen ansehen, die wir haben?« fragt Asger, weil ich ihn losschicken will, um Videofilme auszuleihen. Nein, kann ich nicht. Ich kann nicht *Evil Dead II* sehen oder *Day of the Dead* – ich habe keine Lust, mir einen solchen Scheiß reinzuziehen. Schließlich bringe ich ihn soweit, daß er loszieht, um *Alien – der 8. Passagier* und den Zweier *Aliens* auszuleihen; der ist total spitze – Ripley ist zu cool. Als ich ihn das letztemal sah, bekam ich Lust, Kinder zu kriegen.

Das Telefon klingelt. Meine Mutter ist dran. Sie bricht unmittelbar in Tränen aus. »Ja aber Maria, er ist doch ein Dealer.«

»Ja, Mutter. Darüber bin ich mir im klaren«, sage ich, »davon leben wir.«

Sie fleht. Verzichtet auf alle Forderungen. Will mich nur um jeden Preis zu Hause haben. Ich will ihr gerade sagen, daß ich aufgehört habe zu kiffen und daß ich draußen bei Vater gewesen bin, und daß es ihm gutgeht.

»Maria, du *weißt*, wie gefährlich das ist. Denk nur an deinen Vater«, sagt sie.
»Tschüß Mutter.« Ich lege den Hörer auf.

Doktor Hossein

Hinten fangen die Hunde an zu bellen, und ich höre Schritte auf dem Gartenweg. Dann klopft es an der Tür. Asger ist noch nicht zurückgekommen, und meine Schmerzen sind zu stark, um aufzustehen und zu öffnen.

»Hier ist Hossein«, tönt es von draußen. Okay, ihn will ich gern reinlassen, also stolpere ich in die Bettdecke gewickelt los.

»Hallo schöne Maria«, sagt er, als ich die Tür öffne.

»Ich bin heute bestimmt nicht so schön«, antworte ich und bewege mich steif zum Sofa zurück.

»Du bist bedrohlich krank?« fragt Hossein mit ernster Miene.

»Nein, nichts Besonderes. Das vergeht wieder.« Mit einer schwachen Handbewegung deute ich zur Thermoskanne auf dem Eßtisch. »Asger kommt bald – in der Kanne ist Kaffee«, sage ich, ehe ich mich vorsichtig aufs Sofa manövriere. Irgendein Dussel hat auf alle Organe in meinem Unterleib mit Zähnen ausgestattete Metallklammern gesteckt. Das kann ich Hossein nicht so gut sagen. Also ich finde, der Mann ist Perser – keine Ahnung, wie es denen damit geht, daß wir an fünf Tagen im Monat mit rotem Unterfaden nähen.

Hossein steht im Zimmer und grübelt. »Du hast ... Sache um Frau zu Frucht zu machen? Machen, daß Frau ... Frucht machen kann? Den kleinen Mensch machen?«

»Au, aua au«, lache ich, »ja ja, ich habe die Fruchtkrankheit.«

»Das ist keine Krankheit«, sagt Hossein und schüttelt den Kopf. »Das ist großes Wunder von Allah.« Er blinzelt mir zu, nachdem er den Blick zum Himmel gerichtet hat – nach oben zu ihm, dem Allah, an den Hossein kein bißchen glaubt. Ich lächele ihn an – er ist so verdammt süß.

»Du kannst dafür keine Medizin bekommen?« fragt er.

»Nein. Nur Aspirin.«

Er greift in die Tasche und nimmt irgend etwas heraus, ehe er sich an den Eßtisch setzt. »Du bekommst Hossein Medizin«, sagt er und holt ein kleines Taschenmesser hervor.

»Was ist das?« frage ich.

»Das gutes Opium. Pur.«

»Ja?« sage ich. Also gut, das will ich dann probieren, es ist ja nur ein Schmerzmittel. Das ist auch der Name von dem Parfum, das ich benutzt habe, als ich in der Oberstufe anfing. Jetzt benutze ich Chanel N° 5, das ich bei meiner Mutter abgestaubt habe, die es von Hans-Jørgen bekomme hatte – aber so etwas nehme ich nicht so oft.

»Das hier«, sagt Hossein und hält zwischen zwei Fingern einen winzigen Bissen hoch. Ich strecke die Hand aus, aber er schüttelt den Kopf, als er aufsteht. »Erst mache ich Tee«, sagt er.

»Warum das?«

»Du trinkst hinterher Tee. Gerbsäure drin, zerstört Base in Opium.« Er geht hinaus in die Küche.

»Aber muß ich das nicht einfach schlucken?« rufe ich ihm hinterher.

»Nein, nein«, ruft er zurück, »du machst Pulver mit deinen Zähnen und Spucke – das wird viel besser.«

Vielleicht meint er, daß es basisch ist – also statt sauer, irgendwas mit dem pH-Wert, genau wie bei manchen Shampoos. Aber ich habe keine Ahnung, was passiert, wenn man etwas Basisches in den Mund nimmt.

Er kommt mit zwei Bechern Tee zurück und tut in jeden drei Teelöffel Zucker aus der Glasschale auf dem Tisch. Dann bringt er die Becher zum Sofa, und sein Gesichtsausdruck hat etwas Höhnisches, als er sie auf dem Palästinensertuch absetzt.

Hossein holt einen Stuhl her, so daß er vor mir sitzt, und hält einen Bissen Opium zwischen zwei Fingern hoch. Das ist fast rabenschwarz.

»Das sehr rohes Opium. Sehr stark«, sagt er und plaziert den Bissen zwischen den Vorderzähnen, zerkrümelt es und fängt an zu kauen. »Du machst Pulver«, sagte er und reicht mir einen Bissen. »Wird sehr trocken in Mund.«

Ich tue, was er sagt. Das ist enorm bitter, und der Mund zieht sich vollständig zusammen, alle Winkel im ganzen Mund werden total trocken.

»Du schluckst das jetzt«, sagt er und reicht mir einen der Teebecher, »dann trinkst du den Tee.« Und es ist, als ob der Tee die Trokkenheit im Mund entfernt – das muß die Gerbsäure im Tee sein, die das Basische ausgleicht.

»Das hilft?«

»Ja«, sage ich, »das war schön. Was passiert da?«

»Du warte bißchen. Vielleicht Viertelstunde, vielleicht eine halbe.«

»Und dann?«

»Zuerst du wirst ein bißchen müde in Körper, bißchen häßliches Gefühl, und dann geht es dir richtig gut.«

Ich überrede ihn, mir den Klumpen zu zeigen. Der ist ganz rabenschwarz und schwerer als Haschisch. Die Konsistenz ist ziemlich weich, und Hossein erzählt mir, das sei sehr temperaturabhängig.

»Weil viel Öl drin«, sagt er. Dann ist das genau wie bei gutem Hasch, das einen hohen Ölgehalt hat. Wenn es kalt ist, dann ist es steinhart, und wenn es warm ist, dann wird es weich wie Butter.

»Nimmt man im Iran viel Opium?« frage ich.

»Nein. Jetzt man nimmt – junge Menschen, die nehmen Opium, Heroin, die rauchen *hashish*, aber nicht damals. Jetzt die benutzen Rauschmittel, um Leute zu unterdrücken.«

»Die geben den Leuten Stoff?«

»Nein, aber sie lassen Stoff ins Land, so daß die Jungen es bekommen können. Das ist so schlimm; also wenn du dann ein Kind hast, das nichts macht ... nur sitzt und *nichts* raucht – bist du ein glücklicher Mann.« Hossein erzählt, es sei früher so gewesen, daß die Leute einem Mann gratulierten, wenn seine Kinder auf die Universität gekommen waren. Jetzt gratuliert man einem Mann, wenn seine Kinder nicht drogenabhängig sind. »Das ist was richtig Schlimmes.«

»Na ja«, sage ich, »so doll klingt das nicht.«

»Und dann sie fragen mich, warum ich diese Moslems nicht leiden kann? Das hat ein guten Grund«, sagt Hossein. »Die sind die Pest. Erst zerstören sie Gehirn, weil sie dich mit diese Allah vollstopfen. Allah existiert gar nicht in dein Kopf. Dann stopfen sie dich mit irgendwelche Stoffe voll, so daß du nichts Neues denken kannst. Wirst gezwungen, an das zu glauben, was sie sagen.«

»Aber also, heute – glauben die nicht mehr an Gott – im Iran?« frage ich, weil ... also im Fernsehen, da wirkt es so, als ob sie ganz wahnsinnig religiös sind.

»Die meisten Iraner, die glauben. Aber jetzt werden sie müde. Das macht den Alltag schwierig. Jedesmal, wenn jemand zu ihnen schlecht ist, heißt es, das ist wegen Islam. Die Menschen glauben an Gott, aber sind Lenkung müde. Das hat nichts mit Gott zu tun.«

»Aber wofür ist das gut?«

»Der Allah? Zu gar nichts.«

»Nein, Opium.«

»Also ... In Persien findet man, das ist gut für alle Sachen. Gicht, Magenprobleme, Rücken, Sex. Aber stimmt nicht. In Wirklichkeit ist das nur Super-Aspirin«, sagt Hossein.

»Wird im Iran Opium angebaut?« frage ich.

»Nein nein, der kommt aus Afghanistan.« Er erzählt, daß unter dem Schah Heroin durch die iranische Wüste in die Türkei und weiter nach Europa geschmuggelt wurde: »Der Weiße Weg.« Alle waren involviert, iranische Grenzwächter, Polizei, andere Behörden.« Er hört auf zu reden und zu gestikulieren und schaut mir statt dessen intensiv ins Gesicht. »Du kannst es jetzt merken?«

»Ja«, sage ich. Es ist, als säuerten die Muskeln ein, genau als wenn man arbeitet – ich kann merken, wie alle großen Muskeln schwer werden, sie fühlen sich hart an, auch wenn sie es nicht sind. Genau wie physische Müdigkeit, aber trotzdem nicht dasselbe. Das ist keine Trägheit, ich fühle mich nur ein bißchen matt.

»Du kommst bald durch diese Mauer«, sagt Hossein beruhigend. Und gerade als ich dabei bin, herauszufinden, was es ist, da verschwindet das physische Empfinden. Es wird nach und nach abgelöst von einem wirklich großen Wohlbehagen. Das fängt damit an, daß ich mich im Gehirn wohlfühle. Ich bin sorglos. Es spielt keine große Rolle, daß Asger ein Idiot ist. Meine Mutter kann mir kein schlechtes Gewissen verursachen.

»Das ist so schön«, sage ich zu Hossein.

»Du wirst innerlich gut?«

»Ja, der Körper fühlt sich enorm leicht an«, sage ich – fast selig. Ich lächle.

»Du siehst diese Farbenteppiche an deinen Augen vorbeigleiten?« fragt Hossein.

»Doktor Hossein«, sage ich und schließe die Augen, und ich kann den Wald nach einem Regenschauer riechen. Dann höre ich Asgers Schlüssel im Schloß. Er kommt ins Wohnzimmer.

»Mann, Hossein«, sagt er.

»Hm«, sagt Hossein. Ich lasse die Augen geschlossen. Es gibt keinen Grund, sie jetzt zu öffnen. Es ist so schön.

»Was zum Teufel macht ihr?« fragt Asger. Er kann von mir aus sagen, was er will. Ich finde, er ist total egal. Das ist wirklich guter Stoff, wenn es mir davon so gehen kann.

»Wir nehmen das Opium«, sagt Hossein, »wir werden innen gesund.«

»Sitzt du etwa hier und nimmst zusammen mit meiner Freundin Opium?«

»Das ist gut für Schmerzen innerlich«, sagt Hossein ruhig wie ein Orakel.

»Stimmt das, Maria?« fragt Asger.

»Ja«, antworte ich, »das ist perfekt.«

»Also verdammt«, sagt Asger, »sie jammert immer wie verrückt, wenn sie blutet. Hast du noch mehr?«

»Ich bin kein Dealer«, sagt Hossein kopfschüttelnd. Ich glaube, daß er mir von seinem Opium nur etwas als Geschenk geben wollte, aber Asger, der müßte bezahlen. Ich meine, also obwohl Hossein Asgers Kurier ist, da muß er bezahlen, wenn er Dope kauft, wenn auch einen Freundschaftspreis.

»Nein nein, verdammt. Aber es geht doch um Maria.«

»Ich habe ein Gramm sehr reines Opium. Stark wie ein Pferd – du kannst das nirgendwo bekommen.«

»Nur ein Gramm?«

»Ein Gramm reicht für vier, fünf, sechs Mal.«

»Was kostet das?«

»Du bekommst es für 375 Kronen – sehr freundlicher Preis.«

»Du mußt verrückt sein. Glaubst du etwa, wir sind hier im Basar? Du kannst vier Gramm Schwarzen bekommen.«

»Du glaubst, ich weiß nicht, was dieser Schwarze kostet? Ich habe selbst drüben in Christiania geholt.«

»Ja aber, verdammt, Hossein.«

Opium – das ist phantastisch. Früher, als ich noch rauchte, fand ich auch, ein Stick würde helfen, wenn ich leicht verschnupft war – das trocknet den Rachen aus.

Narben

Es klingelt an der Tür. Asger tut so, als wäre nichts, als ob ich aufspringen und öffnen müßte. Hossein schaut verwundert zu Asger, der – fast schon mich nachäffend – seufzt, ehe er sich erhebt und in den Flur geht. Hossein sieht mich mit einem merkwürdigen Gesichtsausdruck an – vielleicht grüblerisch?

»Zeig mir dein Geld«, sagt Asger, nachdem er die Haustür geöffnet hat. Dann kann das nur Steso sein, aber Geld scheint er zu haben, denn er kommt ins Wohnzimmer, wo er Hossein sehr respektvoll zunickt:

»Hossein. Schön dich zu sehen – sogar zwischen so weißen Menschen.« Hossein lächelt ihn an. »Maria«, sagt Steso und nickt mir zu, und als er den Kopf wendet, sehe ich, daß er auf der Wange eine große nässende Wunde hat.

»Was ist denn mit dir passiert?« frage ich.

»Äh, ich bin auf einem Kaminofen eingeschlafen.«

»Nein! Also Steso.«

»Eingeschlafen? Leck mich am Arsch«, sagt Asger und fügt hinzu: »D. F.«

»D. F.?« sage ich.

»Dead Face – totes Gesicht«, erklärt Asger.

Steso zuckt die Achseln und grinst listig. »Ja«, sagt er bekräftigend.

»Du bist so verdammt blöd«, sagt Asger. Gleichfalls, denke ich. Asger kann Steso nicht leiden, weil er immer die Klappe aufreißt. Dealer finden, daß sie wer sind. Die Dealer halten Hof, und die Kunden sind bestenfalls toleriert, und sie müssen den gehörigen Respekt erweisen, sonst können sie die Kälte spüren. Steso erweist keinen Respekt, aber ich mag ihn, und das bedeutet auch etwas, denn ich bin die *Pusherfrau* – immer deutsch ausgesprochen. *Pusherfrau* ist der nette Ausdruck. Andere würden sagen, ich sei ein Junkie, aber das ist mir scheißegal.

Steso bleibt mitten im Zimmer stehen, kneift die Augen zusammen und sieht mich an. »Du bist auf OPIUM«, konstatiert er. Die Hypophyse in seinem Inneren ist total seinem Junkie-Stoffwechsel angepaßt.

»Steso, hast du irgendwelche Tätowierungen?« fragt Asger. Steso packt seinen Pulli und zieht ihn und sein T-Shirt in einem Ruck über den Kopf. Dann hält er Asger stolz seine Unterarme hin. Sie sind voller großer mehrfarbiger Abszesse.

Hossein sitzt da und lacht. »Verrückter Junkie«, sagt er.

»Pfui Teufel, Steso«, sagt Asger.

»Wovon bekommst du so was?« frage ich.

»Die Tabletten wirken schneller, wenn ich sie fixe«, sagt er nüchtern, erklärend. Wir reden jetzt über wichtige Sachen. »Das kommt von den Tablettenhilfsmitteln.«

»Tablettenhilfsmittel?« frage ich.

»Das, was die Tabletten zusammenhält – das Bindemittel. Das physisch und psychisch Aktive ist meistens flüssig. Dann wird es mit allem möglichen vermischt – Paraffin, Kalk, Kartoffelmehl –, so daß man eine zusammenhängende Tablette formen kann. Wenn ich die Tabletten auflöse, bekomme ich die Bindemittel mit.«

»Wie ... löst du sie auf?« frage ich.

»Feuer und Wasser.«

»Warum kannst du sie nicht einfach schlucken?« Ich kenne die Antwort genau, ich finde es nur einfach so amüsant, daß er ein totaler Junkie ist. Er will wirklich alles, wo er drankommen kann, aufnehmen.

»Das Zeug in die Venen zu bekommen, darum geht es – das ist ja kein Essen. Via Magensack ist der Verlust zu groß; die Geschwindigkeit zu gering.« Er zieht sich den Pulli wieder über.

Hossein lächelt Steso immer noch an. Die beiden können sich offenbar gut leiden.

»Das ist so eklig«, sagt Asger.

»Das ist so unangenehm wie eine Rutschbahn«, konstatiert

Steso, »unterwegs kann man sie nicht ausstehen, aber wenn sie vorbei ist, dann WILL man noch eine Runde.«

Asger findet, Steso sei zu merkwürdig, aber eigentlich ist an ihm nichts Merkwürdiges, er hat nur einen größeren Ehrgeiz – ein Ziel. Er will angeturnt sein – und darauf steuert er hundert Prozent zu. Ich habe erfahren, daß er sich auch für ältere Männer prostituiert, für Geld, aber auch für Medizin. Das habe ich von Svend erfahren, der ihn kennt. Ja, es gibt keine Frauen, die wollen, Steso ist einfach zu spindeldürr und seine Augen zu besessen. Ich kann ihn vor mir sehen, wie er mit stoischer Ruhe an einer Mauer steht, während er von einem fetten alten Kerl in den Arsch gefickt wird. Stesos Ziel ist höher, und er sinkt mit Freuden tief, um es zu erreichen. Es gibt einige physische Bedürfnisse und einige physische Unkosten. Etwas, das überstanden werden muß, und etwas, das erreicht werden muß. Diese Besessenheit hat etwas ... Aristokratisches.

»Hossein, mein Freund«, sagt Steso, während er sich setzt, »berichte von der persischen Tätowierungskultur. Hast du deinen Tempel mit Götzenbildern besudelt?« Hossein lächelt.

»Ja genau. Hast du irgendwelche Tattoos?« fragt Asger.

»Nein. Haben in Iran nur Seeleute und Langstreckenchauffeure. Und die meisten von denen, die welche haben, die waren mehrere Jahre im Gefängnis. Also, die langweilen sich, da machen sie gegenseitig Tätowierung. Sonst sind die nicht beliebt.«

»Ist man dann ein Loser?« frage ich.

»Ja. Wenn du sie hier auf der Straße zeigst, kommen Leute und sagen zu dir: *Oh, das ist kraß*. In Iran kommst du und sagst zu mir ...« Hossein senkt die Stimme und fährt in anklagendem Tonfall fort: »*Was hast du da gemacht? Versteck das, versteck das – das ist peinlich*. Das ist was für dumme Menschen – Kriminelle. Die haben vielleicht nur ein Kreuz, irgendwas Selbstgemachtes.«

»Ist es nicht so, daß in den Kulturen des Mittleren Ostens Hennatätowierungen verbreitet sind?« fragt Steso – er klingt wie ein Professor.

»Ja, man hat die Hennatätowierung; Araber tun das – die Frauen, Iraner tun es – ihre Nägel. Das verschwindet. Die machen es zum Spaß. Wenn sie heiraten, bekommen Frauen das an Hand und an Fuß, weil das Glück bringt.«

»Kannst du dir vorstellen, dich tätowieren zu lassen?« fragt Asger. »Als Gegenleistung für das Gramm Opium, das du in der Tasche hast?« Als das Wort Opium fällt, wird Steso sehr aufmerksam.

»Ich werde meinen Tempel nicht besudeln«, sagt Hossein.

»Haben überhaupt keine Frauen richtige Tattoos?« frage ich, weil ich irgendwie Angst habe, daß Hossein mich nicht mehr mag, wenn er den Spunk auf meinem Knöchel sieht.

»Ja. Meine Großmutter hatte eine Tätowierung, genau, an ihre Hände. Manche alte Frau, die haben drei Punkte auf Kinn tätowiert, wie ein Schild – das kann sie gegen bösen Blick schützen. Das ist altmodische Religion. Mein Großvater hatte auch – er war ein halbarabischer Räuber. Aber Leute sehen das nicht gern.«

»War er Araber?« frage ich. Hossein zeigt auf sein Herz.

»Ja, ich habe das wilde Blut von *arab-e-kasif*.«

Ich überlege, Hossein zu fragen, ob er vom Krieg Schußwunden hat, aber vielleicht findet er es unangebracht, also lasse ich es.

Der Leser

Hossein muß weiter, aber Steso bleibt, um einen kleinen Stick zu rauchen. Er steht auf und nimmt die beiden Bücher, die auf der Fensterbank liegen; Asger hat sie von Store-Carsten geliehen – einem Lehrer, der bei uns kauft. *On the Road* von Jack Kerouac und *The Naked Lunch* von William S. Burroughs.

»Asger, hast du angefangen zu LESEN?« fragt Steso.

»Ja klar. Die beiden Bücher sagen viel über das Verhältnis der Gesellschaft zur Kultur der Drogen«, antwortet Asger – und wiederholt damit beinahe wörtlich Store-Carsten, als der mit den Büchern ankam; seither haben sie auf der Fensterbank Staub gesammelt.

Steso schaut Asger an: »Du bist dir darüber im klaren, daß Kerouac ein Psychopath war, der sich auf Beat und Alkohol und geistige Vernebelung verlegte, weil er viel zu viel Angst hatte, um das Leben als Kleinbürger hinzukriegen. Und Burroughs ist nur noch einer von diesen amerikanischen Mythomanen, die versuchen, ihre zwanghaften Gedanken mit intellektueller europäischer Raffinesse vorzutragen.«

»Der Burroughs hat die Haltung dieser ganzen etablierten Gesellschaft zu Drogen durchschaut«, sagt Asger.

Steso hebt *The Naked Lunch* hoch. »Willst du mir erzählen, daß du das wirklich gelesen hast?«

»Verdammt, ja. Die Gesellschaft hat vor der Drogenkultur Angst, weil Drogen uns in die Lage versetzen, die Sinnlosigkeit der Gesellschaft zu durchschauen und uns tiefere Einsichten zu vermitteln.« Selbst wenn es Store-Carstens Worte sind, so ist das doch zugleich die längste zusammenhängende Aussage, die ich je aus Asgers Mund vernommen habe.

»Ich glaube ja nicht, daß die Gesellschaft vor deinem Papp-Hasch Angst hat«, sagt Steso, »aber in gewisser Hinsicht stimmt es, daß die Gesellschaft eine kleinbürgerliche Frau ist, die nicht mag, wenn ihr Mann berauscht ist, weil sie dann keine KONTROLLE über ihn hat. Klar, alle Gesellschaften zu allen Zeiten. Gleichzeitig muß ich sagen, das ist an sich egal.«

»Warum?« frage ich.

Steso schaut mich an.

»Es geht ausschließlich darum, alles auszuprobieren, was man sich wünscht, ehe man krepiert.«

»Und was fehlt dir noch, Steso, was hast du noch nicht probiert?« frage ich kichernd.

»Na ja, Maria, zum Teufel«, sagt er, plötzlich begeistert, »ich muß doch in 20, 30, 40 Jahren hier sein, wenn die Chemiker mit irgendeinem absolut phantastischen Dope kommen, mit dem ich mich vergnügen kann.« Steso steht mit genießerischem und leicht verlegenem Grinsen im Zimmer.

Genußraucher

Hossein gab mir in einem unbewachten Augenblick einfach den Opiumklumpen, und in den nächsten paar Tagen nehme ich ein bißchen, wenn die Schmerzen am schlimmsten sind, aber sie fangen an zu vergehen.

Jetzt ist Freitag, früh am Nachmittag – das ist wirklich die beste Zeit der Woche, denn bald kommen die Genußraucher; das sind Leute mit ganz gewöhnlichen Jobs – wir werden unter anderem von einem Postboten frequentiert, einem Lehrer, einem Arbeiter von Portland, einem Druckereibesitzer und einer jungen Frau, die hat in der Gravensgade ein Geschäft für Gebrauchsgegenstände in Stahl und Glas. Sie kauft nur bei mir.

An den Freitagen muß ich besonders auf Asger achten, denn Genußraucher sind Kunden, die man ordentlich behandeln muß. Sie sind keine Großkunden, aber zuverlässig. Sie kommen immer zwischen 15 und 18 Uhr, sie bezahlen immer und ohne zu diskutieren in bar, sie rauchen nichts von ihrem Kauf, ehe sie gehen – und sie gehen jedesmal schnell wieder. Sie müssen nach Hause zu ihren Familien und brauchen nur eben etwas für ihren eigenen Verbrauch am Wochenende zur Erholung. Einige von ihnen sind ehemalige Pur-Raucher, die runtergeschraubt haben, und ich bin eigentlich ein bißchen neidisch auf sie; ich glaube, die meisten Menschen, die jeden Tag Hasch rauchen, wünschen sich, es nur als erholsames Genußmittel zu gebrauchen – das, was man einen *akzeptablen Verbrauch* nennt, statt vollständig pleite zu sein.

Auf jeden Fall muß aufgeräumt und ordentlich gelüftet werden, wenn wir gegen halb zwei am Freitag aufstehen. Und dann habe ich Asger dazu verdonnert, ihnen immer eine Tasse Kaffee anzubieten. Das ist ja nur eine Geste – sie sagen fast immer nein. Und außerdem will ich nicht, daß die üblichen Kunden freitags hier herumsitzen und abhängen – ich will das normal schon nicht, aber freitags schon gar nicht. Sie können gern die Erlaubnis bekommen, gleich ihren Kauf zu kosten – ihnen das zu verwehren, wäre schlechter Stil, und wir würden Kunden verlieren. Aber sie sollen verdammt nicht mit ihrem Bier ankommen und dann rumsitzen und unser Zuhause als Aufwärmlager benutzen und mit allem möglichen Drogengelaber anfangen. Und die Hunde sollen draußen im Auslauf sein.

Ein singender Ton auf dem Asphalt dringt durch die offenstehenden Fenster und kündigt den ersten Freitagskunden an, schon ehe wir mit Ausmisten fertig sind. Es ist Zipper, der auf seinem Skateboard anrollt. Unter unseren Kunden bildet er eine ganz eigene Division, er tritt als Einkäufer für einige Hip-Hopper und Skater auf.

»*Maria, Baby*«, sagt er, als ich die Tür öffne. Auf dem Kopf hat er eine umgedrehte Cap, er trägt ein großes Sweatshirt, ausgebeulte Hosen mit gewaltigem Hängearsch und ganz einfache Converse-Schuhe. Aus großen altmodischen Kopfhörern, die ihm um den Hals hängen, strömt härtester Hip-Hop. Das Skateboard hält er in der einen Hand, und die andere hat er mit der Handfläche nach oben vorgestreckt, so daß ich darauf klatschen kann. Ich schlage so fest ich kann, und das kitzlige Gefühl in der Handfläche ist gut, weil ich das letzte bißchen Opium genommen habe, um das Aufräumen zu schaffen. Zipper kommt direkt von der Handelsschule in der Saxogade, wo er hingeht. Eines Tages während eines Konzerts im Skråen ging er zu Leif und sagte, er benötige eine Menge Joints, die er fertig kaufen wollte. Leif stellte ihm Asger vor, der meinte, daß sie wie alle anderen ein Piece kaufen und sich ihre Joints selbst bauen müßten.

»Mann, wir bauen nicht. Wir rauchen«, sagte Zipper – unbeugsam. Seither bauen wir Joints für die Hip-Hopper.

»*My man*«, sagt Zipper, als ich ihn ins Wohnzimmer begleitet habe, wo Asger sitzt und Joints rollt, denn natürlich hat er das nicht rechtzeitig gemacht. Zipper trinkt keinen Kaffee. Er setzt sich nicht mal hin. Er legt nur das Geld auf den Tisch und sagt, wie viele Joints er braucht. Jedes Wochenende fährt und raucht und trinkt er wie wild mit seinen Freunden bei einer Art Skatertreffen irgendwo in Vejgaard. Zipper hat stets riesige Hautabschürfungen vom Hinschlagen – ein richtiger Skater fährt nicht mit Knieschützern. »Heftig«, sagt er, als Asger berichtet, daß man Joints gerollt mit Schwarzem kaufen kann. Sie schließen den Einkauf ab und Zipper legt die Joints in eine Metalldose, die er bei sich trägt, damit sie nicht knikken, falls er stürzt. Ein Händedruck mit Asger, ein »*Maria, baby*« samt einem Händeklatschen mit mir, ab durch die Tür, und dann das Geräusch von Zippers Skateboard, das über den Asphalt streicht.

Reefer

Na gut, aber alles ist soweit fertig, der Kaffee gekocht und die Aschenbecher abgewaschen. Ich liege auf dem Sofa und sehe *Aliens*, dabei denke ich daran, daß ich blute, um meine unbefruchteten Eier auszuschwemmen. Das Muttermonster im Film legt bestialische Eier. In der Realität hätte Ripley keine Chance. Solche wie sie würde das Monster frühstücken.

Dann erscheint der Lehrer – Store-Carsten. Er taucht jetzt zum zweiten Mal hintereinander an einem Freitag auf, und letzte Woche erzählte er beiläufig was von Ärger mit der Freundin, was offenbar seinen Verbrauch hochgeschraubt hat.

»Danke gern«, sagt er zu Kaffee. Na gut. Er möchte halt ein bißchen sitzen und reden – das ist in Ordnung. Da kommt Marianne – die mit dem Geschäft. Asger läßt sie herein. Ich habe mich wieder aufs Sofa gelegt, weil ich leicht Bauchweh habe, das Opium ist mir ausgegangen.

»Hallo Marianne«, sage ich, »entschuldige, daß ich nicht aufstehen kann, aber ich bin ein bißchen krank.«

»Na, was ist los?« fragt sie mitfühlend und setzt sich zu mir auf die Sofakante. Ich schaue sie vielsagend an. »Ach, das geht schnell vorbei«, sagt sie.

Dann steht Store-Carsten auf und stellt sich ihr vor. An der Freundinnenfront gab es bestimmt so viel Zoff, daß er nach einer Neuen sucht. Und Marianne sieht verdammt gut aus.

»Ja, Carsten ist auch ein Freitagskunde«, sage ich zu ihr, weil ich gern sicherstellen will, daß alle beide wissen, wer sie in bezug aufs Rauchen sind, »und Lehrer«, füge ich hinzu, um klarzumachen, daß er kein Loser ist ... oder wie soll man das ausdrücken; Lehrer stehen ja nun auf meiner Hitliste nicht gerade ganz oben, aber einer muß die Drecksarbeit schließlich machen.

Marianne wird sofort rot. »Ja«, sagt sie, »ich pflege am Wochenende immer einen kleinen *reefer* zu rauchen.« So nennt sie es – *reefer*. Sie hat mir erzählt, sie sei einmal die Freundin von einem jamaikanischen Rasta-Typen gewesen, der Jones hieß. Er verkaufte Koka und sang in Århus in einer Reggae-Band. Dann war sie mit ihm auf Jamaika, und dort nannten sie einen Joint einen *reefer*; sonntags fuhren sie raus zum Riff draußen an einem Strand – *the reef* also – und saßen dort und kifften. In Århus fuhr Jones einen BMW, weil Bob Marley auch einen hatte. Bob hatte diese total materialistische Investition mit dem Namen des Autos erklärt: BMW – Bob Marley and the Wailers. Na, also Jones baute mit seinem verdammten Bob-Marley-Auto einen Unfall; er hatte es eilig, das Blut an seiner zerdepperten Nase zu trocknen, ehe es auf die neuen Sportwagensitze tropfte, die er hatte einbauen lassen. Jetzt sitzt er irgendwo auf Jamaika im Rollstuhl, und ich erinnere mich daran, wie entspannt

Marianne die Achseln zuckte, als sie mir davon erzählte.»Hast du zu ihm keinen Kontakt mehr?« fragte ich. »Er hat nicht durchgehalten«, sagte sie. Daran muß ich jetzt denken, und ich schaue zu Asger hinüber.

Dann fängt Carsten an, eine Anekdote aus seiner Vergangenheit als Pur-Raucher zum besten zu geben. Beim Dealer zu sitzen und zu viel zu reden ist nie gern gesehen, aber eine Anekdote zu einem Thema, das sich aufs Rauchen bezieht, ist okay. Und er will offenkundig Marianne beeindrucken.

Er erzählt, er und seine Freunde seien an einem Sommertag mal zu Kjærs Mølleå rausgefahren, um abzuhängen, Bier zu trinken, zu rauchen und es sich gutgehen zu lassen. Aber die anderen waren mit ihrem Zuschuß zu dem Hasch, das Carsten gekauft hatte, kleinlich.

»Dann ging ich zum Pinkeln ein Stück weg, und da kam mir diese teuflische Idee«, erzählt er. Unten am Fluß wuchs Bärenklau. Carsten wußte, daß er gegen das Gift dieser Pflanze immun ist, deshalb schnitt er einen großen Tju-Bong aus dem Stamm eines frischen Bärenklau mit jeder Menge Saft drin. Also, ein Tju-Bong ist wie so ein Luft-Bong – ein Bong ohne Wasser. Der ist so berechnet, daß er waagerecht gehalten werden muß, und an beiden Enden sind Löcher. Dann hältst du die Hand vor das eine Ende des Tju-Bong und ziehst, bis du die Mische im Pfeifenkopf verbrannt hast, und dann läßt du los und bekommst die volle Lunge. Der hat etwa den gleichen Effekt wie ein Bong, abgesehen davon, daß du den Rauch nicht gefiltert bekommst, es ist also relativ heiß und ekliger. Es funktioniert eher nach dem Chillum-Prinzip; ein trockenes Rauchen im Gegensatz zum Naß-Rauchen.

Jedenfalls zeigte er den Typen den frischen Tju-Bong.

»Und die Ignoranten waren natürlich sofort absolut begeistert. Also rauchten wir alle drauflos und wurden total breit, und nach einer Weile bekamen sie allmählich an den Händen und um den Mund Wasserbläschen. Sie waren entsetzt.« Asger nickt – zufrieden mit der Anekdote, während Marianne kichert und sich die Hand vor den Mund hält. Gleichzeitig klopft es an der Tür, ungewohnt hart.

Pulver

»*Hier ist die Polizei – öffnen Sie.*« Das Wohnzimmer hängt voll Rauch, weil Store-Carsten gerade seinen Kauf probiert hat. »Verdammt.« Asger meckert rum, während Marianne schon raus ist zur Toilette. Carsten stopft sein Piece in einen Schuh. Ich bin vom Sofa aufgestanden, um die Fenster aufzureißen. Asger ist neben mich getreten.

»Nimm die hier«, sagt er flüsternd und reicht mir eine knapp halbe Haschplatte. Das ist Schwarzer. Das muß alles sein, was wir haben, und der dürfte überhaupt nicht im Haus sein. Er ist inzwischen zu faul, um nach draußen zu seinem Lager zu gehen ganz hinten im Schuppen, der als Hundehütte benutzt wird, oben unterm Dach.

»*AUFMACHEN ODER WIR SCHLAGEN DIE TÜR EIN*«, heißt es von draußen. Gleichzeitig höre ich, daß Marianne spült – sie hat ihr Piece bestimmt ins Klo geworfen.

»Was soll ich damit?« frage ich und nehme Asger die Haschplatte aus der Hand.

»Stopf sie hoch«, zischt er. Ich hebe die Augenbrauen.

»Warum fickst du dich nicht selbst damit?« frage ich und halte sie ihm hin.

»Jetzt komm schon, Schatz«, bettelt er, »das ist für 4.000 Kronen.« Er übertreibt immer; die ist für kaum mehr als 2.000, also Einkaufspreis. Aber der Block ist etwas unter 50 Gramm – er mißt fast zwölf mal fünf Zentimeter und ist zwei Zentimeter dick. Asger ist so dumm. Selbst wenn ich es versuchte, würde ich das Zeug nicht in mir haben können – es ist ja nicht nur, daß er sich höchst selten dafür einsetzt, die Platzverhältnisse da drinnen auszuweiten – er kriegt den Kleinen doch fast kaum zum Stehen.

»*UND ZWAR SOFORT!*« wird draußen gerufen.

Asger mosert und reißt mir die Platte aus der Hand. Ich gehe los, um die Tür zu öffnen, in der Zwischenzeit stürzt Asger in die Küche und wirft das Hasch wie ein Frisbee durch das offene Fenster – vom Flur aus kann ich sehen, daß es bis hinüber in den Garten des Nachbarn fliegt. Dann rennt er an mir vorbei, und ich sehe, wie er den einen Eßtischstuhl umdreht, von einem der hohlen Metallbeine die Plastikkappe abzieht und die Dealerwaage hineinschiebt, um sie zu verstecken. Es ist eine 10-Gramm-Pesola-Waage, wie man sie bei Versuchen in Physik benutzt; lang und dünn. Es gibt nur einen einzigen Grund, warum man diesen Typ Waage bei sich zu Hause hat.

»*JA JA, VERDAMMT NOCH MAL!*« rufe ich.

»*Warte*«, sagt Asger und gräbt in seiner Hosentasche. Ich schaue ihn an. Er zieht eine kleine Plastiktüte aus der Tasche, gefüllt mit weißem Pulver, gleichzeitig schlägt er an die Badezimmertür und zischt: »Marianne, mach jetzt zu!«

»Ich pinkle«, sagt Marianne hinter der Tür.

»Idiot«, sage ich. Er weiß, daß ich Leute, die harte Drogen nehmen, bescheuert finde. »Spül das in der Küche weg.«

»Verdammt, das ist Franks«, sagt Asger und schaut sich fieberhaft um.

BANG. Die Tür und der Türrahmen vibrieren von dem Schlag, und ein Stück Putz fällt von der Decke. Asger stopft die Plastiktüte in die Schuhspitze von einem meiner Cowboystiefel und geht ins Wohnzimmer, gleichzeitig verläßt Marianne die Toilette und folgt Asger. Meine Gesichtshaut spannt, so wütend bin ich. Wenn die diese Tüte finden, dann sage ich ihnen, sie sollen sie auf Fingerabdrücke hin untersuchen. Wegen so einem Scheiß will ich echt nicht drangekriegt werden.

Krokodilrachen

Ich mache auf. Auf den Platten vor der Tür draußen steht ein Polizist in Angriffshaltung, einen erhobenen Vorschlaghammer in der Hand, bereit zuzuschlagen. Ich hebe die Augenbrauen und schaue ihn grenzenlos gelangweilt an. »Willst du eine Tasse Kaffee, Schatz?« frage ich. Hinter ihm steht Herr Martinsen, Drogenbulle Nummer eins der Aalborger Polizei, und grinst.

»Hallo Maria«, sagt er und reicht mir einen Durchsuchungsbefehl. Der Kerl mit dem Vorschlaghammer ist schon an mir vorbei unterwegs nach drinnen. Martinsens Walkie-talkie krächzt.

»Würden Sie freundlicherweise unsere Gäste nicht stören?« bitte ich ihn, denn das wäre schlicht nicht sonderlich fett. Ich finde, mit Marianne, das wäre echt peinlich, aber schlimmer ist es mit Store-Carsten, denn er ist ein alter Pur-Raucher, und das Gerücht würde sich wie ein Steppenbrand ausbreiten: Razzia bei Asger. Dann ist blitzschnell Ebbe in der Staatskasse.

»Ich werde sehen, was ich tun kann«, sagt Martinsen, nimmt sein Walkie und spricht hinein: »Ja?« Er erfährt, daß etwas aus dem Küchenfenster geflogen ist, ehe wir die Tür öffneten. Großartig. Dann betritt Martinsen das Wohnzimmer.

Die langen Beine elegant übergeschlagen, hat Marianne auf einem der Eßtischstühle Platz genommen. Sie ist ganz ruhig.

»Geht's dir gut, Asger?« fragt Martinsen grinsend, schaut sich um und sagt: »Hallo Carsten.« Dann wendet er sich dem Polizisten zu: »Den da untersuch oberflächlich und wirf ihn anschließend raus.«

»Ich hab zum Glück noch nichts gekauft«, sagt Carsten, als er aufsteht, die Beine spreizt und die Handflächen gegen die Wand legt. Ganz offenkundig hat er zu viele Filme gesehen.

»Verdammt, Martinsen, warum schikanierst du mich? Ich habe mit dem Dealen aufgehört.« Martinsen hebt den Zeigefinger, Asger soll schweigen, und wie er so dasteht, ein bißchen mit dem Finger hin und her wackelt, sieht er nachdenklich Marianne an, die gelassen den Blick erwidert. Die Hunde im Zwinger draußen bellen – jemand scheint in den Garten zu gehen.

»Haben Sie nicht dieses Geschäft – BLINK – in der Gravensgade?« fragt Martinsen.

»Ganz genau«, sagt Marianne, während Carsten über die Schulter »tschüß« sagt und aus der Tür begleitet wird.

»Führen Sie immer noch diese verchromten Mülleimer fürs Badezimmer? Die mit dem Kippdeckel und dem Fußpedal?«

»*Kipp* – ja«, antwortet Marianne.

»Ausgezeichnet. Meine Tochter wünscht sich so einen.«

»Ich deale nicht mehr, Mann – ich werde Tätowierer«, sagt Asger. Meine Fresse, was ist der peinlich.

»Sie sind jederzeit willkommen«, sagt Marianne, während ein weiterer Polizist mit Asgers Haschplatte in der Hand hereinkommt.

»Er hat die hier zum Nachbarn rübergeworfen – eine verdammt gute ölige Qualität«, der Polizist reicht Martinsen die Platte, der daran schnuppert und zu Asger hinüberschaut.

»Nanu, importierst du inzwischen selbst?«

»Ach, zum Teufel«, sagt Asger und blickt auf die Tischplatte. Der Polizist steht abwartend daneben. Ich hoffe nur, daß sie sich nicht vorgenommen haben, diese Wohnung auf den Kopf zu stellen, selbst wenn ich eigentlich gern erleben würde, wie sie Asger wegen des Pulvers in meinem Stiefel kassieren.

»Hast du mehr davon?« fragt Martinsen.

»Nein«, sagt Asger, »das ist alles, was ich habe.« Martinsen lacht glucksend.

»Du willst mir weismachen, daß du nicht die übliche Pappe führst?« Asger ist völlig klar, daß es umsonst ist. Gleichzeitig ist er bereit, viel dafür zu tun, damit sie nicht die Wohnung durchwühlen und den Kram in meinem Cowboystiefel finden, Speed oder Koka. Denn dann würde er mit Sicherheit auf der Polizei übernachten, und außerdem hätte er sie für lange Zeit auf dem Hals.

Asger seufzt und streckt die Hand unter die Eßtischplatte, wo das Hasch in einem kleinen Hohlraum liegt, zwischen der Tischplatte und den beiden Platten zum Ausziehen. Er nimmt das Hasch heraus und gibt es Martinsen.

»Danke«, sagt der. »Hast du eigentlich für die beiden Bestien, die da draußen rumlaufen, Hundemarken?« Asger schüttelt resigniert den Kopf.

»Sieh zu, daß er dafür eine Geldstrafe bekommt«, sagt Martinsen zu dem Polizisten und fügt an Asger gewandt hinzu: »Nur, um dich ein bißchen zu ärgern.« Dann wendet er sich an Marianne: »Wie geht es dem guten Jones?« Ich kann sehen, daß Marianne überrascht ist, aber sie versucht keineswegs, das zu verbergen – sie lächelt lediglich und schaut Martinsen in die Augen.

»Er fährt auf Jamaika Rollstuhlrennen«, sagt sie – ungerührt. Sehr cool. Merkwürdig, daß Martinsen Jones kennt, wo das doch in Århus war. Andererseits kommt es nicht jeden Tag vor, daß ein Koka-Wrack mit riesigen Dreadlocks seinen BMW um einen Laternenpfahl wickelt, fünfzig Meter vom Café Casablanca entfernt, wobei das Blut aus seinen zerfressenen Nasenlöchern schießt. Vielleicht eine kleine Anekdote für das jährliche Seminar der Drogenbullen. »Kann ich jetzt gehen?« fragt Marianne.

»Ja ja, geh du nur«, sagt Martinsen, und wie nebenbei fährt er an Asger gewandt fort: »Magst du jetzt die Dealerwaage aus dem Stuhlbein holen?« Wie ein geschlagener Mann steht Asger auf und nimmt die Waage heraus. Marianne zieht ihre Jacke über, unterdessen gräbt Martinsen nach einer Münze in seiner Tasche und legt sie in den Krokodilrachen der Pesola-Waage. Er grinst.

»Und dann gibst du auch noch schlecht, Asger. Pfui Teufel.« Asger setzt sich, die Ellbogen auf den Knien, und begräbt resigniert sein Gesicht in den Händen.

Marianne sieht ihn an, schüttelt den Kopf und dreht sich zu mir um. Ich schaffe es nicht, ihr in die Augen zu schauen. Daß er ein dermaßen großer Idiot ist, habe ich wirklich nicht geglaubt. Wenn man eine Pesola-Waage einstellt, muß ein 20-Kronen-Stück bei 9,3 Gramm landen, ein Zehner hat genau 7 Gramm. Als Kunde muß man schon sehr selbstsicher sein, um dem Dealer zu unterstellen, er würde zu wenig geben. Aber nur ein verdammter Idiot betrügt seine Kunden, denn viele von ihnen haben eine Pesola-Waage zu Hause, oft aus Zeiten mit eigenen Dealerambitionen. Und dann mucken die niedrigen Chargen auf.

»Mach's gut, Maria«, sagt Marianne, und ich krümme mich auf dem Sofa, denn ihre Stimme klingt mitleidig, aber auch einen Hauch herablassend, und das ist einfach nur peinlich. Gleichzeitig durchzuckt mich eine hellsichtige Eingebung: Es ist durchaus möglich, daß Marianne ihren Kauf in den Slip gelegt hat, als sie auf der Toilette war. Man glaubt es nicht, weil sie so gepflegt ist, und genau deshalb kann sie mit einem Piece im Pelz entkommen. So etwas müßte ich auch können.

»Martinsen, sollen wir ihn hier in die Ausnüchterungszelle stekken?« fragt der Polizist, der wieder ins Wohnzimmer gekommen ist und sich neben Asger gestellt hat.

»Nein. Er wird nur vernommen, dann schicken wir ihn wieder nach Hause«, sagt Martinsen.

»Wie bitte?« sagt der Polizist.

»Es ist Freitag – wir brauchen den Platz«, antwortet Martinsen. Der Polizist sieht aus, als hätte man ihn ungerecht behandelt.

»Also dann, Asger«, sagt Martinsen und beschlagnahmt das Hasch, verhaftet Asger und beschuldigt ihn des Besitzes zwecks Weiterverkauf, gemäß Paragraph 191 Abs. 2 des Strafgesetzbuchs.

»Gibst du das zu?« schließt Martinsen.

Asger sitzt am Tisch und stiert auf die Platte. Er ist unrasiert und stinkt nach altem Rauch und altem Schweiß, sein Haar ist schmutzig und strähnig, und seine Jeans glänzen auf den Schenkeln vor Dreck. Die Wände des Wohnzimmers sind vom Nikotin gelb. Asger schweigt.

»Wir können dich ohne weiteres für vierundzwanzig Stunden

festhalten, Asger. Und auch länger, wenn du es vor dem Richter nicht einräumen willst«, sagt Martinsen. Faktisch können sie ihn vier Wochen in Untersuchungshaft nehmen, aber ich glaube, dazu gehört mehr als 100 Gramm Hasch.

Asger mault: »Ja ja, ich geb den Scheiß zu.«

»Gut so, mein Junge«, sagt Martinsen, »dann begeben wir uns jetzt mal auf die Wache und machen das offiziell.«

Als sie gegangen sind, schließe ich die Jalousien, schalte das Licht aus und den Fernseher an, ohne Ton. Ich setze mich mit einem Becher Kaffee aufs Sofa und ziehe die Beine hoch. Ignoriere die Kunden, die an der Haustür klopfen. Das war's erstmal.

Dealernoia

Es dauert nicht lange, da ist Asger zurück.

»Ich muß verdammt dringend pissen«, sagt er, als er zur Tür hereinkommt. Dieser Flachwichser.

Oh verdammt ... das Pulver! Ich war durch die Razzia so total von der Rolle, daß ich es vergessen habe. Ich schleiche mich auf den Flur. Die Badezimmertür ist angelehnt, und durch den Spalt kann ich Asgers Rücken sehen, als ich mich hinhocke und die Tüte aus meinem Cowboystiefel ziehe. Asgers Strahl plätschert in die Kloschüssel. Die Fußbodendielen knarren, als ich mich aufrichte, aber ich glaube nicht, daß er was hört. Ich schleiche in die Küche, öffne vorsichtig die Tüte. Er hat noch nicht gezogen.

»Nein, das tust du verdammt noch mal nicht«, sagt er, schon direkt hinter mir. Seine Hände schließen sich um meine, die nur einen halben Meter von der Spüle entfernt die offene Tüte halten.

»Verdammt, ich will nicht mit einem zusammenleben, der Stoff nimmt«, sage ich. Asger verdreht mein Handgelenk so, daß ich loslassen muß.

»Das gehört Frank, zum Teufel – das hab ich dir doch gesagt.«
»Und warum hast du Franks Stoff hier rumliegen?« frage ich.
»Ich hab das für ihn geregelt.«
»Dann dealst du jetzt also mit Speed?«
»Das ist für Frank – jetzt bleib mal locker.«
»Ich will mit so was nichts zu tun haben, Asger. Die Leute drehen davon ab«, sage ich. Und ich meine es. Alles, was heftiger ist als Alkohol und Hasch, auf diesen ganzen Scheiß hab ich keinen Bock.
»Dann zieh aus, Maria.«
»Und wer soll dann das Hasch in Christiania holen?«
»Hossein«, sagt er, klingt aber ein bißchen unsicher. Als wäre er nicht sicher, ob Hossein das tun wird.

Asger setzt sich hin und telefoniert rum, redet von sogenannten CDs, kann aber nirgendwo welche auftreiben.

»Mist Mist Mist Mist.« Er schimpft vor sich hin.

»Was passiert jetzt?« frage ich. Asger erzählt, daß er binnen kurzem vorgeladen wird und daß er bestimmt etwa vier Monate bekommt.

»Mit Bewährung?« frage ich.

»Ohne. Ich muß brummen«, sagt er – fast ein bißchen stolz.

»Dann mußt du auf die Bude aufpassen, Schatz. Glaubst du, du schaffst das, wenn Frank dir hilft?«

Vor einer Viertelstunde sollte ich ausziehen, und jetzt ist wieder Friede Freude Eierkuchen. »Selbstverständlich«, antworte ich, denn ihm zu erzählen, wie sehr er mich mal kann, bringe ich nicht fertig. Im übrigen muß Frank auch rein und zehn Monate wegen Amphe absitzen – das hat Ulla mir erzählt. Asger hat es bestimmt vergessen.

Erst am Abend merke ich, daß die Mens ganz aufgehört hat. Ich muß daran denken, wie mein Vater mir mal erzählt hat, Hühnereier seien an sich die Menstruation der Hühner – unbefruchtete Eier, die wir kochen und essen. Es vergingen ein paar Jahre, ehe ich mein nächstes weichgekochtes Ei aß.

Wenigstens will ich bald aus der Tür sein, denn Freitagabend kommen unglaublich viele Idis, um was zu kaufen. Und die bleiben bis tief in die Nacht. Die sind voll, und es ist ihnen egal, wie sehr sie das Privatleben stören, das wir eh so gut wie gar nicht haben. Außerdem ist Asger wahnsinnig paranoid, weil die Bullen hier waren, so daß alle, die anklopfen, garantiert mächtig angeschissen werden.

Es wird immer davon geredet, daß die Polizei solche Razzia-Kampagnen durchzieht, um die Kleindealer zu stressen, aber in Wirklichkeit hört man nie von jemandem, der geschnappt wird. Also – warum sollte die Polizei die Kleindealer finden, und warum sollte sie Lust haben, sich mit denen zu beschäftigen? Die Dealer tragen doch dazu bei, eine Menge instabiler Leute ruhig zu stellen, wenn die Selbstmedikation verrückt spielt. Vom Standpunkt der etablierten Gesellschaft aus betrachtet ist die Situation perfekt. Okay, jetzt klinge ich schon wie mein Vater, wenn der seine zynische Tour hat, aber was Wahres ist dran. Und heute *wurde* jemand gefilzt – wir.

Na ja, in der nächsten Zeit wird es wohl so laufen, daß die Leute mindestens drei Gramm kaufen müssen – oder gleich wegbleiben können. Oder Asger kommt auf die Idee, daß er auf Kleinkram keine Lust mehr hat und mindestens für 400 Kronen gekauft werden muß; auf die Weise verlangt er indirekt, daß die Leute zusammenlegen. Irgendwo auch fair enough, wenn man das Risiko bedenkt, das Asger mit dem Verkaufen eingeht – andererseits ist das irgendwie auch alles paranoid. Fast zwei Wochen hab ich jetzt nichts geraucht. Wo ist da noch der Punkt, mit einem Dealer zusammenzusein? Gold wird da keins gesponnen. Die weitaus meisten Kleindealer rauchen den Verdienst selbst auf. Und was nicht in Rauch aufgeht, das wird für geistesschwachen Kram verballert – wie Tätowierausrüstung und frigide Hunde. Interesse und Beruf kommen doch kaum aus dem Nichts – nur sehr wenige Dealer sind keine Raucher; das ist *fast* unmöglich. Man sagt selbstverständlich, man sitzt dort, um ein Schnäppchen zu machen, aber der eigentliche Grund ist doch der, daß man seinen eigenen Raucherbedarf gedeckt haben will und viel zu fertig ist, um einen regulären Job durchzuziehen.

Ich brenne nur darauf, rauszukommen und unter normale Menschen, nachdem ich fünf Tage auf diesem Sofa gelegen habe. Ich brenne darauf, hackedicht zu werden.

Ich rufe Ulla an, auch wenn ich nicht finde, daß ich sie sonderlich gut kenne. Aber wir haben ähnliche Probleme – wir leben beide mit pur-rauchenden Losern zusammen. Ulla hat zum Glück morgen in der Drogerie frei, deshalb verabreden wir uns für 23 Uhr im 1000Fryd; dort anzufangen ist okay, auch wenn es ein bißchen düster ist und punkig – anschließend können wir rübergehen in die Jomfru Ane Gade, Typen aufreißen.

Asger läuft rum und schmollt. Während ich meine Beine rasiere, denke ich an Svend. Ich habe mit Svend einmal geschlafen, aber das ist ein Geheimnis. Er *schwor*, es niemandem zu sagen. Ich rasiere mich auch unter den Armen. Unter der Dusche fasse ich mich selbst an die Brust – ich bin absolut wahnsinnig geil –, auch weil ich aufgehört habe zu kiffen. Ich muß einfach raus und nach einem neuen Typ Ausschau halten.

Nachdem ich mich in die Jeans gezwängt habe, stehe ich auf dem Flur und studiere mich selbst im Spiegel. Ich stelle mich genau so hin, als wenn ich an einer Bar lehne; mit gekreuzten Knöcheln und die Beine dicht zusammen. Der Unterleib steht wie ein straffes ausgebuchtetes kleines Dreieck vor, eingerahmt von meinem weichen Bauch oben und den Schenkeln mit ihren jeansbekleideten Rundungen links und rechts; die bringen einen dazu, den Blick zu dem eleganten Schwung der Hüften gleiten zu lassen, was den Blick wiederum weiter zur Taille führt, die perfekt ist – exakt zwei Drittel der Hüftbreite, genau wie bei Marilyn Monroe. Und wenn der Blick die Taille eingenommen hat, kann er nur in zwei Richtungen wandern; zur Honigdose unten oder zu den Titten und dem Gesicht oben. Ich bin ein Killer. Für obenrum entschließe ich mich zu einer ausgeschnittenen Bluse, bis zum Solar Plexus geschnürt und mit kurzen weiten Ärmeln. Die Bluse wird vom Busen etwas angehoben und hängt lose über dem Bauch herunter, und dann stößt sie ein bißchen auf.

Es kostet mich eine halbe Stunde, aus Asger schlappe 300 Kronen zu quetschen.

»Hej, ich bin gerade gefilzt worden«, jammert er. Er kotzt mich so an. Normalerweise wird man als *Pusherfrau* gut versorgt. Es fehlt einem an nichts und man muß nichts machen. Ich habe Zugang zu all dem Hasch, das ich rauchen kann, und muß nichts dafür bezahlen – aber so gesehen ist das ja jetzt egal. Und ich muß auch ein bißchen Sex gewähren (in Asgers Fall erschreckend wenig) und ein wenig mütterliche Fürsorge. Ich muß einkaufen, Junkfood holen, Kaffee kochen und ihm mit den Fingern durchs Haar fahren und jedesmal, wenn es irgendein mikroskopisch kleines Problem gab, sagen: »Diese Situation hast du echt cool angepackt.« Ansonsten ist das Tauschverhältnis so, daß ich mich im Erfolg meines Mannes und seinem Ansehen sonnen kann. Und dann bekomme ich regelmäßig den Arsch geleckt – dessen bin ich mir bewußt. Echt. Das ist mir nach so einem Tag klargeworden, als ein Typ, Bertrand heißt er, mich vollblubberte. Was ich für schöne Haare hätte! Und ich hab es aufgesaugt wie ein Schwamm, denn Asger sagt nie was Nettes zu mir. Und Asger saß natürlich daneben und schmollte ein bißchen. Der Dealer ist neutral, wenn man seine Alte unterhält, aber man darf sie nicht anbaggern – das sind die Regeln. Man darf sie unterhalten – mit etwas Ungefährlichem, Frechem, Witzigem – zum Lachen darf man die Alte bringen. Der Kunde tut das natürlich, denn zu Hause hat sie das Sagen, und so kann der Kunde hoffen, daß sie beim Dealer ein gutes Wort einlegt.

Dann kam Steso zur Tür herein. Nach 45 Sekunden hob er die Augenbrauen, wobei er erst Bertrand anschaute und dann mich.

»Hier können wir einen Mann beobachten, der das Arschloch eines toten Hundes blutig lecken kann – wenn er glaubt, damit etwas zu erreichen. Glücklicherweise wissen wir, daß Sie – Maria –

über solche niederen Schmeicheleien erhaben sind.« Danach begann mir aufzufallen, wie oft das passierte – und mir wurde blitzschnell klar, wie hohl das Geschwätz war.

Die königliche Zunge

Ich gehe für meine Verabredung mit Ulla viel zu früh von zu Hause weg; ich will nur aus diesem Haus raus. Ich gehe und denke dabei an Svend. Stelle mir vor, Svends Freundin zu sein. Aber ich glaube nicht, daß er jemals der Freund von jemandem war – er springt nur auf alles, was seinem Geschmack entspricht. In der Nacht, als wir rumvögelten, traf ich ihn im V.B. Ich stand oben an der Bar, wo ich mit einem Schwulen rumhing, der mit mir zusammen zur Schule gegangen war. Svend kam direkt zu mir und flüsterte mir ins Ohr: »Hi, Baby – wie wärs mit Knallen? Du bist doch geil.« Und ich wollte das so gern, also ... ich litt heftig an Mangelerscheinungen, außerdem war ich ziemlich voll. Wir gingen direkt zu ihm nach Hause. Ich versuchte unterwegs mit ihm Händchen zu halten, aber das wollte er nicht – es ging offenbar nur um Sex, und das war auch okay so. Wir kamen an, und er ging auf die Toilette, und als er fertig war, da ging ich hin, um gleich zu pinkeln, oder was da nun kam, denn ich war schon irre naß. Und ich war total gespannt auf das, was jetzt passieren würde, denn so was mache ich ja nicht jeden Tag.

Als ich fertig war, saß er splitterfasernackt im Wohnzimmer auf einem großen grünen Sessel mit einer Riesenlatte. Ich ging direkt hin, kletterte hoch und mit dem Rücken zu ihm senkte ich mich auf ihn. Und ... also, er hielt wirklich durch. Und es war unheimlich gut; das habe ich tatsächlich vorher nie versucht – daß es Spaß macht.

»Oh ja«, sagte er, »fick mich.« Ich war voll zugange. »JA JA. Du führst den Schwanz. Das ist SO gut, wenn du den Schwanz führst.«

Normalerweise sagen die nie was. Nach ein paar Minuten, wenn sie die Ladung nicht länger zurückhalten können, kommt so ein kläglicher kleiner Stöhner. Svend lachte laut, als er kam – das war *so* kraß. Dann nahm er mich von hinten – also erst fragte er, und ich mag es faktisch gern. Aber dann hinterher fragte ich ihn, warum er nicht ebensogut einen anderen Mann von hinten ficken könnte. »Männer haben Haare im Arsch«, sagte er. Da sagte ich mit richtig tiefer Stimme: »Hi Baby, wie wärs mit'm Arschfick? Du bist doch geil.« Er war erschüttert, der arme Kerl, aber er fand es auch witzig. Und es war kraß, mit einem schlafen zu können und außerdem mit ihm auch *reden* zu können. Und dann sagte er, meine Möse schmecke wie Honig und ... na also ich bin ja nicht naiv; ich *weiß* durchaus, daß meine Möse *nicht* wie Honig schmeckt und daß das nur ein Trick ist, aber es ist trotzdem irgendwie fett, wenn er es sagt. Dann zogen wir noch eine Runde durch.

Anschließend tranken wir Bier, und er spazierte nackt im Wohnzimmer herum und sagte so was wie »*OH JA, MARIA. DU HAST MICH SO VERDAMMT GUT GEFICKT.*« Er ist ein solches Miststück. Als ich morgens um fünf nach Hause kam zu Asger, war ich wahnsinnig nervös, ob er Svend an meinem Körper riechen könnte, aber Asger war natürlich dermaßen breit, daß er überhaupt nichts mitbekam.

Am nächsten Tag hatte ich einen gewaltigen Kater, ich war richtig schlecht gelaunt. Ich beeilte mich, ins Bad zu kommen, ehe Asger aufstand, und dann bettelte ich fast, daß er mich leckte. Und er hat es gemacht. Er ließ seine Zunge an meinen Schamlippen auf und ab gleiten, zwischen die acht Stunden früher Svend seinen großen steifen Schwanz gesteckt hatte. Asger ist nicht sonderlich gut im Mösenlecken, und trotzdem war es so wunderbar, daß ich lachen mußte, und der Depp glaubte, seine Zunge sei königlich.

Verrat

Ich komme um Viertel vor zehn im Café 1000Fryd an. Als ich die Tür öffne, sind bisher nur das Mädchen hinter der Bar und zwei Kunden da. Sie sitzen in ihren üblichen Uniformen an der Theke: Militärstiefel, schmutzige Jeans und wattierte Holzfällerhemden. Es ist viel zu früh, und ich will gerade an der Tür kehrtmachen.

»Schöne Maria«, höre ich Hosseins Stimme vom anderen Ende des Lokals. Und dort sitzt er ganz allein mit einem großen Bier in seiner behaarten Hand, und ein Zigarillo hängt an seiner Lippe, er trägt eine Gabardinehose, gut geputzte schöne Lederschuhe und so ein rabenschwarzes Perserhemd mit weißer Stickerei auf der Brust. Iranisch smart – ich finde ihn cool.

»Hossein«, rufe ich – womöglich ein bißchen zu begeistert, und gehe zu ihm. »Was machst du denn hier?« frage ich, als ich mich setze.

»Ich versuche Durst zu löschen«, sagt er lächelnd und fragt, ob er mich zu einem Bier einladen kann.

»Ja, danke«, sage ich, und galant wie er ist, geht er und holt mir ein großes Bier. Er erkundigt sich nach Asger und schaut mich aufmerksam an, als ich die Ereignisse des Tages referiere. Mir ist schon klar, daß ich das nicht erzählen muß, aber auch, daß ich meinen Ekel, wie schlecht Asger sich hielt, nicht zu verbergen vermag. Verdammt, warum sollte ich auch?

»War sehr großes Pech für euch«, sagt Hossein.

»Pech für Asger. Für mich ... das weiß ich nicht.«

»Dich Maria – du entscheidest selbst, was du tust.«

»Das stimmt ...« sage ich, »stimmt ganz genau.«

»Skål auf glückliche Zukunft«, sagt Hossein und hebt sein Glas. Seine Augen lächeln sanft, und ich kann es nicht lassen, ich lächele ihn listig an.

»Hossein, was machst du?«

»Ich versuche Durst zu löschen«, sagt er wieder und kneift dabei die Augen zusammen. Dann zünde ich mir eine Zigarette an und Hossein sich einen weiteren Zigarillo. Es gibt so vieles, wonach ich ihn gern fragen möchte. Wenn er seine Hand mit dem Zigarillo zum Mund führt, denke ich, woran sein kräftiger und behaarter Unterarm wohl beteiligt gewesen ist. Welche Bewegungen und Taten der zusammen mit dem übrigen Körper und seinem Gehirn ausgeführt hat, in der Zeit bevor er nach Dänemark kam. Das möchte ich gern wissen. Wie viele er getötet hat – wie viele mit den Händen. Ich weiß schon, daß er nicht so gern darüber spricht, aber ich habe auch gehört, daß die Rocker ihn respektieren, und das bedeutet schlicht und einfach, daß sie finden, er sei gefährlich.

Ich hole tief Luft. »Hossein, willst du nicht erzählen, was du während des Krieges gemacht hast?« Er sieht mich eher kalt an. Es ist, als wenn er innen hinter den Augen eine Gardine zuzöge.

»Ich machte ... Krieg. Kämpfte mit Feind.«

»Aber ... wie?« Er schaut mich ausdruckslos an – lange.

»Warum, Maria, warum du willst diese Sachen wissen?« Vor der Kälte, die er irgendwie ausstrahlt, senke ich den Blick.

»Entschuldigung«, sage ich, »ich hätte nicht fragen sollen.« Da umfaßt er mit seiner Hand meine, die zusammengepreßt auf der Tischplatte liegen.

»Nicht Entschuldigung sagen. Aber Krieg war sehr häßliche Sache.« Jetzt ist seine Stimme wieder sanft. Danach ist es lange still, und er läßt seine Hand meine Hände streicheln. »Ich muß dir diese Sache erzählen«, sagt er auf einmal mit müder Stimme. »Ich bin ein Soldat gewesen – professionell bei Militär. Bei diese Krieg gab es viel Verrat.«

Hossein erzählt, daß er im südlichen Iran kämpfte und daß die Front vor und zurück wogte.

»Die Irakis legen in Grenzgebiet Minen und die Iraner sammeln eine Menge Menschen längs der Grenze – junge Menschen, Freiwillige. Die schicken sie in der Nacht über Grenze zu Irak, wollen Iraker zurückdrängen.«

Er erklärt, daß alle Männer im Iran zu einer dreijährigen Wehrpflicht einberufen wurden, wenn sie achtzehn Jahre alt waren. Die Freiwilligen kamen von den Schulen, wo sie aufgefordert wurden, am Krieg teilzunehmen.

»Bis ganz jung, erst dreizehn Jahre alt – sie bekamen ein schwarzes Stirnband und eine Pistole. Dann wurden sie über die Minenfelder geschickt. Viele wurden getötet; sie *shaheed'*. Diese ... Märtyrertod«, Hossein spuckt dieses Wort förmlich aus. Wenn die Freiwilligen einen Weg durch die Minenfelder gebahnt hatten, folgten die Berufssoldaten nach.

»Aber viele Male wurden wir in Land von Feind zurückgelassen – ohne Versorgung, ohne Unterstützung, und wir wurden wie Hunde niedergemetzelt.«

Hossein sagt, die religiösen Führer des Iran wollten keinen Frieden schließen. Sie benutzten den Krieg, um ihr eigenes Militär zu schwächen, das sich sonst gegen sie hätte auflehnen können.

»Aber ... du hast im Irak gekämpft?«

»Ja ... ich kämpfte – nur um mein Leben und für meine Kameraden.« Hosseins Tonfall ist so, daß ich ihn nicht nach Einzelheiten fragen will. Es ist ganz klar, daß er nicht gern darüber spricht. Er zerdrückt seinen Zigarillo fast brutal im Aschenbecher, und seine Stimme klingt dick von Ekel: »Aber sie machen so viele Kinder blind in Glauben an den Allah und die gehen in Märtyrertod – ich finde, das ist zu geisteskrank.«

»Aber ... warum wollen sie Märtyrer sein?«

»Du wirst Märtyrer, du kommst in islamische Paradies – das ist sehr schön.« Hosseins Augen funkeln ein bißchen.

Paradies

»Wie schön?« frage ich, damit er über etwas anderes spricht als über den Krieg. Ich ziehe auch meine Hände zu mir zurück, denn mir geht auf, daß mehr Menschen ins Café gekommen sind. Wir sitzen am Ende, an einem dieser kleinen Tische, die auf der Bühne stehen, wenn sie nicht benutzt wird. Trotzdem kann man deutlich die Intimität zwischen uns erkennen, und viele sind da, die wissen, daß ich Asgers Pusherfrau bin.

»In diese Paradies wird allen Männern von junge Jungfrauen aufgewartet – *huri* heißen sie. Alle Männer, die trinken Wein und rauchen Marlboro- und Winston-Zigaretten, und jedesmal, wenn sie ...« Hossein schaut auf den Tisch und senkt die Stimme etwas: »Wenn sie ... eine *huri* gevögelt haben, dann wird sie wieder Jungfrau. Das ist moslemische Paradies – Allahs Paradies.« Ich schaue kurz zu ihm. Jetzt sitzen wir plötzlich hier und reden vom ... Bumsen. Also unangenehm ist das zwar nicht, aber schon ein bißchen merkwürdig.

»Aber was passiert dort mit den Frauen?« frage ich.

»Die Huris sind Jungfrauen – erst vergewaltigt, und dann werden wieder Jungfrauen«, sagt Hossein, ohne mich anzusehen.

»Sie werden echt ... vergewaltigt?«

»Ja. Moslemischer Mann will ... diese Jungfrau vergewaltigen, um Macht zu fühlen. Das kann er in Paradies tun. Für moslemische Mann taugen nur Jungfrauen.«

»Nein aber ...«, sage ich.

Er schaut mich wieder an, nickt dabei.

»Aber wo kommen denn die Frauen hin, wenn sie sterben?« frage ich.

»Koran sagt davon nichts.« Hossein erzählt, daß die Frauen nur eine Art dienende Geister sind, solange sie sich auf Erden aufhalten. Vielleicht werden sie im Paradies Jungfrauen, so daß sie gebumst werden und wieder Jungfrauen werden können. Oder vielleicht werden sie Männer, die Jungfrauen bumsen.«Ich weiß nicht«, sagt Hossein.

»Das klingt etwas heftiger als der Himmel Gottes«, sage ich.

»Ja, aber wenn das Paradies von Allah – du bumst, trinkst Wein, rauchst Marlboro – warum nicht Paradies herunter auf die Erde holen? Wir müssen für Paradies üben«, sagt Hossein.

»Aber ist es ... falsch, Sex zu haben, also wenn man Moslem ist?« frage ich, wobei ich merke, wie mir das Blut ins Gesicht steigt. Aber mir kommt es so vor, als sei das ein wichtiger Punkt, der geklärt werden muß. Hossein lacht ein bißchen.

»Doch doch. Du darfst sehr gern, mit deiner Frau, alles was du Lust hast. Und das ist gut für dich und für sie. Ihr macht euch froh. Nicht wie euer Gott – man ist ... man hat«, Hossein sucht nach dem passenden Wort,»man ist schuldig, wenn man nur einmal Sex hat. Das ist verrückter Gedanke. Die einzige gute Vorschrift im Islam ist *imta*«, sagt Hossein,»die Frau hat das Recht auf die sexuelle Befriedigung im Bett. Das ist ihr Recht – sonst ist der Mann kein Mann.«

»Okay. Dann ist aller Sex mit der eigenen Frau immer eine gute Sache?« frage ich.

»Nein – nicht immer. In Iran ist es verboten, es ... hinten zu tun.«

»Hinten?«

»Von hinten – in den Hintern.«

»Ähhh, arschficken?« sage ich.

Hossein schaut in sein Glas und lächelt leicht verlegen.»Ja«, sagt er, ehe er mit einem frechen Glitzern in den Augen wieder aufschaut.»Man muß Buße bezahlen, wenn man das macht. Einer der heiligen Personen in Iran hat darüber Buch geschrieben.«

Vorsichtig lache ich. Fühle, daß ich rote Wangen habe. Ein Buch über Arschfickerei. Worüber reden wir hier eigentlich?

»Das stimmt«, sagt Hossein mit Nachdruck und hebt die Hände: Mit Daumen und Zeigefinger der linken Hand hält er das äußerste Fingerglied des kleinen Fingers der rechten Hand. »Wenn du mit deine Frau zusammen bist und dann deinen kleinen Finger in ihr Arschloch schiebst, dann kommt es darauf an, wie weit, die Buße muß in Gold bezahlt werden. In Buch steht, wie groß die Buße ist für verschiedene Formen von Arschficken oder Fummelei. Wenn du ganz plötzlich zu wild bist, und dann verkehrt triffst, oje.« Hossein schüttelt bekümmert den Kopf. »Wenn Kopf reingeht, du bezahlst so viel Buße, wenn der weiter reingeht, dann mußt du ein Kamel geben. Das ist teure Sache in den Arschloch.« Wir lachen alle beide. Hossein schaut mich aufmerksam an, vielleicht um zu sehen, ob ich das verkraften kann. Ich kann.

»Wir hatten in Iran dieses Buch, mein Bruder und ich, und wenn wir uns langweilen, wir lesen darin und wir lachen. Steht alles mögliche in dem Buch. Religiöse Vorschriften, wie du dich in deinem Bett verhältst.«

»Aber warum ist man so besetzt von Arschfickerei?«

»Du kannst keine Frau bekommen, ehe du verheiratet bist. Was glaubst du, was man tun soll?«

»Aber wird darüber geredet?« frage ich. Dabei denke ich, wie total abgefahren es doch ist, daß wir so ein Gespräch führen.

»Ja, man redet. Nicht mit sein Vater und seine Mutter. Aber junge Menschen – sie reden davon zum Spaß. In Iran gibt es eine Stadt, die heißt Qazvin. In Qazvin sagen sie: *Du mußt arschficken, sonst sie arschficken dich.* Dort sind keine Frauen, nur Männer. Auch wenn es Frauen gibt, kann man nicht so ins Bett gehen – man muß auf die andere Weise ins Bett gehen. Sie sagen: *Gott hat den Schwanz geschaffen rund wie ein Arschloch. Wenn man in Muschi sein sollte, müßte Schwanz so sein*«, Hossein zeichnet etwas Schmales, Längliches in die Luft – der Schwanz muß einem Axthaupt gleichen, um zur Muschi zu passen.

»Diese Stadt liegt etwas nördlich von Teheran«, sagt er, steht auf, legt seinen einen Arm auf den Rücken und bedeckt mit der Hand seinen Hintern, während er den anderen Arm auf und ab bewegt.

»Sie sagen, die Vögel, wenn sie über Qazvin fliegen, halten eine Hand auf den Arsch und fliegen mit ein Flügel. Das stimmt. Arschficker-Mekka.« Hossein setzt sich wieder auf den Stuhl. Ich lache. Wir flirten heftig, merke ich.
»Das ist eine Stadt mit viele Religiöse.« Hossein erzählt von einem Mullah in Qazvin, der während des Fastenmonats Ramadan rumlief und wahnsinnig hungrig war. Er hatte ein Sandwich in der Tasche, dann ging er in eine Gasse und begann es zu essen. Hossein hält die Hände vors Gesicht und tut so, als knabbert er:
»Ganz plötzlich kommt wer vorbei – Fasten brechen, das ist so peinlich für ein Mullah. Er bekommt Angst, er steckt sein Kopf in ein Mülleimer – riesengroße Mülleimer – weil er verbergen muß, daß er den Sandwich ißt. Dann kommt ein Mann vorbei und sagt: *Oh, wer hat so einen schönen Arsch in den Mülleimer geworfen?*« Hossein steht wieder auf und schaut wollüstig auf den Arsch, von dem er gerade erzählt hat, und reibt sich dabei die Hände. Dann beginnt er, den imaginären Mullah zu ficken. Es ist großartig. Die Leute hinten an der Bar drehen sich um.

»Lieber sich anonym arschficken lassen, bloß nicht als Fastenbrecher aufgedeckt werden«, sagt er und setzt sich. Ich kann die Augen gar nicht von ihm abwenden. Er will mehr Bier holen. Ich bestehe darauf, daß ich dran bin. Davon hält er nichts. Er gibt weiter ulkige Witze von sich – einen nach dem anderen, aber dann muß er gehen, weil er um 23 Uhr eine Verabredung einhalten muß. Ich frage ihn, wo er hingeht.

»Das ist irgendein Geschäft«, sagte er ganz beiläufig. Er duftet gut, und er ist total schick angezogen.

»Triffst du dich mit einem Mädchen?« frage ich.

»Nein«, sagt er, »jetzt habe ich heute abend dich gesehen, und für mich alle anderen Frauen häßlich aussehen.« Ich stehe auf und küsse ihn zum Abschied auf die Wange. Dann setze ich mich an die Bar und warte auf Ulla und denke dabei an Hossein.

Ein Hauch von Charme

Ich begrüße kurz Leif, er ist Gerüstbauer und kauft immer mal bei Asger. Eigentlich ist er ein wirklich cooler Typ, aber gleichzeitig nur noch einer mehr, der auf dem besten Weg ist, ein Wrack zu werden. Einer, der schier endlose Manöver von Trinken und Wahnsinn durchzieht in einem kaputten Milieu, wo high zu werden als wichtigstes Adelsprädikat gilt. Irgendwie kommt mir alles so aussichtslos vor.

Die Bar macht ein ausgeflipptes junges Mädchen, das ich noch nie gesehen habe. Sie erinnert mich an mich selbst vor ein paar Jahren, als ich anfangs hierher kam. Sie ist nicht sonderlich groß, hat wunderbar breite Hüften und einen guten Arsch. Ihre Haare locken sich als üppige dunkelrote Mähne auf die Schultern. Das Gesicht ist eigentlich sehr schön, wenn auch auffallend rund, der Mund breit und die Nase flach mit großen runden Nasenlöchern – fast wie die von einem Neger. Ihre Augen sind das wichtigste; sie wirken richtig ansprechend, obwohl sie zu viel Eyeliner benutzt. Vielleicht ist sie nicht mal alt genug, um hinter der Bar zu stehen, aber ich mag sie schon allein deshalb, weil sie immerhin angenehme Musik spielt. Im 1000Fryd bestimmt immer der hinter der Bar die Musik, und die meisten spielen Deathmetal oder lauten Punk. Ich frage sie, was wir hören.

»*Cocteau Twins*«, sagt sie lächelnd. Sie ist kurz davor, sich von irgend so einem männlichen Depp mit einem Hauch Charme pflücken zu lassen. Genau wie ich selbst damals. Und auseinandergenommen zu werden.

»Maja«, sagt Leif am anderen Ende der Bar, und sie geht lächelnd zu ihm, um seine Bestellung aufzunehmen. Er redet mit ihr. Sie stellt sich auf die Zehenspitzen, lehnt sich über die Bar und gibt ihm einen Kuß. Ein männlicher Idiot mit einem Hauch von Charme. Eigentlich ein Wunder, daß er nicht von den Gerüsten fällt, bei all dem, was er raucht und trinkt.

Ulla kommt mit aufreizend schwingenden Armen durch die Tür, aber ich sehe, wie sie sofort die Tonart wechselt, als sie feststellt, daß kein einziger starker Typ im Lokal ist. Sie umarmt mich flüchtig und bestellt zwei große Bier, ehe sie den Mantel auszieht und über den Barhocker hängt. Sie hat ein sehr tief ausgeschnittenes Satinkleid an; Empireschnitt mit ungeheuer schmalen Trägern, und es sitzt absolut perfekt, auch wenn ihre Brüste klein sind. Die vier Typen, die an der Bar sitzen, blicken sie verstohlen an, aber sie ist gewiß nicht der Typ von Mädchen, das man ungestraft kommentiert. Als sie sich gesetzt hat, rutsche ich näher und lehne mich ein bißchen vor, damit ich besser zwischen ihre kleinen runden Brüste sehen kann; sie hat keinen BH an. Normalerweise muß man entweder einen BH tragen oder zumindest halbgroße Titten haben, die gut vorstehen, damit so ein Kleid richtig sitzt. Sonst riskiert man, daß die Brüste oben rausplopppen – das kann ja sehr charmant sein –, aber sie können auch nach unten fallen, so daß die Naht, die unter dem Busen sitzen muß, um sie oben zu halten, quer darüber sitzt, und das ist *nur* peinlich. Ich habe auch kleine Brüste, und ich kann mich nicht dazu aufraffen, solche Kleider anzuziehen, auch wenn sie mir enorm gut stehen – also wenn ich total still stehe.

Sie erzählt mir, Slagter-Niels würde nichts tun als rumzuhängen und am Computer zu spielen und zu quarzen, außerdem mache er die ganze Zeit bei der Arbeit blau. Dann erzähle ich ihr von Asger und der heutigen Polizeirazzia. Wir sind uns einig, daß wir in der Abteilung zufriedenstellende Unterbodenpflege beide unter akuter Unterernährung leiden. Soweit ich sehe, liegt darin keine Aufforderung, daß wir beide ... also Ulla und ich, also irgendwas aneinander behandeln sollen. Aber es fällt mir wieder ein.

Nach und nach sind jede Menge Leute gekommen, und ein paar von den Typen sehen aus, als ob sie durchaus einen Einsatz bringen könnten.

»Sollen wir nicht mal durchchecken?« sagt Ulla.

»Nein, hier sind viel zu viele, die uns kennen«, antworte ich. Die

Musik ist zum Glück zu laut, als daß die anderen hören könnten, worüber wir reden.

»Ich meine woanders.«

»Ich trau mich heute irgendwie nicht«, sage ich und denke, ob Hossein eventuell hierher zurückkommen wird, wenn er mit seinen Geschäften durch ist.

»Es geht das Gerücht, daß du mit diesem Svend, der bei Lars kauft, zusammengewesen bist ...?«

»Wer sagt das?!«

»Das ist nur, was ich gehört habe«, sagt Ulla geheimnisvoll.

»Ulla!« sage ich – ein bißchen ängstlich. »Also das ist wichtig. Wenn Asger so ein Gerücht mitbekommt, daß ich ... dann ...«

»Du hast gerade selbst gesagt, daß er überhaupt nichts taugt.«

»Nein, aber ich habe keine Ahnung, worauf er verfallen könnte ...«

»Ich hab selbst gesehen, wie du eines Morgens bei Svend rausgekommen bist«, sagt Ulla.

»Nein!«

Sie legt mir eine Hand auf den Arm – und drückt ihn ein bißchen. »Du sahst sehr schuldbewußt aus.«

»Ja, ich war auch *so* nervös. Aber findest du, das macht nichts?«

»Für mich jedenfalls nicht.«

»Puh ...«

»Naa ...?«

»Na was?«

»War er gut?«

»Ohhh, davon träumst du nicht einmal!«

»Oh doch. Das ist nämlich das, was ich außerdem gehört habe.«

»Du hast ihn nie gehabt?«

»Nein, aber das kann echt nicht lange dauern.«

»Er kann ... *wirklich*«, sage ich mit Nachdruck, »die Zunge in Schwingungen versetzen.«

»Schon merkwürdig, daß er keine Freundin hat«, sagt Ulla.

»Find ich auch. Ich glaube, er ist mit vielen Mädchen zusammen – also mit schnuckeligen Mädchen«, sage ich.
»Ich glaube, er ist in diese Lisbeth verliebt, die Steso kennt.« »Lisbeth ist ein hübsches Mädchen, das hinkt. Ich habe gehört, daß sie bei einem Verkehrsunfall dabei war, wo der Fahrer des Autos umkam.
»Ja, das ist gut möglich – jetzt wo du es sagst. Aber Lisbeth ist mit Adrian zusammen«, sage ich.
»Diesem kleinen Knubbeligen ... also dem mit den Muskeln?«
»Ja. Das hab ich gehört.«
»Vor dem fürchte ich mich ein bißchen – aber spannend ist er auch«, sagte Ulla.
»Das sind irgendwie merkwürdige Leute«, sage ich. Ich kenne Steso doch ein bißchen, denn Steso kennt alle ein bißchen, die mit euphorisierenden Stoffen zu tun haben. Aber er hat auch seinen Klüngel; Pusher-Lars, die gelbe Tilde, Svend, Lisbeth und noch ein paar, und die sind alle irgendwie ... seltsam. Man sieht sie und man weiß, daß sie mit etwas Besonderem zugange sind, aber was, weiß man nicht.

Gaffatitten

Es ist kurz nach Mitternacht, und an der Bar ist eine Neue. Die spielt donnernd laut Deathmetal. Wegen diesem ganzen Freiwilligenmist ist das 1000Fryd ein bißchen was von einer blöden Mistkneipe. In der Stadt ist heute abend nichts Besonderes los, aber das Café ist ganz gut voll, Leute sitzen an den Tischen und reden. Und dann kommt da so eine kleine Pseudopunkerin und schikaniert alle mit ihrem elenden Lärmterror.

Langsam ärgert mich echt, wie gut dieses Kleid an Ulla sitzt, und jetzt hocken wir doch hier und ... und wir haben uns doch geküßt, und ich bin langsam auch etwas betrunken; Bier trinken bin ich nicht gewöhnt.

Da frage ich sie einfach. Ich muß ihr fast ins Ohr schreien, weil die Musik so laut ist, und sie lehnt sich zu mir vor, so daß der Stoff des Kleides lose um die Brüste hängt, und ich kann gerade eben nußbraune Brustwarzen erkennen – richtig fest – aber die Naht unter den Brüsten bleibt da sitzen, wo sie sein soll. Sie antwortet nicht, sondern nimmt mich an der Hand und zieht mich vom Barhocker.

»Komm mit, dann wirst du es sehen«, schreit sie und zieht mich die Treppe hoch zu den Toiletten. Wir kichern wie bekloppt, als wir eine betreten und die Tür hinter uns abschließen. Jetzt hören wir die Musik als gedämpften Baß. An den Wänden sind weiße Kacheln, und durch das Neonlicht ist es sehr hell. Etwas feige stehe ich ihr gegenüber.

»Gleich siehst du es«, sagt sie und läßt die Träger fallen, und dann hebt sie den Stoff über ihren Busen, aber das Kleid fällt nicht runter – es hängt an der Unterseite der Brüste fest.

»Gaffatape«, sagt sie. Auf der Haut sitzen zwei Stücke Gaffatape, umgebogen und zu einem Kreis geklebt – genau dort, wo die unterste Rundung der Brust an die Rippen stößt. Die kleben das Kleid an genau der richtigen Stelle fest.

»Mann, was hast du für einen schönen Busen«, sage ich. Sie nimmt meine Hände.

»Du darfst gern fühlen«, sagt sie und plaziert meine Hände auf ihren Brüsten. Meine Hände umschließen sie – ich spüre das Knorpelartige von steifen Brustwarzen an meinen Handflächen. Mein Herz rast wieder los. Sie läßt ihre Hände unter mein Top gleiten und über meinen Bauch und die Rippen, während ich die Rundung ihrer Brüste streichele.

»Hmmm«, sagt sie, und als ihre Hände meine Brüste drücken, fängt sie die Brustwarzen in dem Zwischenraum zwischen ihren Fingern und preßt sie so fest, daß ich nach Luft schnappe.

»Willst du … küssen?« fragt sie.

»Das … das können wir.« Ich lege meine Hand um ihren Nakken und ziehe ihr Gesicht zu meinem. Meine Zunge trifft auf ihre leicht geöffneten Lippen. Der Mund ist so weich.

»*Hej! Kann man hier mal pissen?*« tönt es von der anderen Seite der Tür. Ich setze mich auf den Toilettendeckel und ziehe Ulla mit, sie setzt sich rittlings auf mich. Dann sauge ich ihre linke Brustwarze zwischen die Zähne; fühlt sich gut an. Ich lasse die Brustwarze los und meine Zunge in kleinen Rucken auf und ab darüber gleiten – dagegenklapsen.

»Mmmm«, sagt Ulla, »die andere auch.« Als ich die Brust wechsle, sehe ich, daß Ullas Lippen leicht geöffnet sind, und sie schaut mir die ganze Zeit bei dem, was ich tue, zu. Ich bin zwischen den Beinen naß geworden. Dann tritt einer gegen die Tür.

»*ICH MUSS PISSEN!*« schreit einer. Ulla und ich schauen uns verlegen an und ordnen schnell unsere Sachen.

»Okay?« flüstert Ulla.

»Ja«, flüstere ich, und wir schließen die Tür auf. Leif steht davor und wirkt angespannt.

»Verdammt, könnt ihr eure lesbischen Perversionen nicht zu Hause treiben!« flucht er und beeilt sich, hineinzukommen. Wir kichern und gehen die Treppe hinunter.

Lars & Adrian

Wir setzen uns wieder an die Bar. Ulla zieht ihren Barhocker ganz dicht zu meinem hin, dann fängt sie an, meine Schenkel zu streicheln – läßt die Hände zu meinem Unterleib hochgleiten.

»Hej – Lesbenshow«, sagt ein betrunkener Idiot, und ein anderer sagt: »Verdammt, die zwei brauchen dringend irgend'nen Schwanz.« Ulla schaut die Typen an, die an der Theke hängen.

»Ihr habt keine Chance«, sagt sie, dann legt sie die Hände um meinen Nacken, zieht mein Gesicht zu ihrem hin und beginnt, an meinen Lippen zu knabbern. Sie küßt ganz wunderbar. Wir lassen los und lachen uns an. Ist ja nur zum Spaß. Es ist halb eins – ich glaube, wir sollten bald weiter. Darauf einigen wir uns, aber genau da kommen Lars und Adrian zur Tür herein. Adrian, ein knubbeliges Muskelpaket, der einen Kopf kleiner ist als ich, und dann Pusher-Lars, er ist Maurer und wirklich gut gebaut. Pusher-Lars nickt mir kurz zu, ehe er Ulla grüßt. Adrian stellt sich neben die beiden, direkt vor mich, und wippt auf den Sohlen seiner großen Militärstiefel vor und zurück.

»Kommt Lisbeth heute abend nicht?« frage ich – eigentlich nicht, weil ich seine Freundin kenne, sondern nur ... um etwas zu sagen. Er lehnt sich zu mir vor:

»Lisbeth? Sie macht Hausaufgaben«, sagt Adrian, »sie ist nämlich richtig smart – nicht so wie wir.« Er schaut mich mit einem teuflischen Grinsen an. Er will sehen, ob meine Selbsterkenntnis ausreicht, um zu merken, wie wenig smart ich bin. Heute war mir das ganze Elend extrem deutlich. Man kann das offenbar an meinen Augen ablesen, obwohl ich versuche, die Gefühle da rauszunehmen. Lars geht ein Stück von Ulla weg, drückt sich gegen die Theke und bemüht sich, den Blick der Barkeeperin zu fangen.

»Ja«, sagt Adrian und lehnt sich vor, zu mir hin. Er flüstert beinahe in ganz normalem Tonfall, als wenn er heute gar nicht so tierisch genervt und stoned wäre, wie er sonst immer zu sein scheint: »Maria, nicht smart zu sein, das ist einfach ein Riesenpech. Aber wir haben zumindest den großen Vorteil, daß wir uns unseres Zustandes bewußt sind.« Während er sein Gesicht zurücknimmt, schaut er mir für eine kurze Sekunde sanft in die Augen, dann dreht er sich um und ruft: »Lars – mein Stoffwechsel langweilt sich.«

Kurz drauf kommt Pusher-Lars zu Ulla. »Wollt ihr mit nach draußen, einen Stick durchziehen?« fragt er leise. Sie schaut mich an, hebt fragend die Augenbrauen und macht mit dem Kopf eine kleine Bewegung in Richtung Tür. Ich nicke. Warum nicht? Es ist ja Freitag nacht, und selbst wenn ich an sich aufgehört habe zu kiffen, kann ich doch ruhig einen akzeptablen Verbrauch haben und Gelegenheitskiffer werden.

»Ja«, sagt Ulla und lächelt, während sie vom Barhocker gleitet. Wir gehen raus; Pusher-Lars zuerst, dann Ulla und ich und zum Schluß Adrian. Alle können sich ausrechnen, was wir vorhaben, aber zum Glück hängt sich keiner dran – ich glaube, Lars gehört nicht zu denen, bei dem man versuchen sollte zu schnorren.

Wir gehen durch das Tor und gleich weiter über die schmale, ziemlich dunkle Straße zu dem Gebäude, das auf der entgegengesetzten Seite des Kattesunds liegt; die Rückseite des Tanzlokals Ambassadeur, zugemüllt mit halb aufgelösten Konzertplakaten, altem Graffiti und Abfall. Wir gehen die Treppe rauf, die zur Feuerleiter vom Ambassadeur führt, und setzen uns so, daß wir hinter der halbhohen Mauer verborgen sind, die den Treppenabsatz einfaßt.

»Toastest du den Tabak?« fragt Lars.

»Klar«, sagt Adrian, fischt eine Zigarette am Filter aus der Pakkung, steckt den ganzen papierumhüllten Teil in den Mund und leckt daran, so daß Papier und Tabak gründlich durchfeuchtet werden. Dann toastet er den Tabak über einem Feuerzeug – in gleichmäßigen Abständen plaziert er den Filter zwischen den Lippen und bläst durch, und aus der Zigarettenspitze kommt eine Rauchwolke – die Methode ist für den Gebrauch im Freien praktischer, als Alufolie zu burnen. Ich habe eigentlich nichts dagegen, einen Joint mit ungetoastetem Tabak zu rauchen, aber es ist schon klar, daß man das Hasch besser schmeckt, wenn der größte Teil des Nikotins aus dem Tabak getoastet ist – dann bekommt man auch den reinen Dopegeschmack, ohne daß er durch eine Nikotindröhnung zerstört wird.

Gesprochen wird nicht, und ich weiß nicht recht, was ich tun soll. Vielleicht könnte ich ja erzählen, viele Amerikaner würden

Hasch pur ohne Tabak rauchen – aber daß ich das Gerücht einfach nicht glaube. Man bekommt ein voll abartiges, leicht würgendes Gefühl in der Kehle, wenn man reines Hasch raucht. Deshalb muß der Tabak dazu, aber indem man ihn zuerst toastet, macht man ihn so neutral wie möglich.

Es gibt gewöhnlich Beifall, wenn man etwas erzählt, das mit dem Rauchen zu tun hat, aber ich lasse es, weil die wohl eh alles schon wissen. Und ich will nicht gern banal wirken. Ich schaue Ulla an. Morgen ziehe ich los und kaufe mir ein neues Kleid ... und eine Rolle Gaffatape.

Stesolid

»Wo habt ihr Svend gelassen?« fragt Ulla.

Lars sucht sein Piece raus, Papier zum Jointbauen und einen rabenschwarzen Filter – ich glaube, das ist Ebenholz. »Svend ist im Krankenhaus«, sagt er.

»Ja, was ist denn passiert?« fragt Ulla. Adrian fängt an zu lachen und reicht Lars die getoastete Zigarette.

»Na ja – schwer zu sagen«, sagt Lars taktisch.

»Also, er ist vielleicht verhaftet oder so was in der Art«, sagt Adrian feixend.

»Aber ... wie meint ihr das?« sagt Ulla verwirrt.

Lars öffnet das Zigarettenpapier und läßt den Tabak auf das Jointpapier rieseln.

»Na ja, er hat Steso eins auf den Deckel gegeben, dann fiel Steso über so einen Tisch mit Eisenrahmen und ging aus wie eine Kerze.«

»Und sein krankes Blut überschwemmte den ganzen Fußboden«, fügt Adrian hinzu.

»Und ...?« sagt Ulla. Adrian fährt fort:

»Svend telefonierte natürlich nach einem Krankenwagen und

fuhr mit ins Krankenhaus. Aber den Sanitätern kam das Ganze etwas suspekt vor, sie riefen die Polizei dazu, die kreuzte auch auf, und während Steso der Schädel genäht wurde, fragten sie Svend aus. Dann gehen sie gemeinsam zu Steso rein, und der zeigt Svend auf der Stelle wegen Körperverletzung an – also, so ist Steso halt. Was weiter passiert ist, weiß ich nicht.«

Lars wärmt eine Ecke des Piece mit dem Feuerzeug an. Es duftet sofort heftig nach Pollen – das ist phantastisches Hasch.

»Aber warum – warum hat Svend Steso eine gelangt?« fragt Ulla.

»Also, das hat faktisch gestern angefangen«, sagt Adrian und lächelt einen Moment vor sich hin, ehe er anfängt zu erzählen: »Steso kam zu mir rüber und gab mir 20 Stesolid – also 40 Milligramm. Er fand, ich sollte das mal probieren, und wenn ich alle auf einmal nähme, sei es eine angemessene Dosis für mich.« Adrian legt Lars den Arm um die Schultern: »Ich habe natürlich sofort Lars angerufen, um zu hören, ob die Dosis korrekt ist. Ich kenne doch Steso und weiß, der würde mich liebend gern mit einer Überdosis rumliegen und röcheln sehen – das würde er kraß finden, denn dann könnte er gewissermaßen … *selbst entscheiden,* ob er mich retten will. Aber es war okay, also habe ich sie genommen.«

Lars macht das Feuerzeug aus. Durch das Aufwärmen des Haschöls läßt sich das Piece unheimlich leicht krümeln. Lars zupft den aufgewärmten Teil mit den Fingern ab und krümelt das Hasch über den Tabak. Dann mischt er Tabak und Haschkrümel vorsichtig mit den Fingern, ehe er die Tüte dreht, so daß sie dicht um die kleine Mische und den Filter schließt. Schließlich leckt er an der Klebekante des Papiers und befestigt sie. Die Bewegungen sind sehr routiniert.

»War es gut, auf Stesolid zu sein?« fragt Ulla.

»Nee, nicht gut«, sagt Adrian und schaut sie an. »Aber es war fett. Das hat einfach alle Gefühle weggenommen. Alle zusammen bis auf eins. Also, ich stand bei Lisbeth draußen auf dem Balkon und schaute über die Stadt, und nach einer Weile bekam ich einen etwas trockenen Mund, und ich holte ein Glas Wasser.«

Lars klopft sich das Mundstück des Jointfilters vorsichtig senkrecht auf den Schenkel, um die Mische zu verdichten, eher er mit zwei Fingern den äußersten Rest Papier verdreht, so daß er an der Spitze dicht um die Mische schließt.

»Was hast du gefühlt?« fragt Ulla.

»Ich stand draußen auf dem Balkon, und dann konnte ich spüren, daß es in mir einfach wuchs, und ich schaute über die Stadt und dachte: *Shit, ej. Das alles – das ist meins. YES.*« Adrian lacht. »Ein Gefühl absoluter Allmacht; das war das einzige, was in mir zurückgeblieben war.«

Lars beurteilt sein Werk. An der Spitze des Joints sitzt ein zusammengerolltes kleines Stück Papier ohne Tabak.

»War Steso in dem Moment da?« fragt Ulla, während Lars seinen Schlüsselring vorkramt und so einen Nagelknipser auswählt, den er benutzt, um die kleine Spitze vom Joint abzuknipsen, der jetzt fertig ist.

»Ja ja«, sagt Adrian, »wir gingen in die Stadt, und alle machten einen großen Bogen um uns, denn uns gehörte die Welt. Aber dann kamen wir morgens nach Hause, und Lisbeth war weg, zur Uni. Und dann ... also Steso und Lisbeth sind doch seit Kindergartenzeiten befreundet – dann ließ ich ihn das Sofa benutzen. Und dann kommt Lisbeth nach Hause und weckt mich. Sie weiß natürlich nicht, daß Steso da war, aber sie meint, an ihrem Bücherregal sei irgend etwas komisch, und dann zeigt sich, daß die siebzehn teuren Erstausgaben fehlen, die sie von ihrem Onkel geerbt hat. Die waren einfach rausgezogen worden«, sagt Adrian.

»Ja, der weiß immer, was am meisten wert ist«, sagt Lars, wobei er Ulla den Joint reicht und ihr zunickt; sie soll ihn anrauchen.

Adrian fährt fort:

»Bücher für locker zwölftausend Kronen. Und Lisbeth wohnt doch oben in Nørresundby, das dauert also, bis man in die Stadt kommt, und wir konnten nicht wissen, wann Steso abgehauen war. Deshalb rief ich Svend an und sagte, er solle sich beeilen und zu

Pilegaard in der Algade gehen, denn das ist das einzige Antiquariat in Aalborg, wo sie was von Erstausgaben verstehen.«

Ulla ist dabei, den Joint anzurauchen. Der Duft ist großartig, sie zieht kräftig.

»Hat er es geschafft?« frage ich.

»Ja, gerade so – direkt an der Theke. Und Svend mußte doch echt im Geschäft mit der Polizei drohen, ehe Steso endlich einräumte, daß die Bücher nicht sein rechtmäßiges Eigentum waren.«

»Hat Svend ihn dort geschlagen?« fragt Ulla mit nasaler Stimme, weil sie den Rauch unten in der Lunge hält, damit er seine Wirkung entfalten kann.

»Nein«, sagt Adrian, »Svend brachte ihn mit zu mir und Lisbeth, um die Bücher abzuliefern, und dann gingen sie zu Lars rüber, weil Svend was kaufen wollte.«

Als sie ausgeatmet hat, nimmt Ulla noch einen Zug und reicht den Joint an Lars weiter, der deutlich macht, daß er erst zu mir soll. Er wirkt mir gegenüber etwas reserviert. Aber schließlich sind Asger und er Konkurrenten.

Ich ziehe am Joint. Das Dope geht direkt ins Gehirn; perfekt. Ich weiß eigentlich nicht, ob Lars mit den Rockern auf gutem Fuß steht, aber das, was wir hier rauchen, ist weit über Standard.

Lars übernimmt das Erzählen: »Ja, und Steso, na der ist verdammt anstrengend, wenn er drauf ist. So wie der jammern kann, das ist schon Kunst. Also steckte ich ihm ein paar Rohypnol zu, die ich da hatte.«

Ich habe das Gerücht von Lars und seiner Nebenbeschäftigung als Pillenticker gehört. Unter den Rockern und diversen Psychopathen gibt es einen riesigen Markt. Natürlich sind es die niedergelassenen Ärzte, die Leuten, die es nötig haben, Pillen verschreiben – alle Sorten von Schlaf- und Nerventabletten. Aber das ist total fließend. Manche Ärzte sind die reinsten Rezeptfabriken, da kann man auf sein glattes Gesicht hin Rezepte für Sachen bekommen, die man in Wirklichkeit nicht braucht. Es reicht, schon ein wenig in die Jahre gekommen zu sein. Dann können die Jungen, die Pillen schmeißen, runtergehen und die Ware in einer schmuddeligen Gaststätte oder in so einem kommunalen Treff kaufen, wo Frührentner und Erwerbsunfähigkeitsrentner abhängen. Die Rentner wollen ja auch ein bißchen Kleingeld verdienen, und um Ärger zu vermeiden, schreiben die Ärzte Rezepte aus.

»Dann ging Svend zusammen mit Steso ins Westend, um ein paar Bier nachzugießen«, sagt Lars, »Svend wußte nichts von den Rohypnol. Und dann zu Svend, um einen Kleinen durchzuziehen.«

Ich reiche den Joint an Lars weiter, der ihn Adrian gibt – alle anderen zuerst den eigenen Joint rauchen zu lassen, ist selten Kifferart. Lars schaut mich ein bißchen merkwürdig an. Ich frage mich, ob er wohl schon von der Razzia gehört hat? Und womöglich zu freundlich ist, um sie zu erwähnen? Aber es kann auch etwas anderes dahinterstecken. Er sieht nicht so schlecht aus. Also, er ist Maurer – er ist ziemlich gut gebaut.

Lars übernimmt den Joint von Adrian, dem der Rauch beim Sprechen aus dem Mund wogt:

»Und dann haut Steso Svend die Zähne in den Arm. Wird total wild. Ich sagte zu Svend, sicherheitshalber sollte er sich eine Spritze gegen Tollwut geben lassen.« Adrian lacht.

»In gewisser Weise war es meine Schuld«, sagt Lars.

»Nein, verdammt, war es nicht«, sagt Adrian.

»Na ja, aber ich hätte ihm nicht die Rohypnol geben sollen«, sagt Lars.

»Ja, aber du konntest doch nicht ahnen, daß er so wahnsinnig ist und noch Bier obendrauf gießt«, sagt Adrian.

»Das hätte ich mir selbst sagen können«, sagt Lars.

»Darf man das nicht?« frage ich.

Adrian erklärt mir, daß Alkohol und Rohypnol zusammen die Leute absolut unzurechnungsfähig werden läßt. Man könnte auf wirklich bestialische Ideen verfallen, ohne sich anschließend daran zu erinnern. »Bis zu Totschlag und grober Körperverletzung«, sagt er.

»Und Steso ist doch irgendwie ... er erforscht ja geradezu Mischungsmißbrauch«, sagt Lars.

»Aber was ist dann passiert?« fragt Ulla ungeduldig.

Adrian lacht ihr zu. »Na ja, als Svend das Gefühl hatte, irgendwie ... als ob das Fleisch ... also als ob abgebissen würde, da fiel ihm die Schilderung von einem Nahkampf im Zweiten Weltkrieg ein, die er mal wo gelesen hatte. Da stand, es wäre sehr effektiv, die Spitze des Daumens oben auf den Augapfel des Gegners zu plazieren und zunehmend Druck auszuüben, als ob man das Auge rausploppen lassen wollte. Das tut dermaßen weh und die Leute erschrecken sich so sehr, daß sie mit dem aufhören, wo sie gerade bei sind.«

»Warum hat er Steso nicht einfach in die Eier getreten?« frage ich, während ich überlege, ob Lars eigentlich eine Freundin hat.

»Steso ist so'n flinker kleiner Scheißer – der ist schwer zu treffen«, sagt Lars.

»Und was ist mit Svend?« fragt Ulla.

»Ich weiß es nicht«, sagt Adrian. »Als er aus dem Krankenhaus anrief, diskutierten die Polizisten immer noch, wie sie mit der Sache umgehen sollen. Sie kennen Steso und wissen, daß er so ein Stück Dreck ist.«

Wir rauchen den Joint fertig.

»Danke dafür«, sagt Ulla zu Lars. Er nickt ihr mit dem apathischen und etwas fertigen Ausdruck in den Augen zu, den alle Pur-Raucher nach einem langen Tag im Dienst des Hanfs bekommen, und plötzlich denke ich: *Nein, verdammt, zwei Dealer reichen echt.* Wir gehen wieder rein und setzen uns an einen Tisch.

Dreckschlampe

Etwas später geht Lars – er muß nach Hause und schlafen. Ich bin eigentlich auch müde, und in etwa einer halben Stunde schließt das 1000Fryd, aber ich habe doch mit Ulla verabredet, in die Stadt zu gehen.

Plötzlich kommt Store-Carsten zusammen mit so einer richtigen pur-rauchenden Dreckschlampe zur Tür herein, Nina heißt sie – sie hat versucht, Gorm anzumachen, als ich mit ihm zusammenlebte. Carstens Beziehung zu seiner Freundin scheint total im Eimer zu sein. Adrian steht oben an der Bar und unterhält sich mit Loser, der sich reingeschlichen hat. Nina entdeckt mich. Sie kommt zum Tisch und baut sich direkt davor auf. In dem Moment ist mir klar, daß Carsten natürlich allen von den Ereignissen des Tages berichtet hat.

»Naaa, du kleine Junkiehure, da ist es dir wohl nicht so gut ergangen«, sagt Nina. Ihr Gesicht sieht aus wie ein Arschloch, das zum Scheißen keine Lust mehr hat. Ich spüre direkt, wie sich mein ganzer Körper anspannt.

»Du bist dermaßen beschissen«, zische ich ihr zu, »ich weiß, woraus du bestehst. Ich weiß, wie du bist.« Da macht sie einen Schritt nach vorn und haut mir eine runter, und ich werfe den Stuhl hinter mir um und schreie sie an, während ich nach ihrem Gesicht aushole und den Hals treffe. Ich sehe Adrian kommen, gleichzeitig umschließen mich Arme von hinten. Adrian hat Ninas Nacken mit einer Hand gepackt und zieht sie rückwärts weg von mir. Alle meine Muskeln zittern vor Wut.

»Sch sch, ganz ruhig«, flüstert Ulla und drückt mich von hinten dicht an sich. Adrian hat Nina den ganzen Weg bis zur Bartheke geführt.

»Wir gehen jetzt«, sagt Ulla und läßt mich los. Ich ziehe meine Jacke vom Stuhlrücken. Ich will gern raus, denn gleich werde ich in Tränen ausbrechen, das spüre ich, und ich will auf keinen Fall, daß mich jemand weinen sieht.

Ulla und ich gehen ins Griflen. Ich bin völlig nüchtern und fühle mich so unglücklich – hätte ich doch bloß diesem Miststück die Augen auskratzen können, dann ginge es mir sicher besser. Wir trinken ein Bier und rauchen von Ullas Zigaretten – meine sind mir ausgegangen.

»Ich will nach Hause«, sage ich.
»Soll ich dich begleiten?« fragt Ulla.
»Wenn du magst, ja – ich wär wirklich froh.«
»Natürlich mag ich, du Schöne«, sagt sie, und wir gehen eng umschlungen durch die Borgergade und den Kastetvej; auf der Reberbansgade würden wir riskieren, irgendwelchen Bekannten über den Weg zu laufen, und dazu haben wir keine Lust. Vor dem Gartentor nimmt Ulla mich noch einmal in den Arm.
»Du mußt weg von ihm«, sagt sie. Ich kann nur nicken. Aber wo soll ich hin? Dann schleppe ich mich zur Haustür – plötzlich sehr müde.

Punktuelle Blutungen

Schon ehe ich den Schlüssel ins Schloß stecke, kann ich hören, daß Besuch da ist. Sie spielen *Sabrewolf* auf Asgers Atari-Computer, der an den Fernseher angeschlossen ist. Frank starrt mit leeren aufgerissenen Augen auf den Schirm und trommelt sich dabei auf die Schenkel. Asger sitzt ganz vorn auf einem Stuhl, den Joystick zwischen den Händen – er ist vollkommen ins Töten vertieft.

»Hallo«, sage ich an der Tür.
»Ähhh, hallo«, sagt Frank, ohne mich richtig anzusehen.
»Verdammter Mist«, ruft Asger, als er stirbt – leider nur im Spiel.
»Maria«, sagt er, als er auf so eine etwas überspannte Weise vom Stuhl aufsteht – abrupte Bewegungen. Die Idioten sind auf Amphe. Ich gehe zum Eßtisch, um mir eine Zigarette zu nehmen. Asger

steht ruhelos mitten im Zimmer und starrt auf den Fernsehschirm. Dann sehe ich, daß Loser ausgestreckt hinten beim Couchtisch auf dem Fußboden liegt. Ich bekomme eine Gänsehaut.

»Asger, was ist mit Loser los?«

»Na, der ist einfach nur down. Ich muß ihn noch rauswerfen.«

»Wie down?« frage ich.

»Down. Verdammt, was weiß ich«, sagt Asger achselzuckend und konzentriert sich wieder auf Franks Spiel.

Ich mache das Deckenlicht an. »Hej!« Frank ist sauer. Ich gehe zu Loser hinüber und schiebe den Couchtisch ein bißchen weg, damit ich mich hinhocken kann.

»Hat er sich einfach hingelegt und ist eingeschlafen?« frage ich.

»Nein. Ha ha«, sagt Asger, »er ist fast im Stehen ohnmächtig geworden.«

Ein dünner Schweißfilm bedeckt Losers blaßgraue Stirn.

»Was hast du dann gemacht?« frage ich und suche den Puls am Hals.

»Hej«, Asger klingt inzwischen leicht ärgerlich, »ich muß ihn nur noch rausschmeißen, ehe ich ins Bett gehe.« Losers Hals an meinen Fingerspitzen fühlt sich an wie kühles, feuchtes Gummi – der Puls rast. Dann hebe ich ein Augenlid an. Der Augapfel ist beinahe bis hoch in den Schädel gerutscht; er zittert und das Weiße sieht aus, als seien die Augen mit geklumptem Blut eingeebnet. Punktuelle Blutungen.

»Asger!« sage ich scharf, während ich Loser eine schallende Ohrfeige gebe und dann noch eine auf die andere Seite. »Er muß zu Bewußtsein kommen, und zwar JETZT.« Asger kommt rüber und starrt auf Loser.

»Der muß nur auspennen.«

»NEIN«, sage ich, »seine Augen sind ohne Leben – ich glaube, er liegt im Koma. Wieviel hat er genommen?« frage ich.

»Genommen?« wiederholt Asger, gewollt unschuldig; er weiß, daß ich nichts von Leuten halte, die Speed nehmen. Also – ich habe es einmal probiert – und das war wirklich total wunderbar, beinahe zu wunderbar; die ganze Welt wird einem auf einem silbernen Tablett serviert, und das Gehirn durchdringt ALLES. Und man kann erklären, wie alles zusammenhängt; man schwallert, der Shit-Talk quillt heraus. Man raucht die ganze Zeit, die Zigaretten schmecken einfach so gut – und man trinkt, ohne voll zu werden. Man ist Weltmeister. Was für eine Nacht ... um zehn Uhr am nächsten Vormittag hat man sich durch mindestens 40 Zigaretten, eine ordentliche Handvoll Joints und 25 Bier gearbeitet – und das als Mädchen. Und genau so plötzlich trifft einen alles auf einmal – der Mund steht still, und die nächsten zwei Tage ist man am Sterben. Ungesund und scheißgefährlich, glaube ich. Ich hatte auf jeden Fall total Lust, mehr davon zu bekommen, um mich wieder so obenauf zu fühlen, aber wenn es zum Schwur kommt, ist alles ja nur so ein »»Hippieselbstbetrug«, wie mein Vater seine LSD-Erfahrungen nennt, wenn man ihn heute fragt.

Das muß außerdem miese Amphe gewesen sein, was Asger und Frank da genommen haben, die reden nicht besonders viel; ihre Motorik ist nur ein bißchen zu hektisch. Bäckerspeed; gestopft voll mit Mehl und Zucker, zerdrückten Nerventabletten, feingemahlenem Glas.

»Ja, wieviel Speed hat er genommen?« frage ich.

»Hej, was willst du denn, was soll ich denn machen?« Asger wedelt resigniert mit den Händen. Ich verpasse Loser noch zwei weitere Ohrfeigen. Meine Finger sinken in die Haut seines Gesichts ein – sie reagiert wie Wachs; die Vertiefungen bleiben, kein Blut strömt nach.

»Er muß unter die Dusche«, sage ich und fange an, den Gürtel zu lösen und die Hose aufzuknöpfen.

»Was zum Teufel geht da mit Loser vor?« fragt Frank lässig, dreht sich um und schaut uns über die Schulter an.

»MACH JETZT DEN SCHEISSFERNSEHER AUS!« schreie ich ihn an und fahre zu Asger gewandt fort: »Zieh ihm die Schuhe aus.« Frank macht den Fernseher aus, um sich auf die Geschehnisse im Zimmer zu konzentrieren. Ungewöhnlich.

»Maria will Losers Körper«, sagt Asger zu Frank. Ich schiebe Asger zur Seite und reiße Loser selbst die Schuhe runter. Dann versuche ich ihm die Hosen auszuziehen, aber irgendwie ist er verblüffend schwer, und dann muß ich erst den Hosenbund an seinem Arsch vorbeimanövrieren. Er hat keine verdammten Unterhosen an, und von seinem Schwanz und seinen Eiern stinkt es barbarisch nach Ammoniak und Zwiebeln, die Frost abbekommen haben.

»Pfui Teufel«, murmele ich.

»Ja ja, die Hygiene ist nicht gerade spitze«, sagt Asger. Wir haben hier einen Typ im Koma und der Idiot will witzig sein. Jetzt sind die Hosen ohne Probleme sofort weg.

»Trag ihn ins Badezimmer«, sage ich zu Asger. Zu meiner Überraschung bückt er sich sofort und hebt Loser vom Fußboden hoch. Da wird mir klar, wie ich hier stehe – irre zornig, die Hände auf den Hüften, die Beine gegrätscht.

Asger schiebt die Arme von hinten unter Losers Schultern und beginnt ihn zum Badezimmer zu ziehen. Das leise Klacken, als Losers Fersen über die Fußleiste an der Türschwelle rutschen, bringt mich fast zum Weinen. Erst jetzt denke ich daran, einen Krankenwagen anzurufen. Asger hat Loser ins Badezimmer geschafft und will ihn auf dem Fußboden absetzen.

»Halt ihn hoch«, sage ich und drücke mich vorbei und reiße den Duschkopf aus der Halterung oben an der Wand.

»*Verdammt, dann werde ich ja naß!*« schreit Asger. Gleichgültig und fasziniert gaffend steht Frank hinter uns in der Tür.

»Willst du lieber einen Krankenwagen anrufen?« presse ich durch die Zähne, während ich den Warmwasserhahn voll aufdrehe, gleichzeitig beschließe ich, wenn nicht innerhalb von zwei Minuten etwas passiert, doch beim Notruf anzurufen.

»Na ja«, sagt Asger zahm. Ich halte den Duschkopf direkt vor Losers Gesicht, so daß der Wasserstrahl in sein Gesicht klatscht.

»*ICH WERDE NASS, VERDAMMTER MIST*«, brüllt Asger.
»*Hau ihm ein paar runter*«, rufe ich Asger zu, »*SOFORT!*« Ich sehe ihm an, wie er langsam, aber sicher wütend wird.
»Okay okay«, antwortet Asger kalt und läßt Loser mit einer Hand los, was bedeutet, daß er noch dichter hingehen muß, um den Körper gegen die Wand hoch zu halten, damit Loser nicht auf den Fußboden fällt. Jetzt wird Asger richtig naß. Systematisch ohrfeigt er Losers Gesicht.
»Nicht zu hart«, sage ich, während ich Losers Körper von oben nach unten immer wieder abdusche. Das T-Shirt klebt an seiner abgezehrten Vogelbrust. Seine Augenlider zittern. Sie öffnen sich, die Augäpfel rollen in ihren Höhlen nach unten und bleiben in der korrekten Position stehen. Jackpot.
»Krrrr«, murmelt er.
»Okay, setz ihn ab«, sage ich. Asger läßt Loser los, so daß er auf den Fußboden fällt. Desorientiert schaut er uns an.
»Verdammt«, sagt Asger, dreht sich um und verläßt das Badezimmer, er ist klatschnaß. Loser schaut mich sprachlos an, während ich ihn weiter mit der Dusche ansprühe. Da merke ich, daß mein Top naß geworden ist, so daß es an mir klebt, an meinen Titten, den Rippen, dem Bauch; die Hosen sitzen stramm über dem Venusberg und haften an der Rundung der Schenkel – als ob alle meine Sachen mit Gaffatape genäht wären.
»Maria«, sagt er überrascht.
»Hallo Loser«, sage ich, »genieß die Aussicht.« Er macht den Mund ein paarmal auf und zu – ein gestrandeter Fisch.
»Ja, danke«, murmelt er. Ich muß lachen. Er sitzt da und schaut mich von oben bis unten an und sieht eigentlich mächtig froh aus. »Bin ich weg gewesen?« fragt er mit großen starrenden Augen.
»Du warst völlig weg.«
»Maria ... bitte entschuldige.«
»Denk nicht dran, keine Ursache.« Er reibt sich das Gesicht.

»Ähhh«, sagt er und hält plötzlich die Hände vor seine Geschlechtsteile.
»Dafür ist es jetzt ein bißchen spät, Loser. Aber ich finde, du solltest dich waschen. Und zieh das T-Shirt aus, ich such dir ein anderes raus.« Ich stecke den Duschkopf in die Halterung an der Wand und drehe mich um, um rauszugehen.
»Okay«, sagt Loser, »ähhh, toll ... ähh«, Loser nickt und verschlingt mich mit den Augen. Ich schaue ihn an, ehe ich durch die Tür verschwinde.
»Ja, nicht wahr«, sage ich.

Jesus

Asger und Frank sind im Wohnzimmer. Sie sitzen tatsächlich wieder vorm Computer und spielen weiter. Die tropfnassen Sachen ziehe ich aus, und ehe ich eines meiner alten T-Shirts fürs Loser raussuche, ziehe ich Unterhemd und Slip an. Ich finde ein verschlissenes Ding, auf dem Jim Morrison als Jesus in Positur steht. Nein, das will ich behalten. Dann wird mir klar, daß ich Jim Morrison nicht mehr leiden kann, und eigentlich wäre das für Loser perfekt. Ein Loser mit einem Loser. Ich gehe wieder ins Badezimmer und lege es zusammen mit einem Handtuch auf den Toilettendeckel.
»Danke Maria«, sagt er und stellt die Dusche ab. Dann gehe ich ins Wohnzimmer und setze mich an den Eßtisch, nehme mir eine Zigarette, zünde sie an.
»Ist er jetzt okay?« fragt Asger.
»Ja.«
»Hmm. Dieser kleine Scheißer.« Kurz drauf kommt Loser mit dem Handtuch um die Hüften und Jim Morrison am Oberkörper ins Zimmer.
»Ähh, Entschuldigung«, sagt Loser. Asger dreht sich zu ihm um.

»Du haust auf der Stelle ab«, sagt er.
»Das muß ich wohl«, sagt Loser, dessen Gesicht immer noch kalkfarben ist.
»Nein«, sage ich wie nebenbei. Ich bin nicht sicher, ob Loser einen Platz hat, wo er hingehen kann, und sein Körper ist völlig aus der Bahn, er würde garantiert krank.
»Was?« sagt Asger.
»Er schläft auf dem Sofa.«
»Du sollst verdammt ...« legt Asger los.
Ich unterbreche ihn: »Sonst verlasse ich dich ... *auf der Stelle*.«
Meckernd dreht Asger sich zum Computerspiel um. »Frauen«, sagt er, um meine Aufsässigkeit Frank gegenüber abzutun. Asger ignoriert mich. Und das ist klug von ihm, denn er weiß, ich meine es genau so. Ich rauche den Rest der Zigarette, drücke sie aus. Was für ein Tag.

Loser zieht so lautlos wie möglich seine Hosen an. Dann schaut er verloren zu mir rüber. Ich zeige auf ihn, zeige aufs Sofa, zeige auf die Decke, die an einem Ende des Sofas liegt, und mache eine Bewegung, um kenntlich zu machen, daß er sich aufs Sofa legen und zudecken soll. Er nickt dankbar. Dann nehme ich noch zwei Zigaretten aus der Packung auf dem Tisch und zünde sie beide an. Asger und Frank sitzen mit dem Rücken zum Sofa. Losers Körper wirkt unter der Decke noch hinfälliger. Ich reiche ihm eine der beiden angezündeten Zigaretten. Er formt mit dem Mund das Wort »danke« – völlig lautlos.

Ich gehe ins Schlafzimmer. Asgers nasse Sachen liegen in einem Haufen auf dem Fußboden. Ich werfe sie zusammen mit meinen in den Wäschekorb und hebe das Rollo an, so daß ich in den Garten sehen kann, Tripper und Tjalfe wandern langsam mit gesenkten Köpfen im Auslauf hin und her. Sie wirken unheimlich trist. Dann stelle ich den kleinen Fernseher an, den wir im Schlafzimmer haben, schalte den Ton aus. Ich lege mich aufs Bett und arbeite mich durch sämtliche Kanäle, ich vermisse Ulla.

Auf Discovery spaziert ein stolzer Pfau herum – erbsgrün und wichtig, übermütig, stolz brüstet er sich. In der Abenddämmerung begibt er sich zur Ruhe, nachdem er erst von der Erde auf einen Zaunpfahl und von dort schließlich auf einen hohen Ast gehopst ist. Die Federschleppe zieht er wie etwas Heiliges nach, in der Einfahrt verfängt sie sich unter einem Autoreifen, weil er sich weigert, sich zu beeilen. Er ist so eitel. Es sieht aus, als versuche er sich in einen guten Winkel zu manövrieren, um vor der Kamera majestätisch zu erscheinen. Witzige junge Pfauen üben mit ihren kleinen Federwedeln. Schließlich kommt die ultimative Vorführung, dann flimmert der Pfauenhahn und schüttelt sein Gefieder wie in Ekstase und breitet Hunderte farbensprühender Augen auf einem Fächer hinter seinem Rücken aus. Er plustert den Brustkorb auf und reckt dabei den langen blanken Hals hoch empor. Die Augen sind anmaßend und stechend, stecken wie kleine Glasperlen in dem häßlichen und dabei durch und durch aristokratischen Kopf. Ich stelle mir vor, daß die Federschleppe ein Geräusch von sich gibt, so als wenn man einen jungen Laubbaum mit fast trockenen Blättern schüttelt. Es wäre wirklich schick, so eine Pfauenfeder auf die Schulter tätowiert zu bekommen, oder vielleicht auf den Rücken. Oder auf den *Hintern*, doch.

Am nächsten Morgen habe ich einen Kater. Ich zwinge mich, den Mund zu öffnen. Es schmeckt, als hätte einer darin Autoreifen verbrannt.

107 Kilogramm Lone

»Blöde Kuh«, schreie ich meine Sachbearbeiterin an, die 107 Kilo fette Lone, als mir klar wird, daß sie mich zwingt, einen Arzt ihrer Wahl aufzusuchen, um meinen Nackenschaden nachsehen zu lassen. Wenn ich mich weigere, geben sie mir keine Sozialhilfe mehr.

Der Arzt stellt natürlich fest, daß mit meinem verdammten Nacken nichts ist.

»Entsprechend rechnen wir damit, daß du dich am Montag um neun Uhr in der Schule einfindest, ansonsten sind wir gezwungen, die Zahlungen einzustellen«, sagen die einhundertundsieben Kilogramm beim nächsten Treffen. Wer zum Teufel ist »wir« und wer zwingt mich? Schule – verdammt, nein.

Als ich vom Sozialamt zurückkomme, fragt Asger mich sehr gründlich aus. Nicht weil es ihn interessiert, aber natürlich will er gern, daß ich weiterhin Geld bekomme, damit ich meinen Teil an der Hausmiete bezahlen kann.

»Maria, du bist gezwungen, dorthin zu gehen«, sagt er in einem geradezu olympischen Bemühen, sich einzufühlen. Dieser Arsch. Spaziert pathetisch umher und stellt den Wecker, bestellt telefonisches Wecken, fragt, ob ich nicht bald ins Bett müßte.

Ich habe knapp fünf Stunden geschlafen, als der Wecker klingelt. Asger schubst mich aus dem Bett – er steht sogar selbst auf, um zu kontrollieren, daß ich mich nicht einfach aufs Sofa lege. Und er ruft ein Taxi für mich.

In der ersten Stunde ist laut Plan Englisch. Vorn an der Tafel steht so eine strebsame junge Frau, total verkrampft, sagt ihre Körpersprache. Sie soll uns – die Klienten, den Pöbel, die in Verwahrung Genommenen – zum Denken bringen. Die Gesellschaft ist der Meinung, wir bräuchten soziale Rehabilitierung. Die junge Frau ist ein Teil davon, und sie will, daß wir den Pink-Floyd-Text *Another Brick in the Wall* analysieren. Ist das Herablassung? Ist das als Demütigung gemeint? Soll das Ironie sein? Oder versucht sie, mir meine Rolle als Teil der gesellschaftlichen Maschinerie bewußt zu machen?

Ich hebe die Hand.

»Ja?« sagt sie, hebt sich auf die Zehen, schaut auf mich herab und nickt aufmunternd. Ich stehe auf.

»Das hier«, sage ich, »das ist einfach zu lahm.« Ich ziehe meine

Jeansjacke vom Stuhlrücken und gehe aus dem Laden, ohne die Tür hinter mir zu schließen. Niemand hinter mir gibt einen Ton von sich. Dann stehe ich um halb zehn am Vormittag draußen in Østbyen. Asger ist noch nicht aufgestanden, und ich bin ein bißchen speeded – es ist lange her, daß ich so früh aufgestanden bin, und eigentlich ist es sehr kraß. In der Cafeteria kaufe ich Kaffee und Brötchen. Was soll ich jetzt machen? Während ich in einer alten Zeitung blättere, denke ich ein bißchen darüber nach. Hossein. Natürlich. Ich leihe mir ein Telefonbuch und finde ihn: Hossein Kalvâti, Finlandsgade 14, 4. Stock links – nahe bei der Østre Anlæg. Ich überlege, erst anzurufen, aber es ist nicht sonderlich weit, und ich will ihn lieber überraschen.

Eingangslöcher

20 Minuten später stehe ich vor seiner Tür in einem großen altmodischen Mietshaus aus rotem Backstein. Er muß oben sein – ich bin ziemlich sicher, daß die Musik aus seiner Wohnung kommt. Grace Jones – damit habe ich nicht gerechnet.

»Einen Moment«, kommt von drinnen aus der Wohnung. Einen Augenblick später wird die Tür geöffnet.

»Schöne Maria«, ruft er erstaunt – sein breites Lächeln ist von Rasierschaum eingerahmt, und direkt vor meinem Gesicht befindet sich sein kräftiger, behaarter Brustkorb. Unten auf dem Bauch kann ich auf der einen Seite zwei runde Narben sehen – die müssen von Schußwunden stammen.

»Ähh, ich will nicht stören«, sage ich etwas unsicher. Hossein tritt zur Seite – winkt mich herein.

»Du störst nie, Maria. Willkommen.«

»Danke«, sage ich und trete ein.

»Ich bin gleich fertig«, sagt Hossein und geht ins Badezimmer.

Als er mir den Rücken zuwendet, kann ich die Ausgangslöcher nicht sehen – sie müssen vom Handtuch bedeckt sein, oder die Projektile sitzen noch immer in ihm. Ganz oben auf dem Rücken hat er drei eckige Stücke vernarbte Haut. Sie sind zu uneben, als daß sie von einem Bajonett herrühren können, glaube ich. Vielleicht wurde er von Granatsplittern getroffen.

In der Wohnung duftet es nach Hosseins Zigarillos, aber auch nach Teig. Während ich die Jacke ausziehe, um sie auf einen Haken zu hängen, werfe ich einen Blick ins Wohnzimmer. Es ist sauber und bis auf eine Menge großer Topfpflanzen unglaublich spartanisch eingerichtet.

»Denk dran, die Bürste zu entfernen«, sage ich zur Badezimmertür hin.

»Bürste … was?« Er steckt den Kopf aus der Tür. Ich hebe meine Hand zum Gesicht und reibe mit dem Zeigefinger unter der Nase:

»Die da«, sage ich.

»Nein Maria«, sagt er,»das wird häßlich.«

Ich gehe ins Wohnzimmer. Weiße Wände und heller Parkettboden, keine Gardinen. Es gibt einen Eßtisch mit vier Stühlen, ein Sofa, einen Sessel und einen Couchtisch – alles in Teakholz und einem einfachen, strengen Design – vielleicht aus den Fünfzigern. Eine Stehlampe neben dem Sessel, ein sauberer Aschenbecher und ein Kupferteller auf dem Tisch, ein paar Aladin-mäßige Lampen und Schachteln auf dem Fensterbrett. Schließlich ist da noch ein Fernseher und ein kleines Regal mit ein paar Büchern sowie einem Ghettoblaster. Und dann all die Pflanzen in großen Töpfen auf dem Fußboden; eine zu jeder Seite des Fensters zur Straße hin, eine in jeder Ecke und eine neben dem Fernseher. Sieben, alles in allem – die kleinste ist vielleicht 130 Zentimeter hoch. An den Wänden hängen nur zwei Fotografien – hinter Glas und in Mosaikrahmen – sie hängen so, daß man sie vom Sessel aus sehen kann. Die eine zeigt zwei Menschen mittleren Alters, die links und rechts von einer alten Frau vor einem weißen Haus stehen – vielleicht Hosseins Eltern und eine Großmutter; die andere zeigt einen dünnen jungen Mann in Militäruniform mit einem riesigen Schnurrbart und einem Maschinengewehr. Das muß Hossein als sehr junger Mensch sein – er gleicht sich überhaupt nicht. Die CD mit Grace Jones ist zu Ende. Ich drehe mich um, höre Hossein aus dem Badezimmer kommen.

»Einen Moment noch, dann bin ich fertig«, sagt er und geht in das, was das Schlafzimmer sein muß. Ich kann ihn gerade noch sehen – er hat auch auf Schultern und Rücken lange schwarze Haare, und die Muskeln zeichnen sich deutlich unter der Haut ab.

»Du hast ihn nicht abgenommen«, rufe ich ihm zu, gleichzeitig ist es mir aber auch ein bißchen peinlich, weil ich nicht hierhergekommen bin, um über seinen blöden Schnurrbart zu sprechen.

»Hossein muß nicht wie Hühnerarsch aussehen, so wie dänische Mann«, sagt er aus dem Schlafzimmer. Ich gehe auf den Flur und versuche durch die Schlafzimmertür einen Blick auf ihn zu ergattern, aber ich kann nichts als die Ecke eines gemachten Betts sehen, die Bettdecke ist glatt und an den Seiten und am Fußende straff in den Rahmen gestopft.

Ich gehe in die Küche, wo mir ein großer goldfarbener Samowar mit jeder Menge Schnörkel und Reliefs auf Behälter und Deckel ins Auge fällt. Ansonsten ist auch die Küche spartanisch und aufgeräumt. Auf dem Tisch steht eine Teigschüssel, zugedeckt mit einem feuchten Geschirrhandtuch.

»Du bist am Backen«, rufe ich Hossein zu.

»*Nune barbari*«, ruft er zurück.

Dann kommt er in weit geschnittenen khakifarbenen Leinenhosen und einem weißen Hemd aus weichem Stoff, das über den Hosenbund hängt, in die Küche. Er duftet gut nach Rasierwasser.

»Eine Tasse Tee? Kaffee?« fragt er. Ich lehne mich gegen die Tischplatte und fühle mich linkisch, weil wir so dicht nebeneinander in der engen Küche stehen.

»Nur wenn du auch willst«, antworte ich.

»Ja, ich will Tee haben, aber zuerst muß ich das Brot ausrollen – sonst wird es falsch«, sagt Hossein entschuldigend.

»Oh ja, das will ich gern sehen.«

»Okay«, sagt er. Er nimmt den Teig aus der Schüssel und haut ihn wieder und wieder auf den Tisch, rollt ihn zu einem großen Fladen aus, den er in eine Bratpfanne legt, die er vorher mit Öl ausgepinselt hat.

»Erzählst du mir keinen Witz, Hossein?« frage ich, weil ich nicht weiß, was ich sagen soll.

»Aber Maria, ich kann nur diese lustige Geschichte«, sagt er, während er mit den Fingerspitzen Löcher in den Teig drückt, bis das gesamte Brot von Vertiefungen überzogen ist.

»Ja, aber das macht doch nichts«, sage ich lachend, habe aber Angst, daß ich ein bißchen albern wirke.

»Okay«, sagt Hossein, »ich werde dir diese Geschichte aus dem Nordiran erzählen. Es heißt, die Nordiraner sind nicht wirklich religiös. Es heißt, sie sind sehr … irdisch. Und der Mann, der ist so ein Schlappschwanz, und die Frauen, oje, die sind so wild – haben viele Liebhaber.«

Hossein ist mit dem Teig fertig und wäscht seine Hände, ehe er zum Kühlschrank geht und Eier und Joghurt herausnimmt, dabei erzählt er weiter:

»Es war einmal ein Nordiraner, er sollte verreisen, und dann sagt er zu seine Frau: *Ich muß auf die Reise. Ich komme in einer Woche.* Und die Frau sagt: *Na, mögest du eine gute Reise haben.* Aber der Mann ist mißtrauisch – er denkt: *Hm, laß mich meine Frau auf die Probe stellen.*« Hossein schlägt ein Ei auf und läßt das Eiweiß in ein Wasserglas ablaufen, darauf kommt ein Deckel, und dann stellt er es in den Kühlschrank. Den Dotter mischt er mit Joghurt.

»Dann diese Mann, er kriecht unter das Bett und nimmt eine Schale voll Milch, stellt die unter das Bett, und dann hängt so ein Stück Eisen vom Bett. Wenn ein Mensch oben im Bett liegt, trifft das Eisen nicht die Milch. Aber wenn zwei Menschen da oben sind, dann trifft Eisen die Milch, so kann man sehen, das Stück Eisen ist in Milch getaucht – das kann man an Eisen sehen.« Hossein hat die Mischung aus Eidotter und Joghurt auf das Brot in der Bratpfanne gestrichen und streut darüber jetzt Sesamsamen. Er stellt die Sachen ab und schaut mir in die Augen.

»Dann dieser Mann – er kommt nach nur ein Tag zurück, und die Milch ist zu Butter geworden, weil das Eisen so oft auf und ab ging.« Als er geendet hat, hält er meinen Blick fest, und ich kann spüren, wie meine Wangen warm werden – so warm, daß ich wegschauen muß.

Die Hand einer Frau

Hossein öffnet die Backofentür und schiebt die Bratpfanne hinein. »Jetzt bekommen wir Tee«, sagt er und fragt mich, wie stark ich meinen haben will, unterdessen holt er zwei kleine Wassergläser aus einem Schrank.

»Stark«, sage ich. Hossein nimmt die kleine Kanne, die oben auf dem Samowar steht, und gießt eine fast schwarze Flüssigkeit in jedes Glas. Das ist beinahe schon Tee-Extrakt – ich kann die Gerbsäure geradezu riechen. Anschließend öffnet er den Hahn an der Seite des Samowars und füllt die Gläser bis fast an den Rand mit kochendem Wasser auf.

»Willst du Milch haben?« fragt Hossein. Ich verneine. Inzwischen arrangiert er die Gläser mit dem Tee, eine Zuckerdose und einen Teller mit Keksen auf einem runden Tablett aus gehämmertem Kupfer, das er ins Wohnzimmer trägt und auf den Couchtisch stellt.

»Du wohnst wirklich hübsch«, sage ich, »aber es ist ein bißchen ... karg?«

»Ja, ich bin ein alter Soldat«, Hossein macht eine weitausholende Geste: »Das verlangt die Hand einer Frau.«

»Was für Tee ist das?« frage ich.

»Der ist stark – sehr bitterer Tee. Du mußt Zucker nehmen. Ich werde dir zeigen.«

Ich nehme den Deckel von der Zuckerdose, die unregelmäßige Stücke von weißem Kandis enthält. Hossein hat das Glas mit Tee vor mich gestellt, aber er hat die Teelöffel vergessen. Ich nehme mit den Fingern ein Stück Kandis, um es in den Tee zu tun.

»Nein nein – ich werde dir auf iranische Weise zeigen«, sagt er.

»Okay«, sage ich und lege den Kandis zurück.

»Aber das ist sehr schwer, wenn man es nicht schon mal probiert hat«, sagt Hossein und nimmt ein Stück Kandis, das er zwischen die Vorderzähne steckt, und dann trinkt er den Tee *durch* den Zukker, der zwischen seinen Zähnen bleibt.

»Jetzt probierst du das«, sagt er, und ich tue es, aber ich spüle den Kandis sofort mit in den Mund.

»Versuch wieder«, sagt er, »man muß üben.« Beim zweiten Mal gieße ich den Tee über mich, weil ich mich darauf konzentriere, den Tee nicht so heftig gegen das Zuckerstück zu gießen. Dann muß ich lachen.

»Nein«, sagt Hossein, »entschuldige bitte.«

»Das ist okay«, sage ich, zünde mir eine Zigarette an und füge hinzu: »Das ist so ein Tee, der gut ist, wenn man Opium genommen hat.«

»Ja«, sagt Hossein langsam, »aber das Opium ist nichts, das man oft benutzen soll.«

»Nein nein«, sage ich – es entsteht ein peinliches kleines Schweigen; es war nicht, weil ich Opium haben wollte, es war nur … also um was zu sagen.

»Wie geht es zu Hause?« fragt Hossein.

»Asger ist …« Ich mache eine gleichgültige Handbewegung, und mein Gesichtsausdruck zeigt, wie hoffnungslos er meiner Meinung nach ist.

»Ja«, sagt Hossein langsam, »er ist der ... ungläubige Hund.«

»Hast du keine persische Musik?« frage ich, weil ich eigentlich keine Lust habe, darüber zu sprechen, wie es zu Hause läuft; also so toll ist das ja nicht.

»Doch, habe ich«, sagt Hossein und hebt die Augenbrauen, »du willst gerne hören?«

»Ja klar«, sage ich, und er steht auf und legt eine Kassette in den Ghettoblaster ein. Die Töne, die herauskommen, sind fremdartig, aber das klingt ganz gut, bis ein Mann auf so eine etwas klägliche Weise zu singen anfängt, das find ich ... blöd.

»Was singt er?« frage ich.

»Von Liebe. Immer singen die von Liebe«, sagt Hossein.

»Er klingt nicht gerade froh?«

»Nein, das ist sehr traurig.«

»Kannst du das übersetzen?«

»Ja, ein bißchen vielleicht. Er ist unglücklich, weil sie mit sein Herzen gespielt, aber jetzt will sie ihn nicht haben – sie ist bei anderen Mann geblieben.«

»Ist das immer unglücklich?«

»Wie in Wirklichkeit, die Liebe ist oft unglücklich.«

»Ja, da kann was dran sein. Wer ist das?« Ich zeige auf die Bilder. Hossein lächelt. »Das sind mein Vater und meine Mutter und in der Mitte meine Großmutter«, sagt er und deutet auf das andere: »Und das ist mein kleiner Bruder – Mahmad.«

»Was macht er?«

»Mein kleiner Bruder? Er wohnt in Kopenhagen. Wir können ihn besuchen. Er wohnt zusammen mit seine Frau – sie haben geheiratet, letzte Jahr in Griechenland.«

»Ist er auch ... Flüchtling?« frage ich.

»Ja«, sagt Hossein, »er war politisch aktiv an Universität – die religiöse Partei ist dahintergekommen.«

»Was macht er jetzt?«

»Jetzt er arbeitet in Laboratorium – Novo Nordisk«, sagt Hossein, offenkundig stolz.

»Aber war er kein Soldat?« frage ich und werfe einen Blick auf das Bild, auf dem er ein Maschinengewehr hält.

»Nein«, sagt Hossein, »kein richtige Soldat. Nur die Wehrpflicht nach Krieg.«

»Was ist mit seiner Frau?«

»Marjân. Sie lernt noch dänisch. Sie will ein Pädago werden?«

»Pädagoge?«

»Ja – die sich um Kinder kümmern.« Er erzählt mir, Marjân sei ihre Cousine, und die Familien hätten arrangiert, daß Hosseins kleiner Bruder sie im letzten Jahr beim Urlaub in der Türkei kennenlernte. »Für Eltern ist es Prestige, wenn die Tochter nach Europa kommt«, sagt er und erklärt, die Iraner fänden es leichter, mit Europäern Kontakt zu haben, weil sie zivilisiert sind. »Mit ein Europäer kann man über Sachen diskutieren, und wird man nicht einig, diskutiert man einfach immer weiter. Aber man *muß* nicht einig werden. Man muß nicht in Krieg ziehen, nur weil man nicht einig ist.«

»Dann wollen alle Iraner gern nach Europa?«

»Sehr wichtig, ja«, sagt Hossein und bekommt ein Glitzern in die Augen. »Es war ein Mann, er sagt zu Leuten, er fährt nach Europa, aber er hat kein Geld. Dann sagt er zu seine Frau: *Wenn jemand kommt, dich fragt, wo ich hin bin, sagst du nur, ich bin in Europa, und ich gehe und verstecke mich unter das Bett.*« Hossein fängt an zu lächeln. Er verarscht mich.

»Nächsten Tag kommt ein Mann ins Haus und geht mit ihr ins Bett. Ihr Mann liegt unter dem Bett und sagt zu sich selbst: *Warte nur, wenn ich aus Europa zurück bin, dann weiß ich, was ich mit dir machen werde.* Nach Europa reisen, ist sehr wichtig.«

Ich lächele ihn an. »Aber was ist mit der Liebe?« frage ich.

»Was meinst du – mit der Liebe?«

»Lieben sie sich – dein Bruder und seine Frau?«
»Ja, sie haben Glück, die lieben sich – wirklich«, sagt Hossein.
»Gab es keine Cousine für dich?« frage ich.
»Eine Cousine wofür?«
»Eine Cousine, die du heiraten könntest?« Hossein lächelt mich frech an, wird dann aber ernst.
»Ich versuche nicht, hier ein Iran zu bauen. In Dänemark kann ich nur mit jemand aus Dänemark zusammenwohnen.«
»Du willst eine dänische Frau haben?«
»Ja, dänische Frau, dänische Kinder mit schwarzen Haaren – aber Kinder sollen mit ihr Vater persisch reden, weil der Vater kommt aus Iran; so ist gut«, sagt Hossein.
»Also du bist dabei, dir eine dänische Frau zu suchen?«
»Fast – vielleicht. *Insh'allah* – wenn Gott will. Ich suche nach der Frau. Man soll nicht einfach zufällig eine Frau nehmen, um eine Frau zu haben. Man muß die richtige Frau haben, dann hat man Respekt.«
»Aber was ist mit Marjân ... geht sie verschleiert?« frage ich. Hossein setzt sich abrupt auf dem Sofa zurück.
»Nein nein – niemals. Sie ist eine freie Frau. Mein Bruder ist kein Moslem. Nach Islam kann ein Mann sich von sein Frau scheiden lassen, muß nur dreimal sagen, er will das: *thalak, thalak, thalak* – dann ist alles vorbei. Das ist verrückte Religion. Der Schleier ist nur, um Frau zu unterdrücken.«
»Das ist aber wohl nicht die Erklärung der Priester, warum Frauen Schleier tragen sollen?« sage ich.
»Nein nein. Die Priester sagen, weil man Frau beschützen will von Verdacht, daß sie flirtet, indem sie ihre Haare ein andere Mann zeigt.« Hossein lächelt mich an, und mir wird klar, daß ich tatsächlich dasitze und mein Haar ein bißchen fliegen lasse; die Hände hochhebe, um die Locken hinter die Ohren zu schieben.
»Was ist so gefährlich an Haaren?« frage ich.

»Ein Mann wird so geil, wenn er auf die Haare der Frau schaut«, sagt Hossein. In seinen Augen spielt ein irritierendes kleines Lächeln, und ich weiß überhaupt nicht, wo ich mit mir hin soll.

Terrorist

»Viel Spaß heute, Schatz«, sagt Asger vom Bett aus, als ich am nächsten Morgen fast schon aus der Tür bin. Er glaubt, ich gehe in die Schule. Dieser Mann taugt doch überhaupt nichts. Die ganze Situation ist echt deprimierend. So deprimierend, daß ich überlege, ob ich wirklich bei meiner Mutter und Hans-Jørgen einziehen und was für meine Abiturnoten tun soll. Aber wozu? Also – verdammt, was soll ich denn machen? Und gleichzeitig laufe ich mit so einem total irren Gefühl herum. Das ist keine Haschanoia, denn die ist verschwunden, und es fühlt sich überhaupt nicht an wie die Noia, die ich bekam, als ich mit Rauchen aufhörte, aber Paranoia ist das immer noch oder ... nur das Gefühl von etwas, das außerhalb meines Blickfelds liegt und zittert.

Ich gehe zur Werkstatt meiner Mutter. Als sie mich zur Tür hereinkommen sieht, kippt sie ein Gefäß mit pastellfarbener Glasur um – über einen ganzen Tisch voller Perlen.

»Oh nein«, sagt sie und steht da und ringt die Hände und schaut abwechselnd zwischen dem überschwemmten Tisch und mir hin und her – mit dem Blick eines Hundes, der ausgeschimpft wird.

»Maria ...« beginnt sie, bleibt aber gleich stecken.

»Was ist verkehrt?« frage ich.

»Ja aber, ich bin nur ...«, sagt sie und macht eine schüchterne Geste, schlingt dann die Arme um den Leib.

»Ich soll dich von Vater grüßen«, sage ich. Währenddessen wird dieses verdammte Zittern immer stärker und stärker – ich kann es beinahe schmecken, was es nun auch ist.

»Ach«, sagt sie, »geht es ihm gut?« Sie schaut mich erwartungsvoll an – etwas ängstlich, glaube ich.

»Er ist Alkoholiker«, sage ich.

»Ach ... das wußte ich nicht.«

»Du müßtest eines Tages mal rausfahren und ihn besuchen«, sage ich.

»Ich bin ...« sagt sie und verstummt.

»Er hat immer noch alle deine Bücher und Sachen herumstehen.«

»Maria ... er war verrückt geworden.«

»Vielleicht hättest du dich um Hilfe für ihn kümmern sollen, statt einfach mit mir abzuhauen. Und vielleicht hättest du dafür sorgen sollen, daß er mich, seine Tochter, sehen kann.«

»Er hat versucht, mich umzubringen«, sagt meine Mutter.

»Er hat es nicht so gemeint.«

»Nein.« Sie schaut sich im Raum um. Niemand sonst ist da. Dann kehren ihre Augen zu mir zurück: »Wie geht es mit ... mit Asger?« kann sie noch fragen, ehe ihre Augen wieder abschweifen. Da fällt bei mir der Groschen. Ich muß an eine Szene in einem Gangsterfilm denken, den ich einmal gesehen habe.

»Vermittelt es dir ein Gefühl von Macht, jemanden bei der Polizei anzuzeigen?« frage ich und gehe zu ihr, stelle mich direkt vor sie.

»Ich habe nicht ...« kann meine Mutter noch sagen, dann merkt sie es selbst. Sie steht ganz still, schaut angespannt auf mich, um zu sehen, ob sie sich entlarvt hat.

»Habe nicht was? Erzähl, was du nicht hast? Woher weißt du, wovon ich rede?« Ich schaue ihre Augen an. Sie blickt hinunter, auf ihre Schuhe. Fängt an zu weinen.

»Ja, aber ich wollte doch nur so gerne, daß du ...« sagt sie. Ich sehe sie lange an, bis sie den Blick hebt und mir in die Augen schaut.

»Ich weiß genau, wer du bist«, sage ich, »ich weiß, wie du bist.« Ich lasse das in der Luft hängen, und dann rede ich langsam, mit betonten Pausen: »Ich will niemals so werden wie du.« Ich kann noch sehen, wie die Haut in ihrem Gesicht straff wird, ehe die Ohrfeige auf meiner Wange landet, und dann schlägt sie die Hände vors Gesicht – schockiert über sich selbst. Ich halte ihren bittenden Blick fest. Dann schüttele ich still den Kopf. »Ts ts ts«, sage ich. Drehe mich um. Bewege mich auf den Ausgang zu. Fühle sonderbarerweise wieder, daß es Hoffnung gibt. Meine Mutter schreit nahezu, als ich durch die Tür gehe.

»Maria ...?«

Zu Asger sage ich nichts, als ich nach Hause komme.

Kûn-é-morgh

Wieder gehe ich zum Bahnhof – dieses Mal mit nur fünftausend Kronen in der Tasche. Asger will mir nicht erzählen, woher das Geld stammt, aber er ist verzweifelt hinter etwas Hasch zum Verkaufen her. Als ich Hossein in der Bahnhofshalle entdecke, sieht er ganz fremd aus. *Er hat den Schnurrbart abrasiert.* Ich laufe zu ihm hin und stelle mich auf die Zehenspitzen, damit ich ihn neben den Mund küssen kann.

»Danke«, sage ich. Hossein hebt die Augenbrauen und deutet auf seinen Mund.

»Du bist dir klar, du küssen den Hühnerarsch?« fragt er.

»Das mag ich gern«, sage ich und gebe ihm einen Klaps auf den Hintern. Knackig. Ich kaufe die Fahrkarten, und dann gehen wir zum Bahnsteig und warten auf den Zug.

»Warum mußt du mit, wenn ich den Axel kenne?« fragt Hossein.

»Na, der Asger ist so paranoid. Er glaubt, du könntest auf die Idee kommen, sein Geld zu stehlen.« Ich kann an meiner Stimme hören, wie erschöpft ich mich fühle.

»Ich muß dir Geschichte erzählen«, sagt Hossein.

»Einen Witz?« frage ich hoffnungsvoll.

»Diese Geschichte von paranoiden Muttersöhnchen«, sagt Hossein lächelnd und erzählt von einem Mann, der in Urlaub fährt und den Nachbarn von gegenüber bittet, ein Auge auf das Haus zu haben, während der Mann verreist ist.

»Er sagt zum Nachbarn: *Behalt mein Haus und meine Frau in Auge, während ich nicht da bin, damit nichts passiert.* Und Nachbar sagt: *Ja ja, das mache ich.* Dann kommt Mann zurück – geht direkt zum Nachbarn. *Ja, was ist passiert, als ich weg war?* Der Nachbar ist etwas nervös: *Erste Tag, kommt ein Mann und spricht mit deine Frau.* Der Ehemann stellt seine Tasche ab. *Und?* sagt er. Nachbar antwortet: *Ja, aber die reden nur.* Dann ging er. *Nächsten Tag tritt er in den Flur,* sagt Nachbar. Da stopft der Mann seine Hand in die Tasche und sagt: *Jaaa?* Nachbar sagt: *Aber die reden nur. Dann ging er. Als er an dritte Tag kam, ging er ins Wohnzimmer.* Der Ehemann zieht sein Messer heraus: *Jaaa?* Nachbar sagt: *Aber die reden nur. Dann ging er. Vierten Tag kam der Mann, ging in Schlafzimmer.* Der Ehemann öffnet das Messer in seiner Hand, sagt: *Und?* Nachbar sagt: *Gardinen waren zugezogen, ich konnte nicht viel sehen.* Da sagt der Ehemann: *Und? Oh, du hast schlechte Gedanken von meine Frau, Nachbar.* Dann steckt Ehemann das Messer in die Tasche und geht heim zu seine Frau.«

Im Zug erzählt mir Hossein, daß wir bei seinem Bruder und der Schwägerin um achtzehn Uhr zum Essen eingeladen sind.

»Aber wann kommen wir dann nach Hause?«

»Wir nehmen Nachtzug«, sagt Hossein. Als wir bei Axel unseren Kauf getätigt haben, rufe ich Asger an und sage, wir seien verspätet, weil besonders viel Polizei rund um Christiania zusammengezogen worden sei, ich müsse deshalb den Nachtzug nach Hause nehmen.

»Ruf an, wenn ihr draußen seid«, sagt Asger – ich kann die Paranoia in seiner Stimme höre. »Was ist mit Hossein?« fragt er.

»Er muß einen Vetter oder so was besuchen«, antworte ich.

»Verdammter blöder Vetter. Er hat doch keine kalten Füße bekommen?«

»Nein nein, verdammt. Er bekommt es schon raus«, sage ich.

Wir nehmen den Achter Richtung Brønshøj – besser bekannt als Kifferexpreß, weil er direkt nach Christiania fährt, aber wir fahren mit Leuten, die ihren Einkauf erledigt haben, in die entgegengesetzte Richtung.

Im Taxi auf dem letzten Stück zur Adresse erzählt Hossein, daß sein kleiner Bruder Mahmad heißt, was als Kurzausgabe die iranische Version von Mohammed ist. Mahmads Frau nennt ihn Mami, die liebevolle Version. Sie selbst heißt Marjân, das ist ein alttestamentarischer hebräischer Name. »Aber du darfst sie so nennen wie dich – Maria, so wird sie von ihren dänischen Freunden genannt.«

Ich bin etwas befangen. »Was hast du ihnen von mir erzählt?« frage ich.

»Daß du nettes Mädchen bist«, sagt Hossein. Ich frage, ob sie wissen, woher er mich kennt? »Nein«, antwortet er, »ich habe dich in der Stadt in eine Disko kennengelernt.« Ich will fragen, wie es kommt, daß wir zusammen in Kopenhagen sind, aber was soll's – das ist auch egal.

Die Schwägerin öffnet die Tür. »*Bâ khodet chekâr kardi?*« fragt sie und hält sich die Hand vor den Mund. Dann ruft sie: »*Mami, Mami*«, nimmt Hosseins Gesicht in beide Hände und küßt ihn auf die Wangen. Beim Loslassen läßt sie den Daumen der rechten Hand über seine glattrasierte Oberlippe gleiten, dabei kichert sie.

Hossein starrt an die Decke: »Warum habe ich den weggenommen?«

Die Schwägerin steht unschlüssig vor mir. Sie ist wie eine Italienerin gekleidet. Eine dunkelblaue Hemdbluse aus weichem changierenden Stoff mit Spitzenkragen und den Buchstaben CD als Relief auf den Goldknöpfen, groß wie Münzen. Christian Dior. Lange Hosen und Pumps. Armband, Halskette, Ohrringe – jede Menge Gold. Ich stehe ihr in meinen chlorgebleichten Jeans gegenüber, den Stiefeln mit gemustertem Oberleder, einem Jaguar-Unterhemd mit Batikmuster, engsitzender Jeansjacke und einem großen roten Postmantel, der gut zu meinen Haaren paßt. Vielleicht hätte es ein bißchen weniger heftig auch getan. Dann streckt sie die Hand vor, sagt vorsichtig: »Guten Tag ... willkommen.«

»*Salâm*«, sage ich – das hat mir Hossein im Taxi beigebracht, das heißt Guten Tag auf persisch. Da lächelt sie übers ganze Gesicht und umarmt mich, und ich werde auf beide Wangen geküßt.

»*Hossein*«, ruft einer vom anderen Ende des Flurs, und Mahmad, eine jüngere, glattere Version von Hossein – mit Schnurrbart – kommt angestürzt. »Willkommen«, sagt er, und dann umarmt er Hossein.

»*Kûn-é-morgh*«, sagt Mahmad und packt Hosseins Kinn. »*Mager mardo nito az dast dâdi, bacheh sosûl shodi?*« sagt er und dreht das Gesicht des Bruder weiter von einer Seite zur anderen, starrt ihn überrascht und verwundert an. »*Kûn-é-morgh*«, sagt Mahmad noch einmal.

»Was heißt das?« frage ich.

»Hühnerarsch«, sagt Hossein, »er fragt, ob ich kein Mann mehr bin.«

»*Bebinam, Bache ye sosûl shodi, nakoneh mikhâi beri Qazvin?*« Hossein hebt die Augenbrauen und schaut mich zurechtweisend an:

»Jetzt fragt er, ob ich in die Stadt umziehen will, in der Vögel nur mit ein Flügel fliegen, weil sie das Arschloch verstecken müssen.«

Mahmad beginnt schallend zu lachen. Seine Frau bemüht sich, uns in die Wohnung hineinzuholen.

»Kommt jetzt rein«, sagt Mahmad in fehlerfreiem Dänisch, fast ohne Akzent. Während Marjân in die Küche verschwindet, werden wir ins Wohnzimmer und zu den beiden Sesseln geführt – den eindeutig besten Sitzplätzen. Genau wie bei Hossein zu Hause gibt es jede Menge Grünpflanzen, manche davon Schlinggewächse. Sie ranken sich unter der Zimmerdecke an Drähten entlang, die zwischen Schrauben an der Wand gespannt sind. Auf dem Fußboden liegen persische Teppiche, und an einigen Wänden hängen gewebte Bildteppiche mit Motiven, die aus Persien stammen müssen. Die Hand der Frau ist deutlich zu erkennen – es gibt jede Menge Nippes. Am anderen Ende des Zimmers ist der Eßtisch bereits fürs Abendessen gedeckt. Auf dem Couchtisch sind Obst und Nüsse angerichtet, dazu Kekse mit Cremefüllung und Kleingebäck.

Mahmad fragt, ob wir eine gute Reise hatten, ob in Aalborg alles gut geht, ob wir nicht bis zum nächsten Tag bleiben wollen. Er sucht ein altes Foto heraus, auf dem Hossein zusammen mit drei anderen vor einem Panzer steht – alle tragen sie Schnurrbärte. Er sagt, er habe die gleiche Sorte Cowboystiefel wie ich, aber seine Frau will nicht, daß er sie trägt. Dann schaut mir Mahmad tief in die Augen: »Die sind so blau – beinahe silbern«, sagt er verwundert.

Hossein wirft ihm einen Blick zu und sagt etwas auf Persisch, worauf Mahmad sich laut lachend auf die Schenkel schlägt.

»Dieser kleine Bruder ist gefährlich«, sagt Hossein kopfschüttelnd.

Dann kommt Marjân aus der Küche, trägt ein Tablett aus Silberimitat, auf dem geblümte Kaffeetassen stehen und eine Schale mit einer Mischung aus Zuckerwürfeln und Kandiszucker. Dort liegen auch Teelöffel, und der Tee ist bereits eingeschenkt. Jeder bekommt einen Dessertteller sowie ein kleines Messer, so daß wir das Obst schälen und die Nußschalen loswerden können.

Hossein und Mahmad knacken mit den Zähnen geröstete Kürbiskerne. Hossein trinkt als einziger den Tee durch ein Stück Kandis, und ich werde mich heute nicht bekleckern.

Marjân ist schon wieder in die Küche gerannt, kommt aber zurück und steht nun vor dem Couchtisch. »Nehmt noch«, sagt sie immer wieder und wird darin von Mahmad unterstützt. Es wird genötigt bis zum Abwinken; so, wie es früher in Dänemark war – man will zeigen, daß es an nichts fehlt. Jetzt ist sie wieder in die Küche gerannt. Von dort kommt ein angenehmer Duft.

Khoresht sabzi

»Ähhh«, sage ich und schaue Mahmad an, »ist es okay, wenn ich in die Küche gehe?«

»Ja, selbstverständlich«, sagt er und unterstreicht seine Worte mit einer Geste. Mahmad und Hossein rücken dichter zusammen, und noch ehe ich aus dem Wohnzimmer bin, haben sie begonnen, leise und sehr schnell persisch zu sprechen.

Ich sorge dafür, daß meine Stiefel ein Geräusch machen, als ich die Küche betrete. Marjân rührt in einem Topf, aber dreht sich um, als sie mich sieht.

»Hallo«, sagt sie vorsichtig lächelnd, dabei sieht sie sich besorgt um, ob auch alles in Ordnung ist.

»Es duftet gut«, sage ich und wende mich zum Herd. Auf zwei der Töpfe liegt ein Deckel. Der Duft steigt aus dem dritten.

»Fast fertig«, sagt Marjân. Ich stecke den Kopf über den Topf. Es ist eine Art Eintopfgericht aus kleingeschnittenem Lammfleisch, Gemüse und roten Bohnen. Es duftet leicht säuerlich und ist fast grünschwarz.

»Wie heißt das?« frage ich und deute auf den Topf.

»*Khoresht sabzi*«, sagt sie und nickt, ehe sie ruft: »Mami«, und nickt wieder, dabei zur Tür zeigend, aber niemand kommt. Ich trete auf den Flur. Sie sind nicht mehr im Wohnzimmer.

»Hossein?« rufe ich.

»Hier«, ruft Hossein, anscheinend hinter der geschlossenen Schlafzimmertür. Ich weiß nicht, ob ich anklopfen oder einfach die Tür aufmachen soll, aber die Entscheidung wird mir abgenommen, denn die Tür wird von Hossein geöffnet.

»Was macht ihr?« frage ich.

»Mahmad zeigt mir nur sein neuer Anzug«, sagt Hossein, während ich an ihm vorbeischaue und Mahmad sehe, der die Schublade des Betts zuschiebt, den Schlüssel umdreht, herauszieht und diskret in die Hosentasche gleiten läßt, wobei er sich lächelnd umdreht.

»Ja, jetzt kommen wir«, sagt er und geht mit mir in die Küche, wo Marjân schnell auf persisch etwas zu ihm sagt, dabei in meine Richtung gestikuliert. Ich soll hören, was er sagt.
»Ich werde dir jetzt sagen, was das ist. Khoresht sabzi. Khoresht bedeutet, daß es ein Eintopfgericht ist, und Sabzi, daß es mit frischen Gewürzkräutern – mit Gemüse zubereitet ist. Außerdem sind noch Chili und getrocknete Limonen drin, weshalb das Gericht säuerlich schmeckt. Ansonsten besteht es aus Lammfleisch und Bohnen.« Mahmad nickt. Marjân sagt etwas zu ihm.
»Wir können jetzt essen«, sagt er und geht zum Kühlschrank, nimmt Mineralwasser heraus. Marjân ist damit beschäftigt, das Essen in Schüsseln zu verteilen, und ich spüre, daß ich in ihrer Küche überflüssig bin. Deshalb gehe ich ins Wohnzimmer und setze mich neben Hossein.
»Worum ging es?« frage ich. Er lehnt sich zu mir vor.
»Er schuldete mir Geld, aber Marjân muß davon nichts wissen.«
»Na ja«, sage ich, und dann steht Marjân im Zimmer und ruft uns zu Tisch.
An jedem Platz ist eine Flasche Fanta gedeckt. Sie sind schon geöffnet. Das sieht sehr merkwürdig aus – eigentlich hätte ich lieber Wasser oder Wein, aber ich will nichts sagen. Auf dem Tisch stehen zwei große Schüsseln sowie kleinere Schalen und flache Teller mit Joghurt, eingelegtem Knoblauch und Gurken, in Achtel geschnittene, rohe Zwiebeln und ein grüner Salat, bei dem alle Zutaten fein gewürfelt sind. Weißer Reis, gemischt mit großen flachen Stücken von etwas anderem, gelbem, ist auf einer Platte angerichtet. Mahmad erzählt, es seien zwei Sorten Reis. Reis mit Bohnen und Dill und außerdem der auf der Platte. »Das Gelbe ist das, was auf dem Topfboden saß«, sagt er, »es besteht aus Kartoffelscheiben und Öl.«
Hossein und ich müssen zuerst nehmen, und es schmeckt richtig gut. Der weiße Reis hat ein leicht parfümiertes Aroma, und die gelben Stücke vom Topfboden sind knusprig und lecker. Sobald

Hossein mit Essen angefangen hat, sagt er etwas zu Marjân, worauf sie rot wird. Mahmad lacht. Ich schaue ihn fragend an.

»Der Reis«, sagt er und zeigt auf meinen Teller, »das ist der Maßstab, ob eine Frau kochen kann.«

»Woran kann man das sehen?« frage ich.

»Der Boden muß fest und knusprig sein, der Reis oben aber lokker, mit langen festen Körnern«, sagt Mahmad.

»Der ist ganz gut«, sagt Hossein.

»Es schmeckt echt gut«, sage ich Marjân.

»Danke«, sagt sie, nickt und lächelt: »Danke danke.«

Das Fleischgericht, Khoresht sabzi, schmeckt ebenfalls richtig gut – scharf und säuerlich. Auch der Salat hat einen eigenen Geschmack – ich glaube, der heißt Römersalat. Das einzige, was ich nicht esse, sind die rohen Zwiebelschnitze, aber Hossein trennt die Zwiebellagen sorgfältig voneinander und zieht das Häutchen ab, das zwischen ihnen sitzt, ehe er sie in den Mund steckt. Ich frage, warum?

»Die Haut macht die schlechte ...« er sucht nach dem Wort, »schlechte Verdauung.« Mahmad sagt etwas zu Marjân, die über Hossein den Kopf schüttelt.

»Das ist nur Aberglaube«, sagt Mahmad zu mir.

Fremd

Die Fanta paßt tatsächlich echt gut zum Essen. Genau so schnell wie ich sie austrinke, wird sie durch eine andere, ebenfalls geöffnete ersetzt – so daß es schwer ist, sie abzulehnen, und ich passe auf, sie nicht während der Mahlzeit auszutrinken, denn so viel Zucker bin ich gar nicht gewöhnt.

»Seid ihr ein Paar?« fragt Mahmad. Hossein blickt zur Decke.

»Nein«, sage ich.

»Wann werdet ihr eins?«
»Das läßt sich noch nicht sagen«, antworte ich kokett, und Hossein lächelt mich an. Ich frage nach Mahmads Arbeit. Er ist froh darüber, freut sich aber, daß Marjân Dänisch gelernt hat, so daß sie einen Job bekommen kann – sie möchte als Pädagogin arbeiten. Er will gern ein Haus kaufen.

»Aber seid ihr nicht froh, hier zu wohnen? Es ist doch eine schöne Wohnung.«

»Doch, aber hier gibt es viel zu viele Türken und Moslems. Das ist beinahe ... ein Ghetto«, sagt Mahmad.

»Können Iraner Türken nicht leiden?« frage ich. Vielleicht ist es genau wie mit uns und den Schweden.

»Ja und nein«, sagt Mahmad und erklärt, daß die Iraner im nordwestlichen Teil des Landes türkischer Herkunft und sehr gut ausgebildet sind. Er sagt, nach und nach sei der Iran durch viele Generationen von Türken gelenkt worden. Sie wohnen in den besten Teilen des Landes in schönen, intakten Ortschaften.

Hossein unterbricht ihn: »Deshalb ist in Iran alles schiefgegangen. Wegen den Türken. Sie holen den ganzen Reichtum in ihr Gebiet, und sie selbst haben nur eine Masse Berge und Äpfel.« Ich schaue zu Mahmad rüber.

»Da ist was dran«, sagt er, »in dem Teil, aus dem wir kommen, unten im Süden, hatten wir jede Menge Öl, aber die Menschen leben in schlimmster Armut. An der Grenze zu Afghanistan leben viele noch in der Steinzeit.«

»Deshalb kannst du es nicht ausstehen, mit Türken aus dem Iran zusammenzuwohnen?« frage ich. Auf mich wirkt das ziemlich voreingenommen. Ich finde, der Mann ist Iraner, er ist Flüchtling, er ist dunkel.

»Du verstehst das falsch«, sagt Hossein, »die iranischen Türken sehen sich nicht als Türken. Wenn sie auf der Straße einen türkischen Türken sehen, dann denken sie: *oh nein*. Also, sie sind solche Iraner, die zu Hause Türkisch reden. Aber sie haben nichts mit tür-

kischen Bauern aus Hinterland zu tun, die in den Siebzigern nach Dänemark gekommen sind – diese Bauern sind religiös orthodox.«
Mahmad nickt: »Das stimmt. Die Iraner in Dänemark gehen nie in die Moschee.«
Hosseins Gesicht verdunkelt sich, als die Moschee erwähnt wird: »Die Moschee ist in eine Stadt wie ein Krebsknoten«, sagt er, »wenn ich an einer vorbeikomme, stehen mein Haar zu Berge.«
»Aber muß nicht jeder sich aussuchen dürfen, welche Religion er ausüben will?« frage ich, denn davon hat unser Religionslehrer im Gymnasium immer geredet.
»Man muß auch das Recht zur Freiheit von allen Arten Religion haben«, sagt Hossein, »das kann für ein Mensch in sein persönlichen Leben wirklich positiv sein. Aber offizielle Religion, Regime-Religion – das ist ein Krebsgeschwür.«
Ich starre sie verwundert an. Wir sind mit Essen fertig. Marjân steht auf und beginnt den Tisch abzuräumen. Als ich ihr helfen will, legt sie mir eine Hand auf die Schulter und preßt mich sanft auf den Stuhl zurück, dabei schüttelt sie energisch den Kopf.
»Wenn Palästinenser nach Dänemark kommen – das ist peinlich«, sagt Hossein und sammelt die Teller ein, »daß man sie Fremde nennen muß und sich selbst auch fremd, das ist einfach zu viel – die leben in Erdhöhlen.« Er schüttelt den Kopf und bringt die Teller in die Küche. Marjân kommt unterdessen zurück und fragt etwas auf persisch. Mahmad antwortet ihr. Dann sagt sie in wütendem Ton etwas zu Mahmad und Hossein – der gerade wieder ins Wohnzimmer zurückkehrt – dreht sich um und geht zurück in die Küche.
»Sie kann es nicht leiden, wenn wir schlecht von anderen Fremden reden, weil wir auch Gäste in Dänemark sind«, sagt Mahmad zu mir.
»Ich bin kein Gast«, sagt Hossein und setzt sich, »ich bekomme bald dänischen Paß.«
»Weiße Menschen«, sagt Mahmad, »mit denen kann man sich wohlfühlen. Aber schwarze Menschen, die verstören – die sind zu

dunkel. Man weiß nicht, wie man mit ihnen umgehen soll.« Als er das sagt, hat er so ein Glitzern in den Augen, und ich kann nicht einschätzen, ob sie das wirklich so meinen oder wie sehr sie mich verarschen.

»Die Iraner in Dänemark lieben die Einheimischen und hassen sie gleichzeitig – also euch«, sagt Mahmad lächelnd und zeigt auf mich, »weil sie auf der einen Seite einfach nur normal sein wollen, auf der anderen Seite aber ganz genau wissen, daß sie als Fremde abgestempelt werden. Wir wissen das genau, und das beleidigt uns zutiefst.«

Marjân ist wieder an den Eßtisch getreten. Sie schaut erst Mahmad und Hossein an, ehe sie zu mir hinübersieht, und dann schaut sie an die Decke.

»Ja«, sagt Hossein, »wir werden in ein Topf geworfen mit blöden Dorftrottel oder der Reiche, der vier, fünf Frauen hat, der seine Tochter beschneiden läßt, damit sie bei Erregung ohne Freude bleibt. Verdammt, was soll das?« Hossein lacht.

»Iranischer Mann«, sagt Marjân langsam, »er glaubt, er ist so klug.« Sie dreht sich um und geht hinaus in die Küche.

»Nun nimm uns nicht zu ernst«, sagt Mahmad.

»Mich darfst du gerne ganz ernst nehmen«, sagt Hossein.

Jetzt hoffe ich, daß Marjân nicht wirklich sauer ist, deshalb gehe ich hinaus in die Küche und will ihr beim Abwasch helfen, aber ich darf nur ein paar kleine Gläser ins Wohnzimmer tragen.

Besalamat

Hossein und Mahmad haben sich wieder zur Sofaecke begeben. Wir stecken uns Zigaretten und Zigarillos an, und kurz darauf kommt Marjân und stellt eine Flasche eiskalten Stolichnaya – russischen Wodka – auf den Tisch, und wir trinken ihn pur. Selbst

Marjân trinkt, obwohl sie zuerst die Hand übers Glas hält, als Mahmad einschenken will. Sie raucht auch ein paar Züge von Mahmads Zigarette. Ich kippe den Wodka genau wie die Herren – es ist heftig, voll zu werden, wenn man lange Zeit nur breit sein wollte. Das ist etwas vollkommen anderes, und mir fällt mein Vater ein und das Nachtgolfen.

Mahmad bringt mir das Anstoßen bei. *Besalamat*, sagen wir – auf dein Wohl – und kippen einen weiteren Wodka. Man kann auch *nush* sagen, das bedeutet einfach bloß Prost.

Ich frage Hossein, warum wir Wodka trinken, denn ich glaubte, daß man im Iran überhaupt gar nicht trinken kann. Aber da sagt er, den Wodka kennt man aus der Sowjetunion, wie Rußland zur Zeit des Schahs hieß – es gibt eine gemeinsame Grenze mit dem Land, das jetzt Turkmenistan heißt. Und zur Zeit des Schahs durfte man ohne weiteres trinken. Ich frage, ob die Frauen im Iran trinken.

»Ja«, sagt Hossein, »manche tun das.«

Dann erhebt Mahmad das Glas und sagt etwas auf persisch. Ich schaue zu Hossein, damit er mir erzählt, worauf wir anstoßen.

»Auf unsere Großmutter«, sagt er, »die Mutter meines Vaters. Sie steht auf Bild bei mir zu Hause zwischen mein Vater und meine Mutter.«

»Okay«, sage ich und erhebe mein Glas, »nush.«

Dann sagt Mahmad etwas auf persisch, das Hossein zum Lachen bringt. Er redet drauflos. Marjân lächelt mir zu und schüttelt den Kopf über das, was die zwei reden. Ich lege meine Hand auf Hosseins Arm – es ist wirklich schwer, die Fremde zu sein, ich verstehe doch kein bißchen von dem, was sie sagen.

»Meine Großmutter«, sagt Hossein, »sie ist sehr abergläubisch.« Mahmad nickt und sagt etwas zu Marjân – bestimmt erzählt er ihr, was Hossein mir gerade erzählt.

Hossein fährt fort: »Wenn ich von der Schule nach Hause komme, dann fragt sie mich immer sehr ernst …«, Hossein greift meinen Arm und schaut mich eindringlich an: »*Hossein, was ist* heute passiert? Wer hat was über dich gesagt? Wer hat dich angesehen? Wenn ich dann irgendwas sage – irgendein Namen sage – schreibt sie Namen auf Hühnerei, dann stopft sie Ei in die Glut bis das in die Luft sprengt, dann sagt sie: *Ah, die bösen Geister sind getötet worden.*« Hossein hält eine Hand über meinen Kopf, läßt sie dort kreisen; inzwischen erklärt Mahmad Marjân alles auf persisch.

»Dann hatte sie Kräuter«, sagt Hossein, »sie bewegt sie über mein Kopf und danach ...« Hossein macht eine Handbewegung, als ob er die Kräuter wegwerfen würde, »danach wirft sie die in Feuer, um die bösen Kräfte zu fangen – sie zu verjagen. Arme Frau, ich habe sie so viel aufgezogen.« Hossein sitzt da und lacht und schüttelt glücklich den Kopf, und eine einsame Träne läuft über seine Wange, die er rasch wegwischt, und dann zeigt Marjân auf ihn und sagt irgend etwas, worauf Hossein übermütig lacht. Ich will mehr hören – meine eigene Großmutter ist eine bittere alte Frau in einem Pflegeheim.

»Er ist immer das schwarze Schaf der Familie gewesen«, sagt Mahmad zu mir und nickt Richtung Hossein.

»Wie hast du sie aufgezogen?« frage ich.

»Zum Beispiel sage ich zu ihr: *Heute hat ein Mann direkt in mein Augen geschaut und zu mir gesagt: ›Du hast schöne Augen.‹* Dann sagt sie: *Stimmt das?* und sie flippt total aus. Und holt sie ihren kleinen Grill und steckt Kohlen hinein und anzünden. Kommt mit ein Ei. Kommt auch mit Weihrauch, läuft durchs ganze Haus und murmelt gegen böse Geister, *mömmm möm möm mömmmmöm*, und gibt mir gutes Essen, damit ich mich gegen die Augen wehren kann. Und anderes Mal sitzt und murmelt alle Namen, die sie kennt, während das Ei in der Glut liegt, und dann der Name, den sie sagt, als das Ei platzt, sie springt auf, ruft: Ah, der war das!«

Dann bringe ich Hossein dazu, für mich zu übersetzen: Daß mein Vater Alkoholiker ist, daß wir nachts auf ein Gewächshaus gezielt haben – Nachtgolf. Marjân schaut mich ungläubig an, lacht aber auch. Wir werden richtig albern, und das Merkwürdige ist, ich kann spüren, daß das, was sie sagen, auch später noch witzig sein wird, denn ich werde mich daran erinnern können. Also, das kann ich auch, wenn ich drauf war – aber wenn ich nicht mehr breit bin, dann ist auch das Witzige weg.

Als wir zum Hauptbahnhof kommen und in den Nachtzug 23.30 Uhr einsteigen, bin ich beschwipst. Wir haben ein Schlafwagenabteil mit zwei Betten ganz für uns allein. Hossein fragt, ob ich ein bißchen Opium haben will. Gerne. Irgendwann sind wir phantastisch. Mehr als nackt.

Das Schwein

Hossein weckt mich sanft im Schlafwagenabteil. Wir sind in Aalborg angekommen; es ist morgens halb sieben und ... ich bin total verwirrt. Also, das war wunderbar, aber ich weiß nicht, ob ich kann ... also ... leben ... also mit einem iranischen Mann leben kann? Hossein verhält sich sehr cool, aber er strahlt aus, daß er gern will, daß ich etwas ... dazu sage. Ähhh – und ich weiß nicht, was ich sonst sagen soll, als daß er absolut total nett ist.

Wir gehen in die Bahnhofshalle, und Hossein geht zum Kiosk und kauft uns zwei Tassen Kaffee. Als er zurückkommt, bin ich schon bei meiner zweiten Zigarette.

»Maria, sollen wir Kaffee auf Platz draußen trinken?« fragt er und macht eine Handbewegung Richtung John F. Kennedy-Platz.

»Ja«, sage ich. Mehr kommt nicht. Jetzt ist Hossein auch still. Wir setzen uns auf eine Bank. Einige Vögel singen sehr klar an dem ansonsten stillen Morgen.

»Ich ...« fange ich an, komme aber nicht weiter. Hossein schiebt seine Hand in meinen Nacken unter das Haar. Er massiert ihn. Ich schließe die Augen. Es fühlt sich so gut an, und ein kleines »mmm« rutscht mir raus.

»Maria«, sagt er, und ich spüre, daß er mir ins Gesicht schaut, »ich hoffe, du kommst in mein Leben.« Ich öffne die Augen. Das hier paßt nicht – wir sitzen in Aalborg, draußen, und Hossein streichelt meinen Nacken. Nicht, weil ich so viele kenne, die so früh auf sind, aber ich kenne einige, die unterwegs nach Hause ins Bett sein könnten. Ich schnipse mit dem Daumen die Zigarettenkippe weg, stehe auf und schaue ihn an.

»Hossein, ich werde es herausfinden.« Meine Stimme klingt schrill. Dann drehe ich mich um und gehe, zwinge mich, nicht zurückzuschauen.

Als ich ins Haus trete, schlägt mir ein merkwürdiger Geruch entgegen. Asger schnarcht. Ich gehe in die Küche, aber der Gestank scheint nicht von da zu kommen. Im Wohnzimmer bekomme ich einen Schock. Über den Eßtisch gebreitet liegt eine riesige Schweinehaut. Darauf ist eine Walküre gezeichnet, im Harnisch, mit riesengroßen Ballontitten in der Brünne.

Das Schwein hat man zwischen Bauch und Brust aufgeschlitzt und die ganze Haut am Stück vom Kadaver abgeschnitten. So wie sie über dem Eßtisch liegt, befinden sich am äußersten Rand der Haut zwei Reihen mit je acht Zitzen.

Etwas von dem Aufgezeichneten ist als schwarzer Strich tätowiert, man kann erkennen, daß die Schweinehaut bei dem Strich leicht beult. Im Wohnzimmer riecht es irgendwie nach verdorbenem Talg.

Meiner ersten Eingebung folgend möchte ich alles am liebsten rauswerfen, ehe Asger wach wird. Andererseits hatten wir beide es schon reichlich lange nicht mehr so sehr gut zusammen, ich riskiere dann, daß er mich rauswirft. Und das mit Hossein ... ich muß einfach erst noch ein bißchen darüber nachdenken.

Eigentlich hatte ich auf dem Sofa schlafen wollen, aber das ist jetzt ausgeschlossen. Also, ich schlafe verdammt noch mal nicht im gleichen Raum mit einer toten Schweinehaut – dann lieber neben einem lebendigen Schwein.

Eingesperrt

Ich wache davon auf, daß Tjalfe und Tripper ins Schlafzimmer kommen und schnüffelnd das Bett umrunden. Asger steht an der Tür. »Es schneit«, sagt er, »sie müssen im Haus sein.« Schnee? Wir sind doch schon viel zu nahe am Frühling, als daß es schneien könnte – funktioniert denn überhaupt noch irgendwas?
»Dann nimm sie mit ins Wohnzimmer«, sage ich.
»Die Tätowierung«, sagt er, »dann fressen sie die Tätowierung.« Mir dämmert es. Oh nein!
»Die Schweinehaut«, murmele ich.
»Verdammt, ja. Ich habe sie von Slagter-Niels bekommen. Die wird super«, sagt Asger mit breitem Lächeln und schließt die Tür hinter sich. Die Hunde bleiben schnuppernd bei mir am Bett stehen. Sie wirken ... seltsam. Beinahe erschreckend. Und sie stinken. Sie starren mich an, als ob sie nicht begreifen könnten, warum ich nicht das tue, was ich tun soll; aber verdammt, ich weiß doch nicht, was sie wollen, das ich tun soll. Hosseins Duft ist irgendwo in der Nähe – wohl in meiner Unterwäsche. Ich schlage die Bettdecke zur Seite – durch das Schneewetter ist es verdammt kalt. Dann beeile ich mich, mir saubere Sachen zu schnappen, mich aus der Tür zu drücken und ins Bad. Aus dem Wohnzimmer höre ich irgend so ein elendes Heavy Metal, das Asger phantastisch findet; Kings X heißt die Band. Während ich meine Beine und meine Achselhöhlen rasiere, denke ich an ... na woran wohl. Wow. Aber dann entdecke ich meine Brustwarzen im Spiegel und mir fallen die langen Reihen der Schweinezitzen ein. Pfui Teufel.

Auf der Uhr in der Küche stelle ich fest, daß es erst elf ist – Asger ist völlig ausgerastet. Der Briefschlitz klappert, als die Post kommt. Ich gehe auf den Flur. Dort liegt ein dicker Brief von meiner Mutter. Ich überlege, ob ich ihn einfach wegwerfen soll, aber dann stopfe ich ihn in die Tasche des Mantels, der dort am Haken hängt. Vielleicht lese ich ihn später. Als ich eine Kanne Kaffee gekocht habe, gehe ich zu ihm rein. Er sitzt über die Schweinehaut gebeugt am Tisch, und ich kann das charakteristische Summen der Maschine hören.

»Hallo Schatz«, sagt er ohne aufzuschauen, »wird das nicht super?«

»Doch«, sage ich trocken und setze mich auf die Couch. Er fragt nach der Kopenhagen-Tour. Also nur nach dem rein Geschäftlichen. Ich hatte das Hasch auf den Couchtisch gelegt, das hat er selbstverständlich schon gecheckt.

»Dann können wir heute abend Schweinebraten mit Petersiliensoße essen«, sagt er und: »Man kann das bißchen Tinte nicht schmecken.«

Ich esse nie Schweinefleisch – das weiß er ganz genau, und er selbst auch so gut wie nie, auch wenn ich natürlich weiß, daß er es tut, wenn er ausgeht, aber das ist ziemlich selten, schließlich muß er sich ums Geschäft kümmern.

Die Hunde werden bald verrückt von dem Gestank der Schweinehaut, die schwer und Übelkeit erregend über die Tischplatte hängt und jedesmal, wenn Asger sie weiterschiebt, um bei dem Bild noch ein Detail anzufügen, so baumelt.

Nicht mehr lange, und ich werde hysterisch, denn der Fleischgestank vermischt mit dem Haschgeruch im Wohnzimmer vermittelt mir das Gefühl, eingesperrt zu sein. Wegen Asger ist mein Leben kurz davor, vollkommen aus der Spur zu geraten, das geht einfach nicht. Und – ja, darüber bin ich mir im klaren – weil ich mich *wieder* in eine Situation begeben habe, wo der Mann, mit dem ich zusammen bin, total kontrolliert, wie die Dinge laufen. Weil ich kein fucking eigenes Leben habe. Weil ich eine verdammte Närrin bin.

Langsam kommen die Kunden wieder. Dieses Mal haben wir nur Standard gekauft. Das war das einzige, wofür wir Geld hatten. Und wie irgend so ein Idiot sitze ich da und rauche den Kram. Ich weiß einfach nicht, was ich sonst mit mir anstellen soll. Schweinehaut im Wohnzimmer, Hunde im Schlafzimmer, und ich – scheißbreit – draußen in der Küche. Die Luft ist stickig und ich fühle mich total leer ... innerlich tot. Ich bekomme das mit Hossein in meinem Kopf einfach nicht geregelt. Vielleicht sollte ich einfach zu ihm gehen? Auf Asger und all den Rotz scheißen? Aber ich muß auch *selbst* etwas tun ... wenn ich nur wüßte, was. Fühle mich zerrissen und kaputt. Und ich habe keine Ahnung, mit wem ich darüber reden könnte.

Die erste Nacht schlafen wir mit den Hunden im Schlafzimmer, weil der Schnee nicht geschmolzen ist. In der Nacht nimmt Asger meine Brüste und saugt die eine Brustwarze zwischen die Zähne. Das mochte ich immer gern, aber jetzt kann ich es nicht ertragen; sowohl weil da drinnen das Schwein mit sechzehn Zitzen liegt und auch, weil die Hunde im Schlafzimmer und so komisch sind – das nervt mich irrsinnig.

Am Vormittag steht Tjalfe rittlings oben auf Asger und macht Beischlafbewegungen.

»Ähh was ...? Was ...?« murmelt Asger schlaftrunken. Als ich mich halbwegs im Bett aufsetze, kann ich Tjalfes hellroten Schwanz sehen, den er erregt gegen die Bettdecke reibt, unter der Asger liegt. Tripper schaut sich das Ganze verwundert an. Und ich hatte geglaubt, die Hunde wären wie ihr Besitzer – fast ohne jeden Sexualtrieb.

»*WAS ZUM TEUFEL TUT DIESER MISTHUND?*« brüllt Asger. Er packt Tjalfes Halsband mit beiden Händen und wirft den Hund aus dem Bett, so daß er gegen die Kommode an der Wand fliegt. Dann schwingt Asger sich aus dem Bett, und das ist so komisch, weil er in dem Moment, als er aufsteht, tatsächlich eine Erektion hat – Morgenlatte heißt das wohl. Aber wie er Tjalfe prügelt, ehe er beide Hunde hinaus in den Auslauf jagt, das ist echt nicht komisch.

Als ich ins Wohnzimmer komme, hat er zwei Telefonbücher aufeinandergelegt und die Schweinehaut darüber drapiert. »Also, ich muß das doch in Arbeitshöhe haben, und außerdem muß es so ähnlich sein wie die Rundung der Schulterpartie.«

»Hättest du sie nicht in eine Tüte packen können?« frage ich.

»Die Schultern?« fragt er.

»Die Telefonbücher«, antworte ich.

Die nächste Nacht dürfen die Hunde in der Küche verbringen. Asger macht sich trotzdem Sorgen wegen ihrer Gesundheit. »Sie repräsentieren einen gewissen Wert«, sagt er ernst. Vielleicht hat Tjalfes offenkundige Darstellung einer Art von Sexualtrieb in Asger aufs neue die Hoffnung geweckt, ein wohlhabender Hundezüchter zu werden.

Nachts wache ich auf und gehe in die Küche, um eine Zigarette zu rauchen. Jetzt haben die Hunde auch an der Küchentür gekratzt. Als ich mir eine Zigarette anzünde, stupsen sie mich mit den Schnauzen an – das ist unangenehm. Kurz darauf beginnt Tjalfe mich anzuknurren – mit entblößtem Gebiß. Ich schnappe mir aus dem Abwasch ein Palettenmesser und gebe ihm eins auf die Schnauze – daraufhin knurrt er nur um so lauter.

»*Hej*«, rufe ich und haue heftig nach ihm, so daß er sich einen Hauch zurückzieht, und ich beeile mich, aus der Tür zu kommen, solange ich die Gelegenheit habe. Die Hunde sind dabei, durchzudrehen – vielleicht müssen wir sie einschläfern lassen. Ich bleibe mit dem Palettenmesser in der Hand auf dem Flur stehen und rauche die Zigarette zu Ende; ich will nicht ins Wohnzimmer, weil ... und im Badezimmer rauchen ist zu unappetitlich. Ich bin heimatlos in meinem eigenen Zuhause. Die Hunde kratzen schon wieder an der Tür.

Rasieren

Als ich am dritten Vormittag aufstehe, beugt Asger sich über die Schweinehaut und pfeift wie sonst beim Rasieren. Ich denke, er wäscht sie, bis ich sehen kann, daß er sie um die Zitzen herum mit meinem Ladyshaver rasiert.

»Du blöde Sau«, schreie ich.
»Was?« sagt er verständnislos.
»Das ist mein Ladyshaver. Verdammt, warum kannst du nicht einen von deinen eigenen benutzen?« Asger benutzt solche gelben Einmalrasierer.
»Die sind mir ausgegangen«, sagt er.
»Dann geh doch verdammt noch mal runter und *kauf* welche«, schreie ich. Jetzt dreht er sich zu mir um.
»Schatz. Hör auf, mich unter Druck zu setzen.« Sein Blick ist kalt. Ich bin nicht mehr weit davon entfernt, ohne Dach über dem Kopf dazustehen. Aber ...
»Sau«, sage ich noch mal. Verdammt, er soll mir nicht drohen.
»Hej«, sagt er, »das bin nicht ich, die Sau liegt hier!« Er lacht und gibt der Schweinehaut einen kräftigen Klaps, und das klatscht genau so, als wenn er mich von hinten nimmt und mir einen Klaps auf den Po gibt. Es ist einfach nur so wahnsinnig unappetitlich, die beiden Sachen auf einmal zu denken. Ich weiß nicht, was ich sagen soll ... oder tun. Mein Gehirn ist ein totales Sieb von all dem Hasch, das ich in den letzten paar Tagen geraucht habe. Ich denke daran, was ich mal im Fernsehen gesehen habe, irgendwas damit, daß die Nerven in den Pobacken eine direkte Verbindung zu den empfindsamen Gegenden innen in der Honigdose haben, und daß Frauen deshalb viel leichter kommen, wenn sie ein paarmal fest auf den Hintern geklatscht werden – mir geht es jedenfalls so. In Wahrheit ist es unglaublich lange her, daß ich zum letzten Mal einen Klaps auf den Arsch bekommen habe.

»Mit Leichen ist es genauso«, sagt Asger, wobei er weiter die Ränder der Schweinehaut rasiert, die er mit Rasierschaum eingeschmiert hat; das sind die einzigen Teile, auf die er keine Farbe gebracht hat. Ich weiß nicht, wovon der Idiot redet.

»Die Bartstoppeln wachsen noch tagelang, nachdem jemand gestorben ist; also wenn Tote aufgebahrt werden, dann muß der Leichenbestatter jeden Morgen aufkreuzen und sie rasieren.«

Ich finde, das klingt zweifelhaft. Wenn man einen Schweinebraten ein paar Tage im Kühlschrank liegenläßt, ehe man ihn brät, wachsen keine Borsten nach – also das glaube ich nicht. Dann hätte OBH für Weihnachten wirklich einen neuen Treffer: *Schweinebraten-Rasierer; jetzt batteriebetrieben.* Ich sehe vor meinem inneren Auge eine Hausfrau bei einer Fernsehreklame: Während sie die Borstenstoppeln vom Schweinebraten entfernt, summt sie ein Liedchen, ihr Mann kommt dazu und küßt sie auf die Wange, und schließlich schiebt sie den glattrasierten Braten in den Backofen. Aber möglicherweise wurde die Haut vor dem Brühen vom Kadaver abgeschnitten – und deshalb arbeiten die Haarbälge noch? In Store Ajstrup sah ich als Kind oft, wenn auf den Nachbarhöfen Schweine geschlachtet wurden, und zwischen dem Brühen und den Schweineborsten bestand irgendein Zusammenhang.

»Das ist mein Ladyshaver«, sage ich wieder. Er rasiert einfach weiter, preßt den Ladyshaver fest gegen das Schwein und zieht ihn über die Haut – er spült den Schaum vom Rasierer, indem er ihn in einer Schale mit warmem Wasser schwenkt, die er auf den Tisch gestellt hat.

Paß auf und schneid nicht in die Zitzen, denke ich, sage aber nichts, das ist nicht der richtige Zeitpunkt.

Die Schweinehaut riecht nach Rasierschaum, aber der Gestank nach Verdorbenem ist durchdringender. Asger wischt mit einem nassen Lappen die abgeschnittenen Borsten und die Reste des Rasierschaums ab.

»Braucht die nicht irgendein Aftershave?« frage ich. Die Hände in die Seiten gestemmt, betrachtet er sein Werk.

»Na ja, die riecht inzwischen etwas unappetitlich«, sagt er. Ich gehe ins Badezimmer und hole sein Old Spice und gehe nach drinnen und besprühe die Haut. Auch Asger gebe ich einen Spritzer – er geht nicht allzuoft ins Badezimmer.

»*VERDAMMT, HÖR AUF DAMIT!*« schreit er.

Junkiehündin

Zwei Stunden später sitzen wir am Eßtisch, und um des lieben Friedens willen bin ich ins Joint-Bauen für die Hip-Hopper eingestiegen. Asger tätowiert. Ich habe mir Tigerbalsam unter die Nase geschmiert, deshalb kann ich keins der Schweine riechen, weder die verdorbene Tierhaut noch Asgers Old Spice. Ich rolle die Jointfilter aus ein paar alten Broschüren für Öko-Mehl – ich habe sie in einem Körnerladen auf dem Frederikstorv gefunden, als ich Fliederbeersaft kaufen mußte; sie passen von der Stärke perfekt. Die Broschüren zerschneide ich in ungefähr fünf mal anderthalb Zentimeter große Stücke. Dann rolle ich das kleine Stück Papier zu einer Wurst und lege es auf das eine Ende des Jointrollenpapiers. Den Rest des Rollenpapiers fülle ich mit einer Mische aus Standard und Petterøes Nr. 3. Manche fangen damit an, ein Stück vom Rollenpapier um den Jointfilter zu rollen und dort zu befestigen, so daß sie eine leere Jointhülle haben, in die sie nach und nach die Mische einfüllen – das ist nur was für Amateure. Ich baue Joints, genau wie man Zigaretten dreht, nur mit dem Unterschied, daß ich einen Filter dazutue und daß meine Joints dreimal so groß sind wie eine Kippe; die Feinmotorik der Finger muß Spitze sein. Die Idee hinter dem Filter ist, daß man den Joint bis ganz ans Ende rauchen kann und außerdem keine Tabakkrümel in den Mund bekommt.

Leif, der Gerüstarbeiter, kommt, um ein paar Gramm zu kaufen. »Asger, du stinkst wie eine verdammte Hure«, ist das erste, was er sagt. Asger steht auf und knallt mir quer über den Tisch eine mit der Rückseite der Hand. Ich schaffe es, mich zurückzulehnen und den Kopf zu drehen, so daß der Schlag an sich abrutscht, bis auf seine Knöchel, die treffen direkt neben dem Auge. Leif packt Asgers Arm.

»Asger, verdammt, was hast du vor?«

»Diese kleine Junkiehündin versucht mich zu sabotieren«, antwortet er verbissen. Okay, das war ganz einfach der sogenannte letzte Tropfen. Jetzt ziehe ich nicht nur aus, sondern nun werde ich echt noch einen Weg finden, um ihm zu schaden, und zwar einen, den er nie vergessen wird.

Ich gehe ins Schlafzimmer und rufe Ulla und Niels an, aber da ist keiner zu Hause, dann rufe ich in der Drogerie an und sage, es gebe eine familiäre Krise, damit Ulla raus in die Cafeteria gehen und anrufen kann. Ich erzähle ihr von den Bartstoppeln auf der Schweinehaut – ist das normal? Es kann doch sein, daß sie so was weiß, wo sie mit Slagter-Niels zusammenwohnt.

»Das hat er Asger doch erklärt«, seufzt Ulla und erzählt mir, daß Niels die Schweinehaut gestohlen hat, nachdem sie gebrüht, aber ehe sie gesengt wurde; etwas davon, daß man die Haare und Klauen nicht aus der Haut bekommt, ohne sie erst zu brühen. Und nach dem Brühen kommt das Schwein für 15 Sekunden in einen Ofen bei 1 200 Grad. »Dann sengt man die letzten Haare ab – auch, um die Bakterien zu entfernen und damit die Haut fester wird«, sagt Ulla. Das erklärt vielleicht teilweise, warum die Schweinehaut so verrottet zu sein scheint.

»Also können da gut Haare übrig sein, wenn sie nicht abgesengt werden?« frage ich.

»Maria, ich weiß es nicht, aber es kann sein«, sagt Ulla und fährt in vollkommen anderem Ton fort: »Aber was ist mit Kopenhagen? Und Hossein? Was ist passiert?« Was weiß Ulla von Hossein? Ich glaube nicht, daß ich ihr was erzählt habe. Überhaupt nicht. Aalborg ist einfach so ein verdammtes Provinznest – der Klatsch läuft rund. Ich weiß nicht, was ich zu ihr sagen soll, deshalb flüstere ich:

»Ulla, also gerade kann ich nicht frei sprechen, aber ich erzähle es dir noch.«

»Okay«, kichert sie, »aber könntest du nicht heute abend zu mir kommen? Dann könnten wir … also Niels ist nicht zu Hause …«

»Nein, aber Ulla …« fange ich an, und dann kaue ich auf meiner Unterlippe rum.

»Maria?« sagt sie, weil ich stumm bin.

»Ja«, sage ich.

»Aber ... willst du?« fragt sie.

»Ja, aber ... also ich kann dich wahnsinnig gut leiden, Ulla, aber ... ich bin also ... ich habe keine Lust zu ... also«, flüstere ich.

»Maria – ganz ruhig«, sagt Ulla, »das ist total okay. Ich finde dich nur so total gut, und ich bin irgendwie ... alles.«

»Ja, aber ich hoffe, wir verkrachen uns deshalb nicht«, sage ich.

»Nein nein, natürlich nicht. Ich muß jetzt rein und arbeiten«, sagt Ulla, und wir verabschieden uns. Ich hoffe, daß sie jetzt nicht sauer ist, denn dann kann es sein, daß sie was von dem mit Hossein erzählt, und dann bin ich wirklich gekniffen. Verdammt, woher kann sie das nur wissen? Ich begreif es nicht.

Die Hunde kratzen immer weiter an der Schlafzimmertür, als ob sie pissen müßten, aber als ich sie rauslasse, kommt nichts. Die Tür wird völlig zerfetzt, aber Asger registriert das nicht, und mir ist es so egal – es ist seine Kaution, die verlorengeht, wenn das Haus beschädigt ist.

Abends ist Asger stoned, und ich glaube, er hat seine Wut vergessen. Richtige Wut verlangt ja sowohl Intelligenz wie Energie, um aufrechterhalten zu werden. Ich setze ihm zu, daß er die Schweinehaut aufrollen und in den Gefrierschrank legen soll. Der Gestank wird langsam erstickend.

»Aber glaubst du nicht, daß dann ... also ... daß was mit der Tinte passiert?« fragt er nervös. Die Hunde im Schlafzimmer werden langsam katatonisch. Die Telefonbücher unter der Haut sind völlig von dem matschigen Schweinefleisch durchweicht. »Reicht nicht der Kühlschrank?« fragt er.

»Nein, wir können auch einfach alle Fenster aufmachen«, antworte ich, denn ich will kein verdorbenes Schweinefleisch neben den Sachen liegen haben, die ich esse.

Die ganze Zeit kommen Kunden, und Asger schwadroniert vom Tätowieren und suhlt sich in deren Interesse. Und das Interesse ist echt. Wie oft sieht man schon tagelang einen erwachsenen Mann in engem Kontakt mit etwas von einem toten Schwein? Aber wegen des

Gestanks gehen sie schnell wieder. Manche verlangen Preisnachlaß. Andere drohen damit, den Dealer zu wechseln. Asger ist es gleich.

»Ich werde Tätowierer«, sagt er.

Polaroid

Am Freitag wird er endlich fertig und geht in die Stadt, um eine Polaroid-Kamera zu kaufen. Das Resultat ist eigentlich ganz gut geworden, aber die Schweinehaut hat eine wahnsinnig ungesunde Farbe, und die Zitzen sehen aus wie eingetrocknete Geschwüre.

»Halt die Lampe etwas schräger«, treibt Asger mich an, als er das erste Foto schießen will; die Schweinehaut liegt ausgebreitet auf dem Eßtisch. Anschließend steht er wie ein kleiner Junge mitten im Zimmer und hält das Bild in der Hand – wedelt es hektisch hin und her, damit es schneller trocknet.

»Jetzt ist es gleich soweit«, sagt er, und es ist beinahe rührend, wie aufgeregt er ist, als er das Deckpapier vom Foto zieht. Und dann steht ihm die Enttäuschung ins Gesicht geschrieben. Das Bild ist viel zu dunkel.

»Ich muß raus, pissen«, sagt er verkniffen. Das kann ein langer Tag werden – ich gehe in die Küche und koche einen Pott Kaffee. Auf der anderen Seite der Schlafzimmertür wird gekratzt. Tjalfe und Tripper sind dort drinnen; der Schnee ist geschmolzen, und es wäre zu idiotisch, wenn sie die Tür völlig kaputt machten. Ich schließe die Tür zum Wohnzimmer und öffne ihre. Sie schauen mich die ganze Zeit verwundert an, als ich sie in den Auslauf scheuche. Was zum Teufel ist mit denen los?

»Maria, jetzt weiß ich, was wir machen«, sagt Asger begeistert, als er zurückkommt: »Du hältst die Schweinehaut zum Fenster hin hoch, damit Licht darauf fällt – dann bekomme ich ein gutes Bild.«

»Willst du, daß ich ... die *anfasse*?«
»Hej, Schatz«, sagt er leicht nachsichtig, aber auch gönnerhaft, »also verdammt, die ist doch nicht giftig.«
»Ja, ich weiß es nicht«, sage ich. Asger hält die Kamera in der Hand und schaut mich abwartend an. Er ist so kurz davor, mich rauszuschmeißen – vielleicht weiß er genau, daß Nina, diese Pur-Raucherin, mit der ich im 1000Fryd aneinandergeraten bin, daß die topgeil darauf ist, den Platz als seine Junkiehündin einzunehmen. Eigentlich scheiß ich da drauf, aber ich hatte noch nicht genug Zeit, um mir eine Rache für die beiden Male auszudenken, die er mich geschlagen hat, deshalb kann ich noch nicht weg.

»Okay«, sage ich und gehe in die Küche, dort finde ich im Schrank unter der Spüle ein Paar hellrote Gummihandschuhe. Ich packe die Haut und klemme die Finger darum, ehe ich anhebe; sie fühlt sich an, als wäre sie kurz vorm Auseinanderfallen. Ich muß fester drücken, damit sie mir nicht aus den Fingern rutscht, denn sie ist ziemlich schwer. Aber sie wirkt, als ob sie nachgeben würde, bestimmt weil sie so verrottet ist.

Ich halte die Schweinehaut zum Fenster hin hoch. Ja, ich kann doch nichts riechen, der Tigerbalsam ist mein treuer Gefährte geworden. Er macht sein Foto, und wieder ist er unzufrieden, läuft herum und nörgelt und tritt nach den Möbeln und ist insgesamt scheiß anödend. Womit hatte er gerechnet? Daß das gut aussehen würde? Es ist doch eine verdammte Schweinehaut, die er tätowiert hat.

Dann drehe ich eine Runde, und als ich mich dem Haus nähere, sehe ich Hossein, der mir aus der entgegengesetzten Richtung auf dem Bürgersteig entgegenkommt. Er winkt, und ich bleibe bei der Gartentür stehen.

»Du siehst echt schön aus«, sagt er, aber dann entdeckt er die Verfärbung neben meinem Auge. Also ich habe versucht, sie wegzuschminken, aber man kann sie immer noch sehen. »Maria, was ist das in dein Gesicht?« fragt er düster.

Ich blicke zum Bürgersteig.

»Das ist nichts«, antworte ich.

»Es ist irgendwas passiert, ich weiß das.«

»Er hat sie nicht alle«, sage ich leise.

»Vielleicht du und ich, wir müssen uns bald was Neues überlegen«, sagt Hossein mit eiskalter Stimme und wirft einen finsteren Blick zum Haus.

»Das kann gut möglich sein«, flüstere ich.

Wir gehen hinein. Die Luft steht vor Rauch – es ist, als wenn man in Christiania in den Månefiskeren geht. Hossein wirft einen herablassenden Blick auf die Schweinehaut. Asger sitzt da und mault, während er sich Sahne und Zucker in den Kaffee kippt. Er grüßt Hossein nur flüchtig, der sich in einen Sessel setzt und einen seiner Zigarillos anzündet. Ich stecke mir eine Zigarette an. Asger zündet sich eine Jointkippe an, die im Aschenbecher gelegen hat. Die Zeit steht still. Der Rauch wird dicker. Niemand sagt etwas, nichts passiert.

Mekka

Dann springt Asger vom Stuhl auf und stellt sich mit dem Rücken zu uns hin, kreuzt die Arme vorm Bauch und packt das T-Shirt unten an den Hüften und zieht es über den Oberkörper bis zu den Schulterblättern hoch. Hat er jetzt total den Überblick verloren? Er schaut Hossein über die Schulter an und sagt:

»Wenn du … also wenn du … die Haut über deinen Oberkörper ziehst und die Ränder in deine Hosen steckst und so dastehst, als wenn du gerade dein T-Shirt ausziehen willst, und Maria kniet vor dir und zieht die Haut fest zu dir hin, dann kann ich ein Foto von ihr machen, während sie auf deinem Rücken liegt – dann sieht es wirklich aus, als wenn …« sagt Asger aufgeregt, begeistert.

Er nimmt die Kamera und gibt uns Zeichen, daß wir aufstehen sollen. Ich schaue zu Hossein rüber – er bleibt sitzen; ganz ruhig. So ruhig habe ich übrigens bisher noch nie jemanden gesehen. Er macht einen tiefen Zug an seinem Zigarillo, hält ihn vor sich und pustet langsam den Rauch dahin; die Temperatur unter der Asche an der Spitze des Zigarillos steigt gewaltig, das kann man sehen. Als er ausgeatmet hat, schnipst er mit dem Daumen an den Zigarillo, so daß die Asche in einem Bogen von der Glut fliegt und auf dem Fußboden landet.

»Du machst Foto von hellrote tätowierte Schwein, und ich halte mit behaarter Perserhand das T-Shirt – sieht nicht richtig aus«, sagt Hossein trocken.

»Dann kann Maria das T-Shirt hochhalten und du hältst die Haut fest«, ändert Asger seine Idee – er hat offenbar einen seiner lichteren Momente.

»Ich bin Moslem«, sagt Hossein und zeigt dabei auf sich und starrt Asger leer in die Augen, »du verstehst, ich kein Schwein anrühren. Ungesetzlich. Sehr schweinisches Tier ... unrein. Sehr drekkig. Komme für immer in Allahs Hölle. Für ewig Qual mit Feuer und Spießen.«

»Na ja, entschuldige«, sagt Asger verwirrt und starrt Hossein ein bißchen resigniert an, der sich wie ein Katholik bekreuzigt.

Asger sieht verwundert aus, kapiert aber offenbar nicht, daß Hossein gerade eine christliche Geste benutzt hat.

»Jesus, Maria«, murmelt Hossein, als Asger sich umgedreht hat und mit der flachen Hand gegen den Fensterrahmen schlägt.

»Wo ist der ... Osten?« fragt Hossein und schaut mich dabei mit einem köstlichen Glitzern in den Augen an. Asger dreht sich um.

»Ähhh«, sage ich und zeige in Richtung Østbyen; »dort drüben, glaube ich.«

Hossein schaut mit ernster Miene auf seine Uhr, dann erklärt er finster: »Ich muß jetzt zu Allah beten – das ist so wichtig.«

Asger wedelt mit den Armen. »Zum Teufel Hossein – muß das

jetzt sein? Das mit dem Schwein tut mir leid. Entschuldige – ich habe gerade nicht daran gedacht.«

Mir fällt ein, wie sehr er Hossein braucht. Kopenhagen und Christiania würden Asgers Paranoia explodieren lassen – ich glaube, allein schon die Zugfahrt würde ausreichen.

»Aber ...« beginne ich mit unschuldiger Stimme, »warum machst du es nicht selbst? Dann kann ich die Haut um dich festhalten, und Hossein kann fotografieren.«

Asger wirft mir einen sehr gestrengen Blick zu.

»Ja«, sagt Hossein, »das Foto will ich gerne machen – nur nicht das Bild von Allah.«

»Ich muß das Foto *selbst* machen«, sagt Asger und setzt sich mürrisch an den Eßtisch. Zeit vergeht. Dann klopft es an der Tür. Das ist Loser in meinem alten Jim-Morrison-T-Shirt, der alles für zwei Gramm Standard zusammengekratzt hat. Er starrt voll Ekel auf die verdorbene Schweinehaut, inzwischen erklärt ihm Asger, daß Hossein zu dunkel ist.

»Warum machst du es nicht selbst, Mann?« Losers Fügsamkeit hat Grenzen, besonders wenn er Geld in der Tasche hat, und gleichzeitig ist Asgers Ansehen mächtig gesunken, seit die Bullen ihn eingebuchtet haben.

»Ich muß das Foto machen«, sagt Asger.

»Ah ja«, sagt Loser gleichgültig.

»Der Loser ist auch noch blasser als die Schweinehaut«, sagt Hossein.

»Ich bin auch kein verdammtes Schwein, ich bin Vegetarier«, sagt Loser. Ach ja – das wußte ich nicht. Mit ihm sollte man sich heute nicht anlegen. Erst als ihm Asger fünf Gramm Standard anbietet, schlägt Loser ein. Aber zuerst verlangt er noch ein T-Shirt, und er erhält die Erlaubnis, anschließend ein Bad zu nehmen.

»Ädrrr«, sagt Asger, als er mir helfen muß, die Schweinehaut in Losers Hosenbund zu manövrieren; wir haben nur ein Paar Gummihandschuhe, und die habe ich an.

Das drittschlaueste Tier

Loser pafft einen von Hosseins Zigarillos, um den Gestank auszuhalten. »Das Schwein ist ein intelligentes Tier«, murmelt er und starrt an die Decke, »sehr reinlich. Nach Menschen und Delphinen sind Schweine die schlauesten Tiere auf der Welt.« Asger hört auf, sich mit der Haut rumzuquälen.

»Loser, jetzt halt mal die Klappe«, sagt er, geht zum Tisch und zündet sich eine Zigarette an. Ich habe meinen Tigerbalsam.

»Das hier, das ist ungebührlicher Umgang mit Leichen«, sagt Loser philosophisch, »vielleicht ist das schlimmer, als sie zu essen.«

Wir rackern uns mit der Schweinehaut ziemlich ab, bis wir sie in den Hosenbund gestopft haben. Als Asger draußen ist, um sich die Hände zu waschen, knie ich vor Loser und ziehe an den Enden der Haut; die beiden Reihen Schweinezitzen sehen aus wie eingetrocknete Geschwüre ... oder vielleicht so eine Art Knöpfe, und ich bin eine Schneiderin, die mit roher, verdorbener Schweinehaut arbeitet, und gerade passe ich einem Kunden eine Jacke an. Asger ist zurückgekommen, er hat die Kamera schußbereit. Schließlich gelingt es mir, die Haut dicht über Losers schmächtigen Oberkörper zu ziehen, während er selbst das T-Shirt hält, so daß es sich genau mit der oberen Kante der Schweinehaut deckt. Hossein kippt die Eßtischlampe, damit deren Licht auf die Tätowierung scheint.

Asger verknipst jede Menge Bilder. Er probiert alle möglichen Winkel aus: direkt von vorn, von unten, von oben, von den Seiten. Vielleicht gelingt es ihm, mit der Tätowierung eine ganze Reihe von Zitzen des Schweins zu verewigen. Das muß glaubwürdig werden. Es gibt Menschen, die einen zusätzlichen Satz unterentwickelter Brustwarzen unter den Rippen haben, de facto auf dem Bauch – blinde Brustwarzen nennt man das. Aber ein junger Mann mit acht Sätzen Brustwarzen – das ist doch geradezu spektakulär.

Asger ist wirklich mächtig aufgekratzt wegen der Fotos, obwohl ein Blinder sehen kann, daß dies nicht Losers Haut ist. Ich lege die Schweinehaut oben auf die Telefonbücher, die sind eh hin. Loser benutzt inzwischen Jim Morrison, um den schlimmsten Schmierkram von verdorbenem Schweinefett von seinem Oberkörper abzuwischen. Asger geht in die Küche, kommt mit der Abwaschschüssel zurück und schmeißt die Schweinehaut rein.

»Ich glaube, die geht noch für die Hunde«, sagt er und stellt die Schüssel auf den Fußboden. Ich erinnere ihn nicht an das, was passierte, als er ihnen den rohen Schweinebraten mit Schwarte gab.

Ich suche eins von Asgers T-Shirts raus – ein verwaschenes schwarzes Ding – und gebe es Loser. Dann schicke ich ihn ins Badezimmer und werfe Jim Morrison zusammen mit den Telefonbüchern in den Mülleimer.

»Na kommt«, sagt Asger sanft, als er mit den Hunden reinkommt. Tjalfe und Tripper schnuppern an allem, und Asger kippt fast um, als Tjalfe an ihm hochspringt. Die Hunde machen beide einen Bogen in Richtung Abwaschschüssel und schauen aus einem Meter Abstand desinteressiert zur Schweinehaut. Dann kehren sie zu Asger zurück.

»Die haben mich einfach vermißt«, sagt er überrascht und streichelt sie, krault sie hinter den Ohren. Das macht ihnen keinen Spaß. Sie schauen Asger immer nur weiter an, verwundert, auf eine gestreßte Art beinahe verwirrt, leicht aggressiv. Ich werde unruhig.

Loser kommt rein, frisch gewaschen und mit seinem neuen T-Shirt. »Jetzt wäre ein Joint gut«, sagt er.

»Loser«, sage ich so leise, daß nur er es hören kann, und reiche ihm einen fertigen Joint von dem Stapel, der für die Hip-Hopper in dem Kasten bereitliegt. Tripper steht hinten am Eßtisch und schnuppert an Asgers saurem alten Lederbong. Tjalfe hat inzwischen seine Aufmerksamkeit von Asger abgewandt und starrt Loser und mich an.

»Danke«, flüstert er und setzt sich Hossein gegenüber, der seit langem stumm beobachtend dabeigesessen hat.

Seelenfrieden

Loser empfängt von Hossein ein sanftes Lächeln: »Zeit für *tundah*«, sagt Hossein, »die Ruhe im Gemüt.«
Loser nickt, steckt den Joint zwischen die Lippen und zündet sein Feuerzeug an; er saugt gierig und hält den Rauch unten in der Lunge. Tjalfe steht direkt neben ihm. Tripper hört auf, an dem Lederbong zu schnuppern, und schaut zu Loser. Sowie Loser ausgeatmet hat, setzt Tjalfe ihm die Vorderbeine auf den Schoß und beginnt zu hyperventilieren, gleichzeitig kommt Tripper angelaufen. Jetzt stehen beide Hunde mit den Vorderbeinen auf Losers Schoß, die Mäuler ganz dicht an seinem Mund. Das muß für so einen schmächtigen Kerl schwer sein – die Hunde wiegen zusammen um die 90 Kilo.

»Ähhh«, sagt Loser, seine Stimme bebt, aber die Hunde machen nicht wirklich was, sie stehen nur still und wirken höchst merkwürdig, so daß Loser noch eine Königsdröhnung nimmt und unten in der Lunge hält.

»Was zum Teufel ist mit denen los?« fragt Asger in den Raum hinein.

»Deine Hunde sind Junkie für *Haschisch*«, sagt Hossein, und sowie Loser ausatmet, hyperventilieren Tjalfe und Tripper wieder. Es sieht aus, als ginge Asger ein Licht auf – mir faktisch auch.

»Immer liegen die hier, wenn du rauchst. Liegen auf den Rükken«, sagt Hossein und lehnt sich im Sessel weit zurück und bewegt verträumt apathisch Arme und Beine, um zu illustrieren, wie die Hunde auf dem Fußboden zu liegen pflegen, wenn im Wohnzimmer geraucht wird.

»*Pfui Teufel*«, sagt Asger und geht zu ihnen und tritt nach ihnen, so daß sie aufjaulen und ein Stück von Loser wegrücken, aber nicht sehr weit. Tripper steht direkt neben dem Stuhl, während Tjalfe die Zähne bleckt und Asger anknurrt. Hossein schüttelt den Kopf.

»Hej«, sagt Asger drohend, tritt aber trotzdem einen Schritt von

Tjalfe zurück, und kaum hat er das getan, stellt Tripper wieder die Vorderpfoten auf Losers Schoß.

»Das ist nicht Schuld von Hund«, sagt Hossein.

»Dreckige Junkiehunde«, sagt Asger angeekelt. Hossein schaut ihn an – gleichzeitig resigniert und wütend – und schüttelt den Kopf. Die armen Tiere. Die waren auf Entzug. Während Asger tätowierte, waren die total auf Entzug. Kein Wunder, daß es ihnen schlecht ging. Ich bekam beim letzten Mal statt dessen immerhin jede Menge Alkohol.

Hossein steht auf und zieht seine Jacke an.

»Was – äh, Hossein – wolltest du kaufen oder was?« fragt Asger.

Hossein betrachtet ihn kalt.

»Nein. Ich geh runter und kaufe bei Lars. Ich kaufe bei ein Mann, der nicht Frauen schlägt – nicht die Tiere schlägt.«

»Verdammt, wovon redest du?«

»Hossein kann nicht leiden, was er bei dir sieht. Asger, wir haben bald das ernste Gespräch.« Hossein wartet, um zu hören, ob Asger dem etwas hinzuzufügen hat. Nichts passiert. Hossein geht.

Vielleicht hat er auch auf mich gewartet. Aber ich weiß nicht, was ich machen soll.

Muskeln & Sehnen

»Maria, wollen wir Hossein zu einer Tour an die Nordsee einladen?« fragt mich Asger am nächsten Tag. Erstaunlich. Klar, das Wetter ist besser geworden, aber solange ich ihn kenne, hat Asger die Stadtgrenzen nie verlassen.

»Warum das?« frage ich.

»Ich dachte bloß ... ans Wasser fahren – die Hunde mitnehmen. Mal rauskommen.«

»Und womit sollen wir ... fahren?«

»Ich kann von Frank einen Lieferwagen leihen«, sagt Asger. Ich begreife nicht, was in ihm vorgeht.
»Aber Asger«, sage ich, »warum sollen wir an die Nordsee fahren?«
»Maria, das habe ich doch gerade gesagt. Ein Ausflug. Ein Ausflug mit dem Auto.«
»Soll Frank mitkommen?«
»Nein.«
»Aber Hossein soll mit?«
»Na ja, aber ich will gern – also ich will nicht mit ihm verkracht sein.« So wie er dasteht, sieht Asger fast zuverlässig aus.
»Ja, dann ruf ihn halt an.«
»Schatz, ist es nicht besser, wenn du anrufst?«
Ich zucke die Achseln. »Okay.« Ich mache es. Hossein sagt ja. Wir verabreden, am Montag um dreizehn Uhr zu fahren. Asger ruft Frank an, der am Spätnachmittag mit dem Lieferwagen vorbeikommt. Asger geht raus und füttert die Hunde, gibt ihnen frisches Wasser. Ich bin am Aufräumen und Saubermachen und stehe so ein bißchen desorientiert neben der Spüle und schaue raus und sehe Asger zu, wie er Tjalfe und Tripper streichelt. Hat er eine umgedrehte Gehirnblutung gehabt? Ich erinnere mich selbst daran, daß er mich geschlagen hat. Als ich in die Pubertät kam, habe ich mir geschworen, mich *niemals* damit abzufinden, daß mich ein Mann schlägt ... jetzt habe ich mich damit abgefunden, und das muß einfach gerächt werden. Na ja, ich muß zusehen, was passiert, denke ich und mache weiter sauber.

Um 23 Uhr bekomme ich was anderes zum Nachdenken. Als es klopft, stehe ich automatisch auf, um die Tür zu öffnen, aber das ist kein normaler Besuch. Auch wenn sie in Zivil sind – Sneakers, Jeans und Bomberjacken –, das sind ganz klar Rocker. Das Gehirn steht vorn, ein dünner sehniger Typ Anfang Dreißig. Hinter ihm türmen sich die Muskeln; ein Mann, dessen Handgelenke jedes für sich so dick sind wie mein Hals.

Ich schlucke. »Kommt rein«, sage ich, trete zurück und halte die Tür auf.

»Danke«, sagt der Sehnige und geht vorbei, er nickt mir höflich zu. Ich glaube, er ist der große Bruder von Pusher-Lars, dem Maurer, zu dem Hossein gestern abend ging. Es ist, als wenn sich der Muskelberg leicht zusammenfaltet, als er durch die Türöffnung muß – da paßt er gerade durch. Der Sehnige bleibt stehen und schaut ins Wohnzimmer.

»Guten Abend, Asger«, sagt er.

»Konrad«, sagt Asger nervös – ich kann hören, daß er vom Stuhl aufsteht, »komm rein. Wie wär's mit einem Joint? Einer Tasse Kaffee?«

»Eine Tasse Kaffee wäre ausgezeichnet«, sagt der Sehnige und geht ins Wohnzimmer. Wenn er Konrad heißt, dann ist er Lars' Bruder.

»*Maria*«, blafft Asger, »bring Kaffee!«

Der Muskelberg ist direkt bei der Haustür stehengeblieben.

»Ich muß erst welchen kochen«, sage ich.

»Dann beeil dich«, ruft Asger aus dem Wohnzimmer. Nun bleib mal locker. Der Berg macht eine kleine Handbewegung zur Küche, und ich husche eilig dorthin – er folgt mir. Während ich Wasser aufsetze, denke ich, was für ein Glück, daß ich heute saubergemacht habe. Dann schütte ich sechs Meßlöffel Kaffee in den Filter, den ich auf die Thermoskanne stelle. Der Berg räuspert sich. Ich drehe mich nervös um.

»Ich heiße Kurt«, sagt er und streckt eine riesige Pranke vor.

»*Maria*«, sage ich mit schriller Stimme, und dann *knickse* ich vor ihm! während meine Hand in seiner großen Bärentatze verschwindet. Seine Haut ist ganz trocken und rauh.

»Tu noch zwei Löffel dazu«, sagt er freundlich. Das tue ich. Das Wasser kocht, und ich kann hören, wie Asger nervös etwas von der Polizeirazzia erklärt.

»Ja, Asger, das war dumm für dich«, sagt Konrad, der, wie ich gehört habe, Hells-Angels-Prospekt geworden ist und in der neuen Hierarchie, die sie in Aalborg gerade etablieren, recht weit oben steht. Als das Wasser gekocht hat, will ich es gleich über den Kaffee gießen, aber der Muskelberg Kurt hält mich mit einer Pranke auf meinem Arm zurück.

»Warte ein bißchen«, sagt er.

»Was ...?« sage ich.

»Die Temperatur«, sagt er, »das Wasser darf höchstens 96 Grad heiß sein, wenn es auf den Kaffee trifft – sonst wird er bitter.«

Mehr als ein einfaches »aha« schaffe ich nicht.

»Schön, wie du die Küche hast«, sagt Kurt, während ich mich anstrenge, um zu hören, was im Wohnzimmer vor sich geht.

»Danke«, sage ich.

Asger faselt zum drittenmal irgend etwas wie, das würde sich nicht wiederholen, worauf Konrad auflacht und sagt, darüber sei er sich im klaren.

Blanco y negro

»Jetzt ist es gut«, sagt Kurt, und ich gieße das Wasser über den Kaffee. Innerlich fluche ich, daß es so langsam durchläuft, denn ich will gern ins Wohnzimmer und hören, was gesagt wird.

»Ich höre, du kennst meinen guten Freund Hossein?« Kurt spricht die Feststellung wie eine Frage aus, und mit einer Stimme, die nicht im Wohnzimmer gehört werden kann, und darüber bin ich froh. Ich bin mir auch ganz sicher, daß er bewußt leise spricht.

»Ja«, antworte ich.

»Er ist ein guter Mann«, sagt Kurt und nickt mir bedeutungsvoll zu.

»Ja«, sage ich und stelle Becher bereit.

»Ein ausgezeichneter Charakter«, sagt Kurt.

»Sollen wir ins Wohnzimmer gehen?« frage ich, nachdem ich die zwei frischen Becher und die Thermoskanne genommen habe. Kurt macht mit seinen Riesenpranken eine Bewegung und tritt zur Seite, so daß ich vorgehen kann.

Ich stelle die Becher auf den Tisch, und beim Einschenken registriere ich auf Asgers Gesicht einen ungesunden Schweißfilm und die zwei Reihen Koka, die Konrad vor sich auf einem LP-Cover arrangiert hat; *life's too good* mit den Sugarcubes – eine meiner Platten.

»Willst du was rein haben? Zucker? Milch?« frage ich. Konrad schüttelt leicht den Kopf.

»*Blanco y negro*«, sagt er. Weißes Pulver und schwarzer Kaffee – kolumbianisches Frühstück.

»Kurt?« frage ich und wende mich ihm zu. Er steht direkt vor der Tür und streckt eine Pranke aus.

»Ich nehme ihn schwarz«, sagt er und schiebt ein »danke« nach, als ich ihm den Becher gereicht habe. Dann gehe ich schnell zur Couch und bin still, so daß das einzige Geräusch von Kurt kommt, der das Kokain durch ein kleines silberfarbenes Röhrchen in die Nase hochzieht.

Asger sitzt unruhig auf seinem Stuhl. Er muß ganz eindeutig pissen. Ich sehe ihm an, daß er Mut sammelt, um etwas zu sagen.

»Aber ich habe jetzt auch überlegt, mit dem Dealen aufzuhören«, sagt er in einem Tonfall, der lässig klingen soll, aber die Wörter kommen so rasch, daß sie beinahe übereinander stolpern.

»Ah ja, hast du«, sagt Konrad entspannt, worauf er schnüffelt, die Augen schließt, die Stirn runzelt und den Kopf in abrupten kleinen Rucken nach hinten legt, dabei reibt er sich die Nasenflügel mit zwei Fingern. Das muß gutes Kokain sein.

»Ja, ich will Tätowierer sein«, sagt Asger und fummelt dabei auf dem Tisch herum, um die Polaroid-Fotos von Loser zu finden. »Ich habe ein straffes Training hinter mir.«

Vorsichtig reicht Asger Konrad zwei Fotos. Ich sehe, wie Asgers

Hand zittert, als Konrad ruhig den Kaffeebecher abstellt und die Fotos entgegennimmt.

»Ja, sieh nur einer an«, sagt Konrad und lächelt, total vergnügt – alle Zähne, helle Augen. Ein richtiges Sommerlächeln. »Kurt, das hier mußt du sehen«, sagt er und nickt Asger lächelnd zu, gleichzeitig reicht er die Fotos über die Schulter, wo Kurt sie ihm abnimmt. Asger begreift es nicht. Auf seinem Gesicht klebt ein törichtes Lächeln. »Ja, was, ist das nicht eine total geile Idee?« sagt er. Konrad sitzt ruhig da und nickt. »Doch«, sagt er lächelnd und fährt in dem gleichen Tonfall fort: »Wenn du auf etwas Lebendigem tätowierst, entferne ich dir die Kniescheiben.«

Er sagt nicht: Wenn du *jemals* ... Er braucht das nicht; er will lieber die vier Sekunden Verwirrung in Asgers Augen genießen, bis die Botschaft verdaut ist.

»Ähhh ...« sagt Asger.

»War nett, mit dir zu schnacken«, sagt Konrad und erhebt sich. »Maria«, er nickt mir zu. Asger ist wie gelähmt.

»Danke für den Kaffee, Maria«, sagt Kurt.

»Gern geschehen«, sage ich und begleite sie zur Tür. Und dann sind sie gegangen. Ich sitze eine halbe Stunde in der Küche, ehe ich ins Wohnzimmer gehe.

»Schluß mit selbständigen Einkaufsfahrten nach Christiania«, sagt Asger, »und ich bin ihnen drei Abholungen schuldig.« Er schaut zu mir herüber, als hätte das etwas mit mir zu tun.

Gestank

Das Wasser läuft durch den Kaffeefilter – wir sind fast soweit, um loszufahren. Und das Wetter ist schön – es ist der erste Frühlingstag mit so etwas wie Sonnenschein.

»Nimmst du die Hunde?« rufe ich Asger zu.

»Moment«, antwortet er aus dem Schlafzimmer; er klingt angestrengt, deshalb gehe ich auf den Flur, um zu sehen, was er macht. Er liegt halbwegs auf dem Fußboden, um unter das Bett zu langen. Dann zieht er eine blaue Sporttasche vor. Ich frage ihn, was das ist.
»Das muß ich Frank zusammen mit dem Auto abliefern.« Ah ja. In der Küche drehe ich den Deckel auf die Thermoskanne.
»Kannst du nicht die Thermoskanne in die Tasche legen?« frage ich, denn wir werden alle drei vorn sitzen, und es ist unpraktisch, wenn die Thermoskanne zwischen den Füßen herumrollt. Tjalfe und Tripper sollen hinten drin sein, und mir ist nicht danach, Kaffee aus einer Thermoskanne zu trinken, die von den Kötern vollgesabbert ist.
»Nein«, antwortet Asger ärgerlich, »das sind ein paar Sachen, die ich abliefern muß.« Das ist wieder so verdammt typisch Asger. Ich stelle mich neben den Lieferwagen und warte.
Der Nachbar kommt aus seinem Vorgarten auf den Bürgersteig und auf mich zu. »Kannst du das riechen?« fragt er.
»Den Frühling?«
»Nein, den Gestank aus eurem Garten«, antwortet er. Jetzt wo er es sagt, kann ich es. Die ganze Hundekacke, die im Auslauf liegt und im Sonnenschein dampft. Asger hätte sie vergraben müssen – das ist sein Job. In dem Moment kommt er den Gartenweg herunter.
»Asger«, sage ich, »also wir müssen die … das Aa der Hunde aus dem Auslauf wegschaffen. Wegen uns wird noch das ganze Viertel nach Scheiße stinken.«
»Das Problem ist so gut wie gelöst«, sagt Asger, dabei springt er in den Lieferwagen, ohne unseren Nachbarn eines Blickes zu würdigen.

Strandausflug

Wir holen Hossein ab, der eine Schultertasche voller Butterbrotpakete dabeihat. Dann dröhnen wir los, wir hören Popmusik aus dem Radio. Die Hunde sind ganz ruhig und genießen die Fahrt; wir rauchen einen großen Joint, den ich zu Hause gebaut habe, und sie stehen alle beide dicht an dem Metallgitter, das sie vom Fahrerhaus trennt. Die Sonne scheint von einem diesigen Himmel. An der Abzweigung Blockhaus fahren wir weiter durch Saltum und biegen in einem Sommerhausgebiet namens Grønhøj ab, runter zum Strand. Asger hält den Wagen auf einem Parkplatz unmittelbar hinter den Dünen an.

»Was jetzt?« frage ich, als er den Motor abgestellt und Hossein die Tür geöffnet hat, so daß man das Meer riechen kann. Eine leichte Brise läßt das Strandgras träge schwanken.

»Hossein läßt Hunde raus«, sagt Hossein und geht, um die rückwärtige Tür des Lieferwagens zu öffnen. Asger sieht nachdenklich aus; alle Zeichen weisen überwältigend darauf hin, daß er pissen muß.

»Wollen wir nicht am Strand spazieren gehen?« frage ich. Die Hunde bellen, sie streifen neugierig witternd in der Nähe des Autos herum.

Hossein lehnt sich auf der Beifahrerseite gegen die offene Tür.

»Kommt ihr jetzt?« fragt er.

»Sollen wir nicht eine Tasse Kaffee trinken – ein Stück Brot essen?« fragt Asger.

»Du bist hungrig?« fragt Hossein und fügt hinzu: »Wir können das machen«, und packt die Butterbrotpakete aus. Ich hebe die Thermoskanne auf, die eingeklemmt unter dem Sitz gelegen hat, und nehme drei Plastikbecher, die ich ins Handschuhfach getan hatte. Dann sitzen wir da und schlürfen Kaffee und kauen jeder unser Hossein-Sandwich.

»Wir machen ein lange Spaziergang, oder?« sagt Hossein.

»Doch doch – klar«, sagt Asger, merkwürdig abwesend.

Endlich steigen wir aus. Asger schließt den Lieferwagen ab. Hossein hat sich ein Zigarillo angezündet, ich eine Zigarette, und wir gehen auf einen Pfad zu, der sich oben über die kleine Düne zwischen dem Parkplatz und dem breiten Sandstrand windet. Es ist Wochentag und kein Mensch weit und breit zu sehen.

Unversehens, während mir noch der Rest eines Knalls in den Ohren dröhnt, wirft mich Hossein in den Sand; er liegt halbwegs über mir und schaut konzentriert zurück.

»*WAS ZUM TEUFEL DU MACHST?*« ruft er und springt auf. Ich hebe den Kopf und sehe Asger mit einer Schrotflinte, die er in der Sporttasche gehabt haben muß. Tjalfe und Tripper laufen etwa zwanzig Meter von Asger entfernt verwirrt über die Dünen. Sie wittern zur Brise hin, drehen sich um, können sich nicht erklären, was da vor sich geht. Ich hocke mich hin und blicke zu Hossein hoch, der mit einem Ausdruck zu Asger hinüberschaut, der sich nur als intensiver Haß beschreiben läßt.

Asger schießt wieder. Trippers Hinterteil wird seitwärts gerissen; sie jault laut auf und fällt um. Sie wimmert, als sie versucht, aufzustehen, und ehe sie wieder umfällt, kann ich einen dunkelroten Flecken auf ihrem Hinterteil erkennen. Tjalfe schüttelt gestreßt den Kopf, läuft zu Tripper, schaut zu uns, springt mit abrupten Bewegungen hin und her. Dann rast Tjalfe plötzlich laut bellend hinunter zum Strand. Ich sehe, wie Asger die doppelläufige Schrotflinte hinten am Auto aufknickt und in seiner Jackentasche nach neuen Patronen wühlt.

»Maria, du bleibst hier«, sagt Hossein. Dann rennt er zu Asger. Ich habe mich halb aufgerichtet. Tjalfe ist am Fuß der Dünen angekommen. Unten am Wassersaum, ein Stück weit entfernt, kann ich drei Menschen sehen, zwei Erwachsene und ein Kind, die am Strand entlanggehen. Sie sehen aus, als schauten sie zu uns hoch. Tjalfe jagt in vollem Tempo über den breiten Sandstrand. Asger hebt das Schrotgewehr an die Wange.

»NEEEIIN, STOP!« ruft Hossein, der ihn fast erreicht hat. Ein Knall. Ich schaue zum Strand und sehe, wie der Mann die Hände zum Gesicht hebt und gleichzeitig auf die Knie fällt. Die Frau schreit und zieht das Kind zu sich. Tjalfe stürmt über den Strand, nähert sich den dreien. Ich wende den Kopf gerade rechtzeitig, um zu sehen, wie Hossein Asger das Schrotgewehr aus der Hand schlägt. »Abstand viel zu groß«, blafft Hossein und schlägt Asger mit dem Schaft gegen den Kopf, so daß er umfällt. Der Mann am Strand schreit gellend – auf deutsch, glaube ich. Ich werfe schnell einen Blick dorthin. Die Frau drückt sich das Kind gegen den Bauch und schreit hysterisch, dabei watet sie in die eiskalten Wellen hinaus. Der Mann hat sich aufgerichtet. Er steht ganz still, von Tjalfe, der schnell näherkommt, wie paralysiert. Ich fühle mich vollständig eiskalt. Hosseins Hände sind hinter seinem Rücken, oben unter der Jacke. Der rechte Arm bewegt sich zurück zur Vorderseite des Körpers. Da hält die Hand eine Pistole. Hossein hat eine Pistole. Mein Brustkorb schnürt sich zusammen. Was geht hier vor? Tjalfe sprintet graziös; ich kann die kleinen Sandfahnen erkennen, die aufgewirbelt werden, wenn seine Pfoten auf den Strand treffen, und wenn er abhebt, die Sandspritzer hinten. Den Wind in seinem Fell. Wenige Meter bis zum Ziel. Da ertönt ein gedämpfter Knall, und ich sehe Tjalfes Vorderbeine unter ihm zusammenknicken, und drei Meter vor dem Mann stürzt er, hat aber so viel Tempo, daß er weiterrollt. In Slowmotion sehe ich Tjalfes Rücken, der den Strand berührt und wieder hochkommt, sein schwarzes Fell gefleckt von Sandkörnern, hinter ihm am Strand ein roter Fleck. Tjalfe kippt seitwärts aus seinem Salto mortale und rollt haltlos, bis er schlaff an die Beine des Mannes klatscht. Jetzt kann ich die Frau wieder hören. Sie wimmert und hält das Gesicht des Kindes an ihren Bauch. Ich schaue hoch zu Hossein, der gerade die Pistole in den Hosenbund steckt. Asger ist aufgestanden; er steht ganz still und hält sich eine Hand an den Kopf, dorthin, wo er geschlagen wurde. Er sagt nichts.

Werkzeug

»Haben Hunde Namen in Halsband?« fragt Hossein, wobei er eine Bewegung zu seinem Hals hin macht. Für mich sieht das fast aus, als ob er Asger zeigt, wo Asgers Hals abgeschnitten werden wird.

»Ähhh – ja«, sagt Asger, denn das haben sie. Nach der Razzia des Drogenbullen Martinsen bei uns im Haus bekamen sie Hundemarken.

»Hol das jetzt«, befiehlt Hossein mit einer Stimme, die ganz einfach keine Diskussion zuläßt. »Renn«, fügt er hinzu, macht zwei Schritte zu Asger hin und gibt ihm eine schallende Ohrfeige: »Sonst kommst du in Gefängnis wegen Waffe, Töten von Tier, Schießen auf Zivilisten. SOFORT.« Schlapp läuft Asger los, die Dünen runter bis zum Strand. Der Deutsche ist im Wasser draußen, um Frau und Kind zu holen. Die Arme umeinander geschlungen sind sie unterwegs durch die Brandung.

»Ich kann Mann gar nicht leiden, der töten will, aber nicht ordentlich kann«, sagt Hossein.

»Tripper?« rufe ich. Sie winselt immer noch schwach. »Was sollen wir tun?« frage ich. Meine Stimme klingt kläglich, ich bekomme kaum die Worte heraus – stehe da und schlinge die Arme um mich, friere plötzlich schrecklich. Hossein geht zu Tripper und hockt sich vor sie in den Sand. Er sagt etwas Sanftes auf persisch; ich gehe hin und stelle mich hinter ihn. Er hat eine Pistole. Der Hund blutet sehr aus der Hüfte und dem Hinterteil, seine Augen sind wild vor Angst. Hossein streichelt ihr über den Kopf, spricht dabei sanft weiter, senkt sein Gesicht zum Kopf des Hundes und streichelt mit beiden Händen seine Ohren. Der Sand unter Tripper ist gefärbt, einige Halme des Strandgrases haben rote Spritzer. Das Fell ist von dem Blut, das aus ihr sickert, dick verklebt.

»Kann sie ... gerettet werden?« frage ich. Hossein antwortet nicht, aber plaziert sein Knie gegen Trippers Schulter, gleichzeitig strafft er den Griff um ihren Kopf und dreht ihn in einem harten Ruck schräg rückwärts – ich höre ein gedämpftes Knacken. Ein kleiner Aufschrei kommt aus meinem Hals.

»Nein«, sagt er, »der wird nie wieder gehen können.« Mit seinen sanften dunklen Augen schaut er zu mir auf. Ich weine, sehe hinunter zum Strand. Die Frau schreit Asger hysterisch an, der inzwischen fast bei Tjalfe ist. Der Mann sagt nichts, er steht ein bißchen zusammengekauert da, als hätte er Schmerzen, und hält das Kind fest.

Asger packt das Halsband des Hundes und öffnet die Schnalle. Schwach kann ich hören, wie er die Frau anfährt: »Halt doch die Klappe.« Dann erhebt er sich, wirft einen letzten Blick auf den Hund und tritt den Rückweg zu uns an.

»*Was zum Teufel tust du?*« rufe ich ihm schließlich zu.

»*Ich will keine solchen verdammten Junkiehunde haben*«, brüllt er zurück.

»Ich kann ein Mann nicht leiden, der seine Hunde tötet, weil er sie zu Junkie gemacht hat«, sagt Hossein. Er hält Trippers Halsband in der Hand und schaut hinunter zu den Deutschen. »Die Frau hat Handy«, sagt er. Ich schaue nach unten; die Frau hält ein Handy ans Ohr. Asger kommt die Dünen herauf.

»Im Gesicht von diesem Mann da steckte Schrot«, sagt er, als sei er begeistert.

»Geh und setz dich in dein Auto«, befiehlt Hossein. Ich bin schon unterwegs zum Lieferwagen.

»Warum zum Teufel hast du das gemacht? Mann, der hatte ein großes Loch in der Brust«, sagt Asger.

»Wenn man töten will, muß man richtiges Werkzeug benutzen«, sagt Hossein ausdruckslos. Wenn man töten will? Wer ist dieser Mann eigentlich? Ich stehe am Lieferwagen und warte, weil ich nicht neben Asger sitzen will. Hossein erfaßt das, ohne daß ich etwas zu sagen brauche. Er klettert hinein und setzt sich in die Mitte, und ich folge nach. Aber ich weiß eigentlich nicht, wie es mir damit geht, neben Hossein zu sitzen. Ich finde – also warum nimmt er zu einem Strandausflug eine Pistole mit?

Asger setzt sich hinters Steuer. »Mann, was zum Teufel ist das für eine Waffe?« fragt er.

»Die Kugeln. Dum-dum.«

»Mann, zeig mir die Knarre.« Asger hat den Lieferwagen gestartet, und wir rollen davon, weg vom Parkplatz, weg von den Leichen der Hunde.

»Das nichts zu spielen. Nur für Leute, die wissen wie Töten geht. Nur für Soldat.«

»Hej, Mann, komm schon. Zeig mir die verdammte Knarre.«

»Ich kann dich nicht mehr leiden.«

»Was zum Teufel soll das heißen?«

»Du schießen deine Hunde. Unschuldige Tiere.«

»Du hast es doch selbst gesagt – das waren Junkies.«

»Du vielleicht kein Junkie?«

»Mann, wovon zum Teufel redest du? Ich bin kein verdammter Junkie.« Asger schaut wütend zu Hossein hinüber, statt auf den Schotterweg zwischen den Sommerhäusern. Der Wagen ist gefährlich nahe dem Graben. Hossein legt die rechte Hand aufs Lenkrad, und während er damit das Auto wieder geradeaus bringt, legt er seine linke Hand so, daß sie den unteren Teil von Asgers Hinterkopf und teilweise seinen Hals umschließt, und dann haut er Asgers Kopf gegen das seitliche Fenster; einmal – fest. Hossein spricht mit ruhiger Stimme:

»Bist du ein sehr großer dummer Idiot? Ist in dein Kopf irgendein Gehirn?« sagt er, dann läßt er los.

»Was zum Teufel machst du?« sagt Asger, gekränkt. »Mann ej, du bekommst keine Fahrten mehr für mich nach Kopenhagen.«

»Hossein braucht dein Scheißjob nicht.«

Doppelter Idiot

Wir kommen auf die Hauptstraße. Minutenlang herrscht Schweigen. Dann fährt Asger bei einer Tankstelle ab. Gleich wird er fragen, ob ich nicht rausspringen und auftanken will, das kann ich ihm anmerken; aber dann bezwingt er sich und macht es selbst. Ich sage nichts, ehe Asger zum Bezahlen in den Kiosk verschwunden ist. Und noch da muß ich mich zusammenreißen.

»Bist du ... heute abend zu Hause?«

»Ja. Maria, warum?« In Hosseins Stimme ist ein winziges bißchen Spott, das kann ich eigentlich nicht leiden. Er hat sich auf dem Sitz umgedreht. Ich schaue weiter geradeaus.

»Na, nichts. Nur falls ... also, falls es Probleme gibt.« Schlagartig merke ich, wie nervös ich bin. Ich sitze neben einem fremden Mann, der eine Pistole bei sich hat. Vor zwanzig Minuten hat er sie zum Töten benutzt – er ging mit der Pistole genau so lässig um wie ein Koch mit dem Schneebesen. Und der Wagen riecht nach Hund, aber die Hunde sind tot. Hossein hat sie alle beide getötet, weil es Asger nicht geschafft hat, und Asger wurde anschließend obendrein gedemütigt.

»Bist du okay?« fragt Hossein.

»Ja ja, ich muß nur wissen, ob du zu Hause bist.« Ich sehe, daß Asger aus dem Kiosk kommt.

»Du bist bei mir zu Hause immer willkommen – du weißt das«, sagt Hossein, »immer.« Jetzt ist kein Spott in seiner Stimme.

»Ich weiß das«, sage ich rasch und lasse mich noch tiefer in den Sitz sinken – zünde mir eine Zigarette an. Aber Asger geht hinter die Tankstelle – offenbar muß er pissen.

Ich schaue Hossein an, zögere ein bißchen – ich weiß doch nicht, wie weit er gehen würde ... also mit der Pistole. Vielleicht hat er sie nur mitgehabt, weil er ein bißchen auf Ziele schießen wollte, also so zum Spaß. Aber ...

»Ich weiß nicht, ob er ausrastet, wenn ich ihn verlasse«, sage ich.

»Das wird kein Problem«, sagt Hossein, »er schuldet mir 14 000 Kronen.« Mir geht ein Licht auf.
»Was ist mit den Rockern – leihst du denen Geld?«
»Ja, an ein paar. Für billige Zinsen – das gibt ein gutes Verhältnis.«
»Hossein – du bist ein Kredithai!« rutscht mir raus.
»Ja, das weiß ich«, sagt er lächelnd, während Asger die Autotür öffnet. Ich muß weg von Asger – das steht absolut fest. Aber ... also wohin wird das führen? Einen Dealer verlassen zugunsten eines Kredithais, der eine Pistole bei sich hat – nein, das wirkt irgendwie nicht wie eine überzeugend gute Idee. Und ich muß nicht zusammenleben mit ... Kinder haben mit ... also in einem Haus mit einer Pistole. Nein. Nein, Maria, das mußt du nicht, sage ich mir selbst. Verdammt nein.
Es beginnt zu gießen. Die Scheibenwischer schaffen es kaum. Die Tropfen knallen so fest auf, daß sie hochspritzen, wenn sie auf den Asphalt treffen. Ich kurbele die Scheibe ein Stück herunter und halte die Hand raus. Die Regentropfen spritzen ins Auto.
»Also das zieht«, jammert Asger. Hossein zündet sich einen Zigarillo an. Ihm ist es egal.
Als wir auf die Limfjordbrücke fahren, ist es dämmerig geworden. Hossein langt über mich weg und kurbelt die Scheibe ganz runter. Er zieht seine Pistole aus dem Hosenbund und wirft sie aus dem fahrenden Auto über das Geländer.
»Hej, warum hast du das gemacht?« sagt Asger.
»Polizei kann die Kugel aufspüren.«
»Die werden doch wohl kaum die Kugel aus einem toten Hund ausgraben.«
»Du hast von nichts Ahnung«, sagt Hossein.
»Was ist mit dem Schrotgewehr?« fragt Asger – inzwischen etwas nervös.
»Du glaubst, Schrotgewehr macht Markierung auf jede einzelne Schrotkugel?« fragt Hossein herablassend.
»Ähhh ... nein, wohl nicht, oder?«

»Und die Patrone, die du benutzt hast – du läßt sie am Strand liegen?«
»Ähhh ... ja.«
»Und das Schrotgewehr – ist das vorher benutzt worden?«
»Keine Ahnung«, antwortet Asger.
»Wo kommt das her?«
»Zum Teufel, ich habe es geliehen. Von einem Freund.«
Hossein zuckt die Achseln: »Niemals eine Waffe, von der man Geschichte nicht kennt.«
»Mann, was zum Teufel kann da passieren? Also, ich muß das wieder abliefern.«
»Vielleicht rauskommen, Hund mit gleiche Waffen angeschossen wie bei ein Bankraub, und dann finden die raus, daß du Hund geschossen hast, dann du hast auch Bankraub gemacht. Dann du bist doppelter Idiot. Oder du packst über deine Freunde aus – du bekommst im Gefängnis ein große Güterzug in dein Arschloch gefahren.« Hossein sitzt da und amüsiert sich. »Jetzt mußt du mich heimfahren.«

Wohin?

Wir sind auf der Vesterbro. »Äh, Asger«, sage ich, »kannst du mich nicht einfach hier absetzen? Ich will gern heim.« Asger sagt nichts, sondern fährt beim Bushalteschild vor dem Gåsepigen an die Seite.
»Tschüß«, sage ich, springe raus, werfe die Autotür hinter mir zu und beeile mich, durch die Ladegårdsgade und die Abkürzung über den Parkplatz hinter dem Krankenhaus Nord in Richtung Heimat zu kommen. Auf der Reberbansgade checke ich kurz, ob ich Geld in der Tasche habe, dann springe ich in ein Taxi, das gerade Leute beim Café Ib René, Cairo abgesetzt hat. Asger wird nicht lange brauchen, bis er zu Hossein rausgefahren ist, und ich weiß nicht, ob

er erst zu Frank muß, um den Wagen abzuliefern, oder ob er direkt nach Hause kommt.

Nachdem ich im Haus bin, werfe ich meine Sachen in die große Tasche, die ich für die Wäsche benutze, wenn ich zum Münzwaschautomaten muß. In der Küche finde ich einen schwarzen Abfallsack, in den ich meine Bettdecke und das Kopfkissen stopfe. Den Sack ziehe ich auf den Flur und oben auf das Bettzeug schmeiße ich meine Schuhe und meine Jacken, drücke alles zusammen, und obendrauf werfe ich meine Toilettensachen. Im Wohnzimmer finde ich Gaffatape, reiße ein Stück ab und verschließe damit den Sack. Ich ziehe die Waschsachentasche ins Wohnzimmer und quetsche ein paar LPs neben die Klamotten, dann öffne ich den Kasten mit den Utensilien und schnappe mir meine Jointröhre aus Bambus und ein paar fertiggebaute Joints, die ich in die Innentasche stecke. Ich schaue mir die Topfpflanze an, die mir meine Mutter geschenkt hat, als ich mit Gorm zusammenzog. Ich gehe rüber und hebe sie hoch, nehme den Schlüssel aus dem Untersetzer, schließe die Geldkassette auf und greife mir 700 Kronen – etwa die Hälfte von dem, was da liegt; sonst habe ich doch nichts. Auf dem Flur stehe ich ein bißchen konfus mit der Tasche und dem Sack rum; werfe einen Blick in die Küche, seinerzeit habe ich sie mit allen möglichen tollen Sachen ausgestattet, die ich beim Trödler und in Secondhandläden fand. Fuck it. Ich gehe ins Wohnzimmer, nehme ein Stück Papier und schreibe Asger einen Zettel: *Viel Glück mit dem Tätowiergeschäft*, was anderes fällt mir nicht ein. Den Zettel lege ich mitten auf den Eßtisch, auf den Kasten, so daß er ihn entdecken *muß*. Dann gehe ich durch den Flur, knalle die Tür hinter mir zu und werfe den Schlüssel durch den Briefschlitz. Ich hebe meine Tasche und den Plastiksack hoch und gehe schnell den Gartenweg runter und auf dem Bürgersteig entlang und um die Ecke in Richtung zur Hasserisgade; Asger wird keinesfalls auf diesem Weg draußen von Hossein kommen, das weiß ich. Plötzlich zittere ich am ganzen Körper, und mein Magen fühlt sich leer an.

Ich komme zur Hasserisgade; ich bin unheimlich müde. Den Plastiksack zu schleppen, so über die Schulter geworfen, ist ziemlich schwer. Irgendwelche Toilettensachen schneiden in den Rükken, oder vielleicht sind es auch meine Schuhe. Ich überquere die Vesterbro und gehe die Prinsengade runter in Richtung John F. Kennedy-Platz. Vor dem Bahnhof halten immer Taxen. Dann muß ich nur auf die Jyllandsgade nach Østbyen und hoch zu Hossein. Dem Mann mit der Pistole. Ich gehe an den Taxen vorbei und setze mich auf die Stufen vor den Bahnhof. Oben rechts liegt der Busbahnhof. Ich könnte auch einen Bus zu meinem Vater raus nehmen; er würde sich freuen, mich zu sehen. Aber was zum Teufel soll ich da draußen bei Halkær Bredning anfangen? Ich habe Kopfschmerzen. Hossein ist zu Hause, und ich bin ganz bestimmt willkommen, aber wie gut ist das? Wie ein verdammter Penner stehe ich vor seiner Tür, und er trägt eine Waffe. Ich könnte auch hoch zu Ulla gehen, aber so gut kenne ich sie nicht, und ihr Typ, Slagter-Niels, kauft bei Asger, das würde also blitzschnell eine beschissene Situation – so etwa im Laufe von sieben Sekunden. Meine Mutter ... *nie!* Mir fällt ihr ungelesener Brief in meiner Jackentasche ein, ich nehme ihn und reiße ihn in tausend Stücke, dann gehe ich zu einem Gully und stopfe sie dort rein.

Als ich mich wieder auf die Stufen gesetzt habe, ziehe ich mein Hosenbein hoch und schaue mir den Spunk an. Die Wunde ist inzwischen verheilt, und das Tattoo ist cool. Immerhin darüber bin ich froh.

Meine Hand wühlt in der Innentasche und fischt einen der fertiggebauten Joints raus, steckt ihn in den Mund und taucht nach dem Feuerzeug. Das zündet mit Mischeflamme und würde mir glatt das Haar absengen, deshalb muß ich den Kopf zurücklehnen, ehe ich den Joint vorsichtig zur Flamme führen und ziehen kann.

Ich rauche ihn wie eine Zigarette, ohne den Rauch längere Zeit in der Lunge zu halten. Es ist Standard, gemischt mit Petterøes Nr. 3 – ungetoastet. Er schmeckt nicht sonderlich gut, schiebt aber trotzdem die Kopfschmerzen zurück in den Schädel, wo sie sich auflösen. Leider bekomme ich davon auch so ein Gefühl von leicht stoned, und darüber nachzudenken, daß ich diese Tasche und den Sack irgendwo hinschleppen muß, finde ich ziemlich unübersichtlich. Eigentlich ist das alles nicht so doll.

Die Brücke

1992

He walked till morning.

The high wore away, the chromed skeleton corroding hourly, flesh growing solid, the drug-flesh replaced with the meat of his life. He couldn't think. He liked that very much, to be conscious and unable to think.

WILLIAM GIBSON: Neuromancer

1

»*Kann ich reinkommen?*« *Der neue Smut blieb unentschlossen in der offenen Tür stehen. Es hatte geklopft, ich hatte* »*ja*« *gerufen, und dann hatte er die Tür zu meiner Kajüte geöffnet.*

Auf See gilt es als Todsünde, seine Kajütentür abzuschließen, weil im Fall eines Brandes die Leute nicht reinkommen und einen retten können. Aber an eine geschlossene Kajütentür zu klopfen, gilt als Mangel an Respekt. Wenn die Tür angelehnt ist, sind Leute willkommen, ist sie aber geschlossen, ist das ein Zeichen, daß man nicht zu Hause ist. Diese Regel wird auf See respektiert. Man klopft nur in Krisensituationen an.

Vielleicht wußte er das nicht. Ich blieb in der Koje liegen und schaute zu ihm auf – damals kannte ich nicht mal seinen Namen. Er hatte vor zwei Tagen angemustert, als wir vor Lagos in Nigeria lagen und 300 000 Tonnen Rohöl bei einem Jetty übernahmen, und ich hatte ihn am Abend zuvor im Fernsehraum nur kurz begrüßt. Unsere bisherige Kochsmaat war schwanger geworden. Obwohl sie erst im vierten Monat war, hatte sich der Kapitän geweigert, sie an Bord zu behalten.

Ein weiteres Mal waren wir auf der Höhe von Nordafrika und durch den Atlantik unterwegs in Richtung Rotterdam – wir fuhren genau so regelmäßig wie die Busse, die den Busbahnhof in Aalborg verließen.

Mir war kurz die Idee gekommen, der neue Kochsmaat wäre vielleicht ein Typ, mit dem ich zusammen abhängen konnte. Andererseits – nach zweieinhalb Jahren als zweiter Ingenieur auf Öltankern war freundschaftlicher Kontakt an Bord nichts mehr, woran ich glaubte.

Es war 22.45 Uhr, und ich hatte gerade die letzte Runde des Tages »im Loch« überstanden. Alle Tanks waren aufgefüllt, und überall war gelenzt, keine Leckagen, die Meßstände in Ordnung. Sogar durch den Gehörschutz war der Lärm des B&W-Dieselmotors ohrenbetäubend gewesen, der mit seinen fünfzehn Metern Höhe den Kern des Riesensaals achtern im Schiff ausmachte. Den Maschinenraumalarm hatte ich umgestellt, so daß er in meiner Kabine losgehen würde, wenn im Laufe der Nacht ein Problem entstünde. Die aktive Arbeit des Tages hinter mir, hatte ich das Loch mit seinen 53 Grad Celsius und 98 Prozent Luftfeuchtigkeit verlassen und war durch das Deckshaus hochgegangen – die Aufbauten auf dem Achterschiff, wo die Besatzung wohnt.

Jetzt war ich in meiner Kajüte und konnte den kleinen Rest Privatleben genießen, der mir blieb, ehe ich in die Koje mußte, um am nächsten Morgen um acht Uhr wieder bei der Arbeit sein zu können. Die Kajütentür hatte ich hinter mir geschlossen, wie immer. Es gab niemanden, von dem ich besucht werden wollte. Mehreren Mitgliedern der Besatzung war der Urlaub von der Reederei gestrichen worden, und im Hintergrund wurde gemurrt – auch weil der neue Kapitän alle Regeln auf das strengste auslegte. Die Tagesration von zwei Pils wurde in geöffnetem Zustand ausgegeben.

Ich persönlich war acht Monate lang konstant auf See gewesen – ich wußte nicht, wo ich sonst hin sollte.

Als ich in meinem Badezimmer fertig war, hatte ich mich oben auf die Koje gelegt und mir meinen Roman genommen. In der Kabine sorgte die Klimaanlage für eine gleichbleibende Temperatur von 32 Grad Celsius, was im Verhältnis zu den 34 Grad draußen kühl wirkte. Und mit einer Luftfeuchtigkeit, die auf nur 40 Prozent eingestellt war, erlebte ich mein Zuhause als angenehm frisch.

Und dann hatte es geklopft.

»Hast du irgendwelche ... Zeitschriften?« fragte der neue Kochsmaat an der Tür.

»Was für Zeitschriften meinst du?« sagte ich.

»Also Zeitschriften für ... Männerzeitschriften?«

Ich legte meinen Roman mit dem Umschlag nach oben auf den Fußboden. Er stand immer noch unentschlossen in der offenen Tür; lang und schlaksig.

»Viele sind es nicht«, antwortete ich und schwang die Beine aus der Koje. »Aber du kannst die bekommen, die ich habe«, ergänzte ich und machte ihm ein Zeichen, hereinzukommen und die Tür zu schließen.

»Allan«, sagte ich mit einer Handbewegung zu meinem Brustkorb hin, um klarzumachen, daß es sich um meinen Namen handelte, den ich ihm mitteilte.

»Allan«, wiederholte er und machte einen Schritt in den Raum, wobei er den rechten Arm vorstreckte und »Chris« sagte. Ich drückte ihm die Hand – lange weiße Finger, aber stark. Mit seiner linken Hand umfaßte er den rechten Ellbogen, und dabei blieb er auch, nachdem der Händedruck beendet war; als ob er sich entschloß, eine gewisse Ehrerbietung zu zeigen, weil er die Hierarchie in der Besatzung noch nicht ausgelotet hatte. Seine Augen dagegen kundschafteten unbefangen meinen Raum aus.

»James Lee Burke«, sagte er und nickte mit Kennermiene zu dem Roman hin, den ich beiseite gelegt hatte.

»Ja«, sagte ich.

»Ist der gut?«

»Besser als ein Videofilm.« Ich öffnete den Schrank, hockte mich davor und wühlte mit meinen Händen durch die schmutzige Wäsche auf dem Boden.

»Du stehst vielleicht darauf, die Phantasie einzusetzen?« fragte er mit einem Schuß Ironie – Frechheit – in der Stimme.

»Was meinst du damit?«

»Weil du nicht viele Männerzeitschriften hast«, fügte er hinzu.

»Ja, das kann man so sagen«, antwortete ich.

»Denkst du an das Mädchen zu Hause?«

Ich wollte lachen, aber statt dessen kam aus meiner Nase nur

so ein Schnauben. »Nein, das kann man nicht sagen«, antwortete ich.
»Dann denkst du nur an so eine ... Phantasiefigur?« sagte er. Wieder so etwas in der Stimme, dieses Mal wie ... Hohn, glaube ich. Ich fand das etwas lächerlich. Er war zu dünn, zu blutarm, um mich zu verhöhnen. Ich warf ihm einen Blick zu.
»Entschuldigung«, sagte er, als ob er seine Härte aufgab – seine Schultern sanken herab. »Es ist nur«, sagte er schnell, »die Leute hier auf dem Schiff reden nicht miteinander. Ich bin vorher noch nie zur See gefahren, und es wirkt so ... es ist einfach so ... so langweilig«, sagte er mit Nachdruck.
»Korrekt«, sagte ich in den Schrank und wühlte weiter. Ich wußte, daß ich drei Pornohefte hatte; ich hatte sie für alle Fälle gekauft.
»Warum tun sie's dann, zum Teufel?« fragte er resigniert und begann, die Kajüte abzuschreiten. Viel Platz war nicht – etwa vierzehn Quadratmeter.
»Warum machst du es?« fragte ich, während ich etwas zu fassen bekam, das sich wie glattes Papier anfühlte. Bingo.
»Ich hatte etwas ... wie nennt man das?« begann er zögernd, während ich mich aufrichtete – er suchte nach dem richtigen Wort, »... Ärger zu Hause. Probleme«, fügte er hinzu.
»Das klingt wie ein ausgezeichneter Grund«, sagte ich gleichgültig und drückte ihm die drei Zeitschriften in die Hand. Ich hatte keine Lust, mir seine Probleme anzuhören – ich rechnete damit, daß ich die gleichen gehabt hatte. Ich blieb stehen – hoffte, er würde gehen.
»Ich kann nicht so ... die Phantasie benutzen«, sagte er mit Ekel in der Stimme, nahm sich zurück und warf mir einen entschuldigenden Blick zu. Vielleicht glaubte er, ich würde das, was er sagte, als Beleidigung auffassen. Ich konnte mich in seinen Augen wiedererkennen. Wir waren auf dem Meer. Er war allein – fühlte sich gefangen. Niemand kann vorhersagen, wie er reagiert.
Ich entschloß mich, anständig zu sein – aufzutauen; ich grinste

ihn an: »Kannst du statt dieser ... Papier-Mösen nicht an ein paar Mädchen denken, die du mal gekannt hast?« *fragte ich und setzte mich auf den Rand meiner Koje. Chris nahm das Angebot an und setzte sich auf den Sessel, aber nur vorn auf die Kante. Er schüttelte den Kopf.*

»Nein, das mag ich nicht«, *antwortete er.*

»Warum nicht?«

»Das kommt mir so ...« *er warf mir einen raschen Blick zu, der seinem Kommentar die Spitze nehmen und mir gegenüber kenntlich machen sollte, daß dies seine ganz persönliche Meinung war; wenn ich das anders sah, dann sollte das nicht zwischen uns stehen,* »... so dämlich vor«, *sagte er,* »es wirkt dusselig ... auf mich.«

»Was ist daran dämlich?« *fragte ich. Dann schaute er mir in die Augen und lachte – beinahe lüstern. Er machte obszöne Bewegungen zu seinem Geschlecht hin und schaute dabei leidend an die Decke. Dann sah er mich wieder an – mit einem statischen, matten Ausdruck, der in absurdem Kontrast zu seiner rechten Hand stand, die laut und vernehmlich abrupt und rhythmisch auf den Schritt seiner Jeans klopfte.*

»Ein Mann, der daliegt und darum kämpft, sich an etwas zu erinnern, das er am liebsten vergessen will«, *sagte er tonlos.*

»Hmm ...« *sagte ich. Sein Benehmen war bekannt. Ein Mann, der versucht, in die Realität zurückzukehren, als ob nichts geschehen wäre, während sich seine Persönlichkeit verändert hat. Zu viel Pulver.*

»Ich weiß nicht ...« *sagte Chris, machte eine fragende Geste zu mir hin, sah sich wieder in der Kajüte um, als ob die Umgebung erst jetzt seine volle Aufmerksamkeit hätte und er versuchte, etwas daraus zu lesen.* »Rauchst du?« *fragte er. Ich zeigte zum Aschenbecher sowie zu den Zigaretten und dem Feuerzeug, die auf dem kleinen Möbelstück neben der Koje lagen.*

»Nein, ich meine ...?« *sagte Chris zögernd. Die Augen leicht zusammenkneifend, nickte ich ihm langsam zu. Ich mache mir auch nichts daraus, allein zu rauchen. Er zog einen Joint aus dem Ärmel seines Hemds und spreizte wiederum in einer fragenden Geste die Finger.*

»Ja«, sagte ich, »ist schon okay.«

Die Blicke der Leute sind es, weshalb ich mich im Lokal fehl am Platze fühle. Die Augen gleiten gleichmäßig suchend über die Menschen – mit Sicherheit hoffen alle jemanden zu finden, den sie kennen. Es ist Samstagabend in der Jomfru Ane Gade, sie sind gekommen, um sich zu amüsieren, aber das wirkt nur desperat, sinnlos. Ich bin ins Rock Nielsen gegangen, wo ich mich gegen eine kleine Holzplatte lehne, die in Brusthöhe rings um eine der Säulen befestigt ist, die das Dach des Gebäudes tragen. Ich habe niemanden gesehen, den ich kenne, und in gewisser Weise paßt mir das gut – es gibt Leute, die zu treffen ich keine Lust habe. Aber die Augen ... die gleiten suchend an mir vorbei, dann halten sie an und kehren zurück, untersuchen mein Gesicht – erschrocken, verwirrt, und ich werde selbstbewußt. Es kommt mir so vor, als würde die Haut im Gesicht mehr als sonst spannen. Als ob sie wieder rot wird – sich wie Pergament anfühlt, das gleich aufplatzen wird, und ich wende mich der Säule der Diskothek zu, so daß ich die Tanzenden nicht mehr sehen kann, trinke einen Schluck von meinem Bier, zünde mir noch eine Zigarette an, fühle mich innerlich leer. Mein Bier ist alle, aber ich will noch nicht gehen. Mit den Fingern reibe ich meine Stirn und spüre die vernarbte Haut direkt über den Augenbrauen, wo die Verbrennungen so tief waren, daß sie Haut von meinem Schenkel transplantieren mußten. Der Rest ist von allein zusammengewachsen, aber die Pigmentierung der neuen Haut sieht komisch aus.

Ich muß mich daran gewöhnen – so sieht mein Gesicht aus. Ich drehe mich zur Bar um, wo die Leute dicht gedrängt stehen; einige trinken, andere versuchen die Aufmerksamkeit des Barkeepers zu erlangen.

Dann sehe ich sie. Ich *sehe* sie. Das ist nicht wie … wie bei den zwanzig Mal im Laufe des Abends, wo ich ein Mädchen gesehen habe, das flachlegbar wäre. Meine Augen fallen in sie, durch ihre … äußere Schale; erschreckend. Nur gerade so eben kann ich eine runde Wange erkennen – ihr Gesicht ist fast versteckt hinter dem dunkelroten Haar, das sich auf die Schultern lockt. Sie steht oben an der Bar, mit dem Rücken zu mir, und meine Augen fallen in sie. Auf Zehenspitzen, in einem langen blauschwarzen Samtkleid, das eng anliegt und die Taille hervorhebt, den leichten Schwung des Rückens, die Hüften, gerade richtig breit, schöner runder Po. Sie versucht die Aufmerksamkeit des Barkeepers zu erlangen, aber nichts passiert, sie reicht nicht hoch genug. Energisch gehe ich hin, keile mich zwischen sie und einen anderen Kunden, ohne sie zu berühren. Sie duftet nach Erde, nach Wärme, lebendigem Fleisch. Dann kann ich am Haar vorbeischauen und kurz ein rundes Gesicht betrachten – einen breiten Mund mit voller Unterlippe – und Augen, die mit schwarzem Eyeliner kräftig nachgezogen sind; eine breite Nase mit leicht sattelförmigem Nasenrücken und nahezu kugelrunden Nasenlöchern. Ich denke: Allan, sie ist ein Flipper – deine Augen sind in einen Flipper gefallen. So darfst du nicht denken, sage ich zu mir. Das sind nur Vorurteile; du hast nie einen Flipper gekannt.

Den Typ links von mir drücke ich beiseite, damit ich dort sein kann – nicht brutal, lediglich bestimmt. Dann stehe ich ihr zugewandt und lege meinen linken Unterarm auf die Theke, gegen die sie sich lehnt. Meine Anwesenheit in Form meines Arms erlangt ihre Aufmerksamkeit. Die Tätowierungen. Sie wirft einen Blick vom Arm zu meinem Gesicht, und ihre Augen verändern sich unmerklich, als sie meine Haut sieht. Sie zieht die Luft ein, ist dabei, etwas zu sagen, aber nimmt sich zurück. Die Haut spannt, als ich sie anlächele. Sie dreht den Kopf wieder zurück.

»Sag es nur«, sage ich. Sie wendet noch einmal den Blick zu meinem Gesicht, nickt zu meinem Arm hin.

»Tolle Tätowierungen«, sagt sie gleichmütig, fast so, als langweilte sie sich. Ich werfe einen Blick auf Seesterne, Krebse, Schneckenhäuser, Ankerketten, Fische, Tang, Rochen.

»Danke«, sage ich und fahre fort: »Wir brauchen irgendwie Bedienung.« Mit meinem erhobenen Arm rufe ich den Barkeeper. Er läßt die beiden Mädchen, die er bedient hat, stehen und kommt direkt zu mir, an mehreren ausgestreckten Armen mit Geldscheinen und Scheckkarten vorbei. Das ist wieder das Gesicht.

»Ich hoffe, es ist okay, wenn ich dir ein Bier ausgebe«, sage ich zu dem Mädchen.

»FF«, antwortet sie, und nichts sonst. Wir bekommen das Bier, das Wechselgeld.

»Was ist mit deinem Gesicht passiert?« fragt sie.

»Ein Explosionsbrand«, antworte ich. Merke, das ist nicht erschöpfend, vertiefe: »Auf der Arbeit ... da, wo ich zuletzt gearbeitet habe.« Auch das ist nicht sonderlich erhellend, aber ich habe keine Lust, die Sache zu vertiefen.

»Was machst du?« fragt sie.

»Maschinist ... Ich bin Maschinist.« Es scheint, als ob mein Fachgebiet sie überrascht.

»Was ist da passiert?«

»Eine Menge Öl fing Feuer, weil einer nicht aufgepaßt hat.«

»Aber du bist nicht schwer verletzt worden?« Das ist eine Frage.

»Nein«, antworte ich. »Ich habe Verbrennungen abgekriegt, aber kaum mehr, als was du sehen kannst, und noch ein bißchen auf der Brust und an den Schultern, so gesehen bin ich also billig davongekommen.«

»Wurde jemand ...?«

»... schwerer verletzt? Ja«, antworte ich. Viel schwerer. Mein Rücken wird kalt.

»Aber gestorben ist niemand?«

Ich lüge: »Nein.« Ich will das nicht vertiefen. »Das ist nichts, um hier darüber zu reden. Ich heiße Allan«, sage ich und strecke meine

Hand vor. Sie schaut sie an. Das wirkt, als ob sie es lächerlich findet, daß ich die Hand vorstrecke, als ob sie sich ein bißchen amüsierte, aber sie ergreift sie trotzdem und drückt sie kurz.

»Hallo du«, sagt sie und fügt hinzu: »Maja.«
»Maja«, sage ich. Nicke ihr zu. Sie neigt den Kopf zur Seite.
»Warum spendierst du mir ein Bier?«
»Ich ... Es kam mir richtig vor.«
»Warum? Ich wollte mir selbst eins holen.« Als sie das sagt, spielt eine Andeutung von Lächeln um ihren Mund.
»Es war irgendwie so eine ...«
»... eine Geste?«
»Ja«, antworte ich und innerlich kneife ich mich, trete ich mich. Deshalb bin ich hier; ich bin hier, um mit ihr zu reden; da branden 250 Menschen um mich, aber sie ist es, mit der ich rede. Also dann red auch, Mann – sage ich mir selbst.

»Ich ...« beginne ich, hole tief Luft, atme aus. »Ich stand da hinten«, ich zeige, »und dann habe ich dich entdeckt – dein Kleid. Ich dachte, ich müßte neben dir stehen, weil ich das Kleid gut fand ... weil ich fand, daß du gut darin aussiehst.«

Sie schaut einen Moment zu mir hoch, die Augen sind ernst, nachdenklich – sie läßt sich irgendwas durch den Kopf gehen

»Danke«, sagt sie schließlich. »Mit wem bist du hier?«
»Ich bin allein«, antworte ich und mir wird klar, das könnte wie ein Vorschlag klingen, und das ist es doch wohl auch, aber so hatte ich es nicht gemeint. »Ich bin gerade hierher gezogen«, sage ich »... also ich bin draußen in Klarup aufgewachsen, aber dann bin ich ein paar Jahre weg gewesen – habe anderswo gearbeitet ... um mehr zu lernen.«

»Wo denn?«
»Ja, wo ... überall. Langweilige Geschichten, und dann nach dem Brand, da habe ich mich entschlossen, es sein zu lassen. Mit dem Umherziehen aufzuhören. Also ... meine Familie lebt hier«, versuche ich als Erklärung. Das Mädchen mit Namen Maja will ge-

rade etwas sagen, aber da werden wir beide von einem Ton abgelenkt, von da, wo die Treppe von der Jomfru Ane Gade ins Lokal führt. Der Türsteher, ein Bodybuilder-Typ mit engsitzendem weißem T-Shirt, hat einen jungen Gast gepackt; schiebt den Gast gegen das Geländer und schreit ihn an. Der Gast versucht sich zu wehren und wird die Treppe hinuntergestoßen. Ob er fällt, kann ich von dort, wo wir stehen, nicht sehen.

»Du bleibst hier weg«, kann ich den Türsteher rufen hören, dabei deutet er die Treppe runter. Ein schönes Mädchen steht da, sie sieht erschrocken aus und beeilt sich, die Treppe runterzukommen, die ein großer schlanker Typ hinaufgeht, der das eine oder andere in mir wachruft. Dann spüre ich eine Hand auf meinem Arm, die des Mädchens – Maja –, und mir wird klar, daß ich sehr angespannt bin und daß ich mich bei diesem Auftritt ein Stück weit von der Bar weggeschoben habe, und daß ich die Augen nicht vom Zugang zur Treppe abwenden kann, wo der große schlanke Typ geschäftsmäßig mit dem Türsteher redet.

»Kennst du den?« fragt sie. Ich kenne keinen von ihnen, andererseits kenne ich ihn doch – den Türsteher. Ich weiß, wie er ist, mit was für einem Typ Mädchen er zusammen ist, wie er wohnt, wie er mit seinen Kumpels spricht, was er in seinem Urlaub unternimmt, wie er seinen Hund behandelt und wieviel Dreck er ißt.

»Steroidwrack«, sage ich.

»Was?« fragt sie – Maja.

»Er nimmt anabolische Steroide. Deshalb ist er so aggressiv«, erkläre ich.

»Woher weißt du das?«

»Das ist ... das sieht man. Paranoid. Psychotisch. Töricht. Das geht aus – seinem Benehmen hervor.«

»Bist du sicher?« fragt sie, leicht unsicher, und mir wird klar, daß sie überlegt, ob ich damit eigene Erfahrungen habe.

»Schau dir an, wie kräftig der ist«, sage ich.

»Ja?« sagt sie, nachdem sie dorthin gesehen hat.

»Wenn er sich das antrainieren will, dann müßte er täglich mehrere Stunden im Fitneßcenter sein – immer. Jahrelang. Das ist unwahrscheinlich.« Sie schaut mich prüfend an – ich muß mich erklären: »Ich habe vor einigen Jahren draußen auf dem Land trainiert, damals, als alle diese Tabletten und Spritzen nach und nach auftauchten. Ich habe genau so viel trainiert wie die Typen, die doppelt so kräftig waren wie ich.«

»Was ist mit dem neben ihm? Was ist das für einer?« fragt sie. Ich schaue wieder zu ihm hin. Er ist Dealer. Überhaupt nicht angeturnt, wirkt vollkommen klar – vielleicht zu klar. Nicht unterwegs, um sich zu amüsieren. Er ist auf Arbeit. Er schaut kurz in die Runde, um die Menge zu überblicken. Er ist kein Ziviler – ein Polizist kommt, um etwas zu erkunden, nach Problemen zu suchen. Der hier ist bloß gekommen, um dann von den Bedürftigen aufgesucht zu werden. Alle können sehen, daß er arbeitet, daß er was zu verkaufen hat, und hier ist der Markt des Verkäufers.

»Was glaubst du?« frage ich.

»Dealer.« Sie spuckt das Wort geradezu aus.

»Einig«, sage ich und denke gleichzeitig, ob das Mädchen jetzt glaubt, daß ich eine Art Rocker bin – wegen der Tätowierungen, meines Körperbaus, der Sachen, von denen ich Ahnung habe, meines Fachgebiets; ich hoffe es nicht. Ich zeige auf sie und lächele, dabei sage ich: »Aber noch wichtiger. Was machst du, wenn du nicht hier bist?«

»Ich arbeite für einen Möbelpolsterer, der Bauernmöbel restauriert und sie an reiche Amerikaner verkauft.«

»Okay«, sage ich, erstaunt, »du beziehst Sofas und so was mit neuen Stoffen, oder …?«

»Nein. Ich streiche die Möbel an, und dann saue ich sie wieder ein, damit sie alt aussehen.«

»Warum … einsauen?«

»Dann werden sie als Antiquitäten verkauft.«

»Okay. Die Leute glauben, daß sie Antiquitäten kaufen?«

»Ja klar«, lacht sie, »ich bin Betrügerin. Und außerdem nähe ich Kleider.«

»Hast du das selbst genäht?« frage ich.

»Ja.«

»Na!« Ich bin begeistert und nehme mich automatisch gleich zurück. Bloß nie zu viel Begeisterung zeigen. Das steckt in den Knochen.

»Du mußt den Barkeeper noch mal rufen«, sagt sie, »ich sollte Bier für ein paar Freunde holen.«

Ich mache dem Barkeeper ein Zeichen. Er kommt, wendet sich an mich: »Was willst du haben?«

»Ich hätte gern drei Hof«, sagt Maja und legt eine Handvoll Münzen auf die Theke. Der Barkeeper zählt nach. Es stimmt.

»Genau passend fürs Bier«, sage ich, während der Mann die Flaschen öffnet.

»Du bist ein komischer«, sagt Maja zu mir. Sie nimmt die Biere in die Hand, macht Miene zu gehen.

»Sehe ich dich wieder?« frage ich.

»Vielleicht«, sagt sie, »wenn du es versuchst.« Wir nicken uns zu, und ich blicke ihr nach, als sie sich durch die Menge zu einem Tisch schlängelt. Dort sitzt ein gazellenhaftes Mädchen, die kurzen schwarzen Haare wie ein Helm geschnitten, sowie ein etwas älterer Typ, blaß und schmächtig – in seinen Augen hat er einen irgendwie gejagten Ausdruck. Der Typ nimmt rasch einen Schluck von dem Bier, das ihm überreicht wird, er sitzt und redet und fuchtelt dabei aufgeregt mit den Armen. Maja lacht und sagt etwas, macht eine Geste Richtung Bar. Das Gazellenmädchen hebt überrascht die Augenbrauen und schaut zur Bar. Ich drehe mich weg und lege die Arme auf die Theke. Zünde mir eine Zigarette an. Mein Bier ist alle. Ich bin ein bißchen angetrunken, entschließe mich aber, noch eins zu trinken – ein FF, wie das, was sie getrunken hat. Ich bestelle das Bier und nehme mir wieder ihren Tisch vor. Mit ihrem Bier sind sie nicht weit gekommen. Ich kann meine Augen nicht von ihr abwenden und ärgere mich über die Leute, die mein Blickfeld stören. Sieh mich an, denke ich. Verdammt, dreh dich um und gib mir ein Zeichen – aber das tut sie nicht. Den Gedanken, dorthin zu gehen, verwerfe ich rasch. Ich bin doch kein Köter, sage ich mir, ohne Überzeugung. Sie erzählt mit ernster Miene etwas, gestikuliert dabei. Dann sagt der schmächtige Typ etwas, und sie sieht ihn mit einem Lächeln an, das wie ich hoffe eher nachsichtig als einladend ist. Dann sagt sie etwas Kurzes, und alle drei lachen – der Typ am wenigsten; es ging offenbar auf seine Kosten.

Wieso sieht sie nicht mehr zu mir hin? So denke ich, und daran merke ich, daß ich langsam voll bin, deshalb drehe ich mich um und entschließe mich, nach Hause zu gehen, wenn ich mein Bier geleert habe. Oberhalb der Bar ist über die ganze Länge des Dachs ein schräg gestelltes Oberlichtfenster angebracht; die Leute an den Tischen hinter meinem Rücken spiegeln sich im Glas. Ich stehe der Bar zugewandt und betrachte die Spiegelung derer, die an meinem Rücken vorbeigehen. Ein Kälteschauer läuft mir über den Oberkörper; Frank geht vorbei, ich drehe mich schnell um, aber er ist es nicht. Bleib locker, sage ich zu mir selbst – du hast keine Hängepartie mit Frank, auch wenn er das vielleicht anders sieht.

Ich drehe mich wieder zur Bar um und nehme mir Majas Spiegelbild im Glas vor. Als ich mit meinem Bier fast fertig bin, steht sie auf und geht Richtung Toiletten, und als sie von den Tischen aus nicht mehr gesehen werden kann, bleibt sie stehen und dreht sich um, und dort steht sie nun und schaut auf meinen Rücken, und ich weiß genau, daß es absurd ist, als ich es tue, aber ich versuche mit aller Kraft meinen Rücken gut aussehen zu lassen. Sie schaut vierzehn Sekunden lang auf ihn, glaube ich, ehe sie weitergeht. Da bin ich froh. Mein Bier beende ich in aller Ruhe und halte den Blick von der Spiegelung weg, und als ich gehe, kann ich spüren, daß sie mich anschaut, also sehe ich kurz zu ihr hinüber und nicke, und wenn ich es auch nicht mitbekommen kann, weiß ich doch, daß sich ihr Gesichtsausdruck ändert, weil der schmächtige Typ es mächtig eilig hat, in die Richtung zu sehen, wo ich gerade war, aber da bin ich schon die Treppe runter und raus auf die Straße, und während es hell wird, tragen mich meine Beine heim nach Østbyen, und als ich mich im Wohnzimmer meines Großvaters aufs Sofa lege, fühlt sich mein Körper angenehm schwer an, was ich festhalten will, aber da schlafe ich schon.

Durch die offene Tür zum kleinen Balkon der Wohnung scheint mir die Sonne ins Gesicht. Die Wärme ist angenehm, obwohl ich mich ausgetrocknet fühle. Carl, mein Großvater, hat die Tür aufgemacht, wohl um schon mal zu lüften. Ehe ich die Füße auf den Boden stelle, nehme ich mir eine Zigarette aus meinem Päckchen auf dem Kacheltisch und zünde sie an. Er ist zu seinem Boot runtergegangen. Auf dem Eßtisch liegt ein Zettel – bestimmt für mich. Unter der Dusche denke ich an das Mädchen – Maja. Ich esse Haferflocken in der Küche und trinke Kaffee, dann erst fällt mir wieder der Zettel ein. Carl schreibt, ein Vermieter, den er vom Hafen kennt, habe eine Wohnung für mich – ebenfalls in Østbyen – und ich könne in der nächsten Woche einziehen. Er schreibt außerdem, er sei beim Boot, das am Vestre Bådehavn auf der anderen, der westlichen Seite der Stadt liegt. Er ist dabei, es klar zu machen, damit es ins Wasser kommen kann, aber er ist spät dran, weil ihn beim Reinigen des Bodens sein Rheuma plagt, und er ist zu stolz, mich direkt um Hilfe zu bitten.

Okay, ich fahre in meinem schrecklich häßlichen Ford Mustang dort runter, den ich, solange ich weg war, aufgebockt hatte. Der Wagen verlangt nach einem Rendezvous mit einem Autolackierer – die rote Farbe ist dermaßen matt, daß sie stellenweise weiß wirkt. Ich überlege kurz, ob ich das Auto verkaufen und mir ein praktischeres anschaffen soll. Aber das Rumpeln des Motors macht mich froh, das Radio dudelt etwas von der Ermordung eines Rockers auf Seeland, und ich schaue nach den Mädchen, die, obwohl es immer noch etwas kühl ist, in flatternden, geblümten Kleidern Fahrrad fahren.

Das Boot liegt auf einem Gestell am Überwinterungsplatz. Carl sitzt an Deck und ißt seine Frühstücksbrote und trinkt ein Bier. Er ist mit dem Boden noch nicht weit gekommen.

»Carl«, sage ich und klettere an Bord.

»Fauler Saufkopp«, sagt er, lacht und fragt: »Hast du ein Mädchen kennengelernt?«

»Immer mit der Ruhe«, antworte ich und blinzele ihm zu – da glaubt er, daß ich ein Mädchen getroffen habe, aber nicht darüber sprechen will, weil es noch zu früh ist oder weil es nur für eine Nacht war. Und vielleicht ist es zu früh, vielleicht war das nur ein Treffen, aber ich glaube, ich begegne ihr wieder – ich hoffe es.

»Deine Mutter hat angerufen«, sagt Carl. Ich schaue ihn an; will nicht fragen, was sie wollte. Er weiß, daß ich sie besucht habe und daß es nicht funktioniert hat.

»Sie ist deine Mutter«, sagt er zu mir, ohne mir in die Augen zu sehen – sie ist seine Tochter. Wir stecken beide bis zum Hals in der Scheiße.

»Eine Mutter und viele Väter«, konstatiere ich. Alle diese Männer, mit denen meine Mutter, als ich Kind war, zusammengelebt hat. Mein biologischer Vater heißt Jens Simonsen. Ich habe ihn ein Mal gesehen, an das ich mich erinnern kann. Als ich dreizehn Jahre alt war, hielt mich meine Mutter draußen bei Bilka an, indem sie mir eine Hand auf die Schulter legte, ich schob gerade den Einkaufswagen mit meiner achtjährigen Mulatten-Halbschwester Mette in Richtung Cafeteria. Meine Mutter deutete auf einen Mann, den ich von Fotografien wiedererkannte, die ich in einer Schublade entdeckt hatte. Mein Vater. Entspannt hat er seinen Arm um eine schwangere junge Frau gelegt, den Einkaufswagen schiebt er mit der anderen Hand.

»Allan«, sagt meine Mutter ein bißchen nervös, aber auch mit so etwas wie Hoffnung in der Stimme, als ich auf den Mann zugehe. Wer zum Teufel weiß, was Leute dazu bringt, so zu handeln, wie sie es tun – oder es sein zu lassen? Ich stelle mich vor ihn und sein neues Modell, so daß sie stehen bleiben müssen. Ich schaue die Frau an. Mit einer Kopfbewegung zu meinem Vater hin sage ich:

»Ich bin sein Sohn.« Erst senke ich den Blick auf ihren Bauch, dann sehe ich ihm in die Augen: »Ich hoffe, eure Nachkommen bekommen Krebs«, sage ich und gehe weg. Ich fühlte mich gerecht, als ich das sagte. Inzwischen bin ich nicht mehr so stolz; verdammt, das war doch nicht ihre Schuld, daß er sich mir gegenüber wie ein Schwein verhalten hat.

Meine Mutter ist Jens Simonsen begegnet, als sie Sekretärin in der Buchhaltung von Aalborg Portland wurde, er war dort Chef, und natürlich war er hingerissen von ihrer Schönheit, und sie nahm ihn. Sie hat ihm bestimmt gesagt, wo es langgeht. Meine Mutter war eine sehr schöne Frau – in gewisser Weise ist sie das immer noch, auch wenn der Alkohol seine Spuren hinterlassen hat. Und sie schafft es, daß sich ein Mann wie ein Weltenherrscher fühlt. Ich habe doch gesehen, wie sie das mit allen meinen Pappkameraden von Vätern gemacht hat. Und weil sie die Männer so unmäßig liebt, glauben die, es sei einfach, mit ihr zusammenzuleben. Damit haben sie recht. Sie übersehen dabei nur, daß ihre Ambitionen in Hinblick auf sie messerscharf und enorm sind.

Sie war zwanzig, als sie Simonsen heiratete, und ein Jahr später bekamen sie mich. Fünf Jahre später hatte sie ihn verschlissen – er konnte mit dem Druck nicht fertig werden, und sie wurden geschieden. Da fing meine Mutter das Trinken an. Ich erinnere mich nicht so deutlich daran, aber meine Großmutter hat mir davon erzählt. Meine Mutter hatte das Gefühl, der Sieg sei ihr aus den Händen geglitten, und die Möglichkeiten seien jetzt eingeschränkt, weil sie ein Kind hatte – mich.

»Sie ist immer noch deine Mutter«, sagt Carl.

»Laß es, kümmer dich nicht drum.«

»Allan, du darfst nicht mehr bitter sein«, als er das sagt, schüttelt er langsam den Kopf. Es ist schwer, einen von Wind und Wetter gegerbten Mann mit grauen Haaren und Muskeln wie Stahlseilen zurechtzuweisen – besonders wenn er einen mehr oder weniger großgezogen hat.

»Das mag sein«, sage ich, während ich nach einer Staubmaske lange, »aber heute wird daraus nichts.« Ich mache einen Satz über die Reling und beginne den Boden zu schleifen.

Ja, in bezug auf die Frau bin ich bitter. Ich habe sie besucht, als ich für ein paar Tage in Aalborg war. Klingelte eine halbe Stunde, nachdem sie Feierabend hatte, an ihrer Tür – ich wollte vermeiden, daß es ihr gelungen war, schon angetrunken zu sein. Und sie war – glaube ich – schon bald peinlich nüchtern, als ich ankam. Andererseits kann sie mit einem Rausch besser umgehen als die meisten, aber ihr hektisches Kaffeekochen schien mir überzeugend.

Sie plapperte drauflos: »Schau nur, wie schick Mette und Peter zusammenwohnen. Allan, ich verstehe nicht, wie du Janne so verlassen konntest; jetzt ist sie verheiratet und hat ein Kind, und sie wohnen in Hasseris.« Sie unterbrach sich und schaute mich an, vermied allerdings mein Gesicht: »Du mußt auch noch ein paar anständige Sachen haben«, sagte sie, dann reckte sie sich zu den Schränken, um Kaffeebecher herauszunehmen. Gefärbtes Haar, hochgeschobene Sonnenbrille, enger kurzer Rock, schneeweißes Hemd, schnurgerade Nahtstrümpfe, hochhackige Schuhe, solariumgebräunte Haut, Goldschmuck. Sie arbeitet im Finanzamt als Sekretärin. »Geh schon ins Wohnzimmer – ich schenke in der Zwischenzeit Kaffee ein«, sagt sie und wedelt mich aus der Küche. Ich will sie daran erinnern, daß ich Kaffee haben will und keinen Kaffeepunsch, halte mich aber doch zurück.

»Gut siehst du aus, Mutter«, sage ich, als wir bei Zigaretten und Kaffee sitzen – ihrer sowohl dünner als auch kräftiger als meiner.

»Danke. Findest du? Na, ich gebe mir halt Mühe, mich zu pflegen.« Sie wühlt in ihren Haaren und kokettiert irgendwie. Mutter, reiß dich zusammen – du bist zu leicht.

»Allan, könntest du mir nicht viertausend Kronen leihen?« fragt sie kurz drauf und schaut mir dabei in die Augen.

»Nein, aber zwei kann ich dir geben.« Die will sie nicht annehmen. Jetzt ist sie gekränkt. Eine Frau mit Prinzipien. Ich soll ihr viertausend leihen und es vergessen, aber ich darf ihr keine zwei schenken.

»All die Jahre, die ich mich um dich gekümmert habe«, sagt sie ins Blaue. Und ich weiß genau, daß sie ihr Leben lang wohlhabenden Männern nachgejagt war, um mir und Mette gute Bedingungen zu ermöglichen. Alles mußte genau *stimmen*: das Haus, die Autos, die Möbel, die Klamotten, der Wein, die Ferien. Die Absichten waren schon gut, es funktionierte nur für sie nicht, weil der Sprit überhand nahm.

Wenn ich noch fünf Minuten länger bleibe, werden wir anfangen, uns zu zanken, und es würde zweifellos ausarten und laut werden. Ich stand auf.

»Ich muß nur ein Glas Wasser haben«, sagte ich und ging in die Küche, dort stopfte ich zwei Zweitausendkronenscheine in ihre Tasche, ehe ich die Wohnung verließ. Fühlte mich wie ein absoluter Idiot.

Am Montag morgen beginnt die zweite Woche an meinem neuen Arbeitsplatz, Limfjordens Reparaturwerft im Skudehavn – gleich neben dem Vestre Bådehavn; auch das Carls Verdienst. Nachdem der Chef mich gecheckt und gesehen hat, daß ich meinen Kram kann, habe ich meinen eigenen Schiffsmotor bekommen, um daran zu arbeiten, sowie den Lehrling Flemming, der mir zur Hand geht. Ich habe das Gefühl, mein Leben zu überblicken. Alles ist einfach und in schönster Ordnung, die Ziele klar und überschaubar, die störenden Elemente unbedeutend. Bis ich nach Hause komme und Carl mir erzählt, daß mein alter Kumpel Frank vorbeigekommen ist und verärgert war, weil ich keinen Kontakt zu ihm aufgenommen habe.

»Aha«, sage ich, weiter nichts. Carl schaut mich aufmerksam an – die Stille scheint mit Händen zu greifen. Ich kann ihm ansehen, daß er nicht froh ist. Ich halte den Mund.

»Allan, da sollst du nicht wieder reingeraten«, sagt er.

»Nein – ganz deiner Meinung«, sage ich. Wieder das Schweigen, während ich eine Kaffeetasse nehme und sie aus der Kanne der Kaffeemaschine fülle. Frank ... früher oder später mußte das ja kommen. Ich setze mich Carl gegenüber an den kleinen Eßtisch in der Küche und zünde mir eine Zigarette an. Schweigend trinken wir in der angespannten Stimmung Kaffee und rauchen, im Hintergrund dudelt das Radio.

»Du schuldest ihm nichts«, sagt Carl.

»Ich glaube, das sieht er anders«, antworte ich. Carl pflanzt den rechten Ellbogen auf den Tisch und wedelt mit seinem Zigarillo in der Nähe meines Gesichts.

»Allan, das ist sein Problem. Hörst du mich?«

»Ja«, antworte ich, »klar und deutlich.«

Als ich am Mittwoch von der Arbeit nach Hause komme, hat Carl die Schlüssel für meine Wohnung bekommen, wir gehen also runter zum Auto und fahren raus zu meiner kleinen Schwester Mette in Gammel Hasseris. Sie und ihr Mann sind leider nicht zu Hause, und das macht Carl ungeduldig. Ich öffne eines der beiden Tore der Doppelgarage mit dem Schlüssel, den ich drei Jahre lang herumgetragen habe, und beginne den Ford mit meiner bescheidenen Habe zu beladen. Carl montiert unterdessen den Dachgepäckträger, so daß wir mein Bett mitbekommen.

Irgendwann bleibe ich in der Garage stehen. Hier ist jede Menge Platz; mein Schwager ist nicht der Typ, der Handwerkszeug sammelt. An der Stirnwand würde ich einen langen Arbeitstisch anbringen mit ein paar Schraubzwingen, links hätte ich eine Drehbank und eine Tischbohrmaschine mitsamt Regalplatz. An der Wand rechts würde ich mein Handwerkszeug aufhängen, davor würden die Sachen zum Schweißen stehen. Mit einem kleinen Ofen in der Ecke und zwei Neonröhren an der Decke wäre das Ganze perfekt. Jedesmal, wenn ich einen leeren Raum mit Betonfußboden sehe, passiert das. Sofort überlege ich, wie ich meine eigene Werkstatt einrichten würde – das ist schon Besessenheit. Ich nehme die Arbeit wieder auf.

»Das ist nun dabei herausgekommen, weil ich dich verlockt habe, zur See zu fahren«, sagt Carl, als ich mit einem Karton zum Auto komme.

»Was ist wobei herausgekommen?« frage ich.

»Daß du allein lebst und nicht ein einziges Möbelstück besitzt.«

»Aber ich bin von einer Masse Scheiße weggekommen«, sage ich.

»Ja, aber du hast auch Janne verloren«, sagt er.

»Janne war eine zänkische Alte«, sage ich.

»Sie war ein nettes Mädchen«, sagt er. Darauf will ich nicht antworten, schaue bloß mit hochgezogenen Augenbrauen zu ihm hinüber.

»Ja aber … Du bist ein erwachsener Mann und stehst verdammt noch mal hier mit ein paar Pappkartons und sonst nichts«, sagt er.

»Du hast für so was doch nie was übriggehabt.«

Er schaut mich an: »Nein, dafür hatte ich deine Großmutter, bis sie starb.« Jetzt sieht der alte Knabe ganz abwesend aus. Er wendet sich ab, um sich vor dem Wind zu schützen, als er sich einen Zigarillo anzündet, die Sache ist nur die, es ist überhaupt nicht windig. Die Luft steht still. Ohne sich umzudrehen, beginnt er in den Garten zu spazieren. Er ist auf seine alten Tage sentimental geworden. 76 Jahre.

»Aber ich habe dich, Carl«, rufe ich ihm nach, »du bist mein Manager.« Er antwortet nicht, dreht sich nicht um, wirft bloß die rechte Hand mit dem Zigarillo in einer abwehrenden Geste in die Luft. Es ist höchst sonderbar, daß er sich so benimmt. Er will, daß seine Enkelkinder auf einem guten Weg sind. Ehe er abkratzt, will er ein Urenkelkind haben, so hat er selbst es ausgedrückt, als ich gerade nach Hause gekommen war, voll beladen mit zollfreiem Alkohol. Wir saßen zusammen und pichelten gemeinsam mit Mette und waren alle drei guter Laune. »Ich will Ergebnisse sehen«, sagte er und zeigte auf sie, »der Ofen ist warm. Schieb den Kuchen rein.«

Auf dem ganzen Weg bis zur Wohnung sagt er keinen Mucks. Sitzt bloß da und pafft den Wagen mit Zigarillorauch voll. »Es zieht«, sagt er ausdruckslos, als ich das Seitenfenster runterkurbele. Ich kurbele es wieder hoch, halte meinen Mund. Wir tragen die Sachen langsam hoch in den dritten Stock. Ich sehe zu, meine Touren so abzupassen, daß er keine Möglichkeit hat, mir mit der Matratze inklusive Gestell zu helfen. Ich habe in der Garage von meiner Schwester und meinem Schwager aus dem Kasten vier Bier mitgenommen. Ich mache zwei auf, reiche ihm das eine.

»Prost, Großvater. Danke für die Hilfe«, sage ich mit einer Handbewegung zur Wohnung.

»Schon in Ordnung«, sagt er. Mein Angebot, ihn nach Hause zu fahren, schlägt er aus, sagt, er kann gehen, ich solle mit der Wohnung fertig werden. Ich biete ihm die Autoschlüssel an.

»Ich kann gehen«, sagt er noch einmal. Es richtig reindrücken – was immer es ist.

»Bis bald, Carl«, sage ich an der Tür, und wieder hebt er bloß die Hand, ohne sich umzudrehen, ohne zu sagen: »Ja, tschüß«, wie sonst. Ich glaube, es tut ihm leid, daß ich von seinem Sofa weggezogen bin.

Ich gehe durch die Wohnung und verschaffe mir einen Überblick. Zwei kleine Zimmer, eine kleine Küche und eine mikroskopisch kleine Toilette mit Dusche. Das ist genial. Außerdem sind kürzlich Türtelefon und Kabelanschluß installiert worden.

Die Aussicht aus der Küche bietet zwischen den Häuserblocks ein kleines Stück Fjord. Glitzerndes Wasser – mit etwas Glück. Dann wird mir klar, daß ich auch eines der Gebäude der inzwischen geschlossenen Aalborg-Werft erahnen kann. Wo ich gelernt habe. Im Sommer 1981 nach der neunten Klasse. Wir waren achtzig Jungs, fünfzehn, sechzehn Jahre alt, und saßen zur Prüfung in der Kantine. Mußten einen Aufsatz schreiben und rechnen – die wollten ja keine haben, die total debil waren; man sollte lernen können, einer Zeichnung zu folgen, ein technisches Handbuch zu lesen. Die, die durchkamen, mußten an einem hellen klaren Sommermorgen erscheinen, und dann bekamen wir eine Führung durch die Werft – riesig, eine Gesellschaft für sich. Schmutzig, lärmend, verlockend; all dieser Stahl – den zum Fahren bringen. Enorme Maschinerie. Wir waren nur diesen einen Tag da, und dann mußten wir drei Monate auf die Technische Schule, wo alle diejenigen, die die Schule geschwänzt hatten, weil sie Schlosser werden wollten, es mächtig bereuten; dort wurde gelesen, gerechnet, geschrieben.

Der erste Tag, nach der Führung: Wir saßen in der Kantine der Werft und beäugten uns gegenseitig mit scheelen Blicken, redeten nicht viel, kauten alle unsere Stullen. Ich hatte mir meine eigenen geschmiert – meine Mutter gab sich mit so was nicht ab. Aber ansonsten waren die Mütter früh auf gewesen – sie mußten die für den Sohn und den Vater schmieren, der oft an einem anderen Platz in der Kantine zwischen den achthundert Männern saß und der ja dazu gesagt hatte, daß der Junge an diesem Tag anfing, und der im stillen hoffte, daß er sich benahm und ihm keine Schande machte, und die meisten Väter waren so klug, ihre Söhne nur von ferne und auf Abstand mit zwei an die Stirn gehobenen Fingern zu grüßen – mit den Empfindlichkeiten eines Teenagers macht man keine Scherze.

Die Mittagspause dauerte zwanzig Minuten. Die große Uhr hing an der Stirnwand. Der Minutenzeiger wandert – *klonk ... klonk*. Zehn Minuten waren kaum um, da entstand das Geräusch von sich bewegenden Männern, und dann wieder ein *klonk*, worauf massives Kratzen und Reiben von Hunderten von Feuerzeugen folgte – die geriffelten Rädchen, die über den Feuerstein ratschen, und das anschließende Zischen von Gasflammen, vermischt mit dem Geruch der kontrolliert brennenden Flüssigkeit in Benzinfeuerzeugen. Achthundert Männer ziehen an der Zigarette. Ganz genau zehn Minuten und sieben Sekunden nach zwölf steigt eine riesige Rauchwolke zur Decke der Kantine. Wenn man vorher anzündet, schreien einen die anderen an – auch die anderen Raucher; man raucht nicht, wenn andere essen. Dafür haben sie zehn Minuten. Das steht nirgendwo geschrieben. Man darf überall in der Kantine rauchen. Rauchfreie Zonen – so etwas brauchte man damals nicht.

Keiner überanstrengte sich während der Arbeitszeit. Man konnte tagelang gestrandet auf seinem Hintern herumsitzen, weil einem ein Zimmermann nicht irgendwelche drei Bretter von der eigenen Arbeitsfläche weggeholt hatte, und selbst konnte man sie doch nicht wegtragen – die Fachgrenzen mußten strikt eingehalten werden, sonst gab es Ärger mit den Vertrauensleuten. Wir bilden eine Gemeinschaft in der Gewerkschaft, wir stehlen einander nicht die Arbeit. Und wir zünden unsere Zigaretten gleichzeitig an. Und während wir warteten, unterzogen wir uns unseren kleinen Mannesproben, legten unseren Unterarm dicht an den des Gegners, zündeten eine Zigarette an und legten sie in den Spalt zwischen die beiden Arme, und wer zuerst den Arm wegzog, hatte verloren. Es war ehrenvoll, einen von Brandmarken – lang wie eine grüne Cecil – entstellten Unterarm zu haben.

Ich lehne mich gegen die Platte des Küchentisches und denke an die Mopedrazzia der Polizei am Morgen vor dem Tor; ich mußte mich von der schnellsten Yamaha der Stadt verabschieden. Drei Tage später: ich unterwegs zur Werft, hundert Stundenkilometer auf Jannes Puch Maxi – angebohrt, getuned – aufgemotzt bis zum Anschlag. Maximum Voodoo. Sie war nicht sonderlich begeistert, was ich mit ihrem Gefährt angestellt hatte. Und es war verdammt gar nicht komisch, derjenige zu sein, der an seinem achtzehnten Geburtstag nicht mit dem eigenen Auto zur Arbeit erschien.

Als ich meine Tüten und Kartons auspacke, steigert sich das Groteske der Situation. Ich habe nichts. Im Schlafzimmer ist zum Glück ein Einbauschrank mit großen Schubfächern aus Teakholz, wo ich meine Sachen hintun kann. Matratze und Radiowecker kommen auf die Erde; von der Decke hängt eine nackte Glühbirne am Kabel, als ob mein Dasein eine Karikatur wäre – alleinstehender Herr, 26 Jahre.

Das Wohnzimmer: auf dem Fußboden mein alter Fernseher, meine wenigen Bücher, in zwei gleiche Stapel aufgeteilt, lehnen links und rechts dagegen. Ein Stapel LPs an der Wand – keine Stereoanlage. Ich muß die Halterung der Schreibtischlampe am Fensterbrett befestigen, es gibt sonst einfach keine Möglichkeit. Ein Karton mit Kleinkram; Fußballpokale, Modellschiffe, ein Glasbong mit einem Riß, aus Kneipen gestohlene Biergläser, ausländische Zigarettenpackungen, Feuerzeuge, eine silberfarbene Metallröhre. Ich lege nach und nach alle Sachen aufs Fensterbrett. Dann gerate ich an ein Foto von Janne in einem Rahmen aus imitiertem Schildpatt, bei Bilka gekauft. Sie sitzt im Garten unseres gemieteten Reihenhauses und lächelt glücklich. Ihre Haut ist glatt und golden, das Kleid luftig. Es macht mir nichts. Ich erinnere mich an den Tag. Es ist Samstag. Wir wollen grillen: Ein Paar, das wir kennen – oder richtiger: das *sie* kennt, kommt rüber. Ich habe eine Woche lang jeden Abend darauf verwandt, im Badezimmer neue Kacheln in einem komplizierten Muster anzubringen. Ich mochte sie nicht mal. Ich lege das Foto zurück auf den Boden des Kartons, lege den Kleinkram obendrauf und decke alles mit meinen verschiedenen Papieren zu, dann stelle ich den Karton im Schlafzimmer unten in den Schrank.

Nur noch ein Karton. Ich weiß, was drin ist, das will ich für später lassen. Es ist spät geworden, und mein Magen knurrt. Ich gehe runter, finde eine iranische Pizzeria, bestelle eine Familienpizza, gehe zu einem Kiosk: Milch, Pulverkaffee, Haferflocken, Rosinen, Bier, Zigaretten. Hole die Pizza ab.

Ich mache die Schreibtischlampe an und drehe das Licht zur Fensterscheibe, so daß die Bewohner der Wohnung oben drüber nicht reinschauen können. Dann sitze ich mitten im Wohnzimmer auf dem Fußboden und esse Pizza, trinke Milch und sehe Kabelfernsehen. Ich habe Discovery an. Sie zeigen eine Sendung über etwas, das zum Verwechseln Olympischen Spielen für Panzer und gepanzerte Mannschaftswagen ähnelt. Das geschieht irgendwo im Mittleren Osten. Alle die großen Kriegernationen sind repräsentiert. Jemand hat eine panzerbrechende Granate hergestellt. Aber dann haben ein paar andere eine Extrapanzerung konstruiert, die aus zusammengesetzten Kästen von der Größe eines Drehscheiben-Telefons besteht, die man außen an den Panzer hängt. Innen in den kleinen Kästen sind Zünder, und wenn die Granate die Extrapanzerung trifft, explodieren die und wirken auf die Weise der Detonation der Granate entgegen, indem sie die Detonation nach außen schieben – weg vom Panzer. Deshalb wurde eine panzerbrechende Granate konstruiert, die mit einer schwächeren Detonation beginnt und die Explosion der kleinen Kästen aktiviert. Erst anschließend erfolgt die richtige Detonation der Granate, die auf diese Weise die Panzerung des Panzers durchbricht. Eine andere Strategie gegen die kleinen Kästen (die bestimmt von den Russen entwickelt wurden – jedenfalls sind sie es, die Gegenstrategie Nummer zwei entwickelt haben) funktioniert so, daß die Granaten in hohem Bogen gegen Panzer geschossen werden, so daß sie oben landen, also auf dem Turm, traditionell der Punkt, an dem die Panzerung am dünnsten ist (und man kann sie nicht stärker machen, weil der Panzer sonst zu viel wiegen würde, sagt der Sprecher); dann bricht die Granate durch und röstet die Soldaten im Panzer. Das hat damit zu tun, daß die Temperatur im Panzer innerhalb von einer Sekunde auf sechstausend Grad steigt. Gebraten. Aber dann haben die Amerikaner oder die Ungarn oder irgendwelche anderen eine Verteidigung gegen einen Granatenangriff von oben entwickelt. Sie haben auf den Turm des Panzers zwei Infrarot-Laser montiert. Durch präzise Kreuzmessung der Laser wissen sie genau, woher die Granate kommt, und schicken dann eine kleine Granate los, die in der Luft explodiert, und der Sprecher der Sendung sagt: *»It confuses the incoming granade, so it explodes in the air above the tank, without damaging it«* oder etwas in der Art. Das ist eine

Scheiß-Rhetorik, denn die Granate wird nicht verwirrt. Die kann nicht denken, die tut nur, wozu sie geschaffen wurde. Wenigstens wird das Panzertreffen im Mittleren Osten fortgesetzt. Der Sprecher ist total begeistert. Sein stehender Kommentar lautet: »*What can be seen can be destroyed.*« Das müßte eine olympische Disziplin sein, denke ich.

Der Kessel riecht komisch, deshalb koche ich Wasser für Kaffee in einem Topf. Es ist ein bißchen spät für Kaffee, aber mir fehlt noch der letzte Karton – der wichtigste, und ich glaube, ich kann sowieso nicht schlafen. Ich habe Lust auf einen Joint, und deshalb streifen meine Gedanken Frank. Aber ich bin fertig damit, ich bin kein Wrack mehr, und ich schulde ihm nichts. Er wurde mit knappen 100 Gramm schlechtem Amphetamin geschnappt, das wir in kleinen Portionen verkauften, um unseren eigenen Bedarf zu decken. Zusammen mit den anderen Petitessen, die Frank auf dem Kerbholz hatte, brachte ihm das zehn Monate im Schatten ein, und ja, das hätte genausogut ich sein können. Es war einfach rabenschwarzes Pech – Pech für Frank. Für mich war es ein Erwachen. Ich bezahlte dem früheren Bullshit-Rocker, von dem wir den Dreck gekauft hatten, die 5700 Kronen und fuhr los auf See. Ehe Frank rauskam, war ich schon von einem Kümo zu einem Supertanker gewechselt. Ich habe Frank seit damals gesehen, aber die letzten Male, wenn ich arbeitsfreie Perioden hatte, habe ich ihn gemieden. Wenn ich in Aalborg war, habe ich mich damit begnügt, meine Schwester und Peter sowie Carl und meine Mutter zu besuchen.

Als ich die Seekarten auf dem Fußboden ausbreite, schiebe ich mir die Gedanken an Frank aus dem Kopf. Erst die älteste von Limfjord, Kattegat und Skagerrak mit Carls Tintenstrichen und Daten plus Jahreszahl in seiner eckigen schrägen Schrift. Die Fahrten nach Læsø, Anholt und bis hin nach Helsingør im Sommer 1976. Spätere Fahren durch den Götakanal nach Stockholm – Carl am Ruder, mitten auf dem Vänern: »So viel Wasser in Sicht, aber kein Tropfen zu trinken.«

Wenn wir unterwegs waren und segelten, benutzte er Kautabak, weil »es dem Tabak nichts ausmacht, naß zu werden – das ist auf See praktisch.«

»Willst du nicht eine deiner Zigaretten haben?« fragt er an einem windstillen Tag, mittags, als wir gerade gegessen haben und er sich einen Zigarillo angesteckt hat.

»Zigarette?« sage ich, ertappt.

»Die du rauchst, wenn du glaubst, daß ich schlafe«, sagt er.

»Ähh – ja.«

»Nur keine Asche auf sie.« Er spricht von dem Schiff.

Mein Blick folgt dem Strich von 1980 – die harte Tour nach Oslo. Ich kam zwei Wochen zu spät zurück in die Schule, weil der Mast brach und wir in Strömstad gestrandet waren, und Carl sagte, wenn man rausgesegelt ist, könne man nicht mit der Fähre nach Hause kommen. Ich war ganz seiner Meinung, während Carl dann voll ausgelastet war, als er das Erbauliche seiner Dispositionen meinem Schulleiter gegenüber vertreten mußte. Zu meinem großen Vergnügen endete das Gespräch damit, daß der sich alle Seemannsgeschichten Carls anhören durfte.

Später meine eigenen Tuschestriche kreuz und quer über die Ostsee – Fahrten mit dem Kümo als *Junior-Meister* nach der *Maschinenmeister-Schule*. Ich hänge alle Karten mit Malerklebeband an der Stirnwand auf. Wenn sie dicht nebeneinander gehängt werden, haben sie gerade alle Platz. Dann gehe ich ins Schlafzimmer und öffne meine Reisetasche und ziehe den Packen mit den letzten Karten raus. Die großen Karten habe ich vor zweieinhalb Jahren gekauft, ehe ich loszog. Ich falte sie vorsichtig auf dem Fußboden auseinander. Sie sind zerknittert und voll von Spuren getrockneten Salzwassers. Ich habe die Karten mit Tesa zusammengesetzt, so daß sie von der Nordsee, hinunter durch den Ärmelkanal, hinaus auf den Atlantik und weiter bis runter zum Äquator alles abdecken. Von Rotterdam bis Lagos. Wiederholte Male. Von einem Öl-Jetty zum nächsten, ohne Landgang, es sei denn, die Maschine war vollständig zusammengebrochen, und wir mußten einen Reisemonteur an Bord nehmen. Tag für Tag sich wiederholende Landstraßen-Fahrten am nördlichen Afrika entlang, in den Guinea-Golf, an Elfenbeinküste und Goldküste vorbei zur Beninbucht vor der Sklavenküste und Nigerias Hauptstadt Lagos.

Und schließlich der jüngste Strich; die Bahn der Tusche durch den Atlantik zum Ärmelkanal, und plötzlich, kurz vor Rotterdam, *in the middle of nowhere*: Ende des Strichs, Datum und Jahr – vor drei Monaten. Ich hänge sie an der anderen Wand auf, über den Fernseher. Dann setze ich mich hin und trinke Bier und schaue auf die Karte und rauche Zigaretten. Ich bin froh um die Karte. Es ist bald zwei Uhr, und ich muß in etwas mehr als vier Stunden raus. Das ist egal. Das ist meine Karte. Ich sitze da und denke über die Ereignisse nach. Es scheint, als hätte ich ein bißchen Abstand – ich werde jedenfalls nicht unruhig.

Es war merkwürdig. Ich fand Leute immer ein bißchen lächerlich, die davon redeten, daß sie einen Freß-Flash bekämen, wenn sie einen Joint geraucht hatten. Ich hatte nie in meinem Leben einen Freß-Flash gehabt. Und dann, nachdem Chris diesen Joint bei mir geraucht hatte, da wurde ich einfach so total hungrig. Mein ganzes Sinnen war ausgerichtet auf meinen Magen, der groß war wie eine Kathedrale und genau so leer. Ich dachte: Okay, du bist hungrig, und direkt vor dir sitzt ein Smut.

»Ich habe Hunger«, sagte ich zu ihm, und dann fingen wir beide an zu lachen. Das war das Witzigste, was ich erlebt hatte, seit ich vor acht Monaten mit einem serbischen Steuermann in einer Bar in Athen saß und ganze rohe Zwiebeln aß und dazu Slibowitz trank; er hörte nicht auf, der Bedienung zuzublinzeln, sich in den Schritt zu greifen, die Eier anzuheben und zu sagen:»Good for thiizzz«, ehe er von der Zwiebel abbiß und die Tränen über unsere Wangen liefen.

Wir gingen in die Kombüse. Alle hatten sich zur Ruhe begeben, bis auf die Wache oben auf der Brücke. Ich setzte mich auf eine

Stahltischplatte, Chris holte ein paar Sachen aus Schränken und Schubladen. Sogar an der afrikanischen Westküste fährt man mit der Kombüse voller frischer dänischer Zutaten entlang, von Fleisch und Kartoffeln bis zu Milch und Eiern. Der Steward geht in fremden Bestimmungsorten nicht an Land, um auf dem Markt einzukaufen – das liegt etliche Jahre zurück. Alles, was gegessen wird, kommt aus Dänemark, ob es nun in Spanien oder Südamerika angebaut worden ist. Die Waren werden in Kühlcontainer verpackt und via Lastwagen zum Schiff verfrachtet, so daß die Seeleute niemals etwas Exotischeres essen müssen, als die Auswahl bei Bilka bietet.

»Das verlangt eine gewisse Lässigkeit«, sagte Chris.

»Was?«

»Das Kochen. Also ... natürlich darf man Zutaten nicht einfach zusammenwerfen«, er deutete mit einer Art Aubergine auf mich, »sondern man muß einen Überblick und eine Routine erlangen, die so total ist, daß man instinktiv fühlen kann, wie es richtig ist. Ich will dir ein Beispiel nennen, das du begreifen kannst«, sagte er, während das Messer in seiner Hand auf das Schneidebrett sauste: tok tok tok tok.

»Die Menge von Salz zwischen den Fingerspitzen versteht sich von selbst, wenn man die Soße abschmeckt – verstehst du, was ich meine?« Er schaute auf.

»Ja, vielleicht«, antwortete ich.

»Wie ist es bei Motoren?« fragte er.

»Das ist exakter«, antwortete ich.

»Wie?«

»Das ist nicht ... Schöpfung«, sagte ich, »das ist ... Wartung, Reparatur.« Ich war immer noch high. Chris hatte mir erzählt, daß er einen ganzen Stoß Joints in Lagos gekauft hatte. Die Wirkung war wunderbar.

»Kannst du den Motor nicht fühlen?« fragte er.

»Doch, aber ...«

»Fühlen, wie, also wieviel Salz – sozusagen – er braucht?«

»Nein«, antwortete ich, »da gibt es nichts, womit man lässig umgehen kann. Das ist verfemt. Das ist eher eine exakte Wissenschaft.«

»Ah ja«, sagte Chris, »also, es gibt doch auch Kochbücher, nur können die nicht kochen – das steht und fällt mit dem, der die Töpfe schwingt.« Er hatte zwei Töpfe genommen und jonglierte mit ihnen. Packte den einen am Handgriff, während er den anderen in die Luft warf. Ich war wie gebannt.

»Ja, okay«, sagte ich langsam, wählte sorgfältig die Worte, »es klingt vielleicht sentimental, aber es dreht sich um Liebe.«

»Liebe? ... Man soll den Motor lieben?« Er war überrascht.

»Man soll auf das ausgerichtet sein, was er braucht, immer auf ihn hören und sich um ihn kümmern, so daß er, wenn man ihn bittet, eine Arbeit für einen zu erledigen, das dann auch tut. Aber ein neuerer Motor wie dieser hier ...« ich beschrieb mit dem Arm einen Bogen und deutete zum Fußboden, »... der verlangt nicht so viel.«

»Das ist genauso, als wenn man frische Zutaten hat, dann kocht sich das Essen fast von selbst«, sagte Chris. Es spritzte am Boden des einen Topfes, roch nach gebratenem Vogel, warmem Öl, exotischen Gewürzen.

»Aber genau an dem Punkt entscheidet man, ob die Maschine ein gutes Leben haben wird«, sagte ich. »Also die kann durchaus noch viele Jahre ausgezeichnet funktionieren, auch wenn ich die Disziplin schleifen lasse ...« Ich hoffte, er verstand das. Es war mir wichtig, daß er es verstand.

»Aber dann bestraft er einen später?« fragte Chris und schaute mich dabei wachsam an. Ich lachte ein bißchen.

»Ja, ich weiß nicht, ob er einen bestraft – das denke ich eigentlich nicht, aber es ist irgendwie, als wenn er enttäuscht wäre«, versuchte ich.

»Der verliert sein Selbstgefühl und wird bitter«, sagte Chris.

»Hä hä, ja ... Es wird jedenfalls schwerer, ihn an der Nase herumzuführen.«

2

Von Føtex aus gehe ich runter zur Hafenfront, wo ich geparkt habe. Obwohl es warm ist und die Sonne direkt aufs Auto brennt, beschließe ich, daß ich genug Zeit habe, mir die Schlepper anzusehen, ohne daß die Lebensmittel gleich verderben. Ich schlendere zur Brücke, an der sie liegen – großartig in ihrer geballten Kraft. Mjølner, Goliath Fur, Goliath Røn. Stählerne Bulldoggen. Wenn die Fahrrinne zufriert, werden sie auf dem Limfjord auch als Eisbrecher eingesetzt. Sie wirken so entspannt: Die Sonne scheint auf ihren schwarz angestrichenen Rumpf, sie ruhen auf dem Wasser, das zehn Grad haben mag. Ich stelle mir vor, wie sie auf eine geschlossene Eisfläche zufahren, um sie mit ihrem Gewicht zu brechen und eine Fahrrinne zu schaffen. Gigantische Dieselmotoren. Es gibt einen Job, den ich früher erwogen habe – erster Maschinist, *førstemester,* auf einem Eisbrecher zu sein. Man arbeitet den ganzen Winter. Wenn es nicht überfroren ist, hat man Rufbereitschaft und bekommt Wartegeld, und wenn der Wind dreht und wir das Wetter aus dem Osten bekommen mit Kontinentalklima und sibirischen Temperaturen, dann arbeitet man in 24-Stunden-Schichten, um die Fahrrinnen offenzuhalten. Wenn man nicht gierig ist, kann man sich im Gegenzug einen ruhigen Sommer machen.

Das Wasser gluckst gegen das Bollwerk. Ich zünde mir eine Zigarette an, mich schaudert – ein Bild vor meinem inneren Auge: die Wasseroberfläche von zwanzig Zentimeter Eis bedeckt, die Nacht rabenschwarz; ich stehe – eingesperrt – in einem Maschinenraum, der Motor klopft, der Rumpf knarrt. Niemand ist in der Nähe. Niemand kann herankommen. Das Wasser gleich draußen vor ist tödlich. Unfreiwillig mache ich einen Schritt rückwärts, weg vom Bollwerk. Mein Oberkörper zittert. Ich habe ... ich habe vor diesem Wasser einfach Angst. Ich übergebe mich – das einzuräumen ist nicht angenehm. Zerquetsche die Zigarettenkippe mit der Schuhspitze. Verdammt, ich muß nicht in irgendeinem gebrechlichen Rumpf mitten auf diesem Wasser liegen. Zünde noch eine Zigarette an, inhaliere tief, schaue hoch zur Brücke und dort – genau als ich nach oben schaue, radelt mit geradem Rücken Maja auf einem alten schwarzen Damenfahrrad vorbei; ihr dunkelrotes Haar wogt wie neugeborene glänzende Schlangen hinter ihr, das Gesicht ragt leuchtend wie eine Galionsfigur in die Luft. Ich japse, dann rufe ich schließlich: »Maja, hallo Maja!« Sie dreht den Kopf irgendwie leicht und schaut kurz in meine Richtung, gibt aber kein Zeichen, vielleicht hört sie mich nicht? Der Verkehrslärm ist zu laut. Drehe mich um, laufe zum Auto, werfe die Zigarette weg und ziehe den Schlüssel aus der Tasche, ehe ich da bin. Und während ich das Auto aufschließe, denke ich, wie unglaublich lange es dauert, meine Bewegungen sind schnell und wie von allein, aber gleichzeitig ist es, als bewegten sich meine Gedanken durch schweres Wasser:

Schlüssel rein, drehen, herausziehen, am Türgriff ziehen, die Tür öffnen, ein Bein hineinbekommen – gefolgt vom Körper und dem anderen Bein, die Tür schließen, den Schlüssel ins Zündschloß stecken, ihn umdrehen, gleichzeitig damit Füße auf Kupplung und Gaspedal drücken, die Handbremse lösen – ich werfe einen Blick zur Brücke, kann sie nicht mehr sehen, sie mag halbwegs in Nørresundby sein. Den Schaltknüppel in den Ersten schieben – glücklicherweise halte ich mit der Schnauze nach draußen – die gleitende Bewegung, wenn die Kupplung losgelassen, das Gaspedal gedrückt, der Blinker aktiviert wird, der Blick die Straße absucht, das Steuer gedreht wird. Völlig absurd ekle ich mich vor den amerikanischen Filmen und Fernsehserien, wo die Schauspieler immer mit einem Satz im Auto sind, es starten und losfahren – alles in Bruchteilen der wirklich nötigen Zeit. Das ärgert mich wahnsinnig, während ich kreischend auf den Strandvej biege, als ich trotz Rot nach links in die Toldbodgade abbiege, das kurze Stück zur Vesterbro hinaufdonnere, nach rechts auf die Limfjordsbrücke abbiegen muß, da ist die Ampel *natürlich* rot und zu viel Verkehr, als daß ich mich dazwischenpressen könnte. Ich haue mit der Handfläche aufs Lenkrad.

Schließlich komme ich auf die Brücke. Stau – Radfahrer fahren an den Autos vorbei. Ich wäre schneller gelaufen. Es ist klar, daß ich sie nicht einhole. Ich fahre eine Weile im Zentrum von Nørresundby herum, aber es ist sinnlos. Scheiße.

Die Woche nimmt kein Ende, ich habe eine Menge Überstunden, die Tage wirken auszehrend – ganz anders als auf See, obwohl die eigentlichen Arbeitszeiten sich nicht so sehr unterscheiden. Aber der Zusammenhang fehlt. Die Einfachheit. Ich jage zwischen verschiedenen Aufgaben hin und her; Transport, Arbeit, Einkaufen, Essenkochen, Abwasch. Die häuslichen Pflichten machen einen großen Teil des Problems aus. Mein Kochen ist jämmerlich – die Kilos purzeln. Und das Telefon klingelt, meine Schwester will, daß wir uns treffen, Carl will segeln – und ich will das alles gerne machen, aber wann? Und überall sind Damen, aber keine davon meine. Montag, Dienstag, Mittwoch, Donnerstag, Freitag, es ist hoffnungslos. Wo sind die zwei, drei Monate zwischen den Fahrten, wenn man Lohn bekommt und tun kann, was zum Teufel einem eben gerade paßt? Die Leute an Land wirken nur von Freitagabend bis Sonntagabend geistig rege – ich auch. Das ist die Zeit, in der ich mein Leben lebe. Zu allen anderen Zeiten laufen wir in einem merkwürdigen Dämmerschlaf herum. Dann ist es Montag, man freut sich auf Mittwoch, weil man die Hälfte um hat. So denkt keiner auf See; dort hat man einen anderen Rhythmus – länger und irgendwie ... runder.

Eines Tages, als ich mich nach der Arbeit eine halbe Stunde aufs Ohr gelegt habe, klingelt das Telefon. Ich wache desorientiert auf, schaue auf die Uhr; zwei Stunden sind vergangen. Es ist Carl.

»Ich bin fast soweit, sie zu Wasser zu lassen«, sagt er. Das ist eine Aufforderung.

»Darf ich ein Mädchen zum Segeln mitbringen?« Ich weiß nicht, warum ich das frage – ich muß geträumt haben.

»Ja sicher – am Wochenende?« schlägt er vor.

»Ja aber ...« fange ich an, »ich weiß nicht, ob sie mit will. Ich habe sie ... nicht gefragt. Ich wollte nur mal hören, ob es geht.« Meine Stimme ist vom Schlafen belegt.

»Selbstverständlich«, sagt er. »Ähh, stimmt was nicht, bist du krank?« fragt er.

»Nein, ich habe gerade geschlafen.« Carl grunzt – für ihn ist das kein Zeitpunkt zum Schlafen. Er räuspert sich ein paarmal, bestimmt weil er jetzt etwas sagen muß, was er nicht leiden kann.

»Ähh, Allan ... der Frank hat angerufen«, sagt er.

»Na, okay. Was hast du ihm gesagt?« frage ich.

»Daß du umgezogen bist«, sagt Carl, als wäre dies das letzte, was zu dieser Sache zu sagen wäre.

»Und was hast du gesagt, als er meine neue Adresse haben wollte?« frage ich.

»Jaaa ...« Carl zögert, aber dann steigt die Kraft seiner Stimme: »Ich habe gesagt, daß er wegbleiben solle, wenn er nichts auf die Mütze haben will.«

»Na, also hast du es doch gesagt«, sage ich.

»Ja«, sagt Carl, »und ich meine es.«

»Ja ja, aber das ist doch auch in Ordnung«, sage ich.

»Du mußt zum Teller gehen, mein Junge«, sagt er.

»Was?« frage ich.

»Nimm sie im Sturm.« Mir wird klar, wovon er redet.

»Carl, sie ist kein Flittchen.«

»Nein nein, natürlich ist sie das nicht. Aber ein Segeltörn hat auf ein junges Mädchen schon immer Eindruck gemacht – denk an meine Worte«, sagt er. Ich habe das Gefühl, daß ich schon ein bißchen zu viel an seine Worte gedacht habe.

Jeden Tag. Um sieben Uhr den Wecker abstellen. Den dünnen Blaumann über Unterhosen und T-Shirt ziehen. Frühstück in der Tagesmesse, wo Arbeitskleidung erlaubt ist. Kurz in die Kajüte; Zähne putzen, kacken, einen zusätzlichen Liter Wasser trinken, zwei Salztabletten schlucken. Runter in den Fitneßraum. Eine Viertelstunde auf dem Kondirad, eine Viertelstunde mit Hanteln. Für Bewegung sorgen und das Schwitzen vor dem Loch mit einem Kickdown starten, sonst wird einem schwindlig – hat was mit dem Stoffwechsel zu tun. Unwohlsein in den ersten Stunden machen alle durch. Die Eingeweide kochen. Man wird die Hitze nicht los. 50 bis 60 Grad Celsius unten bei den Zentrifugen. Oben im Maschinenraum; zwischen 90 und 110 Grad beim Abgasturbolader und Ölheizungskessel. Erst wenn die Sachen vom Schweiß total durchnäßt sind, geht es einem wieder gut. Die Decksleute sind genau so exponiert; den ganzen Tag brennt die Sonne auf sie runter. Der Maschinist erscheint um sieben Uhr. Er reinigt die Turbinen und die Turbolader, indem er Nußschalen durchjagt, um alle Beläge loszuwerden. Früher nahm man dafür Reis, aber das war für die Armen bedauerlich. Oder er reinigt eine der Brennstoffzentrifugen, durch die Dieselöl geleitet wird, um Unreinheiten zu entfernen; zwei bis vier Stunden bei 50 bis 60 Grad in Öldämpfen. Der Arbeitstag beginnt mit einem Treffen. Der Erste Ingenieur verteilt die Arbeitsaufgaben, dabei werden Zigaretten geraucht. Vielleicht ist der Maschinenchef auch anwesend. Er raucht ebenfalls Zigaretten. Wir sind alle leichenblaß – wir arbeiten im Loch. Wir rauchen Zigaretten. Wir schwitzen. Wir treiben das Schiff voran. Die Sache mit dem an die Sonne kommen, das ist was für Brückenkieker und so welche. Tägliche Wartungen. Sachen müssen repariert werden. Planmäßige Wartungen. Man nimmt die Maschinenteile auseinander und wechselt die verschlissenen Teile aus, ehe die Maschine kaputtgeht. Programmierte Wartung; die Reederei hat ein Schema verschickt, fast schon ein Buch, dem wir folgen – die Arbeitsaufgaben sind mit Datum für mehrere Jahre im voraus aufgelistet. Ein Hilfsmotor, eine Frischwasserpumpe; Nachspannen von Bolzen, Reinigung, Auswechseln von Lagern, Führungen, Dichtungen. Justieren, Überprüfen. Ölwechsel. Leeren und Auffüllen von Tanks. Wenn die Arbeit verteilt ist, geht der wachhabende Ingenieur seine Runde. Alle

Maschinen werden gecheckt; ob der Druck stimmt, die Temperatur, die Luftfilterung. Die Wache im Loch dauert vierundzwanzig Stunden. Von morgens sieben bis abends sieben. Der Arbeitstag ist der gewöhnliche. Acht bis halb fünf – wir bezahlen unsere Mittagspause selbst. Feierabend. Bad. Dann vielleicht Wäschewaschen. Einen Brief schreiben. Einen Knopf annähen. Abendessen in der Offiziersmesse. Video im Fernsehraum. Auszüge aus Nachrichten von zu Hause lesen. Das Wetter in Dänemark ist immer gut. Entweder, weil sie zu Hause gutes Wetter haben oder weil man in dem Scheißwetter nicht zu Hause ist. Kartenspiel. Ein Roman. Eine Art Schlaf. Man kann es immer merken. Ganz unbewußt hört man auf die Geräusche der Maschine. Selbst wenn man keine Wache hat und der Alarm stumm ist. Wenn der Hauptmotor die Kadenz ändert oder stehen bleibt, dann macht man einen Satz aus der Koje und fährt runter ins Loch.

Am Donnerstag erscheine ich um sechs Uhr, weil wir zu spät dran sind. Ein paar kleinere Reparaturen waren reingekommen, die heute fertig werden müssen, und vor Freitagnachmittag müssen wir bei dem Motor eines Küstenmotorschiffs einen Kolben ausbauen; man nimmt den Zylinderkopf ab, zieht den Kolbenbolzen aus dem Kolben und hebt den Kolben aus dem Zylinder. Dabei sind gewaltige Kräfte im Spiel; so ein Kolben kann leicht eine Tonne wiegen. Keine Chance, daß wir es schaffen. Bin ich vielleicht zu gründlich? Flemming – mein Lehrling – ist müde. Er scheint immer müde zu sein. Ich setze ihn an den Außenbordmotor eines Rettungsschiffs, der überholt werden muß. Er weiß nicht, wie er die Teile zusammenbauen soll, und statt zu fragen, macht er es so, wie er glaubt, daß es sein müsse, was in einem Knall und nachfolgender Stille resultiert, als er ihn startet. Das klang, als wenn sich der Motor zerlegt hat. Er steht da und starrt besorgt darauf, mir zu Ehren, der ihn sprachlos anstarrt – jeder kann sehen, daß es ihm total egal ist. Ich gehe rüber und schaue nach dem Motor. Die Pleuelstange hat sich aus dem Kolben gelöst und ein Loch groß wie eine 50-Øre-Münze durch den Motorblock geschlagen. Ich habe ihn schon am Kragen gepackt und werfe ihn auf den Fußboden voller Ölflecken, mein Knie auf seinem Brustkorb. Ich weiß nicht, was ich schreie, aber in der Folge gibt es ein Gespräch, ich und er und der Chef, im Büro. Ich koche. Ich bin gezwungen, Flemming zum Schluß die Hand zu reichen – die Auffassung des Chefs davon, alles wieder gutzumachen. Dann muß ich nach Frederikshavn fahren, um die fehlenden Teile zu holen. Ich sitze im Wagen und denke. Er ist irgendwie so wie ich vor acht Jahren – Flemming; kommt nach langen Nächten in der Stadt kaputt zur Arbeit. Ich gehe zu schnell an die Decke, das weiß ich genau. Aber auf solch eine Weise war mir die Arbeit nie gleichgültig. Das ist verkehrt. Als ich zurückkomme, gehe ich zu Flemming und entschuldige mich bei ihm – rede ein bißchen mit ihm, ehe ich mit dem Außenbordmotor von vorn anfange – ohne Flemming; der Chef hat ihn darangesetzt, Gewinde in irgendwelche Rohre zu schneiden – verdammt, das kann er wohl hinbekommen. Wenigstens habe ich den Schaden schließlich ausgebessert, und der Chef bekommt für den Kümo Verlängerung bis Montag. Also am Wochenende arbeiten. Das ist okay.

Überspringe das Bad und fahre nach Hause, parke vor dem Block. Der Mann, der ein Stück weiter aus einem Auto steigt, hat was Bekanntes. Frank. Verdammt. Na gut, das muß gehändelt werden. Ich bin nicht gegen Frank, ich bin nur mit diesem Leben fertig.

Lächelnd kommt er auf mich zu.

»Verdammt, warum hast du mir nicht erzählt, daß du nach Hause gekommen bist?« sagt er laut. Ich habe ein Bein aus dem Auto geschwungen, sitze aber noch zurückgelehnt drin.

»Wußte nicht, wo du warst«, antworte ich.

»Ich bin, du weißt – überall«, sagt er und lacht, während ich aus dem Auto steige. Wir geben uns die Hand. Er hält meine zu lange, legt mir dabei die andere auf die Schulter.

»Allan, zum Teufel«, sagt er, »du siehst ein bißchen gegrillt aus«, er untersucht mein Gesicht.

»Das ist nichts Besonderes. Willst du auf eine Tasse Kaffee mit raufkommen?« frage ich. Nicht, weil ich dazu Lust habe, aber ich will nicht in die Kneipe, und selbst wenn ich mit diesem Leben fertig bin, sind wir immer noch Freunde – immerhin sind wir seit der Siebten in eine Klasse gegangen.

»Hast du schon gegessen?« fragt er. Ich bin echt irre hungrig, also fahren wir in seinem Wagen in die Stadt, einem schnellen Golf. »Der alte Carl war ziemlich sauer, als ich anrief, um deine neue Adresse zu bekommen«, sagt Frank – er muß das wie durch eine Erleuchtung mitbekommen haben.

»Carl ist etwas nervös«, sage ich.

Frank lacht. »Ja, er hat mich angemotzt – mir Prügel angedroht. Sagte, ich solle mich weit weghalten von seinem Jungen.«

»Er hat Angst, daß ich mir wieder die Polizei auf den Hals hole«, sage ich.

»*Ich* hatte die Polizei auf dem Hals, und das passiert nicht wieder«, sagt Frank, »wir sind inzwischen alt genug, um den Kopf zu benutzen.« Dazu sage ich nichts, obwohl es mir nicht paßt, daß er »wir« sagt, und ich bin mir auch nicht sicher, ob er besser darin geworden ist, den Kopf zu benutzen.

Wir gehen in Vanggaards Cafeteria an der Vesterbro – dort kann man ohne weiteres in dreckigen Arbeitsklamotten essen. Franks Handy klingelt, als wir uns gesetzt haben, und er geht hinüber zu den Billardtischen, um das Gespräch anzunehmen. Beim Essen frage ich Frank, was er derzeit so macht. Er sagt, daß er immer noch bei Aalborg Boilers ist; ansonsten reden wir etwas über den Unfall, über meine kleine Schwester, über die Survivaltour, die wir mit zwölf in meinem kleinen Ruderboot unternommen haben. Auf Egholm schossen wir mit Franks Kleinkalibergewehr viele Möwen und brieten sie über offenem Feuer. Das Fleisch war irrsinnig zäh, und wir fühlten uns wie Männer.

»Wie wär's mit einem Bier?« fragt Frank, als wir mit den Hacksteaks fertig sind und unseren Kaffee getrunken haben. Ich erzähle ihm, daß ich um sechs antanzen muß.

»Okay«, sagt er, »ich fahre dich nach Hause, aber ich muß unterwegs schnell einen *pit-stop* einlegen – bißchen was kaufen.« Es ist offenkundig, daß wir seinen Dealer besuchen müssen; das zeigt sich ganz einfach in der lässigen Art, wie er die Erklärungen liefert.

Es ist 21.30 Uhr. Frank fährt das Auto durch die Straßen nach Østbyen, ich versuche unterdessen im Radio Musik zu finden. Das Handy klingelt wieder. Frank nimmt es an und hört zu.

»Na, okay, ich bin unterwegs«, antwortet er. »Ja, ich bin soweit ... habe einen Typ dabei ... den, der Allan heißt ... Drei Minuten. Tschau.« Dann stellt er das Telefon aus.

»Asger heißt er«, sagt Frank, »er ist ein guter Kontakt.«

»Ich habe mit diesen Sachen aufgehört«, antworte ich.

»Ist das wahr?«

»Ja«, sage ich.

»Komplett?«

»Ja.«

»Auch nicht eine kleine Erholung?« fragt er. Und er hat ja recht.

»Das ist wohl nicht ganz undenkbar«, sage ich mit einem Lachen, auch wenn das nicht meine Absicht ist, aber zum Teufel ... Man hat nur ein Leben, und etwas bunt soll es schließlich auch sein.

»Asger ist cool. Freundliche Preise«, sagt Frank. »Wir könnten vielleicht was hinbekommen? Ich erledige für ihn hier und da ein paar Kleinigkeiten.«

»Nein danke«, sage ich.

»Du wirst es schnell müde sein, dich mit dem Maschinenkram rumzuschlagen«, sagt Frank.

»Ich mag meine Arbeit gern«, sage ich.

»Wenig Geld«, sagt Frank. Ich habe genug Geld, aber das geht ihn nichts an. »Ich finde, du solltest darüber nachdenken«, fügt er hinzu.

»Worum geht es?« frage ich.

»Ach, du weißt schon«, sagt er, »das ist eine Stellung zwischen Verkauf und Service.« Er lacht.

»Ich muß drüber nachdenken«, sage ich, obwohl ich nicht vorhabe, das zu tun. Ich bin müde – will das Thema abschließen.

Frank parkt das Auto vor einem Eingang, nur wenige hundert Meter von mir entfernt. Wir gehen hoch. Ein langbeiniges dunkelhaariges Mädchen öffnet die Tür.

»Hallo Frank«, sagt sie und schaut mich dabei mißtrauisch an.

Frank nickt, sagt: »Nina.« Sie geht vor uns ins Wohnzimmer; am Eßtisch sitzt ein anderes Mädchen sowie der Mann, das muß der Dealer Asger sein. Er trägt Jeans und ein kariertes Hemd mit aufgekrempelten Ärmeln, so daß man seine Rockertätowierungen sehen kann. Ein Glück für sein Selbstgefühl, daß ich einen langärmeligen Pulli anhabe. Wir stehen mitten im Zimmer, Frank hebt die Hand – zeigt auf mich – sagt: »Das ist Allan, mein Kumpel schon in der Schule und mein Partner bis vor ein paar Jahren.« Frank stellt Asger vor. Ich gebe ihm die Hand. Mit einem seiner Augen ist etwas komisch. »Und Nina ist Asgers Freundin«, sagt Frank und deutet auf das Mädchen, mit der Asger redete, als wir kamen: »Und Lene ... ja, sie ist eine Freundin des Hauses«, sagt er.

»Hej«, sagt Lene – sie wirkt schüchtern oder vielleicht eher ein bißchen gehemmt.

Im Wohnzimmer ist es tatsächlich aufgeräumt, obwohl alle bekannten Utensilien auf dem Eßtisch vorhanden sind: Aschenbecher, Tabak zum Drehen, Jointröhre, Zigarettenpapier Kingsize, Hasch, Pot, Silberpapier, Kerze, Weinflaschen, ein lackierter Holzkasten, der die Waren enthält, die Digitalwaage. Es erinnert mich an alte Tage, wenn ich stoned bei Frank war und wir Casino spielten; wenn das Spiel vorbei war, fingen wir immer an, unsere Stiche zu wiegen, um zu sehen, wer für die Karten Punkte bekam.

»Irgendwelche Wünsche?« fragt Asger, an mich gewandt. Er ist sehr dünn.

»Kokain«, antworte ich.
»Ich hab nicht viel.«
»Ein bißchen reicht völlig«, sage ich.
»Kokain?« sagt Frank mit hochgezogenen Augenbrauen.
»Wie ich sagte – nur bei seltenen Gelegenheiten«, sage ich zu ihm.

Asger nimmt die Digitalwaage, steht auf und macht mir ein Zeichen, daß ich ihm folgen soll. Frank steht ebenfalls auf. Mir fällt der Amiga-Computer auf, der neben dem Fernseher steht – nachdem ich auf großer Fahrt war, kann ich jeden schlagen. Wir gehen in die Küche – ich weiß nicht warum, aber die Paranoia ist ein ständiger Begleiter. Er holt aus einem Fach eine Tüte mit etwas weißem Pulver, legt eine kleine Plastiktüte mit Druckverschluß auf die Waage, justiert sie und beginnt zu schaufeln. »Stop, stop«, sage ich, »ich will nur einmal hochfahren, mehr brauche ich nicht.«

Frank schüttelt den Kopf, zeigt auf mich und sagt zu Asger:
»Ich habe gesehen, wie dieser Mann in eine Zahnarztpraxis eingebrochen ist, um so viel Lachgas zu nehmen, daß wir den Krankenwagen holen mußten.«

»Das war damals«, sage ich.

Wir werden handelseinig, worauf Asger Kaffee anbietet. Wir sitzen wieder am Eßtisch. Er kippt Sahne und Rohrzucker in seinen Becher – Dealerdiät – und zündet einen Haschjoint an, der seine Wanderung um den Tisch antritt. Ich schaue verstohlen Asgers Augen an. Die eine Iris ist blau-grün, die andere dagegen fast rabenschwarz.

Nina, Asgers Freundin, erzählt Lene von einem dritten Mädchen, die nicht weiß, von wem sie schwanger ist und deshalb acht Männer mit einer Vaterschaftsklage vor Gericht gebracht hat.

»Ein Hoch auf die DNA-Profile«, sage ich.

»Wieso das?« fragt Lene vorsichtig.

»Na, besser einer der Typen hängt dran, als daß sie allen acht im Nacken sitzen kann«, antworte ich.

Asger gluckst. »Tja, was für'n Flittchen«, sagt er.

Nina wirft ihm einen Blick zu. »Du kannst bloß froh sein, daß du nicht vor Gericht erscheinen mußt«, sagt sie.

Er schaut sie an. Sie hält seinem Blick stand. Hier hat offenbar die Pusherfrau die Hosen an.

»Mach dich locker«, sagt Asger und wendet den Blick wieder der Tischplatte zu und fängt an, mit trägen Handbewegungen Joints zu bauen.

»Du hast keine Kunden?« frage ich.

»Ich liefer aus«, antwortet Asger, zeigt auf Frank, tut so, als würde er sich zurücknehmen, und fährt fort: »Mit ihm ist es was anderes. Wir sind Partner.«

»Also wenn ich was brauche, frag ich Frank?«

»Ja«, sagt Asger.

»Das ist wegen der Nachbarn«, sagt Frank und reicht mir den Joint. Eine Dröhnung kann ich doch durchziehen – nach dem vielen Kaffee ist es dann leichter, einzuschlafen.

»Vernünftig«, sage ich zu Asger, lehne mich zurück, inhaliere, höre dem Gespräch zu. Die Polizei hat wenig Lust, ihre Zeit damit zu vertun, Kleindealer zu schnappen, aber wenn die Nachbarn sich beschweren, müssen sie. Das ist ausgezeichnetes Hasch.

»Das war auch nichts, als immerzu alle zu euch angerannt kamen«, sagt Lene. Es wirkt, als versuchte sie, ihre Stimme und ihren Gesichtsausdruck zu verhärten, aber das paßt nicht so richtig zu ihr. Vielleicht spielt sie für die Pusherfrau die Rolle als Abnickerin. »Leute, die ihre Hunde mitbrachten und die nie genug Geld hatten; total eklig«, fährt Lene fort und schaut zu mir, lächelt mich vorsichtig an. Ich reiche ihr den Joint. Das geht direkt ins Gehirn, das leicht und locker wird – nichts von Schwere oder Trägheit.

»Nein«, sagt Nina und schaut mich an, »die kommen her und wollen nur so'n winziges Piece haben.«

»Und dann müssen sie immer hier rumsitzen und rauchen«, fügt Lene mit gekränkter Miene hinzu.

»Was ist mit deinem Auge?« frage ich Asger. Er hebt den Blick von dem Häufchen Joints, die er gerade gebaut hat.

»Keine Schmerzen drin«, sagt er.

»Aber was ist damit passiert?« frage ich wieder. Laut, auf eine interessierte Weise desorientiert oder umgekehrt. Müßte nach Hause gehen und ins Bett.

Asger lacht resigniert. »Das ist ein bißchen idiotisch«, sagt er und erzählt, daß er nachts mit einem Typ namens Leif draußen rumgefahren ist. »Auf Speed, klar. Dann mußten wir an einer Tanke halten, brauchten Luft auf die Reifen. Und er, Leif, war mit dem Druckluftbehälter zugange, und ich fummelte mit der Luftdüse rum und steckte sie mir zum Spaß in den Mund, als ob ich mir das Gehirn rausblasen wollte. Genau in dem Moment kriegte er es geöffnet, Luft strömte rein, und mein einer Augapfel ploppte aus der Augenhöhe und saß irgendwie … draußen vorm Kopf.«

»Wahnsinn«, sage ich, »was habt ihr gemacht?«

»Er hat sich so erschreckt, daß er mir einfach die Hand flach aufs Gesicht drückte und ihn wieder reinstopfte, aber dann hat sein Ring irgendwie ein Loch in die Pupille gemacht, und sie floß raus.« Asger lächelt.

»Okay. Seid ihr immer noch gute Freunde?« frage ich.

»Nein«, antwortete er, »Leif ist tot.« Er läßt das in der Luft hängen, als wäre das der Preis dafür, daß er ihn beschädigt hat. Aber dann kommt raus, daß Leif Gerüstbauer war und beim Montieren eines Gerüsts vom fünften Stockwerk gefallen ist.

»Er hat überlebt«, sagt Nina, »er brauchte vier Tage, um zu sterben.«

»Hart«, sage ich.

»Kumpel schon aus der Kinderzeit«, sagt Asger und nickt langsam, wobei er immer noch auf seine Arbeit schaut.

»Das schlimmste waren diese Mädchen; Susan und diese andere«, sagt Nina und wirft Asger einen Blick zu; er konzentriert sich darauf, mehr Tabak zu toasten.

»Mädchen?« frage ich – mir ist nicht klar, von welchen Mädchen jetzt die Rede ist.

Frank schaltet sich dazwischen. »Asger war damals mit einem anderen Mädchen zusammen, Susan. Und Susans Freundin – ich kann mich nicht mehr an ihren Namen erinnern – aber sie war zusammen mit Leif, der gestorben ist. Das waren solche Girlies, die im 1000Fryd rumhingen.« Es scheint, als konzentrierte sich Asger noch mehr auf seine Arbeit.

»Die sind total durchgeknallt, besonders Leifs Freundin ...«, erzählt Lene und schaut zu Nina rüber, als suche sie Zustimmung. Eine Sekunde vergeht, dann wendet Lene sich an mich und erklärt: »Also Leif ... nachdem er gestorben war, dies Mädchen ging in einem langen schwarzen Kleid und Schleier zur Beerdigung, und dann stand sie da und heulte, und sie hatte massig schwarzen Eyeliner um die Augen, der lief über ihre Wangen. Es war nicht auszuhalten.« Lene sieht ärgerlich aus. Frank hat eine Autozeitschrift hochgenommen und nickt zerstreut. Ich komme nicht mit; schaue Asger an, der immer noch nichts sagt und jetzt dabei ist, ungefähr dreißig fertig gebaute Joints in eine Plastiktüte mit Druckverschluß zu legen.

»Ja, das war einfach zu viel«, sagt Nina. Ich schaue zu ihr rüber.

»War sie die Freundin von ihm ... also von Leif, der gestorben ist?« frage ich.

»Nein«, Frank hebt den Kopf von der Zeitschrift, »also Leif war mit ihr zusammen, aber da war nichts. Die waren kein Paar. Nein nein.« Frank schüttelt abwehrend den Kopf. Asger steht langsam auf. Packt Sachen in den lackierten Holzkasten. Verläßt das Wohnzimmer.

»Dann saß sie, diese Düstere, hier oben zusammen mit Susan und ... trauerte. Sie zündeten Kerzen und Räucherstäbchen an und lauter solchen Mist, bis Nina sie rausgeschmissen hat.« Mir fällt auf, daß die Zigarette, die ich rauche, schlecht schmeckt; sie ist bis ganz zum Filter runtergebrannt. Nicht gewohnt, breit zu sein. Ist ein bißchen heftig. Drücke sie im Aschenbecher aus, wirke offenbar verdutzt, denn Lene erklärt: »Ja, Nina kam damals hier hoch ... also ... als Kundin.« Unterdessen ist Frank aufgestanden und Asger gefolgt. Vielleicht muß er aufs Klo.

Nina sieht wütend aus. »Ja«, meckert sie, »und sie, dieses Girlie, die rennt immer noch mit schwarzen Rändern um die Augen und mit einem mystischen Gesichtsausdruck durch die Stadt, als trauere sie so sehr.«

»Wer?« frage ich.

»Das Mädchen ... ich kann mich nicht erinnern, wie sie hieß – die, mit der Leif zusammen war«, antwortet Lene.

»Und die Mädchen haben nicht mal begriffen, was da abging«, sagt Nina.

»Die glaubten wohl an Liebe«, versuche ich.

»Liebe.« Nina spuckt das Wort aus. »Das hat verdammt nichts mit Liebe zu tun, wenn sie anderer Leute Geschäft kaputtmachen.«

»Ach so«, sage ich, »ich habe geglaubt, du hättest gemeint, sie hätten nicht begriffen, daß sie nicht willkommen waren.«

»Nein«, sagt Nina verbissen, »sie begriffen nicht, daß sie die Kunden mit ihrer lächerlichen Todesromantik verschreckten.«

»Aber sie haben es gemerkt, oder ...?«

»Nina hat es ihnen klargemacht«, antwortet Lene.

»Und dabei war Leif nur zum Spaß mit ihr zusammen,« fügt Nina hinzu. Sie zündet sich eine Zigarette an, wendet sich Lene zu, sagt: »Ich bekomm immer solche Lust, einfach hinzugehen und ihr eine runterzuhauen.«

»Ja, das ist nicht mal gelogen«, gibt Lene zu. Ich verstehe diese Wut auf ein Mädchen nicht, die mit einem Mann zusammen war, der tot ist.

»Und was ist mit Asgers Freundin ... Susan?« frage ich.

»Ex-Freundin«, sagt Lene schnell.

»Ich hab sie rausgeschmissen«, sagt Nina, »sie war nur so ein junges Ding und fand es total spannend, mit einem Dealer zusammenzusein. Sie hatte kein Rückgrat.«

Asger ist in der Tür aufgetaucht. »Nina hat mich jahrelang gejagt«, sagt er und lehnt sich gegen den Türrahmen.

»Ach, halt doch die Klappe«, sagt Nina wütend.

»Sie ist Pur-Raucherin«, sagt Asger, »sie muß mit einem Dealer zusammensein, damit sie ihren Bedarf gedeckt bekommt.«

»Du würdest doch überhaupt nicht aus dem Bett kommen, wenn du mich nicht hättest, die dich tritt«, sagt Nina, immer noch wütend, aber schon ein bißchen vorsichtiger.

»Schon möglich«, sagt Asger, »aber ich bin es langsam leid, daß du die ganze Zeit Leute in den Dreck ziehst.«

»Aber ...« sagt Nina.

»Ich fahre«, sagt Asger und verschwindet. Frank steckt den Kopf herein.

»Allan«, sagt er, »laß uns aufbrechen.« Ich nicke den Mädchen zu. Lene lächelt mich vorsichtig an.

»Hej«, sagt sie, nimmt meine Hand, drückt sie ein bißchen. Laß locker, denke ich. Vielleicht. Sex. Ich gehe aus dem Wohnzimmer.

»Wenn ich höre, daß er ihr noch einmal nachrennt ...« sagt Nina hinter mir; drohend, aber leise, Asger kann es nicht hören. Er ist schon im Treppenhaus.

Als wir nach unten kommen, sage ich zu Frank, daß ich zu Fuß nach Hause gehen will. Er spricht davon, man müsse sich wieder treffen.

»Bier«, sagt er.

»Klar doch«, sage ich. Sie fahren in Franks Auto davon. Ich gehe los. Warum zum Teufel habe ich Kokain gekauft? Na gut, ein einziges Mal ist natürlich okay, aber das ist keine Schiene, auf die ich will. Bestimmt, weil der Tag auf der Arbeit so mies war. Gehe langsam, die Stille ist angenehm nach den zwei Mädchen und ihrem ... ja fast gehässigen Geschwätz. Das Ganze hatte etwas Abgestumpftes ... wie sie sich darstellten – da war auch noch etwas anderes, das ich nicht zu fassen bekomme. Mein Gehirn ist sumpfig – ich bin das Rauchen nicht gewohnt. Ich komme nach Hause, ziehe mich aus, schlafe sofort ein.

Wir stehen uns in einem kühlen Raum nackt gegenüber, und ich schmiege meine rechte Hand um ihre Hüfte, bis mein Daumen auf der Ritze ihres Pos ruht. Der Wecker klingelt. Es ist fünf Uhr. Die Decke ist auf den Fußboden gerutscht. Ich bin allein.

Maja. Sie geht mir den ganzen Tag nicht aus dem Kopf, während ich dreizehn Stunden lang arbeite. Es ist Freitag, aber ich muß auch Samstag arbeiten. Trotzdem nehme ich ein ausführliches Bad, rasiere mich, trinke Kaffee, halte mich bis 23 Uhr wach, dann gehe ich in die Stadt, will sehen, ob sie da ist. Sie ist es nicht. Ich bleibe an der Bar hängen und trinke bis halb eins Bier. Sie kommt nicht. Ich fühle mich wie ein Idiot. Fahre nach Hause. Bin so müde, daß ich umkippe.

Samstag. Am Nachmittag werden wir mit dem Küstenmotorschiff fertig. Ich schaffe es noch, einzukaufen. Schlafe zwei Stunden. Koche mir etwas, esse. Schraube die Erwartungen hoch, aber rede mir selbst ein, daß ich das sein lassen muß.

Steige gegen Mitternacht die Treppe hoch, und da steht sie. An der Bar. Wie beim ersten Mal. Ich fühle, daß ich tief Luft hole, als ich zu ihr hingehe. Spanne meine Gesichtsmuskeln ganz bewußt an, um nicht zu sehr zu lächeln. Mit einemmal ist mir klar, daß ... daß ich ... Ich empfinde eine Menge für sie.

Lächelnd begrüße ich sie. Ob wir uns einen Tisch nehmen sollen? Und dann ist das ... das ist total ... verkehrt. Sie wirkt wütend, aber auch, als ob sie mit einem Kind spricht:

»Ich bin nichts für dich. Überhaupt nichts«, sagt sie mit Nachdruck.

»Aber ich glaube, du bist es doch«, sage ich – das einzige, was mir einfällt. »Ich glaube absolut, daß du es bist«, wiederhole ich.

Mit der einen Hand habe ich leicht ihren Ellbogen gefaßt. Sie schaut auf meine Hand, ihren Ellbogen, und dann wieder mich an – ein fragender Ausdruck – ironisch – eingerahmt von glänzenden roten Locken.

»Ich finde, du solltest gehen«, sagt sie. Innen in mir ... in meinem ganzen Oberkörper ... mir geht es schlecht. Suche in ihrem Gesicht nach Zeichen ... für etwas anderes.

»Bist du okay?« Wer hat gesprochen? Zwinge mich, von ihr wegzuschauen. Mein Gehirn bekommt nicht genug Blut und Sauerstoff, das gleiche Gefühl, als wenn man nach langer Zeit auf See an Land kommt – dieser Schwindel – nur umgekehrt. Alles steht vollkommen still. Das ist der schmächtige Typ vom letzten Mal. Hinter ihm steht das gazellenartige Mädchen mit den Haaren wie ein Helm. Der schmächtige Typ sieht mich hart an, dann wendet er sich an Maja.

»Belästigt er dich?« fragt er. Das ist traurig und gleichzeitig ein bißchen komisch, daß er sie danach fragt; auf eine triste Weise komisch.

»Valentin, es ist okay«, sagt Maja.

»Ich ...« fange ich an, bleibe stecken, lasse ihren Ellbogen los, brauche eine Zigarette. »Es tut mir leid«, gelingt mir schließlich zu sagen, während ich meine Zigaretten aus der Tasche fische. Ich stecke mir eine in den Mund, dabei überlege ich, ob ich ihr eine anbieten soll – grotesk. Sie bewegt sich nicht, ich bewege mich nicht – ich will gern abwarten, ob es eine Möglichkeit für ... für einen anderen Ausgang gibt. Der schmächtige Typ steht immer noch da ... und das Gazellenmädchen. Ich überlege, ob ich ihm eine Zigarette anbiete oder ihn einfach niederschlage.

»Trinken wir mal eine Tasse Kaffee zusammen?« Ich sage das, ohne zu wissen, woher die verdammte Frage kommt. Ich muß ein wenig höhnisch lächeln – das kann ich daran spüren, wie die Haut spannt.

»Ich trinke keinen Kaffee«, antwortet sie, schiebt den Schmächtigen vor sich her, das andere Mädchen folgt nach, sie verschwinden.

»Womit kann ich dir heute helfen?« Der Barkeeper steht vor mir, er erkennt mich offenbar wieder. Mein Abendessen bewegt sich, der Rücken fühlt sich verschwitzt an – das muß die Anstrengung sein, den Jungen nicht zu schlagen. Schüttele den Kopf, drehe mich um, gehe auf die Straße.

Mir ist immer noch … schwindlig. Der Magen kommt langsam zur Ruhe, in gewisser Weise im Widerspruch zu dieser bunten Mischung – den vielen Menschen, dem Licht aus den Kneipen, dem enormen Geräuschpegel, der Musik. Mir ist leuchtend klar, daß ich Kokain in der Jackentasche habe, und jetzt verfluche ich mich selbst, warum ich nicht Speed gekauft habe. Wer bin ich?

Stelle mich in einen Einschnitt zwischen zwei Straßencafés und schaufele es mir mit Hilfe der Nagelfeile meines Taschenmessers in die Nase. Die Leute starren. Leckt mich. Reibe die Nase, schüttele mich. Gehe wieder. Alles ist … Zähne aus Stahl in meinem Mund. Habe Biß. Gehe ins Grøften. An einem Tisch sitzt Frank zusammen mit dieser Lene – sie sieht mir ein bißchen blutarm aus. Frank ruft mir zu, das Mädchen hebt den Arm – schüchtern. Eine Glasscheibe im Menschengewühl öffnet sich automatisch vor mir, der Druck meiner Ausstrahlung stößt sie beiseite. Mache mit einem Blick, einer Geste, mit minimaler Kopfbewegung klar, daß ich zur Bar gehe, um Getränke zu kaufen. Ich habe Durst. Die Tanzenden, Körper in engsitzender Kleidung. Ich stehe an der Bar, trinke, nehme Bier mit zum Tisch. Sitze, schaue zur Tanzfläche, lebendiges Fleisch – das findet in mir sein Gegenstück. Mein ist die Beherrschung.

»Hast du über mein Angebot nachgedacht?« fragt Frank, als ich mich gesetzt habe. Ich schaue ihn an, stumm. Für einen Moment taucht mein Rausch völlig ab, ich schwebe über der Erdoberfläche, mein Zwerchfell ist eine Höhle. Maja, denke ich. Warum mußtest du … mich abweisen? Ich beschäftige mich damit, mir eine Zigarette anzuzünden, damit Frank meine Augen nicht sehen kann.

Franks Angebot? Schiebe mir Maja aus dem Kopf, mache einen tiefen Lungenzug, richte beim Ausatmen meinen Blick auf Frank.

»Ich bin noch nicht mit Denken fertig«, sage ich.

»Du bist trotzdem hier ... und du bist drauf«, sagt Frank. Selbstverständlich kann er sehen, daß ich angeturnt bin, aber ... etwas an Frank beunruhigt mich, da ist etwas, das ständig außerhalb meiner Reichweite rumort. Wünschte, daß mein Kopf natürlich klar wäre, damit ich es rausfinden könnte, daß ich nicht vom Koka angespannt wäre.

»Ich bin noch nicht mit Denken fertig«, wiederhole ich und mache eine Kopfbewegung zur Tanzfläche. »Die da hat nen leckeren Arsch.«

»Wer?« fragt Frank und dreht sich auf seinem Platz um, damit er meinem Blick folgen kann.

»Die Blondine«, sage ich. Das Mädchen hat in ihren Jeans unterhalb jeder Pobacke ein Loch. Die Arme über den Kopf gehoben, rotiert ihr Unterleib im Rhythmus, jedes der Löcher öffnet und schließt sich abwechselnd, enthüllt helle Haut. Einladungen – ewig wiederkehrende.

»Könnte sein, ich sollte heute tanzen«, stelle ich fest.

Ein Lächeln von Lene: »Ich will gern tanzen«, sagt sie.

Frank ist ernst. »Paß auf«, sagt er, deutet zu einem Tisch: »Ihr Typ sitzt dort drüben – der versteht keinen Spaß.«

Ich folge der Richtung seines Fingers, der Blick schneidet durch die Luft. Rocker.

»Ah ja«, sage ich, verstehend, »sie ist nur draußen und wirbelt mit ihrem Hintern, um ihn anzuheizen.«

»Jetzt wirst du aber ganz schön eklig«, sagt Lene und lächelt verlegen. Frank lacht.

»Sieh es dir doch an«, sage ich zu Lene, »sie steht da draußen und reibt ihren Schritt an diesen jungen Männchen da, und am Ende erwacht der große Kerl und jagt sie alle weg, und dann gehen sie nach Hause und vögeln.«

»Allan, du bist einfach too much«, lacht Frank und dann zu Lene: »So ist er immer gewesen.«

Die leckere Rockerbraut kommt rüber und stellt sich ans Tischende.

»Das ist einfach wahr«, sage ich, »und wenn er es nicht bringt, weil er so viel Scheiß genommen hat, daß er ihn nicht hoch und zum Stehen kriegt, dann verhaut er sie statt dessen.« Die Braut hat sich neben mich gesetzt, dicht. Blondiert, Dauerwelle, übertrieben geschminkt, billiges Parfum; die Halbkugeln des Busens schieben sich im weit geöffneten Hemd vor. Lene schaut nervös zu Frank, der versucht, mit der Rockerbraut Augenkontakt aufzunehmen – er ist eindeutig interessiert.

»Du heißt Allan, oder?« fragt sie.

»Doch ja, das bin ich«, sage ich, »und wer bist du?«

»Ich heiße Lykke, wie Glück.«

»Du *bist* Glück«, sagt Frank.

»Stimmt das?« frage ich.

»Manchmal«, antwortet Lykke kokett und bewegt sich so, daß sich ihr Schenkel an meinen schmiegt. »Worüber redet ihr?«

»Über Paarungstanz«, sage ich.

»Paarungstanz?«

Ich zeige zur Tanzfläche: »Was da drüben abgeht.«

»Wie meinst du das?« fragt Lykke.

»Das ist, als wenn du dir im Fernsehen einen Naturfilm anschaust«, sage ich, »die Männchen spielen auf und die Weibchen stellen sich an.«

Lykke lacht. »Da könnte was dran sein«, sagt sie.

»Nun hör aber auf«, sagt Lene vom anderen Ende des Tisches, »die tanzen doch bloß.«

»Was soll denn der Punkt sein am Tanzen, wenn man sich nicht vorgenommen hat, anschließend nach Hause zu gehen und die Braut ordentlich ranzunehmen?«

»Warst du nicht bei diesem Unglück dabei?« fragt Lykke.

»Doch.«

»Ich hab in der Zeitung davon gelesen. Das muß entsetzlich gewesen sein.«

»Gut war's nicht.«

»Hattest du Angst?«

»Klar hatte der keine Angst«, sagt Frank, »das ist ein harter Hund.«

»Natürlich hatte ich Angst«, sage ich.

»Echt?« fragt Frank.

»Versuch mal, nachts in ein brennendes Meer zu springen, wohl wissend, daß du zwanzig bis dreißig Meter unter Wasser schwimmen mußt, um beim Hochkommen zum Luftholen nicht gebraten zu werden.«

»Ja, okay«, sagt Frank. Unter dem Tisch hat Lykke eine Hand auf meinen Schenkel gelegt.

»Da sind doch auch ein paar gestorben, oder?« fragt sie, gespannt.

»Sieben«, sagt Lene. Woher zum Teufel weiß sie das?

»Die Angst ist es doch gerade, die in so einer Situation das Adrenalin hochpumpt«, sage ich zu Frank, »deshalb schafft man es doch überhaupt nur.«

Lykke nickt, sagt: »Ja.«

Lene fragt nach meinen Verbrennungen. Ich antworte kurz angebunden, trinke einen Schluck Bier.

Lykkes Hand drückt meinen Schenkel. »Oh Mann, ich bin total wild auf diesen Song«, sagt sie, »willst du tanzen?«

»Na klar«, ich stehe auf, folge ihr mit der Hand ganz unten an ihrem Rücken. Ich kann Franks Blick spüren. Natürlich will sie mit dem Überlebenden einer Schiffskatastrophe kopulieren – das ist fast schon ein Prinzip.

Sie trägt engsitzende Shorts aus Jeansstoff – sehr kurz, beinahe Hot Pants. Männer hängen an der Bar rum, Bier und Zigarette in der Hand, reden miteinander, gestikulieren zur Tanzfläche hin. Ich ziehe sie dicht an mich, ihren Unterleib gegen meinen Schritt reibend. Halte sie fest, die linke Hand ganz unten auf ihrem Rücken, die rechte – hat ihren Arsch fest gepackt. Ihre Arme um meinen Hals.

»Unartiger Junge«, flüstert sie guttural.

»... mein Eindruck, dir gefällt das.«

»Na, das kannst du glauben.« Sie hängt an mir. Ich führe die rechte Hand an der Innenseite ihres Schenkels hoch, zwischen unsere Körper, versteckt. Manövriere einen Finger an der Innenseite des Schenkels unter die Shorts. Das Gefühl von glatten nassen Schamlippen.

»Unngghh«, sagt Lykke.

»Wir gehen jetzt«, antworte ich.

»Ich wohne ganz in der Nähe«, sie ist außer Atem. Wir lassen beim Gehen die Hände nicht voneinander. Ich löse den Knoten vorn an ihrem Hemd. Schwarzer glänzender BH. Im Treppenhaus ist sie vor mir. Ich ziehe ihr das Hemd aus, schiebe meine Hand an der Innenseite ihrer Schenkel hoch bis zum Ritz zwischen ihren Pobacken, die Möse – warm, feucht. Im Flur den BH weg, mein Mund um eine Brustwarze, knorpelig unter dem leichten Druck meiner Zähne, die Zunge gleitet rundherum, die andere Brust in meiner Hand.

»Ich muß schnell ins Bad«, sie versucht das überlegen zu sagen, ist aber zu erregt. Ich gehe ins Wohnzimmer, ziehe mich ganz aus. Mein Schwanz ist so hart, daß es weh tut. Nehme den letzten Rest Koks. Zünde eine Zigarette an, setze mich auf einen Stuhl, die Hände auf den Schenkeln. Sie kommt rein.

»Ist der für mich?« sagt sie, lacht.

»Zieh dich aus.« Sie gehorcht und kommt her. Auf dem Couchtisch liegt eine Sonnenbrille. Die setze ich ihr auf. Weiß nicht warum, aber es ist nötig; ich hab keine Lust, ihre Augen zu sehen. Sie sitzt auf mir. Wenn ich nach unten schaue, kann ich den Ansatz meines Schwanzes wie einen Kolben zum Vorschein kommen und wegtauchen sehen, während sie mich reitet, unter der sehr dünnen Haut zeichnen sich ihre Bauchmuskeln scharf ab.

»Oh ja, fick mich«, sagt sie, der Mund offen, sie stöhnt, springt geradezu auf mir auf und ab, schlägt mir die Nägel in die Schulter, als ich fast so weit bin. Ich glaube, sie zieht Blut. Mein Gesicht in der Spiegelung der Sonnenbrille, häßlich – das stoppt meinen Orgasmus.

»Oh, bist du noch nicht gekommen?« Ihre Stimme ist feuchter Rost, als sie sich erhoben hat, steht mein Schwanz hoch in die kühle Luft. Sie kniet sich hin, nimmt ihn in den Mund. Das Plastik der Sonnenbrille ist kühl an meinem Bauch. Sie ist irgendwer. Ich kann ihre Möse riechen. Ziehe sie an den Schultern hoch, setze sie aufs Sofa, gehe auf die Knie, spreize ihre Beine weit zur Seite, die Möse glänzt, weit geöffnet, schwer von Feuchtigkeit. Ich umschließe sie mit meinem Mund, lecke, Geschmack wie Glas, lasse meine Zähne ihre Klitoris reiben, schaffe ein Vakuum, sauge sie zwischen den Zähnen heftig ein und aus, bearbeite sie mit der Zunge. Erschütterungen laufen durch ihren Körper. Ich schaue auf, sie zieht fest an ihren Titten. Ich nehme mein Gesicht aus der Möse, lasse die kalte Luft daran. Meine Wangen sind naß. Ihre Schenkel sind innen naß. Hebe die Beine etwas höher. Das Arschloch – eine hellrote implodierte Narbe; auch das glänzt naß. Ich lasse die Zunge daran längsspielen.

»Oh«, sagt sie.

»Dreh dich um.«

Sie hockt sich mit den Knien auf die Kante des Sofas, den Hintern gehoben, packt die Rückenlehne.

»Allan, fick mich.« Ich tue es.

»Bist du meine Hündin?« rufe ich.

»Oh ja, ja«, stöhnt sie. Ich klatsche ihr auf den Po. Sie stöhnt, tiefer. Schlage fester. Jetzt kreischt sie, meine Fingerabdrücke bleiben. Sehe ihr Arschloch; der Muskel zieht sich zusammen. Lecke an einem Finger, bearbeite es, massiere es, bis es offen genug ist, führe den Finger ein.

»Oh«, stöhnt sie wieder. Ich schaue runter. Mein Schwanz pumpt in ihre Möse, raus und rein. Ich bin hier. Dafür bin ich hier.

»Fick mich in den Arsch.«

Ich tue es.

»Fick den Arsch. Fick ihn.« Sie schiebt einen Arm unter ihren Oberkörper, schlägt sich selbst auf die Möse.

»Das gefällt dir«, sage ich.

»Fick den Arsch. Fester«, sagt sie und haut sich selbst mit dem Handrücken auf den Hintern, bis ich es tue. Sie haut sich wieder auf die Möse. Schreit. Jetzt gefällt es ihr. Endlich komme ich. Die Eier schmerzen – harte, unreife kleine Pflaumen. Ziehen um ins Bett. Machen weiter.

Schließlich schläft sie ein. Der Geruch nach Sex hängt in der Wohnung. Ich rauche eine Zigarette, und während der Geruch älter wieder, wird er kalt oder nur müde und entwickelt sich zu einem Dunst, zu Gestank. *Lykke, lyyke, lykkeland.* Ich ziehe mich an und gehe auf die Straße. Die Depris setzen ein, der Körper ist mit Sand gefüllt. Die Innenseite meiner Augenlider kratzt über die Hornhaut, jedesmal wenn ich blinzele. Nehme ein Taxi nach Hause, gehe unter die Dusche. Gehe in die Koje. Leer. Stehe wieder auf. Schleppe die Matratze ins Wohnzimmer, lege mich hin und starre auf die Seekarten, bis mich bei Tageslicht der Schlaf einholt.

3

Sitze am Sonntag abend in Kino 5 und sehe *The Abyss* – Teil einer Sciencefiction-Kavalkade, die gerade läuft. Schick – aber was für ein Schrott. Im Film ist eine Frau am Ertrinken, ich muß die Armlehnen des Sitzes fest packen, um mich nicht zu übergeben. Den Rest des Films bekomme ich nicht mit – ich zittere, bekomme Kälteschauer; zum Glück sitzt niemand in meiner Nähe. Als der Film zu Ende ist, bleibe ich, während die Texte abrollen, in Ruhe sitzen, um allein rausgehen zu können, und da sehe ich sie. Sie sitzt weiter vorn, zusammen mit dem Mädchen, das einer Gazelle ähnelt, das auch im Rock Nielsen war. Sie stehen auf. Maja hat einen schwarzen Pulli mit V-Ausschnitt an und verwaschene Militärhosen, die am Hintern eng sitzen. Was zum Teufel soll man mit so einem Mädchen? Warum nicht einfach eine von den anderen nehmen? Das frage ich mich und verfluche dann aber gleich mich und meinen Versuch, mir selbst was einzureden. Die anderen sind so egal. Sie ist 25 Meter vor mir auf dem Bürgersteig, als ich rauskomme, und obwohl ich so wütend bin, kommt es mir gleichzeitig ein bißchen komisch vor, hinter ihnen zu gehen, ohne mich zu erkennen zu geben. Ich bin ein Mensch, der in die gleiche Richtung muß, und habe wohl das verdammte Recht, hier zu sein.

Ich konzentriere mich auf meine Zigarette und die Schaufenster, bis ich mal aufschaue. Sie wartet auf mich; das Gazellenmädchen ist weg.

»Ich finde, du brauchst einen Haarschnitt.« Maja lächelt unsicher.

Ich schaue ihr in die Augen und weiß echt nicht, was ich sagen soll, da sagt sie zum Glück »Entschuldigung«, und senkt den Blick.

»Hallo Maja«, sage ich.

»Das war nur, weil ...« sagt sie und steht da und weiß nicht wohin mit ihren Händen. Ich habe Lust zu sagen: ist in Ordnung.

»Weil ...?« frage ich.

»Es tut mir leid, wenn ich dich verletzt habe«, sagt sie. Glücklicherweise denke ich schon daran, wie leicht ich mir was einrede.

»Darum geht es nicht. Es macht mir nichts aus ... ja.« Ich mache eine Geste, bewege mich über den Bürgersteig, so daß sie einen Moment lang hinter mir ist. »Ich bin gekommen, um nach dir zu suchen«, sage ich, »und dann ... dann kommt so ein ... so ein Junge und ... Ich meine, das ist so absurd.« Sie geht direkt hinter mir.

»Er war ... also wir waren voll, und die Stimmung war so ein bißchen ...«

»Und dann mußte ich angepinkelt werden, weil ich dich begrüßen wollte?« Ich weiß nicht, ob ich hier zu weit gehe; ich weiß nicht, was für Typen ihre Leute sind, aber ich weiß, was ich will, also ...

»Ich weiß genau. Kann ich dir ein Bier ausgeben?«

»Wieso?« frage ich.

»Dann würde ich mich besser fühlen.«

»Geste?«

»Ja – eine Geste.« Sie lächelt.

»Okay«, sage ich und dann packt sie meinen Arm und wirkt sonderbarerweise schon wieder ein bißchen froh. Sie geht dicht neben mir und sagt etwas über den Film, und ich weiß nicht, ob sie weiß, was sie da tut. Mich überfällt ein Zittern am ganzen Körper, wie von einem elektrischen Schlag. Beim Gehen redet sie davon, wie sehr gern sie an der Küste ist, im Meer schwimmt. Wir gehen in den Queen's Pub in der Vingårdsgade, ein klassisches Wirtshaus mit hoher Decke und so einer Art Nischen. Ich ziehe die Jacke aus und setze mich an einen der Tische, die Arme lässig auf der Rückenlehne, bin mir bewußt, daß sie sehen kann, wie ich gebaut bin. Mir gefällt, wie sie oben an der Bar steht mit diesem kleinen Schwung im Rücken und dem abstehenden Hintern, als sie uns Bier besorgt.

»Aber ich meine es ernst«, sagt Maja, als sie zum Tisch kommt, »ich finde, du mußt die Haare schneiden.«

»Wie?«

»So ganz kurz – ich glaube, das würde gut aussehen.«

»Ich muß drüber nachdenken«, lache ich. Mein Haar ist in den letzten Wochen gerade erst wieder ordentlich nachgewachsen.

»Aber willst du?« fragt sie und lächelt breit, und ich kann ihre Zungenspitze mitten im Lächeln zwischen den Zahnreihen sehen und eine kleine Spuckeblase, die an dem einen Vorderzahn platzt, und sie lacht mich an, und weil ich nicht weiß, warum, lache ich zurück und sage: »Dein Lächeln kann ich richtig gut leiden, gleich vom ersten Mal an, als ich dich gesehen habe.«

»Ich habe eine Schere hier«, sagt sie und zieht an der Lasche des kleinen Militärrucksacks, der über ihre rechte Schulter hängt.

»Kannst du schneiden?«

»Ja«, antwortet sie, »traust du dich?«

»Unter einer Bedingung.«

»Und die wäre?«

»Daß du sie mitten auf der Brücke schneidest.«

»Aha, das könntest du dir also vorstellen«, sagt sie und schaut mich forschend an.

»Ja, das könnte ich mir richtig gut vorstellen«, antworte ich. Sie trinkt langsam, und obwohl ich mein Tempo reduziere, überhole ich sie mit dem Bier trotzdem schnell. Wir reden über dies und das; tasten uns vor nach gemeinsamen Themen. Es scheint nicht anstrengend zu sein.

Ich frage sie nach ihrer Arbeit.

»Bauernmalerei«, sagt sie, »alles, was damals mit auf Öl basierender Farbe gemalt wurde, das mache ich. Erst die Grundierung und dann Muster und Motive im volkstümlichen Stil und mit den richtigen Farben, die man damals benutzt hat. Und hin und wieder male ich eine Jahreszahl drauf, weil man das früher oft gemacht hat, 1867 zum Beispiel. Oder wenn es eine Brauttruhe ist, dann bekommt sie einen Namenszug. Und dann ferkele ich das Ganze ein, damit es alt aussieht.«

»Aber die Möbel, die ihr aufkauft – sind die nicht alt?«

»Nein. Das sind Kopien. Und meistens einfarbig, und letztendlich, wenn es alte sind, dann sind sie abgenutzt auf eine ... unschöne Weise.«

»Laugt ihr sie zuerst ab?«

»Nein, das darf man nicht. Das ist wie bei Türen mit Füllungen, wo die Füllungen aus Abfallholz gemacht wurden; die Möbel sind das auch oft, und wenn man sie abbeizt, dann verzieht sich das

Holz leicht von der Flüssigkeit, und dann lockern sich die Verbindungen. Wir schleifen die Farbe ab oder lassen sie bei einem Autolackierer sandstrahlen.«

»Und wenn du sie angemalt hast, schmierst du Dreck drauf?«

»Ja, das ist doch das ganze Geheimnis«, sagt sie und blinzelt mir zu. Ich schaue auf ihre Hände. Auch wenn sie sauber sind, kann ich gut Farbe tief in den Poren der rechten Hand erkennen. Sie folgt meinem Blick, obwohl ich versuche, diskret zu sein. Alle Mädchen, die ich gekannt habe, sind ausgeflippt, wenn man sie auf einen Mangel in ihrer persönlichen Hygiene hinwies. Sie hebt die Hand hoch.

»Beize. Manchmal schmiere ich Beize über das frisch Gemalte und schiebe sie gut in die Ecken, und wenn das dann ein bißchen draufgeblieben war, wische ich das meiste von den Flächen, an die man leicht drankommt, wieder ab.«

»Und was machst du noch?«

»Na ja, ich schleife sie mit feinem Sandpapier, besonders an den Stellen, wo die Sachen normalerweise abgenutzt sind. Wie die Stuhlrücken, da, wo man sie anfaßt, um den Stuhl vorzuziehen, und da, wo die Beine an der Stuhlkante scheuern. Und an Schränken, wo man anfaßt, um die Schubladen rauszuziehen. Überhaupt in allen Ecken und Kanten. Manche Stellen schleife ich übrigens durch das Gemalte bis aufs Holz, aber das sieht dann schön und hell aus, und deshalb muß irgend so ein Dreck drauf.«

»Erde?«

»Kaffee und Tee.«

»Gießt du Kaffee drüber?«

»Nein«, sagt sie, als sei ich nicht ganz dicht.

»Verdammt, was weiß denn ich.«

Sie lächelt: »Ich nehme irgendwelchen feuchten Kaffeesatz oder Teeblätter – das läßt sich beides auch gut in Spalten und Ritzen reiben – und wenn das angetrocknet ist, bürste ich es wieder ab. Dann sieht es natürlich aus, dort, wo sich halt Schmutz sammelt. Und die

Ecken bekommen eine Runde mit einem Lederlappen – davon glänzen sie auf eine bestimmte Weise. Es dürfen ja gut und gerne etliche Lagen Schmutz drauf, und dann sieht es nach und nach authentisch aus. Ich mache mit Sand und Kies auch noch ein paar Schrammen rein, damit es so *ursprünglich* abgenutzt aussieht.« Sie gestikuliert lebhaft beim Sprechen. Sie ist phantastisch.

»Das ist ja eine richtige ... Kunst«, sage ich.

»Wenn das Möbelstück schließlich diese falsche Patina hat, dann nehme ich ein Tuch und Wachs, und dann wird es ein bißchen eingewachst, als ob es benutzt gewesen wäre. Das Holz, das abgeschliffen wurde, darf ja nicht allzu trocken aussehen. Und dann ist es so gesehen fertig.«

»Und dann kaufen die Amerikaner Stühle und Kästen?«

»Ja, und Kleiderschränke, Wiegen, Kommoden, Wäscheschränke. Vor allem Kleiderschränke. Also wir packen die nur in einen Container. Und dann gibt es jede Menge reiche Leute in Amerika, die ihre Häuser in einem Stil einrichten, der *Scandinavian Country* genannt wird und den sie in einem großen Bildband mit Fotos eines schwedisch-amerikanischen Inneneinrichters gesehen haben. Was aus *der alten Welt* – also von hier«, sagt sie und zeigt auf den Fußboden.

»Dann kannst du also gut malen?«

»Ja, ich habe immer gemalt. Aber ich hatte nicht damit gerechnet, daß ich das mal dazu benutzen würde, um Leute zu verarschen. Aber darin bin ich offenbar auch gut.« Sie lächelt mich ein bißchen komisch an.

»Und davon lebst du?«

»Ja, mit Schwindeleien läßt sich gutes Geld verdienen«, sagt sie.

Sie fragt mich, wie es sich anfühlt, tätowiert zu werden, dann erzähle ich ihr ein bißchen davon, und dann erzählt sie mir eine Geschichte – ohne daß ich eigentlich begreife, wie wir dahin gekommen sind: Wie sie und ihre Freundin als Kinder im Meer Schnecken gesammelt haben und ins Spielhaus gegangen sind, wo sie ihre Unterhosen auszogen, sich auf den Bretterboden legten und sich die Schnecken auf den Po setzten und sie herumkrabbeln ließen, und wie die Schnecken glänzende Spuren auf ihrer Haut hinterließen. Wie ich so neben ihr sitze, wächst meine Lust, ihr in den Po zu beißen. Das sage ich ihr. Sie lächelt, aber fährt bloß mit der Geschichte fort und beendet sie schließlich:

»Ich wünschte nur, wir hätten eine Waldschnecke gefunden.« Ich sitze eine Weile einfach nur da und lächle sie an.

»Sollen wir gehen?« frage ich.

»Mit Schnecken spielen?« fragt sie lächelnd.

Ich lächle: »Haare schneiden?«

Maja nickt. Ich trinke mein Bier aus. Sie hat ein Auge auf den Barkeeper, als sie ihres in eine Tasche außen am Rucksack gleiten läßt.

Sie spaziert oben auf dem kniehohen fußbreiten Metallgeländer, das Bürgersteig und Radweg voneinander trennt, die Flasche in der einen Hand und die andere auf meiner Schulter. Es ist Frühsommer, nachts wird es kaum noch richtig dunkel. Sie reicht mir zwischendurch die Bierflasche, bis sie leer ist. Wir nähern uns dem Turm direkt vor den Klappteilen der Brücke.

»Warum wolltest du gern hier draußen die Haare geschnitten haben?«

»Es schien mir passend, mitten hier draußen, hoch oben über dem Wasser.«

»Weißt du, daß ich dort drüben wohne?«

»Ich gehe davon aus, ja.«

»Warum?«

»Ich hab dich mit dem Rad da rüberfahren sehen.« Eine Pause entsteht.

»Da kann man mal sehen«, sagt sie.

Mein Hinterkopf ruht weich an ihrem Bauch, sie hält mit einer Hand meinen Kopf, um ihn ruhigzustellen, während sie mit der Schere ganz dicht am Schädel entlangschneidet. Ich sitze mit nacktem Oberkörper auf einem Betonpfeiler, da, wo er über das Wasser ragt, auf der anderen Seite der beiden Brückenklappen. Jedesmal, wenn ein Auto vorbeifährt, bekomme ich von der Luftströmung eine Gänsehaut, und ich versuche aufrecht zu sitzen, auch wenn langsam meine Zähne klappern.

»Ich glaube, das wäre es soweit«, sagt sie und tritt vor mich, steht vorgebeugt, dreht und wendet mit ihrer Hand meinen Kopf, um zu sehen, ob sie alles mitbekommen hat, läßt los und richtet sich auf.

»Sieht gut aus«, sagt sie. Ich stehe auf und strecke gleichzeitig meine Hände unter ihre Achseln und hebe sie hoch, so daß sie die Beine um meinen Leib schlingt, und ich drücke sie fest an mich. Wir küssen uns so ungeschickt suchend, daß unsere Vorderzähne zusammenstoßen. Sie zieht ihr Gesicht von meinem weg und berührt meine Wange, und dann schüttelt sie leicht den Kopf, und wir lachen beide verlegen.

»Und was glaubst du, soll jetzt passieren?« fragt sie.

»Ich bringe dich nach Hause«, sage ich.

»Und dann ...?«

»Bekomme ich hoffentlich die Erlaubnis zu bleiben.«

»Das kannst du nicht, weil Susan – das Mädchen, mit dem ich im Kino war – sie schläft bei mir.«

Susan?

»Das ist völlig okay«, sage ich, »ich möchte dich trotzdem nach Hause bringen.« Das darf ich gern, und Maja droht mir im Spaß, weil ich mit raufkommen und ein Glas Wasser haben will, aber mir ist es ernst – ich habe Durst. Wir gehen nach oben auf den Flur bei ihrem Zimmer. Vom Bett her ist ein schwaches Schnarchen zu hören. Ich stehe in der Tür, während Maja in der Küchenecke ein Glas füllt. Sie kommt her zu mir.

»Darf ich dich anrufen?« flüstere ich.

»Ich hab kein Telefon.« Ich glaube, sie spürt meine Enttäuschung. »Aber du kannst gern vorbeikommen«, sagt sie.

»Dann gehe ich jetzt zu meinem Auto.«

»Deinem Auto?«

»Ich hab mein Auto drüben am Hafen stehen.«

»Du sollst nicht fahren, das gefällt mir nicht. Du hast zu viel Bier getrunken, Allan«, sagt sie. So wie sie meinen Namen sagt, wird mir ganz warm.

»Ich lasse es. Ich habe im Auto eine Decke, da kann ich ein paar Stunden bleiben.«

»Okay.«

»Dann werde ich jetzt gehen.« Schnell greift sie nach mir, drückt sich gegen meinen Körper und küßt mich tief und fast brutal, worauf sie losläßt, zurücktritt und die Tür zwischen uns schließt. Ich stehe einen Moment und schaue auf die Tür. Ich fühle mich … Ich bin sehr froh. Ruhe – Zufriedenheit … in mir. Sie ist drinnen hinter der Tür, wir kennen uns nicht, aber ich fühle, wir haben etwas gemeinsam – etwas Gutes. Dann gehe ich und mir wird klar, daß ich heute nacht nicht schlafen werde. Ich bin zu froh, zu glücklich. Als ich wieder zu dem Betonpfeiler mitten auf der Brücke komme, liegen immer noch Haare von mir auf dem Asphalt, ich bücke mich und fege sie mit den Händen zusammen und werfe sie über das Geländer, so daß sie runter in den Fjord schweben. Dann stehe ich ein bißchen da und spucke hinterher, während die Lust auf sie in meinem Körper wütet.

Ich habe Montag frei und beschließe, im Valhal Billard zu spielen.

Die Kneipe ist ziemlich leer. Zwei spielen, und an der Bar sitzen zwei müde Mädchen. Die Frau hinter der Theke zapft mir ein großes Bier, und ich gehe nach links und um die Ecke des L-förmigen Raums zu den Billardtischen. Die beiden Typen, die spielen, kommen mir irgendwie bekannt vor.

»Hallo Nazi-Kopp. Willst du los, Türken verkloppen?« Einer von den beiden Typen redet – ein übergewichtiger Rockeraspirant; typische Bodybuilder-Muskulatur, darüber Fett und schlechte Tattoos. Vielleicht ist er gleichzeitig mit mir auf die Technische Schule gegangen – ich meine es jedenfalls.

»Meine Haarlänge«, sage ich zu ihm, »hat nichts mit Nazitum zu tun.« Der andere Typ sagt nichts, steht nur ruhig da und schaut mich an – den habe ich auch schon mal gesehen.

»Mit den Haaren siehst du wie ein Neonazi aus«, sagt der Übergewichtige höhnisch.

»Benutz für mich nicht das Wort Nazi.«

»Ach komm, Mann, werd locker.«

»Hast du gehört, was ich sage?«

»Empfindlich wie 'ne Tussi.« Er legt an zum Stoß.

»Lieber Tussi als Idi«, sage ich. Er richtet sich wieder auf, ohne den Stoß ausgeführt zu haben. Starrt mir in die Augen – seine sehen auf eine lebendige Weise viel zu kalt aus.

»Hast du mich einen Idi genannt?« fragt er.

»Hast du gehört, daß ich dich Idi genannt hab?«

»Antworte!«

»Was meinst du selbst?« frage ich. Zwischen uns ist der größte Teil eines Billardtischs. Andererseits hat er ein Billardqueue in der Hand.

Der andere, ein stämmiger, aufgeweckt aussehender Typ, tritt zum Billardtisch und klopft mit den Knöcheln an die Kante. »Es geht um Geld«, sagt er zu dem Übergewichtigen, »setz dich in Bewegung.«

Der Dicke lehnt sich für den Stoß wieder vor. Er wendet sich mir zu. »Ein falsches Wort von dir, dann ...« sagt er, drohend, hochmütig, anmaßend.

Der stämmige Typ streckt mir die Hand entgegen. »Adrian«, sagt er. Ich nehme seine Hand, nenne meinen Namen.

»Du hast seinerzeit in Vejgaard gespielt«, sagt er. Jetzt kann ich mich an ihn erinnern; guter Fußballspieler.

»Das ist korrekt«, antworte ich, »aber nicht so gut wie du.«

Er nickt zum Dank für das Kompliment, sagt nichts zu meinem

Gesicht, schaut es dann aber doch zu lange an. »Brandunfall«, sage ich.

»Mmm, so«, sagt er. Der Übergewichtige berührt den Ball, der durchkreuzt rasch und geräuschvoll den Tisch, aber dabei kommt nichts raus. Er, der Adrian heißt, geht zum Tisch. Ich setze mich auf einen Stuhl hinten an der Wand.

»Ich bin mit deiner kleinen Schwester zur Schule gegangen«, sagt Adrian. »Mit wem lebt sie zusammen?«

»Peter«, antworte ich, »Zahnarzt.«

»Ein Spießer?« fragt Adrian.

»Er ist wirklich sehr geschickt«, sage ich.

»Geschickt … das ist es, was ich meine«, sagt Adrian und versenkt ruhig einen Ball.

»Meine Schwester hat geordnete Verhältnisse gern«, sage ich, versuche auszurechnen, worauf er hinaus will. Er richtet sich auf, lacht:

»Sie sah so verdammt gut aus. Sie hätte haben können, wen sie wollte.«

»Und dann nimmt sie einen Zahnarzt«, ergänze ich.

»Ja.« Adrian schüttelt den Kopf, versenkt noch einen Ball. »Es gibt einem echt zu denken, wenn man so was schlucken muß.«

»Keine Heavy Metal Speedballs mehr«, sage ich. Der Übergewichtige macht ein schlaues Gesicht – das steht ihm nicht.

»Ist es gesetzlich erlaubt, seine Halbschwester zu vögeln?« fragt er ins Blaue hinein. Er steht am anderen Ende des Tisches, zwei Meter von mir entfernt. Adrian, auf der entfernten Seite des Tisches, begutachtet seinen Stoß. Aus dem Augenwinkel sehe ich, wie er unmerklich die Position seiner Hände auf dem Queue verändert, so daß er es schnell schwingen kann.

»Ich mach mir nichts aus deinem Ton«, sage ich.

»Die Frage muß von Bedeutung für dich sein«, sagt der Übergewichtige. Ich sitze noch, aber angespannt.

»Sollen wir sofort rausgehen?« frage ich. Adrian stößt nach dem

Ball. Er rollt in die Ecke, aber er hat den Ball so ruhig gespielt, daß er am Rand des Lochs liegenbleibt. Adrian klopft mit dem Ende des Queues ein paarmal schnell nacheinander auf den Fußboden, um so doch noch einzulochen.

»Jøns«, sagt er – so heißt der andere offenbar – »was du machst, ist mir völlig egal, aber hier stehen vierhundert Kronen auf dem Spiel«, er macht eine Handbewegung über den Billardtisch, »also spiel verdammt zuerst fertig.« Jøns geht widerstrebend zum Tisch zurück.

»Das würde mich jedenfalls nicht aufhalten, wenn sie *meine* Schwester wäre«, sagt er.

Ich sage nichts. Ich glaube, ich kann gut mit ihm fertig werden – Muskulatur, wie er sie hat, ist in einer Schlägerei nutzlos. Er steht und hat ein Billardqueue, ich sitze auf einem Stuhl und habe ein Bierglas in der Hand. Falls er ein Messer dabeihat – aber ich glaube, er war zu hochmütig, um zu lernen, wie man damit umgeht.

»Anschließend …« redet Jøns in die Luft. Verdammte Scheiße. Ich kann jetzt nicht gehen. Ich muß warten, bis sie …

»Warst du nicht mit dieser …« Adrian bricht in meine Gedanken ein, »dieser Janne zusammen?« beendet er seine Frage.

»Doch«, antworte ich.

»Wo warst du …? Hast du gesessen?«

»Ich bin auf See gewesen.«

»Ja, okay«, sagt Adrian.

»Nein, wörtlich – auf Öltankern.«

»Oh verdammt. Wie war das?«

»Lehrreich.«

»VERDAMMT.« Jøns brüllt das. Er hat durch einen Fehler den schwarzen Ball zur Unzeit versenkt. Er schmeißt wütend vierhundert Kronen auf den Billardtisch und geht auf eine hektische Weise zu den Toiletten ganz hinten in der Kneipe. Adrian schaut ihm dünn lächelnd nach, sammelt das Geld ein.

»Spielen?« fragt er.

»Sind hundert okay?« frage ich. Er ist nicht besser als ich, aber ich bin zu sehr eingerostet. Wir legen los. Der Dicke ist noch nicht wiedergekommen.

»Du mußt gute Zähne haben«, sagt Adrian.

»Er ist nicht der Typ, der was umsonst macht – deshalb ist er wohlhabend. Was ist mit deinem Freund?« frage ich mit einer Kopfbewegung zu den Toiletten hin. Adrian zuckt die Achseln:

»Zu viel …« Adrian hebt die Hand – zweimal tippt er mit dem Zeigefinger an seinen Nasenflügel. »Laß den mal sein – der bleibt ein bißchen dort hinten.«

Ich verliere in aller Ruhe, aber es ist ein gutes Spiel – wir arbeiten beide aus einer defensiven Strategie heraus. Der Hundertkronenschein wechselt den Besitzer. Adrian fragt, ob ich ihn ein Stück mitnehmen kann.

»Was ist mit dem Pulvermann?« frage ich.

»Völlig egal. Er ist ein Rocker-Lakai – unbedeutend«, sagt Adrian. Wir gehen auf die Tür zur Straße zu.

Die Bedienung ist nun ganz allein im Lokal. Sie wirkt besorgt.

»Was ist mit eurem Kumpel?« fragt sie.

»Wem?« fragt Adrian, während ich die Tür aufziehe.

»Der Dicke, mit dem du gekommen bist.«

»Der ist weg«, antwortet Adrian und geht an mir vorbei auf den Bürgersteig. Sie sieht erleichtert aus, und dann wechselt ihr Gesichtsausdruck wieder und sie sagt etwas, das ich wegen des Straßenverkehrs nicht hören kann. Die Tür fällt hinter mir zu, und durch die Glasscheibe kann ich sehen, wie die Bedienung die Bar verläßt und um die Ecke geht, wo sie sieht, daß das Lokal leer ist. Aber Valhals Toiletten sind dafür bekannt, Ballerburgen zu sein; an guten Tagen kann man die Leute an den Tischen schnupfen sehen. Sie wirft einen besorgten Blick auf die jetzt geschlossene Tür und bewegt sich zögernd in Richtung Toiletten. Wir gehen runter zu meinem Auto. Adrian muß nach Vejgaard. Das ist nur ein kleiner Umweg. Er fordert mich auf, wiederzukommen und bei den Old Boys mitzuspielen. Ich verspreche, daß ich es mir überlege.

Pausenlos diskutiere ich mit mir. Montag oder Dienstag wäre ein Zeichen von Verzweiflung gewesen, Donnerstag und Freitag hingegen ein Zeichen von Nachlässigkeit, und außerdem läge das zu nahe am Wochenende, was bedeutet, daß sie vielleicht schon Pläne gemacht hat. Heute ist Mittwoch. Ich kann nicht länger warten; so lautet die Schlußfolgerung.

Fahre früh am Abend zu ihr rüber, aber sie ist nicht zu Hause. Mit schweren Schritten gehe ich wieder runter zum Auto – ich habe keine Lust, nach Hause zu fahren. Ich spaziere zu einem Kiosk und überrede den Verkäufer dazu, mir einen Plastikbecher mit Kaffee aus einer Maschine zu geben, die er im Hinterzimmer stehen hat. Ich kaufe eine Zeitschrift, die *Boot & Motor* heißt, weil darin ein langer Artikel über einen Segeltörn im Eismeer bei Grönland steht. Dann sitze ich auf der Motorhaube, lese, rauche, trinke Kaffee. Der Lack ist so abgenutzt, daß es fast peinlich ist – eine Einladung an den Rost. Andererseits interessiert mich das Aussehen des Autos nicht mehr so wie früher. Der Hintern tut mir weh von der Motorhaube, und außerdem fühle ich mich idiotisch, auf dem Auto zu sitzen – als ob ich versuchte ... mich aufzuspielen. Ich setze mich auf den Beifahrersitz und lese bei offener Tür weiter.

»Hallo Allan.« Ich zucke zusammen. Sie steht direkt neben mir.

»Hallo Schatz«, sage ich, strecke den Arm nach ihr aus. Sie läßt mich ihren Arm nehmen, wirkt aber skeptisch.

»Bekomme ich einen Kuß?« frage ich.

»Nenn mich nicht Schatz«, sagt sie.

»Warum nicht?«

»Weil ich es nicht mag.«

»Du bist einer, und ich hatte das Glück, auf diesen Schatz zu stoßen«, sage ich.

»Nein ... Das klingt, als sei ich ... etwas Gespartes oder etwas, das man für Geld kaufen kann.«

Ich schaue zu ihr hoch. »So ist es nicht gemeint ... meine Schöne?«

»Das ist besser«, sagt sie und schmiegt sich herein und auf meinen Schoß, ihr Gesicht dicht an meinem.

»Ich meine es auch so«, sage ich.

»Ich weiß, daß du das tust.« Sie küßt mich rasch auf den Mund. »Mein Vater nennt meine Mutter die ganze Zeit Schatz – deshalb vertrage ich das nicht. Der Mann ist doch ein Idiot.«

»Findest du?«

»Ja.« Sie sagt nichts weiter, schaut mir bloß in die Augen. Sie sieht nicht froh oder glücklich aus, aber trotzdem scheint sie in gewisser Weise froh zu sein, daß ich gekommen bin. Ich erzähle ihr, daß ich am Freitag Freizeitausgleich bekommen kann, und ob sie mit will zu einem Ausflug an die Küste. Das will sie sehr gern – sie drückt mich lächelnd an sich.

»O je«, sagt sie, »ich mag dein Auto wirklich.« Sie geht hin und tritt an einen der Reifen, reibt ihren Unterkiefer, als ob sie kritisch das Fahrzeug bewerten wolle. Ich lehne an der Tür und schaue zu.

»Wie steht's, meine Schöne, hast du dir überlegt, ob du mich mit reinnehmen willst?«

»Allan«, sagt sie zögernd, »es ist zu … früh.«

Ich warte darauf, daß sie noch etwas dazu sagt.

»… ein bißchen«, ergänzt sie. »Es ist ein bißchen zu früh.« Okay, der Meinung bin ich nicht, will sie aber nicht unter Druck setzen.

»In Ordnung«, sage ich. Wir verabreden eine Zeit am Freitag, wir küssen uns, ich fahre. In Wahrheit fliege ich.

»Du riechst verdammt gut.« Ihr frischer Duft füllt das Auto. Schnuppernd atme ich etliche Male tief ein. Sie gibt meinem Schenkel einen Klaps. Nach einem ganzen Tag am Wasser sind unsere Körper müde. Sie johlt begeistert, als ich auf dem Schotter des Parkplatzes unten bei den Dünen die Räder durchdrehen lasse. Wir fahren Richtung Aalborg. Ihr gefällt meine Musik nicht und sie sucht aus ihrem Rucksack eine Kassette raus. Eine Band, die *Cocteau Twins* heißt – das ist sehr schön. Dann zieht sie auf dem Beifahrersitz die Beine unter sich, verschränkt die Hände, legt sie gegen die Rücklehne und läßt den Kopf darauf ruhen. Sie fragt, wie man Auto fährt, und ich erkläre es ihr. Wir verabreden, daß ich ihr eine Stunde gebe. Ihre Augen sind heute phantastisch schön. Ich wundere mich, bis mir klar wird, daß sie ungeschminkt ist; kein Schwarz um die Augen. Ich will gerade die Schönheit ihrer Augen preisen, aber beherrsche mich – ich werde mir doch nicht selbst in den Fuß schießen, indem ich andeute, daß mir nicht gefällt, wie sie Eyeliner benutzt. Sie ist ein Mädchen – deren Reaktion kann gefährlich werden, wenn man über ihr Aussehen spricht.

Dann fängt es an zu regnen. Die Musik und das Geräusch der Reifen auf dem nassen Asphalt, die Scheibenwischer, ihr Duft, das Gefühl von getrocknetem Salz auf der Haut – es ist perfekt.

»Sollen wir ihn waschen?« fragt sie.

»Was waschen?«

»Den Wagen.«

Ich schaue auf die Motorhaube. Der Staub hat sich zur Kruste verdichtet.

»Es regnet – da wird er sauber«, sage ich.

»Er wird höchstens wie so ein … scheckiger Rotspecht aussehen«, ihr Gesicht drückt Skepsis aus.

»Wenn du Lust hast, ich bin bereit«, sage ich.

»Gut.«

Ich biege zur nächsten Tankstelle ab. Sie zieht ihren Pulli aus, trägt nur Unterhemd und Shorts.

»Solltest du den Pulli nicht anbehalten?«

»Nein, der soll trocken bleiben.« Wir steigen aus und legen los, das Auto zu waschen. Es regnet immer weiter. Ich setze aus. Sie bewegt sich voller Energie, obwohl sie auch müde sein muß. Der Regen kommt von der Seite. Sie greift das Auto mit Bürste und Seifenlauge an, bis ihr auffällt, daß ich nichts tue.

»Was ist?« Dann schaut sie an sich selbst herunter und beginnt zu kichern. Gerade hat sie meine persönliche Schönheitskonkurrenz gewonnen. Ihre festen Brustwarzen zeichnen sich scharf unter dem nassen Hemd ab.

»Der Lack könnte auch eine Auffrischung vertragen«, sagt Maja. Sie hat recht.

»Welche Farbe?« frage ich. Sie überlegt.

»Beige und sehr glänzend.«

»Okay«, antworte ich.

»Willst du das machen?«

»Ja klar«, sage ich, »der braucht das.«

Wir beenden die Arbeit und springen wieder in den Wagen. Die Brüste vibrieren elastisch, als sie rasch das Unterhemd über den Kopf zieht und durch den Pulli ersetzt. Sie sind perfekt – das kann ich noch sehen, ehe ich an die Decke des Wagens schaue.

»Wollen wir nicht reingehen und eine Tasse heiße Schokolade trinken?« sagt sie. Wegen des Regens rennen wir zur Tür. In der Cafeteria sind nicht viele Kunden. Wir setzen uns an einem Tisch gegenüber. Sie bekommt Kakao und Torte, ich bekomme Kaffee und Sandwich.

Zwei Tische weiter in meiner Blickrichtung sitzt eine kleine Familie. Die Eltern mit dem Rücken zu mir, außen der Vater, und der junge Sohn ihnen gegenüber – er lächelt und schaut dabei aus dem Fenster.

»Was ist, Jesper?« fragt die Mutter. Er nimmt die Zigarette aus dem Mund, blickt seine Mutter an.

»Ich bin froh«, sagt er, »ich freue mich auf das ganze nächste Jahr.«

»Das ist gut, Jesper«, antwortet die Mutter, etwas vorsichtig. Eine Zeitlang sagt keiner von ihnen etwas, aber die Stille an ihrem Tisch wirkt geladen.

»Du hättest wenigstens mit mir reden können, ehe du Onkel John anrufst«, sagt der Vater zum Sohn.

»Du hättest mich vielleicht fragen können, ehe du anfängst, meine Zukunft zu planen«, sagt der Sohn zum Vater.

»Wir hatten eine Verabredung«, sagt der Vater.

»Nein, *du* hattest eine Verabredung. Ich habe dir vor langer Zeit gesagt, daß ich nach Norwegen fahre, um zu arbeiten und Snowboard zu fahren«, sagt der Sohn, »und dann gehst du trotzdem hin und verschaffst mir eine Lehrstelle ... in Silvan – allmächtiger Gott.«

Maja sieht mir in die Augen: »Gleich gibt es Krach«, sagt sie leise.

»Preben«, sagt die Mutter zu ihrem Mann, »das läßt sich jetzt nicht mehr ändern. Können wir nicht einfach ...«

Der Vater unterbricht: »Du solltest im September auf der Handelsschule anfangen – das war die Verabredung«, sagt er.

Der Sohn gestikuliert – spricht aufgebrachter: »Das war *deine* Verabredung, verdammt, ich habe nie zugestimmt. Es ist doch klar, daß ich da rauf will.«

»Und wozu soll das gut sein«, sagt der Vater, streng, wütend. »Ich bin weit gegangen, um dir diesen Platz zu besorgen.« Die Mutter legt dem Vater ihre Hand auf den Arm.

»Preben, bestimmt ist es sehr gut, daß er eine kleine Pause einlegt. Er ist doch schulmüde gewesen.«

»Schulmüde? Um noch ein Jahr zu vertun ... darüber gibt es nichts zu reden. Es geht darum, loszulegen, nichts sonst.«

Maja verdreht die Augen, wir futtern weiter und konzentrieren uns gleichzeitig auf das Gespräch.

»Ein einziges Jahr mehr macht doch nichts«, sagt der Sohn, »ein Jahr plus vierzig Jahre in Silvan und der sichere Tod.« Er starrt seinen Vater an, wirkt angewidert.

Die Mutter versucht es noch mal: »John hat doch gesagt, daß es kein Problem wäre, ein Jahr später wieder einen Platz zu finden«, sagt sie.

Der Vater dreht sich auf seinem Sitz um, so daß er seine Frau ansehen kann: »Ich habe deinem Bruder Druck gemacht, um diesen Platz zu bekommen. Und anschließend soll ich mit dem Hut in der Hand vortreten und ihn bitten, das umzuändern?«

»Ja, genau darum geht es, oder?« sagt der Sohn höhnisch.

»Also Jesper, nun mußt du nicht …« beginnt die Mutter.

»Mutter, du brauchst ihn gar nicht zu verteidigen«, sagt Preben zu seiner Frau.

»Preben.« Sie klingt resigniert.

»Was – äh Vater«, sagt der Sohn listig, »wenn sie deine Mutter ist, wer bin ich dann – dein großer Bruder?«

Der Vater steht langsam auf, hebt den Arm. »Werd bloß nicht frech, sonst bekommst du es mit mir zu tun«, sagt er.

»Versuch das nur«, sagt der Junge. Er hat die Augen leicht zusammengekniffen, sitzt noch, aber gleicht einer Feder. Der Vater hat sich inzwischen zu voller Größe erhoben. Die Zeit scheint still zu stehen, als Vater und Sohn sich in die Augen starren. Maja zeigt Zähne, sie hat sie fest zusammengebissen, schüttelt leicht den Kopf. Ich selbst bin wie gebannt – diese ganze Situation … Erstens überhaupt einen Vater zu haben und dann noch, daß er versucht, eine Art Willen zu haben; das fand ich immer unglaublich faszinierend. Dann rutscht der Mutter ein kleiner Schluchzer raus.

»Ach, hör auf«, sagt der Sohn resigniert.

»Du schluderst mit der Zeit«, sagt der Vater zu ihm, dreht sich um und verläßt mit mechanischen Bewegungen die Cafeteria, stur geradeaus blickend.

»Du weißt doch, daß er sich so aufregt.« Die Mutter spricht in eine Papierserviette.

»Zeit verschludern«, murmelt der Sohn, »was zum Teufel tut er? Heftet er sie in einem Ringbuch ab?«

»Er ist doch nur besorgt, Jesper. Er meint es gut.«

»Ja«, sagt der Sohn, »das behaupten alle Diktatoren und quetschen die Bevölkerung aus.«

Jetzt lächelt Maja breit.

»Was ist?« frage ich. Sie deutet über die Schulter zum Tisch mit der Familie.

»Die Zeit im Ringbuch abheften«, sagt sie, »das hat mir gut gefallen.«

»Ja«, lache ich. Der Sohn lächelt mir zu, zuckt die Achseln und macht das V-Zeichen zu mir hin.

Die Mutter erhebt sich. »Ich werde mit ihm reden, bleib du hier nur ein bißchen sitzen.«

»Mutter, um meinetwillen mußt du das nicht tun. Ich bin mit diesem Idioten fertig.«

Maja schiebt sich den letzten großen Bissen Torte in den Mund und kaut mit leicht geöffneten Lippen, so daß ich etwas von der Crème fraîche an ihren Vorderzähnen sehen kann. »Wie mein Vater«, sagt sie durch das Essen.

»Ist er so?«

»Ja«, antwortet Maja und trinkt einen Schluck Kakao. »Damals ... also ich ging in die letzte Klasse der Oberstufe – in Hasseris. Dann habe ich aufgehört, und da wollte er mich nicht ins Haus lassen.«

»Das ist doch wohl nicht wahr!«

»Doch, das stimmt. Er stand drinnen hinter der Tür – die hat so eine mattierte Glasscheibe.«

»Die Haustür?«

»Ja. Also er stand drinnen und sagte, ich könnte erst reinkommen, wenn ich versprochen hätte, daß ich am nächsten Morgen zum Gymnasium gehen und mich wieder anmelden würde.«

»Na, zum Teufel.«

»Mmm ... Es war mitten im Winter, und ich stand da und fror.«

»Was hast du dann gemacht?«

»Ihm gesagt, daß er die Tür öffnen und mir in die Augen sehen soll.«

»Was hat er dazu gesagt?«

»Daß ich reinkommen könnte, wenn ich versprochen hätte und so weiter ... Dann habe ich die Scheibe eingeschlagen.«

»Das ist doch wohl nicht wahr!« Ich sehe sie vor mir, sie ist großartig.

Maja lacht mich an.

»Doch«, sagt sie. »Da ist er rausgestürzt und hat mir eine gehauen.«
»Nein …«
»Doch.«
»Und deine Mutter?« frage ich.
Maja deutet auf die Mutter aus der Cafeteria, die gerade rausgegangen ist, um ihren Mann zu besänftigen: »Stand rum und meckerte.«
»Mist«, sage ich.
»Und ob.«
»Bist du reingekommen?« frage ich.
»Nein, ich bin ausgezogen.«
»Am gleichen Abend?«
Maja sieht mit einem Mal merkwürdig dunkel und vielleicht ein bißchen traurig aus. »Ja. Zu einem Typ, den ich damals kannte.« Sie blickt leer vor sich hin.
»Und was dann?«
»Ich rede nicht mit ihm – also mit meinem Vater.«
»Wie geht es ihm damit?«
»Schlecht.«
»Was macht dein Vater?«
»Verkauft Versicherungen.«
»Das hängt alles zusammen«, sage ich.
Maja schüttelt den Kopf. »Ja«, sagt sie matt.

Das Geräusch von der Dusche dringt als schwaches, unbeständiges Prasseln durch die Wand. Ich liege frisch gewaschen in ihrem Bett, habe die Decke zu den Hüften hochgezogen. Es ist erst 22 Uhr, ist aber fast dunkel, weil die Vorhänge zugezogen sind. Wir haben ein bißchen was gegessen, wir haben … nichts Besonderes, nur uns zu diesem Punkt vorgearbeitet, wo ich in ihrem Bett liege und auf sie warte und nervös bin. Ich bin sehr nervös. Dann wird die Dusche abgestellt. Die Wartezeit ist unerträglich, man kann mein Herz klopfen hören. Maja kommt aus dem Badezimmer. Sie sagt nichts, stellt sich bloß an die Seite des Bettes. Steht einfach da, in Unterhemd und Slip. Jedesmal, wenn ein Herzschlag den Strom unterbricht, wird mein Atem in kleine Stücke zerhackt – als wenn man quer über die Furchen eines gefrorenen Ackers fährt.

»Du bist schön.« Das zu sagen schaffe ich noch, selbst wenn meine Stimme unkenntlich ist. Mir fällt sonst nichts ein. Sie legt sich hin und rollt dicht zu mir, küßt mich weich. Wir streicheln uns vorsichtig. Sie küßt meine Brustwarzen, die Haare auf meiner Brust knistern leicht unter ihren Händen. Ich bin mächtig erregt. Ihre Haut ist ... sie ist einfach so lecker. Sie zieht meine Boxershorts von meinem Schwanz weg, und ich fasse nach unten, um sie unter dem Hintern wegzumanövrieren. Sie ergreift meine Hand.

»Warte«, flüstert sie, kniet sich hin und zieht sie mir aus. Sie setzt sich rittlings auf mich, greift nach hinten zwischen meine Schenkel und umschließt mit den Fingern weich meine Hoden. Sie sitzt auf mir und schaukelt sanft vor und zurück, massiert meinen Schwanz, schält sich dabei langsam aus ihrem Unterhemd. Ich merke, wie ich gegen ihren Venusberg steif werde – durch den Baumwollslip kann ich die Haare an meinem Schaft spüren. Ich ziehe sie zu mir herunter, lecke ihre Brüste – die harten kleinen Warzen gleiten naß über meine Wange. Sie streckt sich und greift nach einem der Kondome, die ich auf den Nachttisch gelegt hatte. Ich will ihn nehmen. »Nein«, sagt sie, »laß mich.« Ich kann ihr Lächeln spüren. Vorsichtig rollt sie ihn auf, legt sich auf die Seite und zieht die Hose mit einer raschen, eckigen Bewegung aus, tritt sie weg und ist wieder über mir. Ehe sie sich auf mich senkt, kann ich die feuchte Wärme aus ihrem Schritt spüren. Sie nimmt meine Hände und führt sie an ihre Brüste. Mein Rücken wölbt sich, und ich schiebe mich tiefer in sie. »Ruhig, junger Mann«, sagt sie und drückt mit beiden Händen meinen Oberkörper gegen die Matratze. Ich bin viel zu weit. Sie schiebt sich auf mich, gleitet immer wieder über mich. Ich komme in einer blendenden blauen Flamme, aber es ist viel zu früh. Sie ist gar nicht bei mir.

»Entschuldigung«, murmele ich, während ich das Kondom abnehme, einen Knoten schlinge und es über die Bettkante fallen lasse. Sie sagt nichts. Küßt mich nur, und ich küsse ihre Brüste und ihren Bauch, zeichne mit der Zunge Muster, immer weiter abwärts, bis ich mit dem Kopf zwischen ihren Beinen liege, und sie stößt winzige Laute aus und drückt die Hände fest ganz unten auf ihren kleinen Bauch.

»Gott segne dich«, sagt sie im Dunkeln. Wir landen in einem zeitlosen Raum, einer Unendlichkeit. Ihre Schenkel sind stark und naß an meinen Hüften.

»Hast du Hunger?« fragt Maja. Sie lehnt am Türrahmen des kleinen Badezimmers. Ich fühle mich sonderbar verletzlich, weil ich nackt vor ihr im Licht stehe und mich abtrockne. Aber auch kraftvoll. Ich trockne meinen Nacken ab; Behaarung und Tattoos der Unterarme heben sich von den weißen glatten Oberarmen ab.

»Ich könnte ein Pferd vertilgen, meine Schöne«, sage ich und hänge das Handtuch über die Stange des Duschvorhangs. Als ich meinem Gesicht im Spiegel begegne, bin ich überrascht. Ich … meine Hand schiebt sich hoch neben die Wange und verharrt dort; es sieht ganz … anders aus. Ich fühle mich entlarvt, weil sie neben mir steht, deshalb reibe ich meine Wange, wie um die Bartstoppeln zu begutachten, und lasse dann die Hand sinken.

»Was ist?« fragt sie.

»Das weiß ich nicht.«

»Ich habe nicht besonders viel zu essen«, sagt sie. »Vielleicht können wir …« Sie beendet den Satz nicht.

»Soll ich … du weißt schon … zum Bäcker gehen?«

»Hast du Lust?«

»Natürlich«, sage ich. »Möchtest du etwas Bestimmtes haben?«

»Hast du Geld?« fragt sie.

»Ja ja, verdammt, das ist kein Problem.«
»Fruchtjoghurt, wenn sie haben.«
»Natürlich.« Ich ziehe mich an, folge ihren Anweisungen und finde beim Nørresundby Torv einen Bäcker. Als ich in der Kühltheke des Geschäfts lauter Sechserpackungen Eier entdecke, lächle ich idiotisch.

Wir standen am Abend im Maschinenraum. Ich hatte Wache, Chris hatte frei. Er war ganz scharf darauf, daß ich ihm erklärte, wie ein Verbrennungsmotor funktioniert. Damit er mich bei dem Lärm hören konnte, mußte ich mit meinem Mund direkt neben sein Ohr gehen.

»Es wäre einfacher, wenn wir ein Auto hätten«, sagte ich.

»Ein Auto, ein Schiff – verdammt, wo ist der Unterschied?«

»Das hier ist doch ein Diesel ...«

»Diesel?«

»Ein Dieselmotor und ein Benzinmotor funktionieren unterschiedlich.«

»Ja. Na komm – du erklärst mir den Unterschied. Das ist genau das richtige«, sagte er, und dann bewegten wir uns rund um den drei Stockwerke hohen B&W-Dieselmotor.

»Benzinmotor«, rufe ich, »die Brennstoffmischung wird in den Zylinder gesaugt und vom Kolben zusammengedrückt. Wenn die Mischung komprimiert ist, erfolgt ein Funken aus der Zündkerze, worauf sie verbrennt. Die Verbrennung drückt den Kolben runter. Der Kolben sitze am Ende einer Stange, die Pleuelstange heißt – die überführt die Kraft weiter zum Kurbelzapfen.« Ich versuche ihm zu zeigen, wie Kurbelzapfen, Kurbelwelle und das Gegengewicht in einem Viertaktmotor zusammenarbeiten, so daß die Kraftübertragung kontinuierlich vonstatten geht, aber er geht mir blitzschnell verloren – ich bin kein großer Pädagoge.

»Und was ist in einem Dieselmotor so anders?«

»Da gibt es keine Zündkerze – keinen Funken, der die Mischung

entzündet. Die Luft im Zylinder wird sehr stark komprimiert und so heiß, daß sie den Diesel, der unter hohem Druck in den Zylinder eingespritzt wird und zerstäubt, einfach verbrennt.«

»Okay«, ruft Chris und nickt dabei ernst – ich kann sehen, daß er schon wieder verlorengeht.

»Der Vorteil eines Diesels ist, daß er weniger Brennstoff als ein Benzinmotor verbraucht, bei gleichem Hubraum. Der Nachteil ist, daß ein Dieselmotor weitaus schwerer ist.«

»Ja aber, wieviel Kräfte stecken in diesem hier?« fragt Chris und zeigt auf den Motor, »also verglichen mit einem Auto?«

Ich deute auf den Hauptmotor: »Der hat 48 000 PS. Wenn du ein großes Auto nimmst – einen Mercedes Benz mit einem 3,2-Liter-Motor, so ein großes Taxi – der Motor leistet wohl um die 200 PS. Also dieser Motor hier leistet dasselbe, als wenn 240 Mercedestaxen dahinstampfen.«

Chris ist wirklich bei der Sache. Er ist auch breit – rennt herum und befühlt die Teile und schnuppert an verschiedenen Stellen am Motor und gibt ihm einen Klaps. Das macht mich froh.

»Aber dieser Dieselmotor ist ein Zweitakter, der fährt mit zwischen 70 und 90 Umdrehungen in der Minute. Das gehört zu dem Einfachsten und Zuverlässigsten, was du bekommen kannst«, erkläre ich, »weil der im Verhältnis zu einem Viertaktmotor nicht sonderlich viele bewegliche und empfindliche Teile hat.« Eigentlich will ich ihm gern erzählen, wie Längsspülung funktioniert, weil das so genial ist, aber das ist hoffnungslos. Chris schaut mich schon skeptisch an.

»Du hast mich jetzt verloren«, ruft er, »Mann, ich kann auf diesem Trip gar nicht folgen.«

»Du weißt doch, was Zylinder sind, oder?« versuche ich es, »die Kammer, in der sich der Kolben auf und ab bewegt – bei einem Moped ist der etwa so groß ...« Ich führe Daumen und Zeigefinger zusammen, so daß sie einen Kreis bilden.

»Doch ja. Klar. Ich weiß«, sagt Chris.

Ich zeige auf den Motor: »Na, aber dieser Motor hier hat zwölf Zylinder, und in jedem von ihnen können bequem drei Mann stehen.« *Chris kommt nahe zu mir, damit wir uns besser hören können.*

»Hm, das ist groß. Aber ...« *sagt er mit einem verwunderten Gesichtsausdruck und zeigt auf mich,* »was macht ihr?«

»Wie meinst du das? Wir kümmern uns um die Maschine«, *sage ich.*

»Ja ja, aber hier rennen vier, fünf Menschen auf Vollzeit rum, die sich um einen Motor kümmern. Das ist doch, als hätten alle Autofahrer, jedesmal wenn sie rausfahren, ihren eigenen Mechaniker dabei.«

Ich überlege kurz. Wie kann ich ihm erklären, unter was für harten Bedingungen so ein Motor arbeitet?

»Du mußt bedenken, daß so ein Schiff nie in der Garage steht. Wir fahren die ganze Zeit. Und wir fahren mit einer Sorte Diesel, der eigentlich ein Abfallprodukt ist.«

»Ist Diesel Abfall?« *fragt Chris.*

»Nein, nicht der Diesel, den man in ein Auto tankt – das ist ein sehr verfeinertes Produkt. Aber wir fahren mit etwas, das eigentlich ›heavy fuel‹ heißt; das ist fast Teer. Stell dir vor, du gehst mit einer Hacke auf eine Straße und brichst ein Stück Asphalt ab; den erhitzt du auf 120 bis 130 Grad und entfernst die kleinen Steine, und dann fährst du den Motor mit dem Öl, das du übrig behältst.« *Ich schaue ihn an, um zu sehen, ob er mitkommt.*

»Mann, Asphalt«, *sagt er und nickt.*

»Es gibt auch etwas, das Marine-Dieselöl heißt, das ist ein bißchen besser; das benutzen wir für die Hilfsmaschinerie. Aber das würde man nie in einen Lastwagen an Land stecken. Die Konsistenz ist so ähnlich wie bei Sockelfarbe. Schließlich gibt es eine Sorte, die man für Dieselmotoren an Land nimmt. Das ist so ein feines Dieselöl, daß man es auf See nie benutzen würde, das ist viel zu teuer.«

Nach der Motorlektion nahm er mich mit in die Kombüse. Er

wollte mir beibringen, wie man ein Omelett macht, aber zuerst sollte ich lernen, ein Spiegelei zu braten.

»Das ist der Ausgangspunkt für die gesamte westeuropäische Kochkunst«, sagte er.

Wir verbrauchten fünf Eier, bis ich ein Spiegelei so einigermaßen richtig hinbekommen hatte, und weitere acht, um Omelettes zu machen – zwei Eier pro Stück. Chris hängte einen Zettel an den Kühlschrank, ihm sei eine Palette Eier runtergefallen, und es tue ihm leid. Am nächsten Abend fand ich ihn unten im Maschinenraum, da saß er und spielte Mundharmonika, dabei schaute er immerzu in ein Heftchen über Spieltechnik.

»WAS ZUM TEUFEL MACHST DU?« rief ich. Er hielt die Mundharmonika zu mir hoch.

»ICH ÜBE«, rief er.

»JA ABER DU KANNST DOCH ÜBERHAUPT NICHTS HÖREN?«

»NEIN, DAS IST GENIAL«, rief er zurück und blies konzentriert weiter, wobei er das Lehrbüchlein vor sich hielt, um zu sehen, was er tun mußte.

Wir frühstücken. Ich erzähle Maja, daß ich mit meiner Schwester verabredet bin. Sie raucht eine Zigarette und sieht immer ernster aus, sagt aber nichts.

»Willst du mit?« frage ich und habe es bereits bereut – ich sollte es nicht so eilig haben. Sie schüttelt den Kopf. »Wann sehe ich dich wieder?« frage ich.

»Ich …« fängt sie an, bricht ab, seufzt, holt Luft, fährt fort, »ich will dich gern wiedersehen, aber wir können nicht … wir können kein Paar sein. Noch nicht. Ich glaube, das … das kann ich nicht.«

Ich schweige einen Moment.

»Willst du mir erzählen, warum?«

»Nein.« Eine Pause entsteht. »Können wir uns nicht … einfach treffen?«

»Doch, natürlich, aber ...«

»Nein, ich will dich gern sehen, ich kann dich ... gut leiden, aber ...«

»In aller Ruhe?«

»Ja, genau«, sagt sie erleichtert.

»Okay«, ich schaue auf meine Uhr, »ich muß jetzt gehen«, sage ich und beginne meine Stiefel zu schnüren.

»Was machst du heute abend?« fragt sie.

Ich erzähle ihr, ich hätte versprochen, im Grøften vorbeizuschauen und mit ein paar Kollegen ein Bier zu trinken. »Du weißt – neuer Arbeitsplatz und so ...« sage ich. Maja muß ins Rock Nielsen und Susan treffen – das Gazellenmädchen.

»Ist sie deine beste Freundin?« frage ich.

»Ja«, sagt Maja und lächelt.

»Seid ihr zusammen zur Schule gegangen?« frage ich. Maja schaut mich verwundert an. »Ich will dich nicht ausfragen, ich bin nur so neugierig«, sage ich und lache, ehe ich zufüge: »Ich bin einfach ... mächtig an dir interessiert.«

Zum Glück lächelt Maja. »Na ja, ich kenne sie unten vom 1000-Fryd, und außerdem haben wir beide bei der Post gearbeitet«, sagt sie.

»Und ihr seid immer zusammen? So Busenfreundinnen?« frage ich.

»Ja«, sagt Maja zögernd, »ich kümmer mich zur Zeit ein bißchen um sie, weil ... sie hatte einige Probleme mit einem Typ, deshalb ist sie nicht in so guter Verfassung.« Ich kann hören, daß ich jetzt nicht weiter fragen soll.

»Aber ihr geht also ins Rock Nielsen«, sage ich.

»Ja«, sagt Maja, »du kannst es versuchen und vorbeischauen, wenn du es schaffst.« Sie schreibt meine Telefonnummer auf; die ganze Situation wirkt irgendwie unbeholfen, weil wir uns heute nacht so nahe waren. Als ich gehen muß, umarmt sie mich auf eine Weise, die zu freundschaftlich wirkt, deshalb halte ich sie fest und erzähle ihr, wie ich sie finde, ehe ich loslasse und gehe. Diskutiere mit mir, ob ich das Richtige getan habe, das Richtige gesagt habe und so weiter, aber dann komme ich raus und sehe mein sauberes Auto auf dem Parkplatz stehen und erzähle mir selbst, daß ich nicht zu viel denken soll.

4

Die Brüste schwingen locker unter ihrer lose hängenden Bluse, und als sie sich zu den Oberschränken reckt, um Gläser für uns zu holen, heben die Leggings die Rundung des Hinterns hervor. Mette, meine kleine Schwester, hat schon immer gut ausgesehen. Die fremdartigen Züge hat sie von ihrem Vater. Mette ist das Ergebnis einer Nacht in Viborg. Meine Mutter war bei einem Fest für NATO-Angestellte, die in Karup arbeiteten, und sie landete mit einem schwarzen amerikanischen Offizier im Bett. Sie wollte keine Abtreibung, aber während der Schwangerschaft konnte sie sich auch nicht aufraffen, den Mann zu kontaktieren. Der Vater hätte schließlich auch ein anderer sein können, deshalb mußte sie die Geburt abwarten: »Das war *sehr* spannend«, wie sie es ausdrückt, wenn sie die Geschichte zum besten gibt. Mette ist hellbraun mit Sommersprossen und rabenschwarzem lockigem Haar. Als meine Mutter versuchte, Kontakt zu ihm aufzunehmen, erfuhr sie, daß er wieder in den USA war, wo er Frau und Kinder hatte, und da ließ sie es sein.

Ich muß in dem großen hellen Küchen-Wohnraum am Eßtisch Platz nehmen, und Mette sagt:

»Hast du schon eine Tussi gefunden?« und »Hast du gehört, daß Janne geheiratet und ein Kind bekommen hat – die bist du los.«

»Das macht echt nichts«, sage ich und schenke uns beiden Bier ein.

»Wieso sagst du das?« Meine Schwester lacht, sie hat sich nie was aus Janne gemacht, mit der ich fast drei Jahre lang ohne Unterbrechung zusammen war, bis ich zur See ging. Praktisch waren wir fast die ganze Zeit seit der siebten Klasse zusammen.

»Sie fand, sie tue mir einen Gefallen, wenn sie mir orale Vergnügen verschaffte«, sage ich gleichgültig. Der Mann meiner Schwester, Peter, der Zahnarzt, hat Rasen gemäht. Er hört gerade noch meinen Kommentar und kommt lachend aus dem Arbeitsraum zu uns und begrüßt mich.

»Mädchen aus Klarup«, sagt Mette, »wie unsere Mutter, nur noch deutlicher.«

»Ja, wir dürfen wohl davon ausgehen, daß du wie dein Vater bist, auch wenn man das unmöglich wissen kann«, sage ich.

»So gut, wie ich ausgefallen bin, muß der Typ klasse sein«, sagt Mette. Peter setzt sich zu uns und nimmt sich ein Bier. Wir werden spät essen, eine Kombination aus Mittag- und Abendessen – Mette hat das Prinzip fester Essenszeiten nie begriffen. Es ist herrlich, wieder so mit ihr zusammensitzen und reden zu können. Wir markieren unser Territorium.

»Ja, jedenfalls war er in der Disziplin logisches Denken sicher ein As«, sage ich.

»Was willst du damit sagen?« fragt Peter.

»Er durchschaute in nur einer Nacht mit unserer Mutter ihre dünne Schicht Charme.« Peter steht kopfschüttelnd auf und geht zum Küchentisch. Es kommt aus ordentlichen und anständigen Verhältnissen und würde schlecht träumen, wenn er so über seine Mutter redete.

»Wie gut, daß du meinen Charme immer noch nicht durchschaut hast«, sagt Mette und wirft Peter, der an der Spüle mit irgendwelchem Gemüse hantiert, einen liebevollen Blick zu.

»Er hatte keine Chance«, sage ich.

»Denn mich kann man nicht durchschauen«, sagt Mette.

»Wie steht es mit dir?« fragt Peter.

»Na, die Gene meines Vaters sind glücklicherweise nicht durchgeschlagen«, sage ich, »ich bin doch wie Carl, also fast perfekt.«

»Ja ja«, sagt Peter, »aber sonst?«

»Eine Reinigung der Zähne würde wohl nicht schaden, aber sonst geht es denen ausgezeichnet.«

»Ja, echt unglaublich, wie sehr du ihm ähnlich bist«, sagt Mette.

»Jetzt hör doch mal auf, Allan«, sagt Peter, »willst du dich nicht bald mal niederlassen?«

»Wir können von mir reden, sowie du meine Schwester besamt hast. Ich finde, es wird Zeit. Und Carl wartet ungeduldig.« Peter an der Spüle stößt einen tiefen Seufzer aus. Mette streicht mit ihren Händen über ihren flachen Bauch und die Hüften:

»Er hat Angst, diese fabelhafte Figur zu zerstören.«

»Du mußt unterwegs eine Masse Geld verdient haben. Willst du dich nicht niederlassen?« Peter verharrt bei seiner Frage.

»Du mußt dir um mich keine Sorgen machen«, sage ich und denke dabei an Maja.

Mette schaut Peter gekünstelt ernst an: »Mein Bruder ist in der weiten Welt gewesen – der will jetzt keine Mädchen aus Klarup mehr haben.«

»Bist du jetzt piekfein geworden?« fragt Peter.

»Stinkvornehm? Ja, vielleicht.«

Peter stöhnt.

»Ja ja, okay«, sage ich, »ich bin entgiftet worden – in jeglicher Hinsicht.«

»Ja, jetzt wo du es sagst – das steht dir übrigens«, sagt Mette, ernster.

»Mmm«, stimmt Peter zu.

»Kannst du das sehen?« frage ich.

»Ja, du wirkst ruhig, gesund ...?« Mette überlegt.

»Was?« frage ich.

»Aber ...«, fängt sie an, holt tief Luft und fährt fort: »Was ist mit ... Frank?«

»Ich habe ihn begrüßt«, sage ich.

»Und …?« sagt Mette. Jetzt hole ich tief Luft. Eigentlich finde ich, sie soll sich aus meinen Sachen raushalten. Sie ist erst einundzwanzig und lebt mit einem netten, soliden dreißigjährigen Mann zusammen, und ich verstehe ihre Wahl völlig. Sie braucht meine Probleme nicht.

»Frank findet, ich sei ihm einen Gefallen schuldig, weil er im Knast gelandet ist. Ich finde das nicht.«

»Und was sagt Frank dazu?« fragt sie.

»Er muß sich dran gewöhnen«, sage ich.

»Aber … Allan, du mußt aufpassen. Ich glaube, Frank hat Verbindungen zu den schweren Jungs«, sagt sie. Mette hat immer noch ein paar Freundinnen in dem Milieu, deshalb hört sie bestimmt die Gerüchte, die kursieren.

»Das muß ich wohl«, sage ich und nehme ihre Hand, die auf der Tischplatte liegt. »Nur ruhig, Mette, ich bin damit durch.« Sie nimmt meine Hand und drückt sie.

»Das hoffe ich«, sagt sie. Peter konzentriert sich unterdessen auf das Schneiden des Fleisches. Zum Glück ist es kein Schweinefleisch – ich kann kein Schweinefleisch mehr essen … allein schon der Geruch macht mich krank.

»Aber eine Flasche Lachgas kann ich immer brauchen«, sage ich, und Mette lacht. Peter schüttelt den Kopf, lacht aber dann auch. Er hat nur ein einziges Mal die Finger in meinem Mund gehabt. Ich sagte immer wieder, es tue weh, damit er mir mehr Lachgas gibt. Am Ende konnte ich gar nicht reden, so gut ging es mir. »Er antwortet nicht«, sagte die Zahnarzthelferin. »Er braucht bestimmt nichts mehr«, sagte Peter.

»Prost«, sagt meine Schwester, »die Kinder unserer Mutter sind in aufsteigender Richtung sozial mobil.«

»Kann man tiefer runterkommen?« frage ich.

»Nicht ohne einen Spaten«, antwortet Mette, und Peter bittet uns, aufzuhören.

»Bist du dir darüber im klaren, daß du als soziales Sprungbrett ausgenutzt worden bist?« sagt Mette zu ihm, und ich sitze daneben und schwenke meine leere Bierflasche:

»Bekommt man hier noch ein Bier oder war es das schon?«

»Teufel, nein«, sagt Peter und geht in den Arbeitsraum, um Nachschub zu holen.

»Nein«, sagt Mette, »sie hat sich tatsächlich ein bißchen aufgerichtet.«

»Ah ja«, sage ich – das ist mir neu. Mette ist ein guter Mensch. Sie macht eine Ausbildung zur Sozial- und Gesundheitshelferin, und sie gibt sich Mühe, daran festzuhalten, daß unsere Mutter unsere Mutter ist.

»Hast du sie besucht?« fragt sie, während Peter uns neues Bier hinstellt.

»Ja – hektisch nüchtern und fragte mich, ob ich ihr Geld leihen könnte.«

»Hast du es getan?« fragt Mette.

»Du kannst einen Alkoholiker nicht aus seinem Mißbrauch freikaufen«, sage ich.

»Aber man kann zusehen, daß er die Finger davon läßt«, sagt Mette.

»Ja ja, vielen Dank«, sagt Peter. Mette steht auf und umarmt ihn von hinten.

»Schatz, entschuldige«, sagt sie, »du konntest nicht ahnen, daß dieses Mädchen, in das du dich verliebt hast, bei einer Alkoholikerin aufgewachsen ist.«

»Es riecht langsam richtig gut«, sage ich.

»Ja, er kann auch kochen«, sagt Mette stolz.

»Ja, das kannst du nicht«, sage ich, und Peter nickt mir mit bitterernstem Gesicht zu und setzt sich an den Tisch.

Mette umarmt ihn wieder, als er auf dem Stuhl sitzt. »Nein, aber ich bin sehr schön, und außerdem bin ich gut am Telefon«, sagt sie und küßt ihn auf die Wange und den Hals. Peter schüttelt den Kopf.

»Was habe ich nur getan?« fragt er, tut so, als sei er traurig.

»Du hast die Liebe zu fühlen bekommen«, konstatiere ich. Mette blinzelt mir über den Tisch hinweg zu und gurrt, als sie anfängt, ihn ins Ohrläppchen zu beißen, so daß er rot wird, und ich gehe auf die Toilette, um ihm Gelegenheit zu geben, das unter Kontrolle zu bekommen.

Obwohl ich sowohl Ohrstöpsel wie Gehörschutz trug, machte mich der Motorenlärm fast verrückt. Die Geräusche formten sich nach und nach um in metallische Musik; so einförmig, daß meine Nerven schrieen. Warum fuhr ich zur See? Ich wußte es genau – weil ich auf der Flucht vor mir selbst war, meinem alten Leben. Aber warum fuhr die restliche Besatzung zur See? Ich verstand es nicht – es machte keinen Sinn, sein Leben abgesondert von ... allem zu verbringen.

Ich ging auf das Deckshaus zu, um den Ohren eine Ruhepause zu gönnen und um ein Bullauge zu finden, damit ich beim Rauchen ein bißchen hinausschauen konnte. In mir wuchs die Vorstellung, im Freien eine Zigarette zu rauchen, obwohl das lebensgefährlich ist, denn das Öl in den Tanks gibt leicht entzündliche Gase ab, die heraussickern und über dem Deck hängen können, wenn die Tanks nicht richtig ausgelüftet wurden. Am schlimmsten ist ein leerer Öltanker, weil am Grund der Tanks immer ein bißchen Öl liegt, und das verdampft, so daß die Tankräume zu Bomben leicht entzündlicher Gase werden können, die einfach daliegen und abwarten. Es ist vorgekommen, daß sich statische Elektrizität bildete und in einem Tank Dämpfe entzündete, worauf das Schiff schlicht und einfach in die Luft flog, und da bleibt nichts übrig. Man darf draußen auch weder Gasfeuerzeuge, Metallfeuerzeuge noch überhaupt irgendwelche Metallgegenstände bei sich haben. Würden sie einem aus der Tasche fallen, dann könnten Funken entstehen, wenn sie auf das Deck treffen, und schon hat man eine Explosion von ungeheurer Dimension. Aber ich hatte Lust, den Wind zu spüren, die Sonne im Gesicht, den Rauch zusammen mit frischer Seeluft zu inhalieren; das wurde langsam zur Besessenheit. Ich überlegte, ob ich wohl mit dem geheimen Wunsch, gefeuert zu werden, herumstapfte.

Ich schob alles beiseite, als ich hoch in die Stille kam und mich durch die kühle Luft in den Gängen bewegte. Chris stand bereits da, die Hände tief in den Taschen vergraben, die Schultern hochgezogen. Wir begrüßten uns und rauchten schweigend.

»Ich vermisse ... Damen. Ich vermisse ein paar Damen. Nur um sie anzuschauen«, sagte er.

»Du bist der einzige hier an Bord, der täglich in Gesellschaft einer Dame ist«, sagte ich und dachte dabei an Zahlmeister Lone.

»Lone ist eine Frau.«

»Den Weg müssen wir alle nehmen.«

»Werden wir alle Frauen?« fragte Chris.

»Schau dich um.«

»Schön«, sagte er, kniff die Lippen um den Filter der Zigarette und nahm zwei tiefe Züge, blies den Rauch dick durch die Nasenlöcher, behielt die Händen in den Taschen. »Hast du irgendeine ... äh ... eine Freundin?« fragte er.

»Nein.«

»Warum nicht?«

»Wir haben uns zerstritten«, sagte ich.

»Wie?«

»Ich ...« Ich konnte nicht die richtigen Wörter finden, dann sagte ich: »Ich war wohl nicht wie so ein Hund für sie.«

»Was wollte sie, was solltest du tun?«

»Anschaffen. Haus, Möbel, Geld, Klamotten, Scheißdreck.« Ich zuckte die Achseln; gehorchen war das Wort, nach dem ich suchte.

»Was ist mit dir?«

»Mit mir?« sagte er und lachte laut. »Es war schwer genug, mit ihnen ins Bett zu kommen.«

»Warum das?«

»Da war ein Film dazwischengeraten«, sagte Chris.

»Film?«
»›Die unerträgliche Leichtigkeit des Seins‹; hast du ihn gesehen?«
»Ja. Aber das ist doch so ein philosophischer Film?«
»Ja ja. Aber im Gymnasium von Vejle wurde der in einem Filmclub gezeigt.«
»Du bist auf die Oberstufe gegangen?«
»Nicht sehr lange«, sagte Chris.
»Lena Ohlin. Kann jeden Mann verrückt machen.«
»Ja, Lena Ohlin ist lecker«, sagte er und spuckte sich in die Hände und wollte das gerade illustrieren – ließ aber dann die Hände an den Seiten herunterfallen, zog an seiner Zigarette, sagte: »Die Mädchen auf der Oberstufe hatten etwa die gleiche Ausstrahlung wie extra haltbare Leberwurst in Dosen. Aber alle glaubten sie, sie seien Lena Ohlin.«
»Wenn das für sie hingehauen hat, dann ist das doch an und für sich okay«, sagte ich.
»Das Problem bestand darin, daß sie sich alle einen großen Spiegel und einen Bowler anschafften, und dem stand man gegenüber, wenn man schließlich bis zu ihrem Zimmer gekommen war.«
»Im Ernst?«
»Ja«, sagte Chris. »Diese Requisiten mußte man haben. Hatte man sie nicht, dann war man schlicht und einfach sexuell nicht entwickelt.«
»Aber Spiegel, Bowler – damit kann man doch wohl leben?«
»Ja, aber dann mußte man auch noch so dünn und schwarz und finster sein, so wie dieser Schauspieler ...?«
»Daniel Day-Lewis?«
»Ja, genau. Man war nur dann COOL, wenn man finster war, und darin war ich einfach nicht so gut.«
»Das kann ich gut verstehen, das muß irritierend gewesen sein«, gab ich zu, »aber dünn genug bist du doch.«
»Ja. Schlimmer war es für die Typen mit Fußballbeinen – die bekamen NIE irgendwas.«

Ich schaute auf meine Beine.
Chris schüttelte den Kopf: »Keine Chance«, sagte er. Wir rauchten schweigend weiter. Dann sagte er trocken: »Das wirklich Skandalöse war, daß sie immer einen Socken von einem versteckten ... IMMER.«

Im Grøften wird es langsam laut. Meine Kollegen sind gerade gegangen. Nur Flemming ist noch hier – mein hoffnungsloser Lehrling. Er ist wie ein Spiegelbild von mir vor Jahren; voll von irgend etwas – nicht von Speed, vielleicht irgendeine Art Nervenmedikament. Oder Ecstasy – das habe ich nicht ausprobiert, keine Ahnung, wie das Resultat aussieht. Ich kann den Zustand der Leute nicht länger beurteilen. Damals konnte ich mit Sicherheit sagen, was die Leute genommen hatten. Aber Flemming geht zum Glück zu ein paar Freunden. Mir paßt das gut, heute hatte er in zwei Rohre Gewinde schneiden sollen, die ich brauchte. Irgendwann ging ich zu ihm, um zu sehen, wie er vorankommt. Ich stehe hinter ihm und rufe durch den Lärm: »Es klingt, als bekämen sie nicht genug Schmiere.« Keine Reaktion. Ich mache einen Bogen vor ihn. Er sieht mich nicht. Ich untersuche sein Gesicht. Er wirkt vollkommen leer, bewegt geistesabwesend den Mund. Da wird mir klar, daß er den Walkman an hat – da steht doch dieser Kerl und schneidet Gewinde, ohne hinzuhören.

Da sind Leute interessiert, meinen Tisch zu übernehmen, deshalb gehe ich zur Bar, um mein Bier auszutrinken. Ich sehe Frank zur Bar kommen, gleich hinter ihm geht dieser Dealer-Typ, den ich sah, als ich Maja zum ersten Mal oben im Rock Nielsen traf – es scheint, als seien Frank und er zusammen. Ich kann mich nicht durch die Hintertür verdrücken, er hat mich schon gesehen.

»Na«, sagt er überlegen, aber mit einem Beigeschmack von Wut, »hast du *Lykke* gehabt?«

»Das habe ich«, antworte ich einfach.

»Ja, sie ist nicht ganz mein Stil, aber Sperma kann sie schlucken«, fährt Frank fort. Der Dealer-Typ sagt ihm was ins Ohr. Frank sagt: »Okay, darum kümmer ich mich«, und der andere geht.

»Lene sitzt an einem Tisch gleich dahinten«, fährt er zu mir gewandt fort, dreht sich um und bewegt sich in die Richtung, geht davon aus, daß ich ihm folge. Das tue ich nicht. Als er sich gesetzt hat, schaut er sich verwirrt um. Ich wende ihm den Rücken zu, stelle mich zur Bar hin. Der Spiegel an der Rückwand zeigt die Tanzenden, aber davor stehen so viele Flaschen, daß das nur wie ein sich bewegender Farbenteppich aussieht. Kurz drauf ist Frank wieder da.

»Hej«, sagt er, »was zum Teufel machst du?«

»Ich bin nicht daran interessiert, mit ihr zusammenzusitzen«, antworte ich.

»Mann, hör doch auf, laß uns hinsetzen.«

»Hab was Besseres vor.«

»Sie ist echt sehr süß«, sagt Frank. Ich schaue ihn kühl an.

»Ich bin weg«, sage ich und beginne mir einen Weg durch die Menge zu bahnen; bekomme mit, daß Frank mir zum Ausgang folgt.

»Mann, ich komme mit dir«, sagt er, und weiter: »Wohin?«

»Rock Nielsen«, antworte ich. »Frank, nimm's nicht persönlich, aber ich hab was vor – ich will mich da mit wem treffen.«

»Allan«, sagt Frank und macht beim Gehen weitausholende Bewegungen mit den Armen, »das ist total okay. Ich habe dort oben auch ein paar Geschäfte zu erledigen.« Wir treten auf die Straße. Ich weiß, was jetzt kommt. »Hast du über mein Angebot nachgedacht?« fragt er und legt mir dabei seinen Arm über die Schulter. Er macht eine Handbewegung, mit der er die gesamte Jomfru Ane Gade umschließt. »Da ist leichtes Geld zu verdienen«, sagt er.

Ich werfe ihm einen Blick zu, daß er widerstrebend die Hand von meiner Schulter nimmt. »Frank«, sage ich, »ich bin nicht interessiert«, und biege zu dem Treppenaufgang ab, beginne den Aufstieg zum Rock Nielsen. Musik, Rauch, Stimmengewirr schlägt mir entgegen.

Frank drückt sich zusammen mit mir an die Bar. Wir kriegen Bier.

»Allan, du schuldest mir einen Gefallen«, sagt er.

»Warum tue ich das?«

»Ich war es, der für uns beide in den Knast gegangen ist«, sagt er.

»Und?« sage ich.

»Und dafür schuldest du mir einen Gefallen«, sagt Frank.

»Frank, es hätte mich ebensogut treffen können. Das weißt du ganz genau. Das war nur Riesenpech.«

»Ja, für mich. Du bist davongekommen«, sagt er.

»Zufällig«, sage ich und suche dabei mit den Augen das Lokal ab.

»So leicht kommst du nicht durch, Allan. Ich finde, du bist mir einen Gefallen schuldig, und ich will den jetzt eingelöst bekommen.«

Ich habe Maja am entgegengesetzten Ende des Lokals entdeckt. Sie steht bei einem Tisch, an dem Susan und der schmächtige Typ und zwei andere sitzen. »So, ich gehe jetzt zu dem Mädchen, das ich treffen soll«, sage ich und entdecke, daß er meinem Blick gefolgt ist. Er packt meinen Arm.

»Und, welche ist es?« fragt er.

»Die in dem schwarzen Kleid.«

»Wow, gute Beine.«

»Nein, die in dem langen Kleid«, sage ich, und im selben Moment fällt der Groschen. Natürlich. Maja und der tote Gerüstarbeiter Leif. Der Dealer Asger und Susan – sie scheint mir nicht Asgers Typ zu sein, sie ist zu unschuldig. Aber vielleicht genau deshalb an einem Flirt interessiert mit etwas, das sie interessant und ein bißchen gefährlich findet.

»Aber das ist doch …« beginnt Frank, gerät ins Stocken. Er sieht sehr nachdenklich aus. Betrachtet prüfend mein Gesicht, als ob er etwas aus meinem Blick lesen wolle.

»Was?« sage ich.

»Das ist doch … die …« sagt Frank und unterbricht sich.

»Die – wer?«

»Die mit Leif zusammen war, als er vom Gerüst gefallen ist.«

»Da waren sie ein Paar?«

»Ja. Nenn es, wie du willst.«

»Sie heißt Maja«, sage ich.

»Genau. Maja. Woher kennst du sie?«

»Sie hat mir die Haare geschnitten.«

»Hast du gewußt, daß sie es ist?« fragt Frank. Ich kann seinen Gesichtsausdruck nicht entschlüsseln. Ist er wütend? Achtsam? Herausfordernd?

»Ich hatte so ein Gefühl«, antworte ich, während ich daran denke, ob Maja bei dem Gerüstarbeiter war, als er starb – er brauchte vier Tage. Ob er bei Bewußtsein war?

»Aber du hast sie nicht gefragt?«

»Das interessiert mich nicht«, sage ich.

»Bist du mit ihr zusammen?«

»Nenn es, wie du willst.« Ich hebe die Hand zum Abschied, aber Frank packt meine Schulter.

»Wir sind noch nicht fertig«, sagt er.

»Doch, Frank, sind wir«, sage ich und schaue erst auf seine Hand, die meine Schulter festhält, hebe den Blick und schaue ihm dann in die Augen. Er läßt los.

Ich mache mich auf den Weg durch das total überfüllte Lokal, bis ich zu Maja komme. Susan, die also Asgers Ex ist, sitzt mit irgendwelchen Leuten zusammen, unter anderem diesem Schmächtigen – Valentin heißt er wohl. Maja steht vor deren Tisch und schaut mich wütend an.

»Hallo«, sage ich, lege die Hand auf ihre Hüfte, versuche zu lächeln, aber bei diesem Blick ist das schwer. Was ist nun falsch?

»Kennst du den da?« Ihre Frage klingt wie ein Befehl.

»Wen?« sage ich und erzähle mir dabei, daß ich keine Verteidigungshaltung einzunehmen brauche – ich habe nichts zu verteidigen.

»Der, mit dem du gekommen bist?« Majas Stimme schneidet durch Musik und Lärm.

»Nicht sehr gut«, antworte ich fast wahrheitsgetreu, »ich bin mit ihm zur Schule gegangen. Wir haben zusammen die Lehre auf der Werft gemacht.«

»Wart ihr zusammen in der Stadt?« Am Tisch hinter Maja blicken alle verstohlen zu uns, besonders diese Susan, die mich kalt mustert.

»Nein«, sage ich. Meine Augen halten Majas Blick fest. Ich schüttele den Kopf. »Nein«, wiederhole ich. Es gibt nichts zu verbergen – oder fast nichts.

»Du bist zusammen mit ihm gekommen.«

Ich warte zwei Sekunden, ehe ich spreche. »Was ist los?«

Du bist zusammen mit ihm gekommen. Du bist zusammen mit ihm angekommen, ich habe euch zusammen die Treppe heraufkommen sehen.« Sie schreit fast.

»Ja.«

»Dann bist du also mit ihm zusammen in der Stadt.«

Tief einatmen. Ruhe bewahren.

»Ich war im Grøften und habe meine Kollegen getroffen. Er war da und ist mit mir hierher gegangen.«

»Warum hast du das mitgemacht?« fragt sie – ein Hauch von Verwirrung in ihren Augen.

»Maja, zum Teufel«, ich versuche ein Lachen, lehne mich leicht vor, damit sie hören kann, was ich sage, ohne daß ich schreien muß. »Er war dort, kam zu mir und setzte sich an den Tisch und redete drauflos von alten Tagen und solchem Kram, und dann ging er mit, als ich sagte, ich müßte los, weil ich hierher wollte.«

Susan nimmt von hinten Majas Hand, sie sitzt noch immer da und hat ihren Blick auf mich gerichtet.

»Warum hast du das getan?« Die Wörter kommen beißend aus Majas Mund; lassen sie auf erschreckende Weise schön aussehen. Was getan? Meine Wut beginnt von mir Besitz zu ergreifen. Das geht schnell.

»Wir hatten eine Absprache – erinnerst du dich daran?« Die leichte Ironie in meiner Stimme ist nicht zu überhören.

»*Du kennst ihn*«, schreit sie mir ins Gesicht, so dicht, daß ich ihren Duft voll in die Nase bekomme. Dieser Blick, mit dem sie mich anschaut; ich kann genau sehen, was sie denkt, und sie liegt vollkommen verkehrt. Sie zieht an Susans Hand, die sich sofort erhebt, und Maja dreht sich um, weg von mir. Ich packe ihre Schulter mit einer Hand; sie dreht sich so heftig um, daß meine Hand herabfällt.

»*HAU AB!*« schreit sie, dreht sich wieder um und läuft durch die Menge auf der Tanzfläche, Susan zieht sie fort, sie stoßen gegen Leute – dann sind sie verschwunden. Mein Gehirn ist wie benebelt, ich friere. Drehe mich um. Suche an der Bar nach Frank. Sie …? Er hat … da stimmt was nicht. Frank ist … verschwunden. Beiße die Zähne zusammen. Es gelingt mir, nach draußen zu kommen – weiß nicht genau wie.

Stehe unten auf der Straße, rauche Zigaretten, hole Luft, angespannt. Alles, wovon ich weg will … er zwängt es wieder in mein Dasein; zerrt mich herunter in seinen Dreck. Meine Selbstbeherrschung kehrt langsam zurück. Frank, Asger, der Dealer, seine Pusherfrau – Nina, die sie rausgeschmissen hat; Susan und … Maja. Etwas ist … falsch. Aber was? Das muß ich wissen. Vielleicht ist Frank ins Grøften zurückgegangen. Ich gehe dorthin.

In einer Ecke sitzt Frank Jøns gegenüber, der mich wiedererkennt. Das ist unzweckmäßig – nicht, wie ich es mir vorgestellt hatte. Ich plaziere meine Hände auf der Tischkante und lehne mich vor, damit Frank mich durch die Musik hören kann: »Ich muß mit dir reden«, sage ich und zeige mit einer Kopfbewegung zur Tür.

Frank zeigt Zähne – das ist seine Art zu lächeln. »Dann mal los«, sagt er.

»Draußen«, sage ich. Frank zieht die Mundwinkel herunter, schüttelt langsam den Kopf. Ich entdecke, wie aufgeregt ich bin. Jøns schaut mich herablassend an.

»Na, hat sie sich nicht gefreut, dich zu sehen?« sagt Frank. »Das ist aber schade«, fügt er lässig hinzu. In meinem Brustkorb wächst der rote Klumpen, so daß die Knochen bald die Haut durchbrechen.

»Er sieht nicht so aus, als hätte er genug Mumm«, sagt Jøns zu Frank. Was?

»Doch, das hat er schon«, sagt Frank. »Setz dich, Allan, laß uns über die Sachen reden.« Mit der flachen Hand klopft er leicht auf den Sitzplatz neben sich. Das Blut rauscht in meinen Ohren. Ich schiebe mich von der Tischplatte weg, drehe mich um, der Körper beginnt sich der Tür zuzuneigen. Für einen Augenblick zweifle ich, ob meine Beine sich bewegen können. Sie sind gefühllos. Die Mechanik übernimmt – ich komme raus. Tropfen kalten Schweißes laufen mir unter dem Hemd über die Rippen.

Am Sonntag fahre ich zu Maja rüber. Jetzt, ohne sie auf dem Beifahrersitz, wirkt das Auto wie tot. Sie ist nicht zu Hause. Ich sitze wieder draußen im Auto und warte. Das ist nicht das gleiche Gefühl wie beim letzten Mal, und ich muß hart gegen die Versuchung ankämpfen, nicht einfach den Kopf in den Beifahrersitz zu bohren und ihren Duft einzuatmen.

Ich kenne Frank, oder ich kannte ihn – damals. Es ist mehrere Jahre her. Jetzt ist es vorbei. Also – wir waren gleich, sind es aber nicht mehr. Wenn er immer noch die gleiche Sache fährt – das ist seine Angelegenheit, das hat nichts mit mir zu tun.

Ich registriere Bewegung, schaue hoch und sehe Maja. Ich öffne die Autotür.»Maja«, rufe ich, aber sie ist schon im Treppenhaus: Ich laufe ihr hinterher, aber stoppe mich selbst. Gehe. Die Treppe hinauf, über den Flur. Stehe vor ihrer Tür. Klopfe an.

»Geh weg«, höre ich sie gedämpft durch die Tür zwischen uns.

»Maja«, sage ich ruhig, aber laut genug, daß sie mich hören kann, »ich bitte dich … Ich möchte gern, daß du mir erklärst, worin das Problem besteht.«

»Ich habe nichts mit Leuten zu tun, die ihn kennen … Frank«,

sagt sie mit harter Stimme hinter der Tür, »er ist ein Arschloch.«
Ich bezweifle nicht, daß Frank oft ein Arschloch ist, aber ...
»Was ist mit Frank?«
»Das weißt du genau«, sagt Maja – am Ton kann ich hören, daß sie sich entfernt hat. Hinter mir öffnet sich eine Tür, ein junges Mädchen steckt den Kopf heraus, um zu sehen, was los ist. Bei meinem Blick zieht sie sich zurück. Ich bitte Maja wiederum, die Tür aufzumachen. Sie antwortet nicht.
»Ich bin an dir interessiert«, sage ich, »ich will dich gern wiedersehen. Du hast meine Nummer, ich hoffe, du rufst mich an.«
Ich gehe runter und schaue zu ihrem Fenster hoch. Die Gardinen sind zugezogen. Das waren sie vorher nicht.

Ich brauche lange, um Frank zu finden. Montag mache ich früh Schluß, und von zu Hause aus rufe ich überall an, auch bei Aalborg Boilers, aber er ist vor vier Monaten entlassen worden. Das war nicht das, was er mir in Vanggaard erzählt hat. Ich überlege, ob ich zu Asger hochgehen soll, verwerfe aber den Gedanken. Wenn sie alle beide da sind, kann es schwierig werden. Die Lust, angeturnt zu werden, steigt in mir – viel zu sehr. Ich schenke mir noch eine Tasse Kaffee ein. Nein – ich muß die Probleme lösen. Stehe auf. Gehe.

Nina öffnet. »Ist Frank da?« frage ich.
»Nein«, sagt sie. Asger ist auch nicht da. Ich bitte um Franks Adresse, eine Telefonnummer. Sie behauptet, sie habe nichts.
»Worum geht es?« fragt sie.
»Das ist zwischen Frank und mir«, sage ich.
»Vielleicht solltest du ein bißchen mit mir reden«, sagt sie mit wichtiger Miene. Sie glaubt, Asger zu kontrollieren, der Frank kontrolliert, und sie wollen mich allesamt in ihre idiotischen kleinen Manöver hineinziehen.
»Tschüß«, sage ich – laufe die Treppe hinunter. Ich fahre zu Franks Eltern hinaus nach Klarup. Ich hätte mich mit Anrufen be-

gnügen sollen, denke ich im Auto, während ich einen Umweg mache, um nicht in die Nähe des Reihenhauses zu kommen, in dem ich mit Janne wohnte. Statt dessen fahre ich an der Straße vorbei, in der wir zusammen mit Bjarne lebten, mit dem meine Mutter zusammenkam, als ich in die siebte Klasse ging. Ich biege in die Straße ab, halte vor dem Haus an. Es sieht aus wie immer, bis auf den Vorgarten, der schöner bepflanzt ist. Eine der nüchternen Perioden meiner Mutter – bis zu einem gewissen Grad. Bjarne war Witwer und hatte Geld. Sie verführte ihn ganz einfach, nahm Besitz von ihm, denn er hatte einen Status, der ihr das Leben ermöglichen konnte, wie sie es sich wünschte – auch für ihre Kinder.

An den letzten Tag im Haus erinnere ich mich nur allzugut. Ich hatte in Kolding nach meiner ersten Heuer abgemustert – vier Monate konstant auf einem Küstenmotorschiff unterwegs. Ich nahm ein Taxi zum Bahnhof, wo ich auf einen nordwärts fahrenden Zug aufsprang, nachdem ich meine Mutter angerufen und sie gebeten hatte, Mette zu erzählen, wann ich in Aalborg einträfe. Aber als ich abends ankam, stand keine Mette auf dem Bahnhof. Die Schnapsdrossel hat wohl vergessen, es zu ihr sagen, dachte ich und sprang in ein weiteres Taxi.

Als ich beim Haus anlange, steht davor einer von Bjarnes großen Touristenbussen. Beide Idioten sind offenbar zu Hause. Na gut, ich kann jederzeit zu meinen Großeltern gehen – Mette mitnehmen, wenn sie nicht schon dort ist. Für die Konfrontation mit Janne habe ich vor morgen ganz einfach keine Kraft mehr übrig.

Der Lärm schlägt mir aus der Gegend des Swimmingpools entgegen. Ich gehe durch die Küche. Auf dem Tisch Essensreste, leere Weinflaschen. Durchs Wohnzimmer und die doppelten Glasschiebetüren raus zum Swimmingpool. Einige dieser Glasteile, die den Pool umgeben, sind zum Garten hin geöffnet. Der äußerste Teil des Daches ist ebenfalls aus Glas, er ist unter das Flachdach eingezogen, das den übrigen Pool abdeckt – mit Hilfe eines elektrisch betriebenen Systems, das ich vor zwei Jahren installiert hatte.

Das flache Ende des quadratischen Swimmingpools ist auf der einen Seite offen, während die Wasseroberfläche des übrigen Teils mit langen Bahnen aus kräftigem Plastik abgedeckt ist, die dort liegen, um die Ausgaben fürs Aufwärmen zu sparen. Sie hatten offenbar keine Lust, alles wegzunehmen. Auf der frei liegenden Wasserfläche schwimmen ein paar Plastikstühle – die feiernden Idioten müssen dort draußen gesessen haben.

Bjarne und vier junge Männer haben auf der Sitzgruppe Platz genommen. Soldaten – das ist klar, obwohl sie in Zivil sind. Ehe er seine eigene Firma gründete, arbeitete er in der Kaserne, und er führt noch vereinzelt Transportaufgaben dort draußen aus. Es gibt immer eine Schar Soldaten, die Lust haben, seinen Alkohol zu trinken, sein Essen zu essen, in seinem Swimmingpool zu schwimmen.

»Allan, komm raus und nimm dir ein Bier«, ruft er, als ich mich zu erkennen gegeben habe. Bjarnes aufgedunsenes Gesicht glänzt – die Haut rotfleckig von Alkohol, Essen und Bluthochdruck. Mette ist nicht dort draußen.

»Wo ist Mette?« frage ich.

Ein paar Soldaten schauen sich etwas merkwürdig an. Sie scheinen betrunken zu sein. Einer hat eine Cognacflasche in der Hand und bedrängt Bjarne, die Erlaubnis zu geben, sie zu öffnen.

»Bier ist keins mehr da – und Wein auch nicht«, sagt der Soldat.

»Dann mach sie auf«, antwortet Bjarne. Kein Wein mehr? Wenn sie, seit ich zuletzt hier war, den Weinkeller geleert haben, dann haben sie sich rangehalten.

»Mette?« wiederhole ich.

»Versuch's oben«, sagt Bjarne.

Ich gehe die Treppe hinauf, froh, daß sie nicht an dem Gelage am Swimmingpool teilnimmt. Das grelle Lachen meiner Mutter dringt aus dem großen Schlafzimmer. Die Tür ist angelehnt.

»Ja schau doch einfach, ob du die Schlüssel in seiner Jackentasche findest ... und sieh zu, daß du bald zurückkommst. Dann wird

Mutter schon süß zu dir sein«, sagt sie. Ich stoße die Tür auf. Henrik ist auf dem Weg zu ihr. Er stopft gerade sein Hemd in die Hose, aber bleibt stehen und tritt einen Schritt zurück, als er mich sieht. Henrik ist Bussteward bei den Fahrten nach Prag und vögelt offenbar meine Mutter. Ich bezweifle, daß ein Mensch noch tiefer sinken kann.

»Oh, hallo Allan«, sagt meine Mutter und schaut dabei rasch an sich herunter und durchs Schlafzimmer. »Uns sind Bier und Zigaretten ausgegangen. Henrik holt die Schlüssel«, sagt sie zu mir.

»Verpiß dich«, sage ich zu Henrik und trete zur Seite, damit er vorbeikommen kann. Mutters Augen schwimmen. Sie trägt einen seidenen Hausanzug, das Band um die Taille ist dabei, sich zu lösen. Im Ausschnitt kann man einen Teil ihres Busens sehen und den glänzenden hautfarbenen Spitzen-BH.

»Wie geht es meinem großen Jungen?«

»Wo ist Mette?«

»Das weiß ich nicht«, sagt Mutter, »sie spielt wohl mit den Jungens.« Wut drängt sich zwischen den Rausch in die Augen meiner Mutter. Sie wird häßlich. »Die kleine Nutte hat unten am Pool Modenschau veranstaltet – in meinem Pelz. Hat sich vor den Soldaten aufgespielt, wie eine richtige kleine Hure.«

»Hör auf, so von meiner Schwester zu sprechen.« Ich lasse sie stehen und gehe über den Flur zum Zimmer meiner Schwester. Das Geräusch eines Busmotors läßt mich innehalten und aus dem Dachfenster schauen. Henrik sitzt hinter dem Steuer und einer der Soldaten auf dem Platz des Reisebegleiters – sie wollen offenbar mit dem Bus Bier holen. Den Schlüssel zu Bjarnes Mercedes haben sie nicht bekommen.

Der Geruch von Erbrochenem steigt mir in die Nase, als ich die Tür zu Mettes Zimmer öffne. Noch ehe ich um die Tür herum bin, erfasse ich ein Geräusch aus der Richtung ihrer Bettdecke und sehe sie im Bett mit geschwollenem Gesicht und weit aufgerissenen, verweinten Augen; die Schminke hat eine Spur auf ihren Wangen hinterlassen. Mit ihren dünnen Kinderfingern hält sie den Pelz meiner Mutter eng um sich geschlungen. »Allan«, sagt sie und klingt zugleich froh und ängstlich ... oder verlegen. Neben dem Bett liegt ein großer roter Fleck Erbrochenes; darin ist nicht viel Substanz, und es stinkt wie saurer Wein.

»Mette«, sage ich. Gehe zu ihr und setze mich auf die Bettkante. Ihr Körper wird wie von plötzlicher Kälte oder einem Krampf geschüttelt, und dann schluchzt sie laut, schlingt die Arme um mich und bohrt ihr Gesicht an meine Brust. Am Revers des Nerzes hängt eingetrocknetes Erbrochenes.

»Was ist passiert?« frage ich.

Mette schluchzt. Schluckt. Ist still.

»Na na«, sage ich, streichle ihr Haar, hebe ihr Gesicht an, so daß ich ihr in die Augen sehen kann. Sie ist immer noch voll, aber auch ... voller Angst. »Komm schon. Erzähl mir, was passiert ist.« Wieder versteckt sie ihr Gesicht. Sagt nichts.

»Wir wollen zusehen, daß wir dich ins Bad schaffen«, sage ich zu ihr und bewege ihren Oberkörper ein bißchen von mir weg, wie wir da auf dem Bett sitzen, um den Pelz zur Seite zu schieben.

»Nein«, sagt sie. Preßt den Pelz noch dichter an sich, wendet sich von mir ab und bohrt ihr Gesicht ins Kissen. Ich spüre, wie in meiner Brust ein roter Klumpen wächst. Stehe auf. Packe ihre Schultern, ziehe sie hoch, so daß sie steht. Sie schaut zu Boden. Weint unkontrolliert.

»Du kannst es mir ruhig sagen, ich werde nicht wütend«, sage ich so ruhig ich kann zu ihr, während ich ihr ins Gesicht sehe und sie mit einer Hand auf jeder Schulter halte. Sie heult, und ich kann spüren, wie alle Kraft aus ihren Schultern strömt. Ihre Arme fallen an den Seiten herunter, und sie schaut mit einem resignierten Ausdruck schräg hinüber zum Fenster, als ob alles, was von nun an geschieht, unausweichlich wäre. Sie verstummt. Ich schiebe den Pelz über ihre Schultern, so daß er zu Boden fällt. Ihr BH ist über ihre kleinen Brüste hochgeschoben und hängt zusammengerollt oben auf dem Brustkorb und unter den Achseln. Sie zupft daran, reißt daran, um ihn an seinen Platz zu bekommen, dabei fängt sie wieder an zu schniefen.

»Hat ... Bjarne dich angefaßt?«

»Nein«, sagt sie. Ich halte ihre nackten Schultern mit einer Hand fest; mit der anderen greife ich nach ihrem Bettlaken und ziehe es ab. Mette steht etwas vorgebeugt und versucht fieberhaft, den BH über ihre Jungmädchenbrüste zu ziehen, wobei sie sich gleichzeitig bemüht, sie mit den Unterarmen zu bedecken. Aber der BH ist zu verdreht, und sie bekommt ihn nicht richtig hin. Ich halte das Laken vor sie.

»Wickel dich hier rein.« Sie nimmt es mir ab und dreht mir den Rücken zu, ehe sie die Arme nach hinten hebt und den Verschluß des BHs öffnet, und ich denke daran, daß ihre Schamhaftigkeit mir – ihrem großen Bruder – gegenüber fast schon rührend wäre, wäre die Situation eine andere. Aber der rote Klumpen in meinem Hals arbeitet weiter – sammelt Augenblicke.

Sie wickelt sich in das Laken und setzt sich resigniert auf die Bettkante.

»Bist du sicher, daß er dich nicht angefaßt hat?«

»Nein. Er hat mir nur ... einen Klaps auf den Po gegeben. Als ... als ich Modenschau gemacht habe.«

»Das darf er nicht«, sage ich. Sie weint wieder. Lautlos. Ich setze mich auf die Bettkante und lege einen Arm um sie. »Was ist mit den anderen Kerlen?« frage ich.

»Ja aber ... ich habe doch selbst angefangen«, flüstert sie.

»Hast du Halt gesagt?«

»Ja.« Jetzt schluchzt sie; bohrt ihr Gesicht an meine Brust, damit sie mich nicht anschauen muß.

»Hat er aufgehört?«

»Nein.«

»Mette, ich muß wissen, ob er zu weit gegangen ist«, sage ich. Sie

schluchzt. »Nick einfach oder schüttle den Kopf. Ist er zu weit gegangen? Ja oder nein.«
Sie schüttelt den Kopf.
Der rotglühende Stein in meiner Brust zittert immer noch.
»Da hat er aufgehört?«
Sie nickt. »Ich habe ihn vollgekotzt«, sagt sie.
»Und dann hat er aufgehört?«
»Ja.« Ich kann an ihrer Stimme hören, daß sie ein bißchen lächelt, obwohl sie die ganze Zeit schnieft.
»Das ist immerhin etwas«, sage ich. »Wer von ihnen war es?«
»Ich hab selbst angefangen«, sagt sie.
»Sag es.«
»Er heißt ... Kim, glaube ich.« Mette sitzt zusammengesunken auf der Bettkante. Sie wird einen Kater bekommen, vermute ich.

»Du mußt ins Bad«, sage ich, stehe auf und nehme ihren Schlafanzug, der unter der Decke zum Vorschein kam, als ich das Laken abzog. »Steh auf«, sage ich. Sie tut es, und ich nehme sie um die Schultern und führe sie auf den Flur. Wir können aus dem Erdgeschoß Gesang hören. Ein Soldatenlied. Bjarne singt von allen am lautesten. Wir gehen über den Flur zum Badezimmer, aber die Tür ist abgeschlossen. Ich schlage mit der Faust dagegen.

»Ja? Wer ist da?« Das ist die Stimme meiner Mutter, und man hört ein Kichern. Hoffnungslos. »Ich komme schon.«

Sie öffnet die Tür, und während sie uns verwirrt anschaut, zieht sie ihren engen Rock herunter. Ich gebe ihr eine Ohrfeige. Sehe den weißen Abdruck auf ihrer Wange, ehe ihre Hand ihn zudeckt. Ich habe schon seit einigen Jahren dazu Lust gehabt, und ich komme nicht mehr zum Denken. Es ... passiert. Ihr offener Mund. Sprachlos. »Was ...?« sagt sie, wobei sie erschrocken einen Schritt zurücktritt – ein Mund wie ein Dorsch auf dem Trockenen. Ich führe Mette hinein und lasse sie los, packe den Arm meiner Mutter.

»Dein Mann grapscht deiner Tochter an den Arsch. Deine Gäste machen sie betrunken und fassen sie an die Titten«, sage ich, während ich meine Mutter aus der Tür schiebe. Sie wirkt wie ... unter Medikamenten.

»Ja aber, ich ...« sagt sie.

»Ja, du bist eine Sau«, sage ich und will die Badezimmertür hinter mir zumachen.

»Bleibst du nicht?« sagt Mette.

Ich lasse meine Mutter los. »Ich bin noch nicht mit dir fertig«, sage ich und gehe zu Mette hinein. Sie ist schon unter der Dusche. Ich frage sie, welches ihre Zahnbürste ist, und tue Zahnpasta drauf, reiche sie ihr. »Versuch, ein bißchen Wasser zu trinken«, sage ich. Dann sitze ich auf dem Rand der Badewanne und überlege, was ich tun muß.

»Allan, was willst du machen«, sagt sie, als sie die Dusche abgestellt und sich in ein Handtuch gewickelt hat.

»Ich werd mir was ausdenken.« Sie sagt nichts mehr. Nimmt bloß die Schlafsachen in die Hand und geht zu ihrem Zimmer.

Ich verfluche mich selbst, nicht schon früher eingegriffen zu haben. Sie von hier weggeholt zu haben. Aber wohin mit ihr? Es stand noch nicht so schlimm, als ich wegfuhr. Aber ich hätte mir denken können, welche Richtung das nehmen würde.

Meine Glieder fühlen sich an wie ausgehöhlt, als ich die Treppe hinuntergehe. Popmusik dringt vom Swimmingpool hoch. Meine Mutter sitzt in der Küche allein am Eßtisch; zusammengesunken, eine Zigarette in der Hand, ein Glas Wein. Sie schaut mich bittend an. »Allan«, sagt sie. Ich gehe vorbei, raus zum Swimmingpool. Jetzt sind nur noch drei Soldaten da – sie sind in meinem Alter, vielleicht etwas jünger. Sie sitzen bei Bjarne – alle haben sie ein Cognacglas in der Hand, rauchen Zigarren – offenbar ist Henrik nicht mit mehr Bier zurückgekommen. Erst im Nachhinein wird mir klar, daß die Reihenfolge falsch ist. Ich bin mit langen Schritten bei ihm, packe mit der linken Faust Bjarnes Hemd, ziehe ihn hoch, Cognac spritzt, Glas zerbricht, meine Faust fährt wie ein

Kolben in sein Gesicht, ein, zwei, drei Mal. Poltern von den Sesseln der Soldaten, als sie versuchen, auf die Beine zu kommen. Ich ziehe Bjarne von der Sitzecke weg, unterdessen kommen zwei Soldaten zum Stehen – der eine scheint nüchtern zu sein. Ich stoße Bjarne ein Knie in die Hoden, daß er sich vornüberbeugt. Meine Hand hält das Hemd fest. Am Mund blutet er heftig. »Kim?« sage ich, aber es ist zu spät. Ich hätte das vorher herausfinden müssen – wegen meiner Gewalttätigkeit ist ihre Reaktion nichts wert. Ich kann nicht sehen, wer von ihnen Kim ist.

»Was zum Teufel …?« sagt der nüchterne Soldat und bewegt sich auf mich zu. Der andere scheint auf seinen Beinen festgefroren, der dritte ist unbeweglich, er sitzt immer noch. Meine Faust läßt das Hemd los, währenddessen bohrt sich die andere in seine Nieren, und der Schlag wird ausgeführt, er beginnt zu wanken. Er ist einen halben Meter vom Beckenrand entfernt, vor dem mit Plastik bedeckten niedrigen Teil. Er kippt um. Wegen der Schmerzen in den Hoden kann er seinen Sturz nicht steuern. Er trifft die Kacheln und wippt mit dem Kopf zuerst über den Rand, in die Plastikabdeckung, die unter ihm sinkt, dann dringt das Wasser zwischen die Plastikbahnen. Seine Glieder zappeln unkontrolliert. Von seinem fetten Leib wird das Plastik unter Wasser gedrückt. Ein Schrei dringt zu mir. Meine Mutter im Haus, näher. Schreiend. Der Soldat macht drei Schritte und springt mit geschlossenen Beinen direkt neben Bjarne. Die Beine des Soldaten pressen das Plastik unter Wasser, so daß es sich nicht um seinen Körper wickelt. Diese Geste der Barmherzigkeit kommt mir überflüssig vor. Der Soldat richtet meinen Stiefvater auf. Beide stehen sie durchnäßt am niedrigen Ende. Bjarne prustet.

»Du bist verrückt«, sagt der Soldat. Zu mir. Ich schaue meinen Stiefvater an, warte darauf, daß er Luft bekommt, um sprechen zu können.

»Ich zeige dich an«, sagt er mit einem beleidigten Gesichtsausdruck – komisch, mit diesem dünnen Haar, das am Schädel klebt, dem Blut, das aus seinem Mund sickert, dem Hemd, das an den Fettwülsten haftet, während er darum kämpft, sich mit seinen kraftlosen Armen, schwer von Fett, aus dem Pool hochzuarbeiten.

»Darauf hoffe ich wirklich«, sage ich, drehe mich um, gehe an meiner schluchzenden Mutter vorbei, durchs Haus, die Treppe hinauf, zu meiner Schwester hinein. Ich ziehe einen Stuhl ans Bett. Sie ist noch wach.

»Gib mir deine Hand«, sagt sie. Ich werfe rasch einen Blick auf meine Hände. Die linke ist sehr blutig. Hautabschürfungen auf den Knöcheln der rechten Hand. Ich wische die Knöchel an der Hose ab und reiche ihr die Hand. Sie bemerkt nichts. Preßt den ganzen Unterarm an sich. »Du gehst doch nicht, nein?« fragt sie schlaftrunken.

»Ich muß wohl bleiben«, sage ich.

Zeit vergeht. Klopfen unten an der Haustür. Es wird geöffnet. Das schrille »*Was?*« meiner Mutter.

Die Polizei. Der Bus ist verunglückt – auf dem Weg zur Tankstelle in eine Verkehrsinsel gefahren. Der Chauffeur liegt auf dem Operationstisch – bewußtlos, der Beifahrer ist schwer verletzt.

»Er muß die Schlüssel zum Bus gestohlen haben«, sagt meine Mutter schnell.

Ich kann Bjarne dort unten schreien hören: »Ihr psychopathischer Sohn hat mich überfallen.« Ich zünde mir eine Zigarette an. Kurz drauf höre ich Schritte auf der Treppe, und ein Polizist öffnet die Tür zu Mettes Zimmer, er schaut sich um. Der Geruch nach Erbrochenem hängt in der Luft, obwohl ich das Fenster geöffnet habe.

»Allan?« sagt er.

»Ja.«

»Wer ist das?« Er nickt zu meiner schlafenden kleinen Schwester hin.

»Meine kleine Schwester.«

»Stimmt etwas nicht mit ihr?« fragt er, bestimmt weil meine Schwester mit beiden Händen meinen Unterarm festhält, obwohl sie schläft.

»Sie ist betrunken gemacht worden, und jemand hat sie angegrapscht«, sage ich.

»Wer?«

»Einer von den Idioten da unten.«

»Der übel Zugerichtete?«

»Möglich«, sage ich.

»Was ist das an deiner Hand?« fragt er.

»Blut«, sage ich.

»Woher stammt das?«

»Von dem übel Zugerichteten.«

»Das warst du?«

»Klar.«

»Er hat dich wegen Körperverletzung angezeigt – du verstehst, wir sind gezwungen, dich mitzunehmen.«

»Dann müßt ihr erst meine Großmutter erwischen, damit sie hier sein kann, wenn meine Schwester aufwacht. Anders bekommt ihr mich nicht mit.«

»Ich kann nicht …« fängt der Polizist an, aber dann erscheint das verweinte Gesicht meiner Mutter in der Tür. Sie sieht ängstlich aus, wirkt gefaßt, aber das reicht selten besonders tief.

»Wenn du nicht von hier verschwindest, dann zeige ich deinen Mann an, Mette mißbraucht zu haben«, sage ich zu ihr.

»Hat er …?« sagt der Polizist.

»Aber Bjarne hat nicht …« beginnt meine Mutter, hält aber inne, schluckt. »Ja aber was soll ich machen?« sagt sie mit weinerlicher Stimme.

»Geh runter und ruf ein Taxi, und dann ruf Großmutter an und sag, daß ihr kommt.«

»Ich will … ich will nicht weggehen.« Sie versucht, Autorität aufzubringen.

»Sonst lasse ich Mette zwangsentfernen. Das wird nicht schwer – in deinem Blut ist immer Alkohol.«

Mutter schaut zu Boden. »Ich rufe an«, sagt sie und geht.

Ich wurde zur Wache mitgenommen und in die Ausnüchterungszelle gesteckt. Am nächsten Tag kam ich in Untersuchungshaft. Zwei Tage später zog Bjarne die Anzeige zurück. Auf Anweisung meiner Großmutter hatte meine Mutter Bjarne gedroht, Mette würde ihn wegen Vergewaltigung anzeigen, wenn ich nicht rauskäme. Meine Mutter hatte hinzugefügt, sie selbst würde dafür sorgen, daß es alle erführen. Das hätte seiner Firma den Todesstoß versetzt.

Mette wurde ein paar Monate später auf ein Internat geschickt, ich wohnte immer noch mit Janne zusammen, auch wenn das langsam, aber sicher zum Teufel ging. Meine Mutter brach völlig zusammen und wohnte im Keller bei meiner Großmutter und Carl, bis sie sich wieder gesammelt hatte.

Ich starte den Wagen und fahre weiter auf den wohlbekannten Straßen Klarups. Franks Elternhaus ist wie immer. Ich gehe den Gartenweg hoch, wie schon unzählige Male, vollkommen manisch. Franks Mutter wirkt skeptisch, als sie mich sieht.

»Ich weiß nicht, was Frank macht«, sagt sie abweisend, aber trotzdem ist zu merken, daß sie gern reden will.

»Bist du immer noch …?« fragt sie, läßt es in der Luft hängen. Bin ich immer noch die Hälfte der Zeit auf Speed.

»Nein«, antworte ich. Sie bleibt in der Haustür stehen und schaut mein Gesicht an.

»Das mit dem Unglück war auch entsetzlich«, sagt sie traurig. Dann werde ich hereingelassen und bekomme Kaffee. Sie weiß nicht, wo Frank ist, sie glaubt, daß er in alles mögliche verwickelt ist, sie weiß nicht ein noch aus. Sie hat eine Adresse.

»Aber da ist er nie«, sagt sie, seine Telefonnummer hat sie nicht. Ich fahre auf dem Heimweg bei der Adresse vorbei, aber keiner macht auf.

Gemeinsam mit ein paar von den Decksleuten hatte ich einige Eisenplatten zum Monkey Island hochgehievt – ganz oben auf dem Deckshaus – und die Platten zusammengeschweißt, so daß wir einen Swimmingpool bekamen, zwei mal drei Meter groß und anderthalb Meter tief. Wir pumpten Meerwasser hinein, und dann konnte man dort in einem aufgeblasenen Gummiring liegen und auf 32 Grad warmem Wasser schaukeln, ein kleines Bier auf dem Bauch. Wir hatten im Loch einen kleineren Brand gehabt, in einem Ölvorwärmer. Nichts Ernstes. Er war schnell gelöscht, und niemandem war etwas passiert. Aber ich hatte angefangen, jeden Abend zum Pool zu gehen. Einfach so still daliegen und die Sonne hinter dem Horizont verschwinden sehen. Die Sterne kamen zum Vorschein, ich hielt nach Satelliten Ausschau, und dabei konnte ich den Motor im Hintergrund klopfen hören. Das hatte sonst immer beruhigend gewirkt. Nun tat es das nicht mehr. Man startet den Motor mit Druckluft von 30–40 bar, gleichzeitig bekommt er Treibstoff. Manche sagen, der Motor sei nicht für diesen Druck dimensioniert. Ein Jahr zuvor war auf unserem Schwesterschiff der ganze Scheißdreck in die Luft geflogen. Jetzt dachte ich wieder daran. Ein Brand im Maschinenraum. Gehört mit zum Schlimmsten, das man auf See erleben kann, denn er kann nur von oben angegriffen werden, wo es am allerheißesten ist – unter keinen Umständen kann man nach unten zum eigentlichen Feuer auf dem Boden vordringen. Man kann den Maschinenraum mit Halon füllen und versuchen, den Brand so zu ersticken, aber es gibt keinerlei Garantie, daß das gelingt. Dann brennen der gesamte Maschinenraum und das Deckshaus ab. Und wenn im Maschinenraum ein ordentliches Feuer ist, dann bricht es sich ein Loch zur Ladung, das Öl strömt in den Maschinenraum, das Öl gerät in Brand – ein enormer Flüssigkeitsbrand. Das Öl wird immer heißer und in seine Bestandteile aufgespalten, es destilliert; die flüchtigen Stoffe verbrennen, die schweren Stoffe sinken langsam zum Boden des Maschinenraums. Und man versucht das Feuer mit Schaum zu löschen, bis man kei-

nen mehr hat. Dann nimmt man Wasser. Das Feuer ist in der Maschine – wenn der Alarm losgeht, sind es die Maschinenraumleute, die versuchen müssen, es zu löschen. Die großen Mengen Wasser gelangen sofort zum Boden des Maschinenraums, der jetzt eine riesengroße Wanne ist. Die schwersten Bestandteile des Öls sind kolossal heiß, und im Laufe weniger Tage sinken sie zum Boden des Maschinenraums, wo sie mit dem Wasser in Kontakt kommen, das sich dort abgelagert hat. Dampfexplosionen; eine 100 bis 150 Meter hohe Säule aus Dampf und Feuer, die zum Himmel faucht. Ich denke an Feuer, und ich denke immer weiter an Feuer.

5

Am Dienstag sinkt meine Hoffnung in Trümmer. Am Nachmittag schnappe ich mir in der Kantine die Zeitung und gehe auf die Toilette, um ein Inserat zu finden. Nach Feierabend parke ich das Auto vor dem Marinemuseum im Westen des Skudehavn. Dort steht eine Telefonzelle. Ich spaziere daran vorbei, hinüber zu Fjordbyen. Die Lauben in den Schrebergärten sind das ganze Jahr über bewohnt, obwohl es oft Gerüchte gibt, die Kommune würde die Gegend räumen. Jemand hat einen heimlichen Ausschank eingerichtet. Ich trinke zwei Bier. Trinke mir Mut an, oder nein, nicht Mut; entferne die schärfsten Kanten – komme mit meiner Niederlage auf eine Wellenlänge. Gehe zurück zur Telefonzelle. Rufe an und fahre direkt dorthin, anschließend nach Hause. Obwohl ich nichts gegessen habe, fühle ich mich aufgebläht und irgendwie fett. Ich bade ausgiebig, aber das ändert nichts. Dann gehe ich runter zu einem Kiosk und kaufe eine Flasche Gin, den ich mit etwas Zitronenlimonade mische, und trinke, bis ich mich übergebe. Erst da fühle ich mich annähernd okay.

Am Mittwoch früh sagen sie auf der Arbeit, ich sähe krank

aus, und schicken mich nach Hause. Ich fahre in der Stadt herum und kaufe einen Anrufbeantworter. Ich spaziere durch das Stadtzentrum, und die Sonne scheint. An mindestens zwanzig Mädchen macht mein suchender Blick fest, und ich glaube für den Bruchteil einer Sekunde, sie sei es. Den Leuten, die mich anschauen, kann ich ansehen, daß mein Gesichtsausdruck abscheulich ist.

Ich liege im Bett und döse. Spät am Nachmittag klingelt es an meiner Tür. Nervös greife ich nach der Sprechanlage.

»Ja?«

»Hallo ... Lene hier – du weißt ...? Darf ich reinkommen?« klingt die Stimme in meinem Ohr.

»Äh, ja«, antworte ich und drücke auf den Knopf. Während sie die Treppe hochkommt, beeile ich mich, eine Hose und ein T-Shirt überzuziehen. Ich kann gerade noch denken, daß Lene genau der Typ Mädchen ist, die immer auf mich fliegen werden. Sie sieht einen Mann, der solide ist, eine gute Ausbildung hat, Arbeit hat, ihr Sicherheit geben kann, aber gleichzeitig stark ist – etwas ... Gefährliches hat, das sie aus ihrer tödlichen Langweiligkeit erheben kann. Und gleichzeitig sieht sie sich als die Frau, die mir etwas geben kann, das mir fehlt – die etwas aus mir machen kann. Und vielleicht stimmt es ... daß es gut werden könnte. Aber da steckt kein Leben drin – kein Feuer. Ich würde sie nie respektieren können; sie hat nichts ... Eigenes.

Lene tritt durch die Tür. Sie ist offensichtlich nervös, aber versucht, eine überlegene Haltung an den Tag zu legen.

»Eine Tasse Kaffee?« frage ich, ehe sie etwas sagen kann. Schon da entstehen Risse in ihrer Fassade:

»Nein – äh, ich muß nur ... dir was sagen.«

»Sag es bei einer Tasse Kaffee«, meine ich, während ich aus der Küche Becher hole. Sie ist ins Wohnzimmer gegangen, sieht sich verwundert um und setzt sich auf einen der beiden Eßtischstühle, die ich zusammen mit einem Tisch bei einem Trödler erstanden habe. Ein Rollo habe ich mir ebenfalls angeschafft, ehe ich das Projekt aufgegeben habe. Ich schenke ihr ein.

»Lene, was kann ich für dich tun?«

»Ja – äh mm ... Frank will mit dir reden.«

»So? Er weiß, wo ich wohne.«

»Ja, aber er hat ein ... Angebot für dich.«

»Und was ist das?«

»Irgendeine ... Arbeit. Er sagte, du wüßtest, worum es geht.«

Ich setze mich ihr gegenüber, stelle die Ellbogen auf den Tisch, verschränke die Hände und lege mein Kinn darauf.

»Von was für Aufgaben reden wir?«

»Das sind ...« sie zögert, »... darüber möchte er gern mit dir reden.«

»Lene«, sage ich, »ich bin Maschinenschlosser. Genau das bin ich. Ich will nicht für ihn arbeiten.« Sie seufzt tief – in gewisser Weise erleichtert.

»Bist du seine Freundin?« frage ich.

»Nein. Nein, das bin ich nicht«, antwortet sie – Hoffnung in ihrer Stimme. Es ist so ... so traurig. Dann kichert sie. Ich schaue sie fragend an.

»Er war wirklich nicht begeistert, daß du ... also daß du mit Lykke nach Hause gegangen bist.«

»Das war deutlich. Aber du bist nicht seine Freundin?«

»Nein«, sagt sie wieder. »Warum glaubst du das?«

»Na ja, es wirkte halt so, als wäre was zwischen euch.«

»Nein«, sie blickt auf den Tisch, »wir waren ... zusammen. Aber das ist lange her.« Sie schaut hoch: »Ich muß jetzt gehen«, sagt sie und steht auf. Ich muß etwas von ihr erfahren. Zögernd begibt sie sich in den Flur. Ich bin direkt hinter ihr. Sie bleibt stehen, schaut zu mir hoch, als ob sie erwartet, daß ich sie rauslasse, ihr die Tür öffne.

»Lene«, sage ich, lege eine Hand auf ihre Hüfte, »ich will ...« Ich drehe sie um, so daß sie mir gegenübersteht, ziehe sie an mich und küsse sie hart auf den Mund. Mir ist leicht schwindlig, und ich bin innerlich wie hohl. Ihre Lippen fühlen sich wie Plastik an. Ich weiß genau, das ist falsch ... es *fühlt* sich falsch an. Und gleichzeitig will ich ... in ihr einen Orgasmus haben. Ich will ... sie benutzen. Ich sehe keine andere Möglichkeit.

»Neeeiin«, stößt sie kämpfend hervor und gibt sofort nach, wie ein Schauspieler, stelle ich mir vor. Wir sind ruckzuck im Bett. Anschließend rauchen wir. Und alles ist vorbei. Ich kann sie nicht wieder anfassen. Sie ist verbraucht. In meinem Körper ist Schmutz. Die Bettwäsche muß gewechselt werden. Ich will baden. Sie muß verschwinden. Ich will auf einem sauberen Laken liegen – die Kühle an meiner Haut spüren ... und Hunger. Ich vermisse in ihrer Gegenwart irgendwie, Hunger zu empfinden.

Gleichzeitig mache ich ihrem Körper Komplimente – ich bin dabei obendrein aufrichtig. Bin gezwungen, das zu sagen.

»Ja«, sagt sie tonlos. Das ist sehr sonderbar.

»Ich muß ein paar Informationen von dir haben.«

»Worüber?« fragt sie.

»Über Leif, Asger, Frank, Susan, Maja, Nina und vielleicht auch über dich.«

»Warum das?« fragt sie.

»Das spielt keine Rolle«, antworte ich, »ich weiß, was Frank und Asger tun. Du brauchst mir nichts zu erzählen, aber ich bitte dich darum – ich würde es zu schätzen wissen.«

»Was ist da für mich drin?« fragt sie.

»Nichts.«

»Was soll das dann?« Sie seufzt.

»Vielleicht kannst du danach einsehen, daß du sozusagen ... in einer Sackgasse fährst.«

»Warum ... bist du mit mir ins Bett gegangen?« fragt sie – die Stimme sitzt ganz weit oben im Hals. Verdammt. Ich habe Lust, Entschuldigung zu sagen, aber das macht keinen Sinn. Warum? Hier ist weniger als nichts passiert – unterhalb von nichts. Ich habe es gemacht, weil ich konnte. Ich bekomme auf den Armen Gänsehaut, die Stirn schmerzt. Und ich will sie nicht fragen, warum sie mit mir ins Bett gegangen ist; ich weiß es – ihre erbärmliche, jämmerliche Hoffnung. Zwei einsame Narren, zusammen jeder für sich.

»Wir wollten … miteinander ins Bett gehen«, sage ich und füge hinzu: »Ich weiß nicht, warum.«

»Was wolltest du gern wissen?« fragt sie flach.

»Was da vorgefallen ist mit den Mädchen – also Susan und Maja – ehe Nina sie bei Asger rausgeschmissen hat? Das will ich wissen, ganz genau.«

»Warum?«

»Das ist meine Sache.«

»Kennst du sie?«

»In gewisser Weise.«

»Da …« beginnt Lene zögernd. Dann holt sie tief Luft: »Sie haben ihnen irgendwas gegeben – was, weiß ich nicht – ohne daß sie … davon wußten.«

»Was irgendwas?« frage ich. Lene zögert.

»LSD, glaube ich.« Jetzt zögere ich. Wie bescheuert kann man sein?

»Warum?« frage ich.

»Ich weiß es nicht … so *sind* die einfach.«

»Und was ist dann passiert?«

»Dann … Also ich bin nicht dagewesen. Nina sagt, daß …« Lene stockt wieder.

»Daß …?«

»Daß Asger versucht hat … mit Susan ins Bett zu gehen, und dann ist sie vollständig ausgeflippt, also so richtig vollkommen verrückt, und die andere dann auch, und da hat Nina sie rausgeschmissen. Das ist das, was ich gehört habe.«

»Und was hat … Asger gemacht? Als Nina sie rausgeschmissen hat?« frage ich.

»Nichts.«

»War Frank da?«

»Ja«, antwortet Lene.

»Was hat er gemacht?«

»Er hat ihnen das gegeben – jedenfalls hat Nina das gesagt.«

Ich fühle nichts, oder ich weiß nicht, was ich fühle, aber es wirkt offenbar so, als warte ich auf mehr.

»Das ist alles«, sagt sie, steht auf und beginnt sich anzuziehen, und während sie das tut, bekommt sie einen Schluckauf. Die Wände sind leer. Auf dem Fußboden verstreut Sachen. Die Digitalziffern des Radioweckers springen stumm weiter.

»Lene«, sage ich.

»Hmm.« Sie steht mit dem Rücken zu mir in dem dunklen Zimmer, während sie ihre Hose anzieht und beinahe strauchelt, als sie in Bein Nummer zwei steigt.

»Danke«, sage ich.

Sie sagt nichts. Geht in den Flur. Ich kann sie die Schuhe anziehen hören. Dann geht die Tür, Schritte verklingen die Treppe hinunter.

Am Donnerstag stehe ich etwas früher auf und fahre bei Franks Adresse vorbei. Keiner antwortet. Auf dem Heimweg nach der Arbeit kaufe ich ein Stück Fisch, das ich mit etwas Gemüse und einem Schuß Weißwein in den Ofen schiebe. Während ich unter der Dusche stehe, habe ich ein Empfinden überraschender körperlicher Stärke, und die Haut am Kopf fühlt sich trotz des warmen Wassers kühl an. Ich muß sie besitzen. Ich rede mir ein, daß ich das schaffen kann.

Im Wohnzimmer der Fernseher zeigt MTV fast ganz ohne Ton; das ist die einzige Lichtquelle im Raum, bis auf die am Fensterrahmen festgeklemmte Schreibtischlampe. Ich bin immer noch nicht weiter gekommen als bis zu den beiden Stühlen und dem Eßtisch. Das ist gut, stelle ich für mich fest. Der Duft von gebratenem Fisch verbreitet sich in der Wohnung. Ich lehne mich am Fenster gegen die Wand und schaue die drei Etagen nach unten zur Straße und rauche dabei eine Zigarette. Franks Auto fährt vor, er und Jøns steigen aus, und sie gehen zur Haustür. Meine Türklingel geht. Ich sehe Frank auf die Straße treten und nach oben zu meinem Fenster schauen. Vielleicht kann er das wechselnde Licht vom Fernseher sehen, vielleicht bin ich nebenan zum Kacken oder mit dem Müll unten im Hinterhof. Wieder geht die Türklingel. Vielleicht ist es mir einfach scheißegal. Ich esse den Fisch. Das Telefon klingelt. Ich nehme einen Zitronenschnitz und kaue darauf, schaue dabei zum Anrufbeantworter. Nach viermal Klingeln schaltet er sich ein. Frank ist dran: »Allan, wir haben was, worüber wir reden müssen. Du kannst uns im Laufe des Wochenendes im Grøften treffen. Hör auf, mich zu enttäuschen.«

Ich überlege, ob Lene Frank von unserem Sex erzählt hat. Ich bin mir sicher, daß er sie benutzt ... das habe ich auch gemacht. Na, das tut nichts zur Sache. Ich muß tun, was ich tun muß – und dann die Konsequenzen so übernehmen, wie sie kommen.

Ich öffne alle Fenster, um Durchzug zu haben, drehe den Ton von MTV völlig weg und setze mich mit dem Rücken gegen den Heizkörper ans Fenster – die Lamellen schneiden ein; wohltuend, ich fühle mich lebendig. Gut. Trinke Kaffee, lese hin und wieder in einem Taschenbuch, aber es ist so phantastisch, die Vögel draußen singen zu hören. Ich verspüre im Bauch einen angenehmen Schmerz. Später schleppe ich das Bett wieder ins Wohnzimmer – ich glaube, weil ich mich dann weniger einsam fühle; das ist nicht so himmelschreiend verkehrt wie ein Mann, der allein im Schlafzimmer liegt. Ich schalte Fernseher und Lampe aus, lasse das Rollo oben.

Als ich im Dunkeln auf der Matratze liege, kann ich die Lichtkegel der Autoscheinwerfer sehen, wie sie in der einen Ecke der Decke hinten am Fenster beginnen und sich erst langsam bewegen, wie sie zur Mitte hin beschleunigen, ehe sie die Geschwindigkeit am anderen Ende der Decke wieder zurücknehmen. Wie angenehm, Autos und Vögeln zuzuhören. Vor dem Einschlafen gehe ich pinkeln und trinke in der Küche ein Glas Milch. In einer der Wohnungen ist ein Paar, das sich bei offenem Fenster liebt; der Hinterhof schafft Resonanz und verstärkt die Geräusche der Frau. Er sagt nicht viel, erst zum Schluß. Wenn auf der Straße Autos aus beiden Richtungen gleichzeitig kommen, dann verschränken sich die Lichtkegel an der Decke, und wenn sie in der Mitte aneinander vorbei beschleunigen, dann entsteht für einen kleinen Moment ein hell erleuchtetes Feld.

Den ganzen Freitag überlege ich während der Arbeit, ob ich in die Stadt gehen soll, für den Fall, daß sie da sein sollte. Die ganze Zeit über weiß ich, daß die Idee schlecht ist – sinnlos. Natürlich soll ich nicht. Was will ich da? Jämmerlich sein? Es ist wichtiger, daß ich zu Carl runtergehe. Es ist schon einiges her, seit er das Schiff zu Wasser gelassen hat, aber ich bin nicht unten gewesen, und ich weiß, daß ihm das was ausmacht.

Als ich nach Feierabend im Auto sitze, kann ich es nicht lassen und fahre auf die Brücke. Ich bilde mir ein, ich würde gar nicht merken, daß ich da rauffahre, und plötzlich wird mir klar, daß ich auf der Brücke bin. Idiot. Ich weiß, daß ich nicht an ihre Tür klopfen kann; mir ist innerlich zu elend zumute. Trotzdem gebe ich mir in gewisser Weise selbst die Erlaubnis, am Parkplatz vor ihrer Wohnung vorbeizufahren – mich selbst zu quälen –, ehe ich Richtung Nordosten fahre, um zur Autobahn zu gelangen. Mit einemmal werde ich dermaßen stinksauer, mitten auf der Straße. Es ist wenig Verkehr, und sobald ausreichend Platz ist, bremse ich voll runter, drehe das Steuer rum und ziehe gleichzeitig die Handbremse, lasse sie los, drücke aufs Gaspedal, und während ich die Kupplung kommen lasse, knalle ich mit der rechten Hand den Gang rein, so daß die Räder durchdrehen. Ich fahre in der Richtung, aus der ich komme. Ich gehe zu ihr hoch, klopfe.

»Komm rein«, ruft sie – vielleicht erwartet sie jemanden. Ich öffne die Tür; kann sie nicht sofort sehen, lehne mich gegen den Türrahmen.

»Hallo Maja«, sage ich leise, fast tonlos, »ich würde gern mit dir sprechen.« Sie taucht aus der Küchenecke auf – wirkt wütend, glaube ich, aber auch verwirrt.

»Nein.« Sie macht einen schnellen Schritt zur Tür hin, besinnt sich anders und bleibt stehen. Schaut mich bloß an.

»Ich möchte dich gern bitten, mir zu sagen, was los ist«, sage ich. Sie antwortet nicht, sieht mich nur wütend an.

»Habe ich was falsch gemacht?« frage ich, und es ist ganz offenkundig, daß sie überlegt, ehe sie sagt:

»Nein – du hast nichts gemacht.«

»Was dann?« Sie antwortet nicht. »Soll ich gehen?«

»Es ist das, was du *nicht* gemacht hast.«

»Erzähl mir, was los ist.«

»Du hast mir einfach nicht die Wahrheit gesagt. Du hast mich angelogen.«

»Ja.« Ich schaue zu Boden, und ich friere.

»Warum?« sagt sie.

»Es war ...« Ich schaue hoch und sehe sie an, »Entschuldigung.«

»Nein«, sagt sie, »warum?«

»Ich war ...« beginne ich, und dann wird mir klar, daß ich nicht weiß, ob sie auf das Unglück anspielt oder auf meine Vergangenheit als Speedfreak, wenn sie sagt, ich hätte gelogen. Unmöglich zu wissen. »Ich hatte Angst, wie du reagieren würdest.«

»Die konntest du auch haben. Ich *hasse* Junkies«, sagt sie. Junkie; das ist ein ziemlich kräftiger Ausdruck, denke ich, aber jetzt ist nicht der Zeitpunkt, das aufzugreifen.

»Das ist lange her. Also, versteh doch ... Ich bin weggewesen, bin zur See gefahren in den letzten drei Jahren. Meist Öltanker. Ich habe ...« Sie unterbricht mich.

»Das weiß ich«, sagt sie. Okay.

»Ich habe mit diesen Leuten nichts mehr zu tun ... Frank und denen. Es war reiner Zufall, daß ich in ihn reingerannt bin. Ich bin ... fertig – total fertig mit diesem Leben.«

Sie schaut mich nur an. Ich fange an mir einzubilden, daß ihre Augen ›vielleicht‹ sagen.

»Ich finde, du solltest jetzt gehen«, sagt sie.

»Nein«, sage ich. Das reicht nicht. »Ich muß ... wissen, ob ... ob es eine Chance gibt, daß ich dich wiedersehe?«

»Ich will ... darüber nachdenken«, sagt sie, und dann hebt sie den Zeigefinger und fügt hinzu: »Aber du mußt mit nichts rechnen.«

Ich mache eine Geste mit den Armen, trete vom Türrahmen zurück und sage: »Maja, das ist okay.« Die Tür wird geschlossen, und ich gehe runter zum Auto. Fühle mich trocken, während ich wieder Richtung Nordosten fahre, bis ich auf die Autobahn treffe, die ich für den Rückweg durch den Tunnel nehme. Ich denke kurz daran, mit wem sie wohl gesprochen hat, aber eigentlich ist das egal.

Samstag wache ich früh auf. Als ich Bad und Frühstück hinter mir habe, ist es erst kurz vor neun. Ich überlege, zum Hafen zu fahren – nachsehen, ob Carl da ist. Aber mir fehlen eine Menge Küchengeräte, und aus dem einen oder anderen Grund ist mir viel daran gelegen, die Sachen heute zu kaufen.

Die Verkäufer sind dabei, Schilder und Waren auf der Straße aufzubauen, als ich über den Nytorv rolle. Ich parke am Hafen vor dem Limfjordterminal und schaue bei den Schleppern vorbei. Sie gleichen Gefängnissen. Es wird halb zehn. Ich schlendere zum Nytorv hoch und gehe bei Inspiration rein, wo ich eine gute Bratpfanne und eine große blaue Schale entdecke. Anschließend drehe ich unterschiedliche Schneebesen hin und her – schwere Entscheidung.

Eine Frau nähert sich dem Regal, bei dem ich stehe.

»Hallo Allan«, sagt sie. Janne. Ich schaue sie an. Sie ist gut angezogen, entblößt die Zähne – das ist ein Lächeln, aber unter der Schminke ist die Härte sichtbar.

»Janne«, sage ich und nicke ihr zu.

»Du bist zurück«, konstatiert sie, ihre Augen auf mein Gesicht geheftet.

»Ja.«

»Was machst du?«

»Arbeiten. Und selbst?« frage ich. Sie sieht zur Seite, die Muskeln an ihrem Hals werden straff. Dann dreht sie den Kopf zurück.

»Ich schulde dir immer noch die Hälfte des Geldes für die Möbel.«

»Das spielt keine Rolle, Janne. Vergiß es«, sage ich.

»Ja. Aber du sollst das Geld trotzdem haben.«

»Janne, das ist erledigt. Dieses Geld interessiert mich nicht.«

»Nein, das tut es wohl nicht«, sagt sie, jetzt verbissener.

»Janne, hör auf. Das wäre früher oder später sowieso passiert – wir hatten es nicht mehr.«

»Du findest vielleicht, du seiest billig davongekommen, indem du mir die Möbel gelassen hast?« Sie spuckt die Worte aus. Sie ist häßlich. Abstoßend.

»Du wolltest sie haben, und ja, jetzt wo du es erwähnst, es war so – billig davongekommen stimmt.« Sie ist so wütend, daß ihr die Tränen in die Augen schießen, als sie sich umdreht und weggeht.

»Sehr billig«, sage ich ihr hinterher.

Wende die Aufmerksamkeit wieder den Schneebesen in meinen Händen zu. Werfe einen zurück aufs Regal, nehme zwei andere mit zur Kasse. Ich habe seit diesen Möbeln so verdammt viel Geld verdient, und ich weiß nicht mal, was ich damit machen soll. Ein Haus kaufen? Wozu? Ich lege die Waren vor die Verkäuferin.

»Na ja, dann soll wohl geschlagen werden«, sagt sie.

»Was?«

»Sie haben doch was ...« die Wörter kommen zögernd, »etwas, das Sie ... schlagen wollen.«

»Halt den Rand«, sage ich.

»Ja.« Sie schaut auf das Einzupackende.

Carl ist schon unten beim Boot. Jetzt, wo es im Wasser liegt, ist es viel schöner. Ich helfe ihm ein paar Stunden beim Reparieren der Segel – wegen der Gicht in den Fingern fällt ihm das Nähen schwer. Wir arbeiten stumm, bis auf Carls Anweisungen, denen ich folge.

»Allan, du siehst nicht froh aus.«

»Frauenprobleme.«

»Denk dran, du mußt sie alle die kleinen Sachen entscheiden lassen, so daß sie das Gefühl haben, etwas zu sagen zu haben«, sagt er, »und bei den großen Entscheidungen mußt du fest bleiben.«

»Ja, das sagst du so.« Ich nähe weiter, während ich überlege, was ist klein? Was ist groß? Was sind die großen Sachen in einer Beziehung? Ein großer Entschluß ist es, wo man wohnen soll, weil die Preise für Wohnraum bestimmen, ob man für den Rest seines Lebens wie ein Pferd schuften muß. Aber das kann keiner allein entscheiden. Ein Kind zu bekommen ist noch größer. Da ist kein Soloauftritt drin. Carls Scheißweisheiten. Und vor allem sind das hypothetische Erwägungen, wenn man keine verdammte Beziehung hat.

Als wir fertig sind, will Carl für eine kleine Runde raus. Er strahlt. Ganz automatisch entschuldige ich mich, ich hätte eine Verabredung mit einem Mädchen. Warum habe ich das gesagt? Ich segele gern. Carl versucht seine Enttäuschung zu verbergen, aber das macht sie nur noch deutlicher. Den verbleibenden Tag kaue ich darauf rum. Habe ich wirklich so viel Angst vorm Wasser?

Sonntag morgen, fünf Uhr. Franks Auto parkt nahe bei seiner Wohnung, die Fenster sind sogar erleuchtet.

Als er öffnet, weiß ich, was Sache ist. Vollkommen überspannt müde. Gegrillt. Schweißeraugen – sogar der Augapfel ist rot gesprenkelt.

»Allan. Es wurde auch Zeit«, sagt er, »komm rein.« Die Schlafzimmertür ist angelehnt. Durch den Spalt bemerke ich Lene, die in seinem Bett schläft. »Ich sehe *Lethal Weapon 2*«, sagt er und lächelt mir verschmitzt zu, »Mann, mit Schlafen ist überhaupt nichts.« Er geht ins Wohnzimmer, spricht dabei über die Schulter: »Na, hast du dir irgendein Glück besorgt?«

Glück? denke ich. Ach ja, Lykke, das Mädchen. Er hat mich schon mal danach gefragt.

»Ja«, antworte ich.

»Super Schwanzlutscher«, sagt Frank und setzt sich in einen Sessel. Er schaut mich mit einem Blick an, den ich nur als enorm gnädig charakterisieren kann. »Aber für meinen Geschmack bißchen zu viel Schreierei«, fügt er hinzu.

Ja Frank, die magst du nicht. Ich setze mich in einen Sessel ihm gegenüber und schenke mir aus der Thermoskanne eine Tasse lauwarmen Kaffee ein.

»Na«, meint Frank und sieht geschäftsmäßig aus, »jetzt sollst du hören, was ...« Ich unterbreche ihn.

»Frank. Ich schulde dir nichts, und ich will nichts mit dir zu tun haben.« Ich sitze zurückgelehnt – nehme es weiterhin gelassen. »Für das, was du mit Maja und Susan angestellt hast, sollte ich dich fertigmachen, aber um der alten Zeiten willen lasse ich es. Wir sind quitt.«

Er ist überrascht. Das hat er nicht erwartet. »Kommst du hierher – zu mir nach Hause – und *drohst* mir?« fragt er und bläst sich auf, gedopt, kaputt. Er wirkt lächerlich.

»Frank«, sage ich, »wenn du mich belästigst ... du weißt, was dann passiert.« Ich habe ihn früher mal verprügelt, als er gegenüber Janne zudringlich wurde.

»Hej Mann«, sagt er und lächelt kalt, »du weißt nicht, wer ich heute bin.« Und das stimmt, ich weiß nicht, wen er kennt, was er in Gang bringen kann. Es ist mir egal. Starre ihn abwartend an. »Was zum Teufel willst du mit der kleinen Hippie-Tussi?« sagt er. Ich schüttele langsam den Kopf, während ich mich erhebe.

»Ja, ich fand, im Bett war nicht sonderlich viel mit ihr los«, sagt er. Ganz so leicht kriegt er mich zum Glück nicht. Ich beginne

Richtung Flur zu gehen. Kann hören, wie Frank seinen Stuhl zurückschiebt, aufsteht und mir nachfolgt. »Du solltest mir nicht den Rücken zuwenden«, sagt er. Als ich die Tür geöffnet habe, drehe ich mich um; im Vorbeigehen kann ich eben noch Lene im Bett ausmachen – mit aufgerissenen Augen. Da packe ich Franks Hals mit der einen Hand, schiebe ihn gegen die Wand und drücke, so daß ich seinen Adamsapfel scharf an meiner Handfläche spüre. Mit der anderen Hand presse ich Franks rechten Arm gegen die Wand. Sein linker Arm schlägt kraftlos gegen meinen Bauch. Er bekommt keine Luft. Ich wende den Kopf und schaue zu Lene. Jetzt liegt sie ganz still, der Kopf ist von der Bettdecke verdeckt.

»Laß die Finger von mir, Frank.«

Bis ich loslasse, ist er am Ersticken. Er faßt sich keuchend an den Hals. Den ganzen Weg durchs Treppenhaus und hinaus auf die Straße dauert es, bis er genug Luft bekommt. Als ich mein Auto aufschließe, kommt seine Stimme krächzend oben vom Fenster:

»*Mann, Allan, du bist fertig. Du bist ein fucking toter Mann.*«

Die Woche vergeht unerträglich langsam. Ich werde Prügel bekommen – das ist ganz klar. Prügel. Was ist zu tun? In sich hineinfressen, sich nicht gehen lassen. Prügel bekommt man aus heiterem Himmel – hinterher kann das eine äußerst schmerzhafte Angelegenheit sein, aber wenn man darauf wartet, kann man sie noch schmerzhafter machen. So denke ich. Eine Art abgrenzender Logik.

Das Gefühl ist wohlbekannt, genau jetzt bin ich am verletzbarsten. Klar, bereit hereinzufallen. Wenn ich nach Hause komme, gehe ich als erstes zum Anrufbeantworter und sehe nach, ob eine Nachricht da ist. Nichts. Die Lust auf Amphetamin ist unbeschreiblich. Abfahren, durchziehen, durchknallen. Nur ein einziges Mal. Warum nicht ...? Ich denke an das Spezielle; wunderbar. Aber hinterher werde ich nur noch mehr Ekel vor mir empfinden, und es wird dann endgültig schwer sein, den Drang zu bekämpfen. Vielleicht würde ich es nicht aufhalten können; ich würde in der Scheiße schwimmen, bis ich sinke. Ich kann es vor mir sehen – meine Demütigung. Trinke eine Tasse Kaffee.

Ziehe Schuhe und Jacke an, spaziere zu Viggo Madsens Buchhandlung und kaufe mir einen Stoß Romane auf englisch und normale Wörterbücher, als Ergänzung zu den technischen, die ich schon habe. Um mein Englisch zu verbessern, zwinge ich mich, alle Wörter, die ich nicht kenne, nachzuschlagen. Ich habe Teebeutel gekauft, falls sie vorbeikommen sollte.

Wenn ich mein neues Rollo heruntergezogen habe, könnte ich genausogut an Bord eines Schiffes sein, es fehlen bloß die Erschütterungen und die richtigen Geräusche. Ich spiele mit dem Gedanken, mir eine Arbeit im Ausland zu suchen, entweder in einem der Ölförderländer oder auf einer Ölbohrplattform vor Norwegen. Aber alle diese Überlegungen kommen mir so absurd vor – wie eine Wiederholung. Ich überlege sogar, mein Gespartes zu benutzen, um irgendwohin zu reisen, aber das wäre bloß eine Flucht, und ich will mich nicht für mein eigenes Geld zum Narren machen.

Mittwoch rufe ich von der Arbeit aus beim Fußballverein Vejgaard an und erfahre, daß die Old-Boys-Mannschaft donnerstagabends sowie dienstags trainiert, der Dienstagtermin ist nur für die, die Lust haben. Sonntag findet ein Spiel statt. Ich versuche, nicht an Maja zu denken. Ich denke die ganze Zeit an sie; diskutiere permanent mit mir, was zu tun das richtige ist. In einem Karton stoße ich auf meine alten Fußballschuhe. Warten oder handeln? Reibe sie mit Fett ein, bis das Oberleder wieder weich ist. Wie lange kann ein Mensch warten? Neue Schnürsenkel. In dem Roman, den ich lese, berührt die Frau das. Sie sagt, das schlimmste Erlebnis, das einem Mann widerfahren könne, sei, eine Frau zu lieben, die sich nicht für ihn interessiere. Für einige Stunden bin ich der Meinung, ich wüßte was Schlimmeres, es fällt mir bloß nicht ein.

Donnerstag abend ziehe ich los und trainiere. Komisches Gefühl, so viele Männer in meinem Alter zu begrüßen. Alle geben sie mir die Hand und sagen ihren Namen. Adrian ist da. »Schön, daß du gekommen bist«, sagt er. Die gegenseitigen Kommentare über die Stachelbeerbeine des einen, den Bauch des anderen, die schwangere Freundin des dritten. Sie fragen, in welcher Position ich gewöhnlich spiele? Verteidiger. Ich entschuldige mich im voraus für meine Kondition. Das macht nichts, sagen sie, wir rauchen alle zu viele Zigaretten. Es ist hart wie die Hölle und phantastisch. Zum Schluß machen wir am kurzen Ende der Bahn ein Spiel. Ich gebe alles, was in mir steckt, bis ich kurz davor bin, mich zu übergeben. Ich stehe vorgebeugt, die Hände auf den Knien, und versuche wieder zu Atem zu kommen. Da geht mir auf, daß ich volle dreißig Minuten lang nicht an Mädchen, Drogen, Familie, Arbeit, zweifelhafte Freundschaften, Vergangenheit, Zukunft, an überhaupt gar nichts gedacht habe. Ich bin einfach hier gewesen, im Augenblick. Phantastisch. Adrian fragt, ob ich am Sonntag bei dem Heimspiel mitmachen will – zumindest als Auswechselspieler. Ich sage ja. Fühle mich wie neugeboren.

Am Freitag morgen schmerzen meine Beine dermaßen, daß ich es kaum die Treppe runter schaffe. Sobald ich aus dem Eingang trete, kommt Jøns auf mich zu. Ich habe Glück, oder vielleicht ist er einfach langsam – er ist bestimmt die ganze Nacht aufgewesen. Ich bleibe stehen und erwarte ihn. Als er herangekommen ist, holt er mit der Rechten aus und schlägt nach meinem Kopf. Ich rucke mit dem Kopf nach links, spüre den Luftdruck von seiner Faust vorbeizischen. Meine rechte Hand ist schon oben und greift an seiner Jacke in den rechten Arm. Ich drücke den Stoff in der Faust, trete dabei fast ganz hinter ihn und ziehe gleichzeitig mit einem Ruck seinen Arm nach unten. Meine linke Hand packt seine linke Schulter von hinten, so daß ich ihn zu mir ziehen kann, inzwischen zwinge ich seinen rechten Arm hoch auf seinen Rücken. Er schreit, als ich ihn so gegen die Hausmauer schiebe, daß sein Kinn in eine Fuge gequetscht wird. Ich kann in seinem Nacken die Steroidpickel sehen.

Er stinkt nach Dope, Bier, altem Schweiß. Ich presse seinen rechten Arm ein letztes Mal gegen den Rücken, ehe ich loslasse, zum Auto gehe, aufschließe, starte, abfahre – alles, ohne ihn eines Blickes zu würdigen. Meine Arme beginnen zu zittern. Ich muß am Straßenrand anhalten, aussteigen und eine Zigarette rauchen, bevor ich zur Arbeit fahren kann.

Die Gefahr ist nicht gebannt. Vielleicht hätte ich ihn einfach machen lassen sollen. Jetzt wird es bestimmt schlimmer.

Nach Feierabend fahre ich zu Carl an den Hafen. Er lädt mich zum Abendessen ein. Wir essen. Ich frage, ob wir Karten spielen wollen. Es wird relativ spät. Ich frage, ob ich auf dem Sofa schlafen kann – sonst sei ich nicht sicher, ob ich am nächsten Morgen rechtzeitig hochkomme, wenn wir lossegeln wollen. Das Problem ist ein anderes. Ich habe Angst.

Ich stehe auf der Brücke und schaue mir das Schiff an. *Ella* heißt es, nach der Jazzsängerin. Carl geht an Bord. Ganz ruhig, Allan. Es handelt sich um den Limfjord. Ohne sich auch nur anzustrengen, kann man an Land schwimmen. Mit zwölf habe ich in der Schwimmhalle von Haraldslund das Fünf-Kilometer-Abzeichen gemacht, und erst danach ließ meine Großmutter mich ohne Weste aufs Schiff, es sei denn, wir waren auf dem offenen Meer. Ich gehe an Bord und lege die Rettungsweste an, ehe ich die Vertäuungen löse. Die Überraschung steht Carl deutlich ins Gesicht geschrieben, aber er faßt sich rasch – sagt nichts, tut nur so, als sei das vollkommen selbstverständlich.

Der Segelausflug ist eine gelungene Sache. Ich vergesse meine Probleme. Bis wir zurückkommen. Carl hat noch ein paar Sachen zu regeln, für abends hat er meine Mutter, Mette, Peter und mich in den Hafen zum Grillen eingeladen.

Ich fahre nach Hause, um ein nachmittägliches Nickerchen zu halten. Auf dem Weg zum Auto zwinge ich mich, mir meine Furcht aus dem Kopf zu schlagen. Der Anrufbeantworter blinkt, aber das war nur Mette. Sie möchte gern abgeholt werden, denn sie hat Peter gebeten, zu Hause zu bleiben. Nach dem Schlafen fahre ich raus, und als wir zum Hafen kommen, ist unsere Mutter bereits da.

Carl hat den Grill bei einer Tisch/Bank-Kombination ganz in der Nähe seines Schiffes angezündet.

»Das ist wie Camping«, sagt meine Mutter und verteilt Pappteller, Einmalbestecke und Halbliter-Biergläser aus Plastik auf der Tischdecke, die mein Großvater von zu Hause mitgebracht hat.

»Ja, wir sind ja nicht zum Abwaschen gekommen«, sagt er, trinkt einen Schluck Bier und kümmert sich um das Fleisch auf dem Grill. Mette hat Brot und Kartoffelsalat dabei – zum Glück hat sie den gekauft.

»Man fühlt sich wie ein Proletarier, wenn man Rotwein aus Plastikbechern trinkt«, sagt meine Mutter.

»Paß nur auf, daß du nicht so voll wirst«, sagt Mette zu ihr.

»Ich bin nicht voll«, sagt Mutter, »ich habe einfach gute Laune.«

Wir essen, und Mette redet mit meiner Mutter über Kleider, Schminke und solche Sachen. Ich spreche mit Carl über das Schiff. Die Haut im Gesicht ist ein bißchen stramm, deshalb reibe ich sie – das hilft meistens.

Meine Mutter schaut mich mit Hundeaugen an: »Ach Allan«, meint sie, »wärst du nicht zur See gefahren, dann würdest du jetzt nicht so aussehen.« Mein Großvater wirkt, als hätte er eine Ohrfeige bekommen; er blickt auf den Tisch. Mutter sitzt mit ihren blanken Augen sehr aufrecht am Tisch. Mette legt mir eine Hand auf den Arm. Ich hätte Lust, meiner Mutter zu erzählen, wenn sie den Becher nicht zweihundertmal angesetzt hätte, wäre sie nicht betrunken. Aber was soll's.

»Ich habe ja nur Angst, daß es schwer für dich wird, ein Mädchen zu finden ... so wie du aussiehst«, sagt Mutter. Ich habe Angst, daß es ganz andere Probleme gibt. »Hast du dir Möbel gekauft?« fragt sie. Carl muß ihr erzählt haben, daß ich keine habe.

»Nein«, sage ich.

»Allan, es hilft nichts ...« fängt sie an.

»Mutter, jetzt hör auf«, sagt Mette.

»Was? Was habe ich gesagt?« Sie zieht an ihrer Zigarette. Für einen Augenblick bin ich sicher, daß sie gleich Tränen vergießen wird – das kann sie auch. »Ich will doch nur helfen«, sagt sie und schaut vom Tisch weg. Der Gestank von brennendem Plastik steigt mir in die Nase. Mein Großvater starrt leer sich hin. Mette hat den Kopf gesenkt, blickt aber verstohlen zu meiner Mutter hinüber. Ich folge Mettes Blick. Die Glut der Zigarette meiner Mutter stößt an den Plastikbecher, ein paar Zentimeter unterhalb des Rands, und die Brise trägt den Gestank zu mir herüber. Die Zigarette sengt direkt oberhalb des Weins ein Loch, aber Mutter bekommt nichts mit. Sie nimmt den Becher und führt ihn zum Mund; sehr behutsam, um zu verbergen, wie verdammt voll sie ist. Und während sie den Becher kippt, verbreitet sich auf ihrem Gesicht ein erstaunter Ausdruck – in ihren Mund gelangt kein Wein; der plätschert aus dem Loch und über ihre Seidenbluse, so daß sich die hellblaue Farbe zu etwas Substantiellerem verändert – Ochsenblut. Verständnislose schwimmende Augen. Mette sieht ihr mit zusammengepreßten Lippen ins Gesicht. Carl wirft Mette kurz einen Blick zu, ehe er zu mir schaut und anschließend den Blick in die Dunkelheit richtet. Er wirkt erschüttert.

»Nein«, kommt mit erstickter Stimme von meiner Mutter, und sie wischt sich mit der Hand fieberhaft über die Brust. Carl erhebt sich schwerfällig und geht weg, er führt eine Hand zu seinem Gesicht; ich glaube, zu seinen Augen. Ich schaue meine Mutter an; sehe, wie sich die Erniedrigung auf ihrem Gesicht ausbreitet, eindringt und trifft. Faszinierend, denke ich, und meine Nackenhaare sträuben sich. Säße ich hier, wenn sie da wäre; Maja? ... Nein. Das Blut steigt mir in die Wangen. Was für ein Mensch bin ich? Bin ich schofelig? Will ich das? Und dann erwarte ich, daß jemand mich ... gern haben soll? Ich schlucke – mein Speichel schmeckt eklig und wie nach Eisen. Fühle mich schmutzig, als ich aufstehe, zu meiner Mutter hinübergehe, sie zum Stehen bringe.

»Komm, wir gehen an Bord und suchen dir trockene Sachen.« Sie schwankt und stolpert bei den ersten Schritten, so daß ich ihr den Arm um die Schultern legen und sie senkrecht halten muß. Ich kann hören, wie Mette hinter uns aufsteht, und als ich den Kopf wende, sehe ich, wie sie ausspuckt.

»Ich hole was«, sagt sie und geht schnell an uns vorbei zum Schiff, springt an Deck und verschwindet nach unten. Jetzt weint meine Mutter. Ich drücke sie an mich und streichle ihr vorsichtig übers Haar. »Na na«, sage ich, »jetzt bringt dir Mette einen Pullover.« Mette taucht wieder auf und hält einen Pullover meines Großvaters in der Hand.

»Das ist lieb von euch, eurer alten Mutter zu helfen«, sagt meine Mutter. Verdammt.

»Geh nach da hinten und zieh die Bluse aus.« Ich zeige zu einem dunklen Schuppen.

»Ja«, sagt meine Mutter und macht sich mit unsicheren Schritten auf den Weg. Mette geht schräg hinter ihr. Komm schon. Da holt Mette auf und legt den Arm um sie.

Ich wende mich wieder dem Tisch zu. Mein Großvater steht im Dunkeln, etwas entfernt, aber an der Glut seines Zigarillos kann ich erkennen, daß er kaum merklich den Kopf schüttelt.

»Setz dich«, sage ich.

»Ihr Kinder«, sagt er, ohne sich zu bewegen.

»Setz dich.« Er tut es. Ich weiß nicht, was ich zu ihm sagen soll. Seit er fünfzehn war, fuhr er zur See – bis er 67 wurde. Sein Verhältnis zu meiner Großmutter bestand aus einer unendlichen Reihe von Flitterwochen. Er weiß gar nicht, wie meine Mutter ist – er kennt sie nicht. Mette kommt mit ihr zum Tisch zurück, sie setzen sich. Mutter preßt die Arme an den Oberkörper.

Ich will sie gerade fragen, ob sie noch Wein möchte, halte mich dann aber doch zurück. Mein Großvater öffnet ein Bier und stellt es vor sie.

»Ich will nach Hause.« Sie spricht unter sich. In gewisser Weise wirkt sie in dem großen Seemannspullover sehr unschuldig und schön.

»Ach, Dorte, jetzt bleib doch noch ein bißchen«, sagt Carl.

»Na gut«, sagt sie, ohne den Blick zu heben.

»Erzähl uns von damals, als du nach dem Krieg nach Hause gekommen bist«, sagt Mette.

»Ja, gern«, sagt Carl und erzählt, wie er auf einem der Frachtschiffe der Ostasiatischen Compagnie fuhr und von Singapore mit einem Kasten Coca-Cola und einem ganzen Stapel amerikanischer Langspielplatten unter dem Arm nach Hause kam und zu Aalborgs begehrtestem Junggesellen wurde. Damals begegnete er meiner Großmutter. Ich sehe verstohlen zu meiner Mutter. Sie greift vorsichtig nach der Bierflasche und nimmt einen Schluck. Dann nimmt sie noch einen Schluck, stellt die Flasche wieder auf den Tisch und schaut liebevoll lächelnd hinüber zu Carl.

Am Sonntag morgen klingelt es unten an der Haustür. Soll ich reagieren? Es kann sowohl Himmel wie Hölle bedeuten. Ich bin zum Glück auf und angezogen – koche gerade Kaffee, der Kater hält sich in Grenzen.

»Ja?« sage ich tonlos in den Hörer.

»Allan?«

»Wer ist da?«

»Hier ist Adrian, verdammt.«

»Ja okay«, sage ich, bin überrascht.

»Mann, jetzt mach auf, ich hab Brötchen dabei«, sagt er. Ich drücke auf den Knopf. Adrian. Was er wohl will? Er muß meine Adresse von der Auskunft bekommen haben. Aber daß er vorbeikommt, ist super. Ich werfe einen Blick ins Wohnzimmer, um nachzusehen, ob da irgendwas Peinliches rumliegt, das ich wegräumen müßte, da ist aber nichts. In meinem Dasein gibt es nichts Peinliches, es sei denn, allein zu sein wäre peinlich. Ich kann ihn auf der Treppe hören, dann öffne ich die Wohnungstür. Er trägt Fußballsachen, hat in der einen Hand eine Papiertüte von der Bäckerei, in der anderen einen Liter Orangensaft. Das heutige Spiel habe ich völlig vergessen.

»Ich hoffe, dein Kater hält sich in Grenzen«, sagt er und geht an mir vorbei in die Küche, »wir spielen gegen Hjørring. Das ist kein Spaß.«

»Ich bin bereit«, sage ich, während er Brötchen, Käse in Scheiben und kleine Plastikbehälter mit Marmelade aus der Tüte holt und alles auf mein größtes Schneidebrett legt. Ich nehme Teller und Kaffeebecher aus dem Schrank und gieße den Kaffee in die Thermoskanne.

»Ja, ich hatte doch keine Ahnung, ob du was zu essen zu Hause hast«, sagt er und nickt dabei zu dem Brett, ehe er es ins Wohnzimmer trägt.

»Das ist genial«, sage ich und folge ihm.

»Was hast du gestern gemacht?« fragt er. »Du siehst so kaputt aus.«

»Familienessen.«

»Eine Fahrt durch ein Minenfeld.«

»Ganz genau.«

»Deine Schwester – ist sie nicht echt süß?«

»Doch doch, ganz klar. Aber Mutter ist Alkoholikerin.«

»Nicht so gut.«

»Ja, verdammt«, sage ich, zucke die Achseln, beiße in ein Brötchen. »Und du?« frage ich mit vollem Mund.

»Hej, meine Mutter ist echt cool.«

»Ich dachte mehr an das, was du gestern abend gemacht hast.«

»Ach so, okay. Ich hab die schöne Ulla gevögelt.«

»Okay. Ist das deine Freundin – Ulla?«

»Ja und nein. Ich weiß nicht recht. Ich glaube ja, daß sie in meinen Dealer verliebt ist … aber ich schlaf mit ihr – das ist das Entscheidende – und darin sind wir gut.«

»Verliebt in deinen Dealer?«

»Ja, also ich bin nicht in sie verliebt, insofern ist das dann eine ehrliche Geschichte.«

»Aber wieso glaubst du, daß sie in deinen Dealer verliebt ist?«

»Jeden Sonntag fährt sie zu ihm und putzt, wäscht seine Sachen – so was. Ich habe sie gerade abgesetzt«, sagt Adrian.

»Das macht dir nichts aus?«

»Er bezahlt sie. Er ist mein Dealer. Er ist ein feiner Kerl«, sagt Adrian und zuckt die Achseln. »Ach verdammt. Irgendwann war ich mit einem Mädchen zusammen, die mich mochte, weil ich ihrem verstorbenen Freund ähnelte – das war so eine Art lebendige Nekrophilie.«

»Hast du das gewußt? Daß es deshalb war?«

»Nein, nicht gleich, aber ich hab's dann rausgefunden«, sagt Adrian.

»Und dann bist du gegangen?«

»Nein nein – sie war … ja, sie *ist* eine wunderbare Lady.«

»Und du hattest nichts dagegen … benutzt zu werden?«

Adrian lacht los. Dann verstummt er, starrt leer vor sich hin. »Doch, verdammt«, sagt er, »das war weniger cool. Und ich bin auch nicht bei ihr geblieben.« Er schaut mich einen Moment an, sagt nichts.

»Wärst du gern geblieben?« frage ich.

»Du weißt, die Liebe – wenn man sie fühlt …« beginnt er mit einer Stimme, die mit einemmal schwer zu sein scheint, »… will man alles machen. Es ist einem egal, wie ungeheuerlich alles ist. Man will alles tun, um sie zu erreichen oder sie zu halten. Und wenn man sie nicht bekommen kann, dann will man alles tun, um sie zu zerstören.« Er lehnt sich zurück und konzentriert sich darauf, eine Zigarette anzuzünden. Ich nehme die Thermoskanne, lehne mich vor und schenke ihm ein. Kein Laut ist zu hören, bis auf das Plätschern des Kaffees in den Becher und das zischende Knistern von Adrians Zigarette, als er kräftig zieht, die Zigarette beim Inhalieren zwischen den Lippen behält, wieder zieht und gleichzeitig den

Rauch durch die Nase bläst. Dieser Moment ist irgendwie spröde, zwingend. Er schaut auf die Straße.

»Es war Liebe auf den ersten Blick, wie man so sagt.« Adrian schüttelt den Kopf, seine Augen wirken leer, als er zu erzählen beginnt.

Er war 1985 zu dem besetzten Haus in der Kjellerupsgade gekommen. Er wollte von Sigurt ein Becken kaufen – dem Schlagzeuger eines Orchesters, das BÜLD hieß.

Auf dem Hof ist eine Art Lagerfeuer, Leute sitzen ringsum und trinken. Pusher-Lars ist da und der Pilzexperte Axel, außerdem so ein zappeliges Mädchen in gelben Sachen und Steso, dem Adrian schon früher begegnet war.

Abgesehen von Steso kenne ich die Leute nicht, aber ich will Adrian nicht unterbrechen.

Adrian geht zu Sigurts Wohnung im ersten Stock, die Tür ist abgeschlossen. Dann hört er Geräusche aus einer anderen Wohnung, wo die Tür angelehnt ist, also schiebt er sie auf und geht rein. Die Wohnung ist dunkel und nicht möbliert, aber er kann Geräusche aus dem zweiten Zimmer hören, also schleicht er auf Zehenspitzen weiter. Auf dem Fußboden liegt auf einer Matratze ein schönes langgliedriges Mädchen und auf ihr ein untersetzter kleiner Typ in Fußballstiefeln, die Shorts bis zu den Knöcheln runtergeschoben – seine muskulösen Pobacken ziehen sich bei jedem Stoß zusammen.

Adrian schleicht sich wieder nach draußen und setzt sich im Hof ans Feuer. Kurz darauf kommt das Mädchen aus dem Treppenhaus und schlendert zum Feuer, geistesabwesend, ein kleines Lächeln auf den Lippen. Sie lacht Adrian an, während sie den Rock hochhebt und einen großen Schritt über die schwelende Glut des Feuers macht – und drauflospißt. Sie trägt keine Unterhosen.

Sie sieht Adrian an, will mit ihm sprechen – im Dunkeln glaubt sie, er sei ein anderer.

In dem Moment kommt Sigurt von der Straße, mit Licht in den Augen starrt er Steso an, und dann sagen sie abwechselnd diesen

Textrest von Joy Division auf: »*Heart and soul – one will burn.*«
Adrian spricht Sigurt an, aber der reagiert nicht; geht einfach weiter zum Treppenhaus.

Kurz drauf hupt ein Auto und das pissende Mädchen verschwindet mit Steso und dem gelb gekleideten Mädchen.

Später erscheint Adrian bei einem Konzert von BÜLD im 1000-Fryd, und dort waren auch die Leute vom Lagerfeuerfest in der Kjellerupsgade. Man konnte unmöglich mit ihnen in Kontakt treten – Pilze, Joints und Alkohol.

Adrian schweigt. Ich schaue ihn stumm an. Er wirft mir kurz einen prüfenden Blick zu, trinkt einen Schluck Kaffee und sieht zum Fenster, ehe er fortfährt:

»Fünf Jahre später antworte ich auf einen Anschlag im Rockshop, irgendwelche Leute suchen einen Drummer«, sagt Adrian. Er soll zum Vorspielen in einen Übungsraum im Huset in der Hasserisgade kommen. Dort erkennt er das ins Feuer pissende Mädchen aus der Kjellerupsgade wieder, obwohl fünf Jahre vergangen sind: Lisbeth – ganz in Schwarz – Klavier und Gesang.

Außer Lisbeth gehört zur Band Korzeniowski, ein polnischer Gitarrist, der im Sommerhalbjahr in Norwegen Blockhäuser baut. Im Winter hängt er in Skørping ab bei einer molligen, lachlustigen Krankenschwester – alleinerziehende Mutter von zwei Kindern. Und dann spielt er polternd melodiös E-Gitarre. Ihre Band heißt *the expandables* – klein geschrieben, sie sind so unprätentiös, daß es schon hochmütig ist.

Lisbeth sagt nichts, sieht Adrian die ganze Zeit, während er auf die Tonnen drischt, nur merkwürdig an. Anschließend muß er mit ihr nach Hause gehen, um Platten anzuhören, damit er eine Ahnung bekommt, wo sie rein musikalisch hin wollen. Lisbeth und er trinken Wein, bis sie voll sind. Sie will Adrian irgendwelche Narben am Bein zeigen, die sie von einem Autounfall hat. Sie schmeißt die Hosen beiseite. Adrian fragt nach dem Unglück. Sie sagt, der Fahrer sei gestorben, er sei ein Freund aus Kindertagen gewesen.

Adrian fragt weiter, aber sie antwortet ausweichend, ihr Blick wird geistesabwesend, sie zieht ihren Pulli aus. Adrian vergißt alles. Sie ist sehr schön. Dann nimmt sie ihn – völlig kalt. Der Typ mit dem weißen Arsch und den Fußballstiefeln scheint von der Bildfläche verschwunden zu sein.

»Nein«, sagt sie, als Adrian fragt, ob sie dieses oder jenes sollten. Sie sollen nichts, außer mit der Band üben – und wenn sie der Geist überkommt, dann muß Adrian zur Verfügung stehen. Und er fährt total auf sie ab. Er denkt, hinter der harten Fassade steckt ein wunderbarer Mensch. Könnte er hinter die Fassade gelangen, würde alles gut.

Als Teil einer dänischen Kulturinitiative kommen sie nach Tschechien. Am dritten Tag vom Wodka gelähmt. Von der Persönlichkeit nur Rudimentäres übrig. Lisbeth und Adrian landen in einer Schwulenbar. Am Tag drauf erzählt Lisbeth Korzeniowski von den Exzessen der Nacht. Der Dicke, der die Tour organisiert, kritisiert sie. Er beschwert sich lauthals, weil sie am vergangenen Abend nicht geholfen hat, den Bus zu beladen, und statt dessen verschwunden ist und ihm Sorgen gemacht hat.

»Ich trag für dich Verantwortung«, sagt er wichtigtuerisch.

»Hör zu, mein Schatz«, sagt Lisbeth zu ihm, »mir wurden gestern abend mehr Fotzen angeboten, als du in deinem ganzen Leben *bekommen* wirst.«

Sie fahren völlig ab auf Rock und Alkohol und Sex in Hotelzimmern. Lisbeths Stimme ist ein Traum; über glattrasierte Haut gezogene, schwere, nasse Seide.

Eines Nachts haben sie in ihrem Rausch total hoffnungslosen Sex, oder genauer: Sie versuchen es, aber sie können nicht. Adrian pumpt und pumpt, kann aber nicht reinkommen. Verdammt, rufen sie alle beide und murmeln noch ein paar Flüche, und dann sind sie weg. Auf dieser Tour schlafen sie nie einfach nur ein – sie verlieren das Bewußtsein. Am nächsten Morgen kommt Lisbeth laut lachend aus dem Badezimmer; in der Hand hält sie eine Schnur und an deren Ende hängt ein total flachgedrückter Tampon. Sie ist großartig – aber kaum sind sie zu Hause, senkt sich wieder der Schatten über sie. Adrian beginnt zu zweifeln; ist hinter der Fassade überhaupt etwas? Ist sie nur unsicher? ... leer?

Allmählich lernt er ihre Freunde kennen. Pusher-Lars, die gelbe Tilde, Steso, Svend. Svend mag er gern. Und obwohl er bei Lisbeth einzieht und sie lange zusammen sind, verhalten sich ihre Freunde ihm gegenüber doch merkwürdig – besonders Svend und Tilde.

Aber die Band ist kraß. Polternde Auslegungen obskurer Ausschnitte, Zündstoff wie Christian Death in halbem Tempo.

Nach und nach werden Adrian und Pusher-Lars gute Freunde, und Adrian erzählt ihm, daß es ihm schwerfällt, Lisbeth näherzukommen. Pusher-Lars antwortet ausweichend. Als Adrian kurz darauf vorbeikommt, wirkt er sehr bedrückt. Er will mit dem, was ihn quält, nicht rausrücken, seufzt nur.

»Ich werd dir ein paar Fotos zeigen«, sagt Pusher-Lars schließlich und holt einen Schuhkarton. Obenauf liegt ein kleiner Stapel Fotos, die er nimmt, den Karton schiebt er beiseite. Die Bilder legt er eins nach dem anderen vor Adrian hin, mit monotoner Stimme zählt er die abgebildeten Personen auf. Das ist Steso, Svend, Tilde und ... Lisbeth, die neben Adrian sitzt. Aber das ist nicht Adrian. Die Ähnlichkeit ist absurd. Der Typ auf dem Foto strahlt Brutalität und Energie aus.

»Lille-Lars«, sagt Pusher-Lars, »Lisbeths Freund, der bei dem Autounfall starb, wo Lisbeths Bein gequetscht wurde.«

Adrian ist wie gelähmt. Er geht nach Hause zu Lisbeth und erzählt ihr, daß er sie liebt, daß er Adrian heißt, daß Lille-Lars tot ist. Sie sagt nichts. Er setzt sich in die Küche, um eine Tasse Kaffee zu trinken. Raucht Zigaretten. Wartet auf den nächsten Zug. Er kann Lisbeth hören, wie sie schluchzend in der Wohnung umhergeht. Als sie auf den Flur kommt, dreht Adrian sich um. Sie stellt zwei Taschen ab und schaut ihn an – ihre Augen glänzen feucht, die Flüssigkeit ist dabei, sich zu Tränen zu sammeln. »Entschuldigung«, sagt sie mit belegter Stimme, macht kehrt und geht ins Wohnzimmer, schließt die Tür hinter sich.

Die Taschen enthalten Adrians Sachen. Er muß jetzt gehen.

Ich bin stumm, als Adrian mit Erzählen fertig ist.

Er steht auf, zündet sich dabei noch eine Zigarette an, macht eine Handbewegung. »Das war's«, sagt er, »die Liebe meines Lebens im Arsch.«

6

Dies ist mein erstes Fußballspiel seit sechs Jahren; ich bin Rechtsaußen. Fünf zu zwei für Hjørring. Während der gesamten zweiten Halbzeit kaue ich auf den Lungenspitzen – ich kann nicht anders als die Notbremse ziehen, wenn ich überhaupt bis an den Mann rankomme; der Ball ist völlig außer Reichweite für mich. Und ich bin froh, vergesse mich. Es wirkt.

Hinterher gehen einige in die Bodega. Bei einem Bier reden wir über das Spiel. Dann verabschieden sich die anderen – wollen nach Hause zu ihren Freundinnen.

»Du mußt raus und Lauftraining machen«, stellt Adrian fest. Ich gehe an den Tresen und hole noch zwei Bier. Ich kann ihn genausogut gleich ausfragen, denke ich, als ich mich setze.

»Was macht Frank derzeit?«

Adrian lehnt sich zurück, taxiert mich genau. »Ist er nicht ein Kumpel von dir?« fragt er.

»Nein.«

»Du hast ihn nicht gesehen?«

»Doch.«

»Dann weißt du auch, was er macht.«

»Ich habe nur Vermutungen.«

»Und was sagen die?« fragt Adrian.

»Daß er dealt. Wahrscheinlich unter einer Art Rocker-Kontrolle.«

»Die Vermutungen sind gut – laß es mich so ausdrücken.« Adrian nickt mir zu. »Ich würde mich von denen weghalten, wenn ich du wäre«, ergänzt er.

»Kannst du mir mehr erzählen?« frage ich.

»Nein.«

Ich schaue ihn lange an; er vertieft nichts. »Adrian, das hier ist wichtig für mich. Es geht um eine Person, die ich mag.«

»Eine Person, die mit Frank und den Leuten zu tun hat?«

»Gehabt hat – hat ... Ich weiß es nicht.«

»Mach Schluß mit der Beziehung.«

»Zu wem?« frage ich, resigniert auflachend.

»Einfach – du weißt schon – Abstand halten.«

»Hm.« Damit hatte ich in gewisser Weise gerechnet.

»Laß mich außen vor«, sagt er.

»Ja«, antworte ich.

Adrian fängt an, mit den Zeigefingern schnell auf die Tischplatte zu trommeln. »Laß uns aufbrechen«, sagt er.

»Ich kann zu Fuß gehen, wenn die Richtung nicht paßt.«

»Ich muß sowieso in die Richtung – ich muß die schöne Ulla bei meinem Dealer abholen.«

Wir sitzen im Auto, nähern uns meinem Wohnsitz.

»Was – äh ... Wäre es schlechter Stil, zu deinem Dealer mitzukommen?«

»Willst du was kaufen?« fragt Adrian.

»Ja, ich könnte gut einen kleinen Sonntagsjoint vertragen.«

»Na klar. Du bist immer willkommen.« Wir fahren schweigend weiter.

»Ist er ein ... Rocker-Dealer?« frage ich, denn ich habe den Eindruck, daß die Rocker beim Haschhandel in Aalborg wieder fest im Sattel sitzen, anders als zuletzt, als ich hier wohnte, wo die Dinge nach der Abwicklung von Bullshit fließender waren.

»Nein«, sagt Adrian, »aber sein großer Bruder ist ein Rocker, deshalb hat er so eine Art ... Freifahrtschein, könnte man sagen.«
Ich überlege, ob der große Bruder Asger und Frank kontrolliert – deren Angelegenheiten, aber das macht keinen Unterschied. »Er ist ein altmodischer Dealer«, sagt Adrian, »nur Hasch – keine harten Sachen. Wenn du unbedingt willst, eine Handvoll Stesolid.«

Wir halten an einem Imbiß und essen ein paar Burger zu Mittag, ehe wir in die Danebrogsgade einbiegen, wo wir vor einer Wohnung mit Eingang direkt von der Straße her parken – ein ehemaliger Laden.

»Da wohnt er«, sagt Adrian. »Er heißt Lars.«

Praktisch für die Klagen der Nachbarn, denke ich beim Aussteigen. Ein Mädchen mit einem Riesenblumenstrauß kommt uns auf dem Bürgersteig entgegen – ihre Augen leuchten silberblau.

Adrian grüßt sie. Maria. Als wir vor der Tür stehen und anklopfen, kann ich erkennen, daß sie schwanger ist – vielleicht im fünften Monat.

Ein großer knochiger Typ öffnet. Er sieht aus wie ein Vogelgerippe; an ihm ist nicht viel Fleisch, und als er den Mund öffnet, um uns hereinzubitten, sehe ich, daß seine Zähne stark verfärbt sind – grünschwarze Flecken, sie sind am Verfaulen.

»Sind die für mich?« fragt Lars und schaut verwundert auf den großen Strauß.

»Nein«, sagt Maria lächelnd, »die sind für Ulla.«

»Sie ist gerade oben im Krankenhaus«, sagt er.

»Ist was passiert?« fragt Maria.

»Nein nein. Sie will Steso besuchen. Sie kommt bald wieder.«

»Na, so begeistert ist sie doch an sich nicht von Steso«, meint Maria.

»Sie tut mir einen Gefallen. Liefert ein kleines Geschenk zum Gesundwerden ab.«

Maria schüttelt den Kopf. »Lars«, sagt sie mißbilligend. Er zuckt die Achseln.

»Er ist Konsument. Er ist mein Freund.«

Adrian stellt mich vor, und wir gehen hinein. Hier ist eindeutig gerade saubergemacht worden. Sogar der Eßtisch ist aufgeräumt. Dort steht ein großer Doperkasten, eine kleine Metallschale, ein völlig sauberer Glasbong – fix und fertig mit Wasser unten, ein Trangia-Spiritusbrenner und ein riesiger Aschenbecher. Seriös.

»Setzt euch«, sagt Lars und geht in die Küche, kommt mit Kaffeebechern zurück. Er schaut mich an. »Kennst du ihn? Steso?«

»Vielleicht. Ist das nicht ein dünner kleiner Typ, der mal ziemlich Pillen eingeworfen hat?« sage ich.

»Das tut er immer noch«, sagt Adrian.

»Doch, so ein kleines Junkie-Arschloch mit verrückten Augen«, sagt Lars.

»Ich habe ihn kennengelernt«, sage ich, »ich bin mal eingewiesen worden, als ich auf Lachgas ins Koma gefallen bin. Da war er auch da – Steso.«

Lars schenkt Kaffee ein. »Ich kann mich gut erinnern, daß ich davon mal gehört habe. Warst du das?«

»Ja«, sage ich.

»Was war da passiert?« fragt Adrian.

»Also, wir sind in eine Zahnarztpraxis eingebrochen, und ich wollte hinter Steso nicht zurückstehen, deshalb habe ich wie verrückt drauflos gesaugt, und dann ging ich aus wie eine Kerze. Irgendwie, weil in der Mischung zu wenig Sauerstoff war – dann wird es lebensgefährlich.«

Lars öffnet seinen Doperkasten und nimmt von einem Stapel einen quadratischen, sehr dünnen Schaumgummilappen. Er rollt ihn zu einer Wurst auf, die er in die Glasröhre des Bong steckt. Der ist aus einer Art Kolben gemacht, wie man sie bei Physikversuchen benutzt.

»Ging Steso auch ab?« fragt Adrian.

»Nein, er wußte offenbar, daß er dafür sorgen mußte, den Sauerstofflevel hochzuschrauben. Aber davon hat er uns anderen nichts gesagt.«

»So ist er«, sagt Lars. Ihm fällt auf, daß ich seine Arbeit beobachte. »Das ist wie ein Filter – auf die Weise werde ich die meisten Unreinheiten los. Eine sauberere Lunge«, sagt er. Ich erinnere mich gut an den Ausdruck.

»Ist das nicht so was, um Kindern den Hintern abzuwischen?« sagt Maria und deutet auf das Päckchen mit den Schaumgummilappen.

»Genau«, sagt Lars.

»Aber ist das cool – Lachgas?« fragt Adrian.

»Es heißt nicht ohne Grund Lachgas – außerdem gibt es gute Hallus«, sage ich.

»Koma«, sagt Lars und wirkt nachdenklich, »wie lange?«

»Siebzehn Stunden«, antworte ich. »Aber warum ist er, Steso im Krankenhaus?«

»Koma. Er ist hier ins Koma gefallen«, Lars deutet zu einer Tür, »im Schlafzimmer.«

»So ohne weiteres?«

»Ja, also er kam vollständig breit an. Adrian war da, zusammen mit Ulla, und wir tranken Wein und hatten auch was geraucht.« Lars hat drei Zigaretten genommen, Prince, sie aufgeschlitzt und den Tabak auf ein Stück Silberpapier gekrümelt. Er hat den Spiritusbrenner angezündet; jetzt toastet er den Tabak.

»Wir waren sternhagelbreit«, sagt Adrian, »das war Schwarzer, mit Öl gemischt.«

»Ja, das wart ihr wirklich«, sagt Lars. »Da kam Steso angekrochen, total kaputt, und durfte sich auf dem Bett ein bißchen ausruhen. Aber wir wollten noch mal in die Stadt, deshalb bin ich rein, um den Mann zu wecken, und da liegt er auf dem Bett, der Kopf blauviolett. Keine Atmung und große Schweißperlen auf der Haut. Und keiner von uns versteht was von erster Hilfe, also telefoniert Adrian nach einem Krankenwagen, und ich schlage ihm fest gegen die Brust, also das hatte ich mal in einem verdammten Film gesehen. Ich weiß nicht, daß man zuerst künstliche Beatmung versuchen muß. Aber – oh Wunder – der Mann wacht auf, atmet und wird ins Krankenhaus gebracht, wo er jetzt liegt und die Leute ärgert, wie immer.«

»Ja aber, da war er ja dabei, sich umzubringen – Steso?« frage ich.

»Ja, ich weiß es nicht. Er hat darüber nicht mehr so viel Kontrolle wie früher. Also User zu sein ist ein echt hartes Leben.«

»Na ja, im Krankenhaus bekommt er ja jetzt eine kleine Pause«, sagt Adrian.

»Ich glaube, da im Krankenhaus wird er furchtbar viel um die Ohren haben«, sagt Lars, während er den getoasteten Tabak in die kleine Metallschale kippt. Er lacht, und ich kann die grünschwarzen Flecken auf seinen Zähnen sehen. »Das ist echt der Traum seines Lebens, der in Erfüllung gegangen ist. Mit Erlaubnis in einem Krankenhaus voller Medikamente zu sein.«

Lars zieht aus dem Doperkasten eine Schere sowie einen großen Klumpen Hasch und schneidet kleine Stücke davon ab – zum Tabak in der Schale. Er vermischt alles und kippt es wieder auf das Silberpapier, dann wärmt er das Ganze kurz über dem Spiritusbrenner auf. Schließlich kippt er wieder alles in die Metallschale. Das ist eine riesige Mische – da mögen vier, fünf Gramm Hasch drin sein, und der Duft verheißt beste Qualität.

»Woher hast du die Blumen?« frage ich Maria.

»Von der Arbeit. Ich bin Floristin; bei einer Konferenz draußen in Scheelsminde, wo ich die Dekoration gemacht habe, sind welche übrig geblieben.«

»Ach so. Hast du ein Geschäft?« frage ich.

»Nein nein«, sagt sie, »ich bin Lohnsklave.«

»Ich – äh ja, ich bin Maschinenarbeiter«, sage ich – ein bißchen merkwürdig, finde ich, weil sie nicht gefragt hat.

»Ich weiß«, sagt sie, »ich habe von dir in der Zeitung gelesen.«

»Maria ist die Freundin von Hossein. Der Iraner. Kennst du ihn?« fragt Lars.

»Ich glaube, ich weiß, wer es ist. Großer Typ?«

»Ja – und gutaussehend«, sagt Maria lächelnd.

»Vor einem Jahr, als ich mal auf Urlaub war, hat mir meine kleine Schwester ein Gerücht über einen Iraner erzählt, der hätte zwei Rottweiler erschossen?«

»Ja, das Gerücht ist ziemlich hartnäckig«, sagt Lars.

»Aber stimmt es?« frage ich und schaue Maria an.

»Vielleicht«, sagt sie und lächelt.

»Wie klappt das mit seiner Lehrstelle?« fragt Adrian.

»Das geht prima. Er ist froh darüber. Er läuft die ganze Zeit rum und sagt: *Du willst Licht haben? Hossein macht es.*« Maria imitiert den Akzent perfekt. Sie schaut zu mir und fügt hinzu: »Er macht eine Erwachsenenlehre als Elektriker.«

»Hat er den Mercedes gekauft, von dem er labert?« fragt Adrian.

»Nein, noch nicht, aber das kommt«, sagt Maria.

»Wofür muß der dieses Auto haben?« fragt Lars. Maria zuckt die Achseln.

»Irgendwie was Kulturelles – für ihn sehr wichtig«, sagt sie und nickt.

»Ist er immer noch sauer, weil die Amerikaner den Kurden nicht helfen wollen?« fragt Lars.

»Ja, und wie. Aber er hat einen Plan, wie wir das mit allen Fanatikern in der moslemischen Welt regeln«, sagt Maria.

»Und?« sagt Lars.

»Er erklärt, töten könne man die fundamentalistischen Imams nicht, weil sie dann Märtyrer würden und in Allahs Himmel kämen«, sagt Maria, »gefangen nehmen kann man sie auch nicht, denn dann würden Tausende von Westlern entführt oder im Mittleren Osten in die Luft gesprengt. Aber man kann die schlimmsten von ihnen kidnappen, sie einer Operation zur Geschlechtsumwandlung unterziehen und dann zurückschicken, so daß sie ihre eigene Medizin selbst ausprobieren können.«

»Gute Idee«, sagt Lars.

»Er erwägt auch einen Angriff auf die Kaa'ba sharif«, fährt Maria fort.

»Was ist das?« fragt Adrian.

»So ein schwarzes Gebäude in Mekka, von dem die Moslems meinen, es sei Allahs Haus. Einmal im Laufe ihres Lebens sollten sie es mindestens besuchen – auf einer Pilgerfahrt«, erklärt Maria.

»Will er das bombardieren?« frage ich.

»Er will von einem Flugzeug aus Östrogen über der ganzen Gegend versprühen, dann würden allen Männern ihre Bärte ausgehen und sie bekämen Busen«, erklärt sie.

»Sie wären erschüttert«, sagt Lars.

»Dann kämen sie wohl zur Vernunft«, sage ich.

»Bekommen die Frauen dann nicht noch größere Brüste? Habt ihr daran gedacht?« fragt Adrian.

»Ja«, antwortet Maria, »aber du kannst mir glauben, dagegen hätte Hossein nichts.«

»Aber ... warum ist er so sauer auf die Amerikaner?« frage ich.

Maria spricht wieder mit diesem Akzent: »*Der Westen im Irak nicht richtig aufräumen. Und USA sich beugen gegenüber Zionisten, und akzeptieren gleichzeitig alles von saudischen Fundamentalisten wegen dem Öl, und sie lieben Atatürk – und deshalb ist ihnen türkische Mißhandlung der Kurden egal. Und dann USA kann nicht begreifen, warum Mittlerer Osten sie hassen. Diese Politik hängt nicht zusammen.*« Sie lächelt uns an.

»Hossein hätte Politiker werden sollen«, sagt Lars. Er hat den Kopf aus dem Bong genommen – das ist ein kleiner Pfeifenkopf aus Porzellan. Er hält ihn mit der trichterförmigen Öffnung nach unten zwischen den Fingern und stopft ihn in die Schale, nimmt den Bongkopf mit etwas Mische drin hoch, dann drückt er die mit dem Daumen an.

Eine große getigerte Katze ist ins Wohnzimmer gekommen, springt geschmeidig auf den Eßtisch und legt sich hin. Am Maul und der Schulterpartie hat sie verschorfte Wunden, ein Teil des Ohres fehlt.

»Was ist da passiert?« frage ich.

»Er war unterwegs und hat sich geprügelt«, sagt Lars.

»Unterwegs, um eins auf den Sack zu bekommen«, sagt Adrian.

»Ja, der kämpft wirklich für das Geschlecht«, sagt Lars, während er den Bongkopf auf das Bickrohr steckt, das ins Wasser reicht, und den Bong hochnimmt, so daß der Saugschlauch vor dem Mund landet.

»Pißt in die Genpfütze«, sagt Adrian.

»Macht er das oft?« frage ich.

Lars hält das Feuerzeug griffbereit vor den Bongkopf und holt ein paarmal tief Luft, ehe er anfeuert. Natürlich zündet es mit einer Mischeflamme; einer riesigen Flamme von fast zehn Zentimetern. Dann legt er einfach los und zieht bis zum Grund durch. Ich kann sehen, wie die Temperatur explosiv steigt – der Stopfen beginnt weiß zu glühen – und dann verschwindet die Asche durch das kleine Loch unten am Bongkopf und landet im Wasser.

Die Katze schnurrt jetzt. Lars streckt die Hand aus und streichelt sie. Er hält den Rauch eine Weile, ehe er anfängt zu sprechen – ein bißchen nasal, der Rauch wallt aus seinem Mund.

»Ja. Also er verschwindet für einige Tage, und dann steht er vor der Tür, total verprügelt. Und wenn ich ihn reinlasse, geht er schnurstracks zum Heizkörper, legt sich drauf und bleibt dort, bis er wieder zusammengewachsen ist. Er bewegt sich nur, um zu fressen ... na ja, und um zu rauchen, wie jetzt.«

»Er raucht?« sage ich.

»Ja.«

»Ist er abhängig?« frage ich.

»Nein, der ist mehr wie ich. Er hat, was wir einen akzeptablen Verbrauch nennen. Er benutzt es als Genußmittel zur Erholung.«

»Mr. Leary steht auf die heilende Kraft des Hanfs«, sagt Adrian.

»Mr. … was?« sage ich.

»Leary«, sagt Lars, »nach Timothy Leary.«

»Das sagt mir irgendwas, aber …«

»Na, das ist auch egal. Leary – LSD-Guru Nummer eins der Welt. Aber dieser Mr. Leary …«, er nickt zur Katze, »… er ist vor allem von Damen abhängig. So ist das.« Lars reicht den Bong zu mir hinüber: »Willkommen«, sagt er.

»Nein danke«, sage ich, »in dieser Liga spiele ich gar nicht, aber wenn ich mir aus der Mische einen kleinen Joint bauen dürfte? Also, ich will natürlich gern dafür bezahlen.«

»Ja, klar«, sagt er und reicht mir die Schale mit der Mische und einem Päckchen Rizla-Papier zum Drehen – das große Modell. »Das geht auf Rechnung des Hauses«, sagt er. Ich fummle mit dem Papier rum, Adrian bereitet für sich einen Bong vor, und Maria schaut mir angeödet zu.

»Soll ich das machen?« fragt sie und nimmt mir die Sachen aus der Hand, »ich bin eine alte Pusherfrau«, das letzte Wort spricht sie deutsch aus, »*Puscherfrau*«. Blitzschnell baut sie einen festen Joint, mit Pappfilter und allem.

Adrian zieht an seinem Bongkopf, und Lars krault Mr. Leary.

»Danke«, sage ich, als Maria mir den Joint reicht, »aber willst du nicht anrauchen?«

»Nein danke«, sagt sie.

Ich mache eine Handbewegung Richtung Bauch: »Wegen …?«

»Nicht deshalb – ich brauch das nur nicht mehr.«

»Hast du für immer und ewig aufgehört?« fragt Adrian, als ich den Joint anrauche.

»Nein, ich rauche zwischendurch immer noch mal zu meinem Vergnügen«, sagt Maria, »aber nur bei besonderen Gelegenheiten.«

»Ja, ich müßte auch runterschrauben«, sagt Lars.

»Findest du, daß es zu viel ist?« fragt Adrian.

»Ja, absolut klar. Und die Lungen haben es schwer, mitzuhalten.«

»Wieviel rauchst du?« frage ich und puste den Rauch aus – das ist wirklich gutes Hasch.

»Acht Gramm am Tag in den letzten beiden Jahren. Also ich habe versucht, es zu essen, aber das geht einfach zu langsam.«

»Oha oha«, sage ich – nicht wegen seiner acht Gramm, sondern weil mir der Joint unmittelbar ins Gehirn steigt.

Lars grinst mich an. »Ja – das ist das Merkwürdige mit Dope; je mehr man raucht, um so mehr kann man vertragen, und je weniger man raucht, um so weniger reicht schon.«

»Ich weiß nicht ...« sage ich fragend, »könnte ich zwei Gramm kaufen?«

»Ja, klar«, sagt Lars, »aber äh, wo kaufst du sonst immer?«

»Ich war auf See. Erst vor kurzem bin ich ...«

Lars unterbricht mich: »Ja, das weiß ich.«

»Na, und in alten Zeiten bin ich mit Frank rumgehangen ...«

»Ja«, sagt Lars – offenbar weiß er genau, wer das ist.

»Wir sind zusammen zur Schule gegangen und in die Lehre auf der Werft. Aber wir sind nicht ... wie soll ich sagen? Er und ich kommen nicht so gut ...«

»Das ist völlig okay. Du brauchst nichts zu erklären«, sagt Lars.

Ich kaufe zwei Gramm. »Und dann will ich dir gern ein kleines Ding geben«, sagt er und holt eine Tabaksdose aus seinem Doperkasten. »Bist du je auf Pilzen gewesen?«

»Nein«, sage ich.

»Okay. Ich werde dir einen Joint aus Schwarzem bauen gemischt mit Öl. Aber du mußt aufpassen, wenn du den rauchst – für Untrainierte ist das wie auf Pilzen sein.«

»Öl?« frage ich.

»Cannabinol«, sagt Adrian, »die Öle in der Hanfpflanze. Wenn man die Spitzen geerntet hat, dann trocknet man die restlichen Blätter, auch wenn sie zum Rauchen zu schwach sind – aus denen zieht man Öl heraus.«

»Herausziehen?«

»Du zerkrümelst die Blätter und gießt Isopropanol oder Äther darüber, der Alkohol zieht die ätherischen Öle heraus«, erklärt Lars, »dann siebst du das Pflanzenmaterial ab und läßt den Alkohol verdampfen. Übrig bleibt Öl, das du mit Tabak mischen kannst.« Lars schaut mich an, ob ich verstanden habe.

»Ja klar«, sage ich – total high. Die Lust ist fast überwältigend, sie zu fragen, ob sie Maja kennen – ob sie etwas von Frank, Asger, Nina, Lene, Susan oder dem toten Gerüstarbeiter Leif wissen; die ganze Geschichte. Aber ich will Adrian nicht brüskieren. Er hat mich gerade eingeführt, und es dauert, bis man bei einem Dealer eingebürgert ist, auch bei so einem sympathischen Typ wie Lars. Ich will seine Gastfreundschaft nicht ausnutzen. Geld wechselt die Hände – ich bekomme meinen Einkauf.

»Ich möchte mich bedanken … für Kaffee, Rauchen, gute Aufnahme«, sage ich und gebe Lars die Hand.

»Du bist immer willkommen«, sagt er.

»Vielen Dank.« Adrian bietet an, mich nach Hause zu fahren, aber ich lehne ab – will gern gehen. Ich verabschiede mich von Maria, wünsche ihr Glück mit der Schwangerschaft, spaziere nach Hause; die Welt ist sonderbar diffus.

Zu Hause wasche ich ab. Vielleicht sollte ich nach Nørresundby hinüberfahren und mir Häuser ansehen – das habe ich mir überlegt. Geld habe ich mehr als genug. Ich bräuchte vorläufig nicht mal zu arbeiten – tue das nur, um etwas zu tun zu haben … um in der Nähe von Menschen zu sein. Ich könnte ein Haus kaufen, das liebevoller Pflege bedarf, und es renovieren. Ein Backsteinhaus mit hoher Dachschräge, dessen Konstruktion grundsätzlich stimmt; Sockel in Ordnung, Mauerwerk in Ordnung, Fußböden in Ordnung, am liebsten auch Dach in Ordnung, jedenfalls die Sparren – neue Ziegel sind nicht das Problem. Ich entferne die alten undichten Fenster und setze neue mit Sprossen ein, schlage drinnen den Putz von den Wänden, schlämme und kalke sie. Die Fußböden schleife ich ab. Dann installiere ich eine neue Küche. Die Einbauteile werden aufgebaut, und um mehr Platz zu schaffen, habe ich sie so konstruiert, daß es unten am Fußboden statt eines Sockels tiefe große Schubladen gibt. Es ist staubig, meine Sachen sind schmutzig – ich bin schmutzig und schwitze, schneide mit einer Stichsäge ein Loch für die Spüle in die Arbeitsplatte, und dann kommt sie zur Tür herein. Ich halte die Stichsäge an und nehme sie in den Arm. »Puh, was bin ich müde«, sagt sie und wischt sich mit dem Handrücken über die Stirn. Sie hat diesen kleinen Schwung im Rücken und einen vorstehenden Bauch. Ein paar Locken haben sich gelöst und kleben an der Wange, und ich schiebe sie ihr vorsichtig hinters Ohr, obwohl meine Finger staubig sind. Dort steht ein alter Eßtischstuhl, auf dem ich sitze, wenn ich meine Stullen esse. »Komm«, sage ich und führe sie dahin. Ich setze mich und ziehe sie an mich, so daß sie sich auf meinen Schenkel setzen kann, und ich lasse meine Hand über ihren straffen Bauch gleiten, während ich mit der anderen Hand ihren Rücken stütze, und erzähle ihr, wie schön sie ist. Das Geschirrhandtuch gleitet über die runde Außenseite der großen Schale; ich schaue darauf, ich bin in meiner Küche. Die Schale ist blau.

Erst gegen Abend erwache ich aus traumlosem Schlaf. Ich liege angezogen auf dem Bett, und ich weiß, daß ich noch lange leben muß und daß ich innerlich sterbe.

Wärme einen Rest Hackfleischsoße auf, koche Nudeln und esse, ehe ich zum Sportboothafen fahre. Das Schiff ist leer. Carl ist früh nach Hause gegangen – oder ist er gar nicht hier gewesen?

Am Bug setze ich mich, lasse die Füße überm Wasser baumeln. Fühle mich ... überwunden. Was, wenn sie mich jetzt sehen könnte? Wenn sie mein Tun beobachtete? Ich straffe mich ... versuche stark auszusehen. Oder was, wenn sie sehen könnte, daß ich traurig bin? Würde sie mich gnädig aufnehmen?

Was machst du da? Sie ist nicht hier. Sie kann dich nicht sehen.

Du bist verdammt alleine. Der Öl-Joint brennt förmlich in meiner Tasche. Was zum Teufel. Zünde ihn an. Ich ziehe himmelwärts – die Physik ist außer Kraft. Ich sinke nach unten, und das Licht breitet sich über die Wellen, als ich über Flammen fliege, Wasser einziehe – kühl an den Blutgefäßen der Lunge. Der Duft. Rot. Warm. Feucht. Das trockene Baumwolltuch. Woran dachte ich? Schaue zur Seite. Chris lächelt mich schief an. Er ist nicht da, aber er ist es doch, und ich rede mit ihm. Ich erzähle ihm, daß er nicht da ist.

»Mann, wovon redest du?« sagt er und nimmt mir den Joint ab, zieht kräftig, »oj joi joi«, sagt er.

»Wo bist du zur Zeit?« frage ich.

Er macht eine unbestimmte Handbewegung.

»Was machst du?« frage ich.

»Hänge ab.«

»Du bist nicht hier«, sage ich.

Er reicht mir den Joint und sagt: »Allan, du bist auch das, was du nicht hast.«

»Was?« sage ich.

»Das, was hinter dir liegt; das, was du verloren hast – das bist du auch«, sagt er.

»Chris, du bist tot.«

»Na und?« fragt er, »deshalb bin ich nicht weniger bedeutungsvoll.«

Ich weiß nicht, was ich zu ihm sagen soll. »Wie ist dein Vater eigentlich?« frage ich.

»Der Typ schmeißt Münzen ins Pissoir, damit die kleinen Jungen mit ihren Fingern in seinem Urin suchen müssen.« Chris zuckt die Achseln und lacht. »Du glaubst, es tut innen in dir weh«, sagt er.

»Es *tut* weh.«

»Denk dran, daß du auch mit den Dingen leben mußt, die du nicht tust.«

»Ich glaube, ich weiß nicht, wovon du redest, Chris. Also du bist gar nicht hier.«

»Nein, aber du.« Ich drehe den Kopf, um ihn anzuschauen, und da ist er weg. Nur das Schwappen der Wellen ist übrig – das schäumende Meer. Ich schiebe mich von der Reling weg, vom Wasser, stehe langsam auf. Alles wird dunkel – ich sehe nichts mehr. Schweiß bricht mir am ganzen Körper aus. Vorsichtig lasse ich mich mit einem Knie auf das Deck gleiten, damit ich es an den Handflächen spüre. Die Maserung der hölzernen Planken berichtet mir, welche Richtung ich nehmen muß. Der Vordersteven liegt hinter mir – so viel weiß ich; da bin ich fast sicher. Der Rumpf ist unter mir, auf dem Wasser ruhend. Ich bin an Deck. Das Schiff liegt am Bootssteg. Der Bootssteg führt an Land. Mein Denken muß alle Elemente festhalten – sonst entgleiten sie mir. Ich krieche auf allen vieren über Deck. Die Reling ist schon verwittert. Ich hoffe, daß ich den Rest der Welt lange genug zusammenhalten kann. Dinge lösen sich auf und verschwinden. Mit tauben Händen ziehe ich an der Vertäuung, bis ich Poltern spüre, als der Achtersteven gegen den Bootssteg stößt. Verschwommene dunkle Strukturen beginnen vor meinen Augen zu tanzen. Sie verschwinden wieder, wenn ich versuche, aufzustehen. Langsam manövriere ich mich rückwärts über den Achtersteven, bis mein Fuß den Bootssteg berührt. Später beide Füße. Lege mich vorsichtig hin – mit dem Rücken auf den Bootssteg, die Planken. Höre durch die Ritzen das Wasser. Die Sterne über mir treten hervor. Unendlich langsam erhebe ich mich, starre dabei intensiv zum Land, bewahre einen Rest meines Sehvermögens. Bewege mich unsicher über den Bootssteg. Erreiche festen Grund; meine Sachen sind naßgeschwitzt.

In der Nacht schlafe ich schlecht. Der Montag ist eine einzige in die Länge gezogene Hölle. Als ich nach Hause komme, fühlt sich die Wohnung wie eine Kammer an, eine Zelle – ich habe keinen Ort, wo ich hingehen kann. Die Seekarten im Wohnzimmer anzusehen kann ich nicht aushalten, deshalb ziehe ich den Fernseher ins Schlafzimmer. Esse Brot, versuche ein Pils zu trinken, aber das schmeckt mir nicht; sehe trostlose Unterhaltungsprogramme, schalte ab; versuche zu lesen, kann mich nicht konzentrieren. Ich habe Kopfschmerzen. Gehe raus, putze die Zähne, bürste die Zunge, bis sie sich wund anfühlt. Wieder ins Schlafzimmer. Ein gedämpfter Klicklaut; für einen Moment wird es pechschwarz, und das Licht kommt blitzschnell wieder – ich schaue die Birne an, die von der Decke hängt – platzt sie? Es passiert noch einmal – ich stelle mich auf die Zehenspitzen und versetze ihr einen Klaps, so daß sie spastisch am Ende des Kabels wippt. Nichts. Die Birne leuchtet. Es passiert abermals. Dunkel. Hell. Ich starre die Lampe an. Blinzele. Wieder. Jedesmal, wenn ich blinzele, wird die Welt dunkel. Trifft mich im Zwerchfell. Ich habe Angst zu sterben. Bin wie zu Eis erstarrt vor Schreck. Mein Gesicht fühlt sich wie eine offene Wunde an, bedeckt von Eiswasser. Lege mich hin. Starre an die Decke, fühle mich innerlich leer, unruhig. Sehr müde, aber weit von Schlaf entfernt. Um einschlafen zu können, hilft es manchmal, sich selbst zu befriedigen. Zeig mir den Mann, der nicht masturbiert, und ich zeige dir einen verdammten Lügner. Liege da und denke, daß es vier Sorten Sex gibt. Mit der eigenen Hand, mit einer, die man bezahlt, mit einer, die man nicht liebt, und mit der Geliebten. Dann gibt es natürlich auch Mischformen. Eine, die man liebt und bezahlt – nicht selten. Ich lache, aber das klingt so verkrampft. Ich kann nicht an sie denken – das ist falsch –, und ich habe keine Lust, dabei an eine andere zu denken. Meine Pornozeitschriften liegen in Chris' Kajüte auf dem Grund des Meeres. Das ist nicht komisch. Mein Gehirn ist wie ein Topf mit Spaghetti, genau so, als wenn ich zu viel Speed genommen hatte – die Gedanken schwirren umeinander, und es gibt eine Unmenge loser Enden. Zum Schluß wird mir klar, daß ich weinen möchte, aber da schlafe ich zum Glück ein.

Warum ich die Augen aufschlage, weiß ich nicht sofort, aber ich höre, daß sich der Rhythmus des Motors geändert hat. Ich bin schon aus der Koje und dabei, meinen Overall anzuziehen, da werde ich im selben Moment, als ich den Knall höre, gegen die Wand geschleudert. Kollision. Im nächsten Augenblick geht der Generalalarm los. Ich kann spüren, daß sie eine Idee anders auf dem Wasser liegt, und während ich meine Füße in die Sicherheitsschuhe schiebe, ziehe ich das Rollo vom Bullauge – es ist nicht dunkel, wie es sein sollte. Ich sehe ein diffuses wechselndes Licht – Flammen, die ihren Schein durch Nebel werfen. Das Feuer muß sich auf der entgegengesetzten Seite des Schiffes befinden. Ich werfe mich auf das Bett, reiße die Schublade auf und ziehe meine zusammengefaltete Seekarte heraus, und dann renne ich bereits mit meiner Rettungsweste in einer Hand aus der Tür, während ich mit der anderen die Seekarte an den Bauch stopfe. Ich sehe, daß der Maschinenchef aus seiner Kajüte raus ist, und der Motormann ist auf dem Weg zum Niedergang.

»Beeil dich, Allan«, ruft er über die Schulter.

»Was ist hier los?« rufe ich zurück, auch wenn die Antwort offenkundig ist – ich kann den Rauch schon riechen; dickes ockerrotes Rohöl, das in Flammen steht.

»Wir springen über Bord. Sie kann explodieren.« Ich glaube, der Maschinenchef ruft das, als ich an Deck komme – die Rettungsweste schon festgezurrt; meine Hände haben das automatisch gemacht. Fast die gesamte Besatzung steht an Backbord, direkt vor dem Deckshaus – erleuchtet und bleich – und ich drehe mich zu dem scharfen gelben Licht an Steuerbord um, wo die Flammen fast zehn Meter über der Reling stehen und schon das Deckshaus gepackt haben, von wo aus sie sich zum Maschinenraum ausbreiten werden. Schwarzer Rauch wogt zum Himmel. Ich kann mir ausrechnen, daß an Steuerbord ein Loch in den Rumpf geschlagen sein muß, so daß Öl ausläuft und auf dem Meer brennt. Die Rettungsboote. Urplötzlich werden die Flammen fast doppelt so hoch. Keine Zeit, die Boote zu Wasser zu lassen. Das Feuer gibt nahezu keinen Laut von sich – Flüssigkeitsbrand. Der Kapitän ist an Deck aufgetaucht.

»SPRINGT JETZT«, ruft er. Drei von der Besatzung klettern in ihren Rettungswesten auf die Reling.

»NEIN«, *rufe ich, während ich dorthin laufe. Etwas stimmt nicht, aber sie sind schon gesprungen, und jetzt spüre ich es: die Bewegung – das Schiff ist dabei, sich um die eigene Achse zu drehen, so daß das klare Wasser an Backbord rasch von dickem brennendem Öl abgelöst sein wird. Die Männer werden verschlungen werden, wenn es ihnen nicht gelingt, rechtzeitig weit genug wegzuschwimmen.*

»Wir müssen nach vorn zum Bug, sonst ...« rufe ich, aber niemand nimmt von mir Notiz, ich blicke in panische Augen, die Hitze ist unerträglich. Die Bewegung des Schiffes um die eigene Achse gewinnt an Tempo. Mehrere springen an Backbord – der Rest – ich habe Chris nicht gesehen. Jetzt treibt sie schneller. Das brennende Öl nähert sich den Männern im Wasser. Erstarrt stehe ich mitten an Deck. Ich sehe die roten Rettungswesten im Wasser, sie werden vom Inferno verschlungen; die Hitze ist jetzt so stark, daß ich riechen kann, wie mein Haar abgesengt wird. Das Meer ist beinahe ganz ruhig. Der Nebel wird von der Hitze aufgelöst. Zwei weitere rote Punkte werden von den Flammen eingeholt, die sich langsam, hypnotisch über das Meer ausbreiten, jetzt rings um das Schiff. Ich laufe auf dem Deck nach vorn und überquere es, um auf die Steuerbordseite des Vorstevens zu gelangen; vielleicht ist dort immer noch ein bißchen klares Wasser, es sei denn, sie hat sich schon einmal ganz um die eigene Achse gedreht. Im Laufen reiße ich die Rettungsweste herunter.

»ZIEH DIE RETTUNGSWESTE AUS«, rufe ich dem Kapitän zu, während ich meine von mir werfe. Ich kann noch denken, daß er nicht im Vollbesitz seiner Sinne ist – seine Augen sind wie Glas. Mein Gehirn erzählt mir, daß er tot ist – daß ich sterbe. Die Feuersäule wächst. Ich komme zum Bug. Die Flammen laufen über das Meer – nirgendwo eine Stelle, um hineinzuspringen. Trete die Schuhe weg, klettere auf die Reling, sehe das Feuer über das Wasser rasen, beuge die Knie und stoße mich ab, um von dem treibenden Rumpf wegzukommen. Das Feuer reicht einen kurzen Moment zu

mir hoch, ich schließe die Augen vor den Flammen und spüre eine unglaubliche Hitze, so als wenn man mit der Hand über die Flamme eines Gasherds streicht, bloß umschließender und sehr viel kürzer, ehe sie von der eisigen Kälte des Wassers abgelöst wird, und mein Herz gefriert in meiner Brust, während ich die Augen öffne und nach unten ins Dunkel gesogen werde; intensive Kälte. Richte im Tauchen die abwärtsstrebende Bewegung meines Körpers auf, schwimme unter Wasser. Spüre bereits, daß ich zu schnell aus der Kälte aufsteige. Ich ahne über mir Licht, kräftigeres Licht hinter mir, während ich immer weiter schwimme, mir selbst befehle, bei jedem Zug ganz durchzuziehen, sie aber gleichzeitig schnell auszuführen und den Übergang von einem abgeschlossenen Schwimmzug zum nächsten in größter Schnelligkeit zu vollziehen.

Die Helligkeit über mir wächst, und jetzt kann ich sehen, wie sie sich vor mir weiter ausbreitet, und ich versuche noch schneller zu schwimmen, aber der nasse Overall ist schwer, und mein Körper steif geworden. Kalt und gleichgültig denke ich, daß ich die Orientierung verloren habe, daß ich in die falsche Richtung schwimme, daß ich jetzt sterben muß. Alles, was ich über Ertrinken gelesen habe, geht mir durch den Kopf: daß es ein physisch bedingter Reflex ist, unter Wasser die Luft anzuhalten. Und daß es ein physisch bedingter Reflex ist, Luft zu holen, wenn dem Körper Sauerstoff fehlt, und daß man den Reflex steuern kann – es läßt sich viel länger ohne Sauerstoff auskommen, als man glaubt. Aber der Kontrolle sind Grenzen gesetzt. Nach ein paar Minuten atmet man Wasser in die Lungen, und das Herz bleibt stehen. Das Gehirn lebt für einen kurzen Moment weiter. Es kann denken. Bilder eines Dokumentarfilms über Krabbenfischer in der Barentsee schießen mir durch den Kopf. Wenn sie von den Leinen gefangen und mit den Krabbenkäfigen auf den Grund gezogen werden. Was denken die? Genau da setzen die Krämpfe ein, und ich öffne den Mund und lasse alle Luft heraus. In Zeitlupe erfasse ich, wie die Blasen von mir wegtreiben, und dann rasen sie auf das erleuchtete Wasser der Oberfläche zu –

hin zum Feuer. Weiter vorn sehe ich an der Wasseroberfläche einen dunklen Flecken. Etwas in mir setzt sich in Gang; ich beginne einen Schwimmzug. Mein Körper tut das, trotz der Krämpfe. Messerklingen schneiden in meine Beine; ein Teil meines Gehirns konstatiert das nüchtern; in gewisser Weise wie von der Seite, es schaut verwundert zu, daß der Körper einen weiteren Schwimmzug macht – aufwärts – aber mein Körper ist sauerstoffleer, nur langsam treibe ich aufwärts in eine dunkle kleine Wasserzunge, die in das brennende Ölmeer gesteckt ist. Die Lungen saugen Luft ein. Ich huste. Der Gestank. Die Hitze. Die See bewegt sich, das Öl läuft langsam näher, die Flammen beginnen den Sauerstoff um mich zu fressen. Ich will noch ein weiteres Mal einatmen, ehe ich abtauche, spüre aber nur stinkende Hitze in meinem Schlund – Schneidbrenner auf meiner kalten Haut. Kämpfe mich wieder unter die Oberfläche, wo mein Körper vollautomatisch Schwimmzüge durchführt. Ich will. Die Eingeweide fühlen sich vakuumverpackt an, die Muskeln wie aus Holz. Ich erreiche den äußeren Rand des Lichts, schiebe das Wasser zurück, um nach oben zu kommen, habe meine Lippen gegen den Willen, sie zu öffnen, fest zusammengepreßt. Das Wasser über mir setzt sich fort ... es setzt sich fort. Und dann bin ich wieder an der Oberfläche – schlucke Luft über dem dunklen Wasser. Die Luft ist wunderbar. Meine Lungen sind enorm – ich liebe die Luft. Die schwächsten Flammen sind vielleicht zwei Meter entfernt. Ich japse einen Moment. Hinter mir steigt die Intensität des Lichts und erleuchtet das Meer vor mir. Ich drehe mich um, trete Wasser. Das Schiff. Eine brennende Figur taucht auf und kippt über die Reling – fällt in das Flammenmeer. Dann wird das Schiff von einer Feuerkugel umschlossen, die sich weit hoch in die Luft erstreckt. Ein Stück vom Flammenmeer entfernt liegt ein Frachtschiff mit zerknülltem Bug. Das Feuer hat den Nebel in einem Radius von mehreren hundert Metern um den Tanker verdampfen lassen. Keine Rettungsboote. Meine Augen funktionieren, denke ich. Das ist gut. Das Gesicht fühlt sich an wie eine offene Wunde. Beine und Arme, wo sie *am Oberkörper ansetzen, sind gefühllos.* »Der Körper hat einen natürlichen Auftrieb.« *Ich wiederhole mir den Satz. Schließe die Augen vor dem Licht, das mich blendet. Sinke in ein Samtbett. Man kann stundenlang so liegen, erzähle ich mir, aber das Wasser ist zu kalt, das weiß ich genau. Pulsieren von Rotorblättern klingt schwach durch die Luft. Konstatiere, daß ich noch höchstens drei Minuten zu leben habe, bis meine Körpertemperatur zu niedrig sein wird.*

Ich muß kotzen, davon wache ich auf. Das Laken liegt zusammengeknüllt und naß unter mir. Die Hände vor den Mund gepreßt, versuche ich die Kotze zu sammeln; wanke zur Toilette. Einiges quillt durch die Finger und klatscht im Flur auf den Fußboden, ehe ich mich endlich vor der Kloschüssel hinknien und meinen Magen entleeren kann. Pochen im Kopf. Ich wische die Flecken auf dem Flur mit einem Tuch weg, werfe es in den Mülleimer. Trinke einen Schluck Wasser, drücke Zahnpasta auf die Zahnbürste und stelle mich unter die Dusche. Schwindel. Was ist da passiert? Nach ein paar Scheiben Weißbrot, die Butter darauf gekratzt, sowie einem halben Liter Magermilch bin ich in der Lage, eine Tasse Kaffee zu trinken und eine Zigarette zu rauchen. Es geht mir besser. Ich muß zur Arbeit.

Eine Überraschung ist das nicht: Als ich aus dem Haus trete, sehe ich das Auto, das auf vier flachen Reifen steht. Seitenspiegel, Scheibenwischer und Antenne sind abgebrochen, die Windschutzscheibe zerbrochen und der Lack verkratzt; ehrlich gesagt finde ich das etwas überflüssig. Ich springe auf einen Bus auf, der mich bis Nytorv bringt, den restlichen Weg zur Arbeit gehe ich zu Fuß. Frage mich, ob das auf mich Eindruck machen soll. Ich zweifle daran. Komme eine Viertelstunde zu spät. Ich habe keinen Draht zu irgendeiner Werkstatt, deshalb rufe ich einen Mechaniker an, von dem ich weiß, daß er einen guten Ruf hat, und erzähle ihm, was Sache ist. Wir verabreden, daß er bei meiner Wohnung vorbeikommt, wenn ich Feierabend habe – er braucht die Autoschlüssel.

»Noch was, worum ich mich kümmern soll, wenn ich nun schon dabei bin?« fragt er, nachdem wir die Hinterreifen gewechselt und die Vorderräder in der Abschleppvorrichtung plaziert haben. Er läßt seine Hand über den zerkratzten Lack auf der Motorhaube gleiten.

»Kannst du lackieren?« frage ich. Er lacht und springt ins Fahrerhaus seines Wagens und holt ein Buch mit Farbmustern.

»Beige, glänzend«, sage ich.

»Und der Chrom?«

»Ja, warum nicht«, antworte ich resigniert; die Chromteile sind durch Steinschlag beschädigt, und das Auto soll trotzdem gut aussehen, wenn ich es verkaufen muß. Ich habe keine Lust mehr darauf, wenn sie nicht mit mir zusammen darin fährt.

Mittwoch passiert nichts. Ich rechne auf – wie sieht meine Zukunft aus? Arbeiten, Anrufbeantworter kontrollieren, dienstags und donnerstags Fußballtraining, eine sprießende Freundschaft mit Adrian, hin und wieder werde ich mich freitags mit Mette und Peter betrinken, samstags werde ich mit Carl segeln und sonntags Fußball spielen. Hin und wieder laufe ich abends eine Runde, mache Arm- und Rumpfbeugen. In der Zeitung lese ich Stellenanzeigen, Immobilienanzeigen, Kontaktanzeigen, Heiratsanzeigen. Ich tue es fast so, als wäre es eine Gewohnheit; denn ich suche ja nichts, das scheint nur weitaus reeller zu sein als die eigentlichen Artikel.

Erst am Freitag bekomme ich meine Prügel. Frühmorgens. Während der erste Typ auf mich zukommt, kann ich noch denken, wie merkwürdig es doch ist, daß ich jetzt verdroschen werden soll.

Er schlägt zu, ich pariere. Der andere ist hinter mir aufgetaucht, packt mich um den Hals. Es gelingt mir, ihm meinen Ellbogen in den Bauch zu pflanzen, ehe der erste mir einen Schlag an die gleiche

Stelle versetzt. Der hinter mir hat mich losgelassen, aber der vor mir erwischt mich am Mund, ehe ich einen verfehlten Schlag nach ihm stoßen kann. Während ich mich umdrehe, um die Orientierung zurückzugewinnen, werde ich von beiden geschlagen und falle halbwegs gegen ein Auto, das dort am Straßenrand parkt. Ich kann noch erfassen, daß mir der eine bekannt vorkommt – vielleicht ist er Rausschmeißer in Gaden? Schwach höre ich eine Männerstimme vom Haus her zetern, daß er die Polizei anrufen würde, gleichzeitig prasseln die Schläge auf mich ein. Ich denke einzig und allein, daß ich nicht fallen will – ich will nicht getreten werden. Dann hören sie auf. Durch geschwollene Augenlider sehe ich sie rasch auf dem Bürgersteig weggehen und um eine Ecke verschwinden. Ein dunkler Tropfen vibriert an den Wimpern des einen Auges. Ich wische ihn weg, das Gesicht schmerzt bei der Berührung. Als ich die Hand runternehme, sind die Finger voller Blut – die Augenbraue ist geplatzt. Ich spucke Rotes. Die Lippen schmerzen wahnsinnig. Mit einem Finger taste ich vorsichtig im Mund; der rechte Vorderzahn fehlt – ich glaube, ich habe ihn verschluckt.

»Verdammt, Allan. Sieh dich doch selbst mal an.« Peter steht neben dem Behandlungsstuhl und wedelt mit den Armen. Das Röntgenbild zeigte, daß selbst die Wurzel des Schneidezahns völlig weg ist. Also ist nichts da, woran er etwas befestigen kann, aber auch kein Rest, der ausgebohrt werden muß. Er ist gezwungen, ein Implantat zu machen. Ich werde eine Titaniumschraube in den Kiefer bekommen, und die muß dort drei Monate sitzen, ehe die Goldkrone befestigt werden kann – weil die Schraube erst von Gewebe umschlossen sein muß, irgenwie so etwas. Darüber hinaus fehlen ein paar Stücke an den beiden Zähnen rechts vom Schneidezahn – Eckzahn und Augenzahn –, aber die Nervengefäße liegen nicht bloß, so daß ich einer Wurzelbehandlung entgehe. Da muß nur Gold drauf.

Ich habe Peter selten so erregt gesehen.

»Was?« frage ich.

»Verbrennungen im Gesicht, Lippe und Augenbraue geplatzt, vollgeschmiert mit Tätowierungen«, er zeigt beim Sprechen auf mich, »und dann willst du einen *Gold*-Zahn haben. Die Leute werden glauben, du seiest gewalttätig.« Er zerrt an seinen Gummihandschuhen, so daß sie gegen sein Handgelenk klatschen.

»Jetzt entwickle du mal einen Sinn für …« ich suche nach dem richtigen Wort, »… Ästhetik – oder? In meiner Erscheinung muß eine … eine Übereinstimmung sichtbar werden.« Er seufzt.

»Die einzigen, die heutzutage Goldzähne bekommen, sind die Leute aus dem Nahen Osten«, sagt er.

»Du hast selbst gesagt, Gold sei das beste, weil es sich genau wie die Zähne abnutzt«, sage ich. Da zuckt Peter die Achseln und fängt an, mir Sachen in den Mund zu stopfen. Das tut verdammt weh. Die behandschuhten Finger schmecken, wie Kondome riechen. Ich habe in Wahrheit irgendwas zwischen drei und vier mit Gummi bezogene Penisse in meinem Mund. In mir mischen sich Schrecken und Wut – ich muß mich zurückhalten, um nicht fest zuzubeißen.

»Wie wär's mit ein bißchen Lachgas?« frage ich halb erstickt.

»Nein«, sagt er und seufzt tief. »Du hast Bierflaschen mit den Zähnen aufgemacht. Du hast zwei kaputte Plomben.« Ich zucke die Achseln.

Gold ist gut, aber das ist nicht der Grund. Ich will gern an die Prügel erinnert werden, wenn ich mich im Spiegel sehe – mich erinnern, daß ich mich entschieden habe, sie zu bekommen. Das scheint mir wichtig.

»HNNGG«, ich stoße den Laut unfreiwillig aus.

»Entschuldigung«, sagt Peter mit besorgtem Blick zu meinem Mund. Er nimmt eine Papierserviette und wischt mein Kinn ab. Sie hat Farbe angenommen – die Lippen bluten wieder.

7

Die Lippen heilen gut, ich darf nur nicht immer so breit lächeln – dazu habe ich auch gar keinen Grund. Vom Job nach Hause: Der Anrufbeantworter blinkt schnell; das heißt, es sind mehrere Nachrichten drauf. Ich halte die Luft an und sage mir, das kann doch irgendwer sein. Beim ersten brummt es zunächst tief. Ich atme aus – das ist Carl: »Hmm ... Ja, ich bin das ... Carl ... Verdammt, ich HASSE diese Maschinen ...« Er macht eine lange Pause, ehe er sagt: »Segeln ... Allan, wir müssen raus und segeln. Na ja. Also dann tschüß.« Der Mann hat ein altes schwarzes Drehscheibentelefon. Er weigert sich, es auszutauschen.

Bei der nächsten Nachricht wird nichts gesagt. Es wird sofort wieder aufgelegt, ich erfasse im Hintergrund nur schwache Geräusche – eine elektrische Maschine, die auf extrem hohen Touren läuft.

Die dritte Nachricht, der gleiche Lärm im Hintergrund: »Hallo Allan, hier ist Maja. Ich versuche es später noch mal ... Morgen. Ich will ... ich will dich gern sehen ... Mach's gut.« Wie hell das »Mach's gut« klingt. Ich spule zurück. »... ja. Also dann tschüß« sagt Carls Stimme, danach eine Reihe von Leerzeichen, die stumme Nachricht, und dann »Hallo Allan, hier ist ...«

»JAAAAHH«, rufe ich ins Zimmer. Ich lächele breit. Die Lippen bluten wieder. Es ist wunderbar. Ich gehe in die Küche, setze Wasser auf für Kaffee, gehe ins Bad, ziehe saubere Sachen an, rasiere mich. Ich weiß genau, das ist idiotisch, aber während ich eine Tasse Kaffee trinke und vorsichtig zwischen den gesprungenen Lippen eine Zigarette halte, stehe ich andächtig vor dem Anrufbeantworter und spule ihn wiederholte Male zurück, um ihre Stimme zu hören. Das Geräusch hinter ihrer Stimme, das ist eine Nähmaschine. Ihre Stimme ist schön.

Am nächsten Tag auf der Arbeit telefoniere ich reihum. Bingo: Der dritte Möbelpolsterer, den ich erwische, sagt, daß er ohne weiteres die Bauernmalerei auf der Kommode mit dem Rußschaden auffrischen könne, die zu besitzen ich behaupte. Die Firma sitzt in Nørresundby.

Ehe ich Freizeitausgleich bekommen kann, muß ich dem Chef gegenüber zugeben, es handele sich um »Liebe und Erotik«. Dann posaunt er das in die Werkstatt – daß die Boxbirne ein Stelldichein hat –, währenddessen gehe ich in den Umkleideraum und nehme ein Bad, mache die Nägel sauber, rasiere mich. Ist das voreilig? Ich bedecke meine blauen und gelben Flecken mit Klamotten. »Verdammt, nein«, sage ich laut. Ich habe meine Absichten enthüllt. Zum Teufel, sie sind reell.

Ich finde einen Parkplatz und will mir gerade noch eine Zigarette anzünden, um sie zu rauchen, ehe ich zu meinem Auftritt gehe, aber dann erzähle ich mir ein paar Wahrheiten und schiebe die ungerauchte Zigarette zurück in die Packung. Im Schaufenster stehen ein neu bezogenes Sofa und zwei Eßtischstühle. Eine kleine Glocke bimmelt, als ich die Tür zum Laden öffne, der völlig menschenleer ist, aber voller schön bezogener und frisch bemalter Bauernmöbel, ganz sauber – die für die dänischen Kunden müssen offenbar keine gefälschten Antiquitäten sein. Hinter dem Tresen befindet sich eine Türöffnung zu einem Hinterzimmer, und dort heraus tritt Maja, atmet dabei aus, und ich kann in ihrem Atem die dünne Rauchfahne sehen.

»Man kann nicht mal in Ruhe eine rauchen«, sage ich, und noch ehe ich den Satz beendet habe, verfluche ich mich selbst, so scheißjovial zu sein, also füge ich ein »Hallo« hinzu und nicke ihr zu, vor allem weil ich wegen der Lippen nicht ordentlich lächeln kann.

»Nein«, sagt sie und sieht gleichzeitig verblüfft und erschrocken aus. Ich fühle mich langsam unwohl.

»Was ist passiert?« fragt sie. Okay, es ist nur mein Gesicht.

»Von der Vergangenheit eingeholt«, sage ich. Sie kommt hinter dem Tresen vor und stellt sich zu mir, starrt auf das Loch im Oberkiefer, untersucht mein Gesicht, berührt behutsam die Haut – das ist ungeheuer angenehm.

»Wer war das?«

»Ich kannte sie nicht.«

»Aber warum?«

»Das war auf Bestellung.«

»Aber *warum*?«

»Ich habe ein Jobangebot ausgeschlagen.«

»Wie *meinst* du das?« Maja sieht gestählt aus – ich werde ehrlich antworten müssen.

»Frank«, sage ich, »Frank will, daß ich was für ihn tue. Ich weiß letztendlich nicht genau was, aber ich habe abgelehnt. Darin lag vielleicht noch mehr ... das einzuschätzen fällt mir sehr schwer, aber wenn nichts sonst, so war das hier ...« ich mache eine Handbewegung zum Gesicht hin, »... sozusagen das Ergebnis – die Abrechnung.«

»Kann ich ...« beginnt Maja. In dem Moment entdecke ich, wie ein Mann mittleren Alters aus dem Hinterzimmer tritt. Er bleibt stehen.

»Äh, Entschuldigung«, sagt er, dreht sich um und verschwindet.

»Einen Moment«, sagt Maja und geht ihm nach. Ich höre gedämpftes Stimmengemurmel, dann kommt sie mit ihrer Jacke zurück.

»Laß uns gehen«, sagt sie.

»Was wolltest du gerade sagen?« frage ich, als wir draußen sind.

»Das ist egal«, sagt sie und schüttelt sich. »Wir gehen zu mir nach Hause.« Ich warte, daß sie meinen Arm nimmt, aber das tut sie nicht. Wir rauchen beim Gehen. Sie fragt nach meinem Gesicht, ich erzähle ihr von dem Goldzahn, der montiert werden muß. Es ist völlig klar, daß wir über Alltägliches sprechen, bis wir dort sind.

»Möchtest du etwas zu trinken haben?« fragt sie, als wir in ihrem Zimmer stehen. »Ich habe nur Saft ...?«

»Ja, gern.« Ich setze mich auf einen der beiden Stühle – es ist eigentlich wie bei mir, die Möblierung ist eine Schande. Sie kommt mit einem Krug und zwei Gläsern zurück.

»Ich gehe nur schnell ...« sagt sie und deutet zur Toilettentür.

»Natürlich.« Während sie dort ist, schenke ich ein – es ist eine Fruchtsaftmischung. In meinem Glas ist etwas. Ich lehne mich vor, um es von nahem zu betrachten – ein kleines Stück weißer Schimmel schwimmt oben auf dem Saft. Ich schaue in ihr Glas und in den Krug. Mehr ist nicht da. Als ich höre, wie in der Toilette abgezogen wird, nehme ich rasch aus dem Aschenbecher ein benutztes Streichholz und schiebe das nicht abgesengte Holzende unter den Schimmel, der sich an das Holz schmiegt, das ich zurück in den Aschenbecher lege. Wenn man nachschaut, kann man durchaus sehen, daß sich an dem Streichholz ein Fremdkörper befindet, aber ich glaube nicht, daß ihr das auffallen wird.

Maja kommt und setzt sich mit hochgezogenen Beinen aufs Bett. Sie holt tief Luft.

»Allan«, sagt sie, »du mußt ehrlich zu mir sein. Ich *muß* wissen, was passiert ist ...« Sie läßt das eine Weile in der Luft hängen, ehe sie fortfährt: »Mit Frank und so ...«

Ich erzähle ihr davon – an unserer Vergangenheit ist ja nichts Peinliches: Achtzehn Jahre, zu viel Amphetamin, hier und da ein bißchen Verkaufen, zu viel Suff, paar Einbrüche, ein Urteil – allgemeine Idiotie; ein Gesellenstück, das mit Müh und Not anerkannt werden konnte. Schiffsingenieursschule, das Haus zusammen mit Janne, das langweiligste Leben von der Welt; ein Rückfall zu Speed. Carl, der an den Fäden zieht, so daß ich zunächst einen Platz auf einem Kümo bekomme. Und als es mit Janne aus war, Wechsel zu Öltankern. Insgesamt drei Jahre auf See plus einem Unfall.

»In groben Zügen war's das«, sage ich.

»Und was jetzt?«

»Ja, ich weiß nicht genau, was passieren wird, aber ...« Sie unterbricht mich.

»Mit Frank und so?«

Ich lache, dann fasse ich mir wegen der Schmerzen an die Lippen.

»Also ... Ich habe nichts mit Frank zu tun. Ich gehe davon aus, daß er jetzt das Gefühl hat«, ich deute auf mein Gesicht, »mich erniedrigt zu haben. Und weil ich mich nicht an ihm räche, habe ich seinen Respekt verloren, werde aber in Frieden gelassen. Ich glaube, so funktionieren seine Gedanken, und das paßt mir ausgezeichnet.«

»Hm«, meint sie und nickt. Ich will gern nach vorn – weg von dem Thema; der Vergangenheit.

»Carl – mein Großvater –, er sagt, ich soll dich zum Segeln mitnehmen.«

»Dein Großvater?«

»Ja, Carl – ehemals erster Steuermann auf allen Weltmeeren.«

»Segeln?«

»Er hat ein Segelschiff – ein altes Holzschiff.«

»Ja aber was weiß er von mir?«

»Ich habe zu ihm gesagt ... Ich habe ihm erzählt, es gebe ein Mädchen, an dem ich, du weißt schon ... interessiert sei. Und dann sagte er, alle Mädchen stünden auf Gischt und Wind in den Haaren und ... ich finde, einen Versuch ist es wert.« Maja schaut mich skeptisch an.

»Ich weiß nicht, ob ich mich auf dich verlasse«, sagt sie – direkt.

»Ich ...« lege ich los, aber mir fehlen die Worte. Ich deute auf sie und dann auf mich, und dann mache ich ein Fragezeichen in die Luft. Ich weiß wirklich nicht, was zum Teufel ich sagen soll. Da scheint es, als ob sie kichern wollte, beherrscht sich aber.

»Allan, ich muß jetzt wohin«, sagt sie und steht auf. Okay, das kenne ich. Eine simple Machtdemonstration – das muß man immer durchziehen.

»Okay«, sage ich, stehe auf und gehe zur Tür.

»Und was jetzt?« frage ich trotzdem, aber an meiner Stimme ist zu hören, daß ich nicht auf ihren Bluff reingefallen bin.

»Du mußt ein bißchen warten«, antwortet sie, und jetzt lächelt sie so wie damals im Kino. Sie foppt mich. Provoziert mich. Ich muß cool bleiben.

»Ich hoffe, bis bald«, sage ich und lache. Jetzt lacht sie auch. Sie kann es nicht lassen. Das Lachen ist schön.

»Tschüß«, sagt sie, und ich schließe hinter mir die Tür.

Die Tage sind ungewöhnlich lang, aber angenehm; bis auf einen unangenehmen Abend bei Peter in der Praxis, als er in meinem Mund die große Anlagearbeit durchzieht.

Etwas wird passieren, das weiß ich – ich weiß nur nicht wann. Freitag sitze ich wie auf Nadeln, aber nichts passiert. Ich verfalle in Selbstmitleid. Samstag stehe ich früh auf und laufe, bis meine Lungen schmerzen. Spätestens um elf soll ich Carl treffen. Wir wollen mittags auf dem Fjord essen. Beim Bäcker an der Ecke kaufe ich Brötchen und eine Zeitung. Ich mache den Fernseher an, sie senden das Testbild, und ich höre den Wetterbericht. Nach Dehnübungen bade ich, und als ich frühstücke, klingelt es an der Tür.

»Hallo«, sagt sie. Ich murmele irgendwas, bis mir klar wird, daß ich dastehe und rumlabere.

»Komm rauf«, sage ich schließlich und drücke auf den Knopf. Ich schaue schnell in Küche und Wohnzimmer nach, ob es irgendwie unordentlich ist. Nichts. Ich sause ins Schlafzimmer, bekomme gerade die Bettdecke zu fassen, um das Bett zu machen, da kann ich sie auf der Treppe hören. Ach, fuck it. Ich öffne die Wohnungstür, und da kommt sie. Ihr Gesicht, der Körper, ihre Sachen – sie ist so verdammt schön.

»Hallo«, sage ich.

»Hallo.«

»Komm rein.« Ich halte ihr die Tür auf. Sie geht an mir vorbei, im Flur läßt sie ihren kleinen Militärrucksack auf den Fußboden fallen, dabei wirft sie einen Blick in die Zimmer.

»Möchtest du eine Tasse Tee?« frage ich.

»Danke gern«, sagt sie.

»Ja, das ist etwas spartanisch.« Die Situation ist irgendwie linkisch. Maja geht ungeniert ins Wohnzimmer. Ich gehe in die Küche, um mehr Wasser aufzusetzen, dabei überlege ich, wie das hier auf sie wirken mag: ein Eßtisch, zwei Stühle, der Fernseher auf dem Fußboden, Bücher, die dagegenlehnen.

»Tolle Karte«, sagt sie, während sie auf dem Weg vom Wohnzimmer zum Schlafzimmer mein Blickfeld passiert.

»Danke«, sage ich hinter ihr. Das Schlafzimmer: eine Matratze mit Gestell, neben dem Bett eine Holzkiste mit Radiowecker und Roman, ein eingebauter Kleiderschrank, die nackte Birne an der Decke. Ich hätte durchaus ein bißchen mehr daraus machen können, denke ich, als ich das kochende Wasser über den Teebeutel gieße.

»Was bedeuten die Striche und die Daten auf den Karten?« fragt sie vom Flur, wieder auf dem Weg ins Wohnzimmer.

»Die geben an, wann und wo ich mit meinem Großvater gesegelt bin und wo ich ein halbes Jahr als Geselle auf einem Kümo unterwegs war. Und die große über dem Fernseher zeigt, wo ich die letzten zweieinhalb Jahre unterwegs war, als zweiter Ingenieur.«

Sie ist wieder im Wohnzimmer und schaut sich die Karten an, dann kommt sie zurück und lehnt sich an den Türrahmen der Küchentür. »Du bist rumgekommen.«

»Ja.«

»Aber ansonsten hast du nicht gerade viele Besitztümer angehäuft.« In der Feststellung, ihrem Blick steckt eine Frage.

»In den letzten Jahren, bevor ich zur See fuhr, habe ich mit einem Mädchen zusammengelebt«, sage ich, erst dann geht mir auf, das erklärt ja nichts. »Also, ich habe meine eigenen alten Möbel rausgeschmissen, als ich mit ihr zusammengezogen bin, und dann habe ich sie *und* die gemeinsamen Möbel verlassen, als ich als zweiter Ingenieur anfing.« Sie nickt bloß langsam. Sie trägt Shorts. Die Haut ist so glatt, daß sie künstlich wirkt. Ihr Körper ist ... anziehend. »Und dann habe ich vor kurzem von vorn angefangen.«

»Warum hast du das Mädchen verlassen?«

»Sie wollte, daß wir ein Haus kaufen«, antworte ich, ehe ich auf die Idee komme, mir eine Art Strategie zu überlegen.

»Ja, aber das war doch klasse.«

»Ja, das war nur ... ich weiß nicht.«

»Was meinst du?«

»... zu viel.«

»Inwiefern zu viel?« fragt Maja.

»Du weißt schon ... Sie hatte angefangen, mir Klamotten zu kaufen, und ich weigerte mich, die Sachen anzuziehen, und sie konnte meine Freunde nicht ausstehen.«

»Das waren wohl so ein paar Speedfreaks«, sagt Maja, und in dieser Feststellung liegt keine Frage.

»Ja«, sage ich, »aber das war da, von wo wir herkamen und ... Wohl wahr, das waren ziemliche Arschlöcher, aber selbst von da kommen und sie dann nicht grüßen wollen, das ist ein Ding.« Als ich das gesagt habe, wird mir bewußt, daß ich jetzt an der gleichen Stelle gelandet bin – ich will sie lieber nicht mehr grüßen.

»Und dann hast du deine Sachen gepackt und bist zur See gefahren?« Sie ist mit der Erklärung nicht zufrieden.

»Ich habe dich so sehr vermißt, daß ...« sage ich und wende mich zu ihr um. Sie schaut unter sich und blickt dann wieder auf und mir in die Augen.

»Ich hatte auch Lust, dich zu sehen«, sagt sie, läßt aber weiter die Arme vorm Körper runterhängen, wo die eine Hand die andere hält. Meine Arme hängen an den Seiten herunter.

»Es tut mir leid, daß ich gelogen habe. Ich hoffe, du kannst ...« sage ich, aber werde von Maja unterbrochen, die meinen Blick festhält und sagt:

»Und dann bist du einfach gegangen?«

»Einfach und einfach ...« sage ich und hole Luft. »Sie hat unser Sparbuch genommen und ist damit zu OBS! gefahren, als ich auf See war – also auf Arbeit –, und dann hat sie da eine Wohnzimmereinrichtung für unser gemeinsames Erspartes gekauft; für über 20 000 Kronen. Du weißt schon: Ecksofa, Couchtisch mit Marmorplatte, zwei Sessel, Regal und ein TV-Schrank.«

»Ohne dein Wissen?« Majas Stimme ist ihre Überraschung anzuhören.

»Ja. Wir hatten darüber gesprochen, und ich hatte nein gesagt – ich wollte dafür nicht so viel Geld ausgeben.«

»Wofür wolltest du das Geld ... ausgeben?«

»Ich habe keine Ahnung – aber jedenfalls nicht, um darauf zu sitzen.« Endlich lacht sie, ihre Zunge schaut naß zwischen den glänzenden Zähnen vor. Ich lache mit ihr – jetzt ist das komisch, damals war es das nicht. Ich komme nach zwei Monaten auf einem Kümo nach Hause, und dann steht dieser ganze Scheiß im Wohnzimmer. Janne hat alles aufstellen lassen, sie hat Beefsteaks gekauft und Rotwein – alles für ein Fest vorbereitet. Sie hatte ein schickes Kleid an, und ich hegte keinerlei Zweifel, wie die Unterwäsche aussah; nuttig. Wie sie erst zu weinen anfing und anschließend hysterisch wurde und mich »ein blödes Speedwrack« genannt hat, was ich damals auf keinen Fall war, und daß sie auf sich selbst wütend war, weil sie ihre Jugend an so einen wie mich verschwendet hatte, und daß ich ...

»Was hast du gemacht?« fragt Maja, als ich ihr den Becher mit Tee reiche. Ich antworte nicht – zünde uns beiden statt dessen Zigaretten an. Wie kann das sein, daß so viele wichtige Gespräche in Küchen stattfinden? Die eine Zigarette stecke ich ihr zwischen die Lippen, so daß sie gerade richtig weit drinnen ist, und ich sehe ihr an, daß ihr das gefällt.

»Ich habe nachgedacht ... Mir wurde in dem Moment ganz einfach klar, daß wir nichts mehr gemeinsam hatten. Wir wollten beide völlig ... *völlig* unterschiedliche Sachen.« Maja sagt nichts. »Mir wurde klar, daß ich sie nicht mehr mochte, und daß es lange her war, seit wir uns ... geliebt hatten.«

»Wie lange hast du sie gekannt?«

»Wir waren seit der Kinderzeit zusammen.«

»Und dann bist du ohne weiteres gegangen?«

Nein, denke ich; ich habe sie geschlagen – zum ersten und einzigen Mal in meinem Leben habe ich an ein Mädchen Hand angelegt … wenn man von meiner Mutter absieht, aber sie war kein Mädchen, als ich sie schlug. Und dann Janne; genau da – im Wohnzimmer, zwischen den Möbeln. Ein einziges Mal – mit der flachen Hand. Nicht, weil das zu tun richtig war – es war das einzige mir mögliche.

»Ich bin erst etwas laut geworden und sie auch«, antworte ich.

»Und dann war es vorbei?«

»Na ja, wir haben uns ungefähr zwei Wochen lang angeschrien.«

»Und die Möbel?«

»Die sind stehengeblieben.«

»Ihr habt sie nicht zurückgeschickt?« fragt Maja. Ich lache über die Frage.

»Ich sagte, sie müßten zurück, entweder ich oder die Möbel. Sie hatte die Rechnung, aber es passierte nichts. Sie entschied sich für die Möbel.«

»Du hast sie die Möbel behalten lassen?«

»Ja.«

»Für mehr als 20 000 Kronen Möbel?«

»Ja.«

»Du fandest, du seiest billig davongekommen?« fragt Maja, und ich weiß, daß ich das keinem Menschen erklären kann, der jünger ist als ich, und schon gar keinem Mädchen.

»Nein, nicht deshalb habe ich ihr die Möbel gelassen. Ich bin nicht stolz, das einzugestehen, aber ich hoffte, sie würde in den Möbeln ersticken. Daß sie die jeden Tag anschauen müßte und daß ihr klarwerden würde, wie falsch sie gehandelt hatte.«

»Und glaubst du, das war so?« fragt Maja.

»Nein, das glaube ich nicht.« Ich lächle.

»Warum nicht – hast du mit ihr gesprochen?«

»Nein, aber meine Schwester hat mir erzählt, daß sie einen Verkäufer geheiratet und ein Kind bekommen hat, und ich wette, daß sie Möbel und Freunde mindestens einmal gewechselt hat, seit ich sie zuletzt gesehen habe.« So antworte ich, und erzähle nicht, daß ich gerade mit der Post einen Scheck über 11 300 Kronen erhalten habe. Nicht weil ich mir vorstellen könnte, daß Janne dieser Möbel je überdrüssig war – sie war der Meinung, sie hätte sie verdient, als eine Art Kompensation, weil sie während meiner Eskapaden bei mir geblieben war. Aber ich fürchte, Maja könnte das falsch verstehen, als ob Janne versucht hätte, etwas wiedergutzumachen oder ...

»Und jetzt hast du ganz aufgehört, Möbel zu kaufen«, sagt Maja und lächelt.

»Ja, viele sind es nicht geworden.«

Wir gehen ins Wohnzimmer. Maja sitzt mir auf einem Stuhl gegenüber, die Beine nebeneinander gestellt, und ißt ein Brötchen mit Marmelade. Ich stehe auf und sage, daß ich Carl anrufen und unseren Segeltörn absagen will.

»Wollt ihr jetzt segeln?« fragt sie.

»Ja, wir haben uns auf elf Uhr verabredet, aber ich kann das auch absagen.«

»Nein«, sagt sie, »ich will mit.«

»Okay!« sage ich.

»Also in Wirklichkeit habe ich gehofft, daß du heute segeln wolltest«, sagte sie.

»Das ist in Ordnung«, antworte ich und setze mich wieder. Da steht sie auf und kommt um den Tisch, und mein Herz schlägt schneller. Sie setzt sich auf meinen Schoß.

»Kann ich dich küssen?« flüstert sie, »wenn ich vorsichtig bin?« Ich nicke. Sie tut es – läßt ihre Zunge langsam sich in meinem Mund bewegen – ihre Berührung ist Balsam für meine Lippen.

»Zeig mir die Zähne«, flüstert sie. Das tue ich. Dann küßt sie mich wieder.

Das Auto ist noch in der Werkstatt, deshalb fahren wir mit Majas altem Damenfahrrad zum Hafen hinunter – sie hinten drauf, ich trete kräftig in die Pedale. Sie hat mir die Hände auf die Hüften gelegt.

»Gehst du oft segeln?« fragt sie.

Ich erzähle ihr, daß ich, wenn möglich, jeden Samstag mit Carl segele, weil er Gicht hat und nicht allein segeln kann, sowie das Wetter nur ein bißchen rauher ist. »Aber darüber darfst du nicht sprechen – über die Gicht –, er ist sehr sensibel.«

»Ist er dir ähnlich?« fragt sie.

»Ja, und wie. Oder besser, ich bin ihm ähnlich. Da kannst du sehen, wie ich mal als tätowiertes altes Arschloch aussehen werde.«

»Allan, im *Wesen*«, ruft sie, »das meine ich!«

»Find's selbst raus«, antworte ich kurz, weil ich mitbekomme, wie ein Auto langsamer wird, das jetzt direkt hinter uns ist.

»Moment mal«, sage ich über die Schulter zu Maja und halte an der Seite an. Das Auto – ein weißer Ford Mondeo – fährt vor uns und bleibt stehen.

»Was ist hier los?« fragt Maja.

»Das ist die Polizei«, antworte ich.

»Muß ich absteigen?« fragt sie, und ich muß lachen.

»Nein«, sage ich.

»Na ja, gut«, sagt Maja und klettert runter.

»Bleib sitzen«, sage ich, »ich meinte das ernst. Nur ... wart einfach ab.« Sie setzt sich. Ein Mann mittleren Alters steigt aus dem Wagen.

»Allan«, sagt er, schließt die Autotür hinter sich und schlendert zu uns.

»Martinsen«, sage ich und nicke leicht.

»Das ist ja lange her«, sagt er.

»Darf ich Ihnen Maja vorstellen«, ich mache eine Geste zu Maja hin, die hinter mir sitzt, ihre Hände liegen auf meiner Hüfte. Sie nimmt die eine weg und streckt sie vor.

»Maja, das ist Martinsen«, sage ich.

»Guten Tag, Martinsen«, sagt Maja und schüttelt die Hand – sie ist cool. Martinsen tritt ein paar Schritte zurück, damit er mich richtig anschauen kann.

»Na Allan, wo hattest du dich versteckt?« fragt er.

»Auf See – Öltanker«, antworte ich, obwohl er das bestimmt weiß.

»Und jetzt bist du also zurück«, sagt er.

»Ja, das bin ich.«

»Die alten Jagdgründe?«

»Neue Jagdgründe.« Ich werfe einen komischen Blick nach hinten zu Maja.

»Die alten Freunde?« fragt er. Ich warte mit einem ernsten Blick auf.

»Neue Freunde.«

»Du bist Menschen in die Hände gefallen.«

»Ich bin gefallen, natürlich.«

»Versteht sich.« Er schaut mich an, das Fahrrad, wirft einen Blick auf Maja und wendet die Augen zum Himmel, ehe er sagt:

»Und was hat man an so einem schönen Tag vor?«

»Wir wollen mit meinem Großvater auf dem Fjord segeln, es sei denn, Sie halten uns noch länger auf. Er legt Schlag elf ab«, sage ich.

»Freut mich zu hören. Ich hoffe, Allan, wir haben nichts mehr miteinander zu tun.« Und dann, Gott steh mir bei, blinzelt Martinsen Maja zu, als er sagt: »Fräulein Maja.« Er macht auf dem Absatz kehrt und spaziert zurück zu seinem Wagen. »Fahrt schön«, sagt er, öffnet die Tür und steigt ein, startet und ist weg.

»Wer war das?« fragt Maja verwundert. Ich drehe mich zu ihr um.

»Das war der Drogenbulle Martinsen, etwas dicker, aber immer noch genau so höflich.«

»Aber worum ging es?«

»Er ...« fange ich an. Was soll ich antworten? »Das hieß, möchte ich glauben, daß er ein Auge auf Frank hat, mit dem du mich gesehen hast. Und das wollte er lieber gleich checken, weil wir beide vor Jahren eine Menge Scheiß gemacht haben.«

»Woher wußte er, daß du hier bist?«

»Das könnte Zufall sein, oder ich bin einfach auf seinem Bildschirm aufgetaucht, als ich mich beim Einwohnermeldeamt angemeldet habe.« Ich glaube allerdings eher, daß sie Asgers Wohnung im Auge haben, aber jetzt ist nicht der richtige Zeitpunkt, ihr zu erzählen, daß ich Asger kenne, daß ich ihn getroffen habe; das würde ich insgesamt lieber vermeiden.

»Warum hat er nicht einfach gefragt, ob du kriminell bist?« fragt Maja.

»Das wäre doch unhöflich«, sage ich.

»Und was ... jetzt?«

»Nichts – das war lediglich eine Begrüßung mit eingebauter Warnung. Laß uns weiterkommen.« Ich trete wieder in die Pedale.

»Glaubst du ... er hat dir geglaubt?« fragt Maja.

»Ja.«

»Warum?«

»Das ist einfach der ganze ... Eindruck, irgendwie. Samstag morgen auf dem Fahrrad, um segeln zu gehen. Und dann mit dir auf dem Gepäckträger – er mochte dich.« Sie drückt meine Hüften.

»Glaubst du?« fragt sie.

»Wie er dir zugeblinzelt hat; so was habe ich noch nie gesehen. Ich glaube, er fand, du bist 'ne flotte Motte.« Sie haut mich auf den Rücken.

»Ich bin keine *Motte*«, sagt sie.

»*Fräulein Maja*«, sage ich mit tiefer, höflicher Stimme wie Mar-

tinsen. Maja lacht, haut mir wieder auf den Rücken, aber bleibt dann einige Sekunden stumm, ehe sie sagt:
»Was ist mit ... Frank?«
»Was soll mit Frank sein?«
»Na ja ... willst du ihm was sagen?«
»Wovon?«
»Daß die ... daß die ihn im Auge haben.«
»Bist du verrückt – nein«, sage ich.
»Warum nicht?«
Ich halte das Fahrrad noch mal an, drehe mich ganz um, lege meine Hände auf den Sattel. »Scheiß auf Frank, zur Hölle mit ihm – das zieht mir sonstwo vorbei.«
»Wegen ...?« Sie deutet auf mein Gesicht.
»Nein«, sage ich, schüttle den Kopf. »Mich interessiert nicht, ob er eingebuchtet wird. Dieser ganze Scheiß ... auf der Straße angehalten werden, wenn man Fahrrad fährt ... Das ist doch absurd. Ich muß das nicht haben. Es ist peinlich – auch dir gegenüber; ich meine, was denkst du von mir? Wenn Frank was Ungesetzliches anstellt – schnappt ihn euch, schmeißt den Schlüssel weg, laßt ihn verrotten.« Ich rege mich auf – so ein Scheiß. Maja legt ihre Hände auf meine.
»Gut«, sagt sie, drückt meine Hände, »laß uns weiterkommen.«
»Ja«, sage ich, »gut.« Wir radeln weiter. Maja fragt nach Martinsen. Ich versuche ihr zu erklären, wie das ist, also mit so einem anständigen Polizisten wie Martinsen, der sich nicht *unbedingt* wie ein Arschloch verhalten muß. Wie sich beinahe eine Bekanntschaft entwickelt – eine gewisse Form von verkorkstem Respekt. Man kann sich auf der Straße grüßen, sozusagen in der Freizeit. Und ansonsten spielt man seine Rolle, so gut es geht.
»Das ist wie Räuber und Gendarm: Er weiß, daß ich was machen werde, und behält mich im Auge. Aber er hat sich auch um andere Sachen zu kümmern, so daß ich es durchziehen muß, wenn er nicht aufpaßt. Wenn ich es dann gemacht habe, kann er sich ausrechnen,

daß ich das vielleicht war. Sein Job ist, das zu beweisen, und mein Job, cool zu sein. In gewisser Weise bin ich der Arbeitgeber – ohne mich gibt's ihn nicht. Das macht es so lausig.«

»Merkwürdig«, sagt Maja. »Warst du cool?« fragt sie dann.

»Nicht cool genug – er hat mich erwischt.«

»Ts ts«, kommt da von Maja.

Wir nähern uns dem Hafen.

»Erzählt er so alte Seemannsgeschichten? Dein Großvater?« fragt sie.

»Wenn du ihn bezauberst.«

»Wie macht man das?«

»Lächle einfach, leg deine Hand auf seinen Arm; so was in der Art – er mag Mädchen sehr.«

Wir segeln mit Backstagsbrise auf Hals zu. Aus Solidarität mit Maja nehme ich mir eine Weste – jedenfalls erzähle ich mir die Geschichte so, als ich die Riemen anspanne.

»Wie steht's mit dir, Carl, mußt du keine Weste tragen?« fragt Maja. Er schnaubt bloß.

»Er rechnet damit, daß ich ihn rette, wenn er ins Meer fällt«, sage ich. Carl schaut Maja an.

»Das ist was anderes, wenn man seinen Gang auf einem Schiff kennt.« Er deutet hinüber zur Dansk Landbrugs Grovvareselskab. Am Kai liegt ein kleiner Tanker – ich würde meinen, der kann um die 25 000 Tonnen Ladung nehmen. »Auf so einem war Allan, nur sehr viel größer.«

»Das muß noch was anderes gewesen sein, als du zur See gefahren bist«, sagt Maja. Ich gehe zum Bug, um zu kontrollieren, ob alles in Ordnung ist.

»Ich fahre immer noch zur See, mein Mädchen. Aber nicht auf solchen schwimmenden Hochhäusern – pfui Teufel.«

»Ich meine ...«

»Ja ja, das war was ganz anderes. Eins will ich dir sagen, es tut

mir leid, daß ich dem Jungen die ganzen Döntjes erzählt habe, als er klein war. Das war für ihn nicht das gleiche Erlebnis – überhaupt nicht.« Der Wind trägt ihre Stimmen zu mir.
»Wann hast du angefangen, zur See zu fahren?«
»In den Dreißigern, als Decksjunge. Fünfzehn Jahre war ich da.«
»Warum so früh?«
»Ich taugte nichts, deshalb hat mein Vater mir einen Platz besorgt, ich sollte rauskommen und ein Mann werden.« Carl lacht sein rostiges Altmännerlachen.
»Wie ... nichts taugen?«
»Nichtsnutzig«, antwortet er. Ich gehe unter Deck, um Kaffee und Tee zu kochen. Ich habe in der Hosentasche Teebeutel mitgebracht und lobe mich, was für ein aufmerksamer und höflicher Kavalier ich doch bin, bis ich mir sage, daß ich nicht so eingebildet sein brauche.

Maja hat Carl zum Reden gebracht. Er erzählt von damals, als er auf einem Schiff anheuerte, das in den Osten fuhr. Er war nervös – es war seine erste langfristige Heuer. Nachdem ihm seine Koje zugewiesen worden war, gab es Frühstück. Die gesamte Besatzung war sehr zuvorkommend, so daß ihm klar war, hier war etwas im Busch. Carl nahm ein Stück Weißbrot, und einer der Leute reichte ihm die Marmelade. Um wohlerzogen zu sein, schmierte er nur ein bißchen drauf. »Du bist nicht zu Hause bei Muttern, es gibt keinen Grund zu sparen«, sagte der Steuermann, »nimm nur ordentlich.« Also lud Carl ordentlich auf, und kaum hatte er den ersten Bissen im Mund, brannte es wie Feuer, aber er schaute die anderen beim Kauen nur an, nahm noch einen Bissen und sagte mit vollem Mund: »Mmm, leckere Marmelade«, nickte dem Steuermann zu, und während die anderen ihn beobachteten, aß er den Rest auf, und der Schweiß lief ihm in die Augen. Als er fertig war, lachten sie alle und schlugen ihm auf den Rücken. »Na, der ist doch wohl ein richtiger kleiner Mann«, sagten sie untereinander und hießen ihn an Bord willkommen. Das war scharfes Mango Chutney aus Indien gewesen, fand er später heraus. Carl hätte durchaus weniger brave Geschichten auf Lager, aber die erzählt er nicht vor Leuten, die er gerade kennengelernt hat – und schon gar nicht vor Mädchen.

»Es ist angerichtet«, verkünde ich, als ich an Deck komme, und reiche jedem seinen Becher, ehe ich mich setze. Wir kommen gut vorwärts. Carl lehnt sich zu mir herüber.

»Schöne Beine«, raunt er, laut genug, daß Maja es hören kann.

»Du behältst deine Finger bei dir, Alterchen.«

»Ich kann nichts versprechen«, sagt er. Meine Großmutter war da auch ein bißchen kurz – uns gefallen die gleichen, eher kleinen, robusten Mädchen. Diese langbeinigen Geschöpfe haben so was Unübersichtliches – sie wirken unzusammenhängend. Maja lächelt.

»Chauvinisten«, sagt sie.

»Na ja«, sage ich. Carl zuckt die Achseln, korrigiert den Kurs. Wir segeln in eine kleine Bucht, um während des Mittagessens in Lee zu liegen. Wenn man Gäste an Bord hat, sollte man sie nicht bei Seegang bitten zu essen, und man muß sie auch verdauen lassen, ehe man weitersegelt, wenn man Schweinerei an Deck vermeiden will. Ich streiche die Segel, und Carl wirft den Anker. Gleichzeitig verschwindet Maja mit ihrem kleinen Militärrucksack unter Deck. Wir schwoien vor Anker. Einen Moment später kommt sie nach oben – in einem dunkelblauen Bikini. Sie lächelt mich an. Mir hat es die Sprache verschlagen. Sie fragt, wie man wieder an Bord kommen kann. Carl holt eine kleine Leiter aus Metall, die er am Achterspiegel aushängt. Maja stellt sich neben mich.

»Kommst du?« fragt sie mit einem Kopfnicken zum Wasser.

»Ich glaube, ich muß Carl beim Vorbereiten des Essens helfen«, sage ich leise.

»Okay«, sagt sie, geht zum Bug und springt ins Wasser. Schockierend; ich bin wahnsinnig verliebt in sie. Ich gehe runter, um Carl zu helfen.

»Ich mach das schon«, sagt Carl bestimmt, »geh los und schwimm zusammen mit deinem Mädchen.« In einer Abseite finde ich meine Badehose, die immer hier an Bord ist, und während ich mich umziehe, schleicht sich die Angst heran, drückt mir auf die Brust. Ich habe Gänsehaut, als ich an Deck steige. Maja schwimmt ein gutes Stück vom Schiff entfernt. Als sie mich sieht, winkt sie.

»Komm rein – das Wasser ist schön«, ruft sie. Mein Atem will nicht bis tief in die Lungen. Stehe am Bug. Das Wasser rabenschwarz vor meinen Augen, die Beine zittern, Schweiß bricht aus – kalt und stinkend. Schlucke Luft und stoße mich ab, die Beine knicken unter mir weg; ich kippe über den Rand. Das Wasser verschlingt mich. Kälte. Unendlich unter mir die Dunkelheit – oben über mir das Licht. Schwimme hektisch vorwärts, schluchze unter Wasser, lasse Luft aus meinem Mund entweichen, die Bläschen rasen auf die Flammen zu. Die Krämpfe setzen ein, während ich nach oben in das unendliche Licht schaue ... das ist nur die Sonne – dort oben ist Luft. Weiter vorn sehe ich an der Wasseroberfläche einen helleren Fleck. Etwas in mir rastet ein – ich mache ein, zwei Schwimmzüge aufwärts. Ihre leuchtende Haut. Immer noch Wasser über mir. Meine Arme vorgestreckt. Immer noch. Gleich sprengt es die Lunge. Die Fingerspitzen erreichen Maja – ich durchstoße die Wasseroberfläche mit einer Hand auf ihrer Hüfte. Sie kreischt. Sie hat Luft. Sie leuchtet.

Vom Hafen radeln wir zu einem chinesischen Restaurant mit Straßenverkauf und nehmen Essen plus eine Flasche Wein mit. Wir bekommen Plastikbesteck, aber sie haben keine Plastikbecher. Statt dessen geben sie uns zwei Wassergläser, die vom vielen Abwaschen in der Spülmaschine so zerkratzt sind, daß sie wie gesandstrahlt aussehen. Wir fahren zum Kildepark und suchen uns eine nette Ecke.

Wir haben keinen Korkenzieher.

»Einen Moment«, sage ich und reiße die Versiegelung von der Flasche, falte meine Jacke und gehe zu einem Baum. Ich halte die Jacke hoch an den Baumstamm. »Zu Hause solltest du das nicht ausprobieren«, sage ich und klopfe den Flaschenboden vorsichtig gegen Jacke und Baum. Ich weiß, daß Maja mich aufmerksam beobachtet, aber ich sehe nicht zu ihr hin, konzentriere mich nur darauf, wie der Korken nach und nach langsam immer weiter aus dem Flaschenhals kommt. Das hier sind Faxen, das weiß ich genau, aber ich bin ein Mann – ich liebe es, einem Mädchen zu imponieren. Dann gehe ich zurück, setze mich ihr gegenüber ins Gras und ziehe den Korken das letzte Stück einfach so raus. Maja klatscht.

»Wow – das hab ich noch nie gesehen«, sagt sie. Ich zucke die Achseln.

»Vielleicht ein Zeichen dafür, daß ich es zu oft gemacht habe«, sage ich und sonne mich unter ihrem Blick. Wir essen. Dann liegen wir im Gras und ... küssen uns ein bißchen – und dann schlafen wir einfach ein, wie die Tiere. Das muß die Seeluft sein. Wir schlafen alle beide über eine Stunde und wachen nur auf, weil es kühl wird. Maja muß mal, deshalb gehen wir rüber zum Bahnhof. In der Herrentoilette kippe ich mir Wasser ins Gesicht, und dann warte ich auf sie. Ich rufe Adrian an und sage ihm, daß ich am nächsten Tag nicht zum Fußballspiel kommen kann. Ich sage, wie es ist: Möglich, daß ich mich mit dem nettesten Mädchen der Welt einlasse. Er wünscht mir Glück.

Maja ist immer noch nicht wieder aufgetaucht. Die Zeit kommt mir lang vor. Ich schaue durch die Glasteile nach draußen, um zu sehen, ob sie dort ist. Ist sie nicht. Ist sie gegangen? Sie kann nicht gegangen sein. Ich werfe in der Bahnhofshalle einen Blick in die Runde und schaue im Kiosk nach.

»Wollen wir nicht eine Tasse Kakao trinken?« fragt ihre Stimme hinter mir. Ich drehe mich um. Da kommt sie – lächelnd – von den Toiletten. Woran zum Teufel denke ich?

»Klar.« Wir besorgen ihr Kakao und mir Kaffee und setzen uns auf den John F. Kennedy-Platz. Sie fragt nach dem Unfall. Ob ich zu einem von der Besatzung eine engere Beziehung hatte. Ich erzähle ihr von Chris. Viel kann ich nicht sagen.

»Ihr müßt doch über dies und das geredet haben?«

»Klar, verdammt«, sage ich, »über Motoren und Essenkochen und das Leben und ... über Mädchen.«

»Reden Männer oft über Mädchen?«

»Kommt vor«, sage ich.

»Sind wir so interessant?«

»Das kannst du dir im Traum nicht vorstellen.«

Maja hält eine Faust hoch, die Spitze des Daumens steckt zwischen Zeigefinger und Mittelfinger. »Ist es ...?«

»Nein nein. Nicht nur ... Es ist mehr das – wir kapieren kein bißchen. Wir verstehen euch einfach nicht.«

»Du findest, Männer verstehen Mädchen nicht?«

»Ich wette, du gibst mir recht?«

»Ja«, lacht sie, nickt übertrieben, fährt fort: »Wir sind ja nun doch nicht so anders.« Da kaue ich ein bißchen dran rum.

»Es ist auch nicht, daß wir ... euch nicht verstehen; es ist das, was ihr mit uns macht.«

»Was machen wir denn mit euch?« fragt sie frotzelnd.

»Wir gehen wegen euch in die Knie. Ihr bringt uns dazu, euch anzubeten.«

»Davon habe ich noch nicht viel gemerkt.«

»Nein, wir geben uns alle Mühe, das zu verstecken.«

»Und was betet ihr an?«

»Das ist es, was wir nicht verstehen. Winzige Sachen.«

»Komm schon.« Sie stößt mich mit dem Ellbogen an. »Raus mit der Sprache.«

»Na, aber ... wie da, als ich ... als wir ... miteinander geschlafen haben. Am nächsten Morgen, als du aus dem Bad kamst, da hast du so was mit deinen Haaren gemacht.«

»Und?«

»Ja also, du hast sie irgendwie ...«

»Gebürstet?«

»Nein, das war es nicht so sehr, es war mehr ...« Ich beuge mich etwas vor, mache eine linkische Kopfbewegung. »Irgendwie so was hast du gemacht, so daß alle deine Haare auf die andere Seite flogen, und dann hast du mich so angeschaut und weitergebürstet, und du hast die ganze Zeit so ... so geschaut.«

»Du warst nackt.«

»Ja, aber das war ...«

Sie zieht mich am Arm und lacht, sieht mich verwundert an, als ob ich total auf Drogen wäre. »Wie *was*?«

»Das war, *wie* du das gemacht hast, mich angesehen hast. Danach habe ich sehr intensiv ... für dich gefühlt.«

»Meinst du das?« sagt sie und zieht eine Bürste aus ihrem Rucksack, beginnt ihr Haar zu bürsten, wirft die Haare, so daß sie auf die andere Seite des Gesichts fliegen, schaut zu mir, bürstet weiter.

»Jaaa, genau so«, sage ich. Sie lacht laut auf. Legt die Bürste beiseite.

»Männer«, sagt sie.

Wir gehen in die Mallorca Bar und trinken mehr Wein. Ein merkwürdiges Gefühl, in einer Kneipe Wein zu trinken, aber zusammen mit Maja ist es okay. Sie möchte gern noch ein bißchen bleiben und anschließend zusehen, ob sie Susan treffen kann – ihre Freundin, die ich noch nicht richtig kennengelernt habe.

»Ich muß ihr sagen, daß du in Ordnung bist.«

»Da leg ich Wert drauf.«

Wir lassen das Fahrrad stehen und gehen zur Jomfru Ane Gade. Maja will zum Rock Nielsen und dort nach Susan suchen. Vielleicht war es deren Rausschmeißer, der mir den Zahn aus dem Kiefer gehauen hat. Ich bin nicht sicher, ob ich ihm gegenüberstehen kann, ohne die Besinnung zu verlieren. Das erzähle ich Maja.

»Okay«, sagt sie, »ich laufe schnell rauf und drehe dort eine Runde.« Ich lehne mich gegen eine Art Einzäunung rings um ein Straßenlokal. Es ist bald elf, und so langsam wird es überall voll. Ich will gern hier weg. Dann entdecke ich Asger, der auf mich zukommt. Verdammt. Da ist gerade auch Maja aus dem Rock Nielsen wieder zurück, und ich höre, wie Asger sie ruft, ihr zuwinkt. Sie bleibt neben mir stehen.

»Hallo Maja, na wie steht's«, sagt Asger, lehnt sich ein bißchen vor, um Vertraulichkeit zu signalisieren. »Ist Susan da?« fragt er.

»Nein«, sagt sie, und es scheint, als sei ein Hauch höhnischer Freude in ihrer Stimme.

»Weißt du, wo sie ist?«

»Nein, ich hab sie eine Weile nicht gesehen.«

»Zu dumm«, sagt Asger, »ich hab sie gesucht. Du weißt, ich würde …« Asger wirkt ein bißchen gequält. Maja sagt nichts. Asgers Blick streift mich, zeigt aber keinerlei Zeichen von Wiedererkennen, er sieht angeturnt aus.

»Wenn du sie siehst«, sagt Asger, »sag ihr, ich würd gern mit ihr reden. Sie hat meine Nummer«, er klopft mit der Hand auf das Handy, das in einem Etui an seinem Gürtel hängt.

»Ich sehe, was ich tun kann«, sagt Maja.

»Gut. Du weißt, ich … ich würde sie … sehr gern mal treffen«, sagt Asger, klopft Maja linkisch auf die Schulter und geht zum Rock Nielsen.

»Ich werde einen Teufel tun und Susan von diesem Idioten grüßen«, sagt Maja verbissen vor sich hin und legt dabei den Arm um mich.

»Warum nicht?«

»Er ist ein Idiot.«

»Woher kennt Susan ihn?«

»Das ist egal«, sagt sie, nimmt meinen Arm und legt ihn über ihre Schulter – wir gehen los. »Laß uns zu mir gehen«, fügt sie hinzu und schmiegt sich enger an mich.

»Maja …« fange ich an. Lege eine Pause ein, um nachzudenken. »Das ist nicht … egal. Ich würde gern …« Ich bleibe stecken. Wir sind am Ende der Jomfru Ane Gade gegenüber dem Limfjordhotel angelangt. Taxen entladen pausenlos Fahrgäste.

»Warte«, sagt Maja; mit einem Druck ihres Arms macht sie deutlich, daß wir die Straße überqueren sollen. Dann spazieren wir am Maxim und Valhal vorbei und durch den kleinen arkadenähnlichen Überhang bei dem chinesischen Restaurant an der Ecke Borgergade und Vesterbro, und schon sind wir auf dem Weg hoch zur Brücke.

Maja holt tief Luft, atmet aus, geht eine Weile stumm. »Ich brauch eine Zigarette«, sagt sie. Ich gebe ihr eine.

»Dieser Typ ...« sagt sie, »Asger heißt er. Er und dann der, mit dem ich dich zusammen gesehen habe – Frank –, also die verkaufen ... Drogen. Ich glaube, das funktioniert über die Türsteher, aber ich weiß es nicht genau; das ist auch egal. Jedenfalls rennen sie das ganze Wochenende dort rum.« Mehr sagt sie nicht.

»Und Susan ...?«

»Susan war mal seine Freundin.«

»Hat er sie schlecht behandelt?«

»Nein, nicht solange sie zusammen waren ...« Maja zögert, »aber Knall auf Fall hat er sie rausgeschmissen, weil er so eine richtig eklige Drecksau kennengelernt hat, die hat ihn irgendwie ... umgedreht.«

»Das klingt nicht gut«, sage ich und füge hinzu: »Dealer – sind nicht alle immer gleich sympathisch.« Sie will offensichtlich nicht erzählen, was passiert ist. Das ist okay.

»Nein«, sagt Maja, »und sie glauben, sie seien was Besonderes.«

»Wie das?«

»Hast du diesen Film gesehen, *Light Sleeper*, mit William Dafoe?« fragt sie. Ich habe ihn auf See gesehen, gleichzeitig mit den Kinopremieren in Dänemark schickt das dänische Sozialministerium die neuesten Kinofilme raus. Der Film handelt von einem Dealer, der seine Fehler einsieht, und als er sich bemüht, sie zu korrigieren, geht alles daneben.

»Nein«, antworte ich.

»Also Dafoe, der ist so ein Dealer, der rumfährt und den Leuten

Stoff verkauft … Er fährt mit den Drogen zu ihnen raus; sie geben telefonisch eine Bestellung auf, und dann ist er ihr Junkie-Kurier. Das ist sehr vornehm; Privatchauffeur, reiche Kunden und so. Und natürlich werden die Waren aus Sicherheitsgründen rausgebracht – außerdem als Service. Und dann passieren mit einem Mädchen alle möglichen üblen Geschichten.« Maja schweigt und zieht ein letztes Mal an ihrer Zigarette. Wir stehen vor dem Turm, von dem aus die Klappen der Brücke gesteuert werden. »Limfjordbrücke – Büro« steht an der Tür. Maja wirft die Zigarette weg und tritt sie energisch mit der Stiefelspitze aus.

»Was hat das mit Asger zu tun?« frage ich, während wir weitergehen, über die Klappteile der Brücke.

»Der, mit dem du an dem Abend zusammen gekommen bist, als ich … wütend wurde, also Frank«, sie spricht den Namen höhnisch aus, »Leute rufen auf seinem Handy an, dann holt er … die Sachen bei Asger und fährt los und liefert sie den Kunden aus.«

»Weil sie den Film gesehen haben?«

»Ja, Susan sagt das. Und dann haben sie noch so was, daß man nämlich mindestens zehn Gramm Hasch kaufen muß, weil sie …« sie verändert ihre Stimme zu höhnischem Nachäffen, »*mit solchen armen Arschlöchern von Kiffern nicht handeln.*«

»Das klingt ungewöhnlich lachhaft«, sage ich.

»Ja, findest du doch auch«, sagt sie und wird etwas lockerer, lächelt. »Man könnte sich auch drüber totlachen, wenn es nicht so traurig wäre.«

»Traurig? Warum ist das traurig?« frage ich, »ich meine, natürlich ist das traurig, da sind wir einer Meinung. Aber was hat das mit dir zu tun?«

»Weil Susan glaubt, sie sei immer noch in diesen Asger verliebt.«

»Nicht so gut.«

»Nein, eben.«

»Aber sie hält sich von ihm weg?«

»Ja, sie weiß genau, wie dumm das ist«, sagt Maja.

»Das ist kompliziert.«

»Was?«

»Das Leben.«

»Ach, so kompliziert doch nun auch wieder nicht«, sagt sie und grapscht schäkernd nach meinem Hintern.

»Es wird immer leichter«, sage ich und ziehe sie an mich. Wir küssen uns tief, mein Schwanz drückt gegen die Hose, gegen sie. Wir lachen.

»Komm, wir gehen nach Hause«, sagt Maja und zieht mich. Wir sind fast auf der Nørresundby-Seite, und dann laufen wir Hand in Hand zu ihrem Wohnblock, sputen uns die Treppe nach oben und biegen in den dunkeln Hausflur ein. Maja sucht den Schalter, macht das Licht an, und da sehen wir, daß Susan zusammengekauert vor ihrer Tür liegt und schläft.

»Da ist sie«, sagt Maja begeistert und läuft zu ihr, hockt sich neben sie und weckt sie sanft.

»Susan, Susan«, sagt sie, »du mußt ins Bett.«

»Ich war so müde«, murmelt Susan, und dann fällt ihr Blick auf mich, sie schlägt die Augen auf und wird wach.

»Er ist ganz okay«, sagt Maja und kramt ihre Schlüssel vor. »Ich habe herausgefunden, daß er okay ist.« Danke, denke ich. Susan kommt auf die Füße, lehnt sich gegen die Wand, schaut verstohlen zu mir, versucht zu lächeln – das gelingt ihr nicht so recht.

»Warum bist du so müde?« fragt Maja, als wir reingekommen sind. Susan antwortet, sie habe den ganzen Tag gearbeitet. Sie kickt ihre Schuhe zur Seite und läßt sich aufs Bett fallen. Für drei ist in diesem Bett verdammt wenig Raum. Etwas fehl am Platze stehe ich bei der Tür.

»Sie ist Briefträgerin«, sagt Maja zu mir.

»Postsklave«, murmelt Susan vom Bett. Unterdessen verfluche ich den Gedanken, heute nacht allein schlafen zu müssen. Maja kommt, schaut entschuldigend zu mir hoch.

»Sie muß hier schlafen – sie wohnt ganz draußen in Vadum.«

»Oje oje«, ich seufze tief und lächle sie vielsagend an.
»Ja, es ist kaum auszuhalten«, flüstert sie.
»Wir könnten doch zu mir gehen?«
»Das ist so weit. Mein Fahrrad steht drüben am Bahnhof.«
»Und wenn wir ein Taxi nehmen?«
»Ja?«
»Ja, verdammt, ja«, sage ich leise.

»Ich schreibe nur schnell einen Zettel«, sagt Maja und bittet mich, ihr meine Telefonnummer zu wiederholen, damit Susan anrufen kann, falls was ist. Kurz darauf sitzen wir auf dem Rücksitz eines Taxis. Ich sage dem Fahrer, daß er bis ganz zur Vesterbro fahren, dann in die Prinsensgade abbiegen soll und von da auf der Jyllandsgade weiter nach Østerbyen. »Und Sie dürfen gern schnell fahren«, schließe ich.

»Warum das?« fragt Maja. Ich erzähle ihr, daß sie den Kopf in den Nacken legen soll, so daß sie durch die hintere Scheibe sieht, und zwar bis wir da sind. Wir fahren, der Chauffeur gibt Gas. Als wir die Brücke passiert haben, beginnen die Gebäude auf beiden Seiten wie massive Mauern, von Lichtern gesprenkelt, vorbeizusausen, und mitten dazwischen hängt der dunkle Himmel.

»Das ist echt schön«, sagt Maja und greift nach meiner Hand auf dem Sitz zwischen uns. Sie drückt sie.

Kopf und Schultern fühlen sich an wie eine große Wunde – der übrige Körper tut einfach weh. Ich liege in einem Einzelzimmer zwischen knisternd sauberer Bettwäsche. Fasse an meinen Kopf und entdecke, daß am Arm ein Tropf hängt. Die Haare auf meinem Schädel sind abrasiert – nur noch Stoppeln sind übrig. Mein Gesicht schmerzt; es fühlt sich uneben an und voller harter kleiner Kanten. Die Haut muß ziemlich kaputt sein. Am meisten schmerzt die Stelle direkt über den Augenbrauen, die fehlen. Ich schnuppere vorsichtig, ob ich mein eigenes offenes Fleisch rieche, kann aber nur einen schwachen Krankenhausgeruch ausmachen. Ich bin sehr müde.

Mein Brustkorb beginnt dauernd wieder zu beben. Sie sind wohl alle tot. Chris.

Eine Krankenschwester taucht neben dem Bett auf. Sie spricht freundlich mit mir, richtet meine Kissen, füttert mich mit dem Löffel. Nickt mir energisch und aufmunternd zu; sagt mit einem vermutlich holländischen Akzent: »You will be all right.« Die dürfen mit mir machen, was sie wollen.

Etwas später tritt ein Arzt ein. In besserem Englisch erklärt er mir, mein Zustand sei so gut, wie den Umständen entsprechend zu erwarten sei. Hauptsächlich sind es Kontaktverbrennungen – oberflächliche Verbrennungen zweiten Grades, die nicht sonderlich tief reichen. Die Haut wird gut vernarben.

Die Behandlung nennt sich »exposure« – die Wunden sind offen. Sie sollen innerhalb von zwei Wochen von selbst heilen – nur die Wundränder werden behandelt. Durch das Einzelzimmer sollen Bakterien vermieden werden.

Der Arzt sagt, wenn ich im Öl selbst hochgekommen wäre, hätte mich das Feuer angegriffen, und ich wäre für immer verunstaltet – da hätte auch plastische Chirurgie nicht helfen können. »But you have been very lucky.«

Glück ... ich möchte am liebsten weinen, als er das Wort benutzt – ich weiß nicht warum. Muß die Zähne zusammenbeißen. Wenn ich ihn nur hauen könnte. Dazu hätte ich Lust.

»Maybe later we move some skin«, sagt er, aber ich verstehe das nicht ganz – in gewisser Weise ist seine Stimme weit weit weg. Er spricht von Unterkühlung und Schock. Schock? Warum ist hier niemand, den ich kenne?

Ich döse, wache plötzlich auf, weil ich zittere. Ein dünner junger Mann in einem häßlichen grauen Anzug steht am Bett. Er sagt, Mette sei unterwegs. Mette? Da wird mir klar, daß er dänisch spricht.

»Wer?« frage ich.

»Mette«, antwortet er und sieht ängstlich aus, »deine Schwester?«

»Deine?« frage ich. Er sieht noch ängstlicher aus. Ein Idiot.
»Wer ... bist ... du?« frage ich. Er ist so ein Blödmann von der dänischen Botschaft. Redet von Identifikation von Verstorbenen. Etwas von »stark verbrannt« und »keine Angehörigen« und so weiter.
»Ja.« Ich nicke. Er sagt noch mehr, sieht erleichtert aus, geht. Gut. Eine Krankenschwester holt mich in einem Rollstuhl ab. Wikkelt mich in eine Decke ein. Wir fahren über die Krankenhausflure, nehmen einen Aufzug, danach noch ein langer Gang, und schließlich eine Art Vorraum mit einem Fernseher, einem Sofa, zwei Stühlen und einem kleinen Tisch – nichts an den Wänden. Der Arzt von vorhin schimpft mit einem schwitzenden Mann in Arbeitskleidung. Etwas wegen Fernsehen. Zwei Kameras funktionieren nicht. Es dauert lange, bis mir klar wird, was das bedeutet. Ich kann die Leichen nicht auf dem Bildschirm sehen. Der Arzt entschuldigt sich.
»Okay«, sage ich. Werde wieder gerollt. Ein klinischer Raum mit großen Metallschubladen. Es ist wie im Film – weiße Fliesen, rostfreier Stahl. Es ist kalt. Es scheint weit weg zu sein. Verbrannte Körper. Sie riechen schwach nach Schweinefleisch ... Schweinebraten. Ich werde hingeschoben, schüttele den Kopf – dann der nächste. Die Körper gleichen sich, unbeschreiblich die Köpfe. Fokussiere auf einen Satz Füße. Keine Schnur mit einem Zettel um einen Zeh. Das brauchen sie nicht. Am Handgelenk ein Plastikarmband mit Chiffre. Der nächste. Noch ein Männerkörper, schwer, keine besonderen Kennzeichen; ich kann nicht sehen, wer das ist.
»Next«, sage ich. Werde gerollt. Schublade auf. Ich kann es sofort sehen. Das ist er ... schlank, langgliedrig ... etwas an der Form des Gesichts. Sie sind nicht mehr weiß – die Finger. Dünn, mißhandelt.
»Chris«, sage ich. Dann breche ich zusammen.

Ich bin völlig steif, als ich aufwache, und mit bemerkenswerten Kopfschmerzen spüre ich unter meinem Rücken zusammengeknüllt ein feuchtes Laken. Mein Magen schmerzt. Irgendwo in der

Nähe eine Dusche. Ich strecke mich und schaue auf meinen behaarten Brustkorb.

»Hallo.« Maja, in ein Handtuch gewickelt. Ihre Haut sieht frisch aus. »Du hast unruhig geschlafen.«

»Ja, das ist komisch, ich hab auch Kopfschmerzen«, sage ich. Denke – ob ich wieder geträumt habe?

»Na, mein Kätzchen«, sagt Maja. Ich schaue zu ihr hoch. Sie macht einen Schmollmund.

»Vielleicht hatte ich Angst, daß ich das geträumt hatte.«

»Was?«

»Daß du heute nacht hier geschlafen hast.« Sie setzt sich auf die Bettkante und legt ihren Oberkörper über meinen. Das feuchte Handtuch auf meiner Haut, ihr fester Körper direkt dahinter. Ich denke daran, wie sie zwischen den Beinen aussah; kleine Stücke von gebeiztem Lachs – sanft und glatt. Ich begnüge mich nicht damit, daran zu denken. Meine Kopfschmerzen verdampfen. Zeit vergeht.

Dann liegen wir auf dem Rücken, halten uns an der Hand und verschnaufen. Ich streichle mit meinen Fingern ihre Hand. Mir geht es jetzt gut.

»War das gut für dich, meine Schöne?« frage ich, während ich weiter die Zimmerdecke untersuche, ihre Finger berühre.

»Och, ging so«, sagt sie tough. Drei Sekunden vergehen schweigend, dann lacht sie und rollt sich neben mich, legt ein Bein über meinen Körper.

»Skandalös«, sage ich, »gemein – eine Farce.«

»Ich bin ein Mädchen von Ehre«, sagt sie, »du darfst jederzeit Revanche einfordern.« Wir albern ein bißchen herum, bis sie sagt: »Weißt du denn gar nicht, was er gemacht hat, ehe er zur See fuhr?« Ich hatte ihr gestern von Chris erzählt. Das erleichterte mich.

»Nein, das war so zusammenhanglos – eine Begegnung ohne jeden Zusammenhang. Irgendwie war das ... cool, weil wir uns nur dort kannten – auf dem Schiff. Also nichts von Vergangenheit.«

»So wie wir«, sagt sie.

»Ja, bis du herausgefunden hast, daß ich dich angelogen hatte.«

»Das macht jetzt nichts mehr«, sagt Maja.

»Doch«, sage ich. Ihre Stimme wird leiser:

»Ich habe dir auch nicht sonderlich viel von mir erzählt.«

»Nein, aber das macht nichts – mir gefällt das gut so.« Sie schaut mich fragend an. Ich will sie nicht verschrecken. Ich will gern alles wissen. Aber wenn sie nicht will, daß ich die Dinge weiß, die ich weiß, dann ist das für mich ganz okay.

»Du darfst nicht beleidigt sein«, fange ich an, »das ist ... für mich existiert du erst ... Nein, das kommt nicht hin. Es ist wie ... alles mögliche, was mal passiert ist, das kann sehr zerstörend wirken, also gerade jetzt, wo wir ...«

»Ich verstehe gut, was du meinst«, sagt Maja.

»Bis später also, oder?«

»Was?« sagt sie und setzt sich unvermittelt hin – rittlings auf mich drauf, »später?« lacht sie.

»Also, ich hoffe, wir können ... so – du weißt schon.«

»Nein, keine Ahnung. Erzähl's mir.«

»Zusammen«, sage ich, »du und ich. Ich bin irgendwie ...« Ich bekomme den Satz nicht zu Ende. Sie senkt sich auf mich, ihre Haare fallen dabei wie eine Decke um unsere Gesichter.

»Da freu ich mich«, flüstert sie.

»Echt?«

»Ja.«

»Ich ...« fange ich an, aber bleibe stecken. Wir ertrinken in den Augen des anderen, bis Maja das Schweigen bricht:

»Allan?«

»Ja?«

»Ich möchte sehr gern ein Omelett haben – oder einfach ein Ei.«

»Ja?«

»Ja.«
»Ich will dir gern eins machen.«
»Ein Omelett?«
»Ja.«
»Kannst du das?«
»Und ob.«

Beerdigung

1994

*I'm Swimming Through the Ashes of the Bridges
I've Burned.*

Robert Altman

I

Der Mann hat sie von der Arbeit abgeholt, und während sie zum Einkaufen fuhren, haben sie die Vorbereitungen für die Hochzeit ihrer Tochter besprochen.

Geruch nach angebrannter Lasagne schlägt ihnen entgegen, als sie die Haustür ihres Reihenhauses in Hasseris aufschließen.

»Glaubst du, das ist …?« beginnt die Frau – sie schaut zu dem Mann hoch, ihr Blick ist erschrocken, aber auch wütend.

»Wer zum Teufel sollte das sonst sein?« sagt er und trägt die Einkaufstüten des Supermarkts in die Diele. »Thomas?« ruft er ins Haus. Ihr erwachsener Sohn hat keinen Schlüssel, aber er kann den gefunden haben, den der Mann oben auf dem hintersten Sparren des Carports versteckt.

Durch die Küche und diesen fettigen, übelriechenden Qualm vom Backofen; inzwischen blitzen die lebhaften Augen des Mannes. Er ist in den Fünfzigern – ein bißchen schwer – die Schultern rollen bei jedem Schritt.

Als er die Tür zum Wohnzimmer öffnet, sieht er, daß im Fernsehen Discovery läuft, aber ohne Ton. Gleichzeitig hört er die Nadel des Plattenspielers auf der inneren Rille einer LP kratzen. In der Küche schaltet die Frau die Dunstabzugshaube an und öffnet ein Fenster.

»Zum Teufel, Thomas!« ruft der Mann wütend, als er eingetreten ist. Auf dem Perserteppich vor der Stereoanlage sitzt im Lotussitz ihr 29 Jahre alter Sohn, sein zusammengesunkener Oberkörper ist nackt, das Kinn hängt ihm auf die Brust. Pulli, T-Shirt und Strümpfe liegen schlampig hingeworfen auf einem Sessel. Die Frau kommt herein und steht hinter dem Mann. Sie schnaubt. In der

Haut des Unterarms ihres Jungen hängt die Kanüle, darüber ein Stück Verlängerungskabel, das gelöst worden ist.

»Schaff ihn hier raus«, sagt die Frau erbittert, macht kehrt und geht zurück in die Küche. Der Mann tritt zu seinem Sohn. Er stoppt. Steht ganz still, hebt dann langsam den Arm, um seine Autobrille abzunehmen. Es ist etwas dunkel im Wohnzimmer. Die Muskulatur schrumpft, und der Mann scheint zu schweben – von seiner eigenen Haut gelöst –, als er sich hinhockt und dem Jungen eine Hand auf die Schulter legt. Kalt. Ganz kalt. Er nimmt vorsichtig den Arm des Jungen hoch. Das fühlt sich träge an – die Starre tritt bereits ein. Der Mann erinnert sich daran, von einem Erste-Hilfe-Kurs für Bauarbeiter. Sie setzt nach drei Stunden ein.

Draußen in der Küche redet die Frau. »Dann kommt er also nicht mit zu Rikkes Hochzeit.«

Die sicheren Zeichen des Todes, Leichenstarre, Totenflecken, Zersetzung.

Das Herz des Mannes klopft hart in seiner Brust. Es rauscht ihm in den Ohren. Er will nach dem Puls fühlen, aber er weiß, daß es sinnlos ist – die Haut des Jungen hat bereits einen blauvioletten Schimmer angenommen. Stoßweise atmet der Mann aus, Lippen und Augen fest zusammengepreßt. Selbst wenn der Junge klapperdürr ist, die Gesichter von Vater und Sohn spiegeln einander – die schmalen Lippen. Der Mann wankt, als er sich halbwegs aufrichtet und hektisch nach der Fernbedienung greift, um das stumme Theater auf dem Bildschirm abzubrechen. Das Gewicht der Einwegspritze bringt die Nadel dazu, die Haut ein klein wenig anzuheben, dort, wo sie in den Jungen eindringt. Er zieht sie heraus; das Kratzen der Nadel hängt eine Weile in der Luft. Ehe er sie rufen kann – es ihr sagen – muß er erst diesen Ton abstellen. Er hebt den Deckel des Plattenspielers. *The Ventures in Space,* eine LP, die der Mann 1965 von seinem kleinen Bruder bekommen hat. Wie oft haben der Mann und der Junge die Platte zusammen gehört, wenn die Frau nicht zu Hause und der Junge zu Besuch war.

Er geht zu dem Jungen zurück und hockt sich daneben. Jetzt muß er es tun. Sie hat zwölf Jahre lang darauf gewartet. Er ruft seine Frau – seine Stimme klingt wie nasse Pappe.

Nach einem Augenblick hört er das unterdrückte »nein« aus der Küche. Er schaut hinüber. Sie erscheint in der Türöffnung, wankend, packt den Rahmen und knickt in den Knien ein. Sie sinkt auf den Fußboden. Der Mann sieht ihren schmächtigen Körper – wie der des Jungen neben ihm.

»Nein«, sagt sie wieder, »ich …«

Ihr Körper schwankt, rutscht schlaff in sich zusammen, unten auf dem Fußboden verbirgt sie schluchzend ihr Gesicht in den Armen. Die Schultern beben heftig.

Der Mann erhebt sich – macht einen Schritt auf sie zu, aber nein. Er geht wieder in die Hocke – hinter dem Jungen. Er entfernt das Kabel, ehe er vorsichtig den Oberkörper seines Sohnes auf den dicken Flor des Perserteppichs legt. Als sich die Arme nahezu in einem 45-Grad-Winkel vom Körper zurechtlegen, bewahren die Handflächen des Jungen vom Lotussitz ihre aufwärtsgewandte Haltung. Der Mann wickelt die Beine des Jungen auseinander; mit einer Hand um jeden der nackten Knöchel streckt er sie. Sie wirken zäh, und unter seinen Handflächen spürt er das Narbengewebe an den Füßen des Jungen.

Dann kommt er mühsam auf die Beine, geht zu seiner Frau und hockt sich neben sie. Er legt ihr die Hände auf die Schultern. Sie schüttelt den Kopf, schluchzt. Er streichelt ihren Rücken. Aus den tröstenden Worten wird nur ein unzusammenhängendes Murmeln. Mit unsicheren Bewegungen greift er nach dem Hörer. Die Stimme krächzt, als er in den Hörer spricht, Auskünfte gibt und auflegt.

»Sie kommen bald«, sagt er. Langsam erhebt sie sich. Er geht zu ihr und nimmt sie in den Arm, küßt ihre Stirn, glättet ihr Haar. Sie schaut schräg nach unten zu dem jungen Mann auf dem Fußboden, ihrem Sohn, legt dabei dem Mann eine Hand auf die Brust. Sie atmet stoßweise.

»Zieh ihm eins von deinen Hemden an«, sagt sie – die Stimme klein und feucht-rauh.

»Ja«, sagt der Mann und bleibt unentschossen stehen, bis sie ihm ins Gesicht schaut und nickt. Dann geht er schweren Schrittes aus dem Wohnzimmer – hinaus auf den Flur.

»Das Dunkelblaue«, sagt sie hinter ihm.

Was denkt er, als er sein bestes Hemd aus dem Kleiderschrank nimmt? Was kann er denken? Schwerfällig setzt er sich auf die Bettkante, öffnet mit ungelenken Fingern die obersten Knöpfe, damit er das Hemd vom Bügel ziehen kann. Er will ihr Zeit geben. Gefühl durchströmt ihn – tiefer Ekel vor seinem eigenen warmen Fleisch; dem Blut, das blindlings durch die Adern pulsiert; den Spasmen des Herzens; der Fähigkeit der Augen, zu sehen.

Nur noch selten will er, wenn sie nicht zu Hause ist, seine Ventures-LP hören. Er will ihr das nicht sagen, auch wenn er weiß, daß sie es versteht. Ihm ist ganz klar: Sie wird immer sich selbst Vorwürfe machen – sicher auch allen anderen –, sie wird damit gar nicht aufhören können. Es gibt keine Worte, die ihren Schmerz lindern können.

Langsam geht er über den Flur zurück, das frisch gebügelte Kleidungsstück hängt an seiner ungeschickt vorgestreckten Hand. Er hofft bloß, daß sie sich bewegt hat – das ist alles, worauf er hofft. An der Tür bleibt er stehen.

Sie kniet, vorgebeugt über ihren Sohn. Sie kämmt seine strähnigen, schmutzigblonden Haare mit den Fingern zurück, so daß die blasse Stirn frei liegt. Ihre Hände schweben über dem Gesicht, berühren es leicht. Sie wünschte, die Augen wären offen, so daß sie sie schließen könnte. Dann könnte sie ein letztes Mal hineinschauen. Das Gesicht – aus ihrem Schoß –, die lebhaften Augen, die raschen Bewegungen. Ihre Tränen tropfen auf die kalte Haut des Jungen, wo sie mit der gleichen zitternden Oberflächenspannung wie der von Wassertropfen auf Wachs liegen bleiben. Der Mann stellt sich hinter sie, schaut in Richtung der Straße, auch wenn kein Fenster dorthin zeigt. Sie steht auf. Ohne den Mann anzusehen, berührt sie leicht seinen Arm, ehe sie in die Küche geht.

Ohne es eigentlich zu merken, hat er das Hemd schon ganz aufgeknöpft. Er sieht, daß der Junge Strümpfe anhat; sie muß sie ihm übergezogen haben, während er weg war. Das ist gut.

Er führt den einen Arm des Jungen durch den Hemdenärmel – die Haut ist bereits kälter als vorher, das Narbengewebe fühlt sich an wie zerknittertes Pergament. Dann setzt er sich hinter den Jungen und hebt seinen Oberkörper vom Teppich. Aber der Mann kann nicht gleichzeitig den Oberkörper halten und das Hemd führen. Der Kopf des Jungen schlenkert unerwartet – zunächst nach vorn. Das sieht gefährlich aus. Fieberhaft versucht der Mann das Hemd am Rücken des Jungen vorbeizuziehen. Aber der Kopf hat – Moment – er dreht sich zu ihm um; er sieht von oben auf seinen Sohn ... auf dem Fahrrad, unterwegs zum Kindergarten, und der Junge sitzt im Kindersitz, der auf der Querstange montiert ist. Der Junge lehnt den Kopf zurück und ruft: »*Schneller, Papa.*« Und er fährt schneller, die Beine bewegen sich wie Trommelschlegel, der Schweiß steht ihm auf der Stirn, die Hecken sausen vorbei. »*JAAA!*« ruft der Junge.

Der Magen des Mannes zieht sich zusammen – er schluckt kräftig; senkt schnell den Oberkörper des Jungen – aber gleichzeitig achtsam, damit der Kopf nicht auf den Teppich aufschlägt. Das Hemd liegt zusammengeknüllt unter dem Rücken des Jungen. Der Mann steht auf, geht zur Gästetoilette und leert seinen Mageninhalt in die Kloschüssel. Zieht, spült sich den Mund aus, geht zurück ins Wohnzimmer. Er macht das fertig, es gelingt ihm, das Hemd auf den Jungen zu ziehen, er knöpft es zu und glättet den Stoff; und an seinen Handflächen spürt er das scharfe Relief der Rippen.

Der Duft von Kaffeebohnen dringt aus der Küche.

Sie hat Kaffee gekocht.

Was soll man machen?

Er geht in die Küche. Sie hat ihm in seinen Becher Kaffee eingeschenkt – er kann sie im Badezimmer hören. Mit dem Becher in der Hand geht er nach drinnen und blickt auf den Jungen. Die aufwärts gewandten Handflächen vermitteln den Eindruck von ... Empfänglichkeit. Der Junge wirkt in dem allzu großen marineblauen Hemd und den verschlissenen Jeans stattlich. Und frech wie allein der Teufel.

Der Mann setzt sich aufs Sofa oder genauer auf die Sofakante. Den Couchtisch schiebt er ein bißchen zur Seite, damit er mit weit gespreizten Beinen sitzen kann. Neben einem verschrammten Ronson-Feuerzeug liegt das Päckchen Bali-Shag-Tabak des Jungen auf dem Tisch, im Aschenbecher daneben eine fertige gedrehte Zigarette – keine Asche, keine Kippe – nur die Zigarette; ganz weiß, leicht konisch.

Er nimmt die Zigarette zwischen Daumen und Zeigefinger. Der Kaffee dampft und duftet. Er hat seit vier Jahren nicht mehr geraucht. Er blickt zu dem Jungen hinüber, hebt fragend die Augenbrauen. Der Junge sieht ganz ruhig aus. Dann schaut der Mann rasch auf – vielleicht ein bißchen verlegen – um zu sehen, ob die Frau zurückgekommen ist. Das ist sie nicht. Er blinzelt dem Jungen zu und hält sich die Zigarette unter die Nase, schnuppert daran. Tabakduft. Der Kopf vollführt eine kleine ruckartige Bewegung nach oben, gleichzeitig mit Kinn und Augenbrauen, zum Jungen hin.

»Na, ist das okay?« sagt er und verzieht dabei den Mund. Aus alter Gewohnheit schirmt er die Flamme mit der Hand ab, als er die Zigarette mit dem Feuerzeug des Jungen anzündet. Der Mann inhaliert und läßt automatisch das Ronson-Feuerzeug in die Jackentasche gleiten. Das Gefühl von Rauch in den Lungen ist vertraut. Er atmet aus und studiert die Glut. Vom Nikotin ist ihm schwindlig.

Er nimmt das Feuerzeug wieder heraus und zündet die beiden Kerzen auf dem Couchtisch an – das scheint das richtige zu sein. Er nickt dem Jungen zu, ehe er einen Schluck Kaffee trinkt, um den Geschmack nach Erbrochenem aus dem Mund zu bekommen; der ist so heiß, daß es fast schmerzt. Der Auftrieb von den Flammen läßt den Zigarettenrauch träge durch die Luft wogen.

Jetzt kommt sie aus dem Badezimmer.

»Komm und setz dich zu mir«, sagt er. Und sie kommt. Sie setzt sich neben ihn, ganz dicht, nimmt seine Hand in ihre beiden Hände und legt ihren Kopf auf seine Schulter.

»Unser kleiner Junge«, sagt sie.

»Ja«, sagt er, »unser Junge.«

Eine ganze Weile sagen sie nichts. Er raucht die Zigarette – vorsichtig, um nicht zuviel vom Rauch zu inhalieren –, klopft die Asche ab, trinkt aus dem Kaffeebecher, den er mit der gleichen Hand nimmt. Die Nase ist verstopft, und der Rauch gleitet wie schwereloser Samt über den Schlund. Er würde gern etwas sagen, aber er kann nicht.

Zum Schluß zwingt er sich. »Wir müssen Rikke anrufen«, sagt er.

»Bald«, sagt sie, »jetzt müssen wir hier ein bißchen mit Thomas zusammensitzen.«

»Ja«, sagt er.

Ein Moment vergeht.

»Ich rufe auch Tildes Mutter an«, sagt sie.

»Mm.« In gewisser Weise ist er erleichtert, daß sie Rikke anrufen will. Nicht, weil er selbst das nicht tun will, sondern mehr, weil … sie kann das.

Und Tilde – das arme Mädchen. Und Lisbeth. Und wie hießen die anderen? Lars. Svend. Es waren so viele. Damals. Was aus denen geworden sein mag? Er wird es herausfinden – er wird sie aufspüren. Das ist wichtig.

Er will gerade zum letzten Mal an der Zigarette ziehen, da klingelt es an der Haustür. Er drückt sie vorsichtig und sorgfältig im Aschenbecher aus, indessen drückt die Frau seine andere Hand und läßt sie dann los. Er steht auf, dabei wischt er mit dem Handrücken die Tränen von den Wangen. Auf dem Weg zur Tür will er lieber tot sein, als sich damit abzufinden.

II

Als Svend auf den Parkplatz der Kirche von Sønderholm einbiegt, stehen dort nur wenige Autos. Er sieht eine Handvoll Menschen vor der Kirchentür. Wirft automatisch einen Blick über den Friedhof zum Grab von Lille-Lars. Lisbeth steht da – natürlich. Allein schon sie zu sehen – jetzt wird er drei Wochen lang an nichts anderes denken können.

Svend checkt sein Gesicht im Rückspiegel: kurzes, dunkles Haar, Hemd zum Anlaß des Tages, glattrasiert – er hat die Bartstoppeln in der Jugendherberge beseitigt. Schwingt die Beine aus dem Wagen, findet unter dem Sitz ein Tuch und wischt damit die Stiefel ab. Die Hosen sind jedenfalls sauber. Er ist rechtzeitig. Geht zu dem entfernten Ende des Parkplatzes und durch den Vorgarten des Pfarrhauses, von dort aus führt ein Tor in der steinernen Einfassung auf den Friedhof – so umgeht er die Schar vor der Kirchentür.

Lisbeth schaut auf den Grabstein: *Lars Bjergholt. 3.5.1966–12.8.1985. Ruhe in Frieden.* Lille-Lars, der ein Auto gestohlen und es durch den Haupteingang des Gymnasiums von Hasseris gefahren hatte, um seine Haltung zum Ausbildungssystem zu demonstrieren, zwei Wochen nach Beginn der vorletzten Klasse. Vor bald neun Jahren. Lisbeth zog das längste Streichholz – kam mit gebrochenen Knochen in einem Bein davon. Sie sieht phantastisch aus, ein wenig kräftiger als damals, aber absolut eine tolle, sehr große Frau. Als sie Svends Schritte im Kies hört, dreht sie sich um und hinkt auf ihn zu. Er verliebt sich jedesmal auf der Stelle, wenn er eine Frau sieht mit Augen wie ihren, etwas zusammengekniffen – wie ein Acid-Flashback.

»Hallo Lisbeth«, sagt er.

»Svend.« Sie umarmen sich. »Gut, daß du gekommen bist«, sagt sie, zum Glück ohne es zu vertiefen. Sie läßt ihn los, aber nimmt seinen Arm, und sie bewegen sich langsam Richtung Kirche. Svend meint, er müsse etwas sagen, weil sie den Kontakt verloren haben, seit er vor zwei Jahren wegzog.

Er startet einen Versuch: »Trauriger Anlaß.« Sie lehnt sich beim Gehen etwas zu ihm hinüber.

»Ja«, sagt sie einfach.

»Tilde ... wie nimmt sie es?«

»Verblüffend gut«, antwortet Lisbeth. »Ich glaube nicht, daß sie etwas anderes von ihm erwartet hat.«

»Nein«, sagt er und versucht Tilde in der Schar vor der Kirche auszumachen. »Ist sie nicht hier?« fragt er. Tilde hatte angerufen und ihm von dem Todesfall berichtet.

»Nein«, sagt Lisbeth und lächelt, »sie kann spüren, daß er schon wieder zurück ist.«

»Reinkarniert?«

»Ja. Sie glaubt in Südamerika, aber ist sich nicht sicher.«

»Ich kann mir einiges vorstellen, womit er sich in Südamerika die Zeit vertreiben könnte«, sagt Svend und lächelt.

»Ja. Aber es ist möglich, daß sie zum Kaffee bei den Eltern in Hasseris kommt«, fährt Lisbeth fort.

»Also den Begräbnisschmaus will sie gern mitnehmen?«

»Vielleicht. Sie wollte überlegen, ob das Arrangement der Bewohner des Genossenschaftshauses eine Verbindung zu *der verlogenen Zeremonie in der Kirche* hatte, wie sie sagte.«

»Verrückt?«

»Lutschen Bären Schwänze, geht der Papst auf allen vieren – wer weiß?« antwortet Lisbeth und lacht etwas verzagt – über ihre eigenen Worte, glaubt er. Soweit er weiß, redet sie an sich nicht mehr so.

Es sind wohl einfach die Umstände, die uns belasten, denkt er.
»Nein, es ist nicht so schlimm«, fügt sie hinzu, »Tilde ist latent verrückt, aber sie funktioniert.«
»Aber es geht ihr gut?« fragt er.
»Ja, sie hat sich tatsächlich angefreundet mit so einer Gruppe junger ... ich weiß nicht, wie man die nennt ... Hip-Hopper glaube ich – sie fahren alle gemeinsam Skateboard. Das findet sie total gut.«
»Ist aus ihr eine Unterhaltungsnummer geworden?« fragt er.
»Nein nein, die behandeln sie gut. Die mögen sie«, antwortet Lisbeth.
»Also das klingt ... eigentlich ... ja, richtig gut«, sagt er.
»Wohl das beste, was passieren konnte«, sagt Lisbeth und schaut ihn von der Seite an: »Wie steht's mit dir?«
»Schlechter Zeitpunkt zu fragen«, antwortet er.
»Spuck's aus«, sagt sie.
»Ein andermal, Lisbeth – okay?«
»Wenn du es sagst.«
»Das tue ich. Und du?« fragt er, obwohl er genau weiß, was sie tut – Tilde hat es ihm erzählt.
»Gut geht's. Ich bin stundenweise als Musiklehrerin am Gymnasium von Hasseris und schließe parallel mein Dänischstudium ab«, antwortet sie.
»Ja, das hab ich gehört. Ironie des Schicksals. Aber geht es *sonst* gut?«
»Mir fehlt ein Mann«, sagt Lisbeth und drückt seinen Arm, »also falls du interessiert bist, streng dich mal an.« Sie lacht, als sie das sagt, aber völlig überzeugend klingt es nicht.
»Ich glaube nicht, daß man zur Zeit auf mich setzen sollte, bin es nicht wert«, sagt Svend wie beiläufig und spürt, wie die Haut um seine Augen spannt.
»Das bist nicht du, wenn es dir so geht.« Lisbeth behält einen gleichgültigen Ton bei, während sie sich der Kirche nähern. Die Leute gehen nach und nach hinein.

»Der üble Kreislauf«, fügt er hinzu – in dem vagen Bemühen, sich zu erklären. Tritt sich innerlich.

»Ich will davon nichts hören«, antwortet sie. Er ergreift die Gelegenheit.

»Erzähl mir was, das ich nicht weiß«, sagt er – ein Spruch, den sie beide vor Jahren immer benutzten und der nur eine Antwort zuläßt:

»Das kann ich nicht«, antwortet Lisbeth in Übereinstimmung mit den Regeln, lächelt und läßt seinen Arm los, als sie den Vorraum der Kirche betreten.

Svend bleibt stehen, während sie weiter nach vorn geht und Michael und seine Freundin begrüßt – ein Girlie, sie heißt Louise. Michaels Rücken ist aufrecht: ein gesunder, sportlich trainierter Körper, er hat einen Job als Pädagoge für extrem belastete Jugendliche. Svend hört geradezu, wie er sie anspricht: *Ja, ich bin selbst drin gewesen. Da kommt nichts Gutes bei raus.*

Na ja, denkt Svend, warum war das denn so, daß du den ganzen Scheiß eingeworfen und tagelang in deinem Zimmer gesessen und *die Wand erkannt hast?* Warum war das nötig? Wer spricht heute aus dir?

Svend späht suchend durch die Bankreihen. Wo ist Pusher-Lars? Ihn entdeckt man nicht mehr so leicht. Der Mann hat mindestens zwanzig Kilo Muskelgewebe verloren, seit er '85 als Maurer ausgelernt hatte. Als Svend ihm zuletzt begegnete, sah er wie eine magere gerupfte Gans aus – Tränensäcke unter den Augen, graue Haut, verfaulende Zähne. Rauchte acht Gramm am Tag. Svend kann ihn nicht entdecken, hofft aber, daß er kommt – sonst wird der Tag schwer. Bertrand ist zum Glück nicht da – zum Glück für ihn.

Svend setzt sich ziemlich weit hinten hin, so daß er mitbekommt, wann er aufstehen muß. Konzentriert sich auf die Zeremonie, die bestenfalls irrelevant ist. Jesus hängt an seinem Kreuz – verglichen mit dem Mann im Sarg etwas dicklich und unerfahren. Steso-Thomas. Es ist schwer, nicht an seinen Körper zu denken.

Die zitternden, beinahe fanatischen Augen, die jetzt im Schädel zur Ruhe gekommen sind. Der breite Mund mit den schmalen Lippen, die kleine scharfe Nase, magere Glieder, wie ein Weberknecht. Bleich und kalt jetzt, aber das ist ja nichts Außergewöhnliches, so war er meistens. Svend wird aus seinen Gedanken gerissen, als er hinten in der Kirche ein verschleimtes Husten hört.

Es war im Winter, nachdem Lars gestorben war, also Lille-Lars. Die anderen versuchten die ganze Zeit, Lisbeth mitzunehmen, damit sie nicht nur drüben in Nørresundby saß und die Wand anstarrte.

Sie sind im Café 1000Fryd zu einem Konzert mit BÜLD – diesen melodiösen, lokalen Post-Punk-Helden, deren Konzerte sie sich immer anhören. Das ist wirklich heftig. Lisbeth hat mit Svend zusammen Pilze gegessen und etwas getrunken.

Steso ist auf Tabletten, er macht den Oberkörper frei und tanzt vor dem Orchester so heftig Pogo, daß die Leute aggressiv werden. Aber er wird schnell müde und geht von der Bühne weg.

Als das Konzert vorbei ist, kann Lisbeth ihn nicht finden, aber da seine Jacke und sein Pulli noch da sind, überredet sie Svend, ihn mit ihr zu suchen; er schaut draußen nach, sie durchsucht das Haus.

Lisbeth findet ihn oben im Saal auf einer Matratze, bleich und kalt. Erst glaubt sie, er schläft, aber sie kann ihn nicht wecken, selbst mit Ohrfeigen nicht. Sie bekommt Angst. Er ist beinahe im ... Koma. Sie sind nicht ganz richtig im Kopf. Einen Krankenwagen anrufen – der Gedanke kommt ihr gar nicht erst. Sie holt Svend, der Steso etwa zwei Sekunden lang anschaut, dann sagt er:

»Wir müssen ihn aufwärmen.« Sie legen sich rechts und links neben Steso und rubbeln seinen Oberkörper – seine Haut ist wie Wachs, und ihre Hände begegnen sich auf seinem Brustkorb, als ob sie gemeinsam bei ihrem Kind liegen, das sie gerade retten.

»Erzähl ihm was«, sagt Svend.

»Aber was soll ich sagen?« fragt Lisbeth.

»Laß dir was einfallen«, antwortet er. Da sagt Lisbeth zu Steso,

daß sie ihn liebt und daß er aufwachen soll, aber Svend unterbricht sie:

»*Nein nein*«, *sagt er,* »*erzähl ihm, du hättest Koks und Speed und anderen Scheiß, und wenn er nicht bald aufwacht, dann bekommt er nichts davon ab.*« *Da muß Lisbeth lachen, und Svend fängt an, Steso zuzuflüstern, William S. Burroughs habe angerufen und eine Nachricht an der Bar hinterlassen, er hätte ein pharmazeutisches Zentrallager in Mexiko bestohlen und hoffte, Steso käme bald, ihn zu besuchen, damit sie gemeinsam wichtige Sachen machen könnten.*

Farbe kehrt in Stesos Gesicht zurück, und nun liegen sie einfach dicht bei ihm, jeder hat seine Jacke aufgemacht und über seinen Körper gedeckt. Svends Hand berührt Lisbeths, er läßt sie liegen; sie findet es ... merkwürdig, so nahe bei ihm zu liegen. Sie versucht ihre Hand ruhig zu halten; sie spürt, wie schwer und rauh Svends Hand auf ihrer ist, auf ihren Handflächen bricht Schweiß aus. Svend ergreift ihre Hand, drückt sie. »*Das wird schon*«, *sagt er und hält weiter ihre Hand. Was davon? Sie möchte am liebsten einfach so liegen bleiben.*

»*Was macht ihr?*« *sagt Steso plötzlich sehr mißtrauisch. Sie zieht ihre Hand zurück – weg von Svends, und der Moment ist verpaßt.*

»*Thomas*«, *sagt Lisbeth,* »*hallo.*«

»*Wir benutzen deinen Körper*«, *antwortet Svend.*

»*Aha*«, *sagt Steso gleichgültig.* »*Was mache ICH?*« *fragt er – ihm wird nach und nach klar, daß ihre Hände auf seinem Brustkorb sind.*

»*Du bist ohnmächtig geworden*«, *sagt Lisbeth zu ihm.*

»*Na okay*«, *antwortet er, als wäre das nichts.* »*Was war das mit Burroughs?*« *fragt er.*

»*Burroughs?*« *sagt Svend.* »*Du hast wohl geträumt.*«

»*Hm*«, *sagt Steso.* »*Er hat mich angerufen – es gab etwas SEHR Wichtiges.*« *Er dreht immer bei einzelnen Wörtern die Lautstärke hoch.*

»Ruf ihn lieber an«, schlägt Svend vor. Steso nickt:
»Ja«, sagt er und fährt mit ernster, beinahe beleidigter Miene fort: »Svend, stimmt es, daß du Koks hast?«

Hossein ist nach Randers gefahren, um Schulden einzutreiben, er ist früh aufgebrochen, damit er den Mann im Bett erwischt. Und Maria muß auf ihn warten, weil ihre Mutter heute David nicht nehmen kann, und Hossein braucht etwas länger, als sie gedacht hatten. Sie ruft Ulla an, macht einen letzten Versuch, sie zum Mitkommen zu bewegen, aber Ulla will nicht mit zur Beerdigung. Sie hatte nie sonderlich viel für Steso-Thomas übrig.

»Lars ist losgefahren«, sagt sie; Pusher-Lars, ihr neuer Freund.

Hossein will auf keinen Fall mit: »*Wenn du tot bist, dann bist du tot. Hilft nicht, daß du in Kirche sitzt*«, sagte er zu Maria. Das hat mit dem Krieg zu tun, deshalb will sie ihn nicht unter Druck setzen.

Endlich kommt Hossein zur Tür herein und übernimmt den Kleinen. Maria wirft sich in den großen Mercedes und rast zu ihrem Arbeitsplatz – dem Blumengeschäft in der Kirkegårdsgade –, um den riesigen Lorbeerkranz zu holen, den sie gebunden hat.

Als sie bei der Kirche von Sønderholm ankommt, sind die Türen geschlossen, die Trauerfeier hat angefangen, und sie kann sich nicht überwinden, hineinzugehen. Sie hebt den Lorbeerkranz über den Kopf und läßt ihn auf den Schultern ruhen, so daß er diagonal über ihrem Oberkörper hängt. Die Luft ist kühl und frisch – es riecht nach nasser Erde. Auf einem der Friedhofswege stehen zwei Böcke, und weiter hinten sieht sie das offene Grab; die Ränder sind mit Zweigen abgedeckt. Sie raucht eine Zigarette, als ein glänzender Ford Mustang vor der Kirche hält; die Chromteile glitzern um die Wette mit den Sonnenstrahlen, die auf dem Lack funkeln – die Farbe ist so tief, daß der Blick darin versinkt.

Pusher-Lars springt heraus, er trägt den nagelneuen Anzug, den

Ulla ihm gestern gekauft hat. Er sieht aus wie ein Geck, aber irgendwie abgefahren, scharf. Adrian folgt ihm, winkt Maria zu, ehe er den Platz auf der Beifahrerseite einnimmt.

Das Auto donnert weiter, aber Lars trottet zur Kirche.

»Maria, was ist hier los?« sagt er. Maria findet, daß an dem, wie er aussieht, etwas nicht stimmt. Die Zähne ... sie sind weiß. Also hat er eine Prothese bekommen. Sie lächelt ihn an, klopft mit einem Fingernagel gegen ihre eigenen Zähne und deutet auf ihn.

»Die sind klasse«, sagt sie. Er lächelt sie breit an, das Weiß strahlt zwischen seinen Lippen. »Wollte Adrian nicht mit zur Beerdigung?« fragt Maria.

Lars wendet den Kopf dem Auto hinterher, dessen Dröhnen in der Ferne verklingt. »Nein, er muß bei einem Fußballmatch in Nibe mitspielen.«

»Ja, aber ich hab geglaubt ...« fängt Maria an, denn sie hat geglaubt, Adrian und Steso seien ziemlich gute Freunde gewesen.

»Ja«, sagt Lars und macht eine Handbewegung zur Kirche hin, »aber einige von den anderen und Adrian ... das paßt nicht so gut.« Sie will fragen wer, warum, aber Lars wirkt gequält.

»Wessen Auto war das?« fragt sie.

»Allans«, sagt er. Maria sieht fragend aus. »Der mit den Brandnarben«, ergänzt Lars, »der Schwager meines Zahnarztes.«

»Ah ja«, sagt sie.

»Warum stehst du hier?« fragt er.

»Ich bin gerade gekommen, aber die hatten schon angefangen.«

»Ach, verdammt«, sagt Lars, schaut auf seine Uhr, schüttelt seinen langen, schlaksigen Körper. Er fischt eine Zigarette heraus, zündet sie an, schaut zu Maria. »Ich hätte den Joint auslassen sollen«, sagt er und reibt vorsichtig die eine Wange.

»So kann's gehen«, sagt sie und denkt, daß die Reste seiner eigenen Zähne vielleicht gestern gezogen wurden. »Was ist mit ... Tilde? Ist sie da?« fragt Maria. Sie hat Tilde seit dem Todesfall nicht erwischen können.

»Nein«, sagt Lars und begutachtet skeptisch die Baumgipfel rings um den Friedhof.

»Ja aber ...« beginnt Maria wieder. Lars schweigt. »Glaubst du ...« nimmt sie einen neuen Anlauf, aber er unterbricht sie.

»Maria«, sagt er. Mit einem Mal wirkt er müde. »Gleich dort drüben«, er zeigt zur anderen Seite des Friedhofs, »dort liegt Lille-Lars, der mit Tilde und Steso eng befreundet war und Lisbeths Freund gewesen ist.« Maria weiß nicht, wer Lille-Lars ist. Lars seufzt: »Tilde hatte seinen Tod vorhergesagt, nur hatte ihr keiner geglaubt.«

»Woran starb er?« fragt Maria.

»An einer Störung der kosmischen Ordnung«, sagt Lars.

Maria schaut ihn verwundert an.

»War das nicht ein Verkehrsunfall?« fragt sie, denn davon hat sie gehört, der Fahrer starb damals, als auch Lisbeths Bein zu Schaden kam; vielleicht war er das.

»Das war die Wirkung. Die Ursache war etwas anderes«, sagt Lars.

»Was?«

»Maria, laß es gut sein.«

»Die kosmische Ordnung – glaubst du an so was?« fragt sie.

»Nein, aber Tilde.«

»Was hat das mit Stesos Beerdigung zu tun?«

Lars zuckt die Achseln. »Tilde-Logik«, sagt er. Vielleicht kann er ihr nicht davon erzählen, ohne ihr Vertrauen zu brechen, denkt Maria. Sie kennt ihn ziemlich gut, aber von den sehr privaten Dingen hält er sie immer auf Armeslänge weg.

»Du weißt, wie sie ist«, sagt Lars, »wenn es Gott gibt, dann verflucht sie ihn. Unter allen Umständen weigert sie sich, einen Fuß in sein Haus zu setzen, denn das symbolisiert die Unterwerfung der Menschen.«

»Im Ernst?« fragt Maria.

»Tildes Worte«, sagt Lars, »ich überbringe nur die Botschaft.«

Er lacht resigniert und fragt: »Was ist mit Hossein?« – offensichtlich, um das Thema zu wechseln.

»Er paßt auf David auf«, antwortet sie.

Lars tritt vor sie, die Zigarette zwischen den Lippen, geht etwas in die Knie, neigt den Kopf zur Seite und korrigiert die Lage des Lorbeerkranzes auf ihrem Oberkörper. Er tritt einen Schritt zurück.

»Du siehst aus wie ein Rennfahrer auf dem Siegertreppchen.«

Sie lächelt ihm zu. Einmal hat er ihr davon erzählt, wie sein Vater ihn als Kind mit zu Speedwayrennen genommen hat.

»Fahr schnell in den Kurven und noch schneller auf den Geraden«, sagt Lars, zieht ein paarmal kräftig an seiner Zigarette und läßt sie auf die Pflastersteine vor der Kirche fallen, wo er sie mit der Schuhspitze austritt. »Na ja, ich bin froh, daß ich es nicht bin«, sagt er. »Komm, laß uns reingehen und dem kleinen Junkiearschloch auf Wiedersehen sagen.« Er geht auf die Kirchentür zu.

»Wir können doch nicht einfach reingehen, wenn die angefangen haben«, sagt Maria.

»Das ist doch Steso, den wir beerdigen, oder?«

»Klar.«

»Er vergibt uns«, sagt Lars und zieht die Tür auf. Sie stehen in dem Vorraum, wo man die Mäntel ablegen kann. Das Brausen der Orgel drinnen in der Kirche ist deutlich zu hören. Lars legt die Hand auf den Türgriff, bereit, die Tür zum Kirchenschiff zu öffnen. Sie überlegt, ob es blasphemisch ist, zu spät zu kommen. Sie stellt sich neben ihn.

»Geh einfach nach vorn zum Sarg und stell den Kranz davor auf den Fußboden, so daß er gegen die Erhöhung lehnt«, sagt er, »ich bin direkt neben dir.« Lars öffnet die Tür, und jetzt können sie auch die Leute singen hören, die sich auf den Bänken ganz vorn in der Kirche versammelt haben. Maria entdeckt Svend und Michael – sie hat sie beide gehabt. Lars führt sie mit leichtem Druck seiner Hand unten an ihrem Rücken. Ihr Herz klopft, die Orgel braust, die

Köpfe drehen sich, der Pfarrer starrt und ist still. Lars beginnt zu husten. Man kann hören, wie sich der dickflüssige Schleim in seinem Hals bewegt. Sie kommen zum Sarg, und sie hebt den Lorbeerkranz von ihren Schultern und lehnt ihn gegen das Podest, auf dem der Sarg steht – geht in die Hocke und richtet die breite rote Seidenschleife, auf der mit Goldbuchstaben steht: *Gute Reise, Steso. Alles Liebe von Maria, Hossein und David.*

Steso, denkt sie, ich werde dich vermissen; du warst zwar arrogant, aber in gewisser Weise warst du grundehrlich, und außerdem immer unterhaltsam.

Maria steht auf. Gleichzeitig stehen alle anderen auf. Was ist los? Sie schaut sich um, spürt, wie sie rot wird. Sie geht zu Svend und stellt sich neben ihn. Er nickt ihr gemessen zu. Es ist Jahre her, seit sie ihn zuletzt gesehen hat. Er wirkt gealtert – das Gesicht markanter.

Die Jungen wollten zur Østre Anlæg, um Fußball zu spielen – die Mädchen gingen mit. Sie gingen auf der Østerbro, damit Tilde den hohen Schornstein von Nordkraft noch mal sehen konnte; er war nicht übermalt worden. BÜLD stand ganz oben groß und weiß in Blockschrift. Sie war so stolz auf Thomas. Mit Sigurt – dem Schlagzeuger von BÜLD – und einem Eimer Farbe, einem Stock, einem Pinsel und einer Rolle Klebeband war er erst über die Einzäunung und dann im Schornstein nach oben geklettert. Sie hatten den Pinsel am Stock festgeklebt und abwechselnd über dem Rand gehangen. Aber die Aalborg Stiftstidende hatte nichts darüber geschrieben, obwohl Lisbeth der Zeitung anonym einen Tip gegeben hatte.

Nach dem Fußballmatch gehen sie zu dem besetzten Haus in der Kjellerupsgade, und die Jungen entzünden im Hof ein Feuer. Pusher-Lars ist da und dieser Axel, der gut ist im Pilzesammeln. Lisbeth und Lille-Lars haben sich zum Flirten in eine der leeren Wohnungen verzogen. Thomas hat seine Ratte dabei, außerdem hat er eine Flasche Rød Aalborg in die Finger bekommen. Er verbreitet sich über Martinus, diesen Bauernsohn aus dem Vendsyssel, der den Ruf hatte: »Es gibt die BEQUEMEN Götter und die UNBEQUEMEN Götter. Die unbequemen sind EBENFALLS Götter, weil man von ihnen lernen kann. Und ALLES ist SEHR GUT.«

Zuerst glaubt Tilde, Lille-Lars käme auf den Hof, aber ... das ist ein Doppelgänger. Mit einem Mal wird ihr kalt, sie zittert, schwitzt. Sie sieht sich rasch um, ob Lille-Lars in der Nähe ist. Denn seinem Doppelgänger zu begegnen ist wirklich gefährlich; das kann zu Störungen im Weltall führen. Aber Lille-Lars ist im Haus.

»Habt ihr die Zeitung von heute gesehen?« fragt der Typ, der wie Lille-Lars aussieht, und zieht die Stiftstidende hinten aus der Hosentasche. Thomas nimmt sie ihm aus der Hand. Auf der ersten Seite ist nichts. Er blättert sie schnell durch. Eine Notiz ganz hinten auf Seite achtzehn, wo auch die Hinweise stehen zum Altensonntag in Nørresundby, den Badetemperaturen im Freibad und zur Altpapiersammlung der Pfadfinder. Neben einem kleinen Foto der Spitze des Nordkraft-Schornsteins heißt es:

Wagemutige Spaßvögel
Schwindelfreie Graffitischmierer haben klar und eindeutig ihre Meinung zu Nordkraft ausgedrückt. »Pfui« steht an der Spitze des hohen Schornsteins, in 150 Meter Höhe. Auf die entgegengesetzte Seite wurde ein zweites Schlagwort gemalt: »Büld«, ein der dänischen Sprache unbekanntes Wort. Darüber wurde viel gerätselt, wie auch über die Identität der wagemutigen Täter. Im Elektrizitätswerk weiß man ebenfalls nichts darüber, sie haben weder ein Schreiben noch andere Visitenkarten hinterlassen ... Nur eines steht fest: Das müssen zielbewußte Spaßvögel gewesen sein, der Zugang zum Schornstein erfolgt über eine senkrechte Leiter zwischen der inneren Schornsteinröhre und der äußeren Betonummantelung. Bis zur obersten Plattform sind

mindestens 600 Stufen zu überwinden, das entspricht einer etwa zwanzigminütigen Klettertour. Und 150 Meter Tiefe, wenn man sich vorlehnt, um die Spraydose zu schwingen. Normalerweise ist die Tür in den Schornstein abgeschlossen, aber aufgrund der derzeitigen Bauarbeiten gab es weiter oben ein Loch. Das Elektrizitätswerk hat Vorkehrungen getroffen, damit sich der Spaß nicht wiederholen kann, aber welcherart, will man nicht bekanntgeben.

»*Aalborg auf den PUNKT gebracht*«, *ruft Thomas,* »*nicht mal den Deppen beim lokalen Käseblatt ist klar, daß die visionärste Band der Stadt BÜLD heißt.*« *Überall in der Stadt hängen Plakate, die das nächste Konzert im 1000Fryd ankündigen.* »*Tilde*«, *sagt er,* »*das MÜSSEN wir uns anhören.*«
Der Doppelgänger fragt nach Sigurt.
»*Der ist oben in seiner Wohnung*«, *sagt Axel,* »*der ist auf Pilzen.*« *Der Doppelgänger geht zum Treppenhaus, und Tilde hat Angst, daß es das gleiche ist, in das Lisbeth und Lille-Lars gegangen sind. Er könnte auf sie stoßen. Sie zupft Thomas am Arm.*
»*Du mußt was machen*«, *sagt sie,* »*das war der Doppelgänger von Lille-Lars.*« *Thomas ergreift ihre Hand und drückt sie.*
»*Tilde, das ist nur Aberglaube.*«
»*Nein*«, *sagt sie. Etwas später kommt der Typ aus dem Treppenhaus und setzt sich ans Feuer.*
»*Wir müssen hier weg*«, *sagt Tilde zu Thomas. Aber er sagt, sie müßten warten, und da kommt auch schon Lisbeth auf den Hof – sie ist voll, und sie lächelt. Tilde schaut zum Doppelgänger. Das ist auch für Lisbeth gefährlich. Dann entdeckt Tilde, daß Lille-Lars wie versteinert etwas vom Feuer entfernt im Dunkeln steht und den Typ anstarrt. Sie bekommt Augenkontakt zu Lille-Lars und winkt mit der Hand, um ihm zu signalisieren, er soll weggehen. Er nickt – mit einer Art Zeichensprache erklärt er ihr, daß er ein Auto holt. Er verschwindet.*

»Wir müssen wohl versuchen, das ... also irgendwie das Feuer zu löschen, ehe wir ... gehen«, sagt Tilde. Die Situation ist kaum unter Kontrolle zu halten. Lisbeth lacht den Doppelgänger an, hebt ihren Rock hoch und macht einen Schritt über die schwelende Glut – dann pinkelt sie in dickem Strahl. Sie hat keine Unterhose an.
»Lisbeth«, sagt Tilde zu ihr, damit sie ihre Augen von dem abwendet, der wie Lille-Lars aussieht, »du pißt wie ein Pferd.«
Im Halbdunkel versucht Lisbeth den Typ ins Auge zu fassen.
»Lars?« sagt sie.
»Nein, ich heiße Adrian.«
»Bist du sicher?« fragt Lisbeth.
»Um deinetwillen kann ich genausogut Lars heißen, du Schöne«, sagt er.
Pusher-Lars blickt auf: »Was ist?« fragt er.
»Wo ist Lars?« sagt Lisbeth.
»Lille ...?«
»Ja, mein Lars.« Lisbeth ist durcheinander.
Axel sagt: »Er sucht draußen ein Auto, damit ihr nach Hause fahren könnt.« Axel hat ihn wohl gehen sehen.
»Paß auf, daß du kein Feuer in die Möse bekommst«, sagt der Doppelgänger zu Lisbeth.
»Ich HABE Feuer in der Möse«, sagt sie.
Zum Glück hupt in dem Moment draußen ein Auto. Das ist Lille-Lars, bereit, sie nach Sønderholm zu fahren, nach Hause, und Tilde sieht zu, daß die anderen mitkommen, ehe eine Katastrophe passiert.

In der Woche drauf gehen sie zum Konzert von BÜLD im 1000-Fryd. Tilde und Thomas unterhalten sich mit Sigurt, dem Schlagzeuger. Er erzählt, er wäre beinahe aus der Band geflogen, weil der Bassist paranoid wurde – er hatte Angst, die Stiftstidende hätte in den Stadtnotizen nichts über die Band geschrieben, weil es mit der Polizei eine Absprache gäbe, sie nicht zu erwähnen, und später würde die Polizei das Konzert stürmen und sie alle auf der Bühne festnehmen.

Das Konzert beginnt. Tilde steht neben Lille-Lars. »Verdammt«, sagt er und schaut erschrocken zur Bar. Da sitzt der Doppelgänger.

»Sieh zu, daß du verschwindest«, sagt Tilde, und er schiebt die Leute beiseite, rennt aus der Tür – er weiß, wie gefährlich das ist.

Am nächsten Tag reden sie darüber, Tilde und Lille-Lars.

»Das ist ein schlechtes Zeichen«, sagt er. Jetzt hat er seinen Doppelgänger zweimal gesehen. Wo wird das Unglück passieren? Sie einigen sich darauf, daß er sich von der Kjellerupsgade fernhalten soll, auch vom 1000Fryd. So weit wie möglich zu Hause aufhalten, bis ihnen eine Lösung eingefallen ist.

Aber das half nichts. Zwei Monate später baute Lille-Lars zusammen mit Lisbeth einen Unfall.

Alle stehen auf und schauen zu Stesos Einzelzimmer. Pusher-Lars nickt den Leuten zu, als ob er wüßte, was er tut, obwohl er keine Ahnung hat, was als nächstes dran ist. Schade, daß der Sarg verschlossen ist, denkt er. Steso ist ganz bestimmt eine schöne Leiche – er war schon ehe er starb innerlich balsamiert.

Pusher-Lars entdeckt Svend. Maria ist zu ihm gegangen und hat sich neben ihn gestellt. Svend lächelt ihn an, sieht aber trotzig aus. Hoffentlich geht heute alles gut, denkt Lars. Das ist wichtig.

Dann bewegen sich einige zum Sarg hin. Okay, jetzt soll getragen werden. Stesos Vater, Arne, geht zu einem der vordersten Handgriffe; Lars hat ihn einige Male getroffen. Vor ihm – auf der anderen Seite des Sarges – steht Stesos kleine Schwester Rikke und dahinter folgt ein Mann, Lars glaubt, das muß ein Onkel sein, ein Bruder des Vaters, und zwei weitere, die Geschwister der Mutter sein werden. Offensichtlich ist bei der Beerdigung niemand von Stesos Vettern und Cousinen anwesend. Ganz hinten am Sarg ist ein Handgriff immer noch unbesetzt. Die Orgel setzt wieder ein. Stesos Vater blickt zu der Schar hinüber; Lisbeth kommt wegen des Beins nicht in Frage, und die anderen schauen verlegen unter sich – erkennen das Problem nicht, da nickt Lars Stesos Vater zu und geht zu dem Handgriff. Er will mit Freuden daran teilnehmen, Stesos Kadaver zu seiner letzten Ruhestätte zu tragen; der Geist hat sich davongemacht – da ist er sicher. Er glaubt im übrigen, daß er in ihm und den anderen weiterlebt, ob sie nun wollen oder nicht – Steso war ein zu großes Arschloch, um so leicht loszulassen.

Die sechs Träger schauen sich an.

»Sind wir soweit?« fragt Stesos Vater leise. Sie nicken. »Dann ... anheben«, sagt er, und sie heben gemeinsam an. Ein Kirchendiener öffnet die Tür nach draußen. Ihre Gangart ist wie ein Lucia-Festzug in Sirup. Lars überlegt, ob er am Kopfende oder am Fußende geht – er weiß nicht, ob so ein Sarg in der Kirche wendet. Sie lassen den Kalkgeruch, das Brausen der Orgel hinter sich. Die Sonne scheint auf sie, Vögel zwitschern, der Geruch von Erde und wachsenden Pflanzen weht über sie hinweg, obwohl die Bäume noch keine Blätter haben; der Kies knirscht.

Lars wirft einen Blick zurück, als er Svends Stimme hört. Svend spricht etwas zu laut.

»Sie hätten ihn ruhig verbrennen können«, sagt er zu Michael – gemeinsam mit Louise bilden sie im Gefolge des Sargs die Nachhut.

»Warum das?« fragt Michael leise. Svend macht eine Bewegung mit dem Arm über den Friedhof hin, sagt:

»Wenn hier in hundert Jahren Archäologen graben ... was werden sie wohl glauben?«

Steso wird mit der Zeit überraschend schwer. Solange er lebte, war er nur Haut und Knochen; jetzt wiegt er weit mehr als die Lebenden. Totes Gewicht.

Der Pfarrer bleibt stehen. Die Träger heben den Sarg über die beiden Böcke, die mitten auf dem Weg stehen, und senken ihn hinab. Klar, denkt Lars, da muß einmal jemand gewesen sein, der einen Sarg fallen ließ, so daß der Kadaver rausrollte – sonst hätte man nicht diese Vorkehrung getroffen. Niemand sagt etwas, und der Seitenwechsel geht etwas linkisch vonstatten – wie dies chaotische Spiel mit Stühlen, wenn die Musik plötzlich aussetzt. Für die Prozedur gab es ja keinerlei Instruktionen, oder Lars hat sie verpaßt. Er geht an Lisbeth und Stesos Mutter Bodil vorbei, als er das Ende des Sargs umrundet. Lisbeth schaut ihm in die Augen. Er schaut sie an – schaut Svend an. Er weiß, die beiden lieben sich. Sie wissen es auch – da ist sich Lars sicher. Nimmt die Wanderung zum Loch wieder auf – alle sind ganz still. Das Grab ist gegraben. In der Erde ist kein Frost mehr – was mögen sie sonst machen? Zünden sie auf der Erde Feuer an? Benutzen sie Gasbrenner, um sie aufzutauen? Hacken sie sich durch die Kruste? Frisch geschnittene Zweige bedecken die Ränder und den Berg ausgegrabener Erde. Wohl, damit man nicht die alten Knochen sieht. Sie setzen den Sarg auf den beiden Brettern quer über dem Loch ab. Dort liegen aufgerollt kräftige Taue. Lars braucht dringend einen Joint. An einem normalen Tag wäre er noch nicht mal aufgestanden.

Vor seinem inneren Auge sieht er Steso ungeduldig neben dem Pfarrer hüpfen: »*Seelenfischer, was WIRD das hier?*« fragt Steso anklagend und deutet dabei in das Loch. »*Ich muß LOS.*«

Nur mit der Ruhe, Steso, wir müssen dich einmieten. Meine verrückte Großmutter, weißt du noch, von der ich dir erzählt habe? Sie füttert meinen Großvater. *Ich war gerade auf dem Friedhof*, sagt sie, wenn ich anrufe; *Ich soll grüßen.* Sie zieht mit einer anderen verrückten Alten dort hinaus. *Ich hatte etwas trockenes Brot*, sagt sie. Sie graben das Brot dreißig Zentimeter tief in die Erde; *Nur ein kleines Stück – so daß sie gut von unten drankommen.* Und sonntags, Steso, kommt Mettwurst drauf: *Die Männer sollen es doch ein bißchen schön haben,* sagt sie. Ich muß wohl eines Tages mal mit einem kleinen Ding vorbeischauen.

Lars schaut zu den anderen hinüber. Maria blinzelt ihm zu. Das Mutter-Werden ist ihr bekommen, sie ist eine unglaublich gutaussehende Frau.

Die Träger nehmen jeder eine Taurolle, die sie durch ihren

Handgriff ziehen, um den Sarg ins Loch hinunterlassen zu können. Stesos Vater geht hinüber und richtet das Tau für Rikke, erklärt ihr dabei ruhig, was man machen muß; wenn man nicht für ausreichend Tau gesorgt hat, kann es passieren, daß man zu nahe an den Rand des Grabes kommt und hineinfällt – ja.

Rikke nickt, Lars sieht ihre glänzenden Augen, die roten Flecken auf ihrem leichenblassen Hals.

In seinem Kopf spricht er mit Steso: Ich bin froh, hier zu sein, sagt er. Und ich soll auch von Adrian grüßen; er schaut nachher vorbei, weil ... du weißt ja ... das alles mit Lisbeth und Lille-Lars, ja, und mit Svend. Adrian wollte nicht aufkreuzen und die Situation zusätzlich verkomplizieren; jedesmal, wenn er sie sieht, fühlt er sich wie ein Opfer von Nekrophilie.

Mit Hilfe der Taue heben sie den Sarg etwas an, und der Friedhofsgräber entfernt die beiden Bretter, auf dem er ruhte. Dann lassen sie ihn langsam hinunter. Das eine Tauende mit der Linken festhalten, mit der Rechten nachlassen – das ist schwer.

Michael, Louise und Svend konzentrieren sich während des Absenkens auf ihre Füße. Lisbeth hält Bodil. Sie weinen. Steso wird neben seinen Großeltern zur Ruhe gebettet – Arnes Eltern. *1994* wird die höchste Jahreszahl auf dem neuen Stein sein; es hätte wohl etwa ... 2040 sein müssen, denkt Lars. Dann sagt der Pfarrer etwas. Begraben. Zu Erde mußt du werden.

Anschließend, als sie auf dem Weg zum Parkplatz sind, tritt Arne zu Stesos alten Freunden.

»Ihr kommt doch alle zum Kaffee, oder?« fragt er, ohne die Frage an einen Bestimmten zu richten. Svend steht mit dem Rücken zu ihm, zündet sich eine Zigarette an ... reibt sich die Augen. Lars findet es etwas merkwürdig, mit Arne sprechen zu müssen, wo der genau weiß, daß Lars Dealer ist.

»Das machen wir«, antwortet Lars.

Arne nickt. »Gut«, sagt er nur. Lars schaut ihn an und wird plötzlich ganz ehrfürchtig. Am Tag nach dem Tode seines Sohnes hat er sie aufgespürt – Stesos alte Freunde. Trotz seiner Trauer hat er reihum telefoniert und gleichzeitig immerzu überlegt, ob *er* etwas verkehrt gemacht hat. Dennoch hat er für eine würdige Beisetzung seines Sohnes gesorgt, von den Leuten umgeben, die ihn mochten – und die wußten, daß er ein guter Typ war.

Lisbeth verläßt Bodil und Rikke. Sie bleibt stehen und schaut zurück zum Grab. Steso ist tot. Lille-Lars starb vor vielen Jahren. Jetzt sind von dem Sønderholm-Klüngel nur noch Lisbeth und Tilde übrig.

Lars fällt die Geschichte von Lille-Lars ein, als der ihn mitnahm, um in einem gestohlenen Morris Mascot Rennen zu fahren. Seinen kräftigen Körper über das Lenkrad gebeugt, überholte er die Autos rechts auf einem befahrenen Radweg. Adrians Körperbau ist der gleiche – und sogar im Gesicht gibt es eine gewisse Ähnlichkeit.

Svend ist stehengeblieben. Er schaut Lisbeth an, Knorpel ragt an seinem Kiefer vor und arbeitet. Dann geht Lisbeth vom Grab weg.

the expandables *wurden für eine kleine Tournee in Deutschland engagiert, zum Aufheizen vor einer englischen Punkband. Steso-Thomas kam zu Lisbeth in Nørresundby und fragte, ob sie nicht Loser als Chauffeur mitnehmen könnten.* »Und ihr müßt ihn Valentin nennen – so heißt er jetzt.«

»*Ist der Mensch nicht ein bißchen zu jämmerlich, um ihn mit rumzuschleppen?*« *fragt Adrian. Aber er macht mit, denn auf die Weise braucht er nicht selbst jeden Tag mit heftigem Kater Auto zu fahren. Und Loser ist verändert. Drogenfrei. Crazy.*

»*Ich mach eine Bühnenshow, wenn das für euch okay ist*«, *sagt er am ersten Tag.*

»*Na klar, natürlich*«, *sagt der Gitarrist Korzeniowski. Und Loser – oder Valentin – verschwindet am Nachmittag für ein paar Stunden.*

Als das Konzert startet, sitzt er mäuschenstill auf einem Stuhl hinter einem kleinen Tisch, den er auf die Bühne gestellt hat; ein

Arm ruht auf der Tischplatte. Irgendwann hebt er eine Brechstange vom Fußboden auf und beginnt auf den Arm loszudreschen, so daß rote Flüssigkeit durch den zerrissenen Stoff spritzt. Sein Gesicht ist absolut ausdruckslos, und während ein Teil des Publikums losschreit, sind andere total geschockt. Er hat bei einem Trödler eine Prothese erstanden und präpariert, indem er unter dem Ärmel Plastiktüten mit Ketchup um sie gewickelt hat.

Tage später kommt Steso-Thomas via Rentnerbustour nach Flensburg, wo er desertiert und den Zug nach Hamburg nimmt, um die Band zu treffen. Thomas und Valentin tun mächtig geheimnisvoll – die in der Band wissen von nichts. Als das Konzert beginnt, liegt Valentin ausgestreckt auf einem Tisch oben auf der Bühne, und irgendwann während des Konzerts kommt Thomas und stellt sich neben Valentin, zieht ein Schnappmesser aus der Tasche, läßt das Messer vorschnellen und schlitzt Valentins Leib durch das T-Shirt auf – den ganzen Bauch bis hoch zum Solar Plexus. Heraus quellen bleiche Würste, die sie mit Ketchup eingeschmiert und mit jeder Menge Weißbrotstücke in einer Plastiktüte auf Valentins Bauch gepackt hatten, so daß das Ganze eine dickflüssige breiige Masse bildet. Alle in der Band sind so sprachlos, daß sie nicht weiterspielen. Man kann Valentin röcheln hören, als Thomas mit beiden Händen Würste und Ketchup aus seinem Bauch gräbt und sich selbst in den Rachen stopft, wobei er wie ein Verrückter ins total paralysierte Publikum lacht. Ein Nazi-Punker steht bleich und wie gelähmt dabei. Nach einer Weile wirft Thomas sich den nun leblosen Valentin über die Schulter und wankt unter dem Gewicht aus dem Raum, eine Ranke dieser mit Ketchup eingeschmierten Würste schleift hinter ihm über den Fußboden. Im Raum für die Bands sieht Lisbeth, wie Valentin glücklich lächelt ... zum ersten Mal überhaupt. Thomas ist bereits in die Stadt gelaufen, um sich in der Drogenszene der Eingeborenen zu orientieren. Als Thomas wieder nach Hause gefahren ist, begeht Valentin auf der Bühne Harakiri; zwei Kilo roher Hering quellen aus ihm heraus. Er geht auf die Knie und greift sich ei-

nen Hering nach dem anderen, holt aus einer der Plastiktüten, die er in seinen Hosentaschen untergebracht hat, eine Handvoll Mayonnaise, klatscht die Mayonnaise auf den Fischkadaver und wirft den Fisch ins Publikum.

»Das ist reinste Therapie«, sagt er, als Adrian ihn von Prügel errettet hat und sie anschließend in dem Raum für die Band sitzen und sich betrinken.

Lisbeth geht es mit Adrian gut – solange sie auf Tournee sind. Aber sowie sie zurück nach Aalborg kommen, läuft alles wieder schief. Adrian nennt sie ein Gespenst. Er verlangt ein paar Antworten. Sie verschließt sich vollkommen, hat Angst. Adrian und Pusher-Lars haben sich angefreundet, und der bittet sie, eine Lösung zu finden.

»Erzähl es ihm und sieh zu, was passiert«, sagt Lars.

»Nein«, sagt Lisbeth.

»Tu es. Sonst mach ich es.«

Sie bettelt. Pusher-Lars ist unbeugsam. Lisbeth ist hilflos. Es ist ihr unmöglich, Adrian etwas zu sagen. Sie wartet ab. Eines Tages dann kommt er zur Tür herein, völlig grau im Gesicht, geht zu ihr, gibt ihr die Hand und sagt:

»Guten Tag, ich heiße Adrian. Ich liebe dich. Lille-Lars ist tot.« Lisbeth weiß nicht, was sie sagen soll – es gibt nichts, was sie sagen könnte. Sie ist wie gelähmt. Er schaut sie an. Lange. Schüttelt langsam den Kopf. »Das hier erinnert mich an einen schlechten Nick-Cave-Song«, sagt er, macht auf dem Absatz kehrt und verschwindet in die Küche.

Sie geht ins Zimmer und packt Adrians Sachen in zwei Taschen. Dreht den Wäschekorb um und sortiert seine Kleidungsstücke aus – legt sie in eine Plastiktüte, damit sie seine übrigen Sachen nicht schmutzig machen. Der Rotz läuft ihr aus der Nase. Sie bewegt sich wie im Fieber. Sie trägt die Taschen in die Diele. Adrian sitzt an dem kleinen Tisch in der Küche. Er dreht sich um. Wie hinter einem Schleier aus Wasser, das sich in ihren Augen sammelt, sieht Lisbeth *ihn ... Lille-Lars ... seinen Doppelgänger, Adrian. »Entschuldigung«, sagt sie. Zu beiden.*

»Na okay – dann geh ich jetzt dahin«, sagt Tilde im Wohnzimmer der Eltern zu sich und erhebt sich aus dem Sessel. Weil sie – sie rechnet damit, daß sie ... jetzt FERTIG sind.
 »Liebling, was hast du gesagt?« ruft ihre Mutter aus der Küche. Tilde geht zu ihr.
 »Tschüß Mutter«, sagt sie und drückt ihre Mutter, gibt ihr einen Kuß auf die Wange.
 »Willst du nicht bleiben ...?« Die Mutter sieht besorgt aus: »Tilde, du darfst aber nicht so traurig werden, ja?«
 »Nein nein, Mutter – ich passe schon auf«, verspricht sie.
 Es ist nicht, weil ... Sie geht zur Kirche. Sie will das nur nicht SEHEN. Im Sarg, ganz blaß und kalt, da hat er es nicht mehr gut. Er kann nicht mehr das machen ... so wie früher ... gar nichts. Damals, als sie Freunde wurden – das war doch ein Geheimnis, oder? In den alten Lastwagen unten bei dem Fuhrunternehmer, in der fünften Klasse, da durfte er ihre sehen und sie durfte seinen sehen, aber niemandem etwas sagen. Nur schauen. Und dann vielleicht ein bißchen küssen und nicht mit der Zunge. Oder fast nicht. Jetzt VERFAULT er einfach. Und Tilde freut sich auf Svend. Es ist lange her, seit sie Svend gesehen hat – er ist ein guter Kerl, er auch. Bertrand soll heute lieber wegbleiben, denkt sie. Wenn Bertrand da ist, wird es schwierig, und Svend bekommt dann auch schlechte Laune.
 Da ist die Kirche, und sie sind noch nicht fertig. Tilde stellt sich zu Svends Auto. Es ist das gleiche wie im Herbst, als er sie besucht hat. Sie sind nach Rubjerg Knude gefahren, nördlich von Løkken, und sie sind von den Dünen gesprungen und runtergerutscht. Das war super. Sie hatten die Hosen voller Sand, und es hat gejuckt. Sie sind auch geschwommen, obwohl das Wasser eiskalt war.
 Der Sarg ist schon in der Erde. Dann sind sie bald fertig. Tilde kann Rikke sehen. Für sie ist es so schade, denn Thomas sollte in

zwei Wochen zu ihrer Hochzeit kommen, Tilde soll auch mit. Rikke hat gestern so viel geweint, als Tilde drüben bei der Familie war, und sie auch. Und der, der Rikkes Mann werden soll, der kann nicht zur Beerdigung kommen, weil er herumreist und für reiche Firmen auf der Arabischen Halbinsel Kopiermaschinen repariert. Und Bodil – Tilde kann sie heute gar nicht begrüßen, weil … das … Sie ist innerlich ganz gebrochen.

Jetzt kommt Maria zum Parkplatz. Sie geht schnell und klimpert dabei mit den Schlüsseln des riesengroßen Autos, das Hossein ihnen gekauft hat. Sie entdeckt Tilde und ändert die Richtung. Sie nimmt Tilde ganz fest in den Arm und küßt sie auf beide Wangen.

»Wir werden ihn vermissen«, sagt Maria. Sie drückt Tilde an sich.

»Ja«, sagt Tilde.

»Ich muß nach Hause fahren und mich um David kümmern, aber wir sehen uns«, sagt Maria.

»Ja.«

Maria küßt sie noch einmal, läßt sie los und geht zu dem großen Auto. Das ist ein Mercedes Benz, genau wie in dem Song.

Jetzt kommt Lisbeth. Sie weint, Louise geht neben ihr. Tilde läuft schnell zu Lisbeth. Da weint Tilde auch, aber dann kommen Svend und Pusher-Lars und auch Michael, der sich zu Louise stellt. Svend und Lars kommen rüber und umarmen Tilde und Lisbeth. Tilde weint ein bißchen mehr, und es ist, als ob sich alle irgendwie komisch ansehen, aber so soll es heute nicht sein, das will sie nicht. Pusher-Lars lächelt ihr zu und zuckt die Achseln. Seine Zähne sind jetzt so schick, und er setzt eine große alte verspiegelte Sonnenbrille auf, wo quer über jedem Glas HONDA steht. Dann rauchen sie alle Zigaretten. Tilde sieht, daß Michael gleich auf die Erde spucken muß. Dann fällt ihm ein, daß Thomas dort unten liegt – daran wird man ab jetzt überhaupt immer denken müssen. Louise steht neben Svend.

»Na Svend, was machst du so zur Zeit?« fragt sie. Tilde findet es komisch, daß sie ihn danach fragt. Denn irgendwie kennt sie ihn doch gar nicht richtig, oder? Er erzählt, daß die Gärtnerei, wo er arbeitete, ihn gefeuert hat. Tilde hat das schon gehört, denn er ruft sie hin und wieder an. Und von dem Mädchen, mit dem er zusammengewohnt hat, ist er rausgeschmissen worden, die war doch wohl nicht ganz echt, aber Tilde fand sie auch ein bißchen merkwürdig, als sie ihr begegnet ist, so als wenn sie besser wäre als andere Menschen, obwohl Tilde sehen konnte, daß sie nicht sonderlich gut war. Und Tilde war es, die wußte, wo Svend war, als er erfahren sollte, daß ... also daß Thomas ... tot ist.

»Nach der Lastwagen-Blockade an der Grenze ging es immer weiter bergab. Die haben eine Million verloren wegen verwelkter Pflanzen«, erklärt Svend Louise, so daß sie es verstehen kann, und fügt hinzu: »Du weißt schon – zuletzt gekommen, zuerst gefeuert.«

»Gibt es sonst keine Arbeit?« fragt Louise. Tilde glaubt, daß Svend die Frage merkwürdig findet, denn er tritt gegen die Erde, ehe er antwortet: »Weihnachtsbäume. Nur Weihnachtsbäume. Für die Deutschen. Kleine Weihnachtsbäume pflegen, bis sie ausgepflanzt werden können ... Das wollte ich einfach nicht.«

Dann geht Tilde zu ihm, packt ihn und sagt: »Svend, du bist ein Weihnachtswichtel.« Sie kichert.

Pusher-Lars tritt zu ihnen. »Laßt uns fahren«, sagt er.

Tilde will mit Lisbeth in ihrem Auto fahren, weil Lisbeth immer so witzig ist, wenn sie Auto fährt. Louise soll bei ihnen mitkommen, und die Jungen fahren gemeinsam in Svends Auto. Tilde will auch gern mit Svend fahren, aber es kann gut sein, daß er den Jungen was sagen will. Nur, damit es in Ordnung ist.

»Kann ich an diesem Joint mal ziehen?« sagt eine Stimme, und Maria hebt den Blick von den Platten auf dem John F. Kennedy-Platz. Da steht er – die verrückten Augen von einer RayBan-Sonnenbrille verdeckt. Der Mann kann einen Joint aus mehreren hundert Me-

tern Entfernung riechen. Maria reicht ihn zu ihm rüber. Er spuckt auf die Platten und führt ihn zum Mund.

»*Hallo Steso*«, *sagt sie schwach. Es ist eine halbe Stunde her, seit sie ihre Besitztümer in eine Tasche und einen Plastiksack warf und vor Asger, ihrem Dealerfreund, floh, ehe er nach Hause kam. Heute ist ein total beschissener Tag; echt der beschissenste Tag in ihrem ganzen hoffnungslosen Leben. Sie sitzt auf den Stufen vor dem Bahnhof und raucht sich breit und muß sich entscheiden, ob sie zu ihrer überbehütenden Mutter oder zu ihrem alkoholischen Vater hinausfahren oder wie eine Bettlerin bei einem zwar coolen, aber unheimlichen iranischen Kriegsflüchtling anklopfen will, der eine Pistole bei sich trägt und der sie haben will.*

»*Bist du von dem Idi abgehauen?*« *fragt Steso und atmet Rauch aus – spuckt wieder.*

»*Ja.*«

»*Kluger Zug.*« *Steso zieht noch einmal und reicht Maria den Joint zurück. Sie denkt, was wohl zuletzt zwischen seinen Lippen gewesen sein mag. Der Busbahnhof ist ganz in der Nähe, und sie weiß, daß er sich für Männer prostituiert, um Geld für Drogen zu bekommen. Vor ihrem inneren Auge sieht sie ihn auf den Knien, arbeitend, während sich seine Hände durch die Hosen tasten, die dem Mann um die Knöchel hängen, bis Steso die Brieftasche des Opfers aus der Tasche ziehen, den Gewinn kassieren kann.*

»*Wo wohnst du, Steso?*«

»*Reihum*«, *antwortet er.*

Maria ist sich darüber im klaren, daß sie zu ihrem Vater rausfahren muß, weiß aber auch, daß sie mental bei ihm dort draußen vor die Hunde gehen wird. Was soll sie denn in Store Ajstrup und Umgebung unternehmen? Sie hat so gut wie kein Geld und rechnet damit, daß ihre Sozialhilfe gesperrt ist, weil sie massiv Schule geschwänzt hat.

»*Du weißt wohl niemand, der ein Zimmer zu vermieten hat?*« *fragt sie.*

»Tilde«, sagt er. *Maria schaut zu ihm hoch, um zu sehen, ob er sie auf den Arm nimmt.*
»Die gelbe Tilde?« fragt sie.
»Ganz genau.«
»Hat sie ein Zimmer zu vermieten?«
»Wohnung – untervermieten«, sagt er und beantwortet die Frage auf ihrem Gesicht: »Sie muß zur Hochschule.«
»Warum ... muß sie das?« fragt Maria; der Joint – im Grunde der ganze Tag – hat sie paranoid gemacht.
»Das Sozialamt weiß nicht, was sie sonst mit ihr anstellen sollen«, sagt Steso, »so eine wie sie ist völlig außerhalb von deren Erfahrungshorizont.« Maria kennt Tilde überhaupt nicht, sie weiß lediglich, daß Tilde mit Svend und Pusher-Lars gut befreundet ist.
»Woher kennst du sie?« fragt sie.
»Volksschule. Wir lieben uns, Tilde und ich.«
»Du hast bestimmt eine komische Art, das zu zeigen«, sagt Maria. Steso sieht sie gleichgültig an.
»Ich bin Freibeuter – wie die weitaus meisten Männer; ich verstecke es bloß nicht.«
»Und was sind wir Mädchen dann?«
»Glücksritterinnen, aber ihr tut alles, um es zu verstecken.«
»Und warum willst du mir dann jetzt helfen?«
»Ts ts«, sagt Steso, »eine paranoide Glücksritterin ist mit das JÄMMERLICHSTE – müßte wie eine räudige Töle abgeknallt werden.«
»Abgeknallt werden ...? Warum sagst du das? Töle?« fragt Maria nervös. Am Nachmittag hat sie gesehen, wie zwei Rottweiler erschossen wurden, weil ihr Besitzer – Asger, jetzt ihr Ex-Freund – keine Hunde haben wollte, die von THC abhängig waren. Junkiehunde. Dabei hatte er sie selbst Tjalfe und Tripper genannt, von Logik keine Spur.
»Glaub mir: Ich helfe dir ausschließlich, weil ich selbst etwas davon habe«, sagt Steso.

»*Aber warum wohnst du nicht selbst da, solange sie weg ist?*« *fragt Maria.*

»*Tilde ist süß, gut, unschuldig rein, verwirrt, kosmisch, zu Zeiten phobisch, manches Mal neurotisch, voll Angst; aber sie ist nicht so dumm, mich in ihrer Wohnung wohnen zu lassen*«, *sagt Steso.*

»*Und wo wohnt sie?*«

»*Dalgasgade.*«

»*Können wir ... sie anrufen?*«

»*Sie ist zu Hause – sie muß dich sowieso sehen, um zu dir Stellung zu nehmen*«, *sagt Steso. Maria steht auf und hebt die Tasche auf die Schulter.* »*Hast du noch einen Joint?*« *fragt Steso. Sie gibt ihm einen, den er mit einem schicken Ronson-Feuerzeug anzündet und zwischen seinen schmalen Lippen hängen läßt – dann bohrt er die Hände in die Hosentaschen und geht los.*

»*Steso*«, *sagt sie. Er dreht sich um, schaut sie fragend an. Maria nickt zu ihrem proppenvollen Plastiksack. Er lächelt sie schief an.*

»*Maria, ich bin nicht dein Kuli*«, *sagt er und schlendert weiter.*

Sie nehmen auf Marias Kosten ein Taxi. Und sie wird auf der Stelle adoptiert. Tilde serviert Gemüsesuppe, gedünsteten Spitzkohl, Graubrot und Rote-Bete-Salat. Zum Nachtisch gibt es Negerküsse mit Kokos und Kräutertee. Dann macht ihr Maria die Haare, und Tilde schneidet Stesos und gibt ihm 200 Kronen, ehe sie ihn rausschmeißt, »*denn sonst stiehlt er*«, *und dann stellt sie Maria ihr Sofa zur Verfügung, und am nächsten Tag beginnt Maria, sich einen Job zu suchen.*

Michaels Freundin Louise war mit galoppierender Anorexie im Krankenhaus, deshalb besuchten Svend und Steso ihn. Sie nahmen ihn mit zu dem Kreidegraben in Hasseris, wo Bagger einmal eine Grundwassertasche getroffen hatten, so daß sich der gesamte Krater mit Frischwasser füllte. Das war, bevor die Algen kamen; alle Punker und Freaks fuhren im Sommer immer noch zum Schwimmen da raus, auch wenn die Gemeinde dagegen war und sich weigerte, einen richtigen Strand anzulegen. Die Spießbürger von Hasseris beklagten sich über den menschlichen Ausschuß, der in ihre Umgebung einfiel, Feuer machte, kiffte, sich betrank. Sie hatten Angst, ihre Sprößlinge könnten das Licht sehen.

Svend hat eine Axt und einen Fuchsschwanz dabei, und sie streifen ein Stück durch das Gebüsch auf der Ostseite des Grabens. Irgendwo direkt am Wasser rodet Svend ein Stück Land. Er wünscht sich einen Platz, wo er die Nachmittagssonne genießen kann. Michael und Steso sind hinausgeschwommen und haben sich auf das Floß gelegt. Der Schweiß strömt, aber Svend hackt mit der Axt auf die Wurzeln der Büsche ein.

»Hallo.« Das ist Lisbeth. Sie steht hinter ihm – ein Stück weiter oben am Hang; kaum zu sagen, wie lange sie da gestanden hat. Ein Stück Stoff um die Hüften geschlungen, ein geöffnetes Hemd über dem Badeanzug.

»Lisbeth«, sagt er und schaut hinter sie, weil er sehen will, ob Adrian bei ihr ist. Sie ist allein. Sie kommt nach unten und läßt zwei Finger über Svends Oberarm gleiten, bewegt die Hand, um den Schweiß von den Fingerspitzen zu schütteln.

»Svend, du brauchst ganz bestimmt eine Abkühlung«, sagt sie.

Ja, denkt er, als sie den Stoff an ihren Hüften löst und über einen Ast hängt. Sie geht auf ihren langen glänzenden Beinen ins Wasser und schwimmt träge zum Floß. Svend legt die Axt beiseite und schwimmt hinterher. Sie ist direkt vor ihm. Er kann die Zähne in sie schlagen, als sie sich auf das Floß hievt, er sieht die hellen Härchen auf ihrem Hintern.

Sie werfen Steso ins Wasser, machen Kopfsprünge, schwimmen um die Wette. Svend will am liebsten fragen, wo Adrian ist. Ob er aus dem Bild ist? Aber er will den Zauber nicht brechen.

»Wir brauchen einen Joint«, sagt Steso, und sie schwimmen zu dem kleinen Strand, den Svend gerodet hat. Die Sonne scheint auf sie. Lisbeth planscht am Wassersaum, während Michael stumm mit der Sonnenbrille und in sein Handtuch gewickelt dasitzt, ihm macht die Situation zu schaffen.

Svend fängt an, den Joint zu bauen.

»Thomas, du mußt dein Hemd anziehen«, sagt Lisbeth zu Steso – sie und Tilde nennen ihn immer mit seinem bürgerlichen Namen. Steso ist leichenblaß.

»Warum das?« fragt er und stellt sich in Bodybuilder-Positur auf, spannt die Sehnen – Muskeln sind keine da. »MAGST du meinen SUPER Körper nicht?« fragt er und schaut selbstzufrieden auf seine hervorstehenden Venen.

Lisbeth lächelt ihn mütterlich an und steigt aus dem Wasser: »Thomas, du bekommst einen Sonnenbrand.«

»Na gut«, sagt er und zieht sich das Hemd über.

Lisbeth steht am Ufer und streift die Wassertropfen von Armen und Beinen, damit ihre Haut schneller trocknet. Svend muß sich zwingen, wegzuschauen.

»Wie geht es?« fragt sie Michael. Er sitzt völlig unbeweglich – scheint weit weg zu sein, wohl weil die Sonnenbrille seine Augen verbirgt.

»39 Kilo«, antwortet er.

»Aber du hältst fest?« fragt Lisbeth.

»Ja, ich liebe sie«, antwortet er – ohne Gefühl in der Stimme.

Steso schaut zu Michael hinüber, sagt:

»Auch wenn nicht so viel zum Festhalten da ist.«

»Thomas!« sagt Lisbeth scharf und fährt fort: »Ich finde das stark, Michael. Wie ... geht es ihr?«

»Sie ist an einem finsteren Ort«, antwortet Michael.

»Ja«, sagt Steso, »eine Frau darf nicht zu dünn werden – die gute Laune ist im Fettgewebe gebunden.«

»Das ist denkbar«, sagt Michael unbeteiligt, »die hat sie auf jeden Fall verloren.«

»Körperfaschismus«, sagt Steso. Alle schweigen. Der Tabak knistert im Papier. Insekten summen.

»Aber wenn du davon absiehst, daß es lebensgefährlich ist, wenn es so überdreht ist ... findest du es denn ... ansprechend? Also wenn ein Mädchen sehr dünn ist?« fragt Lisbeth.

»Anfangs war sie tatsächlich ein bißchen dick, und dann sah sie besser aus, bis sie schließlich ihr Muskelgewebe verbrannt hat«, sagt Michael.

»Und jetzt ist sie genau so dünn wie ich«, sagt Steso, »ein Kontrolljunkie, die wird noch an einer ÜBERDOSIS Schlankheit krepieren.«

Michael springt auf. Svend erhebt sich und streckt einen Arm vor, um ihn zurückzuhalten. Lisbeth stellt sich hinter Steso, der direkt am Wassersaum steht und listig lacht. Sie kippt ihn um, so daß er mit dem Arsch im Wasser landet. Prustend setzt er sich auf, lacht immer weiter, bis sein Unterkiefer herunterklappt, seine Augen sich weiten. »HALLO«, ruft er und wühlt fieberhaft in seinen durchnäßten Hemdtaschen, »meine Pillen werden NASS.«

Michael lächelt dünn. Lisbeth setzt sich neben Svend.

»Hast du 'ne Kippe?« fragt sie.

»Klar«, sagt er, gibt ihr eine und zündet sie ihr an. Den Joint reicht er Michael. Sie rauchen schweigend. Steso murmelt Verwünschungen vor sich hin, während er durchweichte Tablettenreste aus der Hemdtasche holt und angeekelt die Finger ableckt. Die Sonne scheint auf sie. Svend sitzt neben Lisbeth. So soll es sein. Dann ist auf der anderen Seite des Kreidegrabens ein Platschen zu hören. Sie schauen alle dort hinüber. Eine Gestalt krault schnell direkt auf sie zu. Svend schluckt, plötzlich wird ihm kalt.

»Ach, das ist er wohl«, sagt Lisbeth, kneift wegen der Sonne die Augen zusammen. Sie steht auf und schirmt mit der Hand ihre Augen ab. Die Gestalt dreht bei und schwimmt zum Floß. Der Torso, kraftvoll, V-förmig, als er seinen kurzen Körper aus dem Wasser hievt. Im Gegenlicht sieht er Lille-Lars wie aus dem Gesicht geschnitten ähnlich.

»Kommt ihr nicht her?« ruft Adrian. Lisbeth wirft einen Blick *auf die anderen. Vielleicht bildet Svend sich das nur ein, aber es kommt ihm so vor, als wäre sie verlegen.*

»*Ich schwimm rüber*«, *sagt sie und verläßt die anderen. Adrian springt mit einem halben Salto vorwärts vom Floß und landet wie eine Bombe im Wasser. Svend nimmt den Joint von Steso, zieht zweimal kräftig, reicht ihn zurück, beugt sich zu seinem Werkzeug und bewegt sich den Hang hinauf.*

»*Svend?*« *sagt Michael.*

»*Ach, zum Teufel*«, *sagt Steso.*

Svend kann das nicht aushalten.

»Musik«, sagt Pusher-Lars vom Rücksitz, als Svend den Motor gestartet hat. Er schaltet das Tonband an: *Candy, Candy, Candy – I can't let you go ...;* Iggy Pop.

»Rock-Wrack«, sagt Michael und schaut Svend an.

»Immer«, sagt Svend.

Der Rücksitz ist genial, denkt Lars. So ist er frei, sich mitziehen zu lassen, wenn sich die anderen auf den Zahn fühlen. Das machen sie immer, und jetzt ist Svend auch noch weggewesen ... ja, lange. Das ist halt nicht zu umgehen, auch wenn Lars weiß, daß sie gute Freunde sind. Sie wissen das auch, aber trotzdem geht die Party bereits los, als sie auf den Nibevej abbiegen und Svend auf Aalborg zufährt.

»Wie läuft's bei dir?« fragt Michael. Svend seufzt, daß Lars es trotz der Musik hören kann.

»Hör auf zu fragen«, sagt Svend.

»Also geht es schlecht?« fragt Michael.

»Ja«, antwortet Svend, ohne es zu vertiefen; er will das Thema abschließen.

»Warum?« Michael hält an der Frage fest, und Lars hinten auf dem Rücksitz summt Iggy. Er hat von Tilde gehört, daß Svend seinen Job verloren hat, bei seiner Freundin ausgezogen ist und auf dem Sofa eines ehemaligen Kollegen in Ballerup wohnt; er kann gut

verstehen, daß Svend nicht darüber reden will. Svend behält die Fahrbahn im Auge, während er antwortet:
»Es wird einen Grund geben, warum man nie sagt, es geht schlecht.« Svend schaut zu Michael hinüber: »Die Leute sehen ein bißchen besorgt aus, und dann fragen sie, warum.«
»Na klar«, stellt Michael fest. »Warum?« fragt er noch mal.
»Es geht halt einfach schlecht, das Leben ist ...« Svend sucht nach dem richtigen Wort, »... ordinär.« Lars auf dem Rücksitz nickt – mehr ist dazu nicht zu sagen.
»Aber was ist mit Kopenhagen, das ist doch cool, oder?« fragt Michael.
»Ich ziehe um«, sagt Svend.
»Wohin?« fragt Michael. Lars wird aufmerksam, das will er auch gern wissen ...
»Zurück«, antwortet Svend.
Lars hebt die Augenbrauen.
»Warum? Ich hab geglaubt, du wärst froh, dort zu sein«, sagt Michael.
»Kopenhagen oder Aalborg ...« Svend unterbricht sich. »Also Kopenhagen ist nicht Aalborg, Kopenhagen ist ein anderer Ort. Das ist das einzig Positive, was ich zu Kopenhagen sagen kann. Ansonsten macht es keinen Unterschied.«
»Findest du? Ich hab geglaubt, du hättest dort Freunde gefunden«, sagt Michael.
»Das hab ich auch, aber wir sind ... keine Freunde mehr. Wir sind ... Zuschauer. Schauen uns gegenseitig beim Leben zu. So ist das.« Lars hört, daß Svend darüber nachgedacht hat. So redet er sonst nicht. Svend denkt auch sonst solche Sachen, da ist Lars sich sicher, sagt es aber nicht laut.
»Das verstehe ich nicht – Zuschauer. Was willst du damit sagen?« fragt Michael.
»Ganz kurz: Wir sind alle nur Bekannte, statt Freunde zu sein.«
Haarscharf, denkt Lars. So ist es inzwischen. Steso war dein

Freund, aber heute hast du einen Bekannten beerdigt. Du hast lange ausgehalten, Svend, aber du bist auch zu kurz gekommen. Michael fährt fort:

»Aber, wie ... also ... ist es, weil ihr euch nicht mehr seht?« Michael schaut Svend an, der weiterhin die Augen auf die Straße richtet, den geringen Verkehr.

»Doch, wir sehen uns schon oft, aber irgendwie ... um im Bild zu bleiben ... wir *sehen* uns nicht.«

Das hier ist nicht gerade erhebend, denkt Lars. Zündet sich eine Zigarette an und lehnt den Kopf ganz nach hinten, so daß er durch die Scheibe in den Himmel schauen kann. Blaugrau mit unbeweglichen, etwas schmutzigen Wolken. Die Sonne ist verschwunden. Merkwürdig, wieder Felder zu sehen. Links kann er etwas Glänzendes erkennen, das muß der Fjord sein. Er fährt mit der Zunge über seine Zahnprothese – komisch, daß die anderen nichts gemerkt haben. Na ja, deren Sache. Lars paßt es gut, daß er zu Stesos Beerdigung weiße Zähne hat – das markiert eine Art ... Wechsel, einen Übergang. Hofft er.

»Du hast es verkackt – glaubst du nicht, daß es daran liegt?« fragt Michael.

»Was verkackt?« fragt Svend leicht aggressiv.

»Dein Leben?« fragt Michael. Lars auf dem Rücksitz lehnt sich vor und bläst Rauchringe zwischen sie. Die Ringe sind kräftig, sie lösen sich erst auf, wenn sie ans Armaturenbrett stoßen.

»Nein«, antwortet Svend ruhiger – die Fragen sind weniger präzise als befürchtet. Michael ist nicht in der Position, daß er sich erlauben könnte, sie zu stellen; Lars ebenfalls nicht.

»Du glaubst das nicht, oder so ist es nicht?« fragt Michael.

»Was?« Leichte Irritation macht sich in Svends Stimme bemerkbar.

»Weil du dein Leben verkackt hast oder weil es verkackt ist?« sagt Michael.

»Kommt aufs gleiche raus, oder?« fragt Svend.

»Glaub ich nicht«, sagt Michael und schüttelt den Kopf.

»Für mich schon«, konstatiert Svend, jetzt mit normaler Stimme, »alles andere ist Wortklauberei.«

»Also bist du sicher, daß es so ist, wie du sagst. Du hast es nicht verkackt?«

»Ja. Das glaub ich – das ist das gleiche. Ich weiß es, ich bin sicher«, sagt Svend.

»Ja aber …«, beginnt Michael erneut, wird jedoch unterbrochen.

»Jetzt halt die Klappe«, sagt Svend und lächelt müde. »Selbstverständlich habe ich mein Leben verkackt. Wer zum Teufel hätte das sonst tun sollen? Wo es jetzt nun mal so ist, kann es da nicht gleichgültig sein? Ich frag ja nur.«

Svend fährt schnell, er fährt gut. Sie sind bereits in Skalborg, und er ist beim Pflegeheim Skalborglund in den Letvadvej abgebogen; es läßt sich nicht umgehen, da vorbeizukommen.

»Und bereust du was von dem, was du gemacht hast?« fragt Michael und fügt ein: »Entschuldigung« hinzu, denn er kann selbst hören, wie er klingt.

»Ich bereue … alles«, sagt Svend, Überraschung in der Stimme.

»Du bist wirklich nicht bei bester Laune. Du klingst fast ein bißchen …?« sagt Michael fragend.

»Nein, nicht alles, aber so … Muster. Da stapfst du in einem verdammten Labyrinth herum – was ist der Punkt?« fragt Svend.

»Einmal krepierst du doch«, sagt Lars von hinten vom Rücksitz. Svend dreht den Kopf und lächelt ihm zu.

»Ja, Lars, damit tröste ich mich auch«, sagt er.

»Willst du vielleicht gern den gleichen Weg nehmen wie der Junkie, den wir heute unter die Erde gebracht haben?« fragt Michael, plötzlich mit feindseliger Stimme.

»Hör auf, schlecht über die Toten zu reden«, sagt Svend.

»Schau an – er war dein Freund, du hast ihn geliebt.« Michael klingt belehrend und gleichzeitig so, als ob er nach Punkten führen würde.

»Ja, als Person«, sagt Svend, »aber er hatte nichts, das für ihn gut lief.«

Sie biegen in den Skelagervej ab und an der Ampel nach links in den Hasserisvej. Lars schaut auf das Feld rechts, aber dreht sich dann doch um zum Hasseris-Gymnasium. Lille-Lars, du verdammter Idiot; warum mußtest du all den Scheiß fressen? Um wie dein charismatischer Freund zu werden? Jetzt liegt ihr beide in der gleichen Erde.

»Willst du damit sagen, es sei gut, daß Steso tot ist, weil er doch nichts hatte, das für ihn richtig gut lief?« fragt Michael.

»Das wäre der innere Zusammenhang – die Konsequenz«, antwortet Svend.

»Hast du dir überlegt, dich zu verabschieden?« Michael will dies total idiotische Gespräch einfach nicht aufgeben.

»Ja«, antwortet Svend.

»Und warum tust du es nicht?«

»Weil ich das hier vermissen werde.«

»Beerdigungen?« fragt Michael.

»Mm, ja ... nein, das hier – Bullshit.«

»Du meinst nicht, was du sagst.« Michael wird langsam sauer – so läuft es immer; er meint es gut, aber um mit Svend zu diskutieren, ist er lange nicht gleichgültig genug.

»Doch, aber ich setz drauf, daß auf der anderen Seite was ist.«

»Rechnest du damit, mal bessere Laune zu bekommen?« fragt Michael.

»Ja.« Svend nickt.

»Sprechen wir über einen überschaubaren zeitlichen Rahmen?«

»Was ist überschaubar für dich?« fragt Svend.

»Heute wird das also nichts?« fragt Michael, und Lars entschließt sich, dazwischenzugehen. Langsam deprimiert ihn das hier echt.

»Könnt ihr zwei Philosophen nicht mal einfach die Klappe halten.« Sie brummeln irgendwas.

»Junkieromantik«, sagt Michael, Ekel in der Stimme.

»Hör doch auf, einem gebrochenen Mann die Hoffnung zu nehmen«, sagt Svend und lacht.

»Das meinte ich nicht«, sagt Michael.

»Ja ja, du sitzt da und spielst den guten Menschen«, sagt Svend.

»Danke.« Michael nähert sich dem Punkt, wo er Svend gegenüber absolut keine Chance mehr hat und den kürzeren zieht. Lars beobachtet ihre Gesichter im Rückspiel.

»Also ich sitze doch hier nicht und versuche dein Gehirn zu ficken. Wir reden miteinander«, sagt Michael wütend.

»Ja ja, aber verstehst du ...« antwortet Svend – ernster jetzt, »oder – also ich glaube nicht, daß du es verstehst. Das habe ich ... irgendwie verloren.«

»Was?« fragt Michael.

»Den Glauben.«

»Den Willen«, entgegnet Michael.

»Das warst wieder du«, sagt Svend.

»Was?«

»Du willst mich am liebsten bei der Kehle packen.«

»Du sitzt rum und benutzt deinen Verlust als Nuckelflasche«, Michaels Stimme drückt immer noch Ekel aus, aber auch ein bißchen so was wie Sieg – er weiß, daß er recht hat.

»Ich muß das benutzen, was ich habe«, sagt Svend gelassen.

»Du bist ein Schaf«, sagt Michael, und Svend ergreift die Möglichkeit:

»Erzähl mir was, was ich nicht weiß«, sagt er.

»Das kann ich nicht«, antwortet Michael, dabei arbeitet sich ein kleines Lächeln über sein Gesicht, »du bist ein intelligentes Schaf.«

»Ja, und das ist das Schlimmste, wie?« fragt Svend rhetorisch.

»Absolut«, sagt Michael, als sie in den Thulebakken einbiegen und nach dem Haus Ausschau halten.

Das war für Tilde bestimmt nicht sonderlich witzig, damals, als Thomas aus der Kjellerupsgade verschwand und sie ganz allein war. Aber sie traf ihn auch weiterhin. Sie bekam eine eigene Wohnung in Vestbyen – eine anständige Wohnung –, und manchmal schaute Thomas vorbei. Nur waren sie kein Paar mehr – Thomas war viel zu kaputt von all den Tabletten, und Tilde konnte sich nicht mehr auf ihn verlassen. Dann ging Tilde mit Bertrand ins Bett, aber sie waren auch kein Paar – nur im Bett.

Tilde war eines Abends zusammen mit Bertrand im 1000Fryd. Sie saßen auf einem Sofa und amüsierten sich in einer dunklen Ecke. Bertrand legte seine Hand auf ihren Schenkel. Holte Wein für sie beide.

Dann platzt Thomas herein, Licht in den Augen. Er lacht. Er stürzt gleich auf Tilde zu. Er setzt sich. Er ist blaß, und er schwitzt leicht, aber Tilde sieht, daß es ihm gut geht.

»Mmm ...« sagt er und lächelt ihr geheimnisvoll zu. Sie kichert. Das wird gut heute abend. Sie deutet mit einem Finger auf ihr Weißweinglas, so daß Bertrand es nicht merkt. Thomas nimmt es und leert es in einem Zug.

»Tilde, kosmische Perle, sitzt du hier und mischst dich unter die BOURGEOISIE?« fragt er. Denn Bertrand ist ... na ja, gut im Bett, und er hat Geld. Aber er ist auch ein elender Snob, der Angst hat, mit Tilde zusammen gesehen zu werden.

»Ja ... ein bißchen«, sagt sie und lächelt Bertrand an, während sie von ihm wegrückt, weil sie neben Thomas sitzen will. Sie muß hören, was er seit dem letzten Mal gemacht hat, und sie hat Bodil, seiner Mutter, versprochen, daß sie zu Besuch kommen.

»Ich bin kein Bourgeois, Steso, ich bin ein armer Student«, sagt Bertrand. Aber das ist ja gelogen. Außerdem ist es blöd von Bertrand, ihn Steso zu nennen. Bertrand sieht aus, als wäre er sauer. Wegen der Geschichte mit dem Wein. Tilde will viel lieber Bier haben.

»Nein«, sagt Thomas zu ihm, »du bist ein Sohn der Ausbeuter. Die waren immer die SCHLIMMSTEN.« Thomas lacht, dann

wird er wieder ernst. Er sieht Bertrand an: »Bekommen wir keinen Wein mehr?« *fragt er und lächelt Tilde an. Sie schaut fragend zu Bertrand; er hat das Geld. Er steht auf, um Wein zu holen.*

Thomas fischt eine Zigarette aus Bertrands Packung. Galant bietet er Tilde eine an. Gibt ihr mit Bertrands Ronson Feuer. Dann bohrt Thomas seine Nase in ihr Haar. Denn er mag es, daß sie nach Zitrone duftet.

»Wir haben wichtige Sachen vor«, *flüstert er ihr zu.*

»Was denn?« *flüstert sie zurück.*

Bertrand kommt mit drei Gläsern Wein.

»Warum bist du nicht drüben in der Jomfru Ane Gade, um gemeinsam mit deinen Bourgeois-Freunden die fortdauernde Ausbeutung des Proletariats zu planen?« *fragt Thomas und sagt im gleichen Atemzug:* »Aber vielleicht ERNTEST du schon ein bißchen?«

Bertrand ist jetzt nervös. Gegen Thomas kommt er nicht an.

»Prost«, *sagt Bertrand.*

»Prost«, *sagt Thomas und leert sein Weinglas. Tilde schaut ihn an und wartet, was er nun sagen wird.*

»Es gab ja schon immer die Tradition, daß sich die Söhne der herrschenden Klasse, solange sie jung waren, etwas unters Proletariat mischten; irgendwie ... den Feind kennenlernen, oder?« *Thomas fährt fort, erklärt:* »Wir erleben es bei den saudiarabischen Prinzen, wo die philippinischen Dienstmädchen mißbraucht werden, den Söhnen der Afrikaander mit den schwarzen Töchtern der Feldarbeiter, den Plantagenbesitzern der Südstaaten mit dem importierten Sklavenheer. Der Unterschied besteht einzig darin, daß es nicht an der HAUTFARBE zu sehen sein würde, wenn dir dein amoralisches und niederträchtiges Vorhaben gelänge.«

»Du bist verrückt, Steso«, *sagt Bertrand. Das darf er so nicht sagen, denkt Tilde. Denn das kommt nicht hin.*

»Das war schon immer euer Gegenargument«, *sagt Thomas,* »daß wir verrückt sind, unintelligent, unterernährt und diebisch. UND DAS IST WAHR – das sind wir ...«

Bertrand zündet sich eine Zigarette an. Er ist geschlagen, Tilde sieht das. Thomas läßt nicht locker:

»... aber wessen Schuld ist das? EURE.« Dann lächelt Thomas und zuckt die Achseln. »Aber darüber sollten wir nicht heute abend reden«, sagt er und legt Tilde den Arm um die Schultern: »Heute abend sollten wir Wein trinken, aber erst muß ich raus und rauchen. Wollt ihr mit?«

»Ich gerne«, sagt Tilde. Bertrand raucht nicht so oft, aber manchmal kauft er bei Pusher-Lars etwas Hasch. Weil er es gern hat, daß Tilde raucht. Auch wenn sie lieber Bier trinken will. Bertrand bleibt sitzen.

Tilde und Thomas gehen nach draußen.

»Also ich muß nicht rauchen«, sagt Tilde. Aber sie will ihm doch gern Gesellschaft leisten.

»Das weiß ich doch, Tilde. Wir müssen nur weg – Svend wartet auf uns.« Thomas schaut sich nach einem nicht abgeschlossenen Fahrrad um. »Ich bin nur gekommen, um dich zu holen«, sagt er. Tilde freut sich.

»Was habt ihr vor?« fragt sie.

»Das ist eine Überraschung. Svend hat eine Überraschung für dich. Wir müssen uns beeilen.«

»Mein Rad steht da drüben«, sagt Tilde. Sie will Bertrand nichts sagen, denn Svend ist es leid, ihn rumhängen zu haben.

Tilde schließt ihr Fahrrad auf. Thomas setzt sich hinten drauf. Weil sie mehr Kraft in den Beinen hat. Sie fahren rauf zum Nordjütlands Kunstmuseum. Das letzte Stück müssen sie gehen, aber Thomas will nicht sagen, was los ist. Sie steigen die Stufen durch den Wald zum Aalborgturm hinauf. Das ist spannend. Der Skydepavillon neben dem Turm ist ganz dunkel, kein Mensch da.

»Komm«, sagt Thomas und zieht sie zu einem der drei Beine des Turms. Eine Bank-Tisch-Gruppe lehnt hochkant an dem Bein.

»AHOI«, tönt es von oben. Tilde erschreckt sich. Das ist Svend. Thomas lacht.

»ICH BIN DAS«, ruft Tilde zurück.

»HIER IM HIMMEL HABEN WIR GESCHENKE FÜR DICH«, ruft Svend.

»Was ist da oben?« fragt sie Thomas.

»Gute Sachen«, sagt er und klettert auf die Bank-Tisch-Gruppe, so daß er an das untere Ende der Leiter heranreicht, die in einem der Turmbeine nach oben führt. Tilde klettert hinter ihm her. Unter ihnen liegt leuchtend die Stadt ausgebreitet. Je höher sie kommen, um so stärker wird der Wind. Tilde kann Svend auf einer kleinen Plattform ausmachen, ganz oben unter der Kapsel des Turms. Schließlich ist sie da.

»Hallo Schöne«, sagt er und reicht ihr ein Bier. Da steht ein ganzer Kasten Tuborg. »Da wo der herkommt, gibt es mehr.« Er ist bei der Luke unten am Boden des Turms eingebrochen. Es gibt auch Chips und Süßigkeiten und Zigaretten. Thomas zündet ihre Zigaretten mit dem Ronson-Feuerzeug an. Er hat auch Bertrands Ray-Ban mitgenommen. Tilde schaut durch sie hindurch auf die dunklen Lichter der Stadt und hält dabei Thomas an der Hand, weil ihr etwas schwindlig ist. Das da ist unsere Stadt, denkt sie. Das weiß nur keiner.

Sie sind früh bei dem Haus im Thulebakken, wo Stesos Eltern jetzt wohnen. Lars baut auf der Motorhaube einen Joint. Die Mädchen sind noch nicht da. Michael starrt Svend an.

»Du findest es bestimmt verlogen, was ich jetzt mache«, sagt Michael. Svend erwägt, ob Menschen andere Leute einsauen, um selbst besser dazustehen. Seiner Meinung nach besitzt er nichts, worauf Michael neidisch sein könnte.

»Wieso das?« fragt Svend.

»Ich rechne lediglich damit, daß du dir die schlimmstmöglichen Gedanken machst, und da paßt das dann.«

»Danke für die Freundlichkeit«, sagt Svend.

»Keine Ursache«, sagt Michael.

Svend sagt nichts mehr. Geht ruhelos auf dem Parkplatz auf und ab. Dann kommen die Mädchen.

»Was ist passiert?« fragt Tilde sofort – sie funktioniert wie ein Barometer.

»Die beiden Jungens haben sich auf einen klassischen philosophischen Disput eingelassen«, sagt Lars, der seinen Joint raucht.

»Was diskutiert ihr?« fragt Louise. Lars antwortet ihr bitterernst:

»Das Thema lautet, wer von beiden ist der größte Idiot.«

»Wer hat gewonnen?« fragt Lisbeth. Lars blinzelt ihr zu:

»Das kommt drauf an, mit wem man es hält. Ich würd meinen, alle beide«, sagt er und lächelt listig.

»Warum müßt ihr immer so sein?« fragt Lisbeth und schaut von Svend zu Michael und zurück.

»Soweit ich weiß, geht es um *wir* und nicht um *ihr*«, sagt Svend.

»Ja, aber ich hab mit diesem ganzen ... Scheiß aufgehört«, sagt Lisbeth.

»Ich find den Tag dafür passend«, sagt Svend. »Wir sind hier, um Stesos Andenken zu ehren.«

»Ja, der hat mit gar nichts aufgehört«, sagt Michael.

»Nein, er hat nicht aufgegeben«, sagt Svend.

»Was meinst du mit: *nicht aufgegeben*?« fragt Michael. Louise hat sich hinter ihn gestellt.

»Er suchte immer weiter«, sagt Svend und fügt hinzu: »auch wenn ich das Gefühl habe, daß er vergessen hatte, wonach er suchte.«

»Suchten wir nach was?« fragt Tilde perplex.

»Es kann durchaus sein, daß ich hinterher-rationalisiere«, sagt Svend, »aber ich meine mich erinnern zu können, daß wir nach ein paar Antworten suchten.«

»Worauf?« fragt Michael höhnisch. Louise hat ihm den Arm um die Hüfte gelegt und drückt ihn ein bißchen, als sie nervös zu Svend schaut.

»Auf die große Frage. Warum? Wofür sind wir hier?« sagt Svend. Michael sagt nichts mehr. Schaut angeekelt weg.

»Svend«, sagt Lars, »du hättest in der Kirche predigen müssen.« Er lacht.

Svends Gesicht verzieht sich, er sagt mürrisch: »Nimm doch deine Ironie und steck sie dir in den Arsch, du Wrack.«

»Hej, trampel ruhig auf einem Schwächling rum, großer Mann.« Lars wendet den Blick ab. Sie nannten ihn früher Lars den Großen, aber inzwischen ist er weit weniger als Svend. Draußen in der Stadt läuft er unter dem Namen Pusher-Lars – ein schlaffer Geschäftsmann.

»Svend. Was sollte das?« fragt Lisbeth.

»Ach, fuck it«, sagt Svend.

»Na sag schon, warum hast du mit Suchen aufgehört?« fragt Louise. Jetzt mischt sie sich auch noch ein; glaubt wohl, sie unterstützt ihren Mann – wie jämmerlich, denkt Svend.

»Tourist mit Heimweh?« schlägt er vor. Louise sagt nichts mehr.

»Was meinst du?« fragt Lisbeth.

»Das war doch nichts«, sagt Svend. »Ich meine ... wir hatten das eine oder andere intensive Erlebnis – ich auf jeden Fall, aber das änderte ja doch nichts am Leben an sich. Es ist irgendwie ... wie es ist.«

»Und wie stellt es sich für dich dar?« fragt Michael.

»Michael, jetzt sei kein Arsch«, sagt Lisbeth.

»Nein, okay. Aber wie siehst du es?« fragt er.

»Was?« fragt Svend.

»Das Ganze«, sagt Michael.

»Große Fragen, die du heute stellst.«

»Okay. Entschuldigung. Du weißt, was ich meine«, lenkt Michael ein.

»Ja Michael – ich weiß, was du meinst.«

»Bist du in der Lage, Svend, darzulegen, wie du die Dinge ... also wie du alles so siehst?« Lisbeth schaut ihn fragend an.

»Ja, aber was ist der Punkt?« sagt er.

»Komm schon, wir sind bei einer Beerdigung«, sagt Michael, »wir sind schon von vornherein deprimiert. Erleuchte uns mit deiner Weisheit und Einsicht.«

»Perfides Arschloch«, murmelt Svend. Tilde steht hinter ihm und weiß nicht, was sie mit ihren Händen anfangen soll.

»Komm schon«, sagt Lisbeth.

»Also ich hab keine Lust, hier ausgelacht zu werden«, sagt Svend; seine Kiefer arbeiten.

»Svend ...« sagt Tilde. Sie hat sich neben ihn gestellt und sieht aus, als würde sie gleich in Tränen ausbrechen.

»Hallo Tilde, du schönes Wesen«, sagt er.

»Hör doch auf, heute so anti zu sein«, sagt sie leise, ihre Stimme ist belegt.

»Okay okay ... Einen Moment noch.«

»Nein, jetzt sag, was du weißt«, sagt Tilde und zieht wie ein kleines Kind an seinem Jackenärmel.

»Ja. Gut.« Er gibt nach; spricht schnell, leiert es im Grunde runter: »Das Ganze wurde durchsichtig, alle Bücher lagen offen. Gutes und Böses existiert nur in einem selbst. Auf der Erde existiert nur Tun. Es macht keinen Unterschied, wie es geschieht, ob zufällig oder nicht. Die Frage von Determination oder nicht ist gleichgültig. Alles ist sinnlos. Vollkommen unbrauchbare Einsicht ...« Svend schüttelt den Kopf, sieht traurig aus.

»Nein«, sagt Michael. »Das, was du dabei herausbekommen hast, ist möglicherweise unbrauchbar, dazu kann ich nichts sagen. In großen Zügen war das auch meine Auffassung von der Welt.«

»Aber du hast das hinter dir, wie ein blöder Politiker«, höhnt Svend.

»Nein. Ich hab es umgedreht – ich bin es, der bestimmt, was etwas wert ist, und dann unternehme ich was«, sagt Michael.

Muß man ihn einer Antwort würdigen?

»Das ist genau das, was mich erschreckt«, sagt Svend.

»Gute alte U. W.«, sagt Lars von der Seite.

»Wer?« fragt Michael. Lisbeth seufzt.

»Ursache und Wirkung«, sagt sie kopfschüttelnd, und Tilde kichert.

»*The road of excess leads to the palace of wisdom*«, sagt Lars und vollführt dabei auf dem Parkplatz ein Tänzchen mit seinem verbrauchten Körper.

»Jetzt werd nicht platt«, sagt Svend.

»Jetzt werd nicht konform«, sagt Lars, schon außer Atem.

»Packt es zusammen«, sagt Lisbeth.

»Ja, Mutter«, sagen Svend und Lars wie aus einem Munde, und alle lachen, bis auf Michael und Louise.

»Tilde«, sagt er, »bist du dir darüber im klaren, daß Svend wieder herzieht?« Sie schaut sprachlos von Michael zu Svend.

»*Stimmt das?*« ruft sie und rennt zu ihm und umarmt ihn, und er versucht zu lachen, aber das klingt angestrengt. Nervös sagt sie: »Stimmt das wirklich, Svend?«

»Ja.« Er lächelt sie an.

»Warum hast du *mir* das nicht erzählt?« fragt Tilde. Svend zaust mit einer Hand ihr Haar.

»Das ist ganz neu«, antwortet er.

»Und wie kommt's?« fragt Lisbeth verwundert. Lars steht dabei und nickt langsam und zufrieden.

»Ich kann wohl nicht auf euch verzichten«, antwortet Svend tonlos.

»Du *vermißt* uns«, sagt Tilde und drückt sich an ihn.

»Zum Teufel, ja.« Er zieht sich einen Schritt zurück, schaut weg. Er will nicht darüber reden.

»Das kann man übrigens nicht merken«, sagt Michael ausdruckslos. Svend lacht und greift ihn an, trifft ihn hart an der Schulter. Wie damals, als sie sich immer zum Spaß prügelten.

»Nein«, sagt er, »das verstecke ich gut.«

Tilde geht bei Pusher-Lars vorbei. Sie will, daß er mitkommt, Svend zu besuchen. Manchmal hatte sie im 1000Fryd Bardienst, und Svend war auch da. Er war kein Aktivist, er saß auf der anderen Seite der Bar und trank. Nach und nach tat er das immer öfter. Er sah nicht froh aus.

»*Du mußt mal mit ihm reden*«, *sagte Tilde nervös. Lars wußte, das würde keinen Eindruck machen – Svend saß in einem schwarzen Loch und fluchte –, aber um Tildes willen wollte er es gern versuchen.*

Sie spazieren zu der großen Wohnung, die Svend und seine Freundin Line mit Sigurt, dem Schlagzeuger, teilen – dem, der bei BÜLD spielte, bis sich die Band auflöste.

»*Line ist schwanger*«, *sagt Lars.*

»*Aber ... das ist doch schön*«, *sagt Tilde ohne Überzeugung. Lars glaubt, sie ist sich darüber im klaren, wie es um Svend bestellt ist.*

»*Svend findet das nicht*«, *sagt er. Tilde schweigt.*

»*Aber ... liebt er sie denn überhaupt nicht?*« *fragt sie nach einer Weile.*

»*Nein*«, *antwortet er,* »*Svend liebt nicht mal sich selbst.*«

»*Lars, du sollst so was nicht sagen.*«

»*Aber es stimmt.*«

Tilde schaut zu Boden. »*Ja*«, *murmelt sie. Lars erzählt ihr, wie die Dinge stehen. Außer Line gibt es ein anderes Mädchen, mit dem Svend eine einzige Nacht verbracht hat. Sie ist ebenfalls schwanger und behauptet, Svend sei der Vater.*

»*Aber ... weiß Line das?*« *fragt Tilde. Eigentlich kennen weder sie noch Lars Line, obwohl Svend schon lange mit ihr zusammenlebt. Er ist nicht daran interessiert, daß sie Line begegnen.*

»*Nein*«, *antwortet Lars,* »*Line weiß nichts.*«

Sie klingeln. Svend öffnet die Tür, bittet sie mit einer trägen Handbewegung hereinzukommen. Seine Bartstoppeln sind lang, seine Sachen schmuddelig, die Luft im Flur schwül und abgestanden, gesättigt mit dem Dunst von Haschrauch. Im Wohnzimmer ist das Regal umgekippt; auf dem Fußboden verstreut liegen LPs und Bücher, ein zerbrochener Blumentopf, eine kaputtgeschlagene Stereoanlage.

»*Ist Steso dagewesen?« fragt Lars in dem hoffnungslosen Bemühen, die Stimmung aufzuheitern; Steso ist früher mal in den Wohnungen anderer ausgerastet. Tilde ist ganz still. Svend begrüßt sie nicht mal.*

»*Die Alte ist wütend geworden«, sagt Svend und setzt sich seufzend an den Eßtisch, gießt Rotwein in ein Wasserglas, nimmt einen großen Schluck. »Bedient euch«, sagt er und zeigt auf die beiden anderen Weinflaschen, die ungeöffnet auf dem Tisch stehen. Tilde holt in der Küche Gläser.*

»*Weshalb ist sie wütend geworden?« fragt Lars.*

»*Sie war zur Geburtsvorbereitung, und da traf sie natürlich diese Schlampe, die behauptet, ich hätte sie geschwängert.«*

»*NEIN«, sagt Lars.*

»*Doch.«*

»*Nein, verdammter Mist. Aber ... was machst du?«*

»*Mann, ich weiß es nicht. Ich ... ich bestreite es. Also nicht Line gegenüber. Ich kann irgendwie nicht wegerklären, daß ich mit dieser Schlampe zusammen war und gleichzeitig hier gewohnt habe, und deshalb ...« Svend deutet auf das Chaos auf dem Fußboden, »... ist Line sauer geworden. Aber ich streite das andere Kind ab. Das ist nicht meins. Sie darf mich ruhig vor Gericht zerren. Dann kann ich die anderen sieben Kerle runterleiern, mit denen sie in der gleichen Zeit gevögelt hat.«*

Lars fühlt sich mies. Tilde kommt wieder ins Wohnzimmer, leichenblaß. »Weißt du das von ihr?« fragt sie.

»*Das ist das, was ich höre«, sagt Svend.*

»*Hast du ihr das gesagt?« fragt Lars. Svend wirft den Kopf in den Nacken, lacht laut.*

»*Ach«, sagt er, wischt sich die Augen, »ich habe es ihren blöden Eltern gesagt.«*

»Warum das?« fragt Lars.

»Ja also, ich wollte mit ihr reden, sie zur Vernunft bringen. Also falls das mein Kind ist, dann waren wir eine einzige Nacht zusammen – total besoffen –, und ich will nichts mit ihr zu tun haben, und das habe ich ihr klargemacht. Sie muß nur sagen, daß sie nicht weiß, wer der Vater ist, und dann bezahlt das Sozialamt Kindergeld. Das kostet ein Bußgeld von 500 Kronen, und die muß ich wohl bezahlen. Aber das will sie auf keinen Fall. Sie will, daß mein Name eingetragen wird. Vater: Der Idiot Svend, der versucht, die große Leere in seiner Seele mit Mädchen zu füllen, damit er sich sagen kann, er sei okay.«

Lars sieht, daß Tilde wütend wird. Sie weiß, worum es geht. Man muß kleine Stücke seines Lebens sammeln und versuchen, ihnen einen Sinn zu geben.

Ein Augenblick vergeht, ehe Lars weiß, was er sagen muß: »Warum gerade du?«

»Von den Losern, die sie gevögelt hat, war ich noch der annehmbarste«, sagt Svend, »erschreckend, findest du nicht?«

»Aber warum hast du mit ihren Eltern geredet?« fragt Lars.

»Sie war verschwunden. Da hab ich's bei den Eltern versucht. Da war sie.«

»Und wie ging's?«

»Bestens«, sagt Svend, »ich hab einen richtig schlechten Eindruck hinterlassen. Machte ihnen klar, daß ihre Tochter eine Nutte ist, malte ihnen die Vaterschaftsklage aus: acht Männer, die alle Blutproben abliefern müssen. Erzählte ihnen, daß ich nie etwas mit dem verdammten Sprößling ihrer Tochter zu tun haben will ... ja.«

»Und?« sagt Lars.

»Ja, dann bin ich gegangen.«

Lars fragt nichts mehr. Tilde sieht aus, als würde sie frieren – ihre Augen glänzen. Ein Kälteschauder erfaßt Lars' Oberkörper. Noch nie hat er Svend so eiskalt wie in diesem Moment gesehen.

»Und wie geht's jetzt weiter?« fragt Tilde mit ganz kleiner

Stimme. Svend schaut zu ihr, macht eine resignierte Bewegung mit den Händen:

»Ja, jetzt hoffe ich, daß ihre Eltern sie zur Vernunft bringen.«

»Und was ist mit deiner Freundin?« fragt Tilde, »was ist mit Line?«

»Deine Freundin«, sagt Svend, »ich finde, mit diesen Wörtern wird heutzutage ein bißchen zu großzügig umgegangen.« Er leert sein Glas.

Lars denkt an Lisbeth – wie sie reagieren würde. Aber sie ist zu sehr mit sich selbst beschäftigt, um wahrzunehmen, daß Svend dabei ist, sich lebendig zu begraben.

»Aber was soll jetzt passieren?« fragt Lars. Svend schaut ihn verständnislos an. »Was für Pläne hast du?« fügt er hinzu.

»Die Räume hier wirken auf mich etwas nach Umsiedeln«, Svend macht eine Bewegung mit dem Arm, die umfaßt die gesamte Wohnung. Da hat Lars plötzlich Spuren von Tieren vor Augen; Svends ewige Wanderung zum Wasserloch, dem Futterplatz, dem Schlafzimmer, dem Aufenthaltsraum, dem Badezimmer. Er kennt das Gefühl. Das Leben ist unerträglich; aus diesem Grund raucht er – um die Glasglocke über sich zu senken, die scharfen Kanten zu verwischen, die Angst zu dämpfen. Aber das braucht Svend nicht. Er kann kämpfen. Aber der scheißt nur auf andere Menschen – sie sind ihm vollkommen gleichgültig.

»Du kannst doch nicht einfach verschwinden«, sagt Tilde, »das ist ... unmenschlich.«

»Tilde«, sagt Svend, »einige Gefühle sind mir weggebrannt worden, damals, als ich auf Acid war.« Dies ist das Abgestumpfteste, was ich je gehört habe, würde Lars ihm am liebsten sagen, aber er weiß, es ist unmöglich, zu Svend vorzudringen. Svend hat sich verbarrikadiert. Lars will nur noch raus – schleunigst aus der Tür und nach Hause kommen. Rauchen. Tilde fängt an zu weinen. Svend schaut weg, dann sieht er es nicht.

»Svend. Das ist abgestumpft«, sagt Lars.

»Ja Lars, so bin ich. Denn ich könnte mir ohne weiteres vorstellen, daß diese ... diese Frauen ... daß sie mit den Männern reden, wenn sie die Pille nicht mehr nehmen. Daß ich es erfahren würde und entsprechend den Regenmantel anziehen könnte. Das, was hier läuft, das ist doch Bauernfängerei.«

»Svend«, schluchzt Tilde und sagt nichts weiter, bis er sich umgedreht hat und sie anschaut, »Svend ... wenn du so bist, kann ich dich nicht leiden.«

Er blickt sie hart an. Sie schnieft, hält aber seinen Blick fest, bis er den Kopf wegdreht.

»Nein«, sagt er, »ich auch nicht.«

Alle halten sie eine brennende Zigarette in der Hand, sie kippen ein Glas Wein nach dem anderen. Irgendwas zum Betäuben. Svend dreht den Kopf langsam von einer Seite zur anderen, schaut dabei verwundert auf die Sachen rings um ihn.

»Svend?« sagt Lars.

»Das Acid fängt an zu wirken.«

»Hast du Pilze genommen?«

»LSD.«

»Du bist wahnsinnig«, sagt Lars.

»Noch nicht, aber ich kann es werden.«

Lars steht auf und gibt Tilde ihre Jacke. »Wir gehen jetzt«, sagt er.

»Ja«, sagt sie.

»Man kann nicht gehen«, sagt Svend, »denn man läuft immer hinterher.«

Sie kommen zur Treppe. Svend ruft aus der Wohnung: »Wie lange ist man für sich selbst relevant, Lars?«

Tilde weint auf dem ganzen Weg zu Lars. Sie weint sich auf seinem Sofa in den Schlaf. Er kann sich an die Nacht erinnern. Er saß bei ihr und schaute sie an, und er dachte, jetzt ist alles vorbei. Inzwischen war alles, was ihnen gemeinsam gewesen war, durchgebracht. Steso, Lisbeth und Svend steckten doch allesamt im Dreck.

Lille-Lars war tot. Sie waren nicht mehr jung, und sie hatten keine gute Figur abgegeben. Die beiden Normalsten von ihnen waren ein Haschwrack und eine Verrückte. Der Dealer und das gelbe Mädchen. Lars und Tilde.

Eine große glänzende Metallkugel beginnt in Svends Kopf herumzuwirbeln; sie verleiht allem Farbe, sie wächst und wird größer als der Umfang seines Schädels, sie rotiert immer weiter um seinen Kopf und ist eine riesige Globussonnenbrille.

Durch sprudelnden hellroten Champagner geht Svend den langen Gang zu Sigurts Zimmer. Sigurt steht im Badezimmer und putzt sich die Zähne, der Schaum wälzt sich dickflüssig über sein Kinn. Von seinem Zimmer hört Svend Zikaden, Helikopter, hysterische Vietnamesen, Maschinengewehrsalven. Er geht weiter – ins Zimmer hinein. Steso fläzt sich auf einem Sessel. Auf dem Fernsehschirm: ein riesenhafter Neger aus Tuscaloosa, Alabama – in Tarnkleidung, die Stimme schwer und tief:

»We was stationed up in Dà Nāng, trying to kill the yellow man for the beast, 'n' this honky motherfucker thrown us into the bush – we just sittin' there on our sorry black asses waitin'. Charlie he can smell your Luckies, your Marlboro 'n' shit two miles down wind – you dig? You be smokin' you gonna be fuckin' dyin'. Charlie he come runnin' like a motherfucker, shoot your nigger ass into oblivion.«

Steso dreht sich um. »Svend«, *sagt er,* »du siehst aus wie ein Fremdarbeiter.«

»Fremd?« *Svend schaut an sich herunter.*

»Innerlich, Mann. Wessen Sklave bist du?«

Svend sucht in seinem Gehirn nach einer passenden Antwort, weiß aber keine.

Sigurt kommt aus dem Badezimmer zurück, Zahnpasta im Mundwinkel. Er schlägt auf sein neues Crash-Becken, das auf einem Gestell mitten im Zimmer steht. »Ich muß runter ins Huset *zum Üben«*, *murmelt er und macht ein paar zufällige Schritte beiseite, hebt sein T-Shirt hoch, starrt mit aufgerissenen Augen erst auf das vibrierende Becken und dann auf seinen Bauch.* »*Ich kann mit der Haut hören*«, *sagt er vor sich hin, ehe er sich Svend zuwendet:* »*Weil ich die Schwerkraft aufgehoben habe.*«

Svend schluckt – ist unsicher, ob das immer so ist oder manchmal anders. Der Fernseher kreischt – der Dschungel ist tiefgrün.

»Afterward we's lookin' to get our funky asses into some R&R action. Ridin' down into poontang garden to regroup, retrack and just get recomposed completely. Sittin' in a cathouse in Nha Trang watching the floorshow – amazing Charlie lady, she out of sight.«

»*Ich muß Zähne putzen*«, *sagt Sigurt und geht wieder raus. Steso legt Svend eine Hand auf die Schulter.*

»*Potchai*«, *sagt Steso und nickt*, »*ich habe was für uns gemacht.*«

Bin ich im Dschungel? überlegt Svend. Der Soldat ist blauschwarz, entspannt – er lacht und spuckt aus:

»The bitches won't go with us – turns out this confederate beast been tellin' them that the brothers too big. At midnight the brothers grow tails 'n' shit. This man has been a beast all his life. The way he acts – his very nature is beastly. This shit has grown in him from constantly fucking over people – he's got it down to a fine art. Burns me up, man.«

Steso führt Svend auf den Flur, hin zum Geräusch der Zahnbürste. Schleifmittel. Svend wird aufs Sofa geschwemmt ... das ist ein Strand. Schaut zum Horizont. Geruch von Tang. In der Ferne Segelschiffe. Die Sonne brennt. Die Wellen schwappen ans Ufer. Bis auf das Fenster mitten im Horizont. Dadurch kann er Autos auf der Straße vorbeifahren sehen. Und die Tür zur Diele pulsiert wie ein Herz. Die Zeit ist verschwunden. Svend halluziniert; observiert das Auto seiner Eltern, das fährt durch das Fenster am Strand vorbei. Steso rumort in der Küche. Svends Mutter ist unten in Århus, um seine Schwester zu besuchen. Mutter geht an der Fensterscheibe vorbei. Svend geht in die Küche, um Steso zu helfen. Ein Klingelton schrillt.

»Das ist die Tür«, sagt Steso. Ja, die pulsiert. Steso geht nach draußen, um sie anzuhalten.

»Da draußen steht deine Mutter«, sagt er. Århus? Svends Pupillen sind riesig. Seine Mutter steht im Zimmer.

»Hallo Svend. Wir haben uns gedacht …« Blitzschnell schmilzt sie zu einem Klecks auf dem Fußboden, und Svend versucht die ganze Zeit, seinen Blick von ihrem Kopf zu ihren Schuhspitzen zu senken, um Augenkontakt zu bekommen. Sie sagt nichts. So mit ihr zu reden ist ungeheuer schwer.

»Komm und iß morgen mit uns.« Was? Sie ist weg. Ihre Gefühle in Svends Mund. Hefe und Mehl. Versucht, seine Spucke zu bremsen. Schwillt an.

Steso ist … verschwunden? Svend liegt im Bett. Ein Mädchen kommt. Sie setzt sich auf die Bettkante.

»Nein.« Sagte er das?

»Ich bin das … Line.«

»Nein. Du bist nicht …« Ihre Hand hält Svends – sie legt sie auf ihren Bauch.

»Kannst du es spüren – unser Kind?« sagt sie.

»Nein«, flüstert er. Ein Schluchzen steigt in seinem Hals auf – unkontrollierbares Weinen. Sie ist nicht … richtig. Von ihrer Handfläche strömt stinkendes Quecksilber über in seinen Körper und schwappt träge: Brechreiz, seekrank. Schiebt sich von ihr weg – in die Ecke.

In den ersten Tagen konnte er nichts. Dann begann er nach und nach gewöhnliche Handlungen auszuführen wie essen, ins Bad gehen, einkaufen. Aber es dauerte einige Monate, wo es ihm schlicht schwerfiel, mit anderen Menschen in Kontakt zu treten, denn er wußte nicht, in wessen Gesellschaft sie waren, wenn sie mit ihm zusammen waren. Er mußte seine Seele aus dem vorhandenen Ma-

terial rekonstruieren – Dinge, die ringsum lagen und flossen, etwas, das er im Fernsehen sah, Elemente, zu denen er sich hinzuphantasierte; bettelte, lieh, stahl.

Im Genossenschaftshaus ist eine große Kaffeetafel gedeckt. Bertrand kommt, und Lisbeth fällt auf, daß Svend ihn böse ansieht. Sie weiß, daß die beiden sich nicht leiden können, aber an einem solchen Tag wirkt das einfach nur merkwürdig. Es ist allerdings schon komisch, daß Bertrand überhaupt kommt, denkt sie. Pusher-Lars hat seine Lehre in dem Bauunternehmen gemacht, das Bertrands Vater gehört, Bertrand ist dort in der Buchhaltung in die Lehre gegangen. Aber es ist lange her, seit Bertrand mit ihnen abhing – weit zurück bis zum Ende der Achtziger. Sie weiß mit Sicherheit, daß er Thomas eigentlich nicht leiden konnte.

Adrian müßte hier sein, weil er und Thomas sich nahe standen, und natürlich bleibt er wegen Lisbeth weg, und darüber ist sie froh und traurig ... sie will nicht daran denken.

Als sie am Tisch Platz genommen und ein Stück Kuchen bekommen haben, steht Arne auf. Er gleicht Thomas, als er sich lange räuspert, ehe er zu sprechen beginnt:

»Wir sind hier, um uns von Thomas zu verabschieden. Das ist natürlich ein trauriger Tag für uns alle, nicht zuletzt ...« Er legt seiner Frau eine Hand auf die Schulter, drückt sie kurz, als er zu ihr hinschaut. Bodils Gesicht ist wie aus Holz geschnitzt – sie starrt vor sich hin. Rikke, der die Tränen über die Wangen laufen, sitzt neben ihrer Mutter und hält sie. Von der Familie sind nur ganz wenige gekommen. Eigentlich spricht er zu Stesos alten Freunden. Das gesamte Arrangement im Haus ist für sie; damit sie ordentlich Abschied nehmen können – dafür hat er gesorgt.

»Ich will gern, daß wir uns seiner mit Freude erinnern«, sagt Arne. »Auch wenn Thomas in mancher Hinsicht eine ... Enttäuschung für uns war, so weiß ich doch, daß er sich seines Lebens freute. Er tat das, was er am allerliebsten mochte, und auch wenn mir das sehr zuwider war, so bin ich trotzdem froh, daß mein Junge es schön hatte.« Arne legt eine kleine Pause ein und versucht, sich zu sammeln. Dann fährt er mit belegter Stimme fort:

»Auch wenn Thomas die Freuden des Alkohols nie anerkennen wollte, wie oft ich auch damit lockte ...« Sie lächeln irgendwie ehrerbietig, nicken, auch wenn sie wissen, daß er Alkohol durchaus anerkannte – er war kein Kostverächter, »... so hoffe ich, daß ihr eure Zigarren anzünden werdet ...« Arne macht eine Bewegung mit der Hand, und sie verstehen, daß es jetzt sein soll, und alle tun ihr Bestes, um die ungewohnten Zigarren, die angeboten wurden, zum Brennen zu bringen.

Tilde schluchzt und versucht gleichzeitig, die Zigarre anzurauchen. Es sieht total surreal aus, und Lisbeth hat Angst, daß Tilde richtig zusammenbricht. Lisbeth versucht schon die ganze Zeit, den riesigen Kloß im Hals runterzuschlucken, denn sie hat Tildes Mutter versprochen, heute auf sie aufzupassen, so daß Lisbeth stark sein muß. Aber dann reicht Svend Tilde seine brennende Zigarre und erklärt ihr, wie sie rauchen muß; daß sie nicht zu viel von dem Zigarrenrauch inhalieren darf, weil der zu stark ist. Tilde nickt ernst, und als sie konzentriert an der Zigarre zieht, zündet er sich ihre an.

Tränen strömen über Bodils Wangen. Sie verzieht keine Miene: Als die Rauchschwaden aufsteigen und über dem Tisch hängen, fährt Arne fort:

»Wir sollten einen Toast auf Thomas ausbringen. Viel Unschönes ließe sich über ihn sagen – aber langweilig war er nie.« Das stimmt, denkt Lisbeth; Arne hatte den amüsantesten Sohn, den man sich vorstellen kann. Thomas machte *immer* Stunk, aber auf eine charmante Weise – das Boshafte kam erst später, als er Geld brauchte.

Alle stehen auf. Aus der Familie sagt keiner was. Svend und Lars sagen: »Nein, das war er echt nie, er war nie langweilig.« Die kleinen Gläser werden erhoben, geleert. Alle setzen sich wieder. Kurzes Schweigen, wenige nur reden leise miteinander.

»Er war echt ein unterhaltsames Kerlchen«, sagt Svend.

»Was hat er gemacht?« fragt Louise, die ihn nie richtig kennengelernt hat. Als sie langsam ihre Krankheit überwand, war Thomas bereits dabei, von ihnen wegzugleiten; oder vielleicht glitten sie allesamt voneinander weg.

»Alles mögliche«, sagt Svend. »Er hat mich angepißt, auf mich gekotzt – buchstäblich. Versucht, mich mit einem Stuhl totzuschlagen. Meine Stereoanlage verkauft, als er bei mir übernachten mußte und ich zum Einkaufen rausgegangen war, damit er was zu fressen bekam.«

»War das nicht anödend?« fragt Louise.

»Was?« sagt Svend.

»Einen zu kennen, auf den man sich nicht verlassen kann – so einen bei sich zu Hause zu haben?« sagt Louise.

»Doch, verdammt, und ob – aber gleichzeitig war es absolut unvorhersehbar ... also ich finde, es war immer interessant, und es war *nie* langweilig.«

Es passierte in der Hasserisgade im Huset, wo Svend mal ein Jobtraining machte.

Steso kam rein, verhielt sich irgendwie merkwürdig, aber das war normal. Er ging in den ersten Stock, weil er auf die Toilette wollte, kam aber sofort wieder die Treppe heruntergerannt.

»SPINNEN, SPINNEN – oh ... ÜBERALL sind Spinnen«, ruft er. Hüpft auf der Stelle, zittert, schwitzt, die Augen groß wie Untertassen. Svend fragt ihn, wo die Spinnen sind.

»Sie quellen aus dem KLO. Ich muß SCHEISSEN«, ruft Steso. Da das nicht sonderlich häufig vorkommt, ist das ein Ereignis, das akute Aufmerksamkeit verlangt, wenn es endlich so weit ist. Svend geht mit ihm zu den Toiletten und betritt eine davon. Steso will nicht mitgehen. Steht vor der Tür und schreit und zeigt:

»ACH SVEND, sie krabbeln einfach ÜBERALL herum«, ruft er und streift unsichtbare Spinnen von seinen Sachen, stampft mit den Füßen:

»STERBT STERBT, IHR SOLLT VERDAMMT NICHT HIER RAUSKOMMEN. STERBT.« Und dann: »SVEND, ICH MUSS SCHEISSEN.« Svend geht runter und kommt mit einem Eimer Seifenwasser wieder nach oben und fängt an, die Wände mit einem Scheuertuch abzuwaschen.

»Steso, siehst du, wie sie im Seifenwasser ertrinken?« fragt er.

»JA. JA. TÖTE SIE«, ruft Steso – hüpft begeistert auf und ab.

»Schau, wie sie auf den Fußboden gewaschen werden«, sagt Svend und arbeitet weiter, achtet darauf, die gesamte Wand abzuwaschen, und Steso starrt böse und glücklich lächelnd auf die Spinnen, die von den Wänden rutschen und so jämmerlich auf dem Fußboden sterben.

»Auch die an der Decke, Svend, die müssen AUCH sterben«, sagt er und deutet zur Decke, weshalb Svend sich auf den Klodeckel stellen muß und die Decke abwäscht. Am Schluß wischt er den Fußboden und das Klo mit dem Tuch trocken und wirft es dann in den Eimer.

»Schau nach«, sagt er und deutet zum Eimer, »die können nicht richtig schwimmen.«

»JAAA«, sagt Steso. »Dieses MISTUNGEZIEFER. Jetzt STERBEN sie. Die ERTRINKEN.«

»Geh rein«, sagt Svend. »Das ist jetzt okay.«

»Ja«, sagt Steso und gibt ihm die Hand. »Vielen Dank, Svend – ich FÜRCHTE mich so vor dem Ungeziefer.« Geht rein und scheißt. Und ruft:

»Ha, sie sind jetzt TOOOT. HA. Svend hat sie UMGEBRACHT.« Svend geht runter und gießt das Wasser weg. Nie langweilig.

Bertrand ist ... also Tilde sah, daß er zur Tür hereinkam, gerade als es Kaffee geben sollte, aber jetzt haben sie Kaffee getrunken, und er ist immer noch da. Die Leute können irgendwie rumgehen, und wenn er dann jetzt kommen und mit ihr reden will, also das mag sie nicht. Denn das will er immer, deshalb stellt sich Tilde schnell zu Svend. Denn der steht mit Lisbeth und Pusher-Lars zusammen, aber dann kommt Bertrand dahin. Er stinkt nach Aftershave – wie eine Nutte.

»Damals waren wir unverwundbar«, sagt er. Was weiß der von unverwundbar sein? Gar nichts. Mit dieser Zigarre sieht er bescheuert aus.

»Glaubten wir«, sagt Lars.

»Warst du mit, als wir nach Egholm geschwommen sind?« fragt Bertrand Svend.

»Ja«, antwortet Svend. Tilde sieht, daß Svend schon wütend ist.

»Und Lars hat bei der Fähre einen großen Plastikkanister gestohlen und ihn mitgenommen, um nicht zu ertrinken«, sagt Bertrand. Und schon lügt er.

»Hab ich?« fragt Pusher-Lars.

»Ich hab dir den gegeben«, sagt Tilde zu ihm, denn so war es.

»Du bist schon immer ein verdammt süßes Mädchen gewesen«, sagt Lars und lächelt. Sie lächelt zurück.

»Ja, du solltest nichts riskieren«, sagt Bertrand zu ihm.

»Ich bin halt ein cooler Typ«, sagt Lars. Er lächelt noch mehr. Seine Zähne sind so gut.

»Kannst du dich nicht an das Schwimmen erinnern?« fragt Bertrand.

»... sagt mir nichts«, Lars schüttelt den Kopf. Er will keinen Ärger – Tilde ist sich sicher, daß er alles weiß. Er will Ärger vermeiden. Aber Svend nicht.

»Du vergißt da ein kleines Detail«, sagt Svend. Tilde weiß es. Sie zieht ihn am Ärmel und flüstert ihm schnell ins Ohr: »Svend, das ist egal.«

Sie will das nicht. Außerdem ist es schade für Thomas' Mutter, wenn es Ärger gibt. Und Tilde wird traurig.

»Nein«, sagt Svend zu ihr und schaut Bertrand gereizt an.

»Was ist?« will Bertrand wissen.

»Du warst nicht mit«, sagt Svend. Da ist nichts zu machen. Tilde schaut die beiden an. Und versucht, nicht zu weinen. Sie will nicht die ganze Zeit weinen.

»Zum Teufel, Mann, wovon redest du«, sagt Bertrand, »klar war ich da. Erst waren wir …« Svend unterbricht ihn:

»… zu dem Konzert von Kliché und dann unten am Fjord – aber *über* den Fjord bist du nicht mitgewesen.«

»Ach Mann, du erinnerst dich auch an gar nichts«, sagt Bertrand. Tilde stellt sich auf der anderen Seite neben Lisbeth, die Tildes Hand nimmt und festhält. Ihre Finger spielen miteinander. Sollen die Jungens doch einfach reden – für Tilde und Lisbeth bedeutet das nichts.

»Svend, laß ihn«, sagt Lars.

»Verdammt nein – er soll nicht meine Erinnerungen verhunzen.«

»Was ist das jetzt für ein Scheiß?« sagt Bertrand.

»Wo haben wir das Boot gefunden, mit dem wir zurückgerudert sind?« fragt Svend.

»Das weiß ich nicht mehr – am Wasser, nehme ich mal an«, sagt Bertrand. Das hätte er nicht sagen sollen, denkt Tilde.

»Nein.« Svend schüttelt langsam den Kopf.

»Du bist doch da so weg gewesen, genau wie Lars – ein Wunder, daß du überhaupt noch weißt, daß du existiert hast«, sagt Bertrand. Lars hebt die Augenbrauen, schaut Bertrand an. Lisbeth drückt Tildes Hand. Svend schüttelt immer noch den Kopf:

»Ich halte mich an die Fakten, wenn ich über die Vergangenheit rede – das solltest du auch tun«, sagt er.

»Wenn du glaubst, ich hab Lust, noch mehr von dem Scheiß zu hören, irrst du dich«, sagt Bertrand, dreht sich um und geht.

»Worum geht es?« fragt Lisbeth.

»*Bertrand, du bist und bleibst ein verdammter feiger Lügner*«, ruft Svend ihm nach.

»Das ist nicht der richtige Zeitpunkt, alte Rechnungen zu begleichen«, sagt Lisbeth zu Svend.

»Ganz im Gegenteil, finde ich«, antwortet er. Lars wirkt geistesabwesend.

»Teufel, was war das für 'ne Plackerei«, sagt er. Da lächelt Tilde wieder.

»Was?« fragt Lisbeth.

»Das Boot ... alle Boote waren am Bootssteg angeschlossen, aber wir fanden eins hinten bei der Gaststätte. Verdammt viel Arbeit.«

»Also kannst du dich gut dran erinnern?« sagt Lisbeth.

»Natürlich kann ich das. Steso ... also Thomas war am Ertrinken – er hing an diesem Plastikkanister, den Tilde mir gegeben hatte, und schwafelte davon, daß er nicht im Wasser sterben wollte. Er fand, das sei *stillos*.« Tilde kichert. Als sie damals zurückkamen, mußte Thomas ihre hellblauen Strumpfhosen ausleihen und die gelbe Daunenweste. Er zitterte am ganzen Körper. Er hörte gar nicht auf davon zu labern, daß er zur Notaufnahme müßte, um Adrenalin-Spritzen zu bekommen. Weil er einen »KÄLTESCHOCK« bekäme. Aber Bertrand war nicht mit drüben – der stand knochentrocken an der Fähre und versuchte die ganze Zeit, sich an Tilde ranzumachen.

Svend schüttelt den Kopf. »Warum hast du ihm denn nicht erzählt, daß er ein verdammter Lügner ist?« sagt er zu Lars und macht dabei eine Kopfbewegung in die Richtung, in der Bertrand verschwand. Svend ist wütend auf Bertrand – lange schon. Seit damals ...

»Das ist so lange her, Svend«, sagt Lars.

»Was meint ihr?« fragt Lisbeth, »war er nicht dabei?«

»Verdammt nein«, sagt Svend. »Er ist immer ein Lügner gewesen – ein Schmarotzer.«

»Es gibt keinen Grund, nachtragend zu sein«, sagt Lars.

»Wenn es dir egal ist – okay, das ist deine Sache. Ich kann's nicht«, sagt Svend.

»Svend, Mann, der glaubt bestimmt selbst, daß er mit war«, sagt Lars.

»Ich finde es wirklich ein Ding, mit den Händen in den Taschen hier rumzustehen und zuzuhören, wie er historische Tatsachen verdreht«, sagt Svend.

»Und auf der anderen Seite ist das alles seit Jahren passé«, sagt Lars.

Tilde runzelt die Stirn; nein, Lars – darüber darfst du nicht sprechen – nicht wenn Lisbeth da ist. Lisbeth weiß nichts von damals, als Bertrand Tilde ... benutzt hat. Davon hat Tilde nichts erzählt. Denn Lisbeth schlug sich mit ihren eigenen Problemen rum, und Tilde weiß schon, das ist mühsam. Wenn es ihr immer so ... so geht.

»Ich kann nicht anders, jedesmal, wenn ich seine Visage sehe, denke ich daran«, sagt Svend ruhig. Tilde geht zu Lars hinüber. Denn er hat nicht vor, weiter darüber zu reden. Er kennt Bertrand gut. Aber sie sind nicht mehr befreundet. Das ist sicher.

»Svend«, sagt Lars, »ich kann dir auch ein paar Geschichten erzählen, an denen du beteiligt warst und die nicht astrein waren.«

Lisbeth sieht verwirrt aus und ernst.

»Wovon redet ihr?« fragt sie, denn sie findet, alle verhalten sich echt merkwürdig, und sie weiß doch, daß ... daß es ein schwerer Tag ist. Svend ... sie weiß nicht. Und Tilde ist so unruhig. Und manchmal kann man sich schon über Tilde ärgern, aber sie kann nichts dafür.

»Vergiß es«, sagt Svend. Pusher-Lars geht zu einem kleinen Tisch, dort fummelt er mit seinem Tabak rum.

»Ihr vier ...« sagt Lisbeth, »jedesmal, wenn ihr zusammenkommt, dann liegt lauter alter Groll in der Luft.«

»Hm«, sagt Svend. Dann stellt sich Pusher-Lars mit einem echt guten Joint und einem richtig schönen Joint-Filter aus Elfenbein zu ihnen. Er hat ihnen vor vielen Jahren beigebracht, wie man solche baut. Er fragt Lisbeth, ob sie anrauchen will.

»Also, ich rauche so was nicht mehr«, sagt sie und lächelt ihn an.

»Das ist nur für die alten Zeiten«, sagt Lars.

»Nein nein nein nein nein – und rauch lieber nicht hier drinnen, Lars«, sagt Lisbeth zurechtweisend.

»Nein«, sagt Lars, »das ist kein Joint. Also – das ist ein Joint, aber nur mit Tabak.« Lisbeth schüttelt den Kopf:

»Das ist gelogen – du rauchst immer Queen's.«

»Ich schwöre beim Grab meiner Mutter«, sagt Lars.

»Gut, daß sie das nicht hört«, sagt Svend.

»Wohl wahr«, räumt Lars ein.

»Und wenn du ihn selbst anrauchst?« sagt Lisbeth.

»Das ist doch nur ... Ich mochte das so gern, damals, wenn du geraucht hast. Du hast so schön ausgesehen, wenn du einen Joint angeraucht hast.«

»Findest du?« fragt Lisbeth – innerlich wird sie ganz froh.

»Ja, tu es, tu's für mich.« Lars redet ernst. Lisbeth blinzelt ihm zu und nimmt den Joint, und Lars sieht sie glücklich an, und sie kann sich ebenfalls gut erinnern. Den Kopf leicht zurückgeneigt und halb geschlossene Augen – sie zieht gierig, inhaliert, und dann wartet man, daß der Rauch seinen Kick in die Blutbahnen aussendet, aber das ist zum Glück ja nur ganz gewöhnlicher Tabak zum Drehen.

»Jaaa, das ist schön«, sagt Pusher-Lars. »Das ist das wahre Bild von der Begegnung zwischen Mensch und Euphorica. Ja, so geht es mir damit«, er nickt Svend zu – der zuckt die Achseln. Lisbeth glaubt, daß Svends Verhalten was mit Thomas zu tun hat. Sie vermißt Thomas. Und Lars ... Lille-Lars. Großer Gott, wie sie ihn vermißt – also nicht als ihren Freund – nur daß er lebt, daß er über die Erde wandert. Lisbeth war überhaupt nicht bereit ... menschlich bereit, nicht reif, daß damals jemand sterben mußte; schon gar nicht jemand, der ihr so nahe stand. Das brachte sie vollständig aus der Fassung – für Jahre. Immer noch. Jetzt weiß sie nicht, wie es hätte gewesen sein können.

Es war lediglich ein Streit. Lisbeth kam mit leeren Drohungen. Warum er es so aufnahm, wird sie niemals begreifen. Aber er hatte so viel Kraft, so viel Aggressivität. Und sie wußte, daß er nie Hand an sie legen würde. Er konnte das nicht kontrollieren – die Wut fand immer einen Weg. Zum Teufel, Lars, wir waren neunzehn Jahre alt – was hast du dir gedacht? Seit neun Jahren versucht sie sich zu sagen, daß sie unschuldig ist, aber sie glaubt es nicht. Es ist, als hätte sein Tod ihre ganze Persönlichkeit verändert. Bleibender Schaden ... oder nicht Schaden, aber eine bleibende Veränderung. Er hat sie dazu gebracht, die Welt in einem ausgeprägt anderen Licht zu sehen. Und das ist nicht heller.

Lisbeth atmet eine dicke Rauchwolke aus und hustet. Sie kann etwas anderes als nur Nikotin schmecken – nur als Andeutung.

»Also irgendwas anderes ist da drin«, sagt sie.

»Ach, das sind nur ein paar Fuseln, die zwischen dem Tabak lagen«, sagt Pusher-Lars.

»Schwindler«, sagt sie. Lars spricht mit Svend, der gerade Lisbeth den Joint abgenommen hat und zieht.

»Alles, was du da vorhin gefaselt hast, Svend – mit Michael; also mir sagt das nicht die Bohne.« Svend zuckt wieder die Achseln, atmet den Rauch aus. Lisbeth glaubt, daß er Thomas ebenfalls vermißt. Und ihren Lars. Lille-Lars. Sie weiß, daß Svend von Lille-Lars total angetan war. Das war erst nach seinem Tod, daß Svend von ihr so total angetan war. Aber sie konnte einfach nicht ... sie hatte das Gefühl, das wäre ihrem Lars gegenüber illoyal. Und Svend konnte auch nicht ... das alles mit Adrian. Was für ein verdammtes Chaos habe ich aus meinem Leben gemacht, denkt sie. Die letzten Jahre hat sie es runtergefahren, sie kann keinen Neuen lieben, ehe sie nicht aufgehört hat, Lars zu lieben. Und sie kann nicht aufhören, Lars zu lieben, ehe sie einen Neuen liebt. Und Lars ist nicht da, deshalb ist es unmöglich für sie, ihre Liebe zu beenden. Und er liebt sie auf ewig – das kann sie spüren. Und jedesmal, wenn sie sich einbildet, mit der Vergangenheit fertig zu sein, dann ist die nicht fertig mit ihr. Sie wirft ihre Schatten voraus.

Lisbeth schaut hoch zu Pusher-Lars: »Vielleicht werde ich dich eines Tages einladen, bei mir zu kiffen«, sagt sie, weil ihr klar wird, daß sie ihn auch vermißt. Er ruht in sich. Das ist schön ... Selten. Er lächelt.

»Ich bedanke mich jedenfalls für die Ehre«, sagt er und macht eine kleine Verbeugung, und dann fängt Tilde an zu kichern; wie gut, daß sie wieder froh ist.

»... und um Birthday Party und L'Amourder zu hören«, fährt Lisbeth fort.

»Hab ich schon gecheckt«, sagt Pusher-Lars.

Lisbeth fällt ein, daß die restliche Gesellschaft womöglich glaubt, sie würden einen Joint rauchen. Sie schaut zu Bodil, aber die ist wie versteinert – bekommt überhaupt nichts mit.

Arne kommt zu ihnen, stellt sich neben Svend.

»Es wird Zeit ... daß ihr ... daß ihr weiterkommt. Die Frau und so ...« sagt er vorsichtig, faltet die Hände vor dem Bauch und beugt sich etwas vor.

»Natürlich, Arne. Wir verabschieden uns gleich und dann sind wir weg«, antwortet Svend und legt ihm den Arm um die Schulter.

»Das äh ... es ist wohl das beste, wenn ihr Jungs einfach rausgeht und ...« sagt Arne und macht ein entschuldigendes Gesicht. »Daß nur Tilde und Lisbeth rübergehen und ... also ...« Er läßt den Satz in der Luft hängen, schaut dabei rasch von einem zum anderen.

»Wir verstehen«, sagt Lars.

»Es ist ja nicht, weil ich ...« beginnt Arne.

»Arne. Wir verstehen schon«, sagt Lars wieder.

»Sie ... Nur die sie kennt. Die Mädchen«, sagt Arne und seufzt. Louise sieht völlig perplex aus – sie ist auch ein Mädchen, aber sie kennt Thomas' Mutter nicht.

»Arne, willst du uns nicht nach draußen begleiten?« fragt Svend. Arne nickt.

»Wartet ihr auf uns?« fragt Tilde leicht hektisch.

»Aber klar«, sagt Lars. Michael legt Louise den Arm um die Schultern, und sie geht mit ihnen hinaus.

Bodil ist ... untröstlich. Sie will Tilde gar nicht loslassen. Lisbeth schaut aus dem Fenster. Bertrand ist wieder aufgetaucht; steht draußen vorm Haus, etwas an der Seite, während Arne allen die Hand gibt, sich dann umdreht und wieder hineingeht. Vorsichtig trennt er seine Frau von Tilde.

»Ihr müßt mal vorbeischauen«, sagt er zu Tilde und Lisbeth. Sie versprechen es, obwohl Lisbeth weiß, daß ... doch, das werden sie, sie müssen wohl.

Beim Hinausgehen hält Lisbeth Tilde.

»So traurig war sie«, sagt Tilde und weint still vor sich hin. Lisbeth umarmt sie. Sie kommen zu den anderen, und alle gehen gemeinsam zum Parkplatz. Tilde hat ihren Kopf bei Lisbeth auf die Schulter gelegt und geht mit geschlossenen Augen neben ihr.

»Worum ging es?« fragt Lisbeth.

»Was?« sagt Lars.

»Daß ihr euch von Bodil nicht verabschieden solltet?«

Lars schüttelt sich wie ein Hund.

»Sie gibt uns die Schuld, ihn auf Abwege gebracht zu haben«, antwortet Svend.

»War das nicht eher umgekehrt?« sagt Lisbeth.

»Du weißt schon ... ihm das verkauft zu haben«, sagt Lars.

»Hast du?« fragt sie.

»Lisbeth, ich bin Dealer. Das ist ... also das ist mein Job«, antwortet Lars.

»Das weiß ich ja, aber doch nicht ... Heroin?« Sie ist erschrocken.

»Nein nein, aber für sie kommt es auf dasselbe raus«, sagt Lars.

»Das ist schon irgendwie cool«, sagt Svend, »der Unterschied ist dasselbe.«

»Du meinst, sie glaubt, er hätte gerettet werden können, wenn ihr nicht in der Nähe gewesen wärt?« fragt Lisbeth.

»Ja, genau«, sagt Svend. Michael und Louise schweigen. Bertrand bildet die Nachhut. Sie sind eine sonderbare Gesellschaft, die da zwischen den Reihenhäusern durchgeht. Lisbeth sieht, wie Louise ihre Hand Michael auf dem Rücken unter seinen Pulli schiebt und seine Haut berührt, während sie im Gleichschritt zum Parkplatz ziehen. Vergiß es, denkt sie.

»Dermaßen gewaltig falsch zu dosieren sieht ihm nicht ähnlich«, sagt Svend.

»In der letzten Zeit ging es halt wirklich nicht allzugut«, sagt Lars.

»Aber ... war das nicht Selbstmord?« fragt Louise überrascht. Lisbeth schaut Michael wütend an – das muß er ihr doch vorgemacht haben. Tilde schlägt die Augen auf.

»Nein nein nein«, sagen Svend und Lars wie aus einem Mund.

»Darauf wär er nicht gekommen«, sagt Tilde zurechtweisend. Lars schaut Michael kopfschüttelnd an.

»Wie soll man das wissen können?« fragt Michael.

»Er hatte was zu essen gemacht«, sagt Lisbeth mit Nachdruck.

»Ja«, sagt Tilde, »und beim Supermarkt hat er ein buntes Eis geklaut.« Sie preßt die Lippen zu einem dünnen Strich zusammen. Im Tiefkühlschrank hatten die Eltern ein buntes Eis gefunden, und sie waren hundert Prozent sicher, daß Thomas es hineingelegt hatte.

»Wem zum Teufel hat er das abgekauft?« fragt Svend.

»Ich versuch's rauszufinden«, sagt Lars.

»Und wenn du es rausgefunden hast ...?« sagt Svend.

»Kommt drauf an, wer es war«, antwortet Lars. Svend hebt die Augenbrauen, schaut dabei Lars an und deutet auf sich. »Klar«, sagt Lars, »du erfährst es als erster.«

Sie gehen schweigend weiter.

Sie verlockten Bertrand Anfang Oktober, mit ihnen raus aufs Land zu fahren. Spazierten über ein Wiesengelände. Die Verhältnisse stimmten perfekt; die richtige Menge Regen war gefallen, die Kühe hatten in richtigen Mengen geschissen. Schon hatte es die ersten Nachtfröste gegeben. Magic Mushrooms. Die ersten, die sie fanden, aßen sie – Psilos sind am besten ganz frisch, und sie fördern außerdem die Konzentration beim Sammeln.

Als sie so richtig dabei sind, kommt ein Bauer über die Felder anspaziert, in Gummistiefeln und mit so einer Altmänner-Schirmmütze. Er fragt, was sie pflücken. Pusher-Lars zeigt ihm seine kleine Plastiktüte.

»Wir machen einen Ausflug in die Pilze«, sagt er.

»Da braucht ihr aber viele, wenn ihr nur die kleinen sammelt«, sagt der Bauer.

»Das stimmt, aber die sind sehr lecker«, antwortet Lars und fügt hinzu: »So über warmem Leberkäse und mit Speck.«

»Ich wußte gar nicht, daß die da eßbar sind«, sagt der Bauer skeptisch.

»Oh, die sind richtig gut«, sagt Lars.

»Da braucht ihr aber viele«, wiederholt der Bauer.

»Ja, aber wir haben belegte Brote mit – machen daraus einen kleinen Ausflug«, erklärt Lars.

Etwas entfernt dreht Steso sich um und ruft mit wilden, unruhigen Augen: »Sie LEUCHTEN, sie LEUCHTEN.« Er macht mit dem Arm eine große Bewegung über die Felder hin: »So wie nachts ... eine STADT ... ja ja, Mann.«

Der Bauer ist verdutzt.

»Er ist nicht gesund«, sagt Lars in vertraulichem Ton und deutet auf Tilde, die neben Steso geht: »Das ist die Sonderschullehrerin.«

Der Bauer sieht Tilde an, ihre gelbe Strickjacke, die dunkelblaue Strumpfhose, die hellroten Gummistiefel, das indische Tuch um die zerzausten Locken. Kein Zweifel. Lehrerin. Lars bietet ihm eine Queen's an, gibt ihm Feuer.

»Vielen Dank«, sagt der Mann und inhaliert: »Starker Tobak.«

»Ja, aber der schmeckt auch«, sagt Lars.

Der Bauer nickt: »*Das kann man wohl sagen. Da kommt der Tabak zu seinem Recht, wenn er nicht erst durch einen Filter muß.*«
»*Wie im Leben*«, *sagt Lars.*
»*Da magst du recht haben*«, *sagt der Bauer.*
Dann kommt Lisbeth und stellt sich neben Lars, als ob sie seine Freundin wäre. Der Bauer schaut sie prüfend an – wie er vermutlich ein Stück Schlachtvieh abschätzt – Lars glaubt, er findet sie zu dünn.
»*Entschuldige, daß wir nicht erst gefragt haben*«, *sagt Lars zu ihm.*
»*Was meinst du?*« *fragt er.*
»*Ja, daß wir einfach so auf deinem Feld einfallen.*«
»*Das ist in Ordnung*«, *sagt er.*
»*Bist du sicher?*« *fragt Lars.*
»*Ja. Ihr hättet doch gar nicht wissen können, wessen Feld das hier ist, und das Vieh ist ja nicht draußen.*«
Lars fragt ihn ein bißchen nach seiner Arbeit.
Ob die Ernte zufriedenstellend war?
Ging so.
Ob die Milchquoten ausreichten?
Nein.
Ob sich der Umweltschutz auf die Einnahmen aus der Arbeit auswirkten?
Eine Katastrophe.
Schließlich zeigt der Bauer voraus und sagt: »*Versucht doch mal den Waldrand bei der Tränke. Eigentlich wimmelt es dort immer nur so von Pfifferlingen; das gibt ein leckeres Sößchen.*«
»*Kuckucksnest zwei*«, *sagt Svend, als der Mann gegangen ist.*

Obwohl sie selbst jeder 25 gegessen hatten, kommen sie mit etwas mehr als tausend Pilzen zurück. Bertrand wollte nichts davon, das ist ihm zu komisch. Tilde ißt auch keine – sie verträgt das nicht.
Bertrand parkt sein Auto am C. W. Obels-Platz. Lisbeth, Svend

und Steso machen sich auf den Weg zur Fußgängerzone, da hört Lars, wie Bertrand mit Tilde redet:

»Sollen wir nicht einfach zu dir gehen?« fragt er sehr leise, aber weil Lars auf Pilzen ist, kann er alles hören.

»Nein«, sagt Tilde und geht los, »die Jungen haben doch ausgemacht, daß wir ein paar Stunden von ihrem Trip in der Stadt unterwegs sein wollen.« Gut, denkt Lars. Tilde ist cool. Sie geht mit Bertrand ins Bett – so viel hat er sich ausgerechnet, aber rumkommandieren soll er sie nicht. Ein Liebespaar sind die nicht, davon kann er nichts merken. Bertrand ist mit einem Silberlöffel im Mund auf die Welt gekommen, sein Vater hat ein großes Bauunternehmen, das er übernehmen soll. Seine Mutter in ihrer Villa erlitte einen Herzanfall, wenn er mit Tilde angestiefelt käme. Lars hat in der Firma seine Lehre gemacht, als Bertrand dort Bürolehrling war, und Bertrand ist sein Kunde – auf seine Weise sympathisch, aber als Mensch viel zu eng, als daß er ehrlich sich selbst gegenüber wäre. Bertrand hat permanent Angst, seine sauberen Freunde könnten entdecken, daß er kifft und mit diesem Pack rumhängt.

Sie biegen in die Bispensgade. Geplant ist die Jomfru Ane Gade; darauf zwischen all den Leuten rumlaufen, die einen gewöhnlichen Abend in der Stadt verbringen wollen – allein das zu erleben.

»Das wird total abgefahren, wenn wir da runterkommen«, sagt Lisbeth.

»Ja«, sagt Svend, »das könnte wirklich ein abgefahrenes Erlebnis werden.«

»Ich will noch MEHR Pilze haben«, ruft Steso, erst zu Svend und dann zu Lars.

»Ich bin echt im achten Himmel«, sagt Lars.

»Du mußt warten«, sagt Svend zu Steso.

»Aber die WIRKEN NICHT. Ich will DRAUF«, ruft Steso.

Sie biegen in die Jomfru Ane Gade, und Lars fällt auf, daß sich Bertrand hektisch umschaut, ob da etwa Bekannte unterwegs sind.

Sie gehen ins Café Rendezvous. Svend und Lisbeth stehen zu-

sammen, analysieren den Kampf um Status – die Methoden der Leute, wie sie sich in ihrem Verhältnis zueinander positionieren.

»Hast du eine Ahnung, warum die Menschheit die tonangebende Rasse geworden ist?« fragt Svend.

»Es gab keine Konkurrenz«, sagt Lisbeth. Tilde kichert. Bertrand ist verschwunden. Sie gehen wieder raus, weiter die Straße hinunter. Lars dreht sich um, weil Steso nicht nachkommt. Er kniet auf dem Bürgersteig vor dem Café Rendezvous, wo draußen serviert wird – so ein Bretterboden mit Tischen und Stühlen. Stesos Gesicht berührt die Bretter, wie ein betender Moslem sieht er aus. Bertrand kommt aus dem Café, im gleichen Moment geht Lars auf Steso zu.

»Hallo Steso, was ist los?« fragt Lars.

»Ja ja Lars«, jammert er, »Mann, meine STESOLIDE. Meine Stesolide liegen da unten.«

»Brauchst nicht traurig sein. Du kannst noch mehr Pilze haben«, sagt Lars. Steso ist sofort Feuer und Flamme, so daß Lars ergänzt: »Aber die hat Tilde, du mußt also warten.«

»Ja aber, wo ist Tilde denn?« fragt Bertrand.

»TIIILDEEE ...« ruft Steso. Lars lacht.

»Sie ist zu Paragraph 43 gegangen«, sagt er – das ist der Spitzname von Tildes riesiger Wohnung, das Sozialamt bezahlt die Miete.

»Wir müssen JETZT dahin«, sagt Steso.

»Warum ist sie da?« fragt Bertrand.

»Sie kauft was zu essen, und dann treffen wir uns da«, antwortet Lars zerstreut – die Straße ist eine gigantische Gebärmutter geworden. Sie pulsiert. »Wow ...« sagt er, »das ist total abgefahren.«

»Warum ist sie ohne mich gegangen?« fragt Bertrand. Lars schaut zu der Gebärmutter. Blut und Alkohol glänzen naß auf dem Pflaster und in den Mundhöhlen der Menschen. Steso packt Bertrands Oberarm und preßt seine Finger fest in die Muskeln. Er schreit aus voller Kehle:

»*Du hast deine ÜBERWACHUNG unterbrochen, um deinen STUHLGANG zu verrichten, und Tilde hat die WUNDERBARE Gelegenheit genutzt, deiner KLEBRIGEN VERFOLGUNG zu ENTKOMMEN.*«

Die Leute schauen sie an. Bertrands Kopf zuckt zurück, weg von den Spuckebläschen und dem Atem, der purpurrot aus Stesos Mund strömt. Bertrand will seinen Arm befreien, aber Stesos Finger umklammern seinen Bizeps.

»*Bertrand, hör auf, mit ihr zu spielen. Sonst bring ich dich um*«, *sagt Steso, und schon rennt er die Straße hinunter und ruft:* »*SVEND, LISBETH, WO SEID IHR? WIR MÜSSEN JETZT GEHEN. TILDE HAT DAS ESSEN FERTIG.*« *Die Leute starren Bertrand an, der zusieht, daß er verschwindet. Lars spaziert vorsichtig hinter ihnen her, um nicht auf dem blutverschmierten Straßenbelag auszurutschen.*

Später sind sie oben bei Tilde, und Steso bekommt noch 25 Pilze.

»*Das ist hart an der Grenze*«, *sagt Lars*, »*aber ich glaube, er ist abgehärtet, das schafft er.*« *Steso ist immer noch unzufrieden.*

»*Ich kann ÜBERHAUPT nichts merken*«, *sagt er immer wieder. Svend stellt die Plastikdose mit den Pilzen im Schlafzimmer oben auf Tildes Kleiderschrank. Da kommt Steso nicht ran – er ist ja klein. Sie sitzen alle im Wohnzimmer und essen und sehen dabei auf Video* Dr. Strangelove.

»*Wo ist Steso?*« *fragt Lisbeth nach einer Weile. Lars und Svend springen auf und stürzen ins Schlafzimmer. Da steht Steso, manisch grinsend, Pilzstiele schauen aus seinem Mund, und kaut. Er hatte sich aus der Küche geschlichen, einen Hocker gefunden, ihn ins Schlafzimmer getragen und war darauf gestiegen, so daß er an die Plastikdose kam. Und dann hat er nur noch gefuttert. Er hat die Hälfte der 1000 Pilze gegessen, als sie ihn erwischen; Svend drückt ihn mit dem Knie auf den Fußboden und zwingt ihn, den Mund aufzumachen, während Lars versucht, einige der Pilze aus Stesos Mund zu graben. Aber die meisten hat er geschluckt. Und er ist so:*

»He he he.« Sie können machen, was sie wollen. Er ist glücklich – hat bekommen, was er wollte.
»Er muß gekitzelt werden«, sagt Tilde.
»Ja«, sagt Lisbeth. Die Mädchen werfen sich auf ihn, Lars und Svend halten ihn fest. Bertrand steht in der Tür, sieht maulig aus. Steso windet sich schreiend vor Lachen.
»Ich KOTZE«, brüllt er.
»Nein, dann hört auf«, sagt Svend, und die Mädchen hören auf.
»Ja, es gibt auch keinen Grund, warum er sich nicht daran freuen sollte«, sagt Lars.
Aber das Absurde war, daß Steso auf Stesolid war – er hatte schon ein paar von seinen Pillen eingeworfen, ehe er den Rest verlor. Was sie da noch nicht wußten: Wenn man auf einem schlechten Trip ist und eine Stesolid nimmt, dann ist man nicht mehr auf dem Trip, sobald eine Viertelstunde oder eine halbe Stunde vergangen ist. Steso konnte ganz einfach auf keinen Trip kommen, weil er vorher schon auf Stesolid war. Er hatte 500 Psilos gegessen, ohne auch nur das geringste zu merken. Er bekam lediglich am nächsten Tag vom Ausschwemmen der Giftstoffe irre Schmerzen in den Nieren.

»Wo wollen wir hin?« fragt Bertrand und fischt seine Autoschlüssel aus der Tasche. Sie stehen auf dem Parkplatz. Keiner antwortet ihm. Lisbeth hat etwas zu viel getrunken, um Auto zu fahren, aber sie hat keine Lust, den Wagen hier stehen zu lassen – dann muß sie ja morgen den ganzen Weg rauskommen, um es zu holen.
»Ist jemand in der Lage zu fahren?« fragt sie.
»Einen Gymnasiallehrer-Fiat?« fragt Pusher-Lars, als ob bereits der Gedanke obszön sei.
»Ja«, sagt Svend, aber er hat ja sein eigenes Auto, also das nützt nichts.
»Jetzt kommt schon – wo wollen wir hin?« fragt Bertrand noch mal, ungeduldig.

»Nein, das darf er echt nicht«, sagt Michael und schaut Svend an, »er ist zu voll.«

Tilde geht zu ihm und legt die Hände ganz unten auf Svends Rücken und schiebt ihn vorwärts, weg vom Parkplatz.

»Nein, das darfst du nicht, du böse Schnapsdrossel«, bekräftigt sie mit Kleinmädchenstimme.

»Wenn *du* das sagst, meine Schöne, dann lasse ich es«, sagt er und dreht sich um, will mit ihr ringen, aber sie leistet keinen Widerstand, lacht nur. Svend beugt sich vor und packt Tilde mit dem Ringergriff und hebt sie hoch und legt sie sich quer über seine Schultern. Dann trägt er sie Richtung Hasserisvej.

Michael und Louise gehen hinter Svend und Tilde. Bertrand steht neben seinem Auto, offenkundig verärgert. Pusher-Lars zuckt die Achseln und folgt den anderen. Lisbeth wirft einen Blick auf Bertrand. Irgendwer müßte ihm sagen, wo sie hingehen, aber sie weiß es nicht, und mit einemmal wird ihr klar, daß Bertrand ihr vollkommen gleichgültig ist. Sie hat nicht das Gefühl, daß er hierher gehört, und sie will nicht höflich sein. Sie dreht sich um und humpelt zu Lars, der stehengeblieben ist und auf sie wartet, so daß sie nebeneinander in Gleichschritt fallen können.

»Und nun, meine Schöne, sollen wir uns heute nacht betrinken?« sagt Svend etwas weiter vorn zu Tilde. Sie liegt immer noch auf seinen Schultern. Lisbeth hört, wie Bertrand aggressiv aus der Parklücke stößt.

»Ja, das müssen wir«, sagt Tilde und lacht, als Svend sie offenbar am Bauch kitzelt und dabei weiter die Straße entlanggeht. Lisbeth ist doch ein bißchen neidisch auf sie, weil sie ... ihm einfach zeigt, daß sie ihn gern hat, und Lisbeth weiß ja, Tilde fühlt alles, was rings um sie vor sich geht, viel zu intensiv, aber ...

Bertrand rollt langsam in seinem schicken Wagen vorbei, die Scheibe runtergekurbelt. »Geht ihr ins 1000Fryd?« fragt er.

»Du findest uns schon«, ruft Svend. Lisbeth meint, daß seine Stimme kalt klingt.

»Er muß doch wissen, wo wir hingehen«, sagt Louise zu Michael. Michael sagt nichts.
»Gibt es so viele Möglichkeiten?« fragt Lars. Bertrand rollt immer noch langsam neben dem Bürgersteig.
»Tilde, willst du mitfahren?« ruft er.
»Nein, ich will lieber gehen«, antwortet sie kichernd oben von Svends Schultern. Bertrand gibt Gas, und bald sind die roten Rücklichter hinter einer Ecke verschwunden.
»Fahr bloß anständig«, murmelt Lars, und Svend läßt Tilde auf die Erde gleiten. Sie spazieren weiter, Svend und Tilde als erste, Michael mit dem Arm um Louises Schultern, Lars neben Lisbeth. Sie ist froh, daß niemand ein Taxi gerufen hat – das hier paßt irgendwie besser, auch wenn ihr Bein weh tut. Sie kommen zum Zentrum, am Gefängnis vorbei, dem Blumengeschäft, dem Friedhof.
»Wir gehen ins V. B.«, sagt Svend.
»Aber fährt Bertrand nicht zum 1000Fryd?« fragt Louise.
»Gut«, sagt Svend. Lisbeth versteht nicht, worum es geht.
»Was ist V. B.?« fragt Louise.
»Vesterbro Bodega«, antwortet Lisbeth.

Tilde und Thomas zogen in das besetzte Haus in der Kjellerupsgade, Lille-Lars und Lisbeth in eine Wohnung in Nørresundby. Zwei Monate später starb Lille-Lars, und Lisbeth lag mit gebrochenem Bein im Krankenhaus. Tilde besorgte ihr eine Wohnung in der Kjellerupsgade, aber da wollte sie nicht wohnen, sie wollte in Nørresundby bleiben. Tilde glaubt, Lisbeth ging es darum, sie nicht jeden Tag zu sehen. Denn dann würde sie bloß an Lille-Lars denken und wäre immer wieder aufs neue traurig. Aber sie denkt sowieso an ihn.

Svend wohnte auch in der Kjellerupsgade – oder nicht richtig; er war nur bei einem Mädchen, die Line hieß. Mit der er es getrieben hat. Dann konnte er ihren dicken Frotteebademantel ausleihen und nach gegenüber zur Arbeitsvermittlung trotten, um sich seinen

Stempel abzuholen – damals mußte man noch alle vierzehn Tage stempeln. Immer morgens.

Svend kommt hoch zu Tilde und Thomas, weckt Tilde und hängt ihr den Mantel über ihr Nachthemd. Weil sie am gleichen Tag stempeln, Svend und Tilde. Sie gehen gemeinsam hinüber. Jedesmal, wenn sie kommen, wird die Dame hinter der Schranke richtig sauer, weil sie ungekämmt und unausgeschlafen dort erscheinen. Thomas behauptet immer, Svend sei ein nouveau riche, *wenn er so zur Arbeitsvermittlung geht. Anschließend spazieren sie mit frischen Brötchen und Teilchen nach Hause zu Thomas. Der baut ihnen immer einen Morgenjoint und redet dabei mit den Zebrafischen im Aquarium.*

»Sollen wir sie breit machen?« fragt Thomas.

»Wie denn – durch die Pumpe?« sagt Svend.

»Nein«, sagt Tilde, »das wäre doch schade.«

»Blas einfach Rauch unter die Glasabdeckung, dann schwebt der Geist des Hanfes über den Wassern, und etwas davon geht nach unten – wegen der ZIRKULATION«, sagt Thomas.

»Werden die Fische dann breit?« fragt Svend.

»Sie werden ruhiger«, antwortet Thomas.

»Das ist doch schade für sie – die verstehen doch nicht, was los ist. Wie damals, als du ihnen diesen Wurm gegeben hast.«

»Was?« sagt Svend.

Thomas deutet auf sich: »Josef MENGELE.«

»Was hast du gemacht?« fragt Svend.

»Axel hat mir ein paar Psilos gegeben, und auf einem saß ein kleiner WURM. Den habe ich ins Aquarium geschmissen, und das Männchen fraß den ganz allein auf – von der Größe her entsprach das einer großen METTWURST«, sagt Thomas und raucht den Joint an.

»Wer ist das Männchen?« fragt Svend. Thomas zeigt auf den größten Zebrafisch. »Ja und, was ist dann mit ihm passiert?« will Svend wissen.

»Zuerst hat er vollkommen den Orientierungssinn verloren und schwamm drei Tage lang mehr oder weniger auf dem Kopf.«
»Ja, das war so komisch«, sagt Tilde.
»Ja«, sagt Thomas, »er konnte nur die eine Flosse benutzen und schwamm immerzu gegen das Glas.«
»Und was danach?« sagt Svend.
»Dann fing er an, für sich zu bleiben, so wie jetzt. Normalerweise bewegen sich Zebrafische im Schwarm, aber er bleibt für sich – immer hinten in der Ecke bei dem großen Stein«, Thomas zeigt auf den großen Stein, der in einer Ecke des Aquariums liegt.
»Mag er die anderen überhaupt nicht mehr?« fragt Svend.
»Ach, der ist nicht feindselig geworden – er wirkt eher NACHDENKLICH.«
»Er hat die Erkenntnis gewonnen«, sagt Svend.
»Ja, das glaube ich auch. Man kann nicht mit anderen zusammensein, wenn man so was eingenommen hat.«
»Wenn man Pilze gegessen hat?« fragt Tilde – leicht ängstlich. Weil Thomas die ganze Zeit Pilze ißt, und das gefällt ihr nicht ... also wenn das heißen soll, daß er nicht mehr mit anderen Menschen zusammensein kann ... also mit ihr.
»Nein«, sagt Thomas, »ERKENNTNIS, Tilde.«
»Da kann was dran sein«, sagt Svend.
Ihre Nachbarn in der Kjellerupsgade waren Dealer, einige Punks und eine Gruppe Freaks, mit denen sie natürlich nicht redeten. Weil die Freaks mit Wildlederschuhen rumliefen und mit lila Klamotten; also das tut Tilde ja auch – nur gelb – aber das ist was anderes. Sie ist schließlich Tilde. Und Thomas sagte, daß die Freaks nur PSEUDOHOLISTEN seien. Aber als sie wegzogen, fanden Tilde und Svend heraus, daß sie die ganze Dachkonstruktion unterminiert hatten, denn sie hatten jede Menge tragende Hölzer herausgesägt. Um sie in ihren Kaminöfen zu verbrennen. Da bekamen Svend und Tilde Respekt vor ihnen. Das war stark.

Thomas mußte immer aufpassen, wenn er rausging. Weil die Rok-

ker von Bullshit direkt um die Ecke in der Yo-Yo Bar in der Brettevillesgade Dope verkauften. Wenn die Rocker einen mit Punkhaaren sahen, dann wurde der gejagt und verprügelt. Am schlimmsten war es für Svend, weil der in der gleichen Art Lederjacke wie sie rumlief, aber er hatte auf den Rücken einen Kreis gemalt und in die Mitte ein großes A für Anarchist – damit kamen sie überhaupt nicht klar.

Aber Bullshit war längst nicht mehr so gefährlich, denn 1984 hatten die H. A. ihren Präsidenten, die Makrele, erschossen. Merkwürdig war nur, daß man immer gut behandelt wurde, sowie man mit Pusher-Lars oder Axel unterwegs war. Weil die Rocker total scharf drauf waren, Pilze zu kaufen, aber nicht auf die Idee kamen, selbst loszuziehen und welche zu holen.

In Wahrheit gab es in der Kjellerupsgade gar kein besetztes Haus. Es gehörte der Gemeinde Aalborg. Da keine Pläne für das Haus existierten und weil es leerstand, wurde es 1983 gestürmt. Thomas und Tilde zogen 1985 ein, denn da wurde Tilde achtzehn, und sie konnten alle beide Sozialhilfe beziehen. Die Gemeinde wollte keinen BZ-Konflikt, deshalb ließen sie sich auf eine Absprache mit den Bewohnern des Hauses ein. Um die »Situation zu legitimieren«, wie Thomas es ausdrückte: Sie wehren die Konfrontation ab; glauben, sie könnten uns mit JUDAS-Versprechungen pazifizieren.

Abgesprochen war, daß man eine symbolische Miete bezahlen mußte. Bis August 1986 sollte das Haus geräumt sein, dann sollte es abgerissen werden. Thomas weigerte sich, aber das spielte keine Rolle. Da bezahlte Tilde einfach die dusseligen zehn Kronen und vierzig Öre für ihre zwei Zimmer. Und die Wohnung war schön, selbst wenn es nur Strom gab und kaltes Wasser. Sie heizten mit Elektroöfen, die sie in Secondhandläden kauften – solche alten mit Glühdrähten wie Toaster. Das Sozialamt bezahlte die Stromrechnung, 3 500 Kronen im Quartal.

Tilde hatte im Winter 1985/86 dreimal Halsentzündung. Nachdem Lille-Lars gestorben war, verschwand Thomas dauernd. Zum

Schluß war Tilde das so leid, daß sie für drei Tage zu ihren Eltern zog. Als sie zurückkam, war die Wohnung eiskalt, die Schalter funktionierten nicht. Sie betrat das Wohnzimmer. Beinahe wäre sie hingefallen – der Fußboden war spiegelglatt, eisbedeckt, und dort auf ihrem Flickenteppich lag das Männchen – der Zebrafisch –, festgefroren. Als das Wasser gefror, hatte es das Aquarium gesprengt. Alle Fische waren tot. Tilde lief nach nebenan und fand Svend bei dem Mädchen. Er kam mit ihr zurück.

»Die Sicherung ist durchgebrannt«, sagte er.

Statt ins 1000Fryd, in dem sie immer abgehangen hatten, ins V. B. zu gehen – Lars paßt das bestens. Für das 1000Fryd fühlt er sich zu alt – er ist einige Jahre nicht mehr da gewesen. Der Beerdigungsumtrunk muß unter erwachsenen Menschen an einem erwachsenen Ort stattfinden – darüber scheint unausgesprochen Einigkeit zu herrschen.

Sie nehmen in einer Ecke Platz. Dunkle Holzvertäfelung an den Wänden, rustikale Eichentische, vergilbte Fotos. Die Einrichtung steht ihnen gut, wo sie doch alle ihre besten Sachen anhaben, was bei Svend nicht viel ausmacht, aber dafür ist Tilde fast schon psychedelisch farbenstrahlend.

Lars hofft für Bertrand, daß er sie nicht findet – Svend ist nach dieser Beerdigung höchst angespannt. An der Oberfläche ist er völlig ruhig und gelassen, aber Lars kann es sehen ... da ist etwas in der Art, wie er sich bewegt – er könnte gewalttätig werden. Was zum Teufel will Bertrand auch hier? Das Rennen ist gelaufen, denkt Lars.

Tilde ruft einige ihrer Skateboard-Freunde an – Lars' neue Kunden. Svend und Michael holen an der Bar Bier. Dann kommt Tilde, schnappt sich die überraschte Louise und zieht sie zum Flipper. Tilde kann es einfach nicht auf sich beruhen lassen, wenn einer sich außen vor fühlt – alle sollen froh sein. Bis auf Bertrand – sie hat gelernt, daß Bertrand nicht so froh sein muß, wie er es möchte.

Der Flipper ist ein altes Kiss-Modell, ein Klassiker. Beide haben sie ihren Knopf, den sie lenken müssen, und Lars kann sehen, daß es gar nicht gut läuft, aber die beiden amüsieren sich. Am Tisch schauen alle schweigend dem Spiel zu.

»Ich soll euch von Valentin grüßen«, sagt Lars.

»Danke«, murmelt Lisbeth.

»Valentin?« sagt Svend.

»Der früher Loser genannt wurde, der bis vor ein paar Jahren mit Steso abhing«, erklärt Lars.

»Ja okay, jetzt hab ich's. Wie geht es Loser?«

»Valentin«, sagt Lars. »Er ist kein Loser mehr.«

»Ach so«, sagt Svend, der Valentin nicht richtig kannte, »was macht er jetzt so?«

»Er besucht das Abendgymnasium, will an der Uni Meeresbiologie studieren«, sagt Lars.

»Zeit, den Löffel in die andere Hand zu nehmen«, sagt Svend.

»Ganz genau«, sagt Lars und dreht den Kopf, um zu sehen, was mit Lisbeth ist. Sie sitzt neben ihm, ganz hinten in der Ecke, und beißt sich auf die Unterlippe. Dann dreht sie den Kopf zu Lars' Schulter und fängt an zu weinen. Er legt den Arm um sie und schaut gleichzeitig nach hinten, um zu sehen, ob Tilde immer noch beim Flipper steht. Das tut sie. Und natürlich, deshalb weint Lisbeth erst jetzt richtig – damit Tilde es nicht sieht, denn sie könnte sonst zusammenbrechen. Lisbeth weint so heftig, daß es sie schüttelt – zum Glück ist die Musik laut genug, so daß Tilde nichts hört. Lisbeth schluchzt. Lars streicht ihr übers Haar.

»Na na«, sagt er – es fällt ihm sonst nichts ein – er denkt: Verdammt ungerecht. Erst stirbt ihr Freund aus Kindertagen, und sie ist innerlich völlig zerstört ... für Jahre. Und jetzt, wo sie endlich wieder obenauf zu sein scheint, da kommt Steso und gibt sich den goldenen Schuß. Nicht daß sie ihn so oft traf, aber Lisbeth hat immer versucht, sich um Tilde zu kümmern, und das könnte jetzt bedeutend schwerer werden. Steso war auch weiterhin Tildes bester

Freund, obwohl er sie unendlich oft im Stich gelassen hat. Aber immerhin hat das Svend wieder zurückgeholt. Vielleicht ist das Stesos letzte Inszenierung, Svend wieder zu Lisbeth und Tilde zurückzubringen. Und zu Lars. Svend ist Lars' Freund. Lars vermißt ihn.

Langsam versiegen Lisbeths Tränen.

»Dieser verdammte kleine Idiot«, murmelt sie zu Lars hin. »Idiot, Idiot, Idiot.« Dann schnieft sie und wischt sich die Augen. Svend steht auf und geht raus zur Toilette. »Warum müssen alle meine Freunde sterben?« fragt Lisbeth – ihr Gesicht ist geschwollen. Svend kommt mit etwas Toilettenpapier zurück, das er Lars reicht, damit er es Lisbeth geben kann. Sie putzt sich die Nase. »Ach«, sagt sie und schaut sie alle an. Sie schaut ihnen direkt in die Augen, einen nach dem anderen, hebt den Zeigefinger: »Versucht nur zu sterben«, sagt sie, »dann bekommt ihr es mit mir zu tun!«

Als Louise und Tilde am Flipper fertig sind und zum Tisch zurückkommen, haben sie Farbe auf den Wangen. Alle stoßen auf Steso an.

»Ich vermisse ihn ... und Lille-Lars«, sagt Lisbeth, gefaßt.

»Ja, auch meinen Namensvetter«, sagt Lars.

»Auf Lille-Lars und Steso-Thomas – mögen sie ruhen – voll breit«, sagt Svend, und sie stoßen über dem Tisch mit ihren Flaschen an.

»Er war so witzig«, sagt Tilde und kichert.

»Total dünner Körper«, sagt Lisbeth.

»Und dann diese Narben, auf die war er fast stolz«, sagt Svend.

»Oh ja«, sagt Tilde.

Das war, weil sie bei einem ... weil sie bei so einer Art Fest waren, draußen in dem Schrebergartenhaus, das Pusher-Lars damals hatte. Nur so ein Winterabend, mit einem Bierfaß, das Svend von einem Hinterhof in der Jomfru Ane Gade hat mitgehen lassen, und dann ist Lisbeth bei ihren Eltern gewesen und hat eine alte Soda-Stream-Maschine geholt, damit sie die Kohlensäure hineinbekommen, und

Svend sagt, sie sei eine »geniale Frau«. Tilde glaubt, daß Svend Lisbeth gern mag.

Eigentlich ist es doch nicht nur so ein Abend. Sondern ein irgendwie anderer Abend, Pusher-Lars hat sich das ausgedacht. Weil er sich um Lisbeth Sorgen macht. Sie ist jetzt an der Uni, aber meistens sitzt sie nur in ihrer Wohnung – mit schwarzen Rändern unter den Augen. Sie will nicht mit in die Stadt. Sie hat nie Lust dazu. Tilde auch nicht. Denn sie kann nicht mit Lisbeth reden. Auch nicht über das ... das mit Bertrand. Tilde hätte Lisbeths Hilfe wirklich nötig, um es zu verstehen. Dann sollen sie Lisbeth nicht durch die Stadt schleifen, wenn sie es doch nicht mag. Deshalb das Schrebergartenhaus. Ohne Bertrand.

Michael will auch nicht dabei sein, weil er mit seiner neuen Freundin Louise so beschäftigt ist. Er hat wohl Angst, wie das gehen wird, wenn sie den anderen begegnet. Ob sie damit fertig wird. Tilde hat jedenfalls den Eindruck, daß Michael Louise vor ihnen versteckt.

Tilde und Svend haben mit Svends Auto für alle Pizza geholt. Sie haben gegessen. Jetzt schmelzen die Jungen oben auf dem Kaminofen Schnee, weil sie Eimer rauchen werden.

Das Bierfaß haben sie draußen in den Schnee gestellt, das Bier ist also kalt, und das ist es auch, wenn sie ... pinkeln müssen, denn dann müssen sie vor die Tür, und von all dem Bier – sie müssen dauernd pinkeln. Tilde ist mit Pusher-Lars draußen. Er steht und macht Muster in den Schnee. Tilde hockt; aber dann kippt sie hintenüber und sitzt mit dem Hintern in einem Schneehaufen. Sie bekommt Schnee in die Hose. Als er die Spuren von ihrem Po sieht, lacht Lars.

»Tilde, du hast einen herzförmigen Arsch«, sagt er. Sie freut sich, daß er das sagt – außerdem stimmt es. Sie gehen wieder rein, und er wirft mehr Holz in den Ofen, der schon ... irgendwie glüht er schon ein bißchen. Svend hat den Boden einer großen Plastikflasche abgeschnitten und in das Wasser im Eimer gestellt, der jetzt auf dem

Fußboden steht. Er hat sein Chillum in den Flaschenhals gesteckt und mit feuchtem Küchenkrepp abgedichtet.

»Lisbeth, du zuerst«, sagt Svend. Lisbeth kniet sich vor den Eimer. Svend hält das Feuerzeug an die Mische im Chillum und zieht die Flasche ganz langsam aus dem Wasser. Die Luft wird durch die brennende Mische gesogen. Der Rauch füllt nach und nach die Flasche.

»Es ist angerichtet«, sagt Svend und zieht das Chillum aus dem Flaschenhals. Lisbeth schließt den Mund darum, und dann schiebt sie die Flasche langsam wieder runter ins Wasser, so daß der ganze Rauch in sie gepreßt wird. Als sie die volle Lunge genommen hat, steht sie jäh auf.

»Uuuwaaa«, sagt sie, rollt mit den Augen, schwankt leicht. Pusher-Lars faßt sie vorsichtig um die Schultern und führt sie zu einem Sessel, damit sie sich setzen kann.

Dann ist Thomas an der Reihe, danach Pusher-Lars und schließlich Svend. Tilde will nicht. Svend hat ihr schon einen kleinen Mädchenjoint gebaut.

Etwas später schläft Lisbeth auf dem Sessel ein. Svend packt sie in einen Schlafsack. Die anderen werden immer voller und breiter. Dann gehen Svend und Thomas zum Pinkeln raus. Lars legt in den Ghettoblaster eine Kassette von einer Band, die »The Jesus and Mary Chain« heißt, und dann sitzen sie auf dem Sofa und hören PSYCHOCANDY. Lars zeigt Tilde gerade, wie man mehrere Stücke Rizla-Papier zusammenklebt, um einen Großvater zu bauen – also einen richtig großen Joint. Thomas kommt wieder rein und murmelt irgendwas. Lars fragt Tilde, ob ihr aufgefallen ist, daß Stesos Augen den Pißlöchern draußen im Schnee gleichen. Sie findet, das so zu sagen sei doch hart, aber auch witzig. Denn es stimmt. Thomas lehnt sich an die Wand und rutscht langsam herunter, bis er auf dem Fußboden sitzt. Er ist total breit.

Tilde schaut Lars zu, was der mit den Rizla-Papieren anstellt, damit er sie fest um die Jointröhre rollen kann. Dann schaut sie rü-

ber zu Thomas. Kaum hat er sich ganz auf den Fußboden gesetzt, kippt er auch schon auf die Seite. Weder Lars noch Tilde können daran etwas ändern.

PSSS macht es, als seine Wange den Kaminofen berührt und angebraten wird. Tilde versucht aufzustehen und verschüttet dabei die gesamte Mische, die Lars auf dem Fußboden vermengt hat. Gleichzeitig kippt Thomas ganz vornüber – er liegt völlig still auf dem Fußboden. Er murmelt immer noch. Svend kommt zur Tür herein und sagt:

»W o w! ... Gebratener Junkie.« Das ärgert Tilde, und zwar richtig – weil er ... Thomas so nennt. Als Tilde bei ihm ankommt, ist er bereits eingeschlafen. Damals glaubte sie, er sei tot, deshalb wurde sie ... hysterisch, weil ... sie fand, sie müßten was unternehmen, einen Krankenwagen holen, aber Svend sagt, er würde atmen, sie müßten das nur kühlen.

»Wir können ihn raus in den Schnee legen«, schlägt Lars vor.

»Glaubst du nicht, daß er dann erfriert?« fragt Svend. Aber da weint Tilde schon wieder. Lisbeth wacht auf. Sie kann nicht richtig aus dem Sessel aufstehen. Sie schimpft mit Svend. Sie sagt zu ihm, er soll rausgehen und Eis holen und es in eine Plastiktüte stecken und ein Geschirrhandtuch um die Tüte wickeln. Er macht das, und Tilde sitzt bis zum nächsten Morgen neben Thomas und hält Eisbeutel an seine Wange. Die anderen schlafen die meiste Zeit.

Am Morgen wacht Lisbeth auf. Sie ist richtig sauer, weil ... Tilde glaubt, weil das passiert ist und weil irgendwie niemand auf die Idee kam, etwas zu unternehmen. Lisbeth holt ein Taxi. Sie wecken Thomas und bringen ihn in die Ambulanz. Der Arzt dort schimpft sie aus. Tilde fängt an zu weinen. Aber Lisbeth sagt irgendwas zu ihm, er soll sich um seine Arbeit kümmern und aufhören, so »beschissen zu tun«. Thomas bekommt eine Morphinspritze und hat total gute Laune, als er dann auf einer Liege sitzt und davon labert, daß an so einem Ort echt viele Medizinschränke seien. Und jedesmal, wenn einer im weißen Kittel vorbeikommt, sagt er: »Ja aber *die Schmerzen sind STÄRKER. Ich glaube, ich brauche NOCH eine Spritze, um es gewissermaßen zu FIXIEREN.*«

Nach ihrer Heulerei fühlt Lisbeth sich innerlich total erschöpft, aber sie will noch nicht nach Hause. Es tut gut, heute mit Pusher-Lars und Svend zusammenzusein – sie findet, sie sollen sich betrinken, an Thomas denken und es sich gutgehen lassen. Sie spürt, wie Svend sie beobachtet, während er das Gespräch in Gang hält.
»Er hatte auch immer Brandmale zwischen den Fingern«, sagt Svend.
»Ja«, sagt Lars, »das war wie so ein Dauerschaden.« Lisbeth schaut Lars' Finger an. Die haben keine Brandwunden, die sind nur gelb.
»Und warum?« fragt Louise.
»Er hat seine Zigaretten in der Hand vergessen«, erklärt Svend.
»Wie meinst du das ... vergessen?« fragt Louise. Viel weiß sie ja nicht, Michaels Flippermädchen, denkt Lisbeth, na ja, ihm wird das so gefallen.
»Weißt du, er steckte sich eine Zigarette an, und dann schlief er ein oder so was, und dann brannte die zwischen den Fingern runter«, erklärt Svend und lächelt breit; er schaut auf Lars' Hände.
»Ich hab so was nicht«, sagt Lars.
»Nein«, sagt Svend, »aber was ist mit deinem rechten Daumen?« Er lacht. Lars versteckt seine rechte Hand in der linken, aber dann muß er auch lachen und hält den Daumen hoch. Das vorderste Fingerglied bis unter den Nagel – alles ist total braun.
»Das ist mein Mixer-Dauerschaden«, sagt Lars.
Louise schaut Michael fragend an, der resigniert zu einer Erklärung ansetzt, bis Louise ihn unterbricht: »Nein. Das ist doch gelogen?«
Lars zuckt die Achseln: »Die Wahrheit«, sagt er. Lisbeth überlegt, ob man breit wird, wenn man einfach an seinem Daumen lutscht.

»Darf ich bei dir Daumenlutschen?« fragt Svend mit einem pfiffigen Blick zu Lars.

»Na klar«, sagt Lars und lächelt ihn an. Svend dreht den Kopf und blickt zu Lisbeth. Sie will rüber auf die andere Seite und neben ihm sitzen – er scheint jetzt okay zu sein, nicht mehr wie früher, ehe er weggegangen ist. Sie hofft, er zieht wieder hierher, aber sie glaubt nicht daran. Vorsichtig streckt sie ihre Beine unter dem Tisch aus, damit sie sie um Svends Bein legen kann. Als sie ihre Beine so zusammenschiebt, daß sie seine Wade spürt, schaut er gerade Lars an. Svends Schulter zuckt etwas, und dann lächelt er breit, schließt die Augen und lehnt sich langsam zurück.

Michael betrachtet Svend prüfend – schon eine ganze Weile. Die sind sich nicht mehr einig, denkt Lisbeth. Michael ist weitaus … glatter geworden. Sie respektiert, daß er während Louises Anorexie durchgehalten hat, aber … jetzt ist er auf dem geraden Weg, während Svend noch alle seine Ecken und Kanten hat. Entsprechend kommt ihr Svend viel lebendiger vor.

»Svend«, sagt Michael, um ihn auf sich aufmerksam zu machen.

»Ja?« sagt Svend, schlägt die Augen auf und schaut direkt in die Lisbeths.

»Wenn du dann jetzt hier raufziehst, was wird dann?«

Svends unbewegter Blick trifft Michael: »Ein Job, eine Wohnung, neue Bremsen für den Wagen«, antwortet er tonlos.

»Aber …« Michael schüttelt den Kopf.

»Aber was?« fragt Svend.

»Du hast doch immer gesagt, alles kann passieren …?« sagt Michael.

»Ja«, sagt Svend, »aber anscheinend ist das doch nicht so. Ich war naiv.« Dann lacht er, und er lacht nicht verzweifelt oder als ob das traurig wäre. Er amüsiert sich über Michael.

Es kann doch immer noch … allerhand passieren, denkt Lisbeth und stimmt in Svends Lachen ein. Wie komisch, daß Michael sich für erfolgreich hält und für einen besser funktionierenden Menschen, gleichzeitig aber wünscht, Svend solle etwas Spektakuläres tun, etwas, das Michael unterhalten würde. Svend blinzelt.

»Verflixt, ich bin ein Gärtner. Ich lasse die Dinge wachsen«, sagt er und zuckt lächelnd die Achseln. Michael wirkt verlegen.

Louise sagt nichts. Sie schaut von einem zum anderen.

»Aber ... wollte er gar nichts?« fragt sie.

»Wer?« fragt Lars.

»Na Steso ... Thomas?« sagt Louise.

Die Tür des 1000Fryd fliegt auf und Steso stürzt in seiner üblichen hektischen Art herein, stellt sich mitten ins Lokal und starrt zu den Leuten hin, die mit dem Rücken zu ihm auf ihren Barhockern sitzen, ein Bierglas vor sich. Donnerstagnachmittag.

»Wer hat eine SCHREIBMASCHINE?« ruft er aggressiv – ganz offenkundig ist er auf Pillen. »Ich BRAUCHE eine Schreibmaschine – SOFORT.« Die Leute auf den Barhockern drehen sich um und denken allesamt: Ach ja, der Steso, was mag er wohl heute wieder haben.

»Kommt schon, VERDAMMT«, sagt er. »Ich will mich bei der Journalistenschule anmelden, ich muß eine Schreibmaschine haben – ich muß ÜBEN.« Svend geht zu ihm, legt ihm eine Hand auf die Schulter, fragt ihn, womit er gerade zugange ist.

»Von innen heraus«, antwortet er, »mir ist klar geworden ... ich muß es VON INNEN HERAUS ändern.«

»Was mußt du ändern?« fragt Svend; gleichzeitig wird es ihm klar.

»Na, das verdammte SYSTEM«, Steso starrt Svend an, herablassend, in seinen Augen punktuelle Blutungen.

Am Ende kann er von irgend so einem jungen Mädchen, die ihn total spannend findet, eine elektrische Schreibmaschine leihen, und er geht nach Hause, um zu üben.

Steso als Journalist – der Gedanke wirkt erschreckend. Aber es könnte unterhaltsam sein, ihn bei dem Versuch zu beobachten. Und

Unterhaltung ist das, was Svend braucht – die Beziehung lahmt, der Job stinkt ihm.

Svend geht nach Hause und beantragt, zur Aufnahmeprüfung für die Journalistenhochschule zugelassen zu werden; das klappt, er wird eingeladen.

Als es soweit ist, nimmt er Steso und die geliehene Schreibmaschine am Vorabend der Prüfung mit zu sich. Steso ist total breit, und Svend rechnet eigentlich nicht damit, daß er am folgenden Tag fit ist.

Am nächsten Morgen lädt Svend einen schlaffen Steso ins Auto, und sie fahren nach Århus. An einer Raststätte halten sie, weil Steso pissen muß. Bald darauf wacht er langsam auf.

Sie haben das Glück, im gleichen Prüfungsraum zu sitzen; Svend vorne – Steso etwas weiter hinten. Svend hat seine alte Maschine mitgenommen.

Für die erste Prüfung bekommen sie die Videoaufzeichnung einer Diskussionssendung zu sehen, deren Inhalt sie referieren müssen. Nachdem die Vorführung abgeschlossen ist, beginnt Steso augenblicklich – als erster – hektisch in die Tasten zu hauen und leise vor sich hin zu murmeln, wie er das zu tun pflegt. Svend dreht sich um – Steso grinst listig. Die anderen Prüflinge macht das nervös – sie können sich nicht konzentrieren. Das ist bestimmt Teil von Stesos Strategie. Auch Svend kann sich nicht sammeln – außerdem war Schreiben nie sein Ding.

In der Pause vor der zweiten Prüfung hat Steso Oberwasser: »Ich habe eindeutig die dahinterliegende Diskussion getroffen, was sich nämlich WIRKLICH in der Sendung abspielte«, *sagt er.*

»Und was war das?« *fragt Svend.*

»Das wüßtest du gern, wie?« *Steso lacht boshaft.* »Laß uns schnell mal einen Kleinen rauchen. In der nächsten Prüfung geht es um einen Kommentar zu irgendwas. Wir müssen geschickter als die anderen assoziieren, um VORN zu bleiben«, *sagt er, und dann rauchen sie einen kleinen Joint und gehen in die nächste Prüfung.*

Nach einer Viertelstunde kann Svend ihn hinter sich fluchen hören. Er dreht sich um. Steso hat den Deckel der Schreibmaschine abgenommen und fummelt darin rum. Die Dame, die sie vorn am Pult überwacht, starrt ihn an. Dann beginnt er, das Farbband rauszuziehen.

»Was zum Teufel IST das hier?« fragt er vor sich hin und zieht weiter an dem Farbband, einen Meter nach dem anderen, über Tisch und Fußboden. Die anderen schreiben ebenfalls nicht weiter – sie starren ihn ungläubig an. Steso gibt seinen Versuch, das Problem zu lösen, auf und haut mit der Faust auf die Maschine – sie soll jetzt mit Gewalt spuren.

»Halt halt«, sagt die Dame, steht rasch auf und geht zu ihm. Steso schaut sie abwartend an.

»Hast du kein extra Farbband mit?« fragt sie leise.

»EIN WAS?« fragt Steso.

»Das ist ein Karbonband«, sagt sie und deutet auf den Bandsalat.

»Karbon …?« Steso ist verwirrt. Die Dame erklärt ihm, daß unter Umständen auf dem Flur eine alte Schreibmaschine stünde, die er benutzen könne. Steso stürzt nach draußen, schleppt eine antiquierte Reiseschreibmaschine an und legt wieder los. Svend sieht ihm zu. Dreißig Sekunden später wendet Steso sich an die Dame:

»Das Farbband hier hat ja ÜBERHAUPT keine Farbe mehr«, sagt er gekränkt. Während sie aufsteht, bedeutet sie ihm, still zu sein; sie sieht völlig verloren aus. Diese Wirkung hat er auf die meisten Menschen, aber das weiß sie ja nicht. Als sie an Svend vorbeikommt, hält er sie an:

»Geben Sie ihm meine Maschine«, sagt er und zieht das Papier heraus.

»Ja aber …« beginnt die Dame, gleichzeitig sagt Steso weiter hinten:

»Ich wußte, daß versucht würde, mich aufzuhalten. Das ist eine verdammte VERSCHWÖRUNG.«

»Bitte«, sagt Svend zu der Dame und steht auf. Macht für Steso das Zeichen mit dem Daumen und verläßt den Raum.

Steso kommt froh in die Pause, redet sehr schnell:

»Ich hab's geschafft. Svend, das war großherzig von dir. Du hast dich für mich GEOPFERT – das werde ich dir nicht vergessen. Diese imperialistischen MILBEN werden es mit mir zu tun bekommen.«

In der dritten Prüfung geht es um Allgemeinbildung. Steso lächelt so schlau, als er herauskommt:

»Svend, weißt du was, das waren vielleicht merkwürdige Fragen, Mann. Aber die meisten davon waren TRICK-Fragen – das hab ich sofort gemerkt«, sagt er überlegen.

Dann fahren sie nach Hause. Halten bei der ersten Cafeteria an der Landstraße und essen Pommes und Fischfilet und trinken Kaffee.

»Steso, du bist heute überraschend frisch gewesen«, sagt Svend zu ihm.

»Na, ich hab mich doch VORBEREITET«, entgegnet er clever. Steso glaubt ganz offenkundig, daß Svend ihn unterschätzt hat.

»Wie?« fragt Svend.

»Tabletten«, antwortet Steso. »Ich hab einen total genialen Cocktail erfunden. Das ist wie ... STAHL. Ich nehme sie, und eine halbe Stunde später ist die Welt aus STAHL ... ROSTFREI.«

Nach einigen Monaten fragt Svend ihn nach dem Ergebnis.

»Wie ich es mir gedacht hatte«, sagt Steso verbissen. Er war nicht reingekommen. Das System habe ihn »gebrandmarkt«, wie er es ausdrückte, und dann laberte er weiter davon, wie die grauen Männer der Macht ihn absichtlich auf ein Nebengleis abgestellt hätten: »... Stigmatisierung der wenigen hellsichtigen Individuen ... wenn man das Spiel der Machtelite DURCHSCHAUT hat ... eine MENTALE QUARANTÄNE ... stummes NETZWERK von geschlossenen Türen ... MARGINALISIERUNG ... institutionalisiertes geistiges EXIL ... Manipulation der Massen durch Aussondern der WAHRHEIT ...«

Einer von Tildes Hip-Hop-Freunden kommt zur Tür herein. Er hat ein Skateboard dabei. Sie umarmen sich und unterhalten sich flüsternd. Tilde lächelt ihn an.

»Ich geh zum Kiosk«, sagt sie zu den anderen.

»Bringst du fetten Speck mit?« fragt Lisbeth.

Tilde nickt. »Natürlich, klar«, sagt sie und fragt, ob jemand noch was will. Svend gibt ihr Geld für Zigaretten, und sie verschwindet zusammen mit ihrem Freund.

»*The World just won't go away*«, sagt Pusher-Lars ins Blaue.

»Verdammt.« Svend lacht ihn an. Davon haben sie vor Jahren oft geredet. Die Welt will nicht verschwinden, also muß man versuchen, sich vor ihr zu verstecken – oder sie zumindest vergessen.

»Werdet mal erwachsen«, sagt Michael.

»Erwachsen sein wollen ist schwer«, sagt Svend, »wenn du dafür den Preis bezahlst, nämlich Kompromisse eingehen zu müssen.«

»Wohl wahr«, sagt Lisbeth und lächelt ihn an.

»Steso nannte das *die banale Phase*«, sagt Lars. Michael sieht fragend aus.

»Wie in der Psychologie«, erklärt Lars, »da gibt es die orale und die anale Phase, und schließlich die banale.«

»Okay«, sagt Michael, der Stesos Auslegung offenbar nie gehört hat, »und was charakterisiert diese banale Phase?«

»Mal sehen, ob ich mich daran erinnere«, sagt Lars, »das Ergebnis ist jedenfalls, daß man seine naiven Illusionen verliert. Anfangs glaubt man, etwas ganz *Besonderes* zu sein. Ein *spezieller* Mensch, mit tieferen Gedanken und mehr Einsichten als alle anderen. Die banale Phase hat man durchlebt, wenn man weiß, daß man bloß ein entbehrliches Individuum ist und wie alle anderen sterben muß und von Würmern gefressen und von der künftigen Zeit vergessen wird. Dann ist man erwachsen.«

»*the expandables*«, sagt Svend – so hieß die Band, in der Lisbeth mal mitgespielt hat ... gemeinsam mit Adrian.

»Ganz genau«, sagt Lisbeth und lacht ein bißchen verlegen, »so eine Art umgedrehter Größenwahnsinn.«

»Ja, den hattet ihr – und das war cool«, sagt Lars.

»Das Leben ist banal«, sagt Svend.

»Westentaschenphilosophie auf Stesolid«, sagt Lars.

»Aber was war mit ... Steso?« fragt Louise.

»Ganz ruhig«, sagt Lars, »er redete von uns anderen. Über solche Petitessen war er erhaben. Er war doch permanent dabei, sich zu verwirklichen.«

»Wie das?« fragt Louise.

»Er experimentierte«, sagt Lars, »mit Drogen – Chemie – in seinem Körper. Immerzu neue Kombinationen. Er war eine Art Wissenschaftler – das war das Ziel seines Lebens, und er liebte es.«

»Er war ein echt guter Typ«, sagt Svend.

»Er war auch ein echt boshafter. Er war immer ... so fies zu anderen«, sagt Michael und schaut Svend trotzig an.

Lars nickt: »Ja, er war *fast* immer boshaft.«

»Nenn mir ein Beispiel, wo er keine dumme Sau war«, sagt Michael.

»Valentin«, entgegnet Lars prompt, »damals, als Steso Loser half, Valentin zu werden – kurz bevor er mit den *expandables* auf Deutschlandtournee ging.«

Lars gleitet über die Fußbodendielen, und die kitzeln ihn und er kitzelt sie und sein Körper fließt aus, verändert sich, dehnt sich. Die Töne färben die Luft. Die Wände bewegen sich. Er sieht Atome – Zusammenhang. Unkontrollierbares Lachen. Alles ist wahnsinnig scharf abgegrenzt – er kann Dinge mit seinem Blick bewegen, sie aus ihrer Form herausziehen, sie durch den Horizont rücken, sie verdrehen. Wenn er will, kann er sie kippen. Der Raum ist zwanzigmal tiefer als sonst. Loser schwebt über dem Sofa, Steso verändert Gesicht und Körperform – karikiert sich selbst in einem Traum, in dem Lars an sich heruntershaut; seine Beine strecken sich 120 Me-

ter bis zur Erde – schwindelerregend. Wenn er atmet, zieht das Saugen seiner Lungen an den Wolken. Eine Tasse wird auf dem Tisch bewegt, und er kann jede mikroskopische Unebenheit im Anstrich hören, und plötzlich umfaßt er die ganze Welt. Die ist überall – die Werte sind absolut. Der Apfel, den er in der Hand hält, groß und lebendig, pulsiert von Saft und Kraft. Hinausschauen durch die Wände – zum Himmel. Ihn einteilen, in Felder auf einem Schachbrett; Lars bewegt sie, ihre Ränder knistern von Neonvögeln. Die Konsequenz ist verschwunden. Erforscht das Universum. Die Luftfeuchtigkeit in den Wolken, das Wasser, wie das in seinem Blut, er sammelt es zu Regen.

»Die Nacht hört einfach nicht auf«, sagt Loser, nachdem Steso in die Stadt verschwunden ist.

Lars holt seinen Schlafsack, bringt Loser dazu, sich aufs Sofa zu legen. Lars wird nervös. Er erkennt bei Loser, wie vollkommen leer er innerlich ist, und selbstverständlich hat er Angst vor der Leere – das ist doch klar.

Leere, denkt Lars. Die Leere ist insgesamt dabei, sich auszubreiten. Svend ist vor über einem Jahr nach Kopenhagen verschwunden, und Lars hat nichts von ihm gehört. Lisbeth hat sich in ihr Studium vergraben. Michael hat seine Ausbildung abgeschlossen und arbeitet mit Jugendlichen – seine Freundin wird bestimmt auch Pädagogik studieren. Bertrand schaut zwischendurch immer mal vorbei, um ein paar Gramm zu kaufen, aber das ist keine Freundschaft. Tilde ist die einzige, die Lars noch regelmäßig sieht, und sie ist stabil. Und dann hat er Kontakt zu Svend, aber es klingt nicht, als sei Svend so stabil, wie Lars es sich für ihn wünschen würde.

Schließlich noch Steso. Lars sieht ihn regelmäßig und mit großem Vergnügen, selbst wenn Steso unwirtschaftlich ist. Er kommt zurück, als Loser sich bereits seit einigen Stunden auf dem Sofa verpuppt hat. Steso schaut zwei Sekunden zu ihm hin.

»Schlechte Erlebnisse?« fragt er.

»Ja«, sagt Loser.

»Erzähl mir, wie es sich anfühlt«, sagt Steso.
»Nein.«
»Warum nicht?«
»Ich weiß, was du sagen wirst.« Loser beginnt lautlos zu weinen – die Tränen rollen ihm über die Wangen. »Alles ist weg«, sagt er.

Steso deutet ins Zimmer: »Alles ist da, Loser – NICHTS hat sich verändert.«
»Alles in mir ist ... weg.«
»Und ...?« sagt Steso.
»Du kannst direkt in mich hineinschauen.«
»Da ist nichts zu sehen, sagst du.«
»Ich muß es wiederhaben.« Losers Stimme klingt hohl.
»Warum?« fragt Steso.
»Weil ... Das bin ich.«
»Jaaa? – Vielleicht ...« Steso klingt zweifelnd.
»Vielleicht?« fragt Loser.
»Vielleicht war das nur etwas, das du dir zugelegt hattest. Gepflogenheiten. Staffage.«
»Hast du eine Vorstellung, was wir machen sollen?« fragt Lars.
»Loser muß das einfach ERLEBEN. Für ihn ist das eine einzigartige MÖGLICHKEIT«, sagt Steso.
»Nein«, schluchzt Loser, »das ist grauenvoll.«
»Nur, weil du ANGST hast – das brauchst du NICHT.«
»Steso«, sagt Lars energisch, »wie helfen wir Loser?«
»Hast du noch Pilze?« fragt Steso.
»Das hier ist ernst«, sagt Lars.
»Ich BIN ernst.« Steso deutet auf Loser: »Er braucht noch einen Trip, um zurückzukommen.«

Lars sieht, wie Loser Steso anstarrt, die Augen aufreißt und sich im Sofa zurückzieht.
»Das klingt nicht nach einer guten Idee«, sagt Lars.
»Ich gebe zu, daß es eine Hippiemethode ist, aber auf der ande-

ren Seite: Wieviel schlimmer kann es werden?« sagt er und schaut hinüber zu Loser, der flüstert:
»Und was, wenn es schief geht?«
»Dann, weil du bremst«, sagt Steso.
Loser bohrt sein Gesicht in den Schlafsack und ruft: »ICH TRAU MICH NICHT.« Er schluchzt laut. Lars bekommt es aufrichtig mit der Angst zu tun, denn so etwas hat er noch nie erlebt. Er hat gehört, daß Michael auf Pilzen ein schlechtes Erlebnis hatte; und Svend ist einmal total ausgegangen. Line, seine damalige Freundin – die Mutter von Svends Tochter – versuchte seine Hand zu halten, um ihn zu trösten. Anschließend erzählte Svend, daß er niemanden mehr an der Hand halten könnte, weil er sie gespürt hatte, als sie seine Hand nahm – sehr viel mehr, als er sich selbst spüren konnte. Aber ... wenn Lars Loser in die Psychiatrie begleiten müßte, klar, dann würde er das tun; aber was für eine Pleite. Steso steht mitten im Zimmer. Lars schaut zu ihm. Steso beginnt auf den Fußballen zu wippen.

»Hmm«, sagt er, schüttelt die Schultern etwas, streckt eine Hand vor. »Kippe«, sagt er. Lars zündet eine an und reicht sie ihm. Dann zieht Steso einen Stuhl zum Sofa und setzt sich direkt vor Loser und nimmt eine von Losers Händen, die er um die angezogenen Beine gepreßt hält.

»Loser – früher warst du NICHTS«, sagt Steso und massiert dabei Losers Hand und Unterarm, »jetzt hast du die Chance, von vorn anzufangen. Du bist WIEDERGEBOREN worden – das ist in der Menschheitsgeschichte noch nie geschehen – du bist dein eigener MESSIAS – du hast mehr Glück als JESUS.«

»Ganz leer«, murmelt Loser und schüttelt den Kopf, das Gesicht noch immer im Schlafsack vergraben.

»Kannst du dich erinnern, wer du bist?« fragt Steso geschäftsmäßig. Loser hebt sein verweintes Gesicht:

»Na ja, ich kann mich gut an Leute erinnern, an Orte – alles. Es gibt nur gar keine ... gar keine Gefühle bei dem, woran ich *mich erinnere.« Steso steckt Loser seine Zigarette zwischen die Lippen.*

»Das ist PERFEKT«, sagt er und schaut rüber zu Lars. »PERFEKT«, wiederholt er. »Gibt's einen Joint?« Lars nimmt einen fertigen aus dem Doperkasten, steht auf, zündet ihn an und reicht ihn Steso, der einen Zug nimmt, ehe er ihn Loser hinüberreicht.

»Willst du rauchen?« fragt Steso.

Loser sieht verwirrt aus, nimmt die Zigarette aus dem Mund. »Ich weiß es nicht. Will ich?«

»Nein, das hat dir auch nie sonderlich gut gestanden«, sagt Steso und zieht noch einmal, zuckt die Achseln.

»Warum nicht?« fragt Loser.

»Vielleicht die Hypophyse?« sagt Steso philosophisch, »deine rechtschaffene Seele kann das nicht verdauen.« Beim Sprechen wogt der Rauch aus Stesos Mund. Er hält dabei den Joint vor Loser. »Das hat dich zu Loser gemacht – jetzt kannst du … wie heißt du noch mal?«

»Valentin«, sagt Loser.

»… Valentin sein. Guten Tag, Valentin.« Steso streckt wieder die Hand vor, nimmt Losers und schüttelt sie energisch und mit wichtiger Miene. »Laß uns in den Zoo gehen, Valentin.«

»Warum das?«

»Du bist Vegetarier, du hast Tiere gern – daran kannst du dich doch gut erinnern, oder?«

»Doch«, sagt Loser.

»Das ist kein schlechter Ausgangspunkt, Valentin«, sagt Steso. Loser wirkt, als fasse er sich ein bißchen.

»Ja, Delphine, Seelöwen, Pinguine – alles, was schwimmen kann. Aber jetzt ist keine Saison – mitten in der Nacht – die haben geschlossen.«

»Ja ja«, sagt Steso, »aber du kletterst doch auch gern über Zäune – du fürchtest dich vor nichts.«

»Tue ich das nicht?«

»Nein. Du kannst ALLES.« Steso *erhebt sich energisch und bereitet ihren Abgang vor. Langsam wickelt sich Loser aus dem Schlafsack und geht mit unsicheren Schritten hinaus zur Toilette.*

»Sollen wir immer noch heute abend ins Konzert gehen?« fragt Lars, denn er hatte sich mit Steso dafür verabredet – Union Carbide Productions spielen in achtzehn Stunden im 1000Fryd.

Steso zeigt zur Klotür. Sie können Valentin prusten und mit Wasser planschen hören.

»Er ist eine ungefestigte Seele – ein leeres Gefäß«, sagt Steso, »beinahe wie ein junges Mädchen, ein Teenager. Wir müssen achtgeben, was wir in ihn hineintun.«

Bertrand kommt zur Tür herein. »Ich hab geglaubt, ihr seid im 1000Fryd«, sagt er. Keiner reagiert.

»Na ja, aber …« murmelt Michael und rückt etwas nach, damit Platz ist für Bertrand, aber der quetscht sich neben Tilde, die allein vom Kiosk zurückgekommen ist und Speck kaut.

Bertrand bestellt für jeden ein großes Bier und einen Ballantine's Whisky, obwohl sie alle Flaschenbier haben. Lisbeth fällt auf, daß Svend Bertrand böse anstarrt, als er den Arm um Tilde legt und ihr zuflüstert: »Sollen wir heute nacht zur Küste fahren?« Tilde wirkt irgendwie beklommen.

»Ich muß aufs Klo«, sagt sie. Bertrand steht auf, damit sie raus kann, und setzt sich wieder. Suchend schaut er sich im Lokal um. Dann steht er auf und bewegt sich in Richtung Toiletten.

»Bertrand«, sagt Svend laut, nachdem er zwei Schritte gegangen ist. Bertrand dreht sich um.

»Was ist?« sagt er.

»Du gehst ihr nicht nach«, sagt Svend zu ihm. Lisbeth wundert sich – begreift nicht, was los ist.

»Wovon redest du?« fragt Bertrand – gereizt, aber auch nervös.

»Ich glaube im übrigen, es ist das beste, wenn du jetzt gehst«, sagt Svend. Lisbeth schaut die anderen an, um festzustellen, ob die wissen, was los ist. Michael wirkt verwirrt, Lars starrt mit hängenden Schultern auf den Tisch.

»Wer zum Teufel glaubst du denn, das du bist?« sagt Bertrand, gleichzeitig ängstlich und wütend.

»Sie braucht das nicht«, antwortet Svend. Obwohl er nicht laut spricht, klingt er doch … beängstigend. Da öffnet Michael den Mund:

»Worauf zum Teufel willst du raus?« sagt er zu Svend. »Werd mal locker, Mann.«

»Du solltest dich nicht in Dinge einmischen, von denen du keine Ahnung hast«, sagt Svend zu Michael und macht dabei eine abfertigende Handbewegung, während er weiter den Blick auf Bertrand gerichtet hält.

»Ich werd echt nicht …« Bertrand unterbricht sich, als Svend aufsteht und dabei den Tisch ganz zu Lisbeth und Lars schiebt, so daß er schnell an Michael und Louise vorbeikommen kann, die neben ihm auf der Bank sitzen. Svends Stimme ist ruhig, kalt:

»Ich sag es anders: Wenn du jetzt nicht gehst, bekommst du von mir ein Bierglas ins Gesicht.«

Michael beugt sich vor zu Pusher-Lars: »Verdammt Lars, was geht hier ab?« fragt er.

»Das ist, was es ist«, sagt Lars, ohne den Kopf zu heben.

Bertrand schaut erst auf das Glas mit Bier, das er Svend eben ausgegeben hat, und dann zu den anderen. Lars schüttelt langsam den Kopf. Lisbeth beißt die Zähne zusammen und blickt Svend an. Louise scheint Angst zu haben. Keiner sagt etwas.

Lisbeth lehnt sich vor und legt Svend eine Hand auf den Arm – er schüttelt sie mit einer heftigen Bewegung ab, bleibt stehen.

»Wir sitzen doch nur und …« hebt Bertrand an, aber hält ein – die Stimme klingt merkwürdig trocken.

»Bertrand«, sagt Svend – er spricht den Namen zweisilbig aus: *Ber-trand*. Svend fährt fort: »Hier gibt es nichts zu diskutieren. Ich hätte es damals machen müssen, aber so wahr mir Gott helfe, ich tue es jetzt, wenn du nicht verschwindest.« Bertrand steht wie angefroren da und schaut Svend an – der absolut still steht – kühl, aufmerksam.

ZACK. Svend hat einen langen Schritt nach vorn getan, seine Hand trifft Bertrands Wange und ist schon wieder weg. Bertrand hat Tränen in den Augen.

»*Svend!*« Das war Michael. Svend hält den Blick auf Bertrand gerichtet.

»Lars!« ruft Lisbeth erschüttert, aber Lars starrt immer nur weiter auf die Tischplatte.

»Halt die Klappe«, zischt Svend – das gilt vielleicht allen. Bertrand greift sich seine Jacke, die er an einen Haken gehängt hatte. Gleichzeitig setzt sich Svend wieder. Bertrand steht ein Stück vom Tischende entfernt – bestimmt, damit Svend ihn nicht erreicht.

»Svend, du bist ein verdammter kranker Psychopath«, sagt er mit bebender Stimme und sieht zu, daß er aus der Tür kommt.

Svend seufzt, als sich die Tür hinter Bertrand geschlossen hat. Lisbeth hat es die Sprache verschlagen. Lars schüttelt den Kopf, als er ihn hebt und zu Svend rüberschaut.

»Kein Wort von dir«, sagt Svend und deutet auf ihn.

»Nein«, sagt Lars, »aber hättest du nicht etwas diplomatischer vorgehen können? Ihn nur bitten, aufzuhören?«

Michael richtet den Rücken auf, holt tief Luft und starrt Svend an, will gerade etwas sagen. In dem Moment kommt Tilde zurück, und alle schweigen.

»Wo ist Bertrand?« fragt sie.

»Er hatte was vor«, sagt Michael verwirrt.

»Okay«, sagt sie und sieht wirklich überrascht und froh aus. Tilde quetscht sich an Louise und Michael vorbei und setzt sich neben Svend auf die Bank. Sie schwatzt drauflos von den Pflanzen, die er ihr mal besorgt hatte, damit sie in ihrem Zimmer ein Urwaldmilieu schaffen konnte.

»Es war nur so viel Sauerstoff in der Luft«, erzählt sie begeistert.

Svend nickt, sagt: »Stimmt genau, Tilde. Man kann es merken.«
Da kommen zwei von Tildes Hip-Hop-Freunden zur Tür herein. Lisbeth glaubt, daß der eine der beiden vorhin hier gewesen ist. Sie sind etwas älter als ihre Schüler am Gymnasium. Tilde steht auf und umarmt sie, und sie begrüßen alle am Tisch, besonders Pusher-Lars, den sie offenbar kennen. Dann nehmen sie Tilde mit zum Flipper-Automaten. Der eine steht mit seinem riesigen Hängearsch gleich hinter Tilde, die Hände auf ihren, und versucht ihr beizubringen, wie man mit den Knöpfen die Kugel am Laufen hält.

»Svend, was sollte das?« fragt Michael, als Tilde außer Hörweite ist. Svend wirkt müde. Erst nach einer Weile antwortet er:

»Michael, du weißt es nicht, weil du nicht aufgepaßt hast, und ich bin nicht in der Position, es dir erzählen zu können.« Michael wirkt betroffen, findet Lisbeth. Sie selbst fühlt sich ebenfalls betroffen, denn sie weiß nicht, worum das hier mit Bertrand geht. Michael hat nicht die Absicht, irgendwas auf sich beruhen zu lassen.

»Hier haben wir einen Mann, der im Scheißhaus wohnt und mit Scheiße wirft«, sagt Michael. Das ist eine Anspielung auf Katja, Svends Kind – Lisbeth ist sich da sicher. Aber sie weiß von Tilde, daß es Svend wegen der Geschichten, die passiert sind, schlecht geht. Svend sagt nichts.

»Was hast du dazu zu sagen?« fragt Michael. Svend bleibt stumm. »Lars?« Lars wendet sich Michael zu.

»Svend hat recht«, sagt er – und weiter nichts.

»Ich hole eine Runde Wodka-Schuß«, sagt Svend und geht zur Bar. Lisbeth folgt ihm.

»Willst du mir erzählen, Svend, worum es da eben ging?« fragt sie. Auch wenn sie es zu vermeiden sucht, klingt ihr Tonfall anklagend.

»Lisbeth, das willst du nicht wissen«, sagt er.

»Doch«, sagt sie, »will ich.«

»Komm nicht und sag, ich hätte dich nicht gewarnt.«

Es stimmt. Eigentlich will sie das gar nicht wissen, was Svend erzählt; von damals, als Tilde so durcheinander war, daß sie eingewiesen wurde. Daß Bertrand seit Monaten mit ihr ins Bett ging, aber ihr eingeschärft hatte, sie dürfe das niemandem sagen. Das war *ihr Geheimnis*. Keiner durfte sie zusammen sehen. Lisbeth weiß, daß Tilde ihn damals total gut fand, aber sie kann nicht recht glauben, daß Bertrand ... sie auf diese Weise mißbraucht hat. Wieso hat sie das nicht gemerkt?

»Woher weißt du es?« fragt sie.

»Sie hat es mir erzählt.«

»Glaubst du nicht, daß sie sich das ausgedacht hat?«

»Ich habe ihn damit konfrontiert«, sagt Svend.

»Wie?« fragt sie und kommt sich blöd vor – sie kann sich doch ausrechnen, wie.

»Das ist egal«, sagt Svend und unterstreicht das mit einer Geste. Er sieht finster aus. »Er hat es zugegeben.«

»Glaubst du, sie ist deshalb ...?« fragt Lisbeth.

»Was weiß ich«, sagt Svend, »ich weiß bloß, daß sie Ausgang hatte von der Klapsmühle und ich mit ihr zum Klostertorv ging. Wir wollten einfach ein Bier trinken, und ins 1000Fryd wollte sie nicht. Und dann saß da Bertrand und schäkerte mit einem seiner netten Mädchen, und da ist sie total zusammengeklappt.«

»Und hat es dir erzählt?« fragt Lisbeth.

»Später«, antwortet Svend. Sein Mund ist verzerrt, als er auf das Geld in seiner Hand blickt und dem Barkeeper gibt, was er bekommt.

»Erzähl es mir, Svend. Ich will es gern wissen«, sagt Lisbeth. Jetzt muß sie es wissen. Tilde hatte ihr immer alles erzählt. Lisbeth war an sich davon ausgegangen, das sei auch weiterhin so. Svend seufzt, scheint Anlauf zu nehmen: »In der Woche drauf wollte ich sie in der Psychiatrie besuchen, aber die Ärzte wollten mich nicht reinlassen, allerdings konnten sie das Problem auch nicht erklären. Ich bestand darauf ... du weißt schon.«

»Ja, das weiß ich«, sagt Lisbeth und muß lächeln, obwohl sich die Haut in ihrem Gesicht anfühlt, als würde sie reißen.

»Wie sich zeigte, schmierte sie sich mit allem möglichen ein, ich meine: mit allem möglichen. Sie sagt, daß sie verbrannt worden sei.«

»Konnten die nicht ... konnten die nichts tun?« fragt Lisbeth. Svend lacht müde.

»Das war sozusagen außerhalb ihres Erfahrungshorizonts.«

»Und dann ...?«

»Dann wurde ich zu ihr eingeschlossen, und nachdem ich sie einige Tage lang besucht hatte, bekam ich es aus ihr raus ... was passiert war.«

»Wie ... war sie?«

»Sie hatte sich das ganze Gesicht mit Zahnpasta eingeschmiert. Ein böser Mann hatte sie verbrannt. Da sagte ich, daß ich auch ein bißchen verbrannt worden wäre ... Du weißt, wie das ist. Da bekam ich etwas Zahnpasta auf den Kopf, und so waren wir gewissermaßen auf einer Wellenlänge.«

»Und das war es dann?«

»Ja, also natürlich habe ich ihr versprochen, daß sie der böse Mann nicht wieder verbrennen würde.«

»Und das hast du bis jetzt erfüllt?«

»Lisbeth, zum Teufel ...« fängt er an, dann schaut er zur Decke – die Adern an seinem Hals treten vor, die Sehnen sind gespannt. Als er sie wieder ansieht, steht ihm das Unbehagen ins Gesicht geschrieben.

»Ich weiß wirklich nicht, was ich machen soll. Das Mädchen ist nicht ganz echt – es kann schon sein, daß es jetzt gerade gut geht, aber unter der Oberfläche ... Ich hab es ihr versprochen. Sie hat neue Freunde gefunden – es sieht so aus, als behandelten die sie ordentlich. Bertrand ist ewig ein Schmarotzer gewesen – eine Natter.« Svend regt sich wieder auf: »Damals, als wir irgendwie so alle ... hier waren ... Wenn wir ihn in der Stadt mit seinen schicken Freunden trafen, dann durften die nicht wissen, daß er uns kannte. Er sagte denen, wir wären welche, mit denen er zusammen *in die Volksschule* gegangen wäre. Also weißt du, was soll denn so ein Scheiß?«

Lisbeth nickt. Es stimmt. Bertrand wollte nie zu ihnen stehen. Svend nimmt das Tablett mit den Wodkas.

»Vergiß es«, sagt er und geht rüber zu Tilde und ihren Freunden, gibt ihnen den Wodka, bleibt stehen und unterhält sich ein bißchen, ehe er wieder zum Tisch kommt.

Svend verläßt Aalborg in der Dämmerung. Steso kommt mit, er will seine kleine Schwester Rikke besuchen, sie ist in Kopenhagen auf der Schule. Bereits ehe sie die Stadtgrenze passieren, ist Steso auf dem Rücksitz eingepennt, und Svend sitzt am Steuer und denkt an Lille-Lars – daran, wie er vor sieben Jahren starb.

Kurz vor dem Unfall waren sie im Stedet in der Maren Turis Gade gewesen. Lisbeth war auf Lille-Lars wütend, weil er zu viel mit Steso rumzog, zu viel Acid nahm.

»Jetzt geh zu ihr nach Hause«, sagte Svend.

»Sie ist nicht da«, antwortete Lille-Lars. Sie tranken. Es wurde nicht sonderlich viel geredet. Irgendwann steckte Lille-Lars' Finger fest. Sie saßen auf Hockern, in deren runde metallene Sitzflächen Löcher gestanzt waren. Lille-Lars hatte seinen Zeigefinger in eins der Löcher gesteckt, und jetzt bekam er ihn nicht wieder heraus.

»Bleib ruhig, Lars«, sagte Svend, denn er hatte schon früher miterlebt, wie der, wenn er wütend wurde, seine Fäuste an Mauern blutig schlug. »Ich hol Seife.« Svend ging zur Toilette, wo er sich flüssige Seife in die Hand pumpte. Auf dem Weg zurück sah er, wie Lille-Lars als Widerstand einen Fuß oben auf den Hocker stellte und den Finger einfach rauszog. Als Svend zu ihm kam, starrte er auf diesen Finger ohne Haut, das Blut strömte über seinen Unterarm. Einige Mädchen schrieen. Der Türsteher kam angerannt.

»Immer mit der Ruhe«, sagte Lille-Lars, »ich geh schon.« Und

zu Svend: »Bleib hier. Bis dann.« Ein paar Tage später erzählte Pusher-Lars, Lisbeth sei nachts nach Hause gekommen, und als sie ins Bett gehen wollte und die Bettdecke hochnahm, waren das gesamte Bett und Lille-Lars voller Blut. Sie erschrak furchtbar. Ein paar Tage später fuhren sie mit dem Bus nach Sønderholm, um ihre jeweiligen Familien zu besuchen, und spät am Abend war Lille-Lars mit einem gestohlenen Auto zu Lisbeths Eltern gekommen, um sie abzuholen und zurück nach Aalborg zu fahren. Sie hat nie erzählt, was passiert ist, aber er pflügte den Wagen in die Eingangspartie des Gymnasiums von Hasseris, stieß gegen eine Mauer, die Lenksäule rammte sich ihm ins Zwerchfell, und er starb. Lisbeths Bein war mehrfach gebrochen.

Steso auf der Rückbank grunzt, und Svend fühlt sich unwohl. Die Reifen singen auf dem Asphalt. Hinter ihnen bleibt Aalborg immer weiter zurück, aber das, was passierte ... alles, was passierte, wiegt schwer in seiner Brust. Montagmorgen muß er bei der Arbeit anfangen – einer Gärtnerei auf Amager –, und er hat eine Wohnung in der Njalsgade gemietet. Die Zukunft wirkt so sinnlos und erschreckend wie die Vergangenheit.

Es ist dunkel geworden, und Nebel hat sich wie dicker weißer Besatz über die Landschaft gelegt. Er lenkt den Wagen zu einer Raststätte. Stellt den Motor aus, läßt die Scheinwerfer brennen. Steigt aus, um sich die Beine zu vertreten. Stellt sich vor das Auto. Fühlt sich im frostigen Licht der Scheinwerfer wie aus dem Nebel ausgestanzt. Raucht eine Zigarette. Die Luft ist still, der Nebel empfängt den Rauch, und obwohl es unwirklich ist, so drängt es ihn zu ihr, wie zu einer Hülle, die sein Blut halten kann. Lisbeth. Alles ist zum Teufel gegangen. Wie lange hat er darauf gewartet, ihr das zu sagen? Nachdem Lille-Lars starb – es war unmöglich, sie war durchgedreht – jahrelang. Als er sie das erste Mal sah ... all die Zeit, die er weggeworfen, aufs Hoffen vergeudet hatte. Vielleicht wußte sie das nicht einmal. Sie waren seit langem Freunde. Und seine Freundinnen, die wußten nicht, was sich ihnen entgegenstellte – sie kämpften gegen ein Gespenst, ein Luftschloß; sie hatten keine Chance. Und Adrian kämpfte gegen ihr Gespenst; er wußte nicht, daß sie ihn nahm, weil er Lille-Lars glich. Und Adrian verlor. Aber vielleicht ist sie gar nicht mehr zum Gernhaben; vielleicht ist nichts übriggeblieben?

Die Autotür geht auf.

»SVEND«, ruft Steso, »für Jugendstumpfsinn bist du zu ALT.«

»Ich brauchte nur mal eine Kippe«, sagt Svend, verlegen. Steso ist ausgestiegen, geht zu ihm:

»Du stehst da und rauchst im klinischen Licht des Automobils«, sagt Steso, »der Rauch mischt sich mit dem Nebel, der Asphalt glänzt vor Feuchtigkeit. Jeder andere würde glauben, du habest einen UNIVERSITÄTSABSCHLUSS in Weltschmerz. Hör auf, so verteufelt banal zu sein.« Steso spuckt aus, ehe er fortfährt: »Für einen Mann ist es geschmacklos, Weltschmerz zu haben und sich GLEICHZEITIG auf Erden zu vervielfältigen.« Steso stellt sich neben Svend: »Gib mir eine Zigarette.« Svend zieht eine heraus.

»Ich habe gerade mein Umgangsrecht verloren«, sagt er, »ich bin aus dem Spiel.«

»Du bist niemals draußen, Svend. Du bist VERVIELFÄLTIGT. Blut ist dicker als Wasser.«

»Aber die Frau ist falsch wie Wasser«, sagt Svend müde – das hat er irgendwo gelesen, und das hat sich festgesetzt.

»Was dünner ist als Wein«, sagt Steso rasch – plötzlich sehr aufmerksam: »HATTEST du nicht eine Flasche Wein, Svend?« Svend erzählt Steso, daß er einen ganzen Karton hat.

»GROSSARTIG«, sagt Steso und geht zu einem Busch. Svend blickt auf seinen Rücken – das sieht Steso nicht ähnlich, ein Gespräch zu beenden, ohne Svend noch einen letzten Splitter ins Auge zu rammen. Das Plätschern wirkt in der Stille sehr laut. »Sie will dich nicht haben, Svend, sie ist nicht bereit. Du bist GAR NICHT bereit. Vielleicht wirst du das nie sein.«

»Wovon redest du?« sagt Svend.

Steso schüttelt den Kopf: »Hör doch auf, deine eigene Intelligenz zu beleidigen«, *sagt er.*

Svend geht zum Auto und holt eine Weinflasche aus dem Kofferraum, nimmt sein Taschenmesser, zieht den Korken raus. Nimmt ein paar zusätzliche Flaschen mit nach vorn. Steso setzt sich auf den Beifahrersitz. Svend startet den Wagen; er erinnert Steso daran, daß er mitfährt, um den Chauffeur wachzuhalten.

»Okay«, *sagt Steso,* »ich werde vom Schleier der Muslime erzählen.« *Das ist sein neuestes Thema. Er hat freundschaftlichen Kontakt zu Hossein geknüpft – iranischer Kriegsflüchtling und Kredithai –, und Steso verschlingt jetzt Informationen über den Islam und die Moslems. Hossein zufolge tragen die Moslems die Schuld an allem, und Steso will sich wie immer um die Realitäten streiten. Der Schleier ist ein zentraler Punkt.*

»Im Koran steht, man soll schicklich gekleidet sein. Und die Frau soll ihre Schönheit nicht zur Schau stellen. Dann haben ein paar frauenfeindliche Imams den Hadith – also die Überlieferung dessen, was Mohammed gesagt hat – überinterpretiert, so daß Schicklichkeit gleichbedeutend ist mit Bedecken. In Wahrheit sprach Mohammed nur über MENSTRUIERENDE Frauen. Er besuchte jemanden, und dann kam die Teenietochter nach Hause – ein richtiger kleiner arabischer Bimbo. Sie hatte ihre Tage und war für Mohammeds Geschmack etwas zu provozierend gekleidet; da sagte er, bei einer menstruierenden Frau dürfe man nur das sehen ...« *Steso rahmt mit beiden Händen sein Gesicht ein,* »Haar und Hals müßten verborgen sein. Hände und Füße darf man sehen.« *Svend sagt nichts. Steso leiert weiter:* »Und es ist ja in vielen Kulturen normal, blutende Frauen als UNREIN zu betrachten, also als etwas, das versteckt werden muß. Der Mann hat die physische Übermacht, außerdem BEGREIFEN wir blutende Frauen einfach nicht.«

»Und die Frau – welche Macht hat die?« *fragt Svend.*

Steso lächelt ihm zu: »Der Grund, weshalb du aus Aalborg wegfährst – die PSYCHISCHE OBERHERRSCHAFT.«

Svend seufzt. »Und warum zum Teufel hat sie die bekommen?« fragt er.

Steso legt ihm eine Hand auf den Arm: »Svend, vergiß es; ich würde meinen, das sichert das Überleben der Art«, sagt er. »Aber in WIRKLICHKEIT entspringt diese gesamte Sich-Bedecken-Farce einer klassischen kolonialistischen Strategie, der sich die Muslime bei der Ausbreitung des Islam bedienten. In den präislamischen Reichen in Persien hielt die Oberklasse ihre Frauen in Harems, was Verbot bedeutet. Wenn sich die Frauen außerhalb des Hauses aufhielten, sollten sie bedeckt und müßig gehen. Sich das gestatten zu können, war ein Statussymbol; die armen Frauen trugen doch nicht so eine Kluft – die erschwert das Arbeiten. Als dann die Moslems die Macht übernahmen, da mußten sie natürlich zeigen, daß ALLE Moslems reich waren, und deshalb mußten SÄMTLICHE Frauen bedeckt gehen.« Steso nimmt einen großen Schluck aus der Weinflasche, dreht am Autoradio, fischt Zigaretten aus Svends Packung auf dem Armaturenbrett und steckt ihnen beiden eine an. »Und im nordwestlichen Afrika gibt es einen Stamm – die Tuaregs –, bei dem die Frau lässig gekleidet und der MANN verschleiert ist – einschließlich seiner Hochzeitsnacht. Die wissen nicht mal, warum sie das tun. Aber es BEWEIST, daß der Schleier ein kulturelles Phänomen ist, OHNE Zusammenhang zum Koran.«

»Vergiß die Politik«, sagt Svend, »was ist mit diesen Tuaregs, gibt's die noch?«

»Und ob. Die schmuggeln Waffen und handeln mit Sklaven.«

»Sklaven?« fragt Svend überrascht.

»Du weißt, wie die Welt ist«, sagt Steso achselzuckend. Dann beginnt er in seiner Tasche zu wühlen, bis er ein Buch findet: ›Tausend Meilen durch die Sahara‹ von Otto Zeltin. Steso zeigt es Svend, lobt es und beginnt zu blättern. Und auf dem Weg durch Jütland und die neblige Nacht erzählt er, dabei nimmt er regelmäßig einen Schluck aus der Weinflasche:

Von den Hoggar-Tuaregs aus dem Land der Frucht Tamanr'asset in der südlichen Sahara. Von dem Mann, der Sklaven hält, die ihn an der Nase herumführen. Aber als wahrer Aristokrat ist er nur daran interessiert, ahâl zu spielen und den Lobpreis der Frauen seines Volkes zu singen, die ihre Haare lose im Wind flattern lassen. Und sein Gesang trieft geradezu von seiner Neigung zu Kampf und Blut. Vollkommen eingehüllt in glänzende indigoblaue Baumwollgewänder zieht er mit seinem breiten zweischneidigen Schwert und seiner aristokratischen Gestalt als ein gefürchteter Mann auf seinem weißen mehari durch die Weiten. Und dann sein schwarzer Gesichtsschleier – lithâm –, der nur die rätselhaft leuchtenden Augen freiläßt; seine ganz weiße Haut, die völlig europäische Gesichtsform und seine Stimme. Würdig, gemessen und reserviert – jede seiner Bewegungen geprägt von Beherrschung und natürlicher Eleganz. Wo kommt er her? Ist er Berber – Nachkomme der Karthager und Numider? Trägt er das Blut Roms in seinen Adern? All das ist gleichgültig. Er plündert – ein ehrenvolles Geschäft für Männer.

Und Steso erzählt vom Dschinn – den Dämonen der Wüste; von El-Goléa – der Stadt mit den verzauberten, duftenden Gärten; von Tanezruft – dem Land des Durstes; von Brunnentauchern, Oasen, Sandstürmen, Skorpionen. Steso ist in seinem Element – angeturnt und über wichtige Dinge palavernd. Tief in der Nacht setzt Svend ihn am Otto-Mønsteds-Kollegium in Kopenhagen ab. Als Steso ausgestiegen ist, ruft er Svend zu:

»Allah akbâr; Allah akbâr! Allah akbâr! La illaha la il Allah, Mohammed rassúl Allah!«

Sein abrupter Gang über den Bürgersteig, bis der schmale Körper um eine Ecke verschwindet.

Svend sah ihn nie wieder.

Lars zieht eine große Handvoll zerknitterte Geldscheine aus der Hosentasche und nimmt einige davon. Er bezahlt den Barkeeper, der mit einer neuen Runde an den Tisch gerufen worden war.

»Der Dealer fischt in seiner Hosentasche«, sagt Lisbeth. Aber so ist das doch gar nicht, denkt Tilde.

»Du hast so viel, daß du es selbst nicht mehr weißt«, sagt Svend.

»2350 Kronen – so viele sind es jetzt«, sagt Lars, zieht die Augenbrauen kurz hoch, nickt nachdrücklich. Er stopft das übrige Geld in die Tasche. Lars weiß Bescheid.

Tilde schaut zu Louise und Michael. Engumschlungen stehen sie vor der Musikbox und füttern sie mit Münzen. Jetzt kommt Thomas nie wieder zu ihr. Nicht einmal, um sich von ihr die Haare schneiden zu lassen oder wegen ein bißchen Geld, einem Bad, etwas zu essen, einem Kuß.

Ein Mann in der Uniform der Post kommt herein und sieht sie am Tisch; er bleibt stehen, scheint überrascht zu sein. »Lars?« sagt er, »ich bin auf dem Weg zu dir. Ist die Festung unbemannt?«

»Die Frau ist da«, sagt Lars. Wenn er frei hat, mag er nicht mit Kunden reden, deshalb wendet er den Blick wieder Svend zu.

»Okay«, sagt der Post-Typ und geht.

»Die Frau?« fragt Svend.

»Ulla«, antwortet Lars, »meine Freundin.«

»Freundin?« Svend weiß nicht, daß Lars jetzt eine Freundin hat.

»Doch doch«, sagt Lars.

Lisbeth lacht, sagt: »Ich hätte gar nicht geglaubt, daß du für so ... geschlechtlichen Kontakt was übrig hast«, und gibt ihm einen Klaps. Er lacht so, als wenn ihm das alles etwas peinlich wäre. Aber Tilde weiß, daß er Ulla sehr mag. Er hat es selbst erzählt, und Tilde kann es auch sehen.

»Na, also ... ich glaube auch beinahe, ich hatte das vergessen«, sagt Lars, »aber wir vögeln die ganze Zeit.«

»Geht das denn gut, wenn du breit bist?« fragt Svend.

»Also früher konnte ich das nicht, aber ich habe ja den Verbrauch zurückgeschraubt, und jetzt kann ich bald nichts anderes mehr. Kannst du nicht?« fragt Lars. Er ist richtig frech, denkt Tilde.

Aber vielleicht ist es um Svend auch ein bißchen schade. Denn er hat doch niemanden. Tilde behält ihn im Auge.

»Ich kann nicht behaupten, daß ich das in letzter Zeit gecheckt hätte«, sagt Svend.

»Breit sein und Rock 'n Roll?« fragt Lars.

»Überhaupt«, antwortet Svend trocken.

»Und Ulla schafft es, auf die Bude aufzupassen?« fragt Lisbeth.

»Ja, das macht sie immer, wenn ich frei habe«, sagt Lars.

»Du nimmst dir frei?« Svend klingt überrascht. Früher, als Svend hier wohnte, nahm Lars nie frei. Aber Tilde weiß genau, warum er das jetzt tut.

»Ich hab damit angefangen«, sagt Lars.

»Na, aber was machst du denn, wenn du … frei hast?« fragt Svend. Lars dreht den Kopf zur Seite und hebt beide Hände an den Mund.

»*Lars, laß es!*« ruft Tilde.

»*Äh*«, ruft Lisbeth, als Lars den Kopf wieder umdreht. Die Wangen sind vollständig eingesunken, die Lippen verschwunden. Seine untere Gesichtshälfte ist insgesamt … deformiert. Er hält die beiden Teile mit Zähnen in der Hand und sperrt den Mund weit auf. In seinen Kiefern sitzt hier und da Metall. Es leuchtet. Michael und Louise haben sich umgedreht, sie wollen sehen, was los ist. Sie hält sich eine Hand vor den Mund.

»Gehe zum Zahnarzt«, sagt Lars mit seinem zahnlosen Mund, dann grinst er boshaft. Er sieht aus wie ein Greis.

»Lars, Wahnsinn«, sagt Svend, während Lars die falschen Zähne wieder an ihren Platz steckt.

»Nein, Lars, das ist mir überhaupt nicht aufgefallen«, sagt Lisbeth. »Bitte entschuldige.«

»Schon in Ordnung«, sagt Lars.

»Und nachts, hast du die dann in einem Wasserglas neben dem Bett?« fragt Svend.

»Jetzt ja«, sagt Lars, »aber das sind nur vorübergehende Prothesen. Also ich hab zehn Titaniumschrauben in die Kieferknochen bekommen – sechs oben und vier unten – und wenn das Gewebe um die Schrauben erst geheilt ist, dann bekomme ich solche Prothesen, die an Halterungen oben an den Schrauben eingeklickt werden. Die sitzen dann richtig fest.« Lars erzählt ihnen, daß die falschen Zähne aus Acryl hergestellt sind. Daß er sie jeden Tag herausnehmen müsse, um die Implantate zu bürsten – damit sich dort oben keine Krümel und kein Dreck festsetzt. Die Prothesen muß er auch bürsten, besonders die Seite zum Gaumen hin.

»Aber ... warum?« fragt Michael.

»Verfault«, sagt Lars. Tilde findet es komisch, daß es denen nicht aufgefallen ist. Denn früher waren seine Zähne schwarz und grün und braun und gelb. Ein paar fehlten ihm auch.

»Ist das nicht scheißteuer?« fragt Svend.

»Schwarz«, sagt Lars.

»Wie hast du einen gefunden, der das für dich gemacht hat?« fragt Lisbeth.

»Der Schwager von einem meiner Kunden.«

»Wie viel?« sagt Svend.

»68 Kilo.«

»Wow«, sagt Lisbeth.

»Heftig«, sagt Tilde, denn Lars hat in seinem Geschäft richtig hart gearbeitet. Um dafür Geld zu haben.

»Das ist der Preis für das ewige Vernachlässigen«, sagt er zu ihnen, »... und die Liebe.«

»Was meinst du mit ... Liebe?« fragt Svend.

»Hättest du mir früher einen Zungenkuß gegeben?«

»Jederzeit«, sagt Svend, »das weißt du doch.«

»Hast du heute überhaupt geraucht?« fragt Michael.

»Nein«, antwortet Lars. Tilde kann sich entsinnen, daß er vorm Kaffee auf dem Parkplatz einen Kleinen zum Nachbessern geraucht hat, aber warum soll sie ihn daran erinnern. Wenn die das nicht mehr wissen. Und er hat wirklich runtergeschraubt – er raucht überhaupt nicht mehr Bong. »Allerdings, ich muß schon zugeben, die Wirklichkeit wirkt inzwischen etwas bedrängend.« Lars schaut sich hektisch um, als wenn er paranoid wäre. Aber er macht nur Spaß.

»Aber du hast doch wohl einen Morgenjoint geraucht?« fragt Svend.

»Das hab ich – und der war groß.«

»Hast du vor uns Angst?« fragt Tilde und kichert.

»Also Svend macht mir wahnsinnig viel Angst, aber ich glaube, das hat nichts mit dem THC-Niveau zu tun«, antwortet Lars.

Wie in einem Wildwestfilm hält Svend die Arme hoch, als wenn er sich ergeben würde. »Das tut mir aber leid, entschuldige«, sagt er.

»So was darfst du nicht sagen«, meint Tilde zu Lars. Er legt ihr den Arm um die Schultern.

»Ganz ruhig, Tilde. Ich mein es nicht so ernst. Ich hab diesen großen Kerl echt richtig gern.«

Im Grunde war es Pusher-Lars, der sie zusammenbrachte. Er machte eine Maurerlehre, und nebenbei dealte er. Da traf er Thomas, der mit wilden Augen durch Aalborg rannte und nach Drogen suchte.

»Thomas, was möchtest du kaufen?« fragte er. Das war noch ehe er entdeckte, daß Thomas ganz wild auf Stesolid war, und er ihm den Spitznamen verpaßte.

»Ja, was HAST du denn?« rief Thomas. Er wollte alles kaufen. Er wurde Lars' bester Kunde, kaufte jede Menge schlechtes Hasch, das er in Sønderholm und Umgebung weiterverkaufte – es war, als hätte Lars eine Satelliten-Abteilung. Er kaufte auch eine Masse gutes Hasch und warf eine Menge Tabletten ein. Lars wußte nicht, wer er war; er kam, kaufte, laberte drauflos von Anarcho-Syndikalismus und Heteronomie und haute wieder ab. Er war einige Jahre jünger als Lars, etwa 17, 18 Jahre, so alt wie Svend und Michael. Sie

stießen ein paarmal auf ihn, wenn sie oben bei Lars waren, um was zu kaufen oder auch einfach nur zu Besuch, und Svend fing an, Lars nach Thomas auszufragen.

Dann fragt Lars eines Tages: »Thomas, wer bist du?«

Thomas schaut ihn grimmig an: »Hej Lars – ich hab echt noch einige Leute«, sagt er nachdrücklich, »ich bin nicht allein – wir sind VIELE ...« Er läßt das drohend in der Luft hängen. Lars fragt ihn, ob er seine Freunde am Samstag zu einem kleinen Fest mitbringen wolle. Darauf antwortet er nicht, nickt nur. Statt dessen sagt er:

»Lars, im August fange ich in der Domschule an.«

»Aha, du willst studieren«, sagt Lars.

»Verdammt ... hej Mann ... DENK mal nach«, ruft Thomas, zeigt auf seinen Kopf und sieht wütend aus.

»Was?« sagt Lars. Thomas ist schon auf dem Weg nach draußen.

»Verdammt, die KUNDENGRUNDLAGE«, sagt er über die Schulter, dann knallt er die Tür hinter sich zu. Ein paar Jahre später begann Steso tatsächlich auf der Domschule, flog aber schnell wieder raus.

Am Samstag sitzen die drei – Svend, Michael und Lars – da, als warteten sie auf den Weihnachtsmann.

Um 21 Uhr klopft es, Pusher-Lars öffnet, und da stehen sie: die farbenprächtige Tilde, die schicke Lisbeth, der energische Lars und Thomas.

»Das sind meine Leute«, sagt er und deutet auf Lars, der schon im Sturmschritt die Wohnung betritt: »Das ist mein Mann, Lars ...« erklärt Thomas und zeigt daraufhin auf die Mädchen, »und das meine Mädchen, Tilde und Lisbeth.«

»Okay, dann wollen wir mal sehen, was wir hier haben«, sagt Pusher-Lars' Namensvetter – ein strammer kleiner Bursche, der Autos stahl, wie sich später zeigte. Er nickt Svend und Michael, die auf dem Sofa sitzen, kurz zu und untersucht mit geschäftsmäßiger Miene die ganze Wohnung. Dann schaut er zu Thomas, sagt:

»Alles in Ordnung«, und fängt an zu lachen – und lacht im übrigen die restliche Zeit.

Pusher-Lars steht neben ihm und schaut auf ihn runter.

»Ich heiße Lars«, sagt Pusher-Lars und gibt ihm die Hand.

»Lars heiße ICH. Wer bist DU?« fragt er seinen Namensvetter und zeigt hoch zu ihm – furchtlos.

»Dann müssen wir dich Lille-Lars nennen«, sagt Pusher-Lars. Statt zu antworten, schmeißt Lille-Lars die Jacke auf den Fußboden und zieht mit einem Ruck Pulli und T-Shirt aus. Pusher-Lars hat noch nie etwas Vergleichbares gesehen. Also damals war er selbst stark, aber Lille-Lars war wie ein knorriges Stück Holz. Dann deutet Lille-Lars auf Svend und sagt:

»Ich wette, daß ich deinen Mann mit einem Arm flachlegen kann.« Pusher-Lars denkt: Also gut. Svend machte eine Ausbildung als Landschaftsgärtner, er trug den ganzen Tag Platten und goß Blumenkästen.

»Was wettest du?« fragt Pusher-Lars. Lille-Lars deutet auf Lisbeth:

»Meine Frau«, sagt er.

Pusher-Lars muß nichts aufs Spiel setzen – es ist egal. Er schaut zu Lisbeth, will sehen, wie sie es aufnimmt. Sie wirkt weder wütend noch beleidigt – kichert bloß und lächelt Lille-Lars verliebt an.

Unterdessen sitzt Thomas mit Tilde am Eßtisch. Er nickt Svend auf dem Sofa zu, lächelt und sagt: »Hmm ... Ja ...« Svend lächelt ebenfalls. Keiner spricht mit dem anderen, aber die Luft vibriert.

Lille-Lars kniet sich hin und schneidet mit seinem Taschenmesser eine Kerze in Stücke. Dann schmilzt er zwei der Stücke an und befestigt sie auf dem Kacheltisch vor dem Sofa, zündet sie an.

»Ja«, sagt er achselzuckend, »ich persönlich finde das an sich nicht nötig, aber um der guten Ordnung halber.« Er lächelt Svend freundlich zu. Und dann legen sie los. Lille-Lars hält Svends Hand direkt über die Flamme – Pusher-Lars kann sehen, daß Svend ver-

sucht, seine Hand runterzuziehen, um die Flamme zu ersticken, aber er kann nicht. Vier Sekunden vergehen.

»Das reicht jetzt«, sagt Thomas, und Lille-Lars drückt Svends Hand auf den Docht, so daß die Flamme verlöscht. Svend stöhnt, während Lille-Lars aufsteht und die Hand vorstreckt. Pusher-Lars kann Svend ansehen, wie er im Kopf die Chancen abwägt, dann resigniert und die Hand nimmt.

Lille-Lars lächelt auch weiterhin, als er seinen Pulli wieder anzieht und sich an den Tisch setzt und Lisbeth küßt, mit einem Auge blinzelt er dabei Svend und Michael zu. Das sieht total schräg aus – sie ist mehr als einen Kopf größer als er. Michael sitzt mit offenem Mund da – er ist geschockt. Svend wartet auf das, was jetzt passieren wird, Pusher-Lars ebenfalls.

»Das ist wohl nicht so schlimm«, sagt Thomas zu Lille-Lars, der fragt:

»Was?«

»Lille-Lars genannt zu werden?« sagt Thomas.

»Nein, schon okay«, antwortet Lille-Lars und wendet seine Aufmerksamkeit wieder Lisbeths Mund zu.

Dann scheint alles okay zu sein, und Thomas und Tilde reden wie die Maschinengewehre und mit allen, dabei wird geraucht und getrunken.

Der Abend endet damit, daß Thomas auf einem Stuhl steht und Apfelsaft trinkt und Svend eine Art Bergpredigt über die REALITÄTEN hält – davon gibt es viele –, wobei sie sich die ganze Zeit anlachen. Dann holt Thomas tief Luft und kotzt in einem Strahl, der anderthalb Meter von ihm entfernt auf dem Fußboden landet. Als er fertig ist, wird er ohnmächtig, noch während er da oben steht, und beginnt still und leise zu fallen, Svend macht einen Satz über den Kacheltisch und packt ihn im letzten Moment. Thomas wird aufs Sofa gelegt, wo Michael sitzt und schläft, und Tilde ist schon bei ihm und wischt ihm den Mund ab und achtet darauf, daß er richtig Luft holt.

»Wow«, sagt Svend und macht große Augen, »DER hat Stil.« Platonische Liebe auf den ersten Blick. Lille-Lars lacht, bis er Thomas runter zu einem gestohlenen Auto trägt und sie alle wieder nach Sønderholm fahren.

Wenn man damals mit ihnen zusammen war, dann war das irgendwie immer so – als wäre man ein Statist in anderer Leute Acidtrip. Kurze Zeit später zogen sie in die Stadt.

Im V. B. wird es spät. Svend steht mit Lars an der Bar, um eine letzte Runde zu besorgen. Während sie auf das Bier warten, trinken sie beide einen Whiskysoda.

»Verdammt, morgen hab ich bestimmt einen Kater«, sagt Svend.

Lars blinzelt ihm zu: »Hilfe naht«, sagt er und fischt ein paar Tabletten aus der Innentasche, gibt sie ihm. »Epilepsie-Medizin«, sagt Lars, »wirf eine ein – die zieht Flüssigkeit zum Gehirn.«

»Und ...?« sagt Svend.

»Wegen Flüssigkeitsmangel bekommst du einen Kater. Deshalb ist Salz gut – das bindet die Flüssigkeit. Alle Ärzte benutzen die«, erklärt Lars und zeigt auf die Tabletten in Svends Hand.

»Woher hast du sie?«

»Einem Epileptiker abgekauft.«

»Was macht er dann?«

»Sie. Sie geht zu ihrem Arzt und sagt, sie hätte ihre bei einem Anfall verloren.«

»Das ist doch gelogen«, sagt Svend.

»Ja«, sagt Lars lachend, »ich weiß echt nicht, wie sie es erklärt.«

Sie gehen mit dem Bier zu Lisbeth. Sie ist eine Weile still gewesen – irgend etwas mußte sie erst verdauen, aber jetzt ist sie wieder okay. Svend sitzt neben ihr, und sie sprechen über das, was sie sich von der Zukunft erhoffen. Aber Svend ist nicht ehrlich, und er hofft, sie auch nicht.

Tilde ist nach einem tränenreichen Abschied mit ihren Freunden abgezogen. Michael und Louise sind mit ihrer Liebe nach Hause gegangen.

Svend braucht noch einen Platz, wo er schlafen kann. Sicher kann er ein Taxi nehmen und zu den Alten rausfahren – so weit ist es nicht nach Gug. Aber er ist noch nicht bei ihnen draußen gewesen, um sie zu begrüßen, und irgendwie wäre es uncool, als der neunundzwanzigjährige unartige Junge aufzukreuzen, der sie mitten in der Nacht rausklopft. Man muß schließlich nicht *alle* ihre Vorurteile bedienen.

»Kann ich bei dir schlafen?« fragt er Lisbeth.

»Auf dem Sofa«, sagt sie und schaut ihn streng an.

»Hej, hab ich was anderes gesagt?« fragt er.

»Nur damit das klar ist«, sagt Lisbeth und schaut weg, weil sie rot wird.

Nur damit was klar ist? denkt Svend. Er weiß, daß sie ... also daß sie ihn mag – ganz einfach. Und er ... er ist bereit.

Alle drei stehen auf und verlassen das Lokal. Unten bei Tyren verabschieden sich Svend und Lisbeth von Lars, verabreden, sich wiederzusehen. Auf dem Weg zur Limfjordbrücke hinkt Lisbeth langsam neben Svend her. Aalborg hat sich verändert, seit Svend zuletzt hier gewesen ist – es gleicht bald einer dieser gepflegten norddeutschen Hansestädte. Er legt den Arm um Lisbeth und küßt sie auf die Wange. Sie lächelt.

»Das Sofa«, sagt er, »ist ganz okay. Hauptsache, du wirfst mich nicht ohne Frühstück raus.«

»Das mach ich schon nicht«, sagt sie und nimmt Svends Arm von ihrer Schulter, hält ihn am Handgelenk. »Svend, kannst du Händchen halten?«

Er glaubte, sie wüßte davon nichts. »Wo hast du das gehört?« fragt er.

»Also ... das hat Pusher-Lars erzählt.«

»Da kann man mal sehen«, sagt Svend verlegen; das ist keine Phase seines Lebens, auf die er sonderlich stolz ist.

Lisbeth holt tief Luft. »Ich glaube, er versuchte mir damit zu illustrieren, daß ich nicht die einzige bin ... mit Komplikationen.«

»Ja aber ... ich glaube, mit dir geht es«, sagt Svend.

»Aha. Nur mit mir?« fragt Lisbeth. »Wollen wir es versuchen?«

»Ja«, antwortet Svend, und sie nimmt seine Hand. Und er kann sie spüren, aber das ist nicht unangenehm. Es ist schwierig. Und es ist gut – sie fühlt sich düster an und gut. Das ist eine Art Einbildung; er weiß genau, daß die Visionen und Gefühle, die er so erlebt, als strömten sie von ihrer Hand zu ihm über, aus ihm selbst kommen – sein eigenes Bild von ihr. Aber das macht sie nicht weniger real.

»Das geht prima«, sagt er. Sie sagt nichts. Sie gehen Hand in Hand.

»Siehst du deine kleine Tochter?« fragt sie – Svends und Lines Tochter heißt Katja; Kat nennt Svend sie.

»Nein«, antwortet er.

»Hast du kein Umgangsrecht?«

»Nicht mehr«, sagt er und merkt, daß sie auf die Erklärung wartet. Er will es ihr auch gern erklären, auch wenn er an sich nicht darüber sprechen mag. Er hebt ihre Hand hoch, als wäre er der Richter und sie der siegende Boxer. »Die Hand gab den Ausschlag.«

»Für das Umgangsrecht?« fragt sie verwundert.

»Ja.«

»Hast du sie *geschlagen*?« Lisbeth läßt Svends Hand los, bleibt stehen und wendet sich ihm zu.

Er tritt einen Schritt zurück. »Nein, Lisbeth, nein.« Er ist geschockt – hält die Hände vor sich hoch. So was darf sie nicht glauben.

Sie sieht ganz aufgeregt aus.

Er setzt sich auf das kniehohe und fußbreite Geländer, das Bürgersteig und Radweg auf der Limfjordbrücke voneinander trennt. Seine Hand fühlt sich allein. Er kann nicht gleichzeitig gehen und sprechen. Ihm ist wichtig, daß er Lisbeths Augen sehen kann. Sie steht auf Armeslänge von ihm entfernt, die Arme verschränkt, und wartet.

Svend erzählt ihr, was passiert war: Die Behörde stellte sich gegen ihn. Er legte beim Landgericht in Viborg Berufung ein. Es sah gut aus für ihn. Da brachte Line die Drogen ins Spiel. Svends Anwalt hatte ihn darauf vorbereitet. Svend sagte dem Richter, damit sei Schluß, bot Blutproben an – sein Blut hatte ihn früher schon einmal bei einer Vaterschaftsklage gerettet. Während er spricht, schaut Lisbeth Svend aufmerksam an.

»Da sagt Line, sie will nicht, daß ihre Tochter mit einem Vater zusammenkommt, der von LSD so geschädigt ist, daß er nicht einmal andere Menschen an der Hand halten kann. Der Richter sagt: *Können Sie das nicht?* und ich sage zu meinem Anwalt: *Geben Sie mir die Hand*, und wir schlagen ein. *Reicht das?* sage ich zum Richter, und Line deutet auf mich und meinen Anwalt und sagt: *Wenn Svend eine Minute lang seine Hand halten kann, dann lasse ich alle meine Vorbehalte fallen*. Mein Anwalt sagt: *Ist das hier ein Gerichtssaal oder ein Zirkus?* Aber der Richter findet das mächtig spannend, und ich denke, jetzt kommt es darauf an, und nehme die Hand des Anwalts und schaue demonstrativ auf meine Armbanduhr, auch um meine eigene Aufmerksamkeit abzulenken.«

Svend macht eine Pause, spuckt aus. Die Geschichte ist gut, aber nicht sonderlich angenehm zu erzählen, wenn es dabei um einen selbst geht. Außerdem bekommt er vom Sitzen auf dem Geländer einen kalten Arsch, aber seine Beine fühlen sich schwach an. Er muß zu Ende erzählen, ehe er aufstehen kann. »Und da vergehen, verdammt noch mal, keine dreißig Sekunden, und ich bin schweißgebadet und zittere am ganzen Körper«, sagt er, »totaler Acid-Flashback, und ich kann ALLES in meinem Anwalt spüren, und der Mann ist ein echtes Schwein.«

»Wahnsinn«, sagt Lisbeth und kommt und stellt sich zwischen seine Beine.

»Ja«, sagt Svend, »eins zu null für ihn.«

Lisbeth nimmt seinen Kopf zwischen ihre Hände, drückt ihn an ihren Bauch und fährt ihm mit ihren gespreizten Fingern durchs Haar. Es ist wunderbar. Er legt seine Hände auf ihre Hüften. Dann nimmt sie seine Hand zwischen ihre.

»Wir müssen nach Hause«, sagt sie und zieht ihn hoch. Sie gehen los – wieder Hand in Hand. »Aber ... wie ist das denn, wenn du ihn spürst. Kannst du dann einfach fühlen, wie er ist?« fragt Lisbeth.

»Nein«, sagt Svend, »das ist wie ... ich verschwinde, werde vollständig leer, und dann schwappt er über mich, wie eine Flüssigkeit, die ... mich einfach füllt. Und dann bin ich er, mit allem, was das beinhaltet, gleichzeitig kann ich es betrachten ... als ich selbst kann ich Stellung beziehen zu dem, zu dem ich plötzlich geworden bin.«

Lisbeth fragt, ob er Kat nie mehr sehen kann. Svend erzählt ihr, daß er begutachtet wird:

»Das schlimmste ist – und das wußte Line auch ... Klar kann ich Kats Hand halten. Manchmal habe ich stundenlang ihre Hand gehalten, wenn sie schlief, weil ... sie ist innerlich so unverdorben.«

»Aber warum hat sie das gemacht – Line?« fragt Lisbeth.

»Ich habe sie nicht geliebt.«

Lisbeth schaut ihn stumm an.

»Du hast mich direkt gefragt, und ich war dumm genug, ehrlich zu antworten«, sagt Svend.

»Hast du sie auch nicht geliebt, als ihr damals ... als ihr zusammengelebt habt?«

»Doch ... jedenfalls habe ich es mir eingebildet. Aber es war eine Lüge.«

Lisbeth drückt seine Hand. »Aber jetzt funktioniert deine Hand?« Sie spricht das wie eine Frage aus.

»Mit dir geht es«, sagt er. Sie sind bald in Nørresundby. Svend schluckt, holt Luft. »Aber du bist auch sehr schön innerlich«, sagt er, »... und äußerlich.«

»Svend, sei still.«

»Das kann ich nicht versprechen.« Er wartet, daß sie etwas sagt. Er will nicht zu schnell vorgehen.

»Ziehst du wegen Kat wieder hier rauf?« fragt Lisbeth, ohne ihn anzusehen.

»Nein«, sagt er. Lisbeth stellt die nächste Frage nicht, und er antwortet nicht. Sie gehen schweigend weiter.

»Ich ziehe hier rauf«, sagt er.

»Das will ich sehen, ehe ich es glaube«, sagt sie.

»Gut«, sagt er. Mehr kann er im Moment nicht erwarten. Sie kommen zu ihr nach Hause, und sie macht ihm im Wohnzimmer auf dem Sofa ein Bett. Während sie im Bad ist, zieht er sich aus, löscht das Licht und kriecht unter die Decke. Okay, denkt er, es ist, wie es ist; Steso ist jetzt tot – daran kann ich nichts ändern. Zündet sich eine Zigarette an. Trotzdem – blödes Gefühl. Steso ... fehlt.

Lisbeth kommt ins Wohnzimmer. Svend schaut sich in dem schwachen Licht, das vom Flur hereinfällt, um. Er bemüht sich auszusehen, als sei er ruhig. Es ist merkwürdig für ihn, wieder hier zu sein.

»Was ist?« fragt sie.

»Zu sehen, wie du jetzt lebst, ist so komisch. Also es ist schön, nur halt so anders, aber manche Sachen erkenne ich wieder.«

»Tu einfach so, als wärst du zu Hause, Svend«, sagt sie und kommt zum Sofa. Sie nimmt ihm die Zigarette aus der Hand und zieht.

»Ja«, sagt er und versucht ganz entspannt zu sein, freundlich: »Hier liege ich, und du liegst nebenan. Und morgen gehe ich runter und hole Brötchen und ein paar Zeitungen – und dann können wir dasitzen und uns über die Welt aufregen. Ausgedehntes Frühstück und jede Menge Kaffee. Ich freue mich schon«, beschließt er.

Sie schaut ihn auf eine merkwürdige Weise an, aber im Zimmer ist es dunkel und er ist zu voll, um das aufzulösen. Sie sieht aus, als hätte sie Lust, ein Kind zu bekommen. Dabei kann er ihr helfen. Er ist bereit ... Er *will* gern. Ganz ruhig, sagt er sich.

»Du hast morgen nichts weiter vor?« fragt sie.

»Nein, du?« fragt Svend. Er kann seiner eigenen Stimme anhören, daß es ihm nicht gut geht; daß er nicht in der Lage ist, das zu verbergen.

»Nein«, antwortet sie und gibt ihm die Zigarette zurück, ehe sie sagt: »Svend.« Schon hat er einen Kloß im Hals. Das hat damit zu tun, wie eindringlich sie seinen Namen sagt. »Du darfst nicht ...« beginnt sie, stockt aber. Sie holt tief Luft – er wünschte, sie würde aufhören. Sie fährt fort: »Du hättest nichts tun können«, sagt sie mit fester Stimme. Svend spürt den Druck im Schädel, direkt unter dem Gesicht – als ob es warm würde und zu zittern anfinge.

»Hmmm ...« gelingt ihm zu sagen, während er im Halbdunkel nickt und an der Zigarette zieht. Deshalb ist er weggezogen; nicht nur Steso, sondern ... die ganze Situation. Nach ihren Worten fühlt er sich nicht gerade besser.

»Das war das, was er wollte«, sagt sie still. Svend hat einen scharfen metallischen Geschmack im Mund.

»Schwer ...« sagt er; traut sich nicht, weiterzusprechen. Das Gesicht brennt.

»Gute Nacht, Svend«, sagt Lisbeth. Er kann nicht sprechen. Sie geht in ihr Schlafzimmer. Er zündet sich noch eine Zigarette an. Liegt da und blinzelt – konzentriert sich auf die Glut, die Decke.

Als er fertig geraucht hat, geht er ins Bad, aufs Klo, Zähne putzen. Spült sein Gesicht und seinen Mund mit eiskaltem Wasser – das hilft. Er tritt wieder auf den Flur und schließt leise die Badezimmertür hinter sich. Unter der Tür zu ihrem Schlafzimmer kann er sehen, daß dort drinnen Licht brennt. Sie ist noch nicht zu Bett gegangen – jedenfalls hat sie Licht an. Er bleibt einen Moment stehen und schaut auf den Lichtstreifen und lauscht, aber er kann nichts hören. Die Dielen knarren, als er ins Wohnzimmer geht und sich aufs Sofa legt. Irgendwann schläft er ein.

»Wenn du meine Sachen stiehlst, zeige ich dich bei der Polizei an.« Das sagte Lisbeth zu ihm, als er eines Freitagabends vor ihrer Tür stand, weil er keinen Platz hatte, wo er hingehen konnte. Sie hatte ihn seit einigen Monaten nicht gesehen, und er hatte sie seit mehr als zwei Jahren nicht in ihrer Wohnung besucht. Er hatte keine Erlaubnis bekommen.

Er sagte: »Das wird nicht aktuell, ich habe, was ich brauche.« Er war auf Entzug – Methadon. Rikke sollte in anderthalb Monaten heiraten, und sein Vater hatte ihn aufgesucht und ihm gesagt, seine Mutter wolle ihn nicht bei der Hochzeit dabeihaben, wenn er nicht gesund sei. Er mochte Rikke gern.

Lisbeth kannte ihn, seit sie sechs Jahre alt waren. Sie ließ ihn reinkommen.

»Ich könnte wirklich gut irgendwas essen«, sagte er. Lisbeth machte ihm Spargelsuppe und Knoblauchbrot, und er aß alles. Er sah aus, als hätte er ein bißchen zugenommen.

»Der Appetit kommt zurück«, erklärte er. Sie saßen auf dem Sofa und sahen sich noch einmal Heavens Gate auf Video an. Sie tranken Rotwein. Er rauchte vier Bongköpfe, ohne sein Verhalten deshalb zu ändern – Lisbeth kam es vor, als würde sie allein vom Einatmen der Luft breit. Es war das erste Mal seit mehreren Jahren, daß sie ihn so klar im Kopf erlebte – und so ruhig; sie mußte ihn einfach fragen.

»Thomas, warum machst du das?« Er verstand sie falsch.

»Bong rauchen?« fragte er überrascht.

»Nein«, sagte sie, »diese ganzen ... Drogen nehmen.«

»Langeweile?« schlug er vor und zuckte die Achseln.

»Ist mein Leben so langweilig?« fragte sie. Er überlegte einen Moment.

»Ja«, antwortete er und schaute ihr aufrichtig in die Augen.

»Hast du deshalb angefangen – aus Langeweile?« fragte sie.

»Vielleicht«, antwortete er und schaute vor sich hin. Dann blickte er sie an: »Kannst du dich an damals erinnern, Lisbeth ... als wir Kinder waren?« Sie nickte.

»Tilde und ich, wir ...« er mußte lachen, »... wir lagen im Führerhaus eines der alten Lastwagen hinten bei dem Fuhrunternehmer und zogen uns gegenseitig aus und küßten mit der Zunge und so. Wenn du bedenkst – das war in der fünften Klasse – wir waren sehr frühreif.«

»Ja, sie kam zu mir gerannt und erzählte mir alles – gleich danach«, sagte Lisbeth und lächelte.

»Ich weiß«, Thomas nickte. »Aber später, also dann wurde es Sex ... Tilde und ich. Und Sex war gut, das war witzig, uns ging es echt gut. Aber nicht ... gut GENUG. Und dann war es auch nicht mehr ... SPANNEND.«

»War es das Spannende? ... die Drogen?« fragte sie.

»Ja, am Anfang. Später war es das ganze Milieu, die Aktivitäten. Das Niveau von Wahnsinn. Der Unterhaltungswert ... Ich hatte es unglaublich gut, Lisbeth. Ich fühle mich wie der Typ in Blade Runner; da am Ende, als er sagt: I've seen starships burn on the shoulder of Orion. Verstehst du das?« fragte er. Lisbeth bekam Gänsehaut.

»Ja. Aber das ist auch hart gewesen«, sagte sie, ohne ihm in die Augen sehen zu können.

»Na ja.« Thomas zuckte die Achseln, trank einen Schluck Rotwein.

»Puh«, sagte er und schüttelte den Kopf, als er das Glas absetzte.

»Stimmt was nicht?« fragte sie.

»Nein, nur ... ich werde von dem da so beschwipst ...« er deutete auf die Flasche, »... dem Vino.«

Als es Zeit zum Schlafengehen war, fragte er, ob er bei ihr liegen dürfte. Sie fing an zu lachen:

»Ist vielleicht nicht nur der Appetit wiedergekommen?« fragte sie.

»Ganz ruhig«, antwortete er, »das kann ich gar nicht.« Trotzdem fragte er, ob er ihre Brüste sehen dürfte, als sie im Bett lagen.

»Ich will sie nicht berühren«, sagte er, »ich will sie nur sehr gern

SEHEN.« Lisbeth kniete sich hin und öffnete die Knöpfe ihrer Schlafanzugjacke.

Dann lag er mit seinem mageren blassen Körper neben ihr, mit Narben auf Armen und Füßen, und schaute eine halbe Minute lang ihre Brüste an, ehe er den Kopf wieder aufs Kissen fallen ließ.

»Du solltest Kinder bekommen«, sagte er. Sie schwieg, fragte schließlich nach seinen Plänen.

»Hast du daran gedacht, mit Methadon weiterzumachen?« Sie bemühte sich, direkt zu klingen.

»Ich weiß es nicht«, antwortete er und erzählte ihr, daß die Junkies jeden Morgen um neun Uhr bei ihrem Arzt erschienen, um ihren »Drink« zu bekommen, wie er das nannte.

»Wenn ich dann beim Arzt rauskomme, renne ich die Straße runter. Das ist so verrückt«, sagte er und lächelte. Sie begriff überhaupt nicht, wovon er redete.

»Warum machst du das, Thomas?« fragte sie, »... rennen?«

»Na ja ...« Ihm wurde ihre begrenzte Aufnahmefähigkeit klar. »Um das in den Körper zu bekommen«, erklärte er, »wir rennen alle, damit es ... wirkt.« Er lachte auf. Sie sah es vor sich und lachte ebenfalls.

»Ich weiß«, sagte er, »idiotisch – dürre Junkies, die über den Bürgersteig rennen.« Dann zündete er sich eine Zigarette an und starrte vor sich hin. Lisbeth lag neben ihm und schaute ihn an, dachte an all das, was aus ihm hätte werden können. Als sie Kinder waren, baute er draußen am Hafen große Anlagen, Wasserkanäle, mit Plastik ausgelegt, dazu Berge und Brücken und Straßen und futuristische Städte aus Pappkarton und farbigem Zellophan und mit Lichterketten vom Weihnachtsbaum als Straßenbeleuchtung. Lisbeths Mutter hat Fotos von Tilde, Lille-Lars, Lisbeth und Thomas. »Man kann den Wahnsinn in seinen Augen sehen – schon damals«, das sagt ihre Mutter jedesmal, wenn Lisbeth die Fotos vorholt.

»Lisbeth«, sagte Thomas urplötzlich mit sehr eindringlicher Stimme, »wo ist Svend abgeblieben?«

»Ich weiß es nicht«, antwortete sie und versuchte, nicht resigniert zu klingen.

»Svend hat mich aufgegeben.« Seine Stimme war vollkommen ruhig.

»Ja«, sagte sie. Das stimmte; Svend hatte ihn aufgegeben.

»Ich vermisse Svend«, sagte er.

»Ich auch«, sagte sie.

»Hmm … Ja …«, sagte Thomas. Vier Wochen später war er tot.

Literatur bei DuMont

SASCHA ANDERSON. SASCHA ANDERSON.
2002, 304 Seiten mit 20 Fotos

PIETRO ARETINO / THOMAS HETTCHE.
STELLUNGEN. VOM ANFANG UND ENDE DER PORNOGRAFIE.
2003, 118 Seiten, zweisprachig sowie mit Reproduktionen der Kupferstiche von Raimondi

TONINO BENACQUISTA. DIE MELANCHOLIE DER MÄNNER.
Roman. 2003, 303 Seiten

MARCEL BEYER. NONFICTION.
2003, 322 Seiten

MARCEL BEYER. SPIONE.
Roman. 2000, 308 Seiten

MIRKO BONNÉ. DER JUNGE FORDT.
Roman. 1999, 277 Seiten

MIRKO BONNÉ. EIN LANGSAMER STURZ.
Roman. 2002, 173 Seiten

CHRISTINA CHIU.
SCHWARZE SCHAFE UND ANDERE HEILIGE.
2002. 304 Seiten

ANDREW CRUMEY.
ROUSSEAU UND DIE GEILEN PELZTIERCHEN.
Roman. 2003, 351 Seiten

GYÖRGY DALOS. SEILSCHAFTEN.
Roman. 2002, 359 Seiten

JOHN VON DÜFFEL. EGO.
Roman. 2001, 281 Seiten

JOHN VON DÜFFEL. VOM WASSER.
Roman. 1998, 288 Seiten

JOHN VON DÜFFEL. WASSER UND ANDERE WELTEN.
Geschichten vom Schwimmen und Schreiben.
2002, 140 Seiten

JOHN VON DÜFFEL. ZEIT DES VERSCHWINDENS.
Roman. 2000, 206 Seiten

CHRISTOPHE DUFOSSÉ. LETZTE STUNDE.
Roman. 2003, 346 Seiten

ANNE ENRIGHT. ELISAS GELÜSTE.
Roman. 2004, 296 Seiten

JAKOB EJERSBO. NORDKRAFT.
Roman. 2004, 537 Seiten

GERHARD FALKNER. ALTE HELDEN.
Schauspiel und deklamatorische Farce. 1998, 60 Seiten

GERHARD FALKNER. DER QUÄLMEISTER.
Nachbürgerliches Trauerspiel. 1998, 90 Seiten

ALICE FERNEY. LIEBENDE.
Roman. 2001, 303 Seiten

ARIS FIORETOS. DIE SEELENSUCHERIN.
Roman. 2000, 357 Seiten

ARIS FIORETOS. DIE WAHRHEIT ÜBER SASCHA KNISCH.
Roman. 2003, 351 Seiten

JULIA FRANCK. BAUCHLANDUNG.
Geschichten zum Anfassen. 2000, 120 Seiten

JULIA FRANCK. LAGERFEUER.
Roman. 2003, 302 Seiten

JULIA FRANCK. LIEBEDIENER.
Roman. 1999, 238 Seiten

ANNA KATHARINA FRÖHLICH. WILDE ORANGEN.
Roman. 2004, etwa 314 Seiten

LAVINIA GREENLAW. DIE VISION DER MARY GEORGE.
Roman. 2001, 369 Seiten

THOMAS HETTCHE. ANIMATIONEN.
1999, 200 Seiten mit 30 Abbildungen

THOMAS HETTCHE. DER FALL ARBOGAST.
Roman. 2001, 352 Seiten

THOMAS HETTCHE. LUDWIG MUSS STERBEN.
Roman. 2002, 184 Seiten

THOMAS HETTCHE. NOX.
Roman. 2002, 140 Seiten

MICHEL HOUELLEBECQ. ELEMENTARTEILCHEN.
Roman. 1999, 360 Seiten

MICHEL HOUELLEBECQ. GEGEN DIE WELT, GEGEN DAS LEBEN. H. P. LOVECRAFT.
2002, 120 Seiten

MICHEL HOUELLEBECQ. PLATTFORM.
Roman. 2002, 352 Seiten

MICHEL HOUELLEBECQ. DIE WELT ALS SUPERMARKT.
Essays. 1999, 120 Seiten

DAS PHÄNOMEN HOUELLEBECQ.
Hg. von Thomas Steinfeld. 2001, 270 Seiten

VIKTOR JEROFEJEW (HG.). VORBEREITUNG FÜR DIE ORGIE.
Junge russische Literatur. 2000, 336 Seiten

THOMAS KLING. BOTENSTOFFE.
2001, 249 Seiten

MARTIN KLUGER. ABWESENDE TIERE.
Roman. 2002, 1039 Seiten

JAN KONEFFKE. PAUL SCHATZ IM UHRENKASTEN.
Roman. 2000, 276 Seiten

JUDITH KUCKART. DER BIBLIOTHEKAR.
Roman. 2004, 223 Seiten

JUDITH KUCKART. DIE AUTORENWITWE.
Erzählungen. 2003, 172 Seiten

JUDITH KUCKART. LENAS LIEBE.
Roman. 2002, 303 Seiten

ANDREA LEE. VOLLMOND ÜBER MAILAND.
Storys. 2003, 251 Seiten

MARIANA LEKY. ERSTE HILFE.
Roman. 2004, 187 Seiten

MARIANA LEKY. LIEBESPERLEN.
Erzählungen. 2001, 108 Seiten

ULLA LENZE. SCHWESTER UND BRUDER.
Roman. 2004, 224 Seiten

CHRISTIAN LINDER. DIE BURG IN DEN WOLKEN.
Blicke ins Rheintal und anderswohin.
Reiseerzählungen. 2001, 269 Seiten mit 93 Fotogafien

CARLO LUCARELLI. DER GRÜNE LEGUAN.
Roman. 1999, 208 Seiten

CARLO LUCARELLI. DER KAMPFHUND.
Roman. 2002, 301 Seiten

CARLO LUCARELLI. LAURA DI RIMINI.
Roman. 2004, 106 Seiten

CARLO LUCARELLI. SCHUTZENGEL.
Roman. 2001, 180 Seiten

JAN LURVINK. WINDLADEN.
Roman. 1998, 190 Seiten

CHRISTIAN MÄHR. DIE LETZTE INSEL.
Roman. 2001, 215 Seiten

STEPHAN MAUS. ZITATSALAT.
VON HINZ UND KUNZ.
Handverlesenes aus dem Zettelkasten. 2002, 120 Seiten

MULTATULI. DIE ABENTEUER DES KLEINEN WALTHER.
Roman. 1999, 958 Seiten

HARUKI MURAKAMI. GEFÄHRLICHE GELIEBTE.
Roman. 2000, 230 Seiten

HARUKI MURAKAMI. KAFKA AM STRAND.
Roman. 2004, 637 Seiten

HARUKI MURAKAMI. MISTER AUFZIEHVOGEL.
Roman. 1998, 684 Seiten

HARUKI MURAKAMI. NACH DEM BEBEN.
Erzählungen. 2003, 187 Seiten

HARUKI MURAKAMI. NAOKOS LÄCHELN.
Roman. 2001, 428 Seiten

HARUKI MURAKAMI. SPUTNIK SWEETHEART.
Roman. 2002, 234 Seiten

HARUKI MURAKAMI. TANZ MIT DEM SCHAFSMANN.
Roman. 2002, 461 Seiten

GERT NEUMANN. ANSCHLAG.
Roman. 1999, 271 Seiten

GERT NEUMANN. ELF UHR.
Roman. 1999, 432 Seiten

ALFRED NEVEN DUMONT. DIE VERSCHLOSSENE TÜR.
Erzählungen. 2003, 256 Seiten

KEM NUNN. WO LEGENDEN STERBEN.
Roman. 2001, 393 Seiten

KEM NUNN. WELLENJAGD.
Roman. 2002, 368 Seiten

GEORGE P. PELECANOS. EINE SÜSSE EWIGKEIT.
Roman. 2003, 356 Seiten

TILMAN RAMMSTEDT.
ERLEDIGUNGEN VOR DER FEIER.
2003, 115 Seiten

GILLES ROZIER. EINE LIEBE OHNE WIDERSTAND.
Roman. 2004, 167 Seiten

ROMAN SENČIN. MINUS.
Roman. 2003, 318 Seiten

CLAUDE SIMON. GESCHICHTE.
Roman. 1999, 387 Seiten

CLAUDE SIMON. JARDIN DES PLANTES.
Roman. 1998, 368 Seiten

CLAUDE SIMON. DIE TRAMBAHN.
Roman. 2002, 113 Seiten

CLAUDE SIMON. DIE STRASSE IN FLANDERN.
Roman. 2003, 335 Seiten

CLAUDE SIMON. DER WIND
Roman. 2001, 270 Seiten

VLADIMIR SOROKIN. DER HIMMELBLAUE SPECK.
Roman. 2000, 440 Seiten

VLADIMIR SOROKIN. NORMA.
Roman. 1999, 380 Seiten

ARNOLD STADLER. ERBARMEN MIT DEM SEZIERMESSER.
Über Literatur, Menschen und Orte. 2000, 218 Seiten

ARNOLD STADLER. SEHNSUCHT.
Versuch über das erste Mal. Roman. 2002, 329 Seiten

THOMAS STEINFELD. RIFF.
Tonspuren des Lebens. 2000, 275 Seiten

TOHUWABOHU. HEILIGES UND PROFANES.
Gelesen und wiedergelesen von Arnold Stadler nach dem 11. September 2001.
2002, 383 Seiten

JEAN-PIERRE VERNANT. GÖTTER UND MENSCHEN.
Jean-Pierre Vernant erzählt griechische Geschichte von den Ursprüngen. 2000, 225 Seiten

DIRK WITTENBORN. UNTER WILDEN.
Roman. 2003, 414 Seiten

ALINA WITUCHNOWSKAJA. SCHWARZE IKONE.
Gedichte und Prosa. 2002, 120 Seiten

ZENTRALE RANDLAGE.
LESEBUCH FÜR STÄDTEBEWOHNER.
Hg. von Jochen Schimmang. 2002, 243 Seiten

MARTINA ZÖLLNER. BLEIBTREU.
Roman. 2003, 374 Seiten